U0165900

南宋姜吳典雅詞派相關論題之探討

劉少雄──著

五南圖書出版公司 印行

■新版前言

　　我於一九九四年一月取得博士學位，論文題目爲《南宋姜吳典雅詞派相關詞學論題之探討》，由吳宏一老師指導。這本論文獲得臺大中文系推薦，列入文學院的《文史叢刊》，於一九九五年由臺大出版委員會出版，刊印至今已二十六年了。

　　我當初的計畫是分上下篇來研究典雅派詞，先處理詞學史上與之相關的重要課題，釐清一些概念，然後再從文學的角度，回歸文本，重新詮釋並評價姜吳諸家詞。希望拋開過去的成見，溫故之餘，能涵養新知，用更對應而有效的方法去詮釋，眞正去體認南宋典雅派詞的美感特質之所在，確立其所創造的抒情美典。但這個計畫最終沒有完成。我讀博士班前兩年修畢選修課程後，以爲可全心寫作論文，預計最多花三年時間完成上下篇。沒想到因爲選擇了擔任中研院文哲所研究助理的全職工作，整個研究計畫便耽擱了。等到我利用空餘時間斷斷續續地寫完上篇的章節，距離畢業年限只剩半年多了，因此只好就此打住，下篇留待日後再處理。現在所呈現的論文，本身是完整的，不過對我來說，還是覺得有點遺憾。之後，因爲離開文哲所，回臺大任教，關心的課題隨著教研環境、學問興趣而轉變，原先的設想始終沒有付諸實行，雖然偶有觸及相關課題，卻是延伸論文的觀點發揮，或補充些意見而已，對諸家詞的文本詮釋還不足夠，更遑論建構整個流派的美典了。

回想當時撰寫博論，最費心思的是去建構一個嚴謹的論述體系。詞學方面，沒有可資借鏡的範例。學者的單篇論文，頗有結撰精闢之作，但大多缺乏宏博之格局。不可諱言，在中文領域，尤其詞的研究部分，許多學者會寫短文，卻無法撰作體系完整、結構嚴謹的學術專書；好像學生能寫報告，寫不出首尾貫串、層次清晰的學位論文一樣。我不希望自己的第一部學術著作，只是一本組織鬆散的論文集。陸游有兩句詩：「汝果欲學詩，功夫在詩外。」我想，如要治詞學，也須有詞學以外的功夫，方能有所建樹。王國維之能「指出向上一路」，胡適之能「新天下耳目」，不是沒有原因的。寫論文，有想法，也得落實於形式表現，換言之，需要有對應於內容而設計出一套論述的結構模式。我以為好的設計，就是要將內容和形式建立有機的組合，每一個元素都緊密相關，每一個環節要互有關聯，構成和諧的整體。劉勰的《文心雕龍》，「體大而慮周」，不就做了很好的示範？我讀大學時選修廖蔚卿老師講授的《文心雕龍》課程，深受啓發，開始對文體論產生了興趣。上了研究所再修廖老師的「中國文學批評史」課，更加深並拓寬了對中國文學批評的認識。那時仔細讀了郭紹虞、羅根澤等名家的批評史著作，奠定了基礎，也不斷吸收時賢的相關論著。七八十年代的臺灣人文學界，風起雲湧，正是「舊學商量加邃密，新知培養轉深沉」（朱熹〈鵝湖寺和陸子壽〉）的時代，詮釋傳統中國文學、梳理文學批評概念和比較中西學說都有相當豐碩的成績。陳世驤、高友工、劉若愚的英文論著，翻譯引介到中文學界，引起廣大的迴響，我幾乎沒有錯過他們的任何一篇著作。不久，比較文學由葉維廉倡導，出版了一系列的《比較文學叢書》，西方結構主義、解構主義、符號學、詮釋學等概念，自然也融入了自己的知識領域。傳統出身的學者對此，無論接受或反對，都做出了強烈的回應。許多傳統的批

評觀念，文學史知識，重新被檢討，引發不少論戰。在我求學的階段，不斷受到各種學說的刺激，時刻在思考：傳統與現代，東方與西方，學問與人生之間的問題。我研究的雖是傳統詞學，總想借中西思想磨礪自己的思辨能力，以現代的觀點詮釋過去的審美觀念、批評概念，賦予它時代的意義，重估其人文精神價值。文體論是我的切入點，因爲「文體」這一概念含括了修辭與風格、情感與形式、個人與時代諸多面向，而更重要的是它具現了人與文的整體關係，有著精神的特質，也有著存在的意義。近代學者如王夢鷗、徐復觀、龔鵬程，對劉勰建構的文體論都有深入的研究，而顏崑陽彙整諸家說法，更是後出轉精。我在他們的基礎上，反思探問，很想爲詞學建構一套完整的文體觀。博論所處理的課題，就是與文體論相關的，是第一步的工作，希望先了解過去的批評觀點及其詮釋問題，而後處理下篇時再以現代的批評觀念分析典雅派詞體之抒情美典。在論文的規劃上，我便依文體論由內而外的層次展開，由文筆勢態談到情意寄託，然後論述時代風格的建立，扣緊「南宋」「姜吳」「典雅」的概念，而且效法《文心雕龍・序志》所言「原始以表末，釋名以章義」的陳述論說方式，每個章節都依序追溯上述概念的源流始末、發展歷程，如是全文便構成一個相對較立體的理論體系（詳情請看本書緒論）。我之所以在這裡花了些篇幅來交代當時的寫作背景，自己的學思情形，無非是想說明本論文的撰作不是客觀地整理材料，而是帶著批判的態度去處理詞學上的重要課題，旨在考源溯流，釐清某些詮釋問題的癥結，以了解詞之文體屬性、詞人的性情特質、詮釋者的心態、時代社會的氛圍，並指引未來的研究方向，這種種都與個人的學術信念與時代意識息息相關。當時之所學所思，或明或暗，都烙印並隱現在論文的字裡行間。

我們研究詞學，必須正視詞的出身問題。我一直強調，詞學上重要的理論幾乎都持尊體的立場，爲詞而辯護。環繞姜吳詞派的相關理論，如清空說、主實論、寄託說、典雅論等，無一不是意識到詞體卑下而提出的論調，意在尊體，以提升詞的地位。詞之爲體，要眇宜修，隨著樂律音韻迴還往復，情思幽怨纏綿，自然形成一種自傷自憐、沉緬耽溺的意態。有意識創作的詞人之表現爲矜持的態度、高雅的格調，或是出之以豪宕的意興、曠達的懷抱，或多或少都有一種不甘於陷落、意欲振起的精神在。周邦彥以賦爲詞所形成的雅麗詞筆，蘇軾以詩爲詞所展現的清曠詞風，辛棄疾以文爲詞所抒發的豪放詞情，以及姜夔苦心孤詣所創造的高格響調，這些表現正反映了他們的用情態度和個性特質。王國維說東坡稼軒是詞中的狂者，白石是狷者，因爲讀他們的詞，可以讀到文辭肌理中隱現的一種知其不可爲而爲之，或是矜惜自重而有所不爲的精神。相對於此，其他作家，尤其是婉約詞人，就顯得柔弱多了。而那些著重於形式的追求，過多物質性的修飾表現，是否意味著精神境界之低落、生命力量之萎縮？宋末詞人多是清客幕僚的身分，苟存性命於艱難時世，他們應社塡詞，刻意製作樂律文辭，尋求一種相濡以沫的認同感，表現了怎樣的生命型態？這些問題移到後來的清代詞壇，無論是創作或批評，清人在心態上也有著相類似的情況。我在撰寫論文的過程中，深刻體察文體與人情的關係，覺得不可思議的是清代以來對詞的詮釋幾乎都以寄託說爲依歸。心中極大的疑問是：所謂「清詞之復興」，不從量上去看，如依據其內容質感去體察，是否更顯露出清代人文世界中某種沉鬱、幽怨、內荏而卑弱的生命意態？後來我在〈論清詞與清代詞學的特質〉一文中體認到更深層的問題：「在中國傳統文化的詮釋活動中，怎樣的時代、個人，會特別容易走向以量代質，以資料代替意義的詮釋方法，努力追求所

謂客觀的事實，企圖掌握一種不變的定理，求取唯一而且絕對的答案？……我們看清代的寄託說，尤其是張惠言的比興附會之說，他們膠著於事實的考證，將自我轉往外物（事）之探求，始終回蕩在封閉的語碼系統，難道這是動盪不安的世局裡，個人生命自主性薄弱之時，賴以獲得集體性文化慰藉（『尋求安全感、尋求認同』）的唯一出路嗎？由此觀點來看，王國維的東坡興寄之說，『有性情、有境界』之論，便有不一樣的生命意義了。」王國維是相當自覺的學者，他之所以提出境界說，明顯是意識到詞的「陰暗面」，意欲反撲的一種表現。後來胡適提倡白話文運動，同樣主張文學要有真性情，重自然而輕人工。他以新文學的觀點治詞，建立了新的詞史觀，提示了新的評價標準，可以說是「現代詞學的奠基者」。我不敢說胡適完全主導了整個詞學的走向，但他的言論與著作確實是個引爆點，引起廣泛的注意，並激盪起相當大的迴響。我當時翻閱夏承燾的《天風閣學詞日記》，就發現他在二、三十年代一直留意胡適的動向，胡適的文學著作他幾乎都仔細閱讀。他在日記中不時流露出彷徨不安的情緒，甚至有盡拋舊學，改行寫作小說的想法。這可反映出在轉型時代中傳統讀書人的苦悶和矛盾心理。新思潮所帶來的震撼十分驚人，幾可全面顛覆基本的價值觀。然而，夏承燾終究沒有迎向新時代，反而重回傳統的老路，甚至更強化其詮釋體系。我們有理由相信，他的譜牒之學、情事考證說（白石、夢窗情事）、《樂府補題》寄託發陵說，除了繼承傳統的治學方法，還受到當時強調的科學研究精神之影響，殊不知這樣的研究又陷入詮釋循環的困局。其他保守的和開明的學者，在依違順逆之間，各有不同的面貌。他們做學問的型態及其形成的格局，反映了各別的生命情調和時代精神。但不可諱言的是，從五四運動迄今，百

年詞學卻依然籠罩著過去的陰影，守舊有餘，開創不足，更嚴重的情況是愈來愈遠離文學與人生。上文所說的個人和時代文化心理等問題，如不能正視它的存在，真誠面對，勇於突破，試問如何能做出有境界的學問來？

這本論文出版以來，在學界頗引起一些迴響，也激發出一些正反意見，對我之後思索文體論的問題，大有裨益。當時年少，為了駁斥舊說，語氣難免激切，幸得前輩學者包容，時加勉勵，讓我學習到以更寬厚的態度面對學術，真是由衷感激。本論文所提出的詞學詮釋上的問題，及其對應的文化心理現象，仍有待更多討論，更多反思。近年來看見年輕學者研究姜吳詞、典雅派以及清代寄託說，對傳統的詮釋觀念與方法，開始以批判的態度，能「於古人之學說，具了解之同情」，是十分可喜的現象。本書雖是舊作，但我認為許多論點沒有過時，仍具參考的價值。十分感謝五南圖書公司願意重新出版，讓它可以廣泛流傳。這次重新刊印，我希望保持原貌，除了訂正錯字及引文出處，不打算更動書中的內容。這些年來各家詞集都有很好的整理，於版本源流有更詳盡的交代，遠勝於本書的附錄二〈南宋典雅派詞家詞集版本知見錄〉一文，保留的意義不大，故刪除。此外，我在撰寫論文前後發表了三篇與姜夔、張炎相關的文章，與本書頗有關聯，因此附錄中除原有的〈南宋姜吳典雅派詞家年表〉，還增加了〈張炎的詞論及其詞〉、〈論白石詞中的「情」〉和〈重探清空筆調下的白石詞情〉三文，希望能幫助讀者對白石詞情及張炎清空說有更清楚的認識。

　　所謂南宋姜吳典雅詞派，指的是南宋中晚期姜夔、吳文英、史達祖、張炎、周密和王沂孫等詞家所組成的詞學派別，他們填詞講雅正、重音律、貴研鍊，往往被指為南宋詞風的代表。宋末張、周諸子已有明顯的宗派意識，而歷來詞論家對典雅派詞各有體認，由於立場不同，評價標準不一，因此在不同的詮釋觀點下，南宋姜吳典雅詞派的體派特質便展現出多種形貌，而各種環繞著它的論爭課題亦相繼而起，所謂清空質實之論、詞情之爭、南北宋之辨，充斥各家學說中。本文主要就是要探討這些詞學論題，尋源溯流，希望能釐清各問題的本質，並藉此以彰顯典雅派詞的美學特色。

　　首章緒論，闡述本文的理論依據、研究動機及步驟。次章考察「南宋姜吳典雅詞派」的歷史形貌，依派系組織及派別體貌兩點，歸納分析由元迄今有關的詞論。第三章，就姜、吳所代表的清空與質實之筆調，論述詞學史上的清空與質實之爭，文中對清空質實說的起源、基本義界及其演變引伸的意涵，都作了詳盡的考述。第四章，主要就典雅詞派的詠物詞，評析各種相關的情意寄託說，兼論王國維與夏承燾等人的「詞情」之爭。文中破斥了《樂府補題》寄託發毀宋皇陵事一說、白石合肥情事說以及夢窗與蘇杭姬妾情遇事等說法的虛妄，更從學理上指出了情意寄託說在詮釋方法上的謬誤，而經過比較分析，知道所謂詞情之爭原來是不同層次的對話，寄託說所指的是情

意內容的情，而境界說所界分的情則指情意本質言，關乎作者的生命情調與意識型態。第五章，論述詞學史上的南北宋之辨。歸納各家意見，「南宋」與「北宋」詞可分別代表兩種不同的風格類型：一重自然的感發，一重人巧的精思；北宋渾涵，南宋深美，各有所長。所謂「綿密工麗有餘，而高情遠致微減」，正可概括南宋典雅派詞的長處和缺點。最後總結全文，以為本文在設計上，由詞筆勢態、詞情體貌到風格類型，兼顧了形式與內容、個別家派與時代風格等層面，正扣緊了「南宋」、「姜吳」、「典雅」等概念，不但釐清了各種相關論說的理論層次，也具體反映出南宋姜吳典雅派詞的風格特質及其時代意義。

▪ Abstract

The so-called Jiang (Kui)-Wu (Wen-ying) school of Elegant *ci*-poetry in the Southern Song refers to a few poets, including Jiang Kui, Wu Wen-ying, Shi Da-zu, Zhang Yan, Zhou Mi, and Wang Yi-sun, of the mid- and late Southern Song. These authors' emphases on elegance and propriety, on musicality and rhythm, as well as on exquisiteness and artistry in writing *ci* characterize the *ci* of their times. While Zhang and Zhou in the late Song period adopted a clear self-identity, later *ci* critics have offer various evaluations and interpretations of this school according to their own particular concerns. As a result, the Jiang-Wu school of Elegant *ci* has appeared in different images; it, moreover, has stimulated controversies on the poetics of *ci*, such as the debates between *qing-kong* (清空) and *zhi-shi* (質實), between *ci-ching* (詞情), and between the Northern and Southern Songs. This study, thus, explores these controversies and their origins in the hope of both explicating the real issues involved and of illuminating the aesthetics embodied in the works of Elegant *ci*.

In brief, the introductory chapter enumerates the theoretical foundation, motives, and the steps of pursuing this study. The second chapter delineates historical representations of the

Jiang-Wu school by classifying and analyzing relevant contro-versies over the poetics of *ci* as are found in diferent schools of interpretation dated from the Yuan dynasty. The third chap-ter examines in detail the beginning, the framework, as well as the implications of the argument for *qing-kong* versus *zhi-shi* by investigating the inclinations epitomized in the works of Ji-ang and Wu respectively.

Then, based on the *ci* of celebrating objects (*yong-wu*; 詠物) of the Elegant school, the fourth chapter analyzes criti-cally those arguments in support of *ci* as allegory; it also takes up the debate between Wang Guo-Wei and Xia Cheng-tao on *ci-ching*. This discussion both dismantles the view of treating 'Yue-fu bu-ti' (《樂府補題》) as the allegory of the looting of the Song royal tombs and disclosed the lack of evidence regarding the tales about Jiang Kui's and Wu wen-ying's love affairs. Furthermore, on the theoretical level, this chapter un-covers a hermeneutic fallacy; a comparative inquiry shows that the debate between *ci*-qing was in fact a dialogue engaged at different levels. For those in favor of *ci* as allogory (*ji-tuo shuo*; 寄託說), the meaning of *qing* (情) is implicated in the contents of works; whereas for those in favor of *ci* as world (*jing-jie shuo*; 境界說), *qing* refers to the essence of sentiment that arises from the author's inner self and, therefore, is close-ly related to his/her outlook and ideology.

The fifth chapter deals with the distinction between the Northern and Southern Songs in the history of *ci*. As critics have pointed out, the *ci* of these two periods stands for two styles: that of the Northern Song emphasizes naturalness and spontaneity, while its counterpart in the Southern Song is more concerned with artificial refinement. In other words, compared to the *ci* of the Northern Song, the Southern one, represented by the Elegant *ci*, is artistic, glamorous, delicate, and allusive; it, however, is inferior because of its indifference to being natural.

To sum up, this study takes into account not only the form and contents of *ci* but also distinctive features of particular schools and the intellectual climate of their times. By focusing on crucial concepts such as "Southern Song," "Jiang-Wu," and "elegance" in the history of *ci*, it distinguishes theoretical layers of major arguments on the poetics of *ci*; moreover, it concretely illustrates the particular style and historical implications of the Elegant school of *ci* in the Southern Song.

目錄

第一章

緒　論

第一節　何謂「南宋姜吳典雅詞派相關論題」

　　本文所界定的「南宋姜吳典雅詞派」，是斟酌了歷來諸家的說法，就南宋中晚期詞人填詞的情況，以風格相近的關係來加以規範的。

　　所謂「南宋」，既有歷史的意義，統舉了該派的生存時空；也有美學的含意，標示出該派所代表的時代風格──「南宋」與「北宋」，在詞學史上往往指稱兩種相對的風格類型。

　　所謂「姜吳」，乃以姜夔與吳文英兩家爲代表，因爲姜、吳詞在南宋中晚期典雅派詞人群中，是最有開創性及影響力的二家，而且姜、吳詞的相對作風是最明顯又最富爭議性的。我們要了解一個文學派別，最重要的是掌握作家群的共同特色，但也不能忽略他們的差異性。至於該派詞的作家，除姜、吳外，另加史達祖、周密、王沂孫和張炎四家爲主要骨幹，次要的則包括西湖吟社楊纘、張樞之詩友弟子，《樂府補題》詞人群，以及時有唱和而品味接近的詞家如高觀國、陳允平、盧祖皋等，此外就是那些沒有明顯的師友關係、但時代相若而風格類似的詞家，可見此派詞人之眾、勢力之大了。

　　所謂「典雅」，就是上述諸家詞的基本風格特色。姜、史、吳、王諸家所爲詞，寫物述懷，兼字句音聲之美，使事用典，道委婉含蓄之情，極雅之能事，亦盡人工之巧，向來論者不管是否欣賞這類作品的藝術技巧，莫不以此爲該派詞的特質之所在。典雅之意，即指此。

　　私意以爲「南宋姜吳典雅詞派」一名，較諸一般的如「古典詞派」、「風雅派」、「姜派」或「周姜詞派」等稱謂，其所指涉的意涵較爲豐富而周延。它不但點出了此派所代表的時代意義，也彰顯了南宋姜夔、史達祖、吳文英、周密、王沂

孫、張炎諸家的特色，更突出了姜、吳二人在詞派中的地位。不過，這只是一概括性的陳述而已，更詳盡的解釋則務必透過歷史的透視、作品的剖析、相關課題的論述等步驟，才能彰顯所謂「南宋姜吳典雅詞派」的整體特色和意義。

　　要照顧作品本身的風格特色及詞學評論的各個層面，為南宋姜吳典雅詞派的體派形貌尋繹出豐富而有深度的內涵，是值得做而又充滿挑戰性的工作，但這一研究範圍實在過於龐大，非短時間內以個人有限的能力所能勝任，是以不得不有所取捨。本文研究的主旨，是南宋姜吳典雅詞派的「相關論題」。換言之，本文不直接處理該派詞的體派特質，就諸家詞作及其活動本身分析其團體組織、承傳關係及風格體貌，而是要探討歷來環繞著姜、吳諸家及其詞派的一些詞學論爭課題。上文說，「姜吳」代表兩種相對的詞風，詞學上有所謂的清空與質實之論便與此相關；至於姜、吳諸家的「典雅」詞風，在妍麗工雅的筆調下，是否寓含深意，由來便有所謂的詞情之爭及各種高下之論，如何詮釋其情意、體察其本質，給予適切的評價，是要深入作探討的；而上文亦云「南宋」係時代風格之指標，欲了解其含意，則必須透過相對的概念來認識，而詞學上的南北宋之辨就是其中一個必須面對的課題。本文所謂的相關性，主要就是這三方面。由詞筆勢態、詞情體貌到風格類型，三者兼顧了形式與內容、個別家派與時代風格等層面，這正扣緊了「南宋」、「姜吳」、「典雅」等概念，本文設計之用心在此。

　　怎樣進行這項課題研究？以下先從文學流派的性質談起，並解釋流派研究之價值所在，先行釐清若干概念，為本文建立基本的理論架構，而後逐步談到南宋末典雅宗派意識的形成，以掌握其體派的大致輪廓，方便往後的討論，最後交代本文研究的動機與方法。

第二節　文學流派的性質及其研究意義

　　我們在文學發展之流中，截取一個時期、一個派別，加以審視分析，將許多散亂的資料有序地聯繫一起，建立「完整的」體系，往往只是一種預設的安排，包含著價值判斷的意味[1]。選擇和判讀資料難免主觀，而爲了使觀念更爲連貫，常常會突顯時代與團體的特色，彷彿可以代表整個時空的實貌，這是一般文學史或流派研究的實際情況。因此，這樣建構出來的體系，不是絕對的完整與客觀。所謂文學時代與文學流派，只是經過整理組合而具有某種統一特質的時期和團體，而這統一性顯然是相對的[2]。

　　文學時代、流派的歸納分析，我們通常會用「風格」的概念涵括[3]。「風格」，簡單地說，是一種結合著時代與個人，貫穿了內容與形式，因內而符外，鎔鑄了作品的藝術形相和作家的精神特質，所呈現出來的整體性的藝術世界[4]。嚴格說來，一件藝術品爲一個完整的統一體，不可隨意地分割組合，

1　韋勒克：「在文學史上根本沒有完全客觀的『事實』資料，在材料的選擇中便包含了價值判斷。」見王夢鷗、許國衡譯《文學論》（臺北：志文出版社，1976），第四章，頁62。

2　詳《文學論》，第十九章，頁446-447。另參葉維廉〈批評理論架構的再思〉、〈歷史整體性與中國現代文學研究之省思〉，《歷史、傳釋與美學》（臺北：東大圖書公司，1988），頁5-6、252-256。

3　B.M.日爾穆蒙斯基〈詩學的任務〉：「只有把『風格』的概念引入詩學，這門學科的基本概念體系才算是最終建立起了。」「我們根據詩歌的藝術統一，建立風格概念。借助於比較，才能大約確定詩人風格的獨特性質，或者詩的時代、流派等等。」見伍蠡甫、胡經之編《西方文藝理論名著選編》（北京：北京大學出版社，1987），下卷，頁397-398。

4　此處所界定的「風格」，大抵融合下列諸家意見而成：徐復觀的〈文心雕龍的文體論〉，見《中國文學論集》（臺北：學生書局，1976），頁1-83；廖蔚卿的〈劉勰的風格論〉，見《六朝文論》（臺北：聯經出版事業公司，1978），頁188-189；姚一葦的〈論風格〉，見《藝術的奧秘》（臺北：開明書店，1978），頁279-313；顏崑陽的〈論文心雕龍「辯證性的文體觀念架構」〉，見《文心雕龍綜論》（臺北：學生書局，1988），頁73-124；蔡英俊的〈「風格」的界義及其與中國文學批評理念的關係〉，見《文心雕龍綜論》，頁347-368。

但當作品累積到龐大的數量時，為了適當而有效地獲得整體性的印象，以便欣賞、創作或評鑑，分析、抽離、整合、歸類的工作便得進行[5]，風格的界限也因此而有所調整，無論是個別作家、某種文類，乃至時代、地域，都可歸為各種類別，納入大小不同的風格範疇來探討[6]。《文心雕龍·時序》說：「文變染乎世情，興廢繫乎時序。」每個時代有每個時代的政經文化取向，基於文學與社會的辯證關係，文學在這不同的氛圍中便展現出各別的時代特色。文學斷代的標準繫於風格的判斷，所謂時代風格，往往「是由這個時代中最具創造力的心靈，在最活躍的時刻所構成」[7]，而某些文學團體因為有組織與勢力，則更易彰顯特色，成為時代風格的具體表徵[8]。

　　中國傳統文學批評中有辨體與析派的工作。古人所泛稱為文體的「體」，意涵相當廣泛，即以《文心雕龍》一書而言，它就包括了體裁、體要、體用、體式、體性、體貌諸方面[9]。換上今日的術語，大體可歸入修辭（rhetoric）、文類（genre）和風格（style）的範圍。近來學者所辨析的「文體

---

[5] 張漢良〈何謂文類〉：「類的概念其實正是把某些事物的共同性質加以推廣。」見《比較文學理論與實踐》（臺北：東大圖書公司，1986），頁109-110。

[6] 姚一葦：「凡藝術品自歷史的累積中，如能形成一種為人們所承認的風格，它便形成藝術品的表現上的一個類。」見《藝術的奧秘》，頁288。

[7] 見Graham Hough著、何欣譯《文體與文體論》（臺北：成文出版社，1979），頁54。

[8] 詹鍈〈文心雕龍的時代風格論〉：「某一時代文藝的時代風格，往往通過這一時代主要的風格流派表現出來。」（見《文心雕龍的風格學》〔臺北：木鐸出版社，1984〕，頁124。）又丸山學《文學研究法》第五章〈時代研究〉：「如果這集團的質與量能夠強有力，則那流派便能馴致其他的作者群到同一傾向，自成文學的主潮。一到了這個樣子，對立者的存在，就已成極曖昧的東西，並不是流派，寧是成了時代思潮。」（臺北：商務印書館，1972，頁216。）

[9] 參廖蔚卿〈文體論〉，《六朝文論》，頁77-79；張漢良：〈何謂文類〉，《比較文學理論與實踐》，頁115。

論」，則相當於我們所謂的「風格」的研究領域[10]。至於析派的工作，乃是「依作家共同的傾向而區別其源流」，那是由鍾嶸《詩品》明確開創出來的[11]。這種推源溯流的詩歌研究法，常為後世評論家所採用[12]。「詩派」之名，始見於宋代狄遵度的〈杜甫贊〉：「詩派之別，源遠乎哉！波流沄沄，乃自我回。」而狄氏之言詩派，即源流之意[13]。據龔鵬程《江西詩社宗派研究》稱，宋元之間言詩派文派者，只有二義，其一取派的原意：「一源分流，故稱為派，水別流也」，譬如江西宗派，派中二十五人，各自為派，而又皆以黃庭堅為宗；「其二則以『詩』為主體，譬若大江巨流，某家某風格，特其一支耳，此即可以派稱之，於是同一風格者并曰一派」。明清以後的文學派別，多取後一義，以時地為併合的範圍，由風格作分派的依據[14]。其實，縱然是前者，既繫為一派，則其最高統合的原則仍是歸向風格的，誠如楊萬里〈江西宗派詩序〉所云：「江西宗派詩者，詩江西也，非人皆江西也。人非皆江西，而詩曰江西者何？繫之也。繫之者何？以味不以形也。[15]」此處訴諸味合，就是以風格品味為繫屬標準的意思。既然文學派別皆以風格從同為標幟，析派便須奠基於辨體的工作。不過，「體」與「派」卻非等同的概念。文體在這裡所指的是文學的整個風格領域，至於文學流派則是以作家風格為規範準則的集

[10] 詳韋勒克等著〈文體與文體論〉，《文學論》，頁281-300；Graham Hough：《文體與文體論》；Roger Fowler, ed. *A Dictionary of Modern Critical Terms.* New York: Routledge & Kegan Paul, 1987. pp.236-239; M. H. Abrams. *A Glossary of Literary Terms.* Holt, Rinehart & Winston, 1981. 4th ed. pp.190-192; M. H. Abrams. *The Princeton Handbook of Poetic Terms.* New Jersey: Princeton University Press, 1986. pp.268-271.
[11] 參王夢鷗〈中國文體論之研究〉，《文學季刊》第6期（1978年2月），頁6-7。
[12] 其著者，如張為〈詩人主客圖〉、呂居仁〈江西詩社宗派圖〉。
[13] 見呂祖謙編《宋文鑑》（北京：中華書局，1992），卷七五，頁1081。
[14] 詳龔鵬程《江西詩社宗派研究》（臺北：文史哲出版社，1983），頁278-279。
[15] 見《誠齋集》，《四部叢刊》本，卷七九，頁11-12。

團組織，兩者的意義層次不同。因此，為強調創作上的共同傾向或體系特色，可逕稱某派為某體，但不能說文體就是派別的等稱。中國文學批評鮮有為術語下明確定義的習慣，而後人又不加細察，遂生許多無謂的爭端。環繞著體、派的問題，近來時有論爭，其癥結亦在此，這是須要辨明的[16]。

文學流派基本上是以風格為組合的依據，上文已一再陳述，但其組合模式卻有多種樣態。就中國文學來論，依文類劃分，有詩派、文派、詞派之別；據時空作斷限，其中或有強化流派的時代意義，或有重視派系的鄉黨情誼，也有其他組合變化。作家則為派別的靈魂，其人數的多寡、質素的良莠，決定了派別的規模與勢力的大小；其間有的呈宗主從屬的關係，有的是同僚友朋的性質；換另一種說法，或具明顯源流系統，或僅依單純的風格併合。大體上，文學流派確立的過程可有兩種情況：一種是派中人有意識的結合，他們由於身分、信念相近，曾參與共同的文學活動，遵循某種創作原則，遂結成有組織的社團；另一種是後人的整理規劃，他們將文學史上有共同傾向的作家歸為一類。無論是那種型態的組合，創構派系的動機不外乎是：以便學習模仿、鑑賞批評；或純粹的為了紀念與標榜；或有意地借此伸張學說，抗衡某種相對的團體與理論。我們還要注意的是，流派結構本身不是絕對不可動搖的，隨著文學思潮的轉移，構成流派的觀念可能也會受到影響，因此，文學史上的各種流派皆可從不同的立場，依據其他規範準則，重新審視這些派別的組織結構與系統網絡，或加以推廣強化，

---

16 詞學研究方面，有關體、派之論爭，可參施蟄存、周楞加〈詞的派與體之爭〉，《西北大學學報》1980年第3期，頁11-14；此後有談文良〈關於詞的派與體之再爭議——宋人是否以婉約豪放分詞派等三題〉、網珠〈關於詞的派與體之分——派、體之爭管見〉、陳兼與〈關於詞的派與體之分——與施、周二先生商榷〉，皆各抒己見，三文皆載《西北大學學報》1981年第1期。

或加以解構重組，文學研究生生不息的活力就在此。總之文學流派所展現的風貌有多種樣態，流派成立的條件不同，性質便有差異。

不過，文學流派不管以怎樣的形式出現，基本上必是一有形或無形的團體型態，其中必包含眾數的成員，以及維繫其關係的一種共同的創作理念，而其風格特色則相對於同時或前後的其他流派而彰顯出來的[17]。研究某一文學流派，最要探討的便是它組合的形式與精神，及其所代表的時代意義。因此，對文學流派的研究，實應歸入文學史的研究範疇。個別作家的特色為何，作家與作家之間有何實質關係，怎樣將其離合作一整體的理解，派別的組成是基於怎樣的時空因素，這種種都是流派研究所關心的重點。掌握了某一流派的風格特質，無疑便多了一個比較衡量的標杆，使我們對個別作家、相對勢力、時代風潮會有更深一層的體認。這是一個詮釋循環的網絡：由小的風格領域而認識大的風格領域，復由整體而認識個別，如此往復詮釋，體驗便得以擴展加深。在這一層面而言，文學流派之有研究價值是毋庸置疑的。重要的作家如何開宗立派，發揮怎樣的影響力，放在流派研究的範疇裡觀察，會有更透徹的了解。同樣地，文學思潮的走勢，時代風格類型的建立，都可透過對當時主導流派的研探，獲得更具體而又切實的結論。

對特定時空的文學團體進行分析討論，釐清其組派的意識及宗脈關係，反映其時代風貌，當然屬於文學史的研究領域，但文學的歷史還有另一種意義，那就是文學接受（reception，或稱作讀者反應reader-response）的歷史——即文學作品、作家在不同時空的存在意義的一種歷史。根據接受美學理論家姚

---

[17] 詳丸山學著、郭虛中譯《文學研究法》（臺北：商務印書館，1972），第五章，頁215-216。

斯（H.R. Jauss）的看法，文本必須經過讀者的參與才產生意義，所謂文學史就是一部文學作品的詮釋歷史，所關心的是現時的讀者與過去的作品兩種視野間辯證融合的接受效應；它是一種動態的歷史，打破了一般把文學史視為作家、作品的編年史的刻板觀念，還給了作品存在的意義[18]。接受美學強調了讀者在文學史發展中的重要地位，讀者的作用主要在於主動參與並推動了文學創造的過程，賦予文學的發展以歷史的連續性，並提出各種意義的解說、作出了不同的價值判斷[19]。因此，就文學流派的體派特質的體認而言，參與組織者或有他們一套的看法，但那也不是絕對的，因為後來的詮釋者在不同的時空中依據不同的觀念與立場加以解釋時，自然賦予了個人及時代的色彩，他們彼此間有差異，更不用說與「原意」完全相符了。我們研究這一層面的歷史，更能了解一種學說的影響、一種文學思潮的承傳關係以及傳統的作用。

第三節　「詞派」觀念的形成

　　文學評論總是在文學創作之後產生的。當作品漸多，作家日眾，有意識的批評活動便隨之而起，一則以鑑別高下、裁量得失，一則以闡發理論、指導創作。詞在唐代是萌芽發展的階段，當時未有論詞專著。後蜀歐陽炯的〈花間集序〉或可視作專文論詞之始。詞至兩宋而盛，而有關闡明詞體詞律、評論詞

18　詳H. R. Jauss, "*Literary History as a Challenge to Literary Theory*", Ralph Cohen ed., *New Directions in Literary History*. Baltimore, Maryland: The Johns Hopkins University Press, 1977. pp.11-41；姚斯：〈文學史作為向文學理論的挑戰〉，周寧、金元浦編譯：《接受美學與接受理論》（瀋陽：遼寧人民出版社，1987），頁3-56。

19　詳朱立元《接受美學》（上海：上海人民出版社，1989），第十章，第二節〈文學與歷史的融合：效果史與接受史〉，頁337-341。

家詞派、探究詞旨詞法的著述即相應而生，並由此而發展爲專門之學。詞在宋代，一方面仍維持其傳唱的娛樂性質，流行於歌樓酒肆，一方面也成了文人抒情言志的工具，彷彿詩一般。由於詞具有中間文體的特性，介於高雅與低俗之間，因此作爲一種獨立的文體來思考：它究竟與詩有何區別？它與俗曲的關係如何？而在以文人意識爲主導的批評活動中，又怎樣地在存雅去俗的過程裡仍維持其作爲音樂文學的本色？兩宋間重要的詞學評論，大抵環繞著這些課題而發展。對詞本質的辨識，自然影響到對詞之起源問題的了解，也由辨體而對作家的歸屬問題作出了初步界分的構想，因而也就逐漸形成了所謂析派的理念。宋代詩學特盛，詞學的走向往往受到詩學的影響，宋人論詩好辨文體、溯源流，而論詞之有分體立派的意識，那就不足爲奇了。不過，由於詞的質與量不如詩之豐富多變，詞論家所投注的心力也不及詩評家之專注持久，而詞學批評的美感距離當然亦無法與詩之有悠長歷史可相比較，因此宋代詞學中的辨體論和分析流派觀念之所以顯得粗淺不夠周延，那是可以理解的。

　　李清照的〈詞論〉明確主張詞「別是一家」之說，是詞學文體論中第一篇重要的文獻[20]。它的主要論旨是：詞之爲詞，必須講究形式，協合樂律，遣詞用字也要典雅得體，方爲本色[21]。李清照評論古今詞人，乃以此原則而定其優劣。稍後，王灼編撰《碧雞漫志》則更進一步由辨別文體而引伸出「流派」的觀念：

---

[20] 北宋詞論，雜見於各家的書信序跋，其中如晁補之〈評本朝樂章〉、李之儀〈跋吳思道小詞〉，也有談論詞的本質問題，但片言隻語，不夠詳明。

[21] 詳林玫儀〈李清照詞論評析〉，《詞學考詮》（臺北：聯經出版事業公司，1986），頁317-335。

東坡先生以文章餘事作詩，溢而作詞曲，高處出神入天，平處尚臨鏡笑春，不顧儕輩。或曰：「長短句中詩也。」爲此論者，乃是遭柳永野狐涎之毒。詩與樂府同出，豈當分異？若從柳氏家法，正自不分異耳（按：此句應作「正自分異耳」）[22]。

晁無咎、黄魯直皆學東坡，韻製得七八。黄晚年間放於狹邪，故有少疏蕩處。後來學東坡者，葉少蘊、蒲大受亦得六七，其才力比晁、黄差劣。蘇在庭、石耆翁入東坡之門矣，短氣踡步，不能進也。趙德麟、李方叔皆東坡客，其氣味殊不近。

沈公述、李景元、孔方平處度叔姪、晁次膺、万俟雅言，皆有佳句，就中雅言又絕出。然六人者源流從柳氏來，病於無韻。[23]

崇雅黜俗，貶柳揚蘇，是王灼詞論的基本立場，而其中心思想是：「詩與樂府同出，豈當分異？」王灼對詞體的認識不同於李清照，他特重詞的文學性，以爲詩詞同源，「本之性情」[24]。上面所引文字中，王灼特別拈出蘇、柳二家，粗略

22 見《中國文學百科全書資料彙編》（臺北：鼎文書局，1974）本《碧雞漫志》（按：此本係據1959年北京中國戲據出版社校刊本翻印），頁151，〈碧雞漫志校勘補記〉之注九。依上下文看，應作「正自分異耳」爲是。詳注24。
23 見《碧雞漫志》卷二，頁113-114。
24 《碧雞漫志》卷一云：「或問歌曲所起，曰：天地始分，而人生焉，人莫不有心，此歌曲所以起也。……故有心則有詩，有詩則有歌，有歌則有聲律，有聲律則有樂歌。永言即詩也，非於詩外求歌也。今先定音節，乃製詞從之，倒置甚矣。而士大夫又分詩與樂作兩科。古詩或名曰樂府，謂詩之可歌也。故樂府中有歌有謠，有吟有引，有行有曲。今人於古樂府，特指爲詩之流，而以詞就音，始名樂府，非古也。」（頁105。）又云：「今人固不及古，而本之性情，稽之度數，古今所尚，各因其所重。……古人豈無度數？今人豈無性情？用之各有輕重，但今不及古耳。」（頁112。）王灼以爲詩歌的產生，應由心意之動，發而爲文，而後協以樂律。「今不及古」的現象是「先定音節，乃製詞從之」，重於「度數」而輕於「性

地劃分了兩種不同詞風的源流脈絡，這是詞學析派觀念之肇始，有其歷史意義[25]。衡諸當時的文化社會現象，譬如禪宗有宗脈、宗統的觀念，其宗派之分立，乃在樹立自家宗旨，而宋儒講學之家法，江西詩派之系統，也在樹立共同的宗尚與特色[26]，然則詞家結社聯吟，詞學也有自覺的分派理念，看來並非孤立的現象。《碧雞漫志》一書裡，隨處可發現以禪論詞之例[27]，而王灼輯稿之時，呂居仁已撰成〈江西詩社宗派圖〉，王灼是否受到這些方面的分宗立派的觀念之影響，不得而知[28]。不過，江西宗派的大纛在南宋紹興間樹立起來後，風

情」。王灼謂「詩於樂府同出，豈當分異」，主要就是針對當時的詞弊而發，他的意見是：站在「本之性情」的觀點，詩詞同源，都是一體，因此不必以體製形式的差異強分二者；既以性情爲主，則詞之好壞往往就決定於作者情志之高低，自然遠勝人爲之美。他稱許東坡，主要是因爲東坡詞的創作都是從眞情出發，使詞回復詩歌的本質，「指出向上一路，新天下耳目，弄筆者始知自振」（卷二，頁116）；而鄙薄柳永，則是由於柳詞雖「能擇聲律諧美者用之」，卻「聲態可憎」（卷二，頁115）。

25 楊海明〈論王灼的詞學觀點〉：「在八百多年前，王灼就能明晰地把蘇軾豪放詞派與柳永婉約詞派劃分開來，是頗具眼力的。」（《唐宋詞論稿》〔杭州：浙江古籍出版社，1988〕，頁274。）按：「豪放」、「婉約」是後起的觀念，王灼釐析二派的出發點並非自此。

26 參杜松柏〈禪家宗派與江西詩派〉，黃永武、張高評編《宋詩論文選輯》（高雄：復文圖書出版社，1988），頁409-428。

27 如《碧雞漫志》謂東坡詞指出「向上一路」，「向上」一語原見《傳燈錄》卷七：「（寶積禪師上堂示眾曰）向上一路，千聖不傳，學者勞形，如猿捉影。」。饒宗頤〈詞與禪悟〉解釋說：「嚴滄浪〈詩辨〉亦點出『工夫有向上一路』。東坡有極高明之襟抱，抒寫爲詞，不同凡近，如宗門之極處，故以『向上』比況之。」（《清華學報》新七卷一期〔1979年8月〕，頁225。）按：所謂「向上一路」，乃指徹底極悟之境，此境須眞參實悟方能達到，非可言傳，故云：「千聖不傳」。嚴羽《滄浪詩話‧詩辨》對作詩如何能臻至此境，有如下之描述：「工夫須從上做下，不可從下做上。先須熟讀《楚詞》，朝夕諷詠以爲之本；及讀《古詩十九首》，樂府四篇，李陵蘇武漢魏五言皆須熟讀，即以李杜二集枕藉觀之，如今人之治經，然後博取盛唐名家，醞釀胸中，久之自然悟入。雖學之不至，亦不失正路。此乃是從頂上做來，謂之向上一路，謂之直截根源，謂之頓門，謂之單刀直入也。」東坡爲詞，發自胸臆，正以此而臻極高之境也。

28 吳曾《能改齋漫錄》卷十「江西宗派」條，謂呂本中《江西詩社宗派圖》作於紹興三年（1133）。據莫礪鋒〈呂本中江西詩社宗派圖考辨〉一文所考，呂氏此圖應作於崇寧元年（1102）或崇寧二年（1103）初。（見《江西詩派研究》〔濟南：齊魯書社，1986〕，頁306-309。）而據王灼序文所述，《碧雞漫志》則始撰於紹興十五年（1145），紹興十九年（1149）成書。

氣所播，幾乎籠罩了整個南宋詩壇，其創作與批評的理念也延及當時的詞學界[29]。然則南宋中晚期有關詞派系統的建立，與其說是直承《碧雞漫志》之說，不如謂之深受文化思潮、江西詩學的影響，是時代風氣所趨，更爲恰當。

南宋寧宗嘉定元年（1208），汪莘自序《方壺詩餘》曰：

> 余於詞所愛喜者三人焉。蓋至東坡而一變，其豪妙之氣，隱隱然流出言外，天然絕世，不假振作；二變而爲朱希眞，多塵外之想，雖雜以微塵，而其清氣自不可沒；三變而爲辛稼軒，乃寫其胸中事，尤好稱淵明。此詞之三變也。[30]

汪氏以其個人之喜好，將蘇軾、朱敦儒、辛棄疾三人連成一脈，雖非明確的宗派思想，但以一籠統的風格觀念統攝諸家，已大致符合了「派」的基本特質。

首次正式揭示「詞派」之理念，應數滕仲因，其序郭應祥《笑笑詞》曰：

> 詞章之派，端有自來，溯源徂流，蓋可考也。昔聞張于湖（名孝祥）一傳而得吳敬齋（名鎰），再傳而得郭遜齋（名應祥），源深流長，故其詞或如驚濤出壑，或如縐縠紋江，或如淨練赴海，可謂冰生於水而寒於水矣。長沙

---

29 謝章鋌《賭棋山莊詞話》卷十二：「白石道人爲詞中大宗，論定久矣。讀其說詩諸則，有與長短句相通者。」（《詞話叢編》，頁3478。）姜夔是以江西詩風入詞的代表。《樂府指迷》、《詞源》、《詞旨》等書有關詞法的討論，亦可與江西詩法相通，詳第三章第三節。

30 見《方壺詩餘》，《彊村叢書》（臺北：廣文書局，1970）本，頁3421-3422。

劉氏書坊既以二公之詞鋟諸木，而遯齋《笑笑詞》獨家
塾有本。一日，予叩遯齋，願併刊之，庶幾來者知其氣
脈，且以成湘中一段奇事，況三公俱嘗從宦是邦，則珍
詞妙句，豈其有其二而闕其一？[31]

這段話有三點值得注意：第一、文學流派最要明傳承系統、源
流關係，這裡已確實掌握了派的基本涵義。同時詹傅〈笑笑
詞序〉亦云：「（遯齋）以其緒餘寓於長短句，豈惟足以接
張于湖、吳敬齋之源流而已！[32]」意略同，可以互參。據饒宗
頤《詞籍考》所云：「吳鎰……官終湖南轉運判官，有《敬齋
詞》一卷，張于湖知撫州所得士，應祥鄉先生也。[33]」可見三
人除了風格相似外，還有實質的人際關係，此乃明清間流派組
合的兩個重要項目。第二、滕序曰：「庶幾來者知其氣脈」，
所謂氣脈，一則有源流系統之意，另外也指息氣相通。滕氏以
水喻詞風，波瀾起伏，雖有多種變化，仍不離水的基本特質，
正如楊萬里界定江西宗派所云：「以味不以形也。[34]」文學派
系所強調的只是作品共同的風格取向，但也不掩蓋諸家各異的
特色。滕文重源流，卻並未將其所以繫屬諸人而使之統攝有序
的觀念明白展現，因此他所建立的架構終究是不完整的。第
三、滕氏沒突顯三家詞的風格特色，卻強調了地域的因緣，此
乃開後來浙派、常派等據鄉黨情誼為派合依據之先例。由上所
述，可見「詞派」的觀念在南宋中葉已有一大致的輪廓。

　　詞派的概念，南宋已有之，而「詞派」之名則始見於清厲
鶚的〈論詞絕句〉之九：「送春苦調劉須溪，吟到壺秋句絕

---

31 見《笑笑詞》，《彊村叢書》本，頁3377。
32 同上，頁3321-3323。
33 見《詞籍考》（香港大學出版社，1963），頁197。
34 見〈江西宗派詩序〉，《誠齋集》，《四部叢刊》本，卷七九，頁11-12。

奇。不讀鳳林書院體，豈知詞派有江西。[35]」此詩所論者，乃元廬陵鳳林書院編《名儒草堂詩餘》一集，是書所收皆至元、大德間南宋遺民作品，多江西人詞。厲詩所提「劉須溪」（劉辰翁號）、「壺秋」（羅志仁號）皆籍屬江西。厲鶚雅愛此集，嘗謂其「詞多悽惻傷感，不忘故國，而於卷首冠以劉藏春、許魯齋二家，厥有深意」[36]。他是在體認出這些南宋遺民詞有共同的特色，並且意識到這些詞人間的地域關係之情況下，而將其歸爲一個派別的。所謂「江西詞派」，當然是比附詩派之有江西言。「詞派」之名雖晚起，但實際上詞社在南宋已頗有組織，社友分題拈韻，審音協律，活動相當頻仍，像宋季周密、王沂孫、張炎諸人，有共同的師法對象與創作理念，時相往還，選詞論詞，莫不以雅爲宗，儼然已是一詞派的規模了。明清以來的詞派，組織嚴密，宗脈關係清晰，詞學宗旨顯著，而門徑不同，鄉籍各異，派別之間時有爭執，與當時詩派的情形一般。

第四節　宋末典雅派詞人的宗派意識

在南宋，文人結社的風氣甚盛，這大概受到當時工商業行社與藝人行社的影響。據南宋耐得翁《都城紀勝》所載，當時臨安便有許多商業技藝的社會組織，其中以社爲名的有蹴鞠打毬社、川弩射弓社、錦體社、八仙社、漁父習閑社、神鬼社、聲社、遏雲社、奇巧飲食社、花果社、七寶考古社、馬社、清樂社等。而文人社集，最有名的則是西湖詩社，耐得翁云：「此社非其他社集之比，乃行都士大夫及寓居詩人。舊

---

35 見《樊榭山房集》，《四部備要》本，卷七，頁3。
36 見厲鶚〈元草堂詩餘跋〉，施蟄存編《詞籍序跋萃編》（北京：中國社會科學出版社，1994），頁696。

多出名士。[37]」宋人詩文集中，時見寄社友之作，可見南宋的詩社確實不少[38]。宋元之際，吳渭創月泉吟社，命題徵詩，得二千七百三十五卷，其聲勢之大，可見一班。汲古閣《詩詞雜俎》收有月泉社之函札，至今猶可考見當時詩人入社應徵之情況。

至於南宋詞壇，也有結社填詞的特色。周紫芝〈千秋歲〉（送春歸去）詞小序云：「春欲去，二妙老人戲作長短句留之，爲社中一笑。」史達祖〈點絳脣〉（山月隨人）詞小序云：「六月十四夜，與社友泛湖過西陵橋，已子夜矣。」又其〈龍吟曲〉（道人越布單衣）題作「陪節欲行留別社友。」周密〈采綠吟〉題序云：「甲子夏，霞翁（楊纘）會吟社諸友逃暑於西湖之環碧。」張炎〈木蘭花慢〉（錦街穿戲鼓）詞序云：「元夕後，春意盎然，頗動游興，呈雪川吟社諸公。」而汪元量〈暗香〉、〈疏影〉詞（二首見《詩淵》第十四冊）序亦有提及「西湖社友」之辭。他們所謂的「社」，大概都是詞社，或兼作詩詞的吟社。詞家聯吟酬唱，自然形成一種組織關係，他們互相往還，切磋學藝，創造出相類似的品味，提出頗一致的主張，無形中強化了詞派的思想。再者，因爲詞社林立，彼此相互較勁，更激化了詞學觀念的自覺，加強了團體的共識。南宋的詞風，就其大方向與勢力而言，可以辛棄疾、姜夔作一分界：前者承接了蘇軾的豪放詞風，延續了南渡以來朱敦儒、張孝祥、陸游等詞人的氣脈，而集其大成；後者遙契了周邦彥婉約詞風，開啓了南宋後期吳文英、周密、張炎等詞家的路數，而爲

---

37 見《都城紀勝》之「社會」條，《東京夢華錄（外四種）》（臺北：古亭書屋，1975）本，頁98。

38 如武朝宗《適安藏拙餘稿》、葉茵《順適堂吟稿》丁集，皆有〈寄社友〉詩，徐集孫《竹所吟稿》有〈寄懷里中諸社友〉、〈寄里中社友〉，林尚仁《端隱吟稿》有〈雪中呈社友〉等。詳蕭鵬：〈西湖吟社考〉，《詞學》第七輯，頁88-91，「文人結社風氣的盛行」一節。

一派宗師。辛派後來雖有二劉接踵，然論實力與規模則遠遜於宋末典雅派詞人。

宋末典雅派詞人主要在臨安一帶活動，他們結爲吟社，以楊纘、張樞等人師友弟子爲中心，重要成員包括了施岳、徐理、陳允平、周密、王沂孫、張炎及《樂府補題》唱和諸友等，諸家多精通樂律，以雅爲尚[39]。張炎《詞源・雜論》云：「近代楊守齋精於琴，故深知音律，有《圈法美成詞》。與之游者周草窗、施梅川、徐雪江、奚秋崖、李商隱，每一聚首，必分題賦曲。[40]」可見當時活動之情況。除了社課填詞外，他們有詞論（張炎《詞源》），有詞選（周密《絕妙好詞》），有詞法（楊纘〈作詞五要〉），有音譜及詞譜（楊纘《紫霞洞譜》、《圈法美成詞》）等，還有共同的師法對象（周邦彥與姜夔）與詞學品味（清虛騷雅）。總之，他們以實際社集爲基礎，以共同創作理念作依歸，是有相當濃厚的宗派意識的。

稍早之前，沈義父撰《樂府指迷》，雖然與宋末臨安詞人群沒有直接關係，但其基本理念與吟社諸友的主張卻可參證。我們從《樂府指迷》、張炎《詞源》及其後學陸行直所撰的《詞旨》三書的論述中，可以理出一段詞法相遞的過程[41]。

沈義父在《樂府指迷》的前言，很明白地說，他是與吳文英昆季認識之後「相與唱酬」，受到吳氏的啓迪，而知作詞的妙法：「蓋音律欲其協，不協則成長短之詩；下字欲其雅，不

---

39 有關宋末臨安詞群結吟社的詳情，請參夏承燾〈周草窗年譜〉，《唐宋詞人年譜》（上海：中華書局，1961），頁352-354；蕭鵬〈西湖吟社考〉，《詞學》第七輯，頁92-101，「關於西湖吟社的性質」、「西湖吟社活動的記錄」、「西湖吟社社友圖」等節。

40 見《詞話叢編》（臺北：新文豐出版公司，1988），頁267。

41 宋季傳詞法如傳家法之說，係參吳熊和先生之見。詳《唐宋詞通論》（杭州：浙江古籍出版社，1985），第五章，頁305-311。

雅近乎纏令之體；用字不可太露，露則直突而無深長之味；發意不可太高，高則狂怪而失柔婉之意。⁴²」全書二十八則，皆以此四原則為立論之本，再加以闡述發揮。這四原則簡明扼要地界定了詞的本質。所謂「纏令之體」，是流行於秦樓楚館的樂曲，其弊在鄙俗；而其所謂「用字太露」、「發意太高」，大概是針對當時辛、劉末學的豪氣詞而發[43]。宋代詞家，沈氏最推崇周邦彥，以其合乎上揭四標準；而夢窗作詞取徑清真，「深得清真之妙」，也獲得很高的評價。蔡嵩雲《樂府指迷箋釋》云：「夢窗論詞之語，集中罕見，于伯時所揭四標準，可以窺見夢窗詞法矣。[44]」夢窗詞法得沈義父而流傳。沈氏承夢窗家法，將南宋典雅詞風推源到北宋的周清真。這種詞法相遞的方式，源流系統的貫串，奠定了典雅詞派的基型。

　　另一個更完整的網絡，可從《詞源》、《詞旨》理出。《詞源》末附楊纘的〈作詞五要〉，謂填詞須擇腔、擇律、按譜、隨律押韻、要立新意[45]。楊氏的詞法乃得此而傳。陸文圭〈詞源跋〉說張炎「得聲律之學於守齋楊公」[46]，可見二人之

---

42 見《詞話叢編》，頁277。
43 《樂府指迷》曰：「如秦樓楚館所歌之詞，多是教坊樂工及鬧井做賺人所作，只緣音律不差，故多唱之。求其下語用字，全不可讀」；又曰：「近世作詞者不曉音律，乃故為豪放不羈之語，遂借東坡、稼軒諸賢自諉。」（《詞話叢編》，頁281-282。）按：本文稱辛劉末學所為詞曰豪氣詞，是寓含貶意的。南宋中晚期的詞論多以典雅合律為創作與評論的基本準則，如王炎〈雙溪詩餘自敘〉云：「長短句宜歌而不宜誦，非朱唇皓齒無以發其要妙之聲。……今之為長短句者，字字言閨闈事，故語儒而意卑；或者欲為豪壯語以矯之，夫古律詩且不以豪壯語為貴，長短句命名曰曲，取其曲盡人情，惟婉轉嫵媚為善，豪壯語何貴焉？」劉克莊〈跋劉瀾樂府〉亦云：「詞當協律，使雪兒春鶯輩可歌，不可以氣為色。」他們所說的「豪壯語」、「以氣為色」，或沈義父所說的「豪放不羈之語」，即本文所謂「豪氣」之意，此與後來詞學風格論中相對於「婉約」的「豪放」之概念的義涵，不完全相同。
44 見《詞源注・樂府指迷箋釋》（臺北：木鐸出版社，1982），頁44。
45 見《詞話叢編》，頁267-268。
46 見《詞話叢編》，頁269。又《詞源》卷下云：「余疏陋譾才，昔在先人侍側，聞楊守齋、毛敏仲、徐南溪諸公商榷音律，嘗知緒餘，故生平好為詞章，用功踰四十年，未見其進。」（《詞話叢編》，頁255。）

淵源。與楊纘結爲吟社而時有往還的，還有施岳、周密等人。他們共同的特色是精通樂律。楊纘的詞學主要是以清眞、白石爲法，而張炎的父祖輩也是傾心於白石的詞家[47]。因此，誠如吳熊和所說：「張炎《詞源》，就是據其習聞的先輩緒餘，爲周姜一派詞學作了最後的總結。周姜一派講論的樂律與詞法，主要的內容就詳備於《詞源》。[48]」張炎以清眞爲法，更推崇白石，特闢清空一境，倡爲騷雅之說，這些理念皆由其後學陸行直所承。《詞旨》主要是傳張炎詞法，而爲「俾初學易於入室」，換了「語近而明，法簡而要」的口訣方式以表達[49]，遂使《詞源》的一些較抽象的原則，有更具體而扼要的詮述。《詞旨》云：

> 周清眞的典麗，姜白石之騷雅，史梅溪之句法，吳夢窗之字面；取四家之所長，去四家之所短，此翁之要訣。[50]

這裡所舉四家，著重點均有不同。粗略地劃分，周、姜與史、吳可別爲兩組。取吳之字面、史之句法，所求的是形式技巧之工麗而稱體；取姜之騷雅、周之典麗，則更求情意內容之醇厚而有韻致、文體風格之典雅婉麗。以周姜爲首，正標示出遠挑清眞、近師白石的宗旨；而兼取史、吳，則昭示了師法入門的正路。因此，從這一簡單的要訣中，可以看到當時典雅一派師法的重點，以及其派系源流的概念。

　　總結上述三家詞法，或宗周、吳，或主周、姜，系統似有參差，宗派的思想仍不夠明白完整，不過就創作與批評的看法

---

47 同注44，見夏承燾〈詞源注・前言〉，頁5。
48 見《唐宋詞通論》，頁316。
49 見《詞旨》上，《詞話叢編》，頁301。
50 同上，頁301-302。

言，三家已達成共識，那就是：重視詞的音樂美與文字美，講究篇章字句之鋪排鍛鍊，要求聲韻格律之諧協和雅，以維持詞體協律、雅正、深隱、含蓄之特質。

這些理念亦貫徹於周密所編的《絕妙好詞》一書中。《絕妙好詞》的選旨是以雅爲歸，全書收錄南宋一百三十二家詞，其中以周密、吳文英、姜夔諸家詞輯錄最多，而當時與周密交遊的詞家如楊纘、陳允平、張炎、王沂孫等，都有作品被採錄，因此說它是典雅詞派的代表選集，亦無不可。如將此書與《詞源》、《詞旨》核對，更可發現：《詞源》所舉南宋諸家之例，大都收在《絕妙好詞》；而《詞旨》中「屬對」、「警句」、「詞眼」等項所示詞例，十之七八也見於該書。尤值得注意者，《詞旨》「警句」之例幾乎全按《絕妙好詞》的編次取材[51]。由此可見，它們的密切關係。宋季詞學，由周密將詞家作品結爲一集以提供實際的範例，由張炎以詞話方式闡述創作的基本原則，再由陸行直標舉家數、句例以示後學津途，三家前後呼應，爲姜吳典雅一派樹立了相當的規模，日後浙派即承續這一理念，爲南宋典雅詞派建構出更完整的脈絡。

第五節　本文研究的旨趣與步驟

我們對典雅詞派的認識，通常是透過文學史或一般論著的描述和評論，所得的印象大致如下：它指的是南宋中晚期相對於辛、劉豪放派的文學團體，重要的作家包括了姜夔、史達祖、吳文英、張炎、周密和王沂孫，他們詞作的特色是講雅正、重音律、貴研鍊、多長調和韻之作、長於詠物酬贈之題。

51　請參劉少雄〈宋代詞選集研究〉（臺大中文研究所碩士論文，1986），第四章，頁131-132。

此外亦多會強調那是一講究形式但缺乏深刻思想內容的詞學流派。尤其在近代思潮的影響下，談文學重思想意境、鮮明的意象、疏宕有致的語言，而走極端的則更重文學的民間性與愛國情操，對這樣一個以研辭鍊句、選聲揣色見勝的詞派作品，自然抑多於揚，更無閱讀的興趣，遂少客觀深入的分析，更不用說對與該派相關的詞學問題有所關注了。這情形最近稍有改善，可是多單篇短論，分別立說，鮮見完整詳實的論著。

本文擬探討環繞南宋姜吳典雅詞派的相關詞學論題，是想藉姜吳詞派這一焦點以突顯歷來詞學裡的一些關鍵性的論爭課題，試圖廓清其本質，勾畫出其發展脈絡，並想藉著這些論題反照出典雅派詞的特質。南宋中葉以降，姜夔與吳文英領導詞壇，典雅合律成為創作與評論的準則。詞人結社聯吟，品詞論樂，於是斟酌字句工夫更細，辨析樂律腔韻更精，論者頗能歸納整理出一些詞學法則，開示創作的門徑，沈義父的《樂府指迷》、張炎的《詞源》便是當時的重要著作，分別代表了姜、吳兩個家法統系。換言之，在實際創作和批評活動中，姜、張諸家對詞的認識已提升到一自覺的境地，為婉約詞體初步建立了一套法則。後人多因學詞而論詞，取捨褒貶之間自有立場，而這一現成的範式便是最易引起檢視的對象：對姜、史、吳、王諸家詞，是批評抑或接受，應否傳承學習？諸如此類的問題不斷出現，而各家立場不同，取徑互異，由是論爭便起。明清以來許多詞學論題，如「南北宋之辨」、「詞情之爭」、「清空與質實之論」，都與南宋姜吳典雅派詞有關，幾乎各重要家派都有涉入，各種詞學理念互相激盪，相當熱鬧。因此，我們就姜吳詞派所衍生的詞學課題詳加探析，會更明瞭歷來詞學發展的脈絡，對詞體本質有更透徹的了解，而藉著諸家對姜吳派詞正反論見的陳述，則更能彰顯該派詞的美學特質及其優劣之

處。我們回溯歷史，分題論述，經過綜合整理，對姜吳詞派的面貌和成就，相信會有較全面的理解，而這樣的理解，將有助於擺脫以往的成見，讓我們能以同情而又理性的態度面對典雅派詞，給予公允的評價。

茲將本論文所選擇的論題及其研究策略，概述如下：

首先，考察「南宋姜吳典雅詞派」的歷史形貌。張炎、周密諸詞人在南宋已有結社之事，而「派」的理念則不甚完整。明清以來，詞學界各依標準建構體系，對其體派特質及成員間的宗脈關係各有不同的詮釋。換言之，姜、張諸子的派系組合，經過了一段演變的歷程，而所謂「南宋姜吳典雅詞派」這一概念，只是我們歸納眾說所得。依序回溯這一段詮釋歷程，分「體」與「派」兩項，歸併各期論者對該派風格之認定以及成員之組合的看法，將典雅詞派的體派形貌由雛型到正式定位的演變勢態如實呈現。希望透過這樣的論述，能對典雅詞派有更縱深的了解。藉此也交代了各家的理論、時代的思潮，這樣會方便往後章節的討論。

其次，論清空與質實之爭。這關乎作品的表現特色，是張炎就姜、吳二家所代表的詞風首度分辨出來的。張炎《詞源》云：「詞要清空，不要質實；清空則古雅峭拔，質實則凝澀晦昧。姜白石詞如野雲孤飛，去留無跡。吳夢窗詞如七寶樓臺，眩人眼目，碎拆下來，不成片段。此清空質實之說。[52]」張炎雖然沒有明說，但他贊賞姜詞之清空而反對吳詞之質實，則顯而易見。其後，欣賞白石者，如浙派，莫不以清空騷雅爲依歸；推崇夢窗者，如常派，則賞其質實沉厚之風。於是各種補充修正之說，紛陳雜出，有深刻精到的見解，也有偏離原意，

---

[52] 見《詞話叢編》，頁259。

推衍過當之論，需要正本清源，別其同異，方能釐訂「清空」與「質實」的特質。本章擬先確認張炎《詞源》的界說，而後分別論述「清空」與「質實」這兩個美學概念的詮釋意義的衍變。

其次，檢討典雅詞派情意內容寄託說，並兼論典雅派「詞情」之爭。清代詞家爲推尊詞體，好以寄託說詞，對姜、吳、宋末諸家詠物言情之作，多解爲寓有深意，無不充滿亡國之痛、黍離之感以及個人身世之悲，更且隨意牽扯本事，比附其說，以此裁量高下，嚴重逾越了比興寄託的界限，混淆了文學評斷的準則，亟須加以檢討。近人夏承燾對姜、吳諸家詞下工夫至深，其所撰〈合肥詞事〉，竟把姜夔大部分詞篇都解爲與合肥二妓有關，實在匪夷所思，但此說影響甚鉅，幾已變成定論；又其所撰〈樂府補題考〉，謂《補題》作品乃王、唐諸子爲楊璉眞伽發越陵而作，明係牽強附會之說，卻少見商榷問難之言論，殊亦可怪。這種種寄託說，可商之處甚多，更須援實證、據詞理，細加考辨，以還其眞貌。對於這些說法的形成背景，須有所交代，以明其持論之根由，探析論者之用心。至於其詮釋方法上的問題，我們還要作學理上的探討。最後則論述與此說有關的「詞情」之爭。王國維《人間詞話》評白石詞爲「有格而無情」[53]，主無情之說，與夏承燾等人的多情之論，他們所說的「情」是否對等？透過兩種說法的比較分析，將更能彰顯南宋典雅派詞的情意特質。

最後歸向一總結性的論題——南北宋之辨的探討。所謂「南北宋」，指的是「南宋」、「北宋」所分別代表的兩種詞風類型；詞分南北，主要是風格性分之殊，非嚴格的朝代之

---

[53] 同上，頁4249。

別。詞學史有所謂南北宋之說，各家各派持不同的立場，或主北宋，或重南宋，或折衷其說。自明末清初以來，南北宋詞優劣之論可以說是詞學論爭的焦點。近人檢討詞學分期之說，咸以為過去持此論者多屬意氣之爭，論說本身亦不夠周延，因此多棄置而不論。但詞學南北宋之辨畢竟是既存的事實，亦自有其學術研究之價值。詩有唐宋之分，而詞可有南北宋之別？這是值得正視的時代風格論的問題。我們若要對有清以來的詞學風格論有更深刻的了解，這一論題應是很好的切入點。我們探析詞學史上的南北宋之辨，去異求同，篩汰整合，可為南北宋所代表的風格類型劃出明確的界域，而這兩種風格典型能夠確立的話，對於從事更精闢深細的宋詞分期或分體等工作，會更有助益，因為它提供了一個可供參考的基點。再者，所謂「南宋詞」幾乎是與姜吳典雅派詞畫上等號，則透過這一論題的探究，我們會更明白典雅派詞所代表的時代意義及其相對的風格特色。本章主要是對詞學南北宋之說作歷史性的探索，歸納各家看法，希望能為這兩種風格類型作明確的界分，並透過比較的方式來看凸顯典雅派詞的風格面貌。在章節安排上擬按時敘說，由浙派的宗南宋之說，到常派南北宋不偏廢之論，然後論王國維的反南宋之說及後來的折衷意見，較量各家說法之得失，並討論南宋典雅派詞的評價問題。

以上四章互有關聯。本文由修辭形貌到情意內容、情感特質，最後歸結到時代風格問題，這樣的從個人的詞筆詞心出發，擴及團體所代表的時代意義，旨在呈現南宋姜吳典雅派詞與詞學史上重要論題的緊密而多層次的關係。至於論述方法，本文針對每一論題所牽涉的概念及主張，皆以「原始以表末」（《文心雕龍·序志》）的方式陳述，藉此釐清各種說法的承傳關係及其因革變化的情況，盼能對與南宋典雅詞派相關的各種

詮釋有更縱深的了解，並且經過各種論說的比較分析，揭發出
其問題癥結之所在。

第二章

「南宋姜吳典雅詞派」的歷史形貌

批評理論多是後設的，往往是在實際的文學創作活動進行到若干時日後才出現。文學流派的形成，或出自當事人的自覺意識，或係後人據前賢的實際成果歸納而得，總是在創作經驗累積到相當的時候才發生的。南宋姜吳典雅派諸家的詞學活動時間，可以據詞家的生卒、交往、結社、作品繫年等資料明確地考證出來（詳〈附錄·南宋姜吳典雅派詞家年表〉）。據前章所述，宋末臨安詞人如周密、張炎等皆以周、姜為尚，講究字句音聲妍雅，已有明顯的宗派意識。至於其後的論者又如何看待這些詞家，依據怎樣的標準去別從同，為其建構出更完整的體系，則是值得深入探討的。「南宋姜吳典雅詞派」這一概念，由含混而漸有清晰的定義，乃經過歷史的詮釋過程，有跡可尋。下文即按時序從其萌芽階段說起，以迄於今。最後再歸納諸家的看法，為其「體」、「派」特質界定明確的意義。

第一節　元明清初詞壇對南宋姜吳典雅派詞的體認

一、元明：對南宋典雅派詞的一般看法

　　典雅派詞家的實際活動時代是在南宋中晚期以迄元初。元代詞學理論雖未就其體派作進一步的釐析，不過對姜夔及宋季諸家詞仍相當推崇：

> 自《花間集》後，雅而不俚，麗而不浮，閒中有開，急處能緩，用事而不為事用，敘實而不至塞滯，惟清真為然，少游、小晏次之，宋季諸賢至斯事所詣尤至。（王禮〈胡澗翁樂府序〉）[1]

---

[1]　見《麟原文集·前集》，《四庫全書》本，卷五，頁12-13（商務印書館《影印文淵閣四庫全書》，總第1220冊，頁402-403）。

最晚姜白石堯章以音律之學，爲宋稱首。其遣詞綴譜，
迴出塵俗，眞有一洗萬古凡馬空之氣。（朱晞顏〈跋周氏壎
篪樂府引〉）[2]

元代詞人如趙文、彭元遜、仇遠、張翥、倪瓚等，其實頗受
姜、張影響，詞風一脈相連[3]。

　　詞至明代，步入中衰之期，南宋典雅派詞甚少流傳，其影
響更是微乎其微。王昶〈明詞綜・序〉云：

　　明初詞人猶沿虞伯生、張仲舉之舊，不乖於風雅。及永
　　樂以後，南宋諸名家詞皆不顯於世，惟《花間》、《草
　　堂》諸集盛行。至楊用修、王元美諸公，小令、中調頗
　　有可取，而長調則均雜於俚俗矣[4]。

這段話概述了明詞三個階段的情況。就整個明代言，不但名
家不多，而且作品不好[5]，鄭騫先生以爲「明詞所以衰落的
緣故，簡單說來，就是受了當時文壇上新舊兩方的夾攻。所
謂舊，是詩文的復古；所謂新，是曲的盛行」[6]，吳梅更以爲
「制舉盛而風雅衰，理學熾而詞意熄」[7]，整個環境是極不利

2　見《瓢泉吟稿》，《四庫全書》本，卷五，頁12-13（《影印文淵閣四庫全書》，
　　總第1213冊，頁424）。
3　詳吳梅《詞學通論》（臺北：商務印書館，1997），頁127-128；張子良《金元詞
　　述評》（臺北：華正書局，1979），頁12。
4　見《明詞綜》，《四庫備要》本，頁1。
5　吳衡照《蓮子居詞話》卷三：「金元工於小令套數而詞亡。論詞於明，并不逮金
　　元，遑言兩宋哉。蓋明詞無專門名家，一二才人如楊用修、王元美、湯義仍輩，皆
　　以傳奇手爲之，宜乎詞之不振也。其患在好盡，而字面往往混入曲子。昔張玉田論
　　兩宋人字面，多從李賀、溫岐詩來，若近俗近巧，詩餘之品何在焉。又好爲之盡，
　　去兩宋醖藉之旨遠矣。」（《詞話叢編》，頁2461。）
6　鄭騫〈明詞衰落的原因〉，載《大陸雜誌》第15卷第7期（1968年10月），頁211-
　　212。
7　見《詞學通論》，頁153。

詞的發展的。在這種情形下，書商鮮有著意於前代詞家別集的刊印，一般讀者所能購得的多是選本，而所有選本中，眞正發生影響的則是《草堂詩餘》一類書[8]。《草堂詩餘》初編於南宋中葉，在宋末元初又加以增修箋注，而盛行於有明，因此明代的異本特別多。此書高據明代詞壇，正是明詞衰落的表徵。《草堂》所收唐宋作品，大抵以淺近易學、流播最廣者爲標準，短篇尙稱精美，長調則有參差，而值得注意的是，此書不獨原選無姜白石詞，在宋末元初增添新詞時，竟然也不錄流行於當時的姜張一派作品，這正是日後浙派抨擊《草堂》的一個重要口實[9]。

至於明代的詞論，情形也一樣，並不太重視南宋典雅派諸家詞，少數幾則評論亦多因襲前人語[10]。論者僅據寥寥幾部選本，識見自然不夠廣闊，對個別詞家既少深切的認識，對時代風格與流派的體認，那就更不足道了[11]。南宋姜吳典雅派詞，在有明一代幾乎是消聲匿跡的。詞學衰微確實是整個時代的問題，不過反映在南宋諸家詞的接受情況則最爲嚴重，這就難怪清初崇雅正、主南宋、宗姜張的朱彝尊之所以痛斥《草堂》一

8　鄭騫〈明詞衰落的原因〉：「現在所見到的明刻詞集，只有寥寥幾部，差不多都是選本，至於單行專集，據我所知道的，只有辛稼軒詞同李後主詞。……在這種情形之下，學者讀詞已經很艱難，他們所見到的，只是選本上那一部分，既未得窺宋人之全，如何能作得出好詞。」

9　詳劉少雄〈宋代詞選集研究〉（臺北：國立臺灣大學中文研究所碩士論文，1986），頁65-72、145-147、160-171。

10　《詞話叢編》收有明人詞話四種，陳霆《渚山堂詞話》無評姜吳一派者，俞彥《爰園詞話》只有一則統論南渡以後詞，王世貞《藝苑巵言》評史邦卿詠燕詞亦只泛泛語，至於楊愼《詞品》則有論史邦卿、姜堯章、吳夢窗等條，然所引詞及評語皆出自黃昇《花庵詞選》。

11　如王世貞《藝苑巵言》云：「言其業，李氏、晏氏父子、耆卿、子野、美成、少游、易安至矣，詞之正宗也。溫韋豓而促，黃九精而險，長公麗而壯，幼安辨而奇，又其次也，詞之變體也。」俞彥《爰園詞話》云：「唐詩三變愈下，宋詞殊不然。歐、蘇、秦、黃，足當高、岑、王、李。南渡以後，矯矯陡健，即不得稱中宋、晚宋也。」這些對宋詞分體、分期的看法，頗爲簡略。（《詞話叢編》，頁385、401。）

集了：「古詞選本，……獨《草堂詩餘》所收最下最傳，三百年來學者守為兔園冊，無惑乎詞之不振也」[12]。流行的選本鮮收典雅派詞，各家的專集要到明末清初才續有翻刻，其中最重要的，是毛晉汲古閣刊《宋六十名家詞》。史達祖《梅溪詞》、姜夔《白石詞》、高觀國《竹屋癡語》、吳文英《夢窗詞稿》、蔣捷《竹山詞》都收錄在毛刻。這些詞集雖非完善的版本[13]，但對南宋典雅詞的傳播相當有助益。

二、清初：南宋典雅詞派基本體系的確立

清初詞壇仍延續明末的餘習，奉《花間》、《草堂》為圭臬，不過當時的詞論較諸明代尤多評述南宋諸家語。大致而言，清初詞學的中心論點，乃是以唐五代北宋為宗，而對南宋詞之不滿可有兩種不同的態度：或全盤否定者，如雲間詞派的宋徵璧曰：「詞至南宋而繁，亦至南宋而弊」（〈倡和詩餘序〉），該派創作基本上不涉南宋一筆，更遑論姜、吳諸家[14]；或知其所長，但嫌其天然神韻猶不及北宋者，如王士禛曰：「宋南渡後，梅溪、白石、竹屋諸子，極妍盡態，反有秦、李未到者。雖神韻天然或減，又自令人有觀止之嘆」[15]，彭孫遹亦云：「夢窗、後村、白石以下，雕繢過之，終無以尚其天然之美也」[16]，而劉體仁則以唐詩四期說比附詞，謂北宋

---

12 見〈詞綜・發凡〉，《詞綜》，《四部備要》本，頁3。
13 汲古閣本《白石詞》，只從《花庵詞選》收得三十餘首。又饒宗頤《詞籍考》云：「汲古刻六十一家本《夢窗甲乙丙丁稿》四卷《補遺》一卷，刻非一時，後人移併合為一集，多重複誤收。毛跋謂《丙丁稿》為丙丁兩年之稿，尤誤。」（香港：香港大學出版社，1963，頁233。）
14 王士禛《花草蒙拾》：「雲間數公論詩拘格律，崇神韻。然拘於方幅，泥於時代，不免為識者所少。其於詞亦不欲涉南宋一筆，佳處在此，短處亦坐此。」（《詞話叢編》，頁685。）
15 見《花草蒙拾》，《詞話叢編》，頁685。
16 見〈曠庵詞序〉，《松桂堂集》，《四庫全書》本，卷37，頁36（《影印文淵閣四庫全書》，總第1317冊，頁302）。

周、張如盛唐，南宋姜、史諸家如中唐[17]，其間軒輊，顯而易見。值得注意的是，在王、劉及其他毗陵詞人的詞論中，已隱約浮現了一個南宋詞派的輪廓。

> 至於南宋諸家，蔣、史、姜、吳，警邁瑰奇，窮姿構彩；而辛、劉、陳、陸諸家，乘間代禪，鯨呿鰲擲，逸懷壯氣，超乎有高望遠舉之思。（鄒祗謨〈倚聲初集序〉）[18]

> 長調惟南宋諸家才情踔躒，盡態極妍。阮亭嘗云：「詞至姜、吳、蔣、史，有秦、李所未到者。」

> 至姜、史、高、吳，而融篇鍊句琢字之法，無一不備。

> 梅溪、白石、竹山、夢窗諸家，麗情密藻，盡態極妍，要其瑰琢處無不有灰蛇蚓線之妙，則所云一氣流貫也。（鄒祗謨《遠志齋詞衷》）[19]

> 南宋詞人如白石、梅溪、夢窗、竹山諸家之中，當以史邦卿為第一。（彭孫遹《金粟詞話》）[20]

「姜、史、吳、蔣」一再並稱，可見在鄒、彭諸子的觀念裡是以這些詞人歸為一個類別的；這一個類別乃相對於北宋秦、李諸家，或南宋辛、劉一派，其特色是善於鎔篇鍊句、工長調與

---

[17] 見《七頌堂詞繹》，《詞話叢編》，頁618。
[18] 引自嚴迪昌《清詞史》（南京：江蘇古籍出版社，1990年），頁63。
[19] 見《詞話叢編》，頁659、651、650。
[20] 見《詞話叢編》，頁722。

詠物[21]。再仔細觀察，以上所論南宋五家詞（姜、史、吳、蔣四家，再包括高觀國），正是汲古閣所收典雅派詞集之五家。清初康、雍間，就只有姜、史、張三家有新版本行世[22]。在這樣的閱讀環境之下，王、劉諸子對該派詞的瞭解顯然不夠全面，其所談論的多是技術層面的問題，他們有關派系的體認仍相當粗淺浮泛。對南宋典雅派風格有比較整體性的認識，並明確釐清其派別系統的，則要等到浙派、常派及後來學者的不斷探討，才逐漸形成共識。

第二節　浙派對南宋姜吳典雅詞體派特質的確認

　　詞尚南宋、宗姜張、主雅正，是浙派詞學的中心論旨。這互有關聯的論詞三主張，乃由朱彝尊於康熙年間編纂《詞綜》時首度提出。朱彝尊《詞綜・發凡》說：「世人言詞必稱北宋，然詞至南宋始極其工，至宋季而始極其變，姜堯章氏最為傑出」，「言情之作易流為穢，北宋人選詞多以雅為目……。填詞最雅無過石帚」[23]。他編選《詞綜》，其消極意義是想藉此矯正明清以來衰頹的詞風，「一洗草堂之陋」；其積極意義乃在推尊詞體，闡開宗派，使「倚聲者知所宗」[24]。自《詞綜》出而浙派以成。浙西詞派風靡於康、雍、乾三朝，其間所形成的理論，以及詞人的創作，繼朱彝尊而有多種推衍變化。筆者在這裡不擬詳述浙派的整個詞學理論，只想就其詞學中有關南宋姜張一派的基本概念略作疏釋。以下即就「派」與

---

[21] 鄒祇謨《遠志齋詞衷》：「詠物固不可不似，尤忌刻意太似。取形不如取神，用事不若用意。宋詞至白石、梅溪，始得箇中妙諦。」（《詞話叢編》，頁653。）

[22] 康、雍間，有龔刻李校本、曹炳曾本《玉田詞》，陳撰本、俞蘭本《白石詞》，陸貽典校本《梅溪詞》。

[23] 見《詞綜》，《四部備要》本，頁4、6。

[24] 見汪森〈詞綜序〉，《詞綜》，頁1。

「體」這兩方面加以概述。

一、「姜派」的體系與詞家

朱彝尊藉《詞綜》推尊白石詞風，汪森撰〈詞綜序〉據此爲姜夔特立一詞學體系：

> 西蜀南唐而後，作者日盛。宣和君臣轉相矜尚，曲調愈多，流派因之亦別，短長互見，言情者或失之俚，使事者或失之伉。鄱陽姜夔出，句琢字鍊，歸於醇雅，於是史達祖、高觀國羽翼之，張輯、吳文英師之於前，趙以夫、蔣捷、周密、陳允衡、王沂孫、張炎、張翥效之於後，譬之於樂舞箾至於九變，而詞之能事畢矣。[25]

此處以醇雅立義，推姜夔爲宗，輔之以南宋中晚期與其詞風相近的作家，歸併爲一個派系，這是詞學史上明確爲南宋姜吳諸家正式建立宗脈關係的最早一段文字。汪森與朱彝尊交往甚洽，詞學見解大致相同[26]，因此，〈詞綜序〉可能是他們共同研商的意見。朱彝尊後來撰〈黑蝶齋詩餘序〉也有類似的話：

> 詞莫善於姜夔，宗之者張輯、盧祖皋、史達祖、吳文英、蔣捷、王沂孫、張炎、周密、陳允平、張翥、楊基，皆具夔之一體。[27]

---

25 同上。

26 謝章鋌《賭棋山莊詞話》卷十二：「晉賢（汪森字）與竹垞（朱彝尊號）交好，故其持論相同，眞得詞之源流，非謬爲附會以尊詞也。」（《詞話叢編》，頁3474。）

27 見《曝書亭集》，《四部叢刊》本，卷四十，頁2。按：謝章鋌《賭棋山莊詞話》卷十二似頗贊同張鑑〈姜夔傳〉刪除張翥、楊基二人的作法，云：「張鑑不著於篇，蓋爲宋人立傳，不能攙入元人明人也。然陳允平之後，宜補列仇山村（仇遠號）。山村亦姜派者，仲舉（張翥字）即其門下士。」（《詞話叢編》，頁3471。）

這名單與前者大同小異。後來浙派詞家凡論列姜派詞人，大抵不出朱、汪二序的範圍[28]。

以姜夔爲宗祖，是浙派詞人的共識。而姜派詞家中，又數史達祖與張炎最受推崇。浙派初期，或以史達祖配姜夔，或以張炎配姜夔，史、張的地位頗相當。當時詞學有所謂「家白石而戶梅溪」、「家白石而戶玉田」[29]之說。以《國朝詞綜》爲例，其所引述評浙派諸家語，好以「姜史」、「姜張」並稱作比附，即爲明證[30]。不過到了乾隆四十八年（1783）左右，王昶發表〈江賓谷梅鶴詞序〉，提出以人品之高下論詞，謂「世人不察，猥以姜史同日而語，且舉以律君。夫梅溪乃平原省吏，平原之敗，梅溪固以受黥，是豈可與白石比量工拙哉？[31]」自此史達祖在姜派中的地位便開始受到質疑。這一態勢的轉變，我們可借下列兩家浙派詞論加以引證。吳錫麒〈董琴南楚香山館詞鈔序〉：「詞之派有二：一則幽微要眇之音，宛轉纏綿之致，戞虛響於絃外，標雋旨於味先，姜史其淵源

---

28 如李調元〈雨村詞話序〉云：「鄱陽姜夔鬱爲詞宗，一歸醇正。於是辛稼軒、史達祖、高觀國、吳文英師之於前，蔣捷、周密、陳君衡、王沂孫效之於後，譬之於樂，舞箾至於九變，而歎觀止矣。」（《詞話叢編》，頁1377）語氣頗類汪氏；杜詔〈山中白雲詞序〉云：「詞盛於北宋，至南宋乃極其工。姜夔堯章最爲傑出，宗之者史達祖、高觀國、盧祖皋、吳文英、蔣捷、周密、陳允平諸名家，皆具夔之一體，而張炎叔夏庶幾全體具矣」（引自《山中白雲詞》〔臺北：商務印書館，1972〕，頁7），口吻卻似朱氏。

29 朱彝尊〈靜惕堂詞序〉：「數十年來，浙西塡詞者，家白石而戶玉田。」（見《清詞別集百三十四種》〔臺北：鼎文書局，1976〕，頁75。）謝章鋌《賭棋山莊詞話》卷十一：「雍正、乾隆間詞學奉樊榭爲赤幟，家白石而戶梅溪矣。」（《詞話叢編》，頁3458。）

30 如《國朝詞綜》卷八引杜紫綸云：「竹垞詞神明乎姜史，刻創雋永」；卷二十一引徐紫珊云：「樊榭詞生香異色，……眞沐浴於白石、梅溪而出之者」；卷二十引吳寶崖評查夏仁曰：「《押簾》一卷允當把臂玉田，拍肩白石」；卷二十九引趙飲谷云：「賓谷（江昱字）《梅邊琴泛》一卷追清石帚，繼響玉田」。

31 見《春融堂集》，清嘉慶十二、十三年塾南書舍刊本，卷四十一，頁4。按：文中有「今（江賓谷）君沒八年」一句，而江氏沒於乾隆四十年，則此序應成於乾隆四十八年左右。

也。本朝竹垞繼之，至吾杭樊榭而其道盛」[32]，有關浙詞之源流，這是一種說法；郭麐〈夢綠菴詞序〉則云：「白石、玉田之旨，竹垞開之，樊榭瀋而厚之」[33]，此又一說。蓋吳錫麒與王昶大約同時，仍推舉梅溪；稍後的郭麐卻受王昶影響，遂捨史而取張。詞家地位之升降，隨時而變，於此可知。張、史之外，其他姜派詞人，如吳文英、周密、王沂孫等家，雖亦各有被欣賞之處，但其重要性則遠遜於梅溪與玉田。若近人陳衍所云「自浙派盛行，家玉田而戶碧山」[34]、「自浙派盛行，玉田白石外，家夢窗而戶竹山，有寧為晦澀不為流易者」[35]，則與事實不符。碧山、夢窗詞須待常派出，才逐漸受到重視。

　　浙派主南宋，其所繫列的宗法對象皆為南宋詞家，但厲鶚卻另外推舉北宋的周邦彥，並於竹垞等人所建構的姜派詞學體系外，另造一清真詞派。〈吳尺鳧玲瓏簾詞序〉說：

> 兩宋詞派，推吾鄉周清真，婉約隱秀，律呂諧協，為倚聲家所宗。自是里中之賢，若俞青松、翁五峰、張寄間、胡葦航、范葯莊、曹梅南、張玉田、仇山村諸人，皆分鑣競爽，為時所稱。[36]

厲鶚乃錢塘人，以上所舉詞家皆為其鄉先輩，顯見此一體系是基於鄉黨關係而建立的。浙派本來就是具有地域色彩的詞學派別，當其尋找師法對象，探源溯流，以成一詞學體系，自不免

---

32 見吳錫麒著，王廣業箋、葉聯芬注：《有正味齋駢體文箋注》（臺北：大新書局，1965），卷中，頁22-23。

33 見《靈芬館雜著》，《花雨樓叢鈔》本，卷二，頁24-25。

34 見《石遺室詩話》（臺北：商務印書館，1976），卷二十，頁5。

35 〈小玲瓏閣詞序〉，見《清詞別集百三十四種》（臺北：鼎文書局，1976），第12冊，頁6291。

36 見《樊榭山房文集》，《四部備要》本，卷四，頁2-3。

以鄉誼爲前提來作規劃。朱彝尊〈孟彥林詞序〉稱:「宋以詞名家者,浙東西爲多」[37],便頗有以浙人自高之態。不過,竹垞所謂的浙詞,其所含括的範圍是比較寬廣的。〈魚計莊詞序〉說:

> 在昔鄱陽姜石帚、張東澤、弁陽周草窗、西秦張玉田,咸非浙產,然言浙詞者必稱焉。是則浙詞之盛,亦由僑居者爲之助,猶夫豫章詩派不必皆江西人,亦取其同調焉爾矣。[38]

以風格相近的關係網羅重要的幾家,遂使浙派的聲勢更爲壯大。然則,若就風格而論,屬鶚所謂的清眞一派,其實與竹垞所謂的姜張詞派並無差異;而就他們所立派別的規模的大小而言,前者則可納入後者的體系裡。屬鶚〈張今涪紅螺詞序〉說:「清眞、白石諸人,詞之南宗也[39]。」即以體近而並稱周姜。張鑑撰〈姜夔傳〉則更進一步納周邦彥入姜派體系,並以之爲姜派詞源:

> 清眞濫觴於其前,夢窗推波於其後,學者宗尚,要非溢美。其後竹屋、玉田、梅溪、碧山之儔,遞相祖習,轉益多師,洗草堂之纖穠,演黃初之眇論,後有作者,可以止矣。[40]

這裡就姜派而論其源流,脈絡相當清晰,後來有關此派源流、

---

37 見《曝書亭集》,《四部叢刊》本,卷四十,頁2。
38 見《曝書亭集》,《四部叢刊》本,卷四十,頁5。
39 見《樊榭山房文集》,《四部備要》本,卷四,頁2。
40 見《賭棋山莊詞話》卷三,《詞話叢編》,頁3358。

詞家之探索，體驗雖有深淺，評價各有高低，大抵不出此一基本架構。事實上，浙派雖推許清眞，但始終是以姜、張爲宗，眞正推尊美成並舉爲一派宗主，那是常派的詞學要旨。

二、「姜派」特色及其成派的內外因素

浙派詞人爲其學詞取徑而擬立一系列的師法對象，建立姜派詞學體系，而這一體系基本上是以江浙這一地域爲基點，乃將南宋相關作家連結在一起。明清以來，各種文學流派大多具有濃厚的地域色彩，浙派也不例外。時人常以「浙詞」指姜張諸家，用心十分明顯[41]。然而，地緣因素只可說是一輔帶條件而已，要了解浙派詞學理念中的姜派詞統，還須歸結到對該派風格特質的體認上。

朱彝尊〈黑蝶齋詩餘序〉謂史、吳諸家「皆具夔之一體」，那是推尊白石的一種說法，至於各家與白石有怎樣的淵源關係，卻始終未見說明，反而在先歸浙派後入常派的陳廷焯的早期詞論中找到進一步的解釋：

> 碧山學白石得其清者，他如西麓得白石之雅，竹山得白石之俊快，夢窗、草窗得白石之神，竹屋、梅溪得白石之貌，玉田得其骨，仲舉得其格，蓋諸家皆有專司，白石其總萃也。[42]

各家既從白石出，將其歸於姜派旗下，自然合理，不過一派代表一體，因此我們在「派」的概念下還要在各家的歧異中找出

---

41 見前引〈魚計莊詞序〉。陳撰〈樊榭山房集・集外詞題辭〉則直把姜、張、周、史、仇諸君稱作「吾杭」，意思更明顯。（《四部備要》本，頁2。）

42 載王氏晴靄廬鈔本陳亦峰《雲韶集》卷九。此處引自屈興國《白雨齋詞話足本校注》（濟南：齊魯書社，1933），卷二，頁175。

它們的共同體貌。朱彝尊〈魚計莊詞序〉謂浙詞非皆浙產，卻能成派，「亦取其同調焉爾」。所謂「同調」，就是以風格為繫屬準則之意。

　　詞須雅正，是浙派的基本立場，而「醇雅」即是他們認定的姜派詞特色。朱彝尊說「填詞最雅無過石帚」，汪森說「鄱陽姜夔出，句琢字鍊，歸於醇雅」。他們所謂的「雅」，乃針對詞之言情使事「或流於穢」、「或失之俚」、「或失之亢」而言；淫穢、俚俗、亢直的相對面，乃指語言文字之典雅含蓄，情意內容之雅正得體。竹垞亦云：「詞至南宋始極其工，至宋季始極其變」，在其心目中，「南宋」詞風似乎是撇開了辛劉諸家，而直以姜派作代表的，而這一階段的特色是「極工」、「極變」，即極雅之能事；前者指其技術之工巧，後者則謂其詞寓身世家國之感，此由竹垞之推許《樂府補題》之作有「騷人〈橘頌〉之遺音」[43]可知。浙派倡雅詞，兼顧形質，但如汪森所云「句琢字鍊，歸於醇雅」，便容易使人誤以為其著意點乃偏於技術層面[44]。字句的工雅，是創作雅詞的起碼要求，當這一點已成為浙派詞人的共識，而浙派後學又斤斤於模仿創作，務求修辭醇雅，逐漸流於餖飣、寒乞、空疏之弊時，浙派詞學家便轉而多從詞意著眼，遂提出思想內容方面的要求。因此，其所認取的姜派詞學特質也就側重在騷雅，如王昶云：「至姜氏夔、周氏密諸人，始以博雅擅名，往來江湖，不為富貴所熏灼，是以其詞冠於南宋，非北宋所能及。暨於張氏炎、王氏沂孫，故國遺民，哀時感事，緣情賦物，以寫閔周哀郢之思，而詞之能事畢矣。[45]」郭麔說：「姜張祖騷人之遺，

---

43 見朱彝尊〈樂府補題序〉，《曝書亭集》，卷三十六，頁4。
44 龍沐勛〈選詞標準論〉（載《詞學季刊》第一卷第二號）即持此說。
45 見〈江賓谷梅鶴詞序〉，《春融堂集》，卷四十一。

盡洗穠豔，而清空婉約之旨深。[46]」他們顯然都已用詩騷風雅的傳統論詞，而且更明白地指出其所以尊南宋姜張一派詞作，正因這些作品具有「哀時感事」的特徵。

除了以雅的觀點概括姜張諸子外，浙派亦常從「清」的體貌著眼：

> 北宋詞人原只有豔冶、豪蕩兩派。自姜夔、張炎、周密、王沂孫方開清空一派，五百年來以此爲正宗。（王鳴盛〈評蟫埏山人詞集〉）[47]

> 一派爲白石，以清空爲主，高、史輔之。前則有夢窗、竹山、西麓、虛齋、蒲江，後則有玉田、聖與、公謹、商隱諸人，掃除野狐，獨標正諦，猶禪之南宗也。（凌延堪〈梅邊吹笛譜目錄跋後〉）[48]

> 姜張諸子，一洗華靡，獨標清綺，如瘦石孤花，清笙幽磬，入其境者，疑有仙靈，聞其聲者，人人自遠。夢窗、竹屋，或揚或沿，皆有新雋，詞之能事備矣。（郭麐《靈芬館詞話》）[49]

在浙派中最早提出以「清」作爲審美要求的是郭麐。郭麐詞論宗旨主要在重申竹垞等人的雅正之說，而與前賢稍有不同的是，他又特別遙契了張炎清空的意境，欣賞清婉深秀之作[50]。

---

46 見〈無聲詩館詞序〉，《靈芬館雜著》，卷二，頁26。
47 引自《賭棋山莊詞話·續四》，《詞話叢編》，頁3549。
48 引自《賭棋山莊詞話·續三》，《詞話叢編》，頁3510-3511。
49 見《靈芬館詞話》卷二，《詞話叢編》，頁1503。
50 《樊榭山房集》卷七〈論詞絕句〉評張炎曰：「玉田秀筆溯清空，淨洗花香意匠中」；《樊榭山房文集》卷四〈紅蘭閣詞序〉謂「沈岸登善學白石老仙」，「其詞清婉深秀」；又〈陸南香白蕉詞序〉稱陸詞「清麗閑婉」。凡此，可見郭麐特愛有清境、清筆之詞。

龍沐勛說:「清婉深秀,殆可爲雅字作注腳。[51]」這爲雅正之說賦與新的涵義。前述三家即是承屬餘緒,拈出一清字作爲姜派的特色。然而,他們並未爲清空一體作具體的說明,但從其論述中大致亦可理出一個頭緒:如王鳴盛所云,清空派是相對於豔冶、豪蕩兩派的,則清空與前面所說的雅的概念,便無多大差異。凌廷堪說清空諸家「掃除野狐,獨標正諦」,這也是主雅的立場。但清空之境,一如郭麐所說的是一種「如瘦石孤花、清笙幽磬」之境,與典雅的風格實又不同。不過,如細加體察,則不先洗「華靡」,不易臻於「清綺」;換言之,高遠的意境得奠基於辭情之雅正。能雅才能清,清空必雅正,兩者是互有關聯的。它們的差別是,雅的範圍廣,清的範圍窄。從一般性的體貌言,以雅概括姜派,問題較少;如要強調其境淡意遠、格高韻逸的特質,以清派稱之,則爭議多。因爲早先張炎《詞源》之以姜夔爲代表特立清空一境,係針對吳文英詞質實之流弊而發,是以若將姜吳諸家通通歸爲清派,未必恰當。李調元《雨村詞話》以王沂孫、張炎歸爲「南宋白石派」[52],近人蔡嵩雲《柯亭詞論》更云:「白石詞在南宋爲清空一派開山祖,碧山、玉田皆其法嗣」[53],這裡所界定的清空派便將吳文英、周密等家撇開不論了。

「主南宋—宗姜張—尙雅(清)」,是浙派詞學一貫的理論。所謂姜派詞統,須在這一架構來體認。將姜張諸子歸納爲一派,正以其代表南宋詞風,而其最大特色就在雅。不過,整體來說,浙派有關姜派的認識仍相當粗淺,譬如說:(一)「雅」、「清」的概念仍有些模糊,沒有界定清楚;(二)對各

---

51 見龍沐勛〈選詞標準論〉,頁19。
52 見《雨村詞話》卷二,《詞話叢編》,頁1414。
53 見《詞話叢編》,頁4913。

家的體認也不夠深刻；(三)忽略了流派歷史成因之考察；(四)對派中各家的源流關係之了解亦頗膚淺。然而，浙派對姜張派系的論析雖未臻完善細緻，但他們已為南宋這一派別勾勒出簡明的體系。這是詞學史上關於體派詮釋的一段重要歷程。從此有關宋詞體派的討論便都不能不提南宋姜張諸人，並在浙派的基礎上加以修正、補充。例如丁紹儀〈聽秋聲館詞話〉雖宗浙派，但對其主南宋的說法就有不滿的意見，認為「詞至南宋而極工，然如白石、夢窗、草窗、玉田，皆胥疏江湖，故語多婉篤，去北宋疏越之音遠矣。[54]」而常派則更在這一論點上，與浙派針鋒相對。

浙派之所以歸宗姜張，成此派系，是有其背景因素的。概括而言，以傳統的觀點論詞，詞固被目為小道，而欲使之同具詩文之抒情言志之特質，躋上詩騷風雅之傳統，則持擇評論務必從嚴，遂不得不有尊體之意向[55]。尤其正逢康雍朝極盛之世，猶有文網之時，浙派立義標宗，倡導以詞體陶寫性靈，其拈出一雅字，上祖姜夔，以建構一個詞學體系，自不免受其時代環境之影響。而事實上，南宋諸家擅以長調詠物寫情，本多雅麗之作，於後學確是有法可循。再加上姜張諸子身世流離，更增加了清初朱彝尊等人的認同感[56]。又清代文學流派之爭，多有地緣情結，當時雲間、毗陵等派重北宋（小令），規範《花》、《草》，成一時風尚，浙派詞人乃編《詞綜》等書，

---

[54] 見《詞話叢編》，頁2649。

[55] 參龍沐勛〈選詞標準論〉，頁16。

[56] 夏承燾〈論姜白石的詞風〉：「白石詞所以會有這麼大的影響，它的主要原因，是由於各個時期裡和他同類型的文人特別多（從宋末的張炎到清初的朱彝尊、厲鶚等等都是）。」（《姜白石詞編年箋校》〔臺北：中華書局，1967〕，頁3）；楊麗珠〈清初浙派詞論研究〉：「竹垞的身世流離，同於宋末詞人；為寄寓家國之感，使其特別喜好《樂府補題》等有言外之意的詞作。」（《國立師範大學國文研究所集刊》第28號，頁1098）。

提出尊南宋（長調）雅製之主張，與之抗衡，除了救弊補偏的用心外，亦有藉此顯揚鄉黨之意。總之，浙派詞學乃特定時空下的產物，而其理念中的姜派詞統，也不過是詞學史上有關此派的一種代表性看法而已。

受浙派影響，當時詞壇遂興起了一股研讀南宋典雅派詞之熱潮。《詞綜》帶風氣之先，但畢竟是部選本，難窺各家全貌。為因應需求，更多更好的姜、張諸家詞集的抄本、刻本便陸續出現，而其他相關的詞籍（如厲鶚、查為仁編《絕妙好詞箋》）亦應時而生[57]。不斷改善的閱讀環境，愈能促進對典雅派詞的認識。據夏承燾〈白石詞版本考〉說：「《白石詞》刻本，可考者十餘，若合寫本、影印本計之，共得三十餘本。宋人詞集版本之繁，此為首舉矣。[58]」《白石詞》流傳版本之多，冠於古今各詞家，可見其影響之大，學習姜詞情況之盛。張炎的《山中白雲詞》亦多達十餘種刊本，此正是「家白石而戶玉田」風氣的最佳寫照。至於《梅溪詞》，則如王鵬運所說「絕無善本單行」[59]，這與前述史詞自乾隆朝後即漸失勢的情

---

[57] 有關《絕妙好詞箋》的版本刊刻情況，請參劉少雄《宋代詞選集研究》，頁78-81、172-175、230-234。清代收錄姜吳典雅派詞之總集、合集，除浙、常二派的重要詞籍（如《詞綜》、《詞選》、《續詞選》、《宋四家詞選》），現存較著者有：王桐初《宋十二家詞》，抄本，收周、辛、姜、盧、高、史、吳、蔣、陳、周（密）、王、張等十二家詞；周之琦《心日齋十六家詞錄》，道光二十三年刻本，其中收有周、姜、史、吳、王、蔣、張和張翥八家；戈載《宋七家詞選》，清光緒十三年冶城山館刊《蔓香室叢書》本，錄周、史、姜、吳、周、王、張七人各數十首；四川存古書屋刊《四種詞》，是合姜、陳（允平）、周、王四集而輯刊者；《四印齋所刻詞》本《雙白詞》，乃合刊姜、張二集；清咸豐間杜氏刊《曼陀羅華閣叢書》，亦收《夢窗詞》、《草窗詞》二種。《國朝詞綜》卷四二「林蕃鍾」條引沈桐威云：「蠡槎有精選南宋四家詞，以石帚、玉田為宗，而旁及於草窗、梅溪，故鍊句研詞，自能超越凡近」，此選不傳。又雲間許寶善輯《自怡軒詞選》，〈凡例〉云：「是選以雅潔高妙為主，故東坡、清真、白石、玉田之詞，較他家獨多」，許氏於詞雖守雲間派家法，但尚雅潔，重周、姜、張三家，亦兼受浙派詞學之影響。

[58] 見《姜白石詞編年箋校》，頁160。

[59] 見〈梅溪詞跋〉，《梅溪詞》，《四印齋所刻詞》本。

況正相符合。浙派詞學中，對吳文英與王沂孫的評價始終不如姜、張，但清中葉以後，常派出，情形則有改觀。常派重吳、王，於是兩家詞集便開始有翻刻，一改先前沉寂的現象。典雅派中各家的地位，隨清代各派勢力之消長而有升降，由此可見。

第三節　常派對南宋姜吳典雅詞體派特質的另一種詮釋

　　常派是繼浙派之後勢力最大影響最深遠的詞學派別，由張惠言於嘉慶二年（1797）編《詞選》揭起大纛，迄清末四大家仍承其緒，前後籠罩清代詞壇達一百多年。常派詞學重意格，好以比興寄託言詞，這觀念的形成也關乎詞運與世情。乾嘉之際的詞壇，有所謂的「三蔽」：學周、柳的流爲淫詞，學蘇、辛的流爲鄙詞，學姜、史的流爲游詞[60]，內容普遍貧乏，氣格日漸卑弱。尤其是浙派末流，往往競學朱、厲，只求「字句修潔，聲韻圓轉，而置立意於不講」，作品「既鮮深情，又乏高格」[61]。至此，清詞勢運已到不得不變之局。且自乾嘉之後，清王朝轉入中衰時期，國事日非，朝政紊亂，對此內憂外患日深一日的時局，有識之士形諸詠歎，遂漸少吟風賞月之情，常抒身世家國之感，詞風爲之一變。這就是常州派詞學之

---

[60] 金應珪〈詞選後序〉：「近世爲詞，厥有三蔽：義非宋玉而獨賦蓬髮，諫謝淳于而唯陳履舄，揣摩床第，污穢中冓，是謂淫詞，其蔽一也；猛起奮末，分言析字，詼嘲則俳優之末流，叫嘯則市儈之盛氣，此猶巴人振喉以和陽春，黽蚓怒嗌以調疏越，是謂鄙詞，其蔽二也；規模物類，依托歌舞，哀樂不衷其性，慮歎無與乎情，連章累篇，義不出乎花鳥，感物指事，理不外乎酬應，雖既雅而不豔，斯有句而無章，是謂游詞，其蔽三也。」（見張惠言《詞選》，《四部備要》本，頁1。）謝章鋌《賭棋山莊詞話續編》卷一：「按一蔽是學周、柳之末派也；二蔽是學蘇、辛之末派也；三蔽是學姜、史之末派也。」（《詞話叢編》，頁3485。）

[61] 見《賭棋山莊詞話》卷十一、卷九，《詞話叢編》，頁3460、3433。

能在張惠言的倡導下承時而起，於晚清詞壇蔚成風氣的時代環境因素。

文學的詮釋，因時、因地、因人而異。文學流派的興衰起落，正反映了不同時代各種理論的消長變化。浙派的詞學宗旨，主要是倡揚清虛典雅之體，以洗明末清初纖靡淫哇之陋；而當其流為佻巧浮滑、餖飣膚廓之蔽時，常派欲振廢起衰，便須針對前此浙派的論調，提出修正的意見，創立自己的體系。因此，浙派之重南宋、宗姜張、主醇雅的詞學主張，便成為最受爭議的論題。南北宋詞孰優孰劣？姜張一派能代表南宋整體詞風嗎？浙派所謂的姜派詞學系統，能否真正含括吳、王、周、史諸家？諸家的文體風貌，各有異同，又如何重新分體立派？而所謂雅的概念，應賦予怎樣的內涵？凡此都是常派詞學經常觸及的問題。換句話說，浙派為南宋姜張諸家「立」派，而常派則是站在相對的立場，「破」其體系，對南宋中晚期詞人再作評價，重新定位。這些不同意見的提出，更彰顯了南宋諸家的同異，對日後有關「典雅詞派」的各種討論，提供更多面向的參考。下面試以張惠言、周濟、陳廷焯等三位常派的中心人物為例，論述其對姜、吳諸家的看法及其所建立的新體系。

一、張惠言：抑吳揚王，不廢姜張

張惠言是常派的創始人，其詞學宗旨乃在提高詞的意格，以矯正浙派之一意開宗、未能尊體而流於過重技術之弊病。惠言本易學家，他以經生治經之法治詞，對詞體的本質自有他獨特的見解。他在〈詞選序〉中即開宗明義說：「傳曰『意內而言外謂之詞』」，並謂詞同具詩賦之比興寄託之特質，可上接風騷，「蓋詩之比興，變風之義，騷人之歌，則近之矣」。張

惠言尊體的態度是相當嚴正的，他編《詞選》目的就在「塞其歧途」，「嚴其科律」[62]，以提高詞的地位，示人以學詞的正鵠，因此他區別正變，選詞既少亦嚴。張氏對宋詞諸家的看法是：

> 宋之詞家，號為極盛，然張先、蘇軾、秦觀、周邦彥、辛棄疾、姜夔、王沂孫、張炎，淵淵乎文有其質焉。其盪而不反，傲而不理，枝而不物，柳永、黃庭堅、劉過、吳文英之倫，亦各引一端，以取重於當世。而前數子者，又不免有一時放浪通脫之言出於其間。後進彌以馳逐，不務原其指意，破析乖剌，壞亂而不可紀。[63]

這揭示了新的詞統，迥異於浙派所特立的姜派詞學體系。首先，張惠言標舉「淵淵乎文有其質」的八家以為典範，其中南北各半，已打破了浙派以南宋為宗的局面。其次，張惠言的評詞標準亦稍異於浙派，最明顯的例子是對吳文英的貶抑與對王沂孫的褒揚。張氏斥吳文英「枝而不物」，而將其與柳永、劉過等家歸為一類，隻詞不錄，這與《詞綜》之收有四十五首吳詞的情況，真有天壤之別。這一點最受爭議，如極推崇張氏《詞選》的陳廷焯，也認為「以吳夢窗為變調，擯之不錄，所見亦左」[64]。至於其他詞家，如不取周密，以王沂孫與姜、張並列，且選王詞（四首）尤多於姜（三首）、張（一首），並讚揚其「詠物諸篇」「有君國之憂」，凡此皆反映出詞學觀念與詮釋策略的轉變——張惠言最重憂國傷時的主題。張氏區別詞的正變，也是以雅正為準則。其所謂「正聲」，乃兼具文質：「要其至者，莫不惻隱盱愉，感物而發，觸類條鬯，各有

---

62 見金應珪〈詞選後序〉，《詞選》，頁2。
63 見〈詞選序〉，《詞話叢編》，頁1617。
64 見屈興國《白雨齋詞話足本校注》（濟南：齊魯書社，1983），卷一，頁11-12。

所歸，非苟爲雕琢曼辭而已」（〈詞選序〉），因此，蘇、秦八家雖獲肯定，但他們「一時放浪通脫之言」，張氏卻仍加指責；而所謂「盪而不反、傲而不理、枝而不物」，正是雅調的相對面，那不僅指柳、吳諸家而已，充斥乾嘉詞壇的那些淫詞、鄙詞、游詞及餖飣擬古之作也正犯此蔽，當然須亟力排斥。

　　張惠言的詞學，時代意識甚濃，但矯枉難免過正。張琦（惠言弟）也曾批評《詞選》的取材，「多有病其太嚴者，擬續選而未果」[65]。後來董毅輯《續詞選》，雖擴充家數，但大抵仍囿於張氏《詞選》的範圍。至於南宋典雅派諸詞家，董氏則選錄張炎二十三首（居全書之冠），姜夔七首，王沂孫四首，史達祖三首，吳文英、周密各二首，似仍如張惠言一樣未能完全擺脫浙派的影響。董毅雖新增吳詞，卻無法彌補《詞選》之失，因爲所收〈唐多令〉（何處合成愁）、〈憶舊遊〉（送人猶未苦）二闋，「絕非夢窗高詣」[66]。總的說來，張氏詞學有開創之功，但論見卻不夠精當，而董毅編《續詞選》，添頭補腳，不但不能補正張惠言詞學，更有混淆立場之嫌。大概要到嘉道間周濟撰《介存齋論詞雜著》、編《宋四家詞選》[67]，才眞正確立常派家法，對南宋姜吳體派提示新的看法。

---

65 見〈續詞選序〉，《續詞選》，《四部備要》本，頁1。
66 陳廷焯《白雨齋詞話》卷二云：「董氏《續詞選》，祗取夢窗〈唐多令〉、〈憶舊游〉兩篇，此二篇絕非夢窗高詣，〈唐多令〉一篇，幾於油腔滑調，在夢窗集中，最屬下乘。《續選》獨取此兩篇，豈故收其下者，以實皋文之詞耶？」（同注64，頁148。）
67 《介存齋論詞雜著》附刊《詞辨》中，周濟序《詞辨》於嘉慶十七年（1812），道光二十七年（1847）始有刊本行世。《宋四家詞選》則序刊於道光十二年（1832）。

二、周濟：破浙派之姜張體系，以夢窗、碧山爲常派典範

　　周濟的詞學，頗能從文學的本位立論，不同於張惠言之依附詩教傳統。他以爲詞「感慨所寄，不過盛衰」，無論寫個人或外在情事，莫不出於作者的「由衷之言」，因爲都與時事人情相關，詞也如詩一樣有史的作用，可供「後人論世之資」[68]。周濟的尊體說，比張惠言之特意比附風騷者，自然平實得多。又張惠言以比興寄託言詞，往往求之過深，穿鑿附會，而周濟則提出「有寄託入，無寄託出」的主張以救其固蔽。所謂「無寄託」，是指作品有渾然之境，形質合一，既具個別性又具普遍性，如是則「指事類情，仁者見仁，知者見知」[69]，容許讀者作多方面的解釋。這無疑地修正了張氏的寄託說，並拓寬了詞的詮釋領域，而這一重新界定的寄託說，亦較易爲人所接受[70]。

　　周濟對詞體有其完整而獨立的看法，這表現在選詞與評詞上，比張惠言更能明辨詞的源流正變，知各家得失。有鑑於《詞選》之門庭過隘又無跡可尋，周濟編《宋四家詞選》，遂爲初學指示一條井然有序、切實可循的學詞途徑，爲常派建立一個獨特的詞統。《宋四家詞選目錄序論》曰：

　　　　清眞集大成者也。稼軒斂雄心抗高調，變溫婉成悲涼。
　　　　碧山饜心切理，言近指遠，聲容調度，一一可循。夢窗
　　　　奇思壯采，騰天潛淵，返南宋之清泚爲北宋之穠摯。是

68　見《介存齋論詞雜著》，《詞話叢編》，頁1630。
69　同上。
70　周濟與張惠言詞學之比較，詳鄺利安〈常州派家法考〉，《宋四家詞選箋注》（臺北：中華書局，1971），頁377-415；方智範〈周濟詞論發微〉，《詞學論稿》（華東師大中文系編，上海：華東師範大學出版社，1986），頁384-401。

爲四家，領袖一代，餘子犖犖，以方附庸。

問塗碧山，歷夢窗、稼軒，以還清眞之渾化，余所望於世之爲詞人者，蓋如此。[71]

周濟推尊四家詞，其實在他早期編撰《詞辨》時已見端倪。《詞辨》僅存正變二卷[72]，所錄詞作就以清眞、夢窗、碧山、稼軒四家爲多，可見其與《宋四家詞選》義例一貫，而兩書所附之詞論，基本論點亦大致相同。我們結合周濟前後期的詞學來看，他一意爲常派創立新的詞統，旨在瓦解浙派舊有的詞學體系。這一破與一立，大抵以「南宋—姜張」爲論爭的焦點。他在早期所撰的《介存齋論詞雜著》就曾說：

近人頗知北宋之妙，然終不免有姜張二字橫互胸中。豈知姜張在南宋亦非巨擘乎！論詞之人，叔夏晚出，既與碧山同時，又與夢窗別派，是以過尊白石，但主清空。

北宋詞，下者在南宋下，以其不能空，且不知寄託也；高者在南宋上，以其能實，且能無寄託也。南宋則下不犯北宋拙率之病，高不到北宋渾涵之詣。[73]

浙派尊南宋、宗姜張、主清空雅正，周濟乃提出由南返北，以吳、王取代姜、張和重質實渾涵之作的策略。周濟反浙派，主

---

71 見《詞話叢編》，頁1643。
72 周濟云：「向次《詞辨》十卷……，既成，寫本付田生。田生攜以北，附糧艘行，衣袽不戒，厄於黃流，既無副本，悵歎而已。爾後稍稍追憶，僅存正變兩卷，尚有遺落。」（《詞話叢編》，頁1636。）
73 同注68，頁1629-1630。

要的論點是：南宋不只姜張一派，宋詞也不只南宋一體。周濟深諳南北宋各家詞的優劣得失，他反浙派卻未完全否定南宋作品，只是他更知北宋之妙，並由北而南，從源流發展的關係著眼，重新發掘一些被遺忘的作家及作品。《宋四家詞選》就是這理念的具體呈現：特立南宋的辛、吳、王三家為宗主，並指示由南入北的詞學途徑，最後歸奉北宋的周邦彥為各宗的祖師；而南北宋其餘各家詞，則依風格之所近，繫於四大家下。這一體系相當完備。

　　在新的詮釋策略下，姜張諸家如何定位？在新的體派觀念裡，「姜派」又怎樣被解體，重作歸屬？這是須加探討的課題。為方便分析，試先根據《宋四家詞選》選評的內容，並配合《詞辨》的正變觀，作一簡表，以明各詞家地位高低及其源流關係：

				密
（正）周邦彥(9)26 ↑				
（變）辛棄疾(10)24 ↑	姜夔(3)11	蔣捷(1)5	趙以夫2	疏
（正）吳文英(5)22	周密(2)8		高觀國1 陳允平2	密
↑				
（正）王沂孫(6)20	張炎(3)8	史達祖(1)3	陳恕可1 唐珏(1)2	疏

按：(一) 周、辛、吳、王四家外，其餘各家之整體排列次序，由左至右，乃顯示其詞學地位之高低。
　　(二) 詞家旁邊數目，括號內的是《詞辨》選詞之數，無括號的乃《宋四家詞選》所錄詞數。

　　首先，我們看他如何進吳、王而退姜、張。吳文英與王沂孫在浙派詞統裡原屬姜派旗下，周濟不但將其脫離姜派系統，

更推爲二大家，地位凌駕於姜、張之上。碧山詞地位之提昇，乃得力於張惠言，周濟則再加確認，主張以碧山爲入門的梯航。周濟認爲「碧山饜心切理，言近旨遠，聲容調度，一一可循。」碧山詞能尊體，有寄託，而且技巧分明，可謂「思筆雙絕」；而「詞以思筆爲入門階陛」，則以碧山爲詞統的第一人是最合適的。但碧山詞也有「專寄託不出」的毛病，深入卻不淺出，而且有意爲文，「圭角太分明，反復讀之，有水清無魚之恨」[74]。因此，周濟於王沂孫後，遂又列吳文英一家，以示後學由淺入深之法。張惠言評吳詞「枝而不物」，似仍囿於張炎「七寶樓臺」之見。周濟卻一反二張，居然把夢窗推爲領袖一代的大家，實是驚人之舉。周濟進吳文英是持之有故的。就個人因素言，周濟喜重筆、薄輕倩之作，尤賞「無寄託」的詞境，而夢窗詞「立意高，取徑遠」，「意思甚感慨，而寄情閑散，使人不易測其中之所有」[75]，正合其所好。由救弊補偏的作用來說，吳文英之質實麗密正可治浙派末學空疏滑易之病。由宋以來，吳詞即常被指爲晦澀而備受責難，周濟卻提出新的看法，以爲夢窗詞「每於空際轉身」，有潛氣內轉的筆致，實而能空，雖偶失於生澀，也總勝空滑[76]。從宋詞的發展脈絡著眼，周濟繼承宋人「前有清眞，後有夢窗」[77]的說法，以爲吳文英與周邦彥詞風接近，最有緊密的傳承關係，因此，由夢窗以窺清眞，是最佳的門徑，換言之，夢窗「能返南宋之清泚，爲北宋之穠摯」[78]，是由南追北的關鍵人物，不容忽視。夢窗

---

74 見《宋四家詞選目錄序論》，《詞話叢編》，頁1643-1644。
75 見《詞話叢編》，頁1644、1633。
76 見《詞話叢編》，頁1633。
77 黃昇《中興以來絕妙詞選》卷十：「山陰尹煥序其詞，略曰：『求詞於吾宋者，前有清眞，後有夢窗，此非煥之言，四海之公言也。』」（《四部叢刊》本，頁3。）
78 見《詞話叢編》，頁1643。

詞的優點及其重要性，一經周濟點出，立刻獲得晚清詞壇的熱烈回響，學吳之風大開[79]。如此說來，夢窗詞地位的攀昇，周濟實是一大功臣。

《宋四家詞選目錄序論》曰：「糾彈姜張，剗刺陳史，芟夷盧高，皆足駭世。」[80]所提六家，亦本屬「姜派」。周濟推許夢窗與碧山，並全力打壓姜張諸子，目的是要從內部分化浙派的詞派，貫徹其南北相通的詞學體系。周濟的詞學視野比前人寬闊，識見亦高，他對各詞家的批評意見，頗能照顧得失，深中肯綮。從選詞數量上衡量，姜張諸家同遭貶抑，評價卻有高低。下面依次說明之。周濟評白石詞，最重要的論見是：「白石以詩法入詞，門徑淺狹」，時有生硬之弊，「看是高格響調，不耐人細思」；並因文而述人，謂白石「放曠故情淺」、「局促故才小」；且針對浙派推白石為一代宗匠之說，指出白石亦有俗濫、寒酸、補湊、敷衍之病[81]。總之，周濟頗能正視白石詞的缺失，若干論點亦富啓發性。在競學白石的時代裡，周濟的論調確頗足駭世，不過在選詞數量上，白石卻僅少於四大家而已，地位仍相當重要。白石以下，次要的是張炎與周密二家。周濟謂草窗「只是詞人，頗有名心」，其詞「鏤冰刻楮，精妙絕倫，但立意不高，取韻不遠，當與玉田抗行，未可方駕王吳也」[82]；論玉田詞，雖贊賞其清絕處，卻又認為他只在字句上著工夫，「無開闊手段」，「惟換筆不換意」[83]。接著則是史、蔣二家，周濟評曰：「梅溪才思，可匹

---

79 饒宗頤云：「自周濟標舉四家，並謂『夢窗奇思壯采，騰天潛淵，返南宋之清泚，為北宋之穠摯』，於是風氣轉移，夢窗詞與後山詩並為清季所宗，如清初之家白石而戶玉田矣。」（《詞籍考》〔香港大學出版社，1963〕，頁232。）

80 見《詞話叢編》，頁1646。

81 見《詞話叢編》，頁1634、1644。

82 同上。

83 見《詞話叢編》，頁1635、1644。

竹山；竹山粗俗，梅溪纖巧」。周濟對史詞的評價基本上仍延續浙派後期的看法，不過浙派是因人而廢文，周氏則從詞中所流露的意識論定其人：「梅溪詞中，善用偷字，足以定其品格」[84]，後來王國維亦深以為然[85]。更下一等，則是高觀國、陳允平等。周濟所以「荑夷盧高」，是因為「蒲江（盧祖皋號）窘促，等諸自鄶；竹屋（高觀國號）碚硜，亦凡響耳」[86]，不過，猶選高詞一闋，盧詞則隻詞不錄；至於陳允平，亦無好評，但謂其「鄉愿」、「疲軟凡庸，無有是處」[87]。綜言之，周濟評「姜派」諸家雖稱嚴屬，但亦中肯綮。

其次，看周濟如何分體立派，為諸家梳理淵源。當初浙派是以醇雅一體籠括南宋姜吳張王諸家，周濟則進一步打通了南北界限，以雅為評選詞作的基本準則，另外，更深入內層，從清實疏密的特質著眼，釐析眾家，分屬四體；至此，原先「姜派」一個系統內的詞家，便被打散到辛、吳、王所代表的三體內。其實，細加考察，所謂四體，應可簡化為兩個體系：周濟說「稼軒由北開南，夢窗由南追北，是詞家轉境」，稼軒所代表的是變體的清疏之筆，「南宋諸公，無不傳其衣缽」[88]，王沂孫等輩即承其緒而發展為雅正清空之調；夢窗所代表的是質實密麗之體，由吳上溯經辛派，則到清真虛實並重的渾涵之境；在周濟詞統裡，清真乃集大成者，是眾流所歸，如此，無論四體或二體，都只不過是清真一體的分支罷了。然則，稱之為「一祖三宗」的詞學體系，亦無不可。以清真為宗，是常派的家法，但誠如上文所述，浙派事實上亦曾溯源於清真，

---

84 見《詞話叢編》，頁1644、1632。
85 《人間詞話》：「周介存謂『梅溪詞中喜用偷字，足以定其品格』，劉融齋謂『周旨蕩而史意貪』，此二語令人解頤。」（《詞話叢編》，頁4250。）
86 見《詞話叢編》，頁1644。
87 見《詞話叢編》，頁頁1635。
88 同注86。

只是不如常派之有比較紮實的理論依據，且浙人囿於「南宋」的範疇，始終亦未對此加以正視。周濟從疏密的體質繫屬諸家，謂「草窗最近夢窗」[89]，並將高、陳也隸屬於吳派，而此派乃直承清真，詞風偏於密麗；相對地，則謂「中仙最近叔夏一派」[90]，史達祖亦歸屬之，又時以碧山、梅溪與屬於辛派的姜、蔣相提並論，細察之，乃是以清疏為統括數家的依據，而前者與後者則有正變之別。所謂正聲，是指有「蘊藉深厚」之旨；而變體，則指「雖駿快馳騖，豪宕感激稍漓矣，然猶皆委曲以致其情，未有亢厲剽悍之習」（〈詞辨序〉）[91]之作。周濟將浙派心目中最為醇雅的姜夔列入變體，並謂姜源出於辛：「白石脫胎稼軒，變雄健為清剛，變馳驟為疏宕。蓋二公皆極熱中，故氣味吻合。」[92]這一說法，實發前人所未見者。

　　綜合以上所述，周濟重定了南宋姜吳諸家在詞史上的地位，並從不同的角度探析出各家的淵源。其中最值得注意的，是夢窗詞地位的提高，及辛姜承傳關係的認定。晚清詞壇贊同並推衍周濟論見之學者甚眾。馮煦的《蒿庵論詞》論吳文英詞「幽邃而綿密，脈絡井井，而卒焉不能得其端倪」[93]，直承周氏之說；陳洵《海綃說詞》謂周濟四家之說，「師說雖具，而統系未明，疑於傳授家法，或未洽也」，遂主張「立周吳為師，退辛王為友」[94]，更提高了吳詞的地位；陳銳《裒碧齋詞話》說：「白石擬稼軒之豪快，而結體於虛。夢窗變美成之面貌，而鍊響於實。南渡以來，雙峰並峙，如盛唐之有李

89　見《宋四家詞選》評周密〈大聖樂〉，《詞話叢編》，頁1657。
90　同注87。
91　見《詞話叢編》，頁1637。
92　同注86。
93　見《詞話叢編》，頁3595。
94　見《詞話叢編》，頁4838-4839。

杜矣。[95]」這也是本周濟之說而略加推衍其意者。這些看法，無論我們贊成與否，都不能否認這是認識南宋典雅派詞的新起點。

三、陳廷焯：由詞主白石到以碧山爲宗

陳廷焯早年追隨浙派，編有《雲韶集》（同治十三年，1874），撰有《詞壇叢話》（原載《雲韶集》稿本之前）；繼而改宗常派，輯有《詞則》（光緒十六年，1891），著有《白雨齋詞話》（光緒十七年，1892）[96]；其詞學著作之豐、觀念改變之大，是晚清詞學少見的異數。陳氏出入浙派與常派，於兩家理論，或直接援引，或稍加推衍，在兩派的基本立場上，創建出自己的體系。隨著其詞學觀念的轉變，陳氏對南宋姜張諸家的體認便有前後期的不同。下面試依序探析其離合、升降南宋各家的看法。

陳廷焯早期的著作是以貫徹和推衍浙派的詞學主張爲宗旨[97]。他評詞選詞的標準一以《詞綜》爲準：重格律形式、主醇雅清空、以姜夔爲宗師；稍有不同是，陳氏雖推尊南宋詞風，但仍不廢北宋之作。《詞壇叢話》曾針對朱彝尊宗南宋之說，提出修正的意見：以爲北宋自然，間有俚語、亢語，南宋純正，也不免有生硬處；既然各有優劣，自是「不可偏廢」，又何必「妄爲軒輊」[98]？在歷代詞人中，陳廷焯嘗舉賀鑄、周

---

95 見《詞話叢編》，頁4200。
96 詳屈興國〈記陳廷焯《雲韶集》稿本〉，《白雨齋詞話足本校注》，頁854-868；〈《詞則》與《白雨齋詞話》的關係〉，《詞學》第五輯（1986年10月），頁129-139。
97 〈雲韶集序〉云：「余因不揣譾陋，匯歷朝詞爲二十六卷，以竹垞太史《詞綜》爲準，一洗《花間》、《草堂》之習，……一以雅正爲宗。」又《雲韶集》卷十五朱彝尊條下云：「余選此集，自唐迄元，悉本先生《詞綜》，略爲增減，大旨以雅正爲宗，所以成先生之志也。」（《白雨齋詞話足本校注》，頁805-806、871。）
98 引見《白雨齋詞話足本校注》，頁816。

邦彥、姜夔、朱彝尊、陳維崧為「五聖」，作為各時代的典範：

> 古今詞人眾矣，余以為於詞者有五家：北宋之賀方回、周美成，南宋之姜白石，國朝之朱竹垞、陳其年也。

> 賀方回之韻致，周美成之法度，姜白石之清虛，朱竹垞之氣骨，陳其年之博大，皆詞壇中不可無一不能有二者。[99]

宋代三聖中，北宋的二聖，賀不如周，兩宋詞家其實是以周、姜為真正的代表：「北宋詞極其高，宋詞極其變；兩宋作者，斷以清真、白石為宗。[100]」表面上，陳氏標舉南北宋詞不可偏廢論，而骨子裡卻仍是以南宋為高：「詞至北宋，亦云盛矣，然猶未極其變也」、「詞至南宋，正如詩至盛唐，嗚乎，至矣！[101]」那麼，代表南宋的姜夔便可說是「聖中之聖」，是詞體的集大成者了。《雲韶集》卷六說：

> 若白石神清意遠，不獨方回、清真不得專美於前，直欲令唐宋元明諸家盡歸籠罩矣。

> 詞至白石，而知詞人之有總萃焉。清勁似美成，風骨似方回。騷情逸志，視晏、歐如輿臺矣；高舉遠引，視秦、柳如傀儡矣。清虛中見魄力，直令蘇、辛避席；剛健含婀娜，是又竹屋、梅溪、夢窗、草窗、竹山、玉田以及元明諸家之先聲也。[102]

---

99 同上，頁816、831。
100 見《雲韶集》卷二，《白雨齋詞話足本校注》，頁808。又卷八云：「有志倚聲者，自當以清真、白石為宗」（頁160。）
101 見《雲韶集》卷二，《白雨齋詞話足本校注》，頁808。
102 見《雲韶集》卷六，《白雨齋詞話足本校注》，頁122-123。

此對白石詞，眞可謂推崇備至。陳廷焯更進而比之爲詩中的淵明、詩中的老杜，贊賞其「煉骨煉格，煉字煉句，歸於醇雅」，「如白雲在空，隨風變滅，獨有千古」的藝術成就，並肯定其繼往開來之功[103]。以醇雅立義，推尊白石，這些看法與解釋，和朱彝尊的〈詞綜發凡〉、汪森的〈詞綜序〉同出一轍，不過陳廷焯的分析顯得較細密，語氣也更爲堅定。至於姜派各家的關係，如前節所述，朱彝尊只說「皆具夔之一體」，並未多加解釋，而陳廷焯則除了析出各家學習白石所得之體外，更提出「遠祖清眞，近師白石」[104]的說法，爲姜派直接尋源至清眞。換言之，其所建構之姜派詞學體系有更具體的形貌，脈絡更明晰，各家的特色也更顯著。根據他在《雲韶集》中對諸家的評語及有關傳承關係之描述，可整理一簡表如下：

周邦彥—姜夔—	張炎得其骨：風度高超，襟期曠遠。
	史達祖得其貌：騷情逸致。
	吳文英得其神：如蓬萊縹緲，令人可望不可及。
	高觀國得其貌：剗新領異，有獨來獨往之概。
	周密得其神：精深雅秀，風骨高情韻深，有夜月秋雲之妙。
	陳允平得其雅：風神綽約，麗而有則。
	王沂孫得其清：風流飄灑，如春雲秋月，令人愛不釋手。
	蔣捷得其俊快：勁氣直前，老橫無匹，如風之掃敗葉。
	張翥得其格：展去浮豔，不獨煉字煉句，且能煉氣煉骨。

---

[103] 見《詞壇叢話》，《白雨齋詞話足本校注》，頁820-821；《雲韶集》卷六，《白雨齋詞話足本校注》，頁123。按：以白石比附子美，始見於宋翔鳳《樂府餘論》：「詞家之有姜白石，猶詩家之有杜少陵，繼往開來，文中關鍵。其流落江湖，不忘君國，皆借託比興於長短句寄之。」（《詞話叢編》，頁2503。）

[104] 《雲韶集》卷七：「竹屋、梅溪、夢窗、草窗諸家，大致遠祖清眞，近師白石。」（《白雨齋詞話足本校注》，頁138。）

上表各家依其在派中地位的高低，由上而下排列。姜夔之下，陳廷焯最賞張炎，稱其詞「可上繼清真，近追白石」，「出同時諸君之右」，「不獨入白石之室，幾欲與之頡頏」[105]；詞宗姜、張，本來就是浙派一貫的主張。而浙派詞論中很少提及吳文英，他則以爲夢窗「以曠逸之才，發沉靜之思，直入白石、清真之室，當與梅溪并驅中原」[106]；史、吳並稱，乃陳廷焯的新看法[107]。至於其他詞人，則各有特色，地位也相當。總之，陳廷焯對姜派諸家的評價，有關「體」、「派」的看法，與浙派實大同小異。

　　陳廷焯在《雲韶集》成書後不過兩年，卻改弦易轍，歸依常派。《白雨齋詞話》卷六中曾述其來由：「自丙子（光緒二年，1876）年，與希祖（莊棫字）先生遇後，舊作一概付丙，所存不過己卯（光緒五年，1879）後數十闋，大旨歸於忠厚，不敢有背風騷之旨。過此以往，精益求精，思欲鼓吹蒿庵（莊棫號），共成茗柯（張惠言號）復古之志。[108]」陳廷焯後期的詞學，乃承莊棫之教，推崇常派張惠言的學說，並加發揚。此時，他論詞的本質及起源，略本張惠言的〈詞選序〉，託源於風騷，重意內言外、比興寄託之意；更在此基礎上，建立了「溫厚以爲體，沉鬱以爲用」（〈白雨齋詞話序〉）的理論體系。所謂沉鬱，是指詞的一種高尚的體格，「意在筆先，神餘言外」，源於深厚的性情，出諸含蓄不露的比興手法[109]。陳廷焯以沉鬱說爲立論的基礎，撇開了前人婉約豪放

---

105 見《雲韶集》卷九，《白雨齋詞話足本校注》，頁201、199。
106 見《雲韶集》卷八，《白雨齋詞話足本校注》，頁146。
107 《雲韶集》卷七云：「竹屋、梅溪、夢窗、草窗諸家中，梅溪、夢窗尤臻絕頂。」（《白雨齋詞話足本校注》，頁138。）
108 見《白雨齋詞話足本校注》，頁496。
109 見《白雨齋詞話足本校注》，頁20。

之爭，也打破了詞家好分南北宋的說法[110]。他所推崇的唐五代南北宋各體各派詞，無不具沉鬱的特色：

> 唐五代詞，不可及處，正在沉鬱。宋詞不盡沉鬱，然如子野、少游、美成、白石、碧山、梅溪諸家，未有不沉鬱者；即東坡、方回、稼軒、夢窗、玉田等，似不必盡以沉鬱勝，然其佳處，亦未有不沉鬱者。[111]

以上所列詞家名單，大抵是以〈詞選序〉所尊「淵淵乎文有其質」的八家為本，再添史、賀、吳三家而成。《詞選》本不廢賀、史之作（各錄一首，與張炎同），卻斥吳詞「枝而不物」；陳廷焯在這裡標舉夢窗，最與張惠言不同。不過，總的來說，陳廷焯的詞學大致未離張惠言的路向[112]。

陳廷焯既有新的詞學體驗，他對南宋諸家自有不同的升降之論。據《白雨齋詞話》云，他嘗擬輯古今二十九家詞，其中南宋九家除稼軒外，前期所推重的典雅派詞家，如白石、竹屋、梅溪、夢窗、西麓、草窗、碧山、玉田，亦見榜上[113]。家數雖同，評價卻有易動。陳廷焯曾分詞為四等：表裡俱佳、文質適中者及質過於文者，俱屬上乘；文過於質者，為次乘；有文無質者，為下乘；質亡而并無文者，則不得謂之詞[114]。

---

110 《白雨齋詞話》卷一：「誠能本諸忠厚，而出以沉鬱，豪放亦可，婉約亦可；否則豪放嫌其粗魯，婉約又病其纖弱」；卷十：「竊謂論詞只宜辨別是非，南北宋不必分也」。（《白雨齋詞話足本校注》，頁69、747。）
111 見《白雨齋詞話》卷一，《白雨齋詞話足本校注》，頁11。
112 《續修四庫全書・白雨齋詞話提要》：「廷焯受詞學於莊棫，而接跡於常州二張之派也。故其論詞，本諸風騷，正其情性，溫厚以為體，沉鬱以為用，引以千端，衷諸一是。……此以沉鬱之說，廣二張之旨也。」（引見《白雨齋詞話足本校注》，頁851。）
113 見《白雨齋詞話》卷十，《白雨齋詞話足本校注》，頁748。
114 同上，頁758。

上列八家，惟高觀國與周密爲次乘，其餘均屬上乘；而屬上乘而文質兼具的六家，則仍有高下之別。他說：「大約南宋詞人，自以白石、碧山爲冠，梅溪次之，夢窗、玉田又次之，西麓又次之，草窗又次之，竹山雖不論可也」[115]。他稱西麓詞「和平婉雅，詞中正軌」[116]，和前期的評價差別不大，地位本來就在張、吳之下。《雲韶集》以史、吳並稱，《白雨齋詞話》則改作張、吳同列，略遜於史。陳廷焯謂夢窗「精於造句」、「在超逸中見沉鬱」，說玉田「工於造句」、「沉鬱以清超出之」[117]，兩家功力頗相當。陳廷焯甚能體察夢窗詞的成就特色：「超逸處，則仙骨珊珊，洗脫凡豔；幽索處，則孤懷耿耿，別締古歡」[118]；這不但修正了張惠言的偏頗之見，更能承接周濟的論點，開拓了對吳詞的閱讀視野，於密處見其疏、實處見其虛，後人亦多據此論析吳詞。但仔細審察，陳廷焯與周濟之對夢窗的評價畢竟有差別；周濟推夢窗爲領袖一代的大家，地位在王沂孫上，陳廷焯則以爲夢窗猶「不及碧山、梅溪之厚[119]」，史、張、吳三家相對於「純乎純者」的姜、王而言，實是「大純而小疵」，猶有未逮處，因爲他們「能雅不能虛，能清不能厚也」[120]。姜、王二家，爲南宋之冠，各有至處，其間卻仍可稍作軒輊：「南宋詞人，感時傷事，纏綿溫厚者無過碧山，次則白石。白石鬱處不及碧山，而清虛過之」[121]，「白石詞，雅矣，正矣，沉鬱頓挫矣；然以碧山較之，覺白石猶有未能免俗處」[122]。其實，在陳廷焯的心目

---

[115] 見《白雨齋詞話》卷二，《白雨齋詞話足本校注》，頁138。
[116] 同上，頁159。
[117] 同注115，頁151、145、201、208。
[118] 同注115，頁151-152。
[119] 同注115，頁145。
[120] 同注115，頁175。
[121] 同注115，頁123。
[122] 同注115，頁176。

中，王沂孫不獨是南宋詞壇的領袖，更南北宋的盟主。《白雨齋詞話》於宋詞有所謂「四聖」之說：「詞法莫密於清眞，詞理莫深於少游，詞筆莫超於白石，詞品莫高於碧山，皆聖於詞者」[123]。他早年的《雲韶集》是以姜、周、賀代表兩宋而爲古今「五聖」中的三聖；這裡卻用秦、王二家取代了賀鑄。他又有排去少游，而以清眞、白石、碧山爲「詞壇三絕」之說[124]。比較南北宋四位代表作家，陳廷焯認爲「少游時有俚語，清眞、白石間亦不免，至碧山乃一歸雅正」[125]，故兩宋詞人自推碧山爲冠冕。陳廷焯瓣香碧山，乃受莊棫啓發。莊氏嘗與廷焯論詞云：「子知清眞、白石矣，未知碧山也。悟得碧山，後可以窮極高妙」[126]。其實，宋詞宗碧山，是張惠言詞學的家法；莊棫治易師承惠言[127]，論詞亦如張氏以治經之法爲之。陳廷焯發隱抉幽，追索詞中的微言大義，奉碧山爲宋詞之冠，正是一脈相承。

　　陳廷焯早期視姜夔爲「聖中之聖」，以之並駕詩聖杜甫；此時則是以王沂孫上擬杜甫，直接風騷[128]。碧山既在白石之上，自然不能再持舊說，謂碧山取法白石，不獨如此，其餘各家也多另有淵源。陳廷焯針對汪森〈詞綜序〉所特立的姜派詞統說：

---

[123] 同注115，頁196。

[124] 《白雨齋詞話》卷二：「詞法之密，無過清眞。詞格之高，無過白石。詞味之厚，無過碧山。詞壇三絕也。」（《白雨齋詞話足本校注》，頁175。）

[125] 同注123。

[126] 見《白雨齋詞話》卷六，《白雨齊詞話足本校注》，頁482。

[127] 清光緒十六年李恩綬等編《丹徒縣志撫餘·儒林文苑》：「莊中白少治易，通張惠言、焦循之學，又好讀緯，以爲微言大義，非緯不能通經。」（引見《白雨齊詞話足本校注》，頁852。）

[128] 《白雨齋詞話》卷二：「少陵每飯不忘君國，碧山亦然。然兩人負質不同，所處時勢又不同。少陵負沉雄博大之才，正值唐室中興之際，故其爲詩也悲以壯。碧山以和平中正之音，卻值宋室敗亡之後，故其詞也哀以思，推而至於《國風》、《離騷》則一也。」（《白雨齋詞話足本校注》，頁194-195。）

此論蓋阿附竹垞之意，而不知詞中源流正變也。竊謂白石一家，如閒雲野鶴，超然物外，未易學步。竹屋所造之境，不見高妙，烏能爲之羽翼？至梅溪則全祖清眞，與白石分道揚鑣，判然兩途。東澤得詩法於白石，卻有似處，詞則取徑狹小，去白石甚遠。夢窗才情橫逸，斟酌於周、秦、姜、史之外，自樹一幟，亦不專師白石也。虛齋樂府，較之小山、淮海，則嫌平淺，方之美成、梅溪，則嫌伉墜，似鬱不紓，亦是一病，絕非取徑於白石。竹山則全襲辛、劉之貌，而益以疏快，直率無味，與白石尤屬歧途。草窗、西麓兩家，則皆以清眞爲宗，而草窗得其姿態，西麓得其意趣。草窗間有與白石相似處，而亦十難獲一。碧山則源出風騷，兼採眾美，託體最高，與白石亦最異。至玉田乃全祖白石，面目雖變，託根有歸，可爲白石羽翼。仲舉則規模於南宋諸家，而意味漸失，亦非專師白石。總之，謂白石拔幟於周、秦之外，與之各有千古則可，謂南宋名家以迄仲舉皆取法於白石，則吾不謂然也。[129]

這裡鉅細靡遺地一一述說各家得失，細探其源流，不但瓦解了浙派的體系，也徹底否定了自己早年以白石爲詞之總萃、籠罩諸家的說法。陳廷焯崇碧山，同時亦尊重各家的體貌，不強爲牽附淵源。不過，從其論述姜張諸家承傳關係的文字中，仍可歸納出一個簡單的體系來。

《白雨齋詞話》卷十分唐宋詞爲十四體，各體或附風格相近的詞家：姜、史、吳、王、張各爲一體，而竹屋、草窗則

---

[129] 見《白雨齋詞話》卷十，《白雨齋詞話足本校注》，頁744-745。

附於周美成體，西麓則見於王碧山體；並謂美成、梅溪、碧山等家，「殊塗同歸，餘則各樹一幟，而皆不失其正」[130]。據此，連同上文所述，諸家關係大概如下：

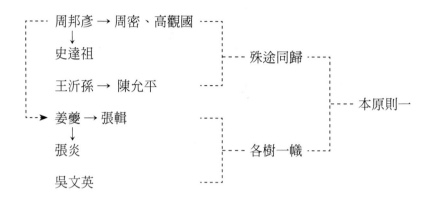

諸家雖各自為體，但大多源出清眞。彼此都有直接或間接的關係，則就其相似點言，亦可視之為同一體派。陳氏說：「唐宋名家，流派不同，本原則一」[131]，唐宋體派的分殊，可歸一於沉鬱之中。

綜言之，張惠言、周濟、陳廷焯（後期）三家的說法，各有異同，但反浙派的立場卻一致。或知北而重南，或由南而返北，皆打破了浙派獨尊南宋的局面；正因其對南北宋有較通盤的了解，遂能一則知南宋除姜張婉約一派外還有辛劉豪放一體，再則不只將宋末諸家的詞源溯及姜夔，更且旁及稼軒，追至北宋的清眞。常派宗美成，乃其一貫的家法；而提高吳文英、王沂孫的地位，更是其詞學的重要主張。常派詞學中，有張惠言（陳廷焯屬之）、周濟兩個體系，或瓣香碧山，或推尊夢窗，評價不一，但都能抉發這些詞人深隱的辭情，重身世家

---

130 見《白雨齋詞話》卷十，《白雨齋詞話足本校注》，頁743-744。
131 同上。

國之感，連帶地也能領略他們曲折頓挫的聲情，於密麗中見清疏。總之，持寄託、沉鬱之說以論詞，與浙派之主醇雅清空者，基本理念終究不同，於南宋姜吳諸家的體認自然有別。

第四節　清季詞學家對南宋姜吳典雅派詞的兩種看法

　　浙派與常派抗衡，表面看來，乃意格與技術之爭，各有所偏，利弊互見。由清中葉迄晚清，在常派詞學籠罩下的詞壇，有關姜吳體派的論述，亦偶有援常入浙，提出修正折衷的意見者，鄧廷楨、戈載、沈曾植等可爲代表；而在兩派之外，更有站在完全相反的立場，揭示新的論點者，如王國維即是。舉此數家，主要是因爲他們能兼顧體、派兩方面提出新的意見，有承先啓後的作用，可上結前文，也能幫我們了解近代相關詞論的走向。

　　鄧廷楨《雙硯齋詞話》中有六則與姜派詞家相關的詞論，自成體系：

> 東坡以龍驤不羈之才，樹松檜特立之操，故其詞清剛雋上，囊括群英。……〈永遇樂〉之「古今如夢，何曾夢覺，但有新歡舊怨」，……〈洞仙歌〉之「試問夜如何，夜已三更，金波澹、玉繩低轉」，皆能簸之揉之，高華沉痛，遂爲石帚導師。譬之慧能肇啓南宗，實傳黃梅衣缽矣。

> 詞家之有白石，猶書家之有逸少，詩家之有浣花。蓋緣識趣既高，興象自別。其時臨安半壁，相率恬熙。白石

來往江淮，緣情觸緒，百端交集，託意哀絲。故舞席歌場，時有擊碎唾壺之意。

史邦卿爲中書省堂吏，事侂胄久。嘉泰間，侂胄亟持恢復之議，邦卿習聞其說，往往託之於詞。……大抵寫怨銅駝，寄懷罍幕，非止流連光景，浪作豔歌也。

王聖與工於體物，而不滯色相。……〈眉嫵‧詠新月〉……，則別有懷抱，與石帚〈揚州慢〉、〈淒涼犯〉諸作異曲同工。……如〈摸魚兒〉（洗芳林）……通體一氣卷舒，生香不斷，鄱陽家法，斯爲嗣音矣。

西泠詞客石帚而外，首數玉田。論者以爲堪與白石老仙相鼓吹。要其登堂拔幟，又自壁壘一新。蓋白石硬語盤空，時露鋒芒。玉田則返虛入渾，不啻嚼蕊吹香。

弇陽翁工於造句。[132]

鄧廷楨以姜張是宗，看來是浙派的論調，但他除欣賞各家體物之工、筆法之巧外，更能從寄託說以窺白石、梅溪、碧山，則又彷彿常派之論了。而論列姜、張、史、王、周五家，卻不及夢窗，似又接近常派張氏家法；但鄧氏謂碧山傳白石詞法，又說玉田堪與白石相鼓吹，皆從清字立論，直是浙派屬鶚詞學一路數。屬鶚詞學由白石而師清眞，鄧廷楨卻謂白石導源於蘇軾。他說東坡詞「高華沉痛」，所謂「高華」，即有清境；「沉痛」，則每含託意。白石詞辭情兼優，既有高趣，又有哀

---

132 見《詞話叢編》，頁2529-2533。

思，謂之出自東坡，良有以也。這與同時期周濟稱「白石脫胎
稼軒」的說法，俱發前人所未見者，且有同工之妙。蓋白石源
於稼軒，而稼軒又受東坡影響，則謂東坡爲白石導師，更是探
本之論。鄧廷楨與周濟就清疏的共同點縮合蘇姜或辛姜，然而都
只是簡單作一陳述而已，至於實際情況，猶待進一步的論證。

戈載於道光十七年（1837）輯刊《宋七家詞選》，自序
云：

> 詞學至宋盛矣備矣，然純駁不一，優劣迥殊，欲求正軌
> 以合雅音，惟周清眞、史梅溪、姜白石、吳夢窗、周草
> 窗、王碧山、張玉田七人，允無遺憾，暇日擇其句意全
> 美、韻律兼精者，各爲一卷，名曰《七家詞選》。[133]

戈載之作，旨在針砭當時詞家失律落韻之弊。選七家詞，以典
雅純美者爲準則，乃浙派理念之廷伸。不過，戈載選詞竟以夢
窗爲最多（一百十五首），且評論其詞，謂之能於綿麗中有靈氣
行乎其間[134]，則似又與周濟的論見相通。戈載詞學中的周姜
體系，有幾點值得注意：

第一、以周邦彥爲首，合南宋史、姜、吳、周、王、張六
家，爲詞學之正宗。這些作家是周姜詞派的基本成員，後世所
論大多不出此一範圍。

第二、戈載取詞重在聲律諧美，頗能在浙派夙重文字修辭
之基礎上，更精細地抉發出此一詞派的體製特色。

第三、戈載更注意到造成此一詞學成就的背景因素，說：

---

[133] 見戈載輯、杜文瀾校注《宋七家詞選》（臺北：河洛圖書出版社，1978），〈題
辭〉。
[134] 同上，卷四，頁38。

「草窗與此二公（楊纘、張樞）暨夢窗、王碧山、陳西麓、施梅川、李簣房輩相與講明而切究之，宜其律之無不諧矣」[135]。由此而知姜張諸家的組合不僅憑諸風格從同，更有實際的社集關係，而楊纘、張樞、陳西麓、施梅川、李簣房輩也是歸屬於此一詞派的次要作家。

第四、戈載列周邦彥爲七家之首，並謂其詞「最爲詞家之正宗」[136]，就典雅合律一點言，南宋六家皆受清眞的影響。但從其同中之異看，則諸家又可分成三組承傳關係：周史爲一組，善於運化唐人詩句，戈載說「予嘗謂梅谿乃清眞之附庸，若仿張爲作詞家主客圖，周爲主，史爲客，未始非定論也」[137]；姜、張、王爲一組，皆有清空之筆，如評白石詞「清氣盤空」、玉田「以空靈爲主」、碧山則「運意高遠，吐韻妍和，其氣清故無沾滯之音，其筆超故有宕往之趣，是眞白石之入室弟子也」[138]；吳、周爲一組，二窗皆以綿麗爲尙[139]。綜言之，戈載除欣賞「句意全美，韻律兼精」的雅詞外，還特別喜愛有綿渺之思、高遠意趣之作。

清末有所謂「桂派」詞學，以立意爲體，以守律爲用，折衷了張惠言意內言外之旨與戈載等人的審音持律之說，成就頗大[140]。「桂派」四大家詞，王鵬運導源碧山，鄭文焯規模周

---

135 同注133，卷五，頁26。
136 同注133，卷一，頁22。
137 同注133，卷二，頁15。
138 同注133，卷三，頁20；卷七，頁37；卷六，頁16。
139 《宋七家詞選》卷五：「（周密）其詞盡洗靡曼，獨標清麗，有韶倩之色，有綿渺之思，與夢窗旨趣相侔，二窗並稱允矣。」（河洛版，頁25。）
140 蔡嵩雲《柯亭詞論》：「第三期詞派，創自王半塘，葉退菴戲呼爲桂派，予亦姑以桂派名之。和之者有鄭叔問、況蕙風、朱彊村等，本張皋文意內言外之旨，參以凌次仲、戈順卿審音持律之說，而益發揮光大之。此派最晚出，以立意爲體，故詞格頗高。以守律爲用，故詞法頗嚴。今世詞學正宗，惟有此派。餘皆少所樹立，不能成派。」（《詞話叢編》，頁4908。）

姜，朱祖謀瓣香夢窗，況周頤則初年把臂竹山、梅溪之林，「後漸就爲白石、爲美成，以抵於大成」[141]；又朱祖謀選詞以渾成爲主旨，鄭文焯論詞以清空骨氣爲極致，況周頤進重拙大之說，各有所重，而愛南宋詞則一[142]。不過，四家多就南宋一家一體立論，鮮就典雅詞派的體派內容與特色作整體性的論述。

相對於此，同時前後的沈曾植針對晚清過分推崇夢窗的詞學現象所提出的一些論見，卻有值得參考之處。《菌閣瑣談》引汪莘〈方壺詩餘自序〉所論「詞之三變」（見第一章「詞派觀念的形成」）後云：

> 其所稱舉，則南渡初以至光、寧，士大夫涉筆詩餘者。標尚如此，略如詩有江西派。然石湖、放翁，潤以文采，要爲樂而不淫，以自別爲詩人旨格。曾端伯《樂府雅詞》，是以此意裁別者。白石老人，此派極則，詩與詞幾合同而化矣。吳夢窗、史邦卿影響江湖，別成絢麗，特宜於酒樓歌館，飣坐持杯，追擬周、姜，以纘東都盛事。於聲律爲當行，於格韻則卑靡。賴其後有草窗、玉田、聖與出，而後風雅遺音，絕而復續。亦猶皋羽、霽山，振起江湖哀響也。自道光末戈順卿輩推戴夢

---

[141] 朱祖謀〈半塘定稿序〉稱王鵬運詞「導源碧山，復歷稼軒、夢窗，以還清眞之渾化，與周止庵氏說契若鍼芥」（王鵬運《半塘定稿》〔臺北：學生書局，1972〕，頁2）；鄭文焯〈與張爾田書〉云：「爲詞實自丙戌歲始，入手即愛白石騷雅，勤學十年，乃悟清眞之高妙」（〈鄭大鶴先生論詞手簡〉，《詞話叢編》，頁4331）；趙尊嶽《蕙風詞史》嘗述其師況周頤之詞學云：「先生初爲詞，以穎悟好學側艷語，遂把臂南宋竹山、梅溪之林。自佑遐進以重拙大之說，乃漸就爲白石、爲美成，以抵於大成」。

[142] 朱祖謀嘗輯《宋詞三百首》，選吳文英（二十四首）、周邦彥（二十三首）詞最多；況周頤序云：「大要求之體格神致，以渾成爲主旨」。鄭文焯詞論，散見於他和張爾田、夏敬觀等人之書信及各種詞籍序跋中，轉載《詞學季刊》、《同聲月刊》等刊物。況周頤撰有《蕙風詞話》，主重拙大之說。

窗，周止庵心厭浙派，亦揚夢窗以抑玉田。近代承之，幾若夢窗爲詞家韓、杜。而爲南唐、北宋學者，或又以欣厭之情，概加排斥。若以宋人之論折衷之，夢窗不得爲不工，或尚非雅詞勝諦乎？[143]

對於南宋六家詞，沈氏分三體加以概說：白石以詩爲詞，成就極高；史、吳有聲律之美而乏格韻；周、張、王三家則有風雅遺音。沈氏重詞的形式韻律，更重內容意格，因此他對戈載之推崇夢窗自不以爲然。晚清詞壇之於夢窗詞，或承常派家法而過尊之，或持相反論調而過抑之，沈氏以爲皆非持平之論，遂提出折衷的看法。有關白石詞的特色，謝章鋌《賭棋山莊詞話》卷十二曾說：「白石道人爲詞中大宗，論定久矣；讀其說詩諸則，有與長短句相通者」[144]，沈曾植則更明白地說白石直承蘇辛一派詞風，詩詞意境相通；白石與蘇辛之淵源關係，於此又得一證。冒廣生（鶴亭）曾謂沈詞「殊有玉田之神，蓋浙西詞派然也」[145]，沈曾植持論亦唯姜張是尚，崇清虛騷雅，與鄧廷楨的論點頗相似。

　　以上三家說法，大抵是以浙派理念爲本，闡發了若干類似常派的論調，這在常派爲主導的詞學環境中，特別有意義。戈載從技術的底層發掘周姜派詞的韻律特質，鄧、沈二氏串合了蘇姜的關係，這爲南宋典雅詞派添加了一些新的內容，值得再深入探討。

　　沈曾植文中說，「爲南唐、北宋學者」最斥夢窗，未知所

[143] 見《詞話叢編》，頁3613。
[144] 見《詞話叢編》，頁3478-3479。
[145] 見〈小三吾亭詞話〉，冒懷辛整理《冒鶴亭詞曲論文集》（上海：上海古籍出版社，1992），頁54。

指孰誰。在清代季世，反夢窗立場最鮮明、言論最激切的，則莫過於王國維。王國維曾受西方哲學美學之影響，論詞主境界說，不獨退夢窗，而且更否定姜吳諸家所代表的南宋詞風，《人間詞話》說：

> 白石寫景之作……雖格韻高絕，然如霧裡看花，終隔一層。梅溪、夢窗諸家寫景之病，皆在一隔字。北宋風流，渡江遂絕，抑真有運會存乎其間耶？

> 南宋詞雖不隔處，比之前人自有淺深厚薄之別。

> 蘇、辛詞中之狂，白石猶不失為狷，若夢窗、梅溪、玉田、草窗、西麓輩，面目不同，同歸於鄉愿而已。

> 余謂北宋詞亦不妨疏遠。若梅溪以降，正所謂切近的當、氣格凡下者也。

> 梅溪、夢窗、玉田、草窗、西麓諸家，詞雖不同，然同失之膚淺。雖時代使然，亦其才分有限也。近人棄周鼎而寶康瓠，實難索解。[146]

從這些話來看，王國維評詞之重北宋而輕南宋的態度，是顯而可見的。他所謂「有境界」的作品，簡言之，是指能以鮮明真切方法表達真切自然的感受，且富於興發感動之作用者[147]。他以有無境界來論詞的高下，在其心目中，南宋姜吳諸家詞寫

---

146 見《詞話叢編》，頁4248、4250、4263。
147 參葉嘉瑩〈對「境界」一辭之義界的探討〉，《王國維及其文學批評》（香港：中華書局，1980），頁212-226。

景有隔，氣格凡下，失之膚淺，總言之就是境界不高。因此，南宋詞乃「羔雁之具」[148]，須加貶斥。王國維說「白石有格而無情」[149]，但仍認為他是詞中之狷，較諸歸為「鄉愿」的典雅派其他詞家，評價自有高低之別。王國維於南宋詞其實最惡夢窗與玉田，〈樊志厚人間詞序〉說：

> 君之於詞……於南宋除稼軒、白石外，所嗜蓋鮮矣。尤痛詆夢窗、玉田。謂夢窗砌字，玉田壘句，一雕琢，一敷衍，其病不同，而同歸於淺薄[150]。

《人間詞話》也說：

> 夢窗之詞，余得取其詞中之一語以評之，曰「映夢窗，零亂碧」。玉田之詞，余得取其詞中之一語以評之，曰「玉老田荒」。[151]

王國維之所以用如此尖刻的語氣批判玉田與夢窗，或者廣泛地說，他之所以有尊北抑南的意向，細加分析，那應與其個人的生命情調、文學史觀和當時的詞學環境有密切的關係。王國維撰《人間詞話》，正值三十出頭才氣方盛之時，那時他在思想方面曾受叔本華哲學的影響，重天才而輕模倣，因此自然與講求聲律形式、首重功力技巧的南宋詞不能契應。再者，王國維有一套獨特的文學史觀，以為「文體通行既久，染指遂多，自成習套。豪傑之士，亦難於其中自出新意」（《人間詞話》）。因此，根據王國維這一「文體遞變」觀看宋詞，唐五代北宋是自然發展、渾成時期，有境界的佳作遂多；而清真南宋以後，

---

148 見《人間詞話刪稿》，《詞話叢編》，頁4256。
149 見《詞話叢編》，頁4249。
150 見〈人間詞話・附錄二〉，《詞話叢編》，頁4275。
151 見《詞話叢編》，頁4251。

詞往往鋪張揚厲，已是文體衰敝之時，姜吳諸家之作，技巧不免掩蓋了真性情，作品也就微不足道了。這種文學史觀的形成，當然是有其時代背景的。有清以來，浙常二派的末學，學玉田的流為浮滑，學夢窗的失於晦澀，終至氣困意竭、淺薄侷促。對這樣的詞學環境，王國維提倡境界之說，嚴厲抨擊南宋諸家，實有其一番欲挽狂瀾於既倒的深意在[152]。

南宋姜吳體派在王國維的詮釋下，完全換上了一副新面貌。在浙派與常派之重形式技巧與情意內容的詮釋角度外，王國維更直指作者的意識，並考慮到透過作品而對讀者產生感發作用的美學特質的問題。他對南宋典雅派諸家的批判不免嚴苛，但也不能否認這比浙常二派的體認已推深了一層。到底南宋典雅派諸家是怎樣一種生命型態？應如何去評論其價值及文化意義？這都是值得細加探索的課題（詳第四、五章）。

浙常二派推之過高，王國維貶之也甚，由清初迄清末，南宋典雅派詞由被冷落到被抬高再到被徹底否定，彷彿經歷了一個循環。這些後設理論，與世運、人情相關，也各有其歷史的局限性。諸家所論有洞見，也有盲點。後來的詞學在不同的時空條件下，究竟如何依違前說，為南宋姜吳體派重作詮釋、賦予新的意涵？下面將繼續探討。

第五節　民國以來詞學界有關南宋姜吳典雅派詞之討論

民國以來，文學思潮變化起伏，新舊觀念激盪發展。詞學方面，有更多資料、更新的方法，足供參考與運用，有關詞的

---

[152] 參葉嘉瑩《王國維及其文學批評》，頁263-276。

本質、起源、歷史分期、體派分類、詞家評價等論題，在前人的基礎上，開拓出更寬廣的研究道路，體驗更深刻，論證更詳明。這與撰述方式的改變甚有關係。白話文的應用，文學史或專論性質的寫作方式，較諸前人所採用的詞話式批評方法更能暢所欲言，也因此有些詞學論題的爭辯便更形激烈，而南宋姜吳體派即是其中一個論爭的焦點。民國初年新舊交替之際，詞學界即明顯地有守舊的與創新的兩股勢力存在：前者主要是承接周濟、戈載諸家之說，融合了浙常二派的理念，意格與技術並重，南北宋兼治；後者則主要受王國維啓發，無論政治立場是左是右，批評語調是緩和或激切，皆有一套迥異於從前的評詞標準，對南宋典雅派詞的文字技巧和內容意識，或多或少總有批判指責，其聲勢之大，影響層面之廣，已非前者所可及，成爲主流的批評路線。八十年代開始，兩岸思想較開放，意識型態的桎梏稍有鬆脫，詞學觀念也受到衝擊，對王國維所主導的一味反南宋的批評策略多表不滿，一種修正的路線逐漸形成。下文即就此三類論見，舉其要者，分別加以介紹。

一、保守的看法

　　大體來說，民國初推衍有清以來傳統詞學理念者，其對姜吳體派的論見，因襲成說者多，有創意者少。有關「派」的方面，多本戈載之說，以姜、史、吳、周、王、張六家爲核心人物，評價亦折衷於浙常之間，既重音呂、華藻，又重情意、寄託，至於羽翼的詞人群也不外盧、高、蔣、陳諸家；吳梅、劉毓盤即持這一看法的代表[153]。陳匪石編《宋詞舉》，以爲詞當先南宋後北宋，故效周濟教人之法，由南而北，各選六大詞

---

153 詳吳梅《詞學通論》（臺北：商務印書館，1977），第二章，頁89-99、104-107；
　　劉毓盤（子庚）《詞史》（臺北：學生書局，1973），第六章，頁83-99。

家，示人宋詞之徑路。其所舉南宋六家，是據戈、周二氏之說折衷而得。他說：「初學爲詞者，先於張、王求雅正之音，意內言外之旨，然後以吳鍊其氣意，以姜拓其胸襟，以辛健其筆力，而旁參之史，藉探清眞之門徑，即可望北宋之堂室。」他以周密附庸於吳，故捨之而不錄[154]。浙派謂蔣捷源出白石，自周濟後則多謂其豪放處乃效稼軒，惟劉毓盤《詞史》將其繫於吳文英下，曰「蔣捷竹山詞，亦專以雕琢勝者」[155]；陳匪石則更稱「蔣捷身世之感，同於王張；雕琢之工，導源吳氏」[156]。這是較新穎的看法。

　　有關典雅派之派系成員的討論，亦有不循戈載的理路而另有淵源者。王易《詞曲史》本朱彝尊〈黑蝶齋詩餘序〉，就其所臚列的詞家，再網羅「皆未及白之騷雅而清勁」的高觀國、洪瑹、黃昇、嚴仁、趙以夫、劉辰翁等家及「與碧山、玉田、草窗同唱和」的《樂府補題》諸子，合稱爲「姜派」[157]。王易雖依朱說略加增補，但他對詞家的論見卻非僅據浙派立說，而是兼及常派，最顯著的例子就是對吳文英的推崇。王易謂吳文英善於隸事、工於修辭，故其詞蘊藉而雋潔，是「宗姜而能自開一境者」，在「姜派」的地位尤高於王、張諸子[158]。

　　夢窗既能自開一境，應否歸姜派，猶有可商之餘地。蔡嵩雲分析宋代詞論，以爲白石、夢窗各有分屬，而清代浙常之爭實導源於宋末：

　　　《詞源》論詞，獨尊白石；《指迷》論詞，專主清眞。

[154] 見《宋詞舉》（臺北：正中書局，1983，四版），卷上，頁1。
[155] 見《詞史》，頁92。
[156] 同注154。
[157] 見《詞曲史》（臺北：廣文書局，1979，四版），頁203-219。
[158] 同上，頁208-209。

張氏尊白石，以其古雅峭拔，特闢清空一境；沈氏主清眞，則以其合乎上揭四標準也。由此可見，宋末詞風，除稼軒外，可分二派：導源白石，而自成一體者，東澤、竹山、中仙、玉田諸家，皆其選也；導源清眞，而各具面目者，梅溪、夢窗、西麓、草窗諸家，皆其選也。降及清初，浙派詞人，家白石而戶玉田，以清空騷雅爲依歸，實即宋末張氏所主張之詞派。迄清中葉，常州派興，又尊清眞而薄姜張，以深美閎約爲旨，其流風至今未替，實則清眞詞派，在南宋末年，沈氏早提倡於前，特見仁見智，古今人微有不同耳。（〈樂府指迷箋釋引言〉）[159]

自其不同者而觀之，則不獨姜吳異路，諸家亦各自成體、各具面目；若自其同處來看，則彼此不但有傳承關係，各家亦有相似的特色。如後來夏承燾雖指稱「宋末詞家承周與承姜，各有分屬」，也不得不承認「注重研辭練句，過分講究技巧，是兩家共同的傾向」[160]。其後，或以疏（清空）、密（質實）分派，論姜吳諸家之異同，但原則上都在以周邦彥爲宗的典雅格律體派之範疇下討論[161]。換言之，近代學者有關南宋姜、史、吳、王諸家的研析，已打破了浙常二派，或主姜張或宗吳王的格局，頗能從一致性的角度論整個派別的特質，故或

---

[159] 見《詞源注·樂府指迷箋釋》（臺北：木鐸出版社，1982），頁41。

[160] 見〈論姜白石的詞風〉，《姜白石詞編年箋校》（臺北：中華書局，1967），頁13。

[161] 如龍沐勛〈兩宋詞風轉變論〉云：「就二家風格言之，雖清空質實殊途，然其並重音律而崇典雅則一也。」（《詞學季刊》二卷一號，頁19）；葉嘉瑩〈論周邦彥詞〉：「姜氏是自周詞出而轉向清空一途的作者；吳氏則是自周詞出而轉向質實一途的作者。」（《靈谿詞說》〔上海古籍出版社，1987〕，頁310）；楊海明〈論張炎的詞〉：「以周邦彥爲領袖的格律詞派，到南宋中期以後，基本上形成了以姜白石、吳夢窗爲代表的疏、密二派」（《唐宋詞論稿》〔杭州：浙江古籍出版社，1988〕，頁244。）

稱「周姜詞派」、「姜吳詞派」，或曰「風雅派」、「典雅派」、「格律派」等，莫不以風格從同、源流相關的觀點結合眾家。相對於浙常體驗下的姜、吳詞派，這無疑是「派」的觀念之擴大。而這一觀念實由晚清折衷論者啓其端，近代學者逐漸形成共識。

至於「體」的方面的論述，保守派的學者除援引浙常的論點外，對於該派詞在格律形式上的創獲，尤有探討，值得參考。其中吳梅乃曲學大師，論詞調的平仄四聲，特見精采。吳梅謂「拗調澀體，多見清眞、夢窗、白石三家」，並舉詞例詳加論述，這是繼戈載的論點而續有的發明[162]。再如王易《詞曲史》將「與碧山、玉田、草窗同唱和」的宋末詞家也歸屬姜派，顯見他考慮派系組合時還注意到社集的因素。由於姜派詞人常相唱和，其於樂律之研索自有助益。王易書中有「南宋詞之極盛」一節，雖謂陸游、辛棄疾輩「或重氣骨，或饒情韻，所作裒然可觀」，卻認爲「若夫深通音律，辨析體製，足以垂範於世者，首推姜夔」，而姜派詞人可作南宋詞極盛之代表就在於他們能審音創調，創作了許多新腔。王易將姜派各家的自度新腔一一列舉，並酌加論析。從前的論者或有注意及此，但多不如《詞曲史》輯錄之周詳[163]。腔由自度，音節閑雅，是姜派詞的特色。後來學者更有專研詞的音韻樂律的，如夏承燾、施議對等輩，對宋季詞家的韻律成就剖析更細緻，論說更詳密[164]。

姜吳諸家何以創典雅之體製，成一時風尚，歷來很少有窮

---

[162] 詳《詞學通論》，頁10-11。
[163] 詳《詞曲史》，頁124-128。
[164] 詳夏著《唐宋詞論叢》，臺北：宏業書局，1979；施著《詞與音樂關係研究》，北京：中國社會科學出版社，1985。

本究源之論。偶有涉及，亦多片言隻語，鮮有就世運、人情與詞風形成的關係作通盤的考察。在保守的陣營中，民國初龍沐勛所撰〈兩宋詞風轉變論〉一文[165]，即從所以然的角度著眼，為姜吳派詞的成因理出一個頭緒，簡明扼要，甚有啟發性。文中說：「論南宋詞者，或主白石，或主夢窗，……就二家風格言之，雖清空質實殊途，然其並重音律而崇典雅則一也。」[166]這一致性的體貌，就是他所謂的「南宋姜吳一派詞」的基本特色；他又稱這一派為「典情詞派」。至於典情詞派之所以昌盛，龍氏謂與文士製曲有關，而「製作悉由文士，謳歌盡付名姬」的情況，則受時代環境所影響。他在引證論說後作結語說：

> 上述系統之詞，以所依之聲，恆出文人自度，嚴於訂律，精於鑄詞，其肄習者多世族家姬，其欣賞又為達官貴戚，或文人雅士，湖山沉醉，以遣勞生。凌夷至於宋亡，乃一變而為危苦悽酸之調。南宋姜張一派詞，風格之典雅，與其鍛鍊之精深，音律之閑婉，蓋非偶然矣。[167]

詞的功能性質與供需情況，讀者、作者的身分背景與對待關係，以及時局政情、社會環境與詞學觀念的關係，在在都影響著詞風的走向。龍沐勛雖無深細的理論基礎支撐其學說，但他大抵已掌握了若干重點，後世所論亦多循這幾個面向探析典雅派詞的成因，或比較各期詞風的同異得失。後來他在新政權統治下，又寫了一篇〈宋詞發展的幾個階段〉，由通達的了解改

---

[165] 載《詞學季刊》二卷一號（1934年8月），頁1-23。
[166] 見注165。
[167] 同注165，頁23。

為批判的語調[168]。世運影響人情，而詮釋者亦深受主客觀環境的制約，此又不可不知。

二、批判的論調

　　相對於傳統的看法，受新觀念影響的詞學家及文學史家，他們對南宋典雅派詞採取了一致的批判態度。批判論者有一共同的特色，就是幾乎都使用白話文作撰寫工具。或文或白，本來就牽涉到背後不同的文化理念。民國初年的白話文運動，就是反傳統的運動——反傳統的思維模式、觀念心態，當然也極力批判構成此傳統文化的文言符號系統。胡適提倡「國語的文學，文學的國語」，打通了日常語言與文學語言的界限[169]。五四學者推動白話文運動，是與救國運動連繫一起的，而為切合新時代的需要，他們特別重視語言的溝通性與普遍性，以為文言已是死的語言，重故實、吟風月的古典文學則是死的、無意義的文學；而相對地，白話就是活的語言，平民化的、寫實的語體作品便是活的、有價值的作品。他們自有一套新的文學史觀，認為：任何一種文體皆出於民間、衰於文士；當它已成習套，流為模倣的形式主義，失去了創新的精神，新的一體就漸從民間興起，取而代之，最後又在文人手中僵化；如此循環遞變，便構成了文學的歷史，再配合以朝代作文學史的分期依據，則自然產生一代有一種代表文體的機械看法。而根據這套特殊的文學觀點，便大幅度的改寫了傳統以詩文為主軸的古典文學藍圖，歷代歌謠、宋詞、元曲、明清小說即由此而得到了

---

[168] 見華東師範大學中文系中國古典文學研究室編《詞學研究論文集》（上海：上海古籍出版社，1982），頁169-185。
[169] 詳胡適〈建設的文學革命論〉，《中國新文藝大系・文學論戰一集》（臺北：大漢出版社，1977），頁186-202。

重視，大大地提昇了其在文學史上的地位[170]。民國以來的文學史幾乎全是這套公式，而這種文學史觀的基本論點與王國維《人間詞話》「文體遞變」說如出一轍，因此，論者往往認為五四學者對詞的看法大抵是承王國維之說加以演繹[171]。其實兩者的基本出發點是有不同的。王國維的「文體遞變」觀務必要結合他的境界說來看，就是說一種文體之興衰，是以它在某一時空裡整體性的表現有無境界、隔或不隔來作判準。通常，每一種體製都有它的興盛期與衰敝期，興盛期的作品較易表達真切自然的感受，衰敝期的作品則否，故前者多有境界、不隔之作，後者難免就無境界且有隔了。而王國維所謂的「不隔」，雖也強調不用典、不雕琢、自然渾成的一面，但實際上卻是以情景交融、有興發感動作用的特質作立論根據的，這與白話文運動者之歸於民間性、自然易懂的平面化意向截然不同。換另一種說法，王國維仍掌握著文學緣情的本質，而五四學者卻往往流為內容題材、社會階級決定論。二者的層次是有差別的。然而，姑不論其差異性，就對姜吳詞派的體認言，他們採批判的立場卻是一致。不過，在批判的論調中，五四學者又各有嚴寬之別：或直承王國維之說，持完全反南宋典雅派的態度，然多流於意氣之爭；或在這思潮下，仍稍加斟酌舊有的說法，採有條件的接受方式，批判中也有肯定，態度較前者溫和。概括地說，後來左派的學者多直承前說而變本加厲；右派的學者則多據後說而續有發揮。

在五四學者中，對南宋姜吳諸家採批判立場，理路清晰，

---

[170] 參呂正惠〈宋詞的再評價〉，《抒情傳統與政治現實》（臺北：大安出版社，1989），頁115-134。

[171] 繆鉞〈王靜安先生之文學批評〉認為胡適是王國維學說的推波助瀾者，「故凡先生所言，胡適莫不應之，實行之。一切之論，發之自先生，而衍之自胡適。」（《學衡》第64期）。

立論激切，而影響最大的，首推胡適。胡適編著《詞選》，根據他的文學史觀，唐宋詞可區分爲三階段：唐宋初期作品皆發源於民間，出於歌者之口，充滿了生命力；蘇辛以詩爲詞，內容變得複雜，個性也顯露出來；白石以後，直到宋末元初，則是詞匠的詞，特徵是：重音律而不重內容，側重詠物又多用古典、習於模仿、缺乏真精神，「音律與古典壓死了天才與情感，詞的末運已不可挽救了」[172]。以往被浙常諸家所推崇的姜吳一派之典雅與詠物篇章，卻成了不足取的劣作！而對典雅派個別詞家，胡適也都無甚好評。雖則如此，他仍盡量選錄諸家作品入其有詞史性質的《詞選》，而依據他個人的文學觀點所重建的詞學體系，姜吳體派的形貌亦自煥然一新。他不選重音律、講雕琢之作，少取詠物之篇，只取「那些有情感或意境的」[173]清空流暢、自然易懂的篇章；在這一標準下，張（12首）、姜（9首）、史（7首）選詞較多，王（3首）、吳（2首刪爲1首）較少，可以見出各家選詞之多寡、地位之高下，與其語言文字的疏密度成正比。胡適謂夢窗詞「幾乎無一首不是靠古典與套語堆砌起來的」[174]，這與王國維斥夢窗「堆砌」的觀點略同。但王國維尤賞白石之高格，也最厭玉田之「敷衍」，而胡適卻不知白石佳處，甚愛玉田疏越之篇。兩人對玉田評價差異之大，正反映出持境界說與採白話文觀點，對詞質的體認終究是不同。依照胡適的理路，姜吳體派當備受指責，不過他的前提是否堅實、周延，還值得商榷。一般說來，五四學者改革的熱誠多勝於理性的思辨，尤其對於文學的體驗，亦有其時代限制。今日我們自可理性地批判這種白話化、平民化的文學觀點，但在狂飆的時代裡，這種直接、單純的理念，卻是最富煽

---

172 見〈詞選序〉，《詞選》（臺北：商務印書館，1982，臺五版），頁11。
173 語見《詞選》，頁369。
174 同注173，頁342。

動性的，不獨影響當時，在後來更是餘波盪漾。像馮沅君、陸侃如撰《中國詩史》謂姜派詞人重音律而犧牲內容、尚工麗而流於晦澀[175]；鄭振鐸《插圖本中國文學史》稱姜張雅正諸家缺乏眞情，「詞到了這個時期，差不多已不是民間所能了解的東西了」[176]；薛礪若《宋詞通論》對以姜夔所領導的風雅派、正統派詞人肯定之中卻有指責，說姜夔「將以前雅俗共賞的詞變成一個純粹文人吟唱的詞，由『詩人』自然抒寫的詞漸變成一種『詩匠』雕斲藻繪的詞了。所以自此以後，詞的領域反而縮小，詞的意義也日益偏狹了」，更評宋末王、張、周三家說：「他們除謹守上期餘緒外，更於遣辭造句和音律上益求其工協雅正；並於吳文英的過於凝固而失之『晦澀』的詞風，更易以『空靈』『清空』之說，以相標榜，於是塡詞一道，更要受許多文辭及體製上的桎梏，而益離開一般社會所能瞭解的範圍了。」[177]這些論點，皆本胡適說法。

倡議文學的白話化與民間性，發展到極端，容易走上強烈二分法的論調，把士大夫階層與人民階層對立看待，著重文學的階級意識。民國初年已有主張強烈手段的文學革命論者[178]，後來在新政權的推波助瀾下，更一味強調文學的階級性與意識型態，重視文學的實用性猶勝於藝術價值。在這股思潮影響下的論者對南宋典雅派詞採取最嚴厲的批判態度，是理所當然的事。我們只要看胡雲翼及劉大杰的著作，便可了然。

胡雲翼在二十、三十年代出版的《宋詞研究》、《中國詞

---

[175] 見《中國詩史》（香港版）之〈近代詩史篇‧三‧南宋詞〉，頁672、700。
[176] 見《插圖本中國文學史》（臺北：漢學供應社），第四十一章，頁578-579。
[177] 見《宋詞通論》（臺北：開明書局，1980），頁39-40。
[178] 如陳獨秀〈文學革命論〉提出文學革命的三大主義：「曰，推倒雕琢的阿諛的貴族文學，建設平易的抒情的國民文學；曰，推倒陳腐的鋪張的古典文學，建設新鮮的立誠的寫實文學；曰，推倒迂晦的艱澀的山林文學，建設明瞭的通俗的社會文學。」（《中國新文藝大系‧論戰一集》，頁86。）

史大綱》等書[179]，對姜吳體派的基本論點與胡適接近；到了六十年代出版的《宋詞選》，意識型態的意味就更濃了。〈宋詞選・前言〉說：

> 姜夔、史達祖、吳文英等是依附於統治階級以清客身份出現的詞人。他們承襲周邦彥的詞風，刻意追求形式，講究詞法，雕琢字面，推敲聲韻，南宋後期形成一個以格律為主的宗派。……屬於姜派的詞人，史、吳而外，還有高觀國、張輯、盧祖皋、王沂孫、張炎、周密、陳允平等。

> 南宋亡國前後的詞壇顯著地反映了辛派和姜派詞人兩種不同的傾向。以文天祥、劉辰翁為代表的辛派，用粗豪的筆調，寫激昂的心情，淋漓肆放，慷慨悲歌，主題鮮明。張炎、王沂孫、周密另一群詞人便不是如此。他們的詞以渾雅、空靈、含蓄而不激烈見長，筆調委婉曲折，感情低徊掩抑，意義隱晦難明。[180]

此說對「姜派」的體派內容，包括家數、淵源、技術特質，皆無特別新穎的看法，只是極力批評它的意格與創作主題，認為相對於「高舉愛國主義的旗幟」的辛派，它顯然是一支「逃避現實、偏重格律的『逆流』」[181]。這種特重文學社會性的看法，是明顯的一種階級決定論。胡雲翼對個別詞家的評論尤能反映此點。他評姜夔說：「偶有身世寥落之感，也是不深刻

---

[179] 《宋詞研究》，1926年由上海中華書局出版。《中國詞史大綱》，1933年由上海大陸書局出版。
[180] 見《宋詞選》（香港中華書局重刊1962年上海中華書局本），頁19、22。
[181] 同上，頁18。

的」；稱王沂孫「是宋末失節的詞人之一」，因此就注定了他的詞不可能像杜甫、辛派詞人那麼有現實意義與骨氣，他的託物寄興之作，「不過是一點微弱的呻吟罷了」；又評張炎曰：「正是由於作者政治態度的動搖性，缺乏強烈的民族意識作為主導思想，他詞中反映現實便顯得軟弱無力」；而史達祖之「缺乏意境和氣骨」、吳文英之「重形式格律而忽視內容」，乃至周密之「偏向形式美」，選詞皆不多，地位當然遠遜於代表「主流的」辛派詞家，作品價值自不如愛國詞人[182]。這種「主流—逆流」、「內容—形式」的二分法，能否確切掌握宋詞及其流派的本質，大有疑問。不過，在時空條件限制下，大陸的詞學研究者多持這套看法以論論，而南宋姜吳典雅詞派也都成批判的範例，除了歷史的意義外，幾乎乏善可陳。

　　劉大杰《中國文學發達史》有「古典詞派的形成與極盛」一節，對該派詞形成的背景因素，如時世環境，作者與歌者、讀者的關係等對詞風的影響一類問題，都有敘述。至於對古典詞派本身，則一仍五四學者的論調，嚴加指責：

　　（古典派詞）都只在字面形式用工夫，極力地講究技巧與唯美，於是因音律而犧牲內容，因用典而使意義晦澀，因過於彫琢字句而損傷情趣，因詠物而變成無病呻吟的遊戲。這幾點，起於周邦彥，盛於姜夔，而大倡於史達祖、吳文英諸人。周姜二家，因學問廣博、才力尤高，而又帶著濃厚的詩人趣味，所以他們的詞風，雖是如此，仍能保持高遠的詞格，等而下之，那真是詞匠的製品了。……所謂「有格無情」，所謂「可學」，

---

[182] 同注180，頁338、438-439、445-446、357、361、435。

所謂「終隔一層」，正好說明格律古典詞派的特徵與弊病。[183]

　　所謂「詞匠」，乃沿用胡適之說；「有格無情」等語，乃出於《人間詞話》。由此可知，劉大杰對古典詞派的批評，是據胡適、王國維之說而引申發揮的。王、胡二人的「文學遞變」觀與反詠物隸事的態度，都被劉氏吸收並強化，成爲他析評古典詞派的基點。劉氏以周邦彥爲此派的先導，姜、史、吳、蔣、王、張、周爲代表作家；前三人與後四者分兩個階段敍述；這樣的劃分法，表面上與浙派所提出的「南宋始極其工，而宋季始極其變」的觀點無異，但實際上卻是兩種不同的文學觀念。前清詞學家猶欣賞宋末遺民詞人深細有託意之作，而王國維以降的學者多認爲南宋詞每況愈下，已到末運不得不變之局。在南宋七大詞家中，劉大杰一如王國維推姜夔爲「最好的代表」。姜夔主要是在審音創調、琢鍊字句、用典詠物三方面繼承了周邦彥詞風，作「高度發展」，而對前兩項特色，劉大杰猶有好評；但他最抨擊最後一點，認爲此乃白石詞最大弊病：「因爲用典過多，等於遮掩了一層幕布，意義雖較含蓄，但詞旨反晦澀含糊，情趣反而減少了」，而詠物之作只在技巧上用功夫，「但在內容與情感上是非常空虛的」[184]。白石已如此，其他姜派詞人隸事詠物，就更不足道了。吳文英、王沂孫皆因這方面的技巧工夫爲常派所賞，往往被稱爲寓含託意，給予極高的評價，如今劉大杰卻以爲晦澀堆砌，不知所云，「這一點是成了這一派詞人不可藥醫的病根」[185]。按照他的推斷，姜派詞風如此衰微不振，乃受制於他們的時世環境與階

---

[183] 見《中國文學發達史》（臺北：中華書局，1978，九版），第十九章，頁639。
[184] 同上，頁637。
[185] 同注183，頁646。

級、人品，而宋詞發展到張炎，則已是強弩之末了。劉大杰說：

> 張炎是從晚唐到宋末這幾百年來的歌詞的結束者，形式
> 由小令而到長調，風格由浪漫自由而入於格律古典，表
> 現的方法由意象與白描，而走到深密的刻劃與字句的雕
> 琢。從通俗的民眾性，變爲雅正的貴族性，由隨意的抒
> 寫，而形成種種嚴格的規律與限制。[186]

他稱此派爲「古典詞派」，從上列對比的陳述中最能反映其涵
意之所在。總之，劉大杰的文學觀是：用功夫的遠不如自然的
表現方式，遠離民間的貴族化文學便注定僵化的命運。因此而
知，他之稱姜吳諸家曰「古典詞派」，是寓含貶意的。劉大杰
對姜派古典詞體的看法，原則是重彈胡適等人的舊調，而在
「派」的方面，他最特別的是抬舉了蔣捷的地位。在浙派詞統
裡，蔣捷亦是名家，但在常派詞學中，蔣捷基本上是歸於辛棄
疾一派。劉大杰折衷二者，謂其同受姜吳蘇辛的影響，有相當
重要的地位，因爲他的詞「破壞規律的限制，和傳統的習慣，
時時呈現著一種新的精神」[187]，極符合他自己反傳統、重創
新的文學觀點，而事實上這也正是胡適等人賞愛蔣捷的原因，
所不同的是劉大杰將之納入姜派體系，胡適諸家則否。

　　後來左派的詞學家或文學史家，基本上仍源胡、劉的看
法，繼續大肆抨擊姜吳詞雕藻琢句、審音協律的形式主義傾
向，以及逃避現實、消極頹廢的衰靡詞風。這些論見往往受意
識型態的束縛，千篇一律，毫無新意，不必再加引述。

---

[186] 同注183，頁647。
[187] 同注183，頁643。

由民國初年迄六十、七十年代，在批判的大前提下，無論取極嚴厲的態度，全面反對南宋典雅派詞，或採較溫和的態度，肯定其藝術成就，批評其內容題材，皆存一致的共識：重音律、鍊字句、好用典是姜吳諸家共同的風格特質。至於派系內詞人的分合，彼此的淵源，以及個別詞人的評價等論題，猶有一些特別的看法，可予注意。

馮沅君、陸侃如《中國詩史》有關姜派詞「體」的意見大致沿用胡適的觀點，上文已有陳述，而對「派」的組織關係，則另有自己的看法：第一、姜夔諸人乃繼承周邦彥詞風，但與之又有同異處，相同的是重音律而尚工麗，不同的是他們更主張雅[188]——這突顯了該派詞獨自創獲的成就。第二、姜派詞人較重要的作者有十位，可分作兩群：史達祖、盧祖皋、張輯、蔣捷為一群，他們都多少沾染點辛風；吳文英、高觀國、陳允平、周密、王沂孫、張炎六人為一群，共同點是：都重視詞句和音律，未沾染辛詞豪放的色彩[189]——這說法是繼周濟之說，更加強了辛棄疾與姜派詞人的傳承關係。第三、姜夔及十家之間又互有影響，大致來說，姜夔與第一組詞人關係較深，吳文英、張炎則影響第二組詞人較大；據馮、陸云，史、盧諸家與姜夔接近處，在辭句工巧、沉鬱等方面[190]——事實上，姜詞本沾染有辛詞作風，則姜詞之與這組詞人有更密切的關係，倒也是理所當然；又據馮、陸氏稱，十人中以吳、張的地位為最高，吳是典麗的典型，張以清空標榜，晚年則詞多淒響，「周密和王沂孫都是介在吳張間的作者，他們的辭句都較

---

[188] 見《中國詩史》，頁672。
[189] 見《中國詩史》，頁701、706。
[190] 《中國詩史》頁702：「他（史達祖）同姜夔接近處，除辭句工巧外，還有沉鬱」；頁703：「他（盧祖皋）的詞與姜接近處也在辭句的工巧。」

張炎工麗，故近吳，但寫身世之感時，卻與張逼近[191]」——作者雖斥責吳詞堆砌晦澀，卻也能從影響的層面肯定其地位。

薛礪若《宋詞通論》將姜、史、吳與王、張、周分作兩個時期敘述，前者稱「姜夔時期的肇始」，後者稱「姜夔時期的穩定與抬高」。這樣的分期法仍是浙派一貫的主張，與劉大杰無異。然最不同的是，薛礪若繫列於這兩期的一般附庸作家，前者高達三十一位，後者也有二十三人，眾人多是得「婉秀」、「淡雅」、「清麗」之評[192]。就人數言，這是姜派最大規模的一次組合。站在詞史的立場，薛礪若本就相當肯定姜詞的成就及地位，他認為姜夔「繼承了周邦彥的一條路線，他從南渡後詞風過於凌雜叫囂的時期中，走上了一個風雅派正統派詞人的平穩道路。他遂成為南宋詞的唯一開山大師，也可以說是元明清以來的唯一詞林巨擘[193]」，這是頗符合事實的。浙派以姜為宗固不必論，就是周濟、王國維也無不推許姜詞的若干成就，便可見一斑。薛礪若分析姜吳諸家詞的成就得失，基本上乃斟酌周濟和王國維的看法，頗為中肯。周濟以周密歸屬吳文英體下，後來論者多以「二窗」並稱，而薛氏卻以為「草窗詞風，實與夢窗異趣；其神似玉田處，亦迄無人道

---

191 見《中國詩史》，頁673。
192 薛礪若所提供的派系成員名單如下：
(一)風雅派（或古典派）的三大導師：姜夔、史達祖、吳文英。一般附庸作家：盧祖皋、高觀國、孫惟信、張輯、周晉、張榘、洪咨夔、洪瑹、楊冠卿、韓淲、王炎、管鑑、劉光祖、嚴仁、汪莘、劉翰、鄭域、趙以夫、楊伯嵒、魏了翁、蔡戡、馮取洽、楊纘、翁孟寅、趙與茨、馮去非、蕭泰來、吳禮之、盧炳、李肩吾、黃昇。(二)南宋末期三大作家：王沂孫、張炎、周密。一般附庸作家：蔣捷、施岳、陳允平、羅椅、趙聞禮、薛夢桂、黃孝邁、趙孟堅、李彭老、李萊老、黃公紹、何夢桂、譚宣子、利登、奚淢、陳逢辰、柴望、莫崙、楊恢、王易簡、吳大有、趙與仁、趙淇。薛氏對諸家的評語是：如評盧祖皋「婉秀淡雅」（《宋詞通論》頁284），高觀國「婉麗」（頁285），孫惟信「風雅柔媚」（頁286），張輯「風雅婉麗，又復幽暢清疏」（頁287），蔣捷「妍倩」（頁328），施岳「淡雅有致」（頁329），陳允平「清婉有致」（頁330）等。
193 見《宋詞通論》，頁39。

及」¹⁹⁴，這可算是比較新穎的說法。

上述之外，其他各種文學史或詞史對個別詞人的評價，亦多折衷周濟、王國維之說。姜詞鍊字用典、有格而無情，幾乎已成定論。又如說史詞工詠物，格調不如姜詞之高，風格尤近於周邦彥；王、張詞雖多傷痛之情，也不過常人感慨。這些都已成基本的論調了。至於吳詞多被目爲晦澀難懂，而近代學者卻有深入探討造成此晦澀詞境的因由，爲其藝術特色賦予一現代意義者，如葉嘉瑩。她在〈拆碎七寶樓臺──談夢窗詞之現代觀〉一文中歸納出兩個要點：一是夢窗在敍寫時，好爲時空錯綜之筆；再者，吳文英之修辭狀物，又往往但憑直覺之感性而不做理性之敍寫。這其實也正是從前常派稱賞吳詞「運意深遠，用筆幽邃」，「實有靈氣行乎其間」，「每於空際轉身」之處¹⁹⁵。葉慶炳《中國文學史》對南宋典雅詞派的體認與劉大杰等人沒多大差異，只是他援引了葉嘉瑩對吳詞的看法，故行文之間，批判意味減輕了不少，而對其他詞人的評述也能兼顧得失，整體表現較諸五四及左派學者平正客觀¹⁹⁶。葉先生說：「宋沈義父《樂府指迷》載吳文英論作詞之法……，可見主張不外協律、雅正、含蓄、柔婉。此原爲所謂正宗詞派之一貫主張，周邦彥、姜夔諸人均優爲之。¹⁹⁷」這一體派的辨析，其實了無新意，所謂「正宗」，不過是指稱該派詞是本色當行罷了。

除卻些微的差異，以上學者的立論點幾乎都建構在王國維、胡適的文學及文學史觀點上，因此，批判指責末運的詞風

---

194 見《宋詞通論》，頁326。
195 見《迦陵談詞》（臺北：純文學出版社，1976，七版），頁165-244。
196 見《中國文學史》（臺北：弘道文化事業有限公司，1980），第二十三講，頁476-488。
197 同上，頁483-484。

自是必然的趨勢。但是，當文學觀念改變了，意識型態的枷鎖稍有鬆弛，上述的論據便受到強烈的質疑，這些學者也都成了被批判的對象。

三、修正的意見

八十年代起，大陸學者探討南宋姜吳諸家的論文、專書逐漸增加，詞集箋校、選注本亦有多種新的刊本行世[198]。之前在一片打倒貴族階級文學的譴責聲中，有關典雅派或派中個別作家的論著真是寥寥可數，有之卻多是攻訐藐視的論調，或只單純闡釋諸家的樂律音譜而已（尤其是對姜白石旁譜的研究），鮮有作全面而平正客觀的評析[199]。近期「實事求是地評價所謂格律派詞人」[200]的呼聲甚囂塵上，學者多主張重新檢討格律派詞。他們主要是針對王國維、胡適等人的詞論而立說，以姜吳諸家生平、背景作依據，兼顧內容與形式，給予所謂「公允的」評價。他們反駁王國維、胡適之說所持的理由是：第一、在開拓詞境，表現重大題材方面，這些詞人比蘇、辛固然有所不如，但他們並未完全脫離現實，他們在詞中抒寫故國哀思，發洩身世感慨，仍具深厚意味；第二、他們對詞的藝術世界曾進行一番探索，頗有成績，不能簡單地斥之為依樣畫葫蘆的「詞匠」，某些作家之所以採用雕飾而晦澀的表現方式，或用節制含蓄的手法表達家國無窮之感、風人比興之旨，既有其個人的審美標準，也有文藝思潮的原因，亦由於政治環境的制約所致，當然他們也有無病呻吟、「表現了封建

---

[198] 請參考本論文之〈參考及引用書目〉。

[199] 據《詞學研究論文集》（上海古籍出版社，1982）附〈一九四九～一九七九年詞學研究論文索引〉所收約六百篇詞學論文中，有關南宋姜吳諸家者僅得二十二篇。

[200] 語見施議對《詞與音樂關係研究》（北京：中國社會科學出版社，1985），頁334。

士大夫沒落衰朽的思想意識」的無聊之作，但不能因此而完全否定那些反映現實、抒寫心聲的「騷雅」詞篇，應該公平處理，維護其在文學史應得的地位[201]。夏承燾早年撰〈（白石）合肥詞事〉考述牽繫白石大半生的一份不易為人所知的戀情，又撰〈樂府補題考〉證實宋末遺民之作關涉元僧盜陵的政治事件[202]，這些論見便多為當代學者所引用，以作為其對典雅派詞重加肯定的一些理據[203]。知人論世，確有助於對作品的了解，但有些學者求之過深，卻又重回常派的老路，牽強附會，增加了新的迷障。如稱姜吳諸家為風雅派，並謂其詞「重寄託，為情造文，暗中著力，情為辭掩，但即之愈深，所感愈多愈久」，與豪放派的表現手法不同，效果「實難以軒輊」[204]。這種論斷，實難令人苟同。前面的學者過抑南宋，此時或過揚之，各有所偏，皆非公允之論。這是在新觀念下特有的歧異現象，不可不注意。我們細加研探，會發現：這現象的產生，其癥結乃在於他們仍未完全掙脫意識型態的束縛，因而在探析典雅詞派時，既想在姜吳諸家的作品中尋繹出其關心社會的一面，卻又不能贊同其形式主義傾向，遂造成相當複雜的情結，搖擺在肯定與否家之間，難免作出失實的評斷。太過的言論不必說，能夠作出較切實的修正論見者，大抵來說，是混合了前面批判論和寄託說的一種折衷論調而已。

在這一波思潮下所觀照的典雅派體貌，又呈現出怎樣的形象？誠如前面所述，一般皆以為該派詞既有工雅之妙，也有騷雅寄託的含意；有反映現實，表達身世家國之感者，也有無

---

[201] 參施議對《詞與音樂關係研究》，頁343-347；劉揚忠編著《宋詞研究之路》（天津：天津教育出版社，1989），頁93-96。
[202] 見《唐宋詞人年譜》（上海：中華書局，1961），頁448-454，376-379。
[203] 詳第四章第二節。
[204] 見鄧喬彬〈論南宋風雅詞派在詞的美學進程中的意義〉，《詞學論稿》（上海：華東師範大學出版社，1986），頁101。

病呻吟的無聊之作。至於派系組織方面，此時卻沒有提出更多更新的看法。謝桃坊〈評王國維對南宋詞的藝術偏見〉一文中說：

> 到宋末，吳文英的影響愈來愈大，樓采、尹煥、黃孝邁、翁元龍、施樞、李彭老、王沂孫等一群詞人，他們的風格都接近吳文英或受其影響。

> 許多宋遺民如王易簡、馮應瑞、練恕可、唐玨、仇遠等，他們都接近或學張炎的詞風，並在自己的作品中巧妙地抒寫故國之思和對現實的不滿情緒。[205]

他是主張在藝術淵源上，吳文英應與姜夔異路，不能含混歸於一派的。吳文英繼承了周邦彥縝密的手法，張炎則接續了姜夔清麗的詞風，兩家對宋末詞家各有影響。這說法其實有其淵源。稍早之前，詹安泰撰〈宋詞風格流派略論〉即以姜、吳為宋詞八種體派中的兩個代表，各具特色：姜夔代表「騷雅清勁」，「他自周邦彥來而有新變。有時也學東坡之高曠，而無其襟抱；也學稼軒之勁健，而無其魄力。極意創新，力掃浮豔，運質實於清空，以健筆寫柔情，自成一種風格，彷彿詩中的江西詩派」，「勉強可以歸入姜派的史達祖、高觀國、周密、王沂孫和張炎，而史太麗，高太粗，周太密，王太深，張太空，各有所失，仍不能和姜詞等量齊觀」；吳文英代表「密麗險澀」，他「遠祖溫庭筠，近師周邦彥。講究字面，烹煉句法，極意雕琢，工巧麗密，往往陷於險澀，面貌略近詩中的李賀和李商隱，而更為隱晦」，「說『夢窗之詞，與東坡、稼軒

---

205 載《文學評論》1987年第6期，頁110。

諸公，實殊流而同源』（《香海棠館詞話》），這是不正確的。明顯地可以看出走吳詞一路的有尹煥、黃孝邁、樓采、李彭老等」[206]。詹安泰此說，對姜、吳兩派的風格特質、影響源流及其長短得失，都有簡明扼要的詮述。其實，這說法也是前有所承的。從前的學者已有從筆調的疏密分姜吳二體，詹安泰則更明白地連繫了兩派的家數，到謝桃坊亦續有發揮，這樣的分析雖稍嫌不夠詳明，卻也道出了諸家的同中之異，頗可參考。

大陸以外的學者，在此同時，亦有針對王國維的論說而提出修正意見者，由於兩方的環境因素，文學理念各不相同，對南宋典雅派的體認亦自有異。葉嘉瑩先生最近出版的《中國詞學的現代觀》、《靈谿詞說》兩書，都對這些論題提出很精闢的意見。葉先生重新對境界說作理解，以為要確切把握王國維境界說的涵意，則須先確定其對詞的特質的基本看法。《人間詞話》云：「詞之為體，要眇宜修」，葉先生解釋說：「所謂『要眇』者蓋專指一種精微細緻的富於女性之銳感的特美。此種特美最適於表達人類心靈中一種深隱幽微之品質，而且也最易於引起讀者心靈中一種深隱幽微之感發與聯想。」而這種特質，在不同時期，不同的表達作用下，逐漸形成了不同的形貌。大致劃分，有五代宋初的歌辭之詞，蘇辛諸人的詩化之詞和周姜諸家的賦化之詞三個階段，所代表的三類「要眇」之美。三者雖有不同的呈現，但皆有其作為詞的基本的「要眇」的特質。葉先生認為，王國維有此體認，卻在批評之實踐中，與第一類作品之自然流露的本質最能契應，始終未能真正了解講功夫的第三類「要眇」之美的作品，「這自然是王氏詞論中

---

[206] 見《宋詞散論》（肇慶：廣東人民出版社，1982），頁59-60。按：詹氏另有一文〈風格、流派及其承傳關係〉，說法與此略同，可參閱；見湯擎民整理《詹安泰詞學論稿》（廣州：廣東人民出版社，1984），頁415-451。

之一項重大的缺憾」。那麼，要給予第三類「要眇」之美的詞作一個公允的評價，葉先生以為必須從其「賦化」的作用下來衡量，就是說表達手法與功能有別，便不能採單一的評價標準。何謂「賦化之詞」？就是指以有心用意的思索和安排方式，來造成一種深隱幽微的含蘊而有託喻的作品[207]。這「賦化」一辭頗能點出典雅派詞的體質。典雅派諸家何以有「賦化」的傾向？這一課題還須作深入的探究。至於同屬「賦化之詞」的階段的作家，他們之間又有什麼同異？葉先生說：

> 史達祖是全以清眞爲師法的追隨者，不過較周詞爲尖巧，而少周詞之渾厚；姜夔與吳文英兩家，則是自周詞變化而出者，只不過姜、吳二人變化之途徑，則又各有不同。姜氏自周詞出而轉向清空一途的作者；吳氏則自周詞出而轉向質實一途的作者。除此三家之外，其他南宋末期之諸詞人，如周密、陳允平、張炎諸人，其長調之作，在鍊字、造句、謀篇各方面，也都曾或多或少地受過周詞的影響。[208]

以周爲宗，延伸變化出南宋明顯的三種詞風，三者又同有「賦化」的創作特色，這是相當完整的體派觀念。胡適用「詞匠」稱南宋格律派詞人，充滿貶意，而葉先生以「賦化之詞」概括周姜諸家詞的美質，卻是一相對客觀的陳述；比較兩家意見，正可看出文學研究觀念的進步。以「歌辭」、「詩化」、「賦化」這些描述性的用語分期分體，跳出了「南宋—北宋」、「正宗—變調」、「豪放—婉約」的爭端，固然能幫助我們確

---

207 見《中國詞學的現代觀》（臺北：大安出版社，1988），第二節，頁26-28。
208 見〈論周邦彥詞〉，繆鉞、葉嘉瑩合撰《靈谿詞說》（上海：上海古籍出版社，1987），頁310。

切掌握唐宋詞流變的大致走向，而我們在分析評論各家各派詞時，當然也應考慮它的時代性及它的基本性質，但詞作為一種文學作品，要判別其好壞，作適當的評價，是否在應尊重其特有的體質之外，更該在文學美的共同準則下裁決得失？賦化的詞，著重思索安排，不失要眇之美，應該給予它怎樣的評價才算合理？最近還有不少重新檢討王國維的學說，為南宋姜吳典雅派詞的本質再作詮釋的精采文章，筆者擬於往後的專章裡詳加參證探討，此處但引其中一段描述姜吳派詞本質的話，以反映其在新詮釋觀念下的新形貌之一斑：

> 他們的詞把往事擴大描寫，在他們細膩的筆觸下，回憶起來的往事不論多麼哀傷，卻總是有著令人回味的美感。他們就沉緬在美的傷感之中，表面上自憐自艾，其實卻有另一種「滿足」存在於其中。……他們為中國的詩歌開創了一個特殊的天地、特殊的境界。這是一個細膩而美好的世界，然而，我們不能不說，這不是一個廣闊的天地。（呂正惠〈宋詞的再評價〉）[209]。

第六節　結論：「南宋姜吳典雅詞派」釋義

由以上的敘述與分析，我們對姜、史、吳、王諸家這一詞人群在詞學史上的體派形象，已有一概括的認識。各家各派就南宋姜吳諸人，離合家數，建立詞統，探析其體貌，並就派內詞家比較優劣，或以其整體與其他時期、流派作高下之論，都與個人喜好、派別的基本立場以及文學思潮有關。這種對姜吳

---

[209] 見《抒情傳統與政治現實》，頁132。

典雅體派的辨析與評論，正是各家各派的詞學理念的投影。浙派以姜、張爲宗，常派以吳、王爲法，或偏技術，或重內容，他們所謂的南宋典雅詞派，大抵是以他們本身的基本理論爲依據而建構出來的，這其中包含了尋源索流以覓取師法對象、蓄意確立詞統、夾雜鄉誼情結等因素。至於清末以來各家，或承浙常二派的理路，或依王國維的學說，或接受新思想而另闢蹊徑，在多樣的批評標準下，互相辯難分析，確爲南宋姜吳體派賦予了更多更新的內容。不同的理論自有不同的主張，而姜、史、吳、王這一詞人群的歷史形貌當然就隨人隨時而有所變化了。

諸家的看法雖有分歧，但我們去異求同，拋開各家各派所預設的立場，暫且不作好惡之論，不難發現在這些紛雜的意見中，自可尋覓出一個共通點，據此即可歸納出諸家對姜吳詞人群體派特質的一個基本認定。當初，宋末周密、王沂孫、張炎等家結社塡詞，尊清眞而效姜、吳體調[210]，詞論中已隱約浮現派系宗脈的輪廓，也整理出一套創作法則，有共同的風格取向。這些看法雖嫌簡略，但已爲典雅詞派劃下一基本的界線，後來詞論即據此將姜、吳與宋末碧山、玉田等家合爲一派，並對其風格特質及源流系統，作更詳細的補充分析。我們稱此派爲「南宋姜吳典雅詞派」，是歸納、衡量了各家的意見，以爲是最能充分呈現該派的基本體派特質的。請詳下文說明。

---

210 例如《樂府指迷》：「夢窗深得清眞之妙。」周密〈弁陽老人自銘〉：「間作長短句，或謂似姜去非、姜堯章。」張炎〈瑣窗寒序〉：「王碧山……，能文工詞，琢語峭拔，有白石意度。」仇遠〈玉田詞題辭〉：「讀山中白雲詞，意度超玄，律呂協洽，……方之古人，當與白石老仙相鼓吹。」這是諸家對社友與周、姜等前輩詞人的傳承關係較間接的論述，諸家在實際創作中更常有採用姜、吳創調或明顯仿效其詞風的情況：周密〈掃花遊〉題「用清眞韻」、〈玲瓏四犯〉題「戲調夢窗」，張炎重塡夢窗〈西子妝慢〉、重賦清眞〈意難忘〉及改白石〈暗香〉〈疏影〉爲〈紅情〉〈綠意〉，即其例。

首先，就派系的組織言，最要確認的是它的基本成員及釐清其宗脈關係。戈載《宋七家詞選》列「最爲詞家正宗」的周邦彥爲「七家之首」[211]，領南宋史達祖、姜夔、吳文英、周密、王沂孫和張炎六家，這一名單最無爭議。因此，我們以這六家爲詞派最基本又最富代表性的詞人應無問題；次要的作家則包括《樂府補題》詞人群，以及長相唱和而品味接近的詞家如高觀國、陳允平、盧祖皋等，都是有實際的社集關係的；再其次的就是那些沒有明顯的師友關係，是經後人因其時代相若而風格類似等因素而結爲一派的詞家了。我們回顧上文，諸家所述大抵不出此一範圍。姜、史、吳三家與周、王、張三家，依時代先後與親疏關係來說，實可分爲兩組；詞派的組織基本上是以後者爲基礎，草窗、碧山與玉田同時結爲詞社，關係密切，已略具成派的規模，而前者則分別爲其師法的對象，時代稍早，但白石、梅溪與夢窗三家彼此卻無甚關聯，更遑論有組派的意識。因此可知這六家之所以被歸爲一派，那是在社的基礎上，據師承關係、風格從同等因素而結合一體的。我們比較派中詞家在詞史上的地位，參考詞學史上各種有關此派的論見，推舉派中最能彰顯詞派特質的詞家並以之作爲詞派的指稱，則選擇姜、吳，無疑是最恰當的。這不是故意忽略或抹殺了周邦彥的成就及其重要性，南宋典雅派詞家無一不受清眞詞的影響，而諸家各具周詞之一體，推清眞爲該派的宗主，乃詞學史上普遍的看法，不能否認的事實。但若因此而稱此派曰「周派」，其所涵涉的範圍便不只是南宋中晚期，甚至也包括了北宋末以來受清眞影響的詞人，遠遠超出了我們設定的領域。自宋末詞論始，《樂府指迷》與《詞源》已開示宗吳與宗姜二路，日後浙常二派即各有所承，因此若稱「周姜詞派」，

---

[211] 見〈宋七家詞選序〉，《宋七家詞選》（臺北：河洛圖書公司，1978，頁22）。

意謂以周爲宗、以姜爲法，卻又似乎照顧不到夢窗與白石相對的平行地位，難以明確突顯詞學史上的若干論爭課題。總之，以上的稱謂都不如「姜吳詞派」之既能顧及派的時代適用範圍，又能照應派中的倫理關係以及詞學發展的脈絡。

　　陳銳《袌碧齋詞話》云：「白石擬稼軒之豪快，而結體於虛。夢窗變美成之面貌，而鍊響於實。[212]」陳氏謂姜夔受辛棄疾的影響，吳文英源出周邦彥，這正點出了南宋典雅詞派的兩個師承系統。以清眞爲法，可以說是該派詞人的共通點，此所以爲一派的基本依據，但各家相異之處則似乎可以其有無受蘇辛詞風的影響或所受影響程度的大小來加以判分，要知其風格之所以趨於一體又要識其分歧之差異處，沿著這兩條脈絡探究，是可以理出一個頭緒的。典雅派諸家詞源出周邦彥一說，前人論之已詳，至於蘇辛與此派的關係，則較少論述，有者亦多僅就白石立說。其實，白石與稼軒確有詞學淵源，《白石詞》中有〈永遇樂〉（雲隔迷樓）一首、〈漢宮春〉（雲日歸歟）（一顧傾吳）二首次稼軒韻，〈洞仙歌〉（花中慣識）一首贈稼軒，而〈滿江紅〉（仙姥來時）一首語健筆快則直是稼軒風味，然則周濟說「白石脫胎稼軒，變雄健爲清剛，變馳驟爲疏宕」[213]，絕非隨意附會。譚獻評張炎〈甘州‧餞沈秋江〉云：「一氣旋折，作壯詞，須識此法。白石嚶求稼軒，脫胎耆卿，此中消息，願與知音人參之。[214]」此亦承周濟之說。譚獻由張炎而論及姜夔，是否也意味著玉田壯語也源於稼軒？我們仔細審閱張炎的詞集《山中白雲詞》及其論詞專著《詞源》，會發現玉田好清尙雅，特立清空一境，瓣香白

---

[212] 見《詞話叢編》，頁4200。
[213] 見《宋四家詞選目錄序論》，《詞話叢編》，頁1644。
[214] 見《復堂詞話》，《詞話叢編》，頁3992。

石，更深賞東坡詞風，集中甚多和東坡詞韻、融化東坡文句之作[215]，而謂東坡詞「皆清麗舒徐，高出人表」[216]，也是絕高的評價。然則，張炎雖未曾直接稱白石高雅峭拔的詞風出自東坡，但其由東坡作品契會清空之境卻是有跡可尋。辛源於蘇而有所變化，因此說白石脫胎稼軒，雖非探本之論亦不甚遠矣。如此說來，鄧廷楨之指稱東坡「高華沉痛」的詞風，「遂為石帚導師。譬之慧能，肇啓南華，實傳黃梅衣缽矣」（《雙硯齋詞話》），則可說是有識之見了。至於馮煦〈東坡樂府序〉中說蘇詞「空靈動蕩，導姜張之大輅」[217]，則更指出姜張清空詞筆與東坡的承傳關係，也是頗有卓識的。詞學史上有所謂的清空與質實之爭、疏密之論，由張炎《詞源》發其端，清代浙、常二派針鋒相對，主姜張與宗吳王，家法截然不同；若能理清白石、夢窗與東坡、清眞之間的遠近親疏的承傳關係，是可以突破一些由主觀意識所造成的糾葛的。白石承東坡詞風而特富清空疏朗的筆調，但也深具清眞安排情思的鉤勒鋪染的功力；同樣的，夢窗化清眞的典麗為質實綿密的風格特質，但也有東坡空靈蘊藉的一面。兩家以清眞詞風為其基本格調，又各有受東坡之影響，只是比重有些差別罷了。楊鐵夫箋釋《夢窗詞》發現：「人言夢窗詞多取材於李賀、溫庭筠詩，今則發見最多用蘇詩，次則杜詩；詞則最多用清眞，次則白石。[218]」可見夢窗鎔鑄詩詞疏密空實各體，這正可為其有「在超逸之中見

---

[215] 如玉田〈壺中天〉一詞，題「白香巖和東坡韻賦梅」，乃和東坡〈念奴嬌〉「大江東去」之作；〈慶清朝〉、〈臺城路〉詞題，皆有「太白去後，三百年無此樂也」之語，乃出自東坡〈百步洪詩敍〉；《山中白雲詞》卷二〈梅子黃時雨〉：「待棹擊空明，魚波千頃。」出自東坡〈赤壁賦〉；卷五〈瑤臺聚八仙〉：「誤入羅浮身外夢，似花又卻似非花。」下句出自東坡〈水龍吟・次韻章質夫楊花詞〉。

[216] 見《詞源》卷下〈雜論〉，《詞話叢編》，頁267。

[217] 引自石聲淮、唐玲玲著《東坡樂府編年箋注》（武昌：華中師範大學出版社，1990），〈附錄一・各本題跋〉，頁534。

[218] 見《夢窗詞全集箋釋》（臺北：學海出版社，1974）之〈例言〉。

沉鬱之意」（陳廷焯《白雨齋詞話》）、「飛沉起伏，實處皆空」
（陳洵《海綃說詞》）等評，作一補註。典雅派其他詞家也都是
轉益多師的[219]，不過就其體派的共同取向而言，終究是以清
眞一路爲主。

　　其次，本文以「典雅」概稱此派的風格特色，是歸納了眾
家意見以爲是比較貼切又最少爭議的。宋詞文人化之後，整個
創作與批評理論的走向很顯然是以雅正得體爲原則，尤其到南
宋中晚期姜張等家結社塡詞，審音協律、修辭鍊句的工夫更加
精細，而在理論上更提出了較具體詳明的創作法則，由用字、
造句、構篇到調律、製曲，都以達到婉轉合律、雅麗含蓄的
風格爲鵠的[220]，而事實上他們絕大部分的著作都符合這些要
求，歷來詞論亦莫不以雅正婉順爲此派詞的基本特色，因此稱
之爲「典雅詞派」應最恰當。「典雅」一辭的涵意，這裡只單
純的就詞的基本表現手法而言，袪除了個別的筆調語勢（如清
空與質實之別）及作品的情意深度（如「有情」、「無情」之分）的
考慮，因爲後者的看法歧見仍多。姜、吳諸家講究詞的音樂文
學的本色，所以他們創作雅詞在文字與音律兩方面都很用力，
而這裡採用「典雅」一辭以概稱此派的風格，也是顧及字句與
音聲的兼美來說的，如此便嚴格的將姜吳派詞與那些鄙俚之
詞、豪氣之作，以及那些只重字面卻不諧律的作品劃分開，更
容易彰顯出該派詞的特色來。一般詞學家或文學史家所使用的

---

[219] 如劉熙載《詞概》云：「張玉田詞清遠蘊藉，悽愴纏綿，大段瓣香白石，亦未嘗不
轉益多師。即〈探芳信〉之次韻草窗、〈瑣窗寒〉之悼碧山、〈西子妝〉之效夢窗
可見。」（《詞話叢編》，頁3696。）吳則虞箋注《花外集》云：「以余考之，
碧山之詞，辭采則乞靈於昌谷、溫、李，沉鍊則取法乎片玉，提空運筆略似鄱陽，
其〈天香〉、〈無悶〉二闋尤肖君特。規模雖隘，然規矩準繩，非玉田之能逮。」
（《花外集》〔上海古籍出版社，1988〕，〈附錄一〉，頁135。）
[220] 詳劉少雄《宋代詞選集研究》（國立臺灣大學中文研究所碩士論文，1986），第二
章，第二節，〈詞論的演進〉，頁26-42。

稱謂，例如「樂府派」（胡雲翼《詞學概論》）、「古典詞派」
（劉大杰《中國文學發達史》）、「典情詞派」（龍沐勛〈兩宋詞風轉
變論〉）、「正宗詞派」（葉慶炳《中國文學史》），其所指涉的
內容與本文所謂的「典雅詞派」其實大同小異，不過尚雅既是
該派詞人在當時共有的意識，則似乎在派系的稱呼上仍應保有
一「雅」字，以明其所尚爲宜。至於「風雅」（薛礪若《宋詞通
論》）、「騷雅」等名，牽涉到內容意境，但究竟姜吳派諸家
的詞作是否多具風人之旨，眞有無窮比興之思，那就需要細加
斟酌了（詳第四章）。假如這不是一普遍現象，則以此名派便顯
得毫無意義，故倒不如取「典雅」之名較爲可靠。

　　本文所以在「姜吳典雅詞派」之上，又冠以「南宋」一
辭，是基於以下的因素的：姜、史、吳、王創作的時空確實在
南宋；歷來詞論亦多以「南宋」統稱此派詞，彷彿他們就是南
宋詞風的代表；而「南宋」的提出，也方便我們確定討論詞派
源流等問題的時間斷限。換言之，所謂「南宋」乃兼顧了作家
生存的歷史時空及其作品所代表的時代意義等方面，而對於後
者也不過是想藉此以反映出詞學史上某些事實罷了。

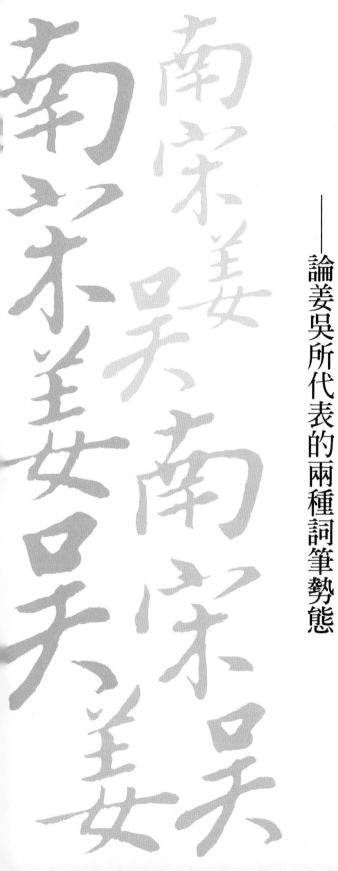

第三章

清空與質實之爭
——論姜吳所代表的兩種詞筆勢態

第一節　問題及其解決之道

　　張炎《詞源》首倡清空質實之說，以姜夔爲清空的代表，極是推崇；以吳文英過於質實，而稍有不滿。這一論調，影響甚大，由來宗姜張者便多主清空，喜夢窗者則賞其質實，好丹非素，爭論不已。劉永濟《詞論》總結這一段論爭的過程說：

> 至清空質實之論，發於玉田，其後竹垞宗之，浙中諸子復推闡之。而止庵則謂：玉田過尊白石，高語清空，後人不能細研詞中曲折深淺之故，群聚而和之。蕙風則謂：東南操觚之士，往往高語清空，而所得者薄；力求新豔，而所得者尖。其見解之不同又如此。學者苟不能觀其會通，不能明其立言之意，則幾何不成門戶之爭。大抵古人立言，多在救時弊。南宋之末，詞尚雕繢，故玉田非之質實。明季詞多浮采，故竹垞救之以清空。浙中諸子之弊也，故有止庵、蕙風之論。而靜安之言，又爲近世詞學夢窗者之藥石也。[1]

詞學理念之形成關乎風會，多有矯時救弊之用心。然則，清空質實說的提出及後來任何一種對「清空」、「質實」的解說，亦多受制於各別的時空條件。據此而論，張炎撰述《詞源》時的詞學環境與清代浙派所面對的詞學問題大不相同，則《詞源》所界定的清空說與浙派所賦予的涵義，應有差距；同樣的，張炎對質實的界說與後來常派所理解的，因背景不同，也自有差別。這是就一個時期、一個派別而言。若就各時期、各派別中個別學者來說，則各有獨立的見解，分別受不同的歷史

---

[1]　劉永濟《詞論》（臺北：龍田出版社，1982），卷上，頁56。

條件所制約，論調逐亦未必一致。蔣兆蘭《詞說》云：

> 張玉田論詞，以清空不質實為主，又以騷雅為高。周止
> 庵則曰：「初學詞求空，空則靈氣往來。既成格調求
> 實，實則精力彌滿。」蔣劍人論詞曰：「詞以有厚入無
> 間。」譚復堂揭柔厚之旨，陳亦峰持沉著之論。凡此
> 諸說，猶之書家觀劍器，見爭道，睹蛇鬥，皆神悟妙境
> 也。[2]

張炎主清空，而常派諸家則求厚重實，各有主張。此外，如劉
熙載倡「清空中有沉厚」之說，陳洵謂詞敘事寫景有「實處皆
空」、「空處皆實」之法[3]，不惟與《詞源》清空質實說的本
意不同，亦且異於浙常一般看法。如何結合詮釋歷史中的個別
性與時代性，正本清源，為清空質實說理出一個因革發展的歷
程，從而探究「清空」、「質實」的本質，並疏解後來之所以
引發論爭的問題癥結，此乃詞學研究中極為重要的課題。

　　整體來看，《詞源》揭示詞的創作法則雖嫌簡略，然其提
出之清空一說確實揭示出詞體所應追求的美學特質[4]。通常，
一種學說初起時，往往僅論及其大體而未及其細節，顯得不夠
圓融周備，而後來的學者重新詮釋或爭辯這些論題時，或過分
簡化，望文生義，以至見樹不見林，或加以深化，納入自己較

2　見《詞話叢編》，頁4633-4634。
3　《詞概》云：「詞尚清空妥溜，昔人已言之矣。惟須妥溜中有奇創，清空中有沉
　　厚，才見本領。」（《詞話叢編》，頁3706。）《海綃詞說》評夢窗〈絳都春〉
　　云：「詞中不外人事風景。鎔人事入風景，則實處皆空；鎔風景入人事，則空處皆
　　實。」（《詞話叢編》，頁4848。）
4　元·陸行直《詞旨》說：「清空二字」，「一生受用不盡」（《詞話叢編》，頁
　　303）；清·田同之《西圃詞說》曰：「詞要清空，不要質實」八字，「是填詞
　　家金科玉律」（《詞話叢編》，頁1456）；近人劉永濟《詞論》則認為「清空之
　　論」，乃「詞家不易之理」（同注1，頁66）；可見這一理念的普遍性與恆久性。

複雜的思想體系而豐富了其意涵，衍生出許多新的相關及不相關的概念，而這些旁引側出的問題意識有時反過來對原來的理念造成一種批判作用。清空質實說在詞學史上也經過這樣的詮釋歷程。因此，面對歷來各種不同的解說，必不能採取平面的處理方法，將所有資料通通歸在同一個層面相互引證，而泯滅了各別的主觀性，因為用語相同，意涵未必一致，而看來不相干的概念，意義卻可相通。有鑒於此，我們探究清空質實說，必須照顧其意涵的推衍變化，即是說一則要掌握其基本要義，一則也要釐清各時代、個人所附加的色彩，袪除派別的偏見，綜理出清空質實的美學特質。

浙派主清空，常派主質實，在派系競逐的過程中，自會激發深刻獨到的見解，也難免有過度詮釋之處。我們要問：「清空」、「質實」原來是否對等的美學概念？姜、吳詞能否適切代表二者？後來的詮釋是持續的還是創新的見解，有否以今釋古歪曲了原意？要回答以上的問題，我們得先以《詞源》所設定的範疇作基準，探析「清空」、「質實」的原意，然後才能明瞭歷來的詮釋意義的生長變化。張炎為何提出清空質實說？張炎如何陳述他的看法？第一個問題關涉個人與時代的背景──張炎的詞風、當時的詞學環境，都與清空質實說的提出甚有關聯。詞是詩與音樂的合體，有關詞在文字方面的選用與安排之技術問題，常須參照詩的創作方法。宋代詩學中的詩法研究，與《詞源》所列舉的創作法則，是否相通？南宋由平淡趨妙遠的詩學主張，與張炎之所以提出清空一說，有無關係？這些都是我們探討清空質實說時可加注意的問題。不過，無論如何，我們的討論務必以文本為依據。清空質實之旨，大抵可從《詞源》的鋪排次序、前後脈絡掌握其重點方向，不致偏失。這是從形式來認定內容指向的一種研究方法。我們的信念是：

任何一種概念的陳述方式，都是寓含意義的。以上所提的外緣與內部的研究方法，不獨在處理張炎《詞源》時可用，舉一反三，就是其他有關清空質實說的詮述，也可斟酌處理。如此，各種清空質實說的辨析，便不是孤立來作研探，而是放在一個完整的理論體系、一個家派系統、一個時代片段來作了解的，與整個詞學活動息息相關，而這樣的了解會比較周延。

　　清空與質實是相對（意義層次未必相等）而又互為依存的概念，為方便討論計，不得不各別為說，但縱然是分別立論，也須時加對照，以相發明。下文首論「清空」，先以《詞源》所論作基準，並分析此說與宋代一般的詩詞學的關係，以明其緣起；據此，再檢討歷來各種詮釋的面向，並論其得失。次論「質實」，亦以《詞源》為準，順時探索，以了解後來各種詮釋意見的演變軌跡。末了，藉一些相關的概念如「疏密」、「隱秀」，與清空質實作比對分析，一則盼能釐清各種概念的關係和層次，也由此再彰明清空與質實之旨。

第二節　張炎《詞源》清空說本意

　　南宋詞壇有三大特色：第一是注重字句之琢鍊；第二是講究音律；第三是結社填詞[5]。前兩點可以看出南宋人對填詞技巧的講究，既求情辭之美，復須聲律協和，於是研討其中奧妙之法者，自然應運而生。加上詞社出現，文人每多雅集，唱酬之外，亦時有品評討論，於是斟酌字句工夫更細，辨析樂律腔韻更精，而由此產生的詞論，愈到後期便愈能提示創作上更具體詳明的意見。張炎的《詞源》就是在這樣的環境中所產生的

5　詳繆鉞〈姜白石之文學批評及其作品〉，《詩詞散論》（臺北：開明書店，1977），頁99-102。

最有體系的詞論要籍[6]。

　　張炎〈詞源序〉曰：「嗟古音之寥寥，慮雅詞之落落，僭述管見，類列於後，與同志商略之。」[7]《詞源》分兩卷：卷上論樂律，自〈五音相生〉至〈謳曲旨要〉十四則，由古樂而及今樂，縷述律呂宮調與詞之歌法諸事，並附圖例以資說明；卷下論作詞之要法，凡十五則，卷末附楊守齋〈作詞五要〉。由其內容可知，《詞源》一書之撰，主要是就詞的音律及文字這兩方面，提供填詞製曲之妙法。

　　張炎認為「音律所當參究，詞章先宜精思」[8]。下卷，首列〈音譜〉、〈拍眼〉二則，猶關乎「音律」，由第三則〈製曲〉起，始一系列討論「詞章」鋪寫安排之法。〈製曲〉一項，可視作張炎的創作總論，敘述作慢詞的過程為：相題（決定題目）→擇曲→命意→安排架構（頭如何起、尾如何結、如何過片）→選韻→正式下筆填詞→修改→定稿，可以看出真的是「用功四十年」的經驗之談，而改之又改的主張，更是用心良苦，全力以赴[9]。至於但言作慢詞者，是因為慢詞篇幅大，又有上下片之分，其間結構脈絡的安排比較難，需要費心的地方也多，特別能囊括填詞時宜用心的一切創作活動，因此以之總言創作過程，庶幾無遺漏之虞，並非忽視令曲的製作。事實上，張炎別立〈令曲〉一則，以補慢詞創作時不及之處[10]。〈製曲〉之後，〈令曲〉之前，張炎臚列了〈句法〉、〈字面〉、〈虛字〉、〈清空〉、〈意趣〉、〈用事〉、〈詠

---

[6] 當時另有一部詞話專著，就是沈義父的《樂府指迷》。不過論體系，沈著不及張炎《詞源》謹嚴，而影響力也遠遜之。

[7] 見《詞源》卷下，《詞話叢編》，頁255。

[8] 同上，頁265。

[9] 同注7，頁258。

[10] 同注7，頁264。

物〉、〈節序〉、〈賦情〉、〈離情〉等十項，分別有次序地論述一般創作之遣辭造句的技巧，以及各種題材內容所應注意的運思命意之法。

誠如以上所述，張炎撰《詞源》乃因應當時詞風的趨向而產生，以論創作爲主，則其所提出的清空質實說，照理便是在創作的立場上揭示出來，是張炎整個創作理論的一部分。其次，在《詞源》相當有系統的敘述裡，〈清空〉一節安排於句法、字法之後，意趣之前，則其指涉的範疇便有所界定：它與辭、意之間有著密切的關係，而在層次上卻又不盡相同。這一基本概念的認定，對我們往後的討論相當有助益。我們將《詞源》中〈清空〉一節的敘述及其他相關的論說比並而觀，會更清楚明瞭「清空」、「質實」的意義層次：

> 詞要清空，不要質實。清空則古雅峭拔，質實則凝澀晦昧。姜白石詞如野雲孤飛，去留無跡。吳夢窗詞如七寶樓臺，眩人眼目，碎拆下來，不成片段。此清空質實之說。夢窗〈聲聲慢〉云：「檀欒金碧，婀娜蓬萊，游雲不蘸芳洲」，前八字恐亦太澀。如〈唐多令〉云：「何處合成愁。離人心上秋。縱芭蕉不雨也颼颼。都道晚涼天氣好，有明月，怕登樓。前事夢中休。花空煙水流。燕辭歸客尚淹留。垂柳不縈裙帶住，謾長是，繫行舟。」此詞疏快，卻不質實。如是者集中尚有，惜不多耳。白石詞如〈疏影〉、〈暗香〉、〈揚州慢〉、〈一萼紅〉、〈琵琶仙〉、〈探春〉、〈八歸〉、〈淡黃柳〉等曲，不惟清空，又且騷雅，讀之使人神觀飛越。（〈清空〉）

詞……若堆疊實字，讀且不通，況付之雪兒乎？合用虛字呼喚，……此等虛字，卻要用之得其所。若使盡用虛字，句語又俗，雖不質實，恐不無掩卷之誚。（〈虛字〉）

詞之語句，太寬則容易，太工則苦澀。（〈雜論〉）

詞以意爲主，不要蹈襲前人語意。如東坡〈中秋・水調歌〉（詞略，以下同）、〈夏夜・洞仙歌〉、王荊公〈金陵・桂枝香〉、姜白石〈暗香〉、〈疏影〉，此數詞皆清空中有意趣，無筆力者未易到。（〈意趣〉）[11]

從上引幾段話中，可以簡單整理出幾個要點：(一)清空與質實相對，前者能使作品呈古雅峭拔之姿，後者卻會使作品凝澀晦昧；一帶來特殊的美感，一卻產生弊端，則清空與質實並非對等的美的概念，亦已明矣。(二)從其所舉詞例觀之，清空質實之論乃就各種題材體製而立說，故無論是言情、敘事、詠物或懷古，短調或長篇，皆「要清空，不要質實」，這是詞體追求高尚體貌所應遵循的法則。(三)質實往往是由於堆垛實字，語句之鍛鍊太過求工麗所致；而相對地，清空應與虛字用得靈活妥貼有關，須求筆力臻至，也要恰到好處，若無痕跡。(四)清空有疏快的效果，質實會導致文氣不通暢。(五)既云「不惟清空，又且騷雅」、「清空中有意趣」，則清空與騷雅、意趣的意義層次顯然不同。

爲了更確定清空質實說所指涉的範疇，我們不妨據上述論點，再從《詞源》援引資料詳加申說。首先，〈清空〉一則是

---

[11] 同注7，頁259、265、260。

在談造句鍊字後提出的，而如前面的第三、四點所述，後來的論說亦每每以工夫、筆力與清空、質實相提並論，這樣看來，清空與質實很顯然的是文辭上所造成的兩種勢態。復次，關於「騷雅」一詞，〈賦情〉一則也有引用，而且有較詳細的描述：

> 簸弄風月，陶寫性情，詞婉於詩。蓋聲出鶯吭燕舌間，稍近乎情可也。若鄰乎鄭衛，與纏令何異也。如陸雪溪〈瑞鶴仙〉（詞略）、辛稼軒〈祝英臺近〉（詞略），皆景中帶情，而存騷雅。故其燕酬之樂，別離之愁，回文題葉之思，峴首西州之淚，一寓於詞。若能屏去浮豔，樂而不淫，是亦漢魏樂府之遺意。[12]

論詞主雅，原是南宋詞人共同的論調，非張炎獨創之見解[13]。《詞源》中另有「雅正」、「和雅」、「淡雅」等詞。雅正用指古樂章、樂府、樂歌、樂曲所自出；和雅是對周美成詞的稱譽；淡雅則是論秦觀詞之體製[14]；皆不同騷雅，能與清空並稱，且為白石詞之整體風貌，顯見其特殊意義。何謂騷雅？《文心雕龍・辨騷篇》云：「國風好色而不淫，小雅怨誹而不亂。若離騷者，可謂兼之。[15]」此乃騷體特有的意趣。談論騷雅，絕不可忽略這一點，此亦其不同於淡雅、和雅之處。騷雅所要求的是抒寫個人情懷內容，而此內容必須有「好色而不

---

12 同注10。
13 趙萬理〈校輯宋金元人詞序〉云：「考宋人樂章，輒以雅相尚，傳世有張安國《紫微雅詞》、趙彥端《寶文雅詞》、曾慥《樂府雅詞》，《宋史・藝文志》有《書舟雅詞》，《歲時廣記》引《復雅歌詞》，此書（指《典雅詞》）以「典雅」為名，亦足覘南渡後風尚矣。」（見《校輯宋金元人詞》〔臺北：台聯國風出版社，1972，重刊〕，頁2。）又詞學專著，如《碧雞漫志》、《樂府指迷》，莫不以雅為尚；單篇序跋，如王炎〈雙溪詩餘自序〉、詹傅〈笑笑詞序〉、劉克莊〈跋劉瀾樂府〉，也都以雅為評詞的標準。
14 詳《詞源》卷下〈序〉、〈雜論〉，《詞話叢編》，頁255、267。
15 范文瀾《文心雕龍注》（臺北：明倫出版社，1971），卷一，頁45。

淫，怨誹而不亂」的意趣，必須呈現一種端莊、高雅、溫厚的風貌。從張炎譽爲騷雅的十闋詞來看，無論寫閨思別恨，或借物抒情、登臨懷古，皆能屏去浮豔，寄情遙遠，頗得風人溫厚之旨[16]。以周邦彥與姜夔作一比較，張炎謂「美成詞只當看他渾成處，於軟媚中有氣魄，採唐詩融化如自己者，乃其所長，惜乎意趣卻不高遠。所以出奇之語，以白石騷雅句法潤色之，眞天機雲錦也」[17]，所謂「騷雅句法」，並非單純文字上的問題，必須立意高遠，才有「天機雲錦」之騷雅之姿。《詞源》又說：「詞欲雅而正，志之所之，一爲情所役，則失其雅正之音。耆卿、伯可不必論，雖美成亦有所不免。[18]」可見周詞之所以不如姜詞，主要是在情志意趣方面。張炎稱白石詞「不惟清空，又且騷雅」、「清空中有意趣」，與稱美成詞「渾厚和雅」，都是就詞的整體風貌來論的。若細加分別，所謂騷雅、意趣既是作品情意內容所呈現的一種風貌，則相對而言，清空一境無疑是指文字技巧、酌理修辭上所展現的某種美質；而兩者內外相合，乃張炎心目中最高境界的作品，他以「天機雲錦」形容之，亦謂此種詞「讀之使人神觀飛越」。

張炎亟主詞的創作最要精思，這不獨是他個人的見解，更是時代的風尚[19]。惟鍛鍊太過，也會生弊端。張炎對吳文英

16　《鄭（文焯）校白石道人歌曲》評〈疏影〉云：「至下闋藉《宋書》壽陽公主故事，引申前意，寄情遙遠，所謂怨深文綺，得風人溫厚之旨已。」引自唐圭璋《宋詞三百首箋注》（臺北：漢京文化事業有限公司，1980），頁266。

17　同注7，頁266。

18　同注17。

19　張炎《詞源》卷下〈製曲〉云：「作詩者且猶旬鍛月鍊，況於詞乎？」〈雜論〉云：「音律所當參究，詞章先宜精思。」（《詞話叢編》，頁258、165。）按：姜夔寫詩填詞，特重精思，《白石道人詩說》云：「詩之不工，只是不精思耳。不思而作，雖多亦奚爲？」（見何文煥輯《歷代詩話》〔臺北：木鐸出版社，1982〕，下冊，頁680）；〈慶宮春序〉亦云：「因賦此闋，蓋過旬塗稿乃定，朴翁咎予無益，然意所耽，不能自已也。」（見夏承燾《姜白石詞編年箋校》〔臺北：中華書局，1970〕，頁60。）另詳下節論宋代詩學部分。

詞大抵是肯定的：〈詞源序〉謂吳文英與秦、高、姜、史諸家，「格調不侔，句法挺異，俱能特立清新之意，刪削靡曼之詞」；〈字面〉亦云吳夢窗「善於鍊字面，多於溫庭筠、李長吉詩中來」；〈令曲〉也說「吳夢窗亦有妙處」[20]。但吳文英喜用代字，善鍊字面，有時研鍊過深，務爲典博，令人莫測其旨，故當時沈義父《樂府指迷》即批評說：「夢窗深得清真之妙，其失在用事下語太晦處，人不可曉」[21]，而張炎更指斥他的詞過於質實，以致「凝澀晦昧」，「如七寶樓臺，眩人眼目，碎拆下來，不成片段」。「七寶樓臺」之喻，是指吳詞錘鍊堆垛，字句華麗輝煌、色彩斑爛，但意象堆積複迭，不易理解，妨礙了文氣的流動貫穿[22]。由此可見，質實乃指修辭形式上的一種弊病。張炎的清空說則主要是針對這種凝重質實之弊而發。然則所謂清空，乃指文辭技巧上所欲追求的一種特殊風貌無疑。

張炎說「清空則古雅峭拔」，並以姜白石爲清空的代表，稱其詞「如野雲孤飛，去留無跡」。我們將清空說放在張炎的整個創作理論中觀察，以其所評之白石詞之有清空一境者作標竿，歸納各則對這些詞的相關評語，庶幾可爲清空的實貌鉤劃出一更清晰的輪廓：

> 最是過片不要斷了曲意，須要承上接下。如姜白石詞云「曲曲屏山，夜涼獨自甚情緒」，於過片則云「西窗又吹暗雨」，此則曲之意脈不斷矣。（〈製曲〉）

---

20 同注7，頁255、259、265。
21 見《詞話叢編》，頁278。
22 參邱世友〈張炎論詞的清空〉，《文學評論》（北京：中國社會科學出版社出版）1990年第1期，頁157；陳曉芬〈張炎清空說的美學意義〉，《古代文學理論研究》第13輯（上海：上海古籍出版社，1988年9月），頁214-215；耿庸編《新編美學百科詞典》（福州：福建人民出版社，1989），頁163-164，〈質實〉條。

南宋姜吳典雅詞派相關論題之探討

詞中句法，要平妥精粹。……於好發揮筆力處，極要用工。……姜白石〈揚州慢〉云：「二十四橋仍在，波心蕩、冷月無聲」，此皆平易中有句法。（〈句法〉）

詞用事最難，要體認著題，融化不澀。如……白石〈疏影〉云：「猶記深宮舊事，那人正睡裡，飛近蛾綠」，用壽陽事；又云「昭君不慣胡沙遠，但暗憶江南江北。想珮環月夜歸來，化作此花幽獨」，用少陵詩。此皆用事不爲事所使。（〈用事〉）

詩難於詠物，詞爲尤難。體認稍眞，則拘而不暢，模寫差遠，則晦而不明。要須收縱聯密，用事合題，一段意思，全在結句，斯爲絕妙。如……白石〈暗香〉、〈疏影〉詠梅、〈齊天樂〉賦促織（詞略），此皆全章精粹，所詠瞭然在目，且不留滯於物。（〈詠物〉）

白石〈琵琶仙〉云（詞略）……離情當如此作，全在情景交鍊，得言外意。（〈離情〉）[23]

綜合以上所述，所謂清空者，蓋指酌理修辭時，能有清勁靈巧的手法，使作品氣脈貫串，自然流暢，寫情而不膩於情，詠物而不滯於物，呈現一種空靈脫俗、高曠振拔的神氣，而一切筆法技巧卻又脫落無跡，渾然不可覓，此蓋張炎「野雲孤飛，去留無跡」之意。至於如何用筆臻至這清空之境，張炎所論稍嫌簡略，而這方面則可借宋代詩學中的詩法研究的基本理念來了解。請詳下文分析。

---

[23] 同注7，頁258、261-262、264。

第三節　清空說與宋代詩詞學的關係

　　張炎詞作是以「清」爲其旨歸，以白石作其塡詞的模範[24]，而其晚年撰《詞源》而倡清空一說，當然是他別有會心之論。我們要注意的是，在《詞源》中被張炎譽有清空之美的詞家作品，除姜夔外，還有蘇軾、王安石，說他們的詞「清空中有意趣」。張炎給東坡的個別評價尤其高：「東坡詞如〈水龍吟〉詠楊花、詠聞笛，又如〈過秦樓〉、〈洞仙歌〉、〈卜算子〉等作，皆清麗舒徐，高出人表；〈哨遍〉一曲，隱括〈歸去來辭〉，更是精妙，周、秦諸人所不能到[25]。」所謂「清麗舒徐，高出人表」，爲諸家「所不能到」的，大概就是他所說的「清空中有意趣」之境。如果我們細心觀察，會發現：張炎所欣賞的蘇、王、姜等詞家，他們同時也是宋代有名的詩人。相對於蘇、姜諸家，張炎對純粹詞人的評價則較低，譬如他嫌周邦彥詞偶失「雅正之音」，「惜乎」周詞「意趣卻不高遠」[26]，便是明顯的例子。然則，這一現象是否意味著詞之有清遠自然之趣，是與詞家沿用詩的創作手法、詩的品味入詞有關？而「詞要清空」之理念的提出，能否說是詩學介入詞學的新的美學要求？要解答這些問題，可從兩方面入手：一是重新考察南宋詞學審美觀念的發展，理出張炎清空說的淵源；一是以宋代詩學與《詞源》所提的創作理論作對照，探討清空

24　張炎詞之清之疏，向來是一致公認的：元‧戴表元〈送張叔夏西游序〉云：「玉田張叔夏（詞），……流麗清暢，不唯高情曠度，不可褻企，而一時聽之，亦能令人忘去窮達得喪所在」（《山中白雲》，《四部備要》本，〈附錄〉，頁1）；清‧趙昱〈山中白雲詞題辭〉云：「玉田生詞清空秀遠，絕出宋季諸名家上」（《山中白雲詞》，《人人文庫》本〔臺北：商務印書館，1972〕，〈重刻山中白雲詞序〉，頁9）；錢裴仲《雨華盦詞話》云：「樂笑翁詞，清空一氣，轉折隨手，不爲調縛」（《詞話叢編》，頁3011）；劉熙載《詞概》云：「張玉田詞清遠蘊藉，悽愴纏綿，大段瓣香白石，亦未嘗不轉益多師」（《詞話叢編》，頁3696）。

25　見《詞源》卷下〈雜論〉，《詞話叢編》，頁267。

26　同上，頁266。

說的美學意義與時代文化的關係。以下分別加以論述說明。

　　首先談南宋詞學的啓發。張炎《詞源》既維護詞的本質，要求詞要典雅合律，又強調詞的文學性，重視詞的筆調意境，可說是融合了宋代詞學的兩個主要理論面向[27]。如果從詞學史的角度觀察，可以更具體的說，《詞源》是總結了沈義父《樂府指迷》所代表的「本色」一派和黃昇詞論所代表的「詩化」一系的著作。陸行直從其師張炎之說撰《詞旨》，曾批評沈氏書曰：「沈伯時《樂府指迷》多有好處，中間一兩段亦非詞家之語。[28]」按張炎與沈義父對維護詞雅正協律、婉麗含蓄的基本特質的看法是一致的。二書最大的不同，是沈氏尊清眞，對詞本色的認定之態度較諸張炎保守，因此對以詩法入詞的白石詞便略有微辭，謂白石「清勁知音，亦未免有生硬處」[29]；至於張炎崇白石詞風，對詞體別有領會，因而稍嫌清眞詞之欠缺高遠意趣，是可以理解的。《詞源》嘗評黃昇的《絕妙詞選》：「亦自可觀，但所取不精一。[30]」黃昇基本上是以詩的觀點選詞論詞，若站在詞本色的立場來看黃選，自會說它「不精」，而從詞之詩化的角度來評黃作，當然會稱它「可觀」。《詞源》承《樂府指迷》之批評路線而講究詞的典雅化，前人論述已多，在此不贅[31]。本節關心的重點，是放在《詞源》與黃昇《詞選》的承傳關係上。這兩家對蘇、姜等詞人的基本看法是極其相似的。這種相似性，則須在「以詩爲詞」的命題下觀察。「以詩爲詞」一辭，始見陳師道《後山詩話》，主要是

27　詳劉少雄《宋代詞選集研究》，第二章，第二節，頁26-42。
28　見《詞旨》上，《詞話叢編》，頁303。
29　見《樂府指迷》，《詞話叢編》，頁278。
30　同注26。
31　詳葉嘉瑩〈論吳文英詞〉，繆鉞、葉嘉瑩合撰《靈谿詞說》（上海：上海古籍出版社，1987），頁492-493；吳熊和《唐宋詞通論》（杭州：浙江古籍出版社，1989），頁306-311，論宋季三家詞法部分。

爲非議蘇軾詞而發的[32]，但這一概念要到南宋初才成爲一普遍的論題，賦予正面的意義，有更具體的詮釋。因此，我們的溯源工作，要先從南宋初年的詞論入手。

宋南渡初期的詞壇，最大的特色是普遍以詩的觀點作詞論詞，視東坡爲典範。詞爲「詩餘」的說法頗爲流行，這不獨反映在詞集的命名上，更在一般的創作與批評活動中[33]。稱詞爲詩餘，在南宋人的觀念裡，是有積極的意義的，因爲將詞與詩拉上了關係，無疑也提高了詞的地位，使它不再局限於歌兒舞女的藝壇，更納入了文人日常創作的領域。這對詞質的體認及其評價標準，產生了很大的影響，請看下列幾則詞評：

> 東坡先生以文章餘事作詩，溢爲作詞曲，高處出神入天，平處尚臨鏡笑春，不顧儕輩。或曰：「長短句中詩也。」爲此論者，乃是遭柳永野狐涎之毒。詩與樂府同出，豈當分異？若從柳氏家法，正自不分異耳（按：此句應作「正自分異耳」）。（王灼《碧雞漫志》卷二）[34]

> 夫鏤玉雕瓊，裁花剪葉，唐末詞人非不美也，然粉澤之工反累正氣，東坡慮其不幸而溺乎彼，故援而止之，惟恐不及。其後元祐諸公嬉弄樂府，寓以詩人句法，無一毫浮靡之氣，實自東坡發之也。（湯衡〈張紫微雅詞序〉）[35]

32　《後山詩話》云：「退之以文爲詩，子瞻以詩爲詞，如教坊雷大使之舞，雖極天下之工，要非本色。」（《歷代詩話》，上冊，頁309。）

33　樓鑰〈求定齋詩餘序〉云：「長短句特詩之餘。」（《攻媿集》，《四部叢刊》本，卷五二。）當時，一般的詞集，如《樵隱詩餘》、《省齋詩餘》，已普遍使用「詩餘」爲名。

34　見《中國文學百科全書資料彙編》（臺北：鼎文書局，1974）本《碧雞漫志》，頁113-114、151。另詳第一章第三節注24。

35　見陶氏涉園景刊本《于湖先生長短句》附。按：黃庭堅〈小山集序〉云：「晏叔原樂府，寓以詩人句法，精壯頓挫，能動搖人心。」（《豫章黃先生文集》，卷十六。）晏幾道以「詩人句法」入詞，實早於元祐諸公。不過，東坡尤精於此道，意識更明顯，影響也最深遠，因此，由來論者，多以「以詩爲詞」之功歸於東坡。

文忠蘇公文章妙天下，長短句特緒餘耳，猶有與道德合者。「缺月疏桐」一章，觸興於驚鴻，發乎情性也；收思於冷洲，歸乎禮義也。（曾丰〈知稼翁詞序〉）[36]

陳無己詩妙天下，以其餘作辭（詞），宜其工矣。（陸游〈跋後山居士長短句〉）[37]

將詞納入詩學傳統考量，則對詞之緣起便有嶄新的看法：王灼《碧雞漫志》認為「天地始分而人生焉，人莫不有心，此歌曲所以起也」[38]；尹覺〈題坦庵詞〉云：「詞，古詩流也。吟詠情性，莫工於詞」[39]；范開〈稼軒詞序〉說：「器大者聲必閎，志高者意必遠。知乎聲與意之本原，則知歌詞之所自出」[40]。然則，詞與詩同源，乃作者情志之表現，則詞之有詩境、詩筆，是理所當然的了。因此，這在理論上便拓寬了詞的境界。詞的內容題材，自然可包容詩的創作領域，敘事抒情、議論說理皆無不可；而詞也不只能表達個人情志，更可有風雅興託的精神。詞的形式技巧，援詩法處理，則工巧而易臻高雅的意趣。東坡以詩為詞的創作理念[41]，對南宋及後來詞壇的影響是十分深遠的。王灼推崇東坡說：「長短句雖至本朝

---

36 見汲古閣本《知稼翁詞》附。
37 見《渭南文集》，《四部叢刊》本，卷二八，頁1。
38 見《碧雞漫志》卷一，《詞話叢編》，頁73。
39 見《四部備要》刊《宋六十名家詞》本《坦庵詞》附。
40 見汲古閣本《稼軒詞》附。
41 蘇軾欲打通詩詞的界限，用意相當明顯；〈與蔡景繁〉云：「頒示新詞，此古人長短句詩也，得之驚喜，試勉繼之。」（見《蘇東坡全集》〔臺北：河洛圖書出版社，1975〕，〈續集〉，卷五，頁152。）〈答陳季常〉云：「又惠新詞，句句警拔，詩人之雄，非小詞也」（同上，頁156），即以詩之標準評賞詞作。又〈與鮮于子駿〉云：「近卻頗作小詞，雖無柳七郎風味，亦自是一家。」（頁141）所謂「自是一家」，應是一種以詩為詞的創作態度，自抒胸臆，氣格遒健，異於柳永詞纖柔豔麗的風味。

盛，而前人自立與眞情衰矣。東坡先生非醉心於音律者，偶爾作歌，指出向上一路，新天下耳目，弄筆者始知自振」[42]；胡寅更說：「及眉山蘇氏，一洗綺羅香澤之態，擺脫綢繆宛轉之度，使人登高望遠，舉首高歌，而逸懷浩氣，超然乎塵垢之外」[43]；而終宋之世，對東坡詞境皆有極高的評價。他們所謂振拔向上的筆調、「超然乎塵垢之外」的意境，與張炎所提的「騷雅」、「清空」，意義是可相通的。南宋後期，雖有更多詞論主張維護詞典雅合律的創作準則，但大抵仍肯定蘇軾詞風，他們所反對的其實是辛、劉所代表的豪氣格調。王炎〈雙溪詩餘自序〉謂：「長短句……惟婉轉嫵媚爲善，豪壯語何貴焉」；[44]劉克莊〈跋劉瀾樂府〉也認爲詞「不可以氣爲色」[45]；詹傅〈笑笑詞序〉斥稼軒詞「其失也粗豪」[46]；張炎《詞源》批評辛、劉之作豪氣詞，「非雅詞也，於文章餘暇戲弄筆墨爲長短句之詩耳」[47]；顯見當時詞論對蘇、辛的評價有差別，對以詩爲詞的接受態度已有轉變。此時經過對詞體本質的反省，堅持婉麗含蓄乃詞的本色，則詞可詩化的程度問題亦須在此前提下重加判定。東坡詞「清麗舒徐」（張炎語），詩詞的融合恰到好處，仍是雅詞的本質，遂被稱許，至於稼軒詞則「以氣爲色」，失之粗豪，已逾越了詞「婉轉嫵媚」的文體規範，遂備受指責。由此可見，宋後期的詞壇未完全否定以詩爲詞的創作態度，只是修正了將詞等同於詩的看法，只要不背離詞體的基本特質，詞的詩化現象多數會被允許。張炎的清空說，就是在這一詞學環境中孕育出來的。在張炎之前，同樣推

---

42 見《碧雞漫志》卷二，《詞話叢編》，頁85。
43 見汲古閣本《酒邊詞》附。
44 見四印齋本《雙溪詩餘》附。
45 見《後村先生大全集》，《四部叢刊》本，卷三十四。
46 見《彊村叢書》本《笑笑詞》附。
47 見《詞源》卷下〈雜論〉，《詞話叢編》，頁267。

崇白石的，是編選《絕妙詞選》（一名《花庵詞選》）的黃昇。由黃昇的論詞準則及其對白石的評價，更可見張炎以白石爲例所標舉的清空說的直接淵源。

　　黃昇選詞論詞，最尙作意，尤尙清逸超絕的意境。這種意境，是一種詩的意境。黃昇謂陳去非「詞雖不多，語意超絕，識者謂其可摩坡仙之壘也」；評劉叔擬〈霜天曉角〉「詞意高絕，幾拍謫仙之肩」；稱李太白詞有「清逸氣韻」；又引姜夔語說史邦卿詞「奇秀清逸，有李長吉之韻」[48]；凡此，所評者或所比況者皆爲唐宋間有名詩人，則所謂「高絕」之境、「清逸」之韻，照理應是指以詩的創作精神貫注於詞而達到的境地。黃昇評陸放翁曰：「楊誠齋嘗稱陸放翁之詩敷腴，尤梁溪復稱其詩俊逸，余觀放翁之詞，尤其敷腴俊逸者也。[49]」由此以詩喻詞的顯例，更證明了在黃昇的批評意念裡詩與詞的關係往往是相通的。黃昇能詩，有「晴空冰柱」（見胡德方〈絕妙詞選序〉）之譽；亦擅詞，風格清秀，《四庫全書總目》謂其「上逼少游，近摹白石」，饒宗頤《詞籍考》亦謂其「醞釀東坡詩句頗有味」[50]；他本身就是以詩入詞的實踐者，自然特別欣賞內容意趣高遠的詞作。黃昇對姜夔的評價是：「詞極精妙，不減清眞樂府，其高處有美成所不能及。[51]」此與張炎之謂清眞「惜乎意趣卻不高遠」，可以並看。後人多謂白石以江西詩風入詞，遂有清勁俊秀之姿[52]。宋人雖未明說，但從他們

48　評陳去非、李太白語，見《中興以來絕妙詞選》，《四部叢刊》本，卷一，頁7；《唐宋諸賢絕妙詞選》，卷一，頁1。評劉叔擬語，見《中興詞話》，《詞話叢編》，頁216。

49　見《中興詞話》，《詞話叢編》，頁212。

50　引自饒宗頤《詞籍考》（香港：香港大學出版社，1963），〈散花庵詞〉條，頁229。

51　見《中興以來絕妙詞選》，卷六，頁4。

52　詳繆鉞〈姜白石之文學批評及其作品〉，《詩詞散論》，頁96-99；夏承燾〈論姜白石的詞風（代序）〉，《姜白石詞編年箋校》（臺北：中華書局，1967），頁6-7。

的論評中卻可意識到，他們所欣賞的白石詞高遠的意境，正是詩的意境。黃昇的詞學觀點，大抵延續了王灼等人的策略視詞為詩，因此除欣賞蘇、姜外，也推許辛棄疾與劉克莊[53]。張炎是在醇雅的基本立場下提出清空說，而以帶有詩意的東坡、白石詞為例，則清空的理念由詩而起，亦已明矣。

其次論宋代詩學的影響。張炎《詞源》所闡述的創作理論，由句法、字法而清空，與宋代詩學中的詩法研究之提法及其中心論旨，甚有關聯。由宋代詩學入手，剖析清空說的緣起及其界說，應是較直接而有效的方法。我們可先從張炎後學陸行直所撰的《詞旨》切入論題，因為此書與《詞源》「同條共貫」[54]，可視作《詞源》的補篇，正可藉由它的論點接引到宋人的詩學觀念。《詞旨》首列〈詞說七則〉，述說作詞的法則，其後有〈屬對〉、〈樂笑翁奇對〉、〈警句〉、〈詞眼〉等項，臚列精工字句，示人鍛鍊之法。陸氏謂作詞「命意貴遠，用字貴便，造語貴新，鍊字貴響」[55]，可見他是主張辭意雙修的；又說「詞不用雕刻，刻則傷氣，務在自然」[56]，這與張炎主張詞要清空不要質實的觀點頗一致。如何從修辭鍊句臻清空之境？張炎沒有說明。《詞旨》曰：「《詞源》云清空二字，亦一生受用不盡，指迷之妙盡在是矣。學者必在心傳耳傳，以心會意，當有悟入處。然須跳出窠臼外，時出新意，自成一家，若屋下架屋，則為人賤僕矣。[57]」鍊字貴在鍊心，法古而出新意，這種由學而悟的詞學主張，乃源出宋人的詩法理念。後人不明就裡，或指責《詞源》、《詞旨》所談皆修辭屬

---

[53] 《中興以來絕妙詞選》卷三選辛詞42首，卷七選劉詞亦42首，冠於其他詞人。
[54] 胡元儀〈詞旨暢舊序〉云：「《詞旨》為書，皆述叔夏論詞之旨，與叔夏《詞源》同條共貫。」（見《詞話叢編》，頁343。）
[55] 見《詞旨》上，《詞話叢編》，頁301。
[56] 同上。
[57] 同注55，頁303。

對之事，離不開文字形式[58]，殊不知這是對宋季詞法的誤解，其對江西詩法亦同樣懵然。

宋代詩學最大的特色，是對詩歌的言與意兩方面作理性的省察：一則要「語思其工」[59]，有意識地錘字鍊句，對字句形式作純粹的美的思考，所謂「以俗爲雅」、「以故爲新」[60]，就是要在日常的慣用的語言中化腐朽爲神奇，創造一套新的表現語言，遂特別講究句法之學，對造語、用事、屬對、章法等安排與組合，由局部到全體作通盤考察，進行創新的改造；另則又要「意思其深」，對形式結構所傳達的思想內涵加以鍛鍊，務使詩意深邃細密，在一般的題材上翻出新意，看來平淡卻出奇，故詩法之學最重作意，所謂奪胎換骨之法也正與此相關[61]。修辭鍊意最要講究學問吸收與工夫實踐，這不只是江西詩派個別的主張，其他家派亦莫不重視工力潛能。呂本中〈與曾吉甫論詩第一帖〉云：「要之，此事須令有所悟入，則自然越度諸子。悟入之理，正在工夫勤惰間耳。[62]」積學以悟，乃詩歌欲臻高境的不二法門。嚴羽《滄浪詩話》亦云：「夫詩有別材，非關書也；詩有別趣，非關理也。然非多讀書、多窮理，則不能極其至。所謂不涉理路、不落言筌者，上也。[63]」作詩必須以積學窮理爲工夫，但詩之眞正成就，卻非完全賴學問而得，更須看心靈吸納參透的本事，惟悟爲能。而這自得之

---

[58] 詳夏承燾〈詞源注・前言〉，夏承燾注、蔡嵩雲箋釋《詞源注・樂府指迷箋釋》（臺北：木鐸出版社，1982），頁6。

[59] 孫何《文箴》云：「語思其工，意思其深。」見呂祖謙編《宋文鑑》（北京：中華書局，1992），卷七十二，頁1043。

[60] 黃庭堅〈再次韻・引〉，《山谷詩集注》（臺北：世界書局），內集，卷十二。

[61] 參龔鵬程〈知性的反省──宋詩的基本風貌〉，黃永武、張高評編《宋詩論文選輯》（高雄：復文圖書出版社，1980），第一輯，頁147-149。

[62] 見胡仔《苕溪漁隱叢話》（臺北：長安出版社，1978），〈前集〉，卷四九，頁333。

[63] 見嚴羽撰、郭紹虞校釋《滄浪詩話校釋》（臺北：河洛圖書出版社，1978），〈詩辨〉，頁23-24。

境，「不涉理路，不落言筌」，破斥了文學創作中運思命意、披文綴采的活動，修辭而不見工夫，鍊意而不留痕跡；這種詩學主張，並非嚴羽獨立的看法，實乃宋人的基本訴求，只是各家思考進路略有不同而已[64]。劉熙載《藝概》說：「西江名家好處，在鍛鍊而歸於自然。[65]」這概括了江西派乃至有宋一代詩家的創作理念。宋人經過知性的反省，所致力追求的是一種大巧之樸，一種深加鍛鍊而臻至的平淡妙遠、簡易自然的美。羅大經《鶴林玉露》說：「作詩必以巧進，以拙成。故作字惟拙筆最難，作詩惟拙句最難。至於拙，則渾然天全，工巧不足言矣。[66]」黃庭堅〈與王觀復〉曰：「熟觀杜子美到夔州後古律詩，便得句法，簡易而大巧出焉，平淡而山高水深，似欲不可企及，文章成就，更無斧鑿痕，乃爲佳作耳。[67]」可見宋人講究詩法，最終是要以技進道，達到一種「無意於文」、「不煩繩削而自合」，如「風行水上」的自然妙境[68]。

回顧張炎《詞源》，其詞學方法論與宋代詩學的提法，有何差異？講求精思，活用虛字，重意而尚韻，好奇而貴清[69]，是宋詩的特色，其實這也是張炎詞論中理想的詞的特色。謝

---

[64] 曾季貍《艇齋詩話》云：「後山（陳師道）論詩說換骨，東湖（徐俯）論詩說中的，東萊（呂本中）論詩說活法，子蒼（韓駒）論詩說飽參，入處雖不同，然其實皆一關捩，要知非悟入不可。」（見丁福保編《續歷代詩話》〔臺北：藝文印書館，1974〕，頁332。）

[65] 見〈詩概〉，《藝概》（臺北：廣文書局，1980，三版），卷二，頁11。

[66] 見《鶴林玉露》（北京：中華書局，1983），〈丙編〉，卷之三，頁288。

[67] 見《豫章黃先生文集》，《四部叢刊》本，卷十九，頁19。

[68] 前二語引自黃庭堅〈大雅堂記〉、〈與王觀復書〉，《豫章黃先生文集》，卷十七，頁23；卷十九，頁18。「風行水上」一語，見蘇洵〈仲兄字文甫說〉：「故曰：『風行水上渙。』此天下之至文也。然而此二物者豈有求乎文哉？無意乎相求，不期而相遭，而文生焉。是其爲文也，非水之文也，非風之文也，二物者非能爲文，而不能不爲文也。物之相使而文出於其間也，故曰：此天下之至文也。」（曾棗莊、金成禮《嘉祐集箋注》〔上海：上海古籍出版社，1993〕，卷十五，頁412-413。）其後姜夔詩亦有「箭在的中非爾力，風行水上自成文。」之語（孫玄常《姜白石詩集箋注》〔山西人民出版社，1980〕，卷下，頁128）。

[69] 詳繆鉞〈論宋詩〉，《詩詞散論》（臺北：開明書店，1977），頁16-32。

章鋌《賭棋山莊詞話》謂讀《白石詩說》，有與長短句相通者[70]。張炎謂白石詞有清空之美，這或可從姜夔的詩學主張探出此中消息。姜夔初入江西詩派，而後脫出，遂得江西之利，運思深透，兼重學養，乃有清新瘦勁之姿；卻無江西後學之弊，免去枯澀生硬之病，獨得自然澹遠之境。因此，《白石詩說》既從形式技巧求體面之宏大、血脈之貫穿，復就運思命意倡氣象之渾厚、韻度之飄逸，並以清奇高遠、含蓄自然為詩之妙境[71]。白石云：「文以文而工，不以文而妙；然舍文無妙，勝處要自悟。[72]」這種由工以入妙，貴於自得的詩學主張，正是宋詩學一貫的論調。張炎謂「清空則古雅峭拔」，並形容白石詞「如野雲孤飛，去留無跡」，此與白石的詩學理想境界十分相似。而這種清勁挺異、空靈妙遠而渾然含蓄的清空筆致，亦與嚴羽所謂的「羚羊挂角，無跡可求」[73]的意涵略似，皆同一時代的文學體驗。清、淡、疏、遠，其實是整個宋文化特有的美學意境，小至插花藝術、琴棋書畫，到一般文學，皆莫不如是：

> 六朝至唐，文人生活以貴族豪華趣味為主調。到了宋代，文人以庶民質素趣味為主調。貴族好雅，庶民好野；純雅流於奢侈，純野流於俚鄙。宋代文人取二者的調和，以清出之。（青木正兒《琴棋書畫·宋人趣味生活之二典型》）[74]

---

[70] 見《賭棋山莊詞話》卷十二，《詞話叢編》，頁3478-3479。

[71] 《白石道人詩說》云：「語貴含蓄」；「句意欲深、欲遠，句調欲清、欲古、欲和，是為作者」；「詩有四種高妙：一曰理高妙，二曰意高妙，三曰想高妙，四曰自然高妙。礙而實通，曰理高妙；出自意外，曰意高妙；寫出幽微，如清潭見底，曰想高妙；非奇非怪，剝落文采，知其妙而不知其所以妙，曰自然高妙」。（見《歷代詩話》，下冊，頁681-682。）

[72] 見《白石道人詩說》，《歷代詩話》，下冊，頁682。

[73] 同注63，頁24。

[74] 見《青木正兒全集》（東京：春秋社，昭和58-59年〔1983-1984〕），頁239。

六朝之美如春華，宋人之美如秋葉；六朝之美在聲容，
宋代之美在意態；六朝之美爲繁麗豐腴，宋代之美爲精
細澄澈。總之，宋代承唐之後，如大江之水，潴而爲
湖，由動而變爲靜，由渾灝而變爲澄清，由驚濤洶湧而
變爲清波容與。此皆宋人心理情趣之種種特點也。此種
種特點，在宋人之理學、古文、詞、書法、繪畫、以至
於印書，皆可徵驗。（繆鉞〈論宋詩〉）[75]

在插花風格上言，宋代的瓶花才樹立了宋代插花的典型
（相對於隆盛華麗的院體盆花），那就是「理念花」的
發皇。……基於「理念花」的原則，宋代瓶花的體材以
松、柏、竹、梅、蘭、桂、山茶、水仙等爲主，不著花
的枝葉也在取材範圍，插花風格：花、枝、葉結構上
以「清」爲精神之所在，「疏」爲意念之依歸，注重線
條機能，脈絡分明，條理有序。（黃永川〈宋代的插花風
格〉）[76]

李澤厚《美的歷程》稱宋元山水意境是一種「細節忠實和詩意
追求」的表現，認爲：「詩意追求和細節忠實的同時並舉，
使後者沒有流於庸俗和呆板，使前者沒有流於空洞和抽象。相
反，從形式中求神似，由有限（畫面）中出無限（詩情），與
詩文發展趨勢相同，日益成爲整個中國藝術的基本美學準則和
特色。[77]」張炎《詞源》既求工雅典麗，也尚清空妙遠，結合

---

[75] 見《詩詞散論》，頁31-32。
[76] 見《中國古代插花藝術》（臺北：國立歷史博物館，1984），頁62-63。
[77] 見李澤厚《美的歷程》（臺北：蒲公英出版社，1984），頁179。又鄭爲〈試論古
代花鳥畫的源流及發展〉看法亦同，曰：「北宋院體壯健凝鍊的眞實感，變化爲清
疏淡雅的寫意作風，而不失工整細麗的感覺。」（見《文物月刊》，1963年第10
期，頁24。

了清眞和東坡所代表的兩種詞風，以虛代實，其所追求的意境，正是上文所描述者。總之，張炎的詞學理念，實與宋代其他學藝息息相關，共同締造了宋文化的美學風格。宋代文人好清尚雅，影響及於明清兩代，成爲普遍的美學品味，此於詞學之不離「清」、「雅」的論調，便可知其梗概。

第四節　歷來有關清空說的詮釋

　　清初浙派詞家在創作上大抵承姜張詞風，主雅而求清婉，但在理論上對南宋典雅派詞論，特別是清空騷雅說，卻無多大補充發明[78]。詞學家對清空說重新加以注意並再作研探，主要是在清中葉後，先是爲矯浙派後學之流弊而起，後則針對常派過失而發，皆有其匡時救弊的意義在。吳梅歸結浙詞之弊說：「浙詞專學玉田之疏，於是打油腔格，搖筆即來。……又好運用書卷，……不知詞之佳處，不必以書卷見長，搬運類書，最無益於詞境也。[79]」清初朱彝尊、厲鶚諸家以學人塡詞，爲臻典雅工麗，多徵引故實，後人群起效之，餖飣堆砌，盡失音節頓挫之妙[80]。另一方面，浙派詞人特賞姜張清綺之境，學爲

---

[78] 浙派諸家有關「清空」、「騷雅」的論說，頗爲零碎，不成體系。詳參楊麗珠〈清初浙派詞論研究〉第三、四章，《國立臺灣師範大學國文研究所集刊》第28號，總頁1110-1148。

[79] 見吳梅《詞學通論》（臺北：商務印書館，1977），頁165。

[80] 謝章鋌《賭棋山莊詞話》卷九：「宋詞三派：曰婉麗、曰豪宕、曰醇雅，今則又益一派曰餖飣。宋人詠物，高者摹神，次者賦形，而題中有寄託，題外有感慨，雖詞實無愧於六義焉。至國朝小長蘆出，始創爲徵典之作，繼之者樊榭山房。長蘆腹笥浩博，樊榭又熟於說部，無處展布，借此以抒其叢雜，然實一時游戲，不足爲標準也。」（《詞話叢編》，頁3443。）又《續編》卷三引儲國鈞〈小眠齋詞選序〉語云：「自《花間》、《草堂》之集盛行，而詞之弊已極，明三百年直謂之無詞可也。我朝諸前輩起而振興之，眞面目始出。顧或者恐後生復蹈故轍，於是標白石爲第一，以刻削峭潔爲貴。不善學之，競爲澀體，務安澀字，卒之鈔撮堆砌，其音節頓挫之妙蕩然。欲洗《草堂》陋習，反墮浙西成派。彼浙西之詞，不過一人唱之，三四人和之，以浸淫遍及大江南北。人守其說，固結於中而不可解，謂非矯枉之過歟。」（《詞話叢編》，頁3528。）

空靈，但往往得玉田「換筆不換意」之弊，空疏而不緊湊，滑易而不警峭，既乏性靈又無寄託[81]。如何導詞學於正軌，各家各派有不同的主張。常派特別重視詞的情意內容，提出寄託、沉鬱、重拙大之說，主張以夢窗之幽澀厚實救浙詞劃滑寬易之病[82]。而另一種解救之道，莫如重探清空的本質，為其賦予新的意義，畢竟張炎此說是為矯當時凝澀晦昧之詞學弊病而起，對清代詞壇仍有參考價值，一些詞學家遂認為不能因浙派後學的缺失而一併否定清空的美學意義，正如江順詒所云：「詞尚清空，本無流弊，而後之作者多隱約語此，又不善學之病也。[83]」因此，撇開人云亦云的語障，闡發清空的真正涵義，是詞學的重要工作。常派主實而重寄託，到後來因好求深意，務為典博，也有艱澀難懂之處；為矯詞弊，常派後學遂亦有折衷其說，提出於「質實」（其意涵與張炎所提者略有不同，詳下節）中求清空的主張。由此簡單的敘述可知：浙常之爭，在修辭策略上或可稱之為姜吳詞法之爭，大抵是就張炎《詞源》「詞要清空，不要質實」這一論點作正反論辯，或主清，或求實，或作兩者之調和。

　　以下大致按時代先後分別論述清代及近現代詞學對清空說的回響，主要是以名家之說為討論對象。

81　戈載《宋七家詞選》云：「玉田以空靈為主，但學其空靈而筆不轉深，則其意淺，非入於滑，即入於靇矣。玉田以婉麗為宗，但學其婉麗而句不鍊精，則其音卑，非近於弱，即近於靡矣。」（見戈載輯、杜文瀾校注，《宋七家詞選》〔臺北：河洛圖書出版社，1978〕，卷七，頁37。）又郭麐〈梅邊笛譜序〉云：「自竹垞諸人標舉清華，別裁浮豔，於是學者莫不祧《草堂》而宗雅詞矣；樊樹從而祖述之，以清空微婉之旨，為幼眇綿邈之音，其體蔃然，一歸於正。乃後之學者，徒彷彿其音節，刻畫其規模，浮游惝怳，貌若元遠；試為切而按之，性靈不存，寄託無有。」（引自《清代文學批評資料彙編》〔臺北：成文出版社，1979〕，頁604。）

82　沈祥龍《論詞隨筆》：「詞能幽澀，則無淺滑之病。」周濟《介存齋論詞雜著》：「夢窗非無生澀處，總勝空滑。」蔣敦復《芬陀利室詞話》：「第勿專學玉田，流於空滑，當以夢窗救其弊。」

83　見《詞學集成》卷五，《詞話叢編》，頁3265。

一、清代的詮釋觀點

　　清代詞論中有關清空說的詮釋，有補《詞源》之不足者，有就張炎之說法推衍發揮者，各因時代需要、個人立場之不同而互有差異。在清空之說的論題上較具創意的有孫麟趾、劉熙載、謝章鋌、沈祥龍和鄭文焯等家。茲先將各家材料簡錄如下，稍加按語，作重點提示，最後再作綜合分析。

(一) 孫麟趾

> 天之氣清，人之品格高者，出筆必清。五采陸離，不知命意所在者，氣未清也。清則眉目顯，如水之鑑物無遁影，故貴清。
>
> 天以空而高，水以空而明，性以空而悟。空則超，實則滯。
>
> 識見低，則出句不超。超者出乎尋常意計之外，白石多清超之句，宜學之。
>
> 深而晦，不如淺而明也。惟有淺處，乃見深處之妙。譬如畫家有密處，必有疏處。能深入不能顯出則晦，能流利不能蘊藉則滑，能尖新不能渾成則纖，能刻畫不能超脫則滯。（《詞逕》）[84]

　　孫麟趾於詞酷嗜張炎《山中白雲》[85]，上引資料雖非直接

84　見《詞話叢編》，頁2555-2557。
85　引王熙元《歷代詞話敍錄》（臺北：中華書局，1973），頁78評語。

論述「清空」這一概念，然其所論正是其實踐中之體驗，與張炎本意大致相符。他的論說有兩點值得注意：一是揭示清超空靈之境的成因，乃關乎人的品格、識見與悟性；一是提示塡詞的要點，在清新疏暢的筆致中要有深摯渾成的內蘊，這主要是針對學玉田而流於纖滑者而發的。孫麟趾其實也接受了常派的一些論點，認爲夢窗「足醫滑易之病」，因其詞「能皺」故不浮；不過，他也深知「不善學之，便流於晦」，仍有自己的立場[86]。

(二) 劉熙載

> 詞尚清空妥溜，昔人已言之矣。惟須妥溜中有奇創，清空中有沉厚，才見本領。

> 黃魯直跋東坡〈卜算子〉「缺月掛疏桐」一闋云：「語意高妙，似非喫煙火食人語，非胸中有萬卷書，筆下無一點塵俗氣，孰能至此。」余案：詞之大要，不外厚而清。厚，包諸所有；清，空諸所有也。（《詞概》）[87]

劉熙載最賞東坡、白石、玉田諸家，《詞概》中許多論點很顯然是據《詞源》而發揮的[88]。以上兩則是其對清空說的補充意見，大體上也延續了孫麟趾的基本觀念：塡詞若只求字面空靈，卻不從蘊蓄內在涵養出發，便容易造成空疏淺薄之病，

---

[86] 見《詞話叢編》，頁2552、2556。

[87] 見《詞話叢編》，頁3706-3707。

[88] 劉熙載謂東坡詞「頗似老杜詩，以無意不可入，無事不可言也」，「東坡詞具神仙出世之姿」；謂白石詞「幽韻冷香，令人挹之無盡，擬諸形容，在樂則琴，在花則梅也」；謂玉田詞「清遠蘊藉，悽愴纏綿，大段瓣香白石，亦未嘗不轉益多師」；對蘇、姜、張三家皆有頗高的評價。《詞概》論詞法頗多引述《詞源》、《詞旨》的意見，見《詞話叢編》，頁3698、3700-3703、3708。

所以清必以厚爲其基礎，也只有蘊藉的空靈，才是眞正的清空妙境。劉熙載評詞頗注重人品學養與詞格的關係，嘗曰：「詞進而人亦進，其詞可爲也。……詞家縠到名教之中，自有樂地，儒雅之內，自有風流，斯不患其人之退也夫。[89]」經過學問修養，「胸中有萬卷書」，發而爲文，詞就能厚。但詞中這種沉厚之感卻非凝定可指實的，藉著「筆下無一點塵俗氣」的巧妙手法，使詞能臻清境，「空諸所有」，詞便有無限的想像空間。劉熙載的理想詞境是這樣的：「詞也者，言有盡而音意無窮也」；「司空表聖云：『梅止於酸，鹽止於鹹，而美在酸鹹之外。』嚴滄浪云：『妙處透徹玲瓏，不可湊泊，如水中之月，鏡中之象。』此皆論詩也。詞亦以得此境爲超詣」。[90] 這種不落言詮、不著色相而又寓有無限深意的詞境，其實與張炎所體驗的清空騷雅之境有何差異？

(三) 謝章鋌

> 今之爲此者，動曰吾瓣香姜、史也，然〈暗香〉、〈疏影〉之篇，「軟語商量」之句，豈二公搜索枯腸，獨無一二冷典，乃賦空而不爲徵實哉。蓋詞貴清空，宋賢名訓也。（《賭棋山莊詞話》卷九）

> 然詞貴清空，意欲清，氣欲空；太鍊則傷氣，太鬱則傷意。（（《賭棋山莊詞話續編》三）

> 夫詞欲清空，忌填實。清空生於靜，靜則心妙，其寄意

---

89 見《詞概》，《詞話叢編》，頁3711。
90 同上，頁3687、3708。

也微，其託興也孤。（〈抱山樓詞序〉）[91]

　　謝章鋌對浙派末學詞弊知之甚深，責之也切，嘗稱之曰
「餖飣」派，認為他們的通病乃「在局於姜史，斤斤字句氣體
之間」，「挹流忘源，棄實佩華」，只求故實之鋪張臚列，
「不攻意，不治氣，不立格」，遂湮沒了「詞之真種子」[92]。
謝章鋌治詞的態度是：不以浙西末流之失而掩朱、厲的振衰之
功，也不因盛讚常派張氏詞學而忘其偏失處，頗能實事求是，
有自己的看法[93]。謝章鋌詞學是以詩詞同源、皆道性情這一點
為其基本信念，遙契了南宋王灼的主張[94]。因此，他特重詞的
氣格和寄意，甚能體會詞貴清空的意義。謝章鋌首先指出宋賢
並非不徵引故實，但他們能以清氣貫篇，此與近人憑空堆積
而顯得瑣碎單薄者不同。吳衡照《蓮子居詞話》說：「詞忌
堆積，堆積近縟，縟則傷意；詞忌雕琢，雕琢近澀，澀則傷
氣。[95]」詞若鍛鍊太過，便會傷及文氣文意之流動與傳達，這
在謝章鋌看來更會有損清空之詞質。張炎所立的清空說，誠如
前面所述，乃指形式上的一種文辭勢態，而謝章鋌則兼言意立
論，清、空分別敘說，謂「意欲清，氣欲空」，如何使意氣清
空，其實又關涉文字修辭，所以說「太鍊則傷氣，太鬱則傷
意」，而遣詞運意上太過繁縟鬱澀，就不容易表達深情遠韻，
故云「詞欲清空，忌填實」。謝章鋌的清空說更貫通了內外立
說，他指出清空緣於詞人內在的一種靜的狀態，如是心便有無

---

[91] 見《詞話叢編》，頁3444、3523；《賭棋山莊集》，清光緒十年毅盫刊本，卷五，
　　頁11-12。
[92] 見〈張惠言詞選跋〉，《賭棋山莊集》，卷二，頁7。
[93] 詳高建中〈自具面目的謝章鋌詞論〉，華東師範大學中文系編《詞學論稿》（上
　　海：華東師範大學出版社，1986），頁340-356。
[94] 詳第三節。
[95] 見《蓮子居詞話》卷一，《詞話叢編》，頁2403。

限妙用，而藉著空疏淡遠的文筆傳達出幽微的意興，便是詞之清空妙境。言爲心聲，謝章鋌本來就著重詞中的眞性情、眞胸襟，重視詞意寄託，他論清空自然會歸結到人格修養，而其以意氣爲說，當然也有其補弊救偏的用心在。

(四) 沈祥龍

> 詞宜清空，然須才華富，藻采縟，而能清空一氣者爲貴。清者不染塵埃之謂，空者不著色相之謂。清則麗，空則靈，如月之曙，如氣之秋。表聖品詩，可移之詞。

> 詞得屈子之纏綿悱惻，又須得莊子之超曠空靈。蓋莊子之文，純是寄言。詞能寄言，則如鏡中花，如水中月，有神無跡，色相俱空，此惟在妙悟而已。嚴滄浪云：惟悟乃爲當行，乃爲本色。

> 詞不尚鋪敘而事理自明，不尚議論而情理自見，其間全賴一清字。骨理清，體格清，辭意清，更出以風流蘊藉之筆，則善矣。

> 詞當於空處起步，閒處著想。空則不占實位，而實意自籠住。閒則不犯正位，而正意自顯出。若開口便實便正，神味索然矣。（《論詞隨筆》）[96]

沈祥龍論詞，主寄託，貴騷雅，以含蓄自然爲尙，是常派一般的主張。然其談詞章脈絡之貫串，說虛字之妙用，乃沿

---

96 見《詞話叢編》，頁4054、4048、4054、4055。

襲《詞源》的論點[97]，而其對清空說的詮釋更本張炎而有所發明。劉熙載謂詞境以得司空圖、嚴羽品詩之境為超詣，並未說此蓋清空妙境，而沈祥龍則直接加以比附，為張炎所謂「如野雲孤飛，去留無跡」的清空說作了最佳注腳。藉清空的筆調傳言外之意，將形跡泯滅，意義在有無之間，這是詩、文、詞的高境。如何使詞臻清空，沈氏的意見是：一、必須以「才華富，藻采縟」為基礎，不然便容易流於淺薄空疏，這是清人主清空說的普遍看法；二、在構思命意時，「當於空處起步，閒處著想」，留有空間，讓詞意自然蘊蓄呈現；三、用辭構體，在骨理神氣中，須以清氣貫串，出之以風流蘊藉之筆，擺落煩瑣拖沓。沈祥龍說：「詞得屈子之纏綿悱惻，又須得莊子之超曠空靈」，兼就言意論詞，又正是張炎「不惟清空，又且騷雅」的理想風格之意。

(五) 鄭文焯

> 若詞之大旨，伯時、叔夏因擇精語詳，不復詞費。總之，體尚清空，則藻不虛綺；語必妥溜，斯文無撮囊。（〈與張孟劬書〉）

> 詞原於比興，體貴清空，奚取典博。（〈清眞詞校後錄要〉）

> 詞意固宜清空，而舉典尤忌冷僻。夢窗詞高儁處固足矯一時放浪通脫之弊，而晦澀終不免焉。（〈夢窗詞跋〉）

---

[97] 參考《詞話叢編》頁4050、4052載〈長調作法〉、〈詞中虛字〉、〈詞貴鍊字〉等則，其看法與張炎大致相符。換言之，《論詞隨筆》之部分內容或可視作《詞源》之補充發明。

詞之難工，以屬事遣詞，純以清空出之。務爲典博，則傷質實，多著才語，又近昌狂。至一切隱僻怪誕、禪縛窮苦、放浪通脫之言，皆不得著一字，類詩之有禁體。然屏除諸弊，又易失之空疏，動輒踷踖。或於聲調未有吟安，則拌舍好句，或於語句自知落韻，則俯就庸音，此詞之所爲難工也。而律呂之幾微出入，猶爲別墨焉。所貴清空者，曰骨氣而已。其實經史百家，悉在鎔鍊中，而出以高澹，故能騷雅，淵淵乎文有其質。（〈與張孟劬書〉）[98]

鄭文焯爲詞「入手即愛白石騷雅」，晚崇周柳，賞其高健空靈，蒼茫渾涵，而又寄託要眇，更「讀東坡先生詞，於氣韻格律，并有悟到空靈妙境」，頗能打破門戶界限，轉益多師，而「力求疏澹」則是他填詞之宗旨[99]。鄭文焯甚推崇張炎詞法，尤服膺「詞要清空，不要質實」之說，所謂「體尚清空」、「語必妥溜」，就是他對詞體在修辭形貌上的基本要求，而其所闡述的清空說最能切近張炎的原意。他明白指出清空是透過「屬事遣詞」所呈現的一種體勢，詞能清空，語必妥溜，且有高澹、高健之態，稱曰「骨氣」，那是一種鎔鍊了經史百家、以學爲根柢而能振起的筆力，使「藻不虛綺」、「文無撮囊」，既無空疏之失，又不陷於踷踖，擺落了各種隱怪禪

---

[98] 見吳則虞校《清眞集》（臺北：木鐸出版社，1982）所附〈參考資料〉，頁132；〈大鶴山人詞集跋尾〉，《詞話叢編》，頁4335-4336；葉恭綽輯〈鄭大鶴先生論詞手簡〉，《詞話叢編》，頁4330-4331。

[99] 鄭文焯〈與張孟劬書〉云：「爲詞實自丙戌歲始，入手即愛白石騷雅，勤學十年，乃悟清眞之高妙。」又〈與夏映盦書〉云：「北宋詞之深美，其高健在骨，空靈在神，而意內言外，仍出以幽窈詠歎之情，故耆卿美成，並以蒼渾造峀，莫究其託諭之旨，卒令人讀之歌哭出地，如怨如慕，可興可觀……。」又〈與張孟劬書〉云：「凡爲文章，無論詞賦詩文，不可立宗派，卻不可偭體裁。」按：〈與張孟劬書〉，見《詞話叢編》頁4331、4332；〈與夏映盦書〉，見《詞話叢編》頁4342；所引東坡評語，見〈大鶴山人詞話〉，載《詞話叢編》頁4323。

窮之語，自有高曠的精神。骨氣二字，是了解清空之關鍵字眼。前面沈祥龍所說的「骨理清、體格清」，就是說骨氣事。詞有此文骨氣體，就有張炎所說的「古雅峭拔」之姿。這種筆調，與原於比興的騷雅詞意配合，遂「淵淵乎文有其質」，是理想的詞境；用張炎的話說，「讀之使人神觀飛越」。清末詞壇學夢窗之風甚盛，鄭文焯深知其利弊得失。詞之晦澀質實，乃務為典博、好用冷僻典故所致。鄭氏對「質實」的定義，也是從詞的字面形式著眼，語帶否定，顯係「清空」的反面效果，二者的美學層次不同。這看法異於常派一般的論調，卻深得玉田之旨。

綜合來看，清代詞論中的清空說，大致不離張炎的本意，不過由於詞學問題的刺激、派系思想的激盪，對清空之美便有更深廣的體察。歸納上述諸家的意見，主要是源於下列的三個問題意識，為清空說作了新的解說：

一、如何確保清空之美質而不致於膚淺滑易？清代主清空說的學者，多主張清空必以深厚的學問、沉摯的情思為基礎，認為要在蘊藉渾成中顯出超脫高曠的氣格者，才是清空的妙境。這看法大抵是為治浙派末學宗姜張之清而流於空疏餖飣之病而起。值得注意的是，這些詞學家一則推崇張炎的詞法，對清空說深加折服，但在尊體觀念上，對詞意詞情的看法或多或少都受到了常派詞學的影響，重視詞的比興寄託，因此在修辭形貌方面遂鼓吹以清空為尚，而在詞的情意內容方面則要求蘊含深摯的韻味，並建立他們清空出於渾厚的詞學主張。其實，張炎的提法，所謂「不惟清空，又且騷雅」，所謂「清空中有意趣」，本兼重形質，不過他並未就二者的關係再作論析，而這卻是清人思索的重點。

二、如何臻得清空妙遠之境？張炎說「詞要清空」，卻不

曾明白揭示清空之成因，而清人探得的結果是：品格、學識與悟性皆是重要的因素，惟在創作時必須空諸一切，在靜的狀態下，心妙而意遠，處虛行氣，出筆既疏且清，而後有此佳境。總之，鍊筆鍊心，是化解文字蔽障而能清空一氣以臻高境的重要法門。清人的體會頗深切，可補《詞源》之缺漏。

　　三、清空之境究竟是怎樣的一種詞境？張炎《詞源》只有很簡單的描述，而清人詞論中對清空之境的敘說，卻頗花筆墨形容，其中有兩點意見值得參考：一是鄭文焯所說的「所貴清空者，曰骨氣而已」。骨氣，是指由字辭、章法、語氣所架構出來的一種筆勢，它內含支撐振起之力，藉此能展現作品精神[100]，這很可以解釋張炎「古雅峭拔」之意，頗有畫龍點睛之效。一是沈祥龍等人的契會，他們由詞之清空，聯想到詩學中司空圖、嚴羽的性靈妙悟之說，甚至莊子的文風，這對我們了解清空一境的體貌甚有幫助。不過要注意的是，所謂性靈、妙悟的詩境，是包涵言意兩邊說的，是一種空靈超脫、言有盡而意無窮的妙境，在詞裡惟如張炎理想中的「清空」、「騷雅」或「清空」、「意趣」兼具的詞境或可相稱。由此看來，清人使用「清空」一辭，或僅指修辭形貌方面的特色，有時又從詞的整體風格著眼，意義並不一致。就後者的觀點看，詞的內容與形式本來渾然一體、無跡可尋，不過為分析方便，借整體以了解部分，這對我們掌握清空的文筆體勢，是頗有啓發作用的。

---

[100] 廖蔚卿〈風骨論〉云：「所謂骨，是作品在形式方面文辭的有力的表現，它依賴於酌理修辭的技巧。」見《六朝文論》（臺北：聯經出版事業公司，1978），頁72。此處略本其說。

二、近現代學者的解說

近現代詞學中有關清空說的詮釋，大體延續清人討論的面向，主要是談清空的特色及其形成的因素。我們可以借劉永濟和夏承燾這兩家論辯較精采、影響頗深遠的說法作引子，將其餘各家的零散意見歸納整理，分本體論、方法論兩方面加以介紹。

(一) 清空說的本體論──由劉永濟談起

> 清空、質實之辨，不出意、辭之間。蓋作者不能不有意，而達意不能不鑄辭，及其蔽也，或意遒而辭不逮焉，或辭工而意不見焉。……必也意足以舉其辭，辭足以達其意，辭意之間，有相得之美，無兩傷之失。

> 又按清空云者，詞意渾脫超妙，看似平淡，而意蘊無盡，不可指實。其源蓋出於楚人之騷，其法蓋由於詩人之興，作者以善覺、善感之才，遇可感、可覺之境，於是觸物類情而發於不自覺者也。惟其如此，故往往因小可以見大，即近可以明遠。其超妙，其渾脫，皆未易以知識得，尤未易以言語道，是以性靈之領會而已。嚴滄浪所謂「水中之月，鏡中之象」是也。然則清空之論，豈非詞家不易之理乎。苟非玉田之深於詞學，孰能指出？特學之者造詣未到，於此中甘苦疾徐之間有所未嘗，而高語清空，則未能無病。

> 按文家造詣，略有三境：其初純任性靈，彌見聰慧，其長處有非專恃學力者所能及，其弊也則或入纖巧而傷

格；及年事日增，學力日進，其長處則組織工鍊，詞藻富麗，而弊在質實而傷氣；惟有性靈而不流於纖巧，有學力而不入於質實，以學力輔性靈，以性靈運學力，天人俱至，自造神奇之境，斯爲最上，斯爲成就。（劉永濟《詞論》）[101]

　　劉永濟分析清空之意旨，論其成因，頗確切詳明。按照他的看法，清空乃指一種辭意相得、學力性靈兼具而渾脫超妙之境，這可以說是有清以來的總結性的看法。民國以來的學者，普遍都以清空爲詞的一種意境，很少單純的視之爲一種文筆勢態，而事實上，辭以達意，意以舉辭，兩臻空妙，便不容易區分，因此將「清空」界定爲一整體呈現的風格特色，言意包舉，乃自然的趨勢。這種意境，常被指認爲與傳統文化中受道家、禪宗所影響的空靈之美學理念是相通的[102]。如此，清空既有其深厚的文化美學基礎，有無限妙用，則「詞要清空」，自是「詞家不易之理」。這是對清空之爲美的一種肯定的看法。此外，亦有就其偏失而略有批評者，也有受意識型態影響而持否定態度者；兩者主要是針對白石詞風立說。

　　首先，我們檢討前者的意見。蔡嵩雲《樂府指迷箋釋》於「姜白石清勁知音，亦未免有生硬處」句下注引諸家詞評後，

---

[101] 見《詞論》（臺北：龍田出版社，1982），頁65、66、77。

[102] 劉大杰《中國文學發達史》云：「清空是張炎提出來的詞的最高境界。……他所說的清空，就是空靈神韻，同嚴羽論詩的意見相同」（臺北：中華書局，1978，頁649）；邱世友〈張炎論詞的清空〉一文更進一步說：「玉田評白石詞清空騷雅，如『野雲孤飛，去留無跡』。前句喻其清峻拔俗，後句喻其空靈瀟宕，二者又是不可分地構成白石意境風格完整性的特點，與『不著一字，盡得風流』同爲妙喻，又不失『萬取一收』、『返虛入渾』的品格。因此，有其藝術的普遍性和持久性。詞能『萬取』，清空便不流於浮滑；『返虛』，清空才渾化不質實。而『三十六輻爲一轂，當其無有，車之用』，這種虛實統一又是『野雲孤飛』的清空的美學基礎。」（見《文學評論》〔北京：中國社會科學出版社〕1990年第1期，頁157。）

說：「按清空言詞之境界，清超言詞之句法，清勁、清剛俱言詞之氣骨。白石詞一洗側豔軟媚之容、豪邁粗疏之習，而字字騷雅，絕無浮煙浪墨繞其筆端。詞清如許，前所未有，允爲開派名家。[103]」蔡嵩雲沒有爲「境界」下明確的定義，不過就以上所述，詞有清空之境界，是必有清超之句法、清勁之氣骨。釋清空爲詞的一種境界，是頗特別的說法。不過，如以王國維《人間詞話》中「境界」一辭相較，涵意顯然稍有不同。王國維所謂的境界，是指能以鮮明眞切的手法表達眞切自然的感受，且富於興發感動之作用者[104]。王國維評白石詞曰「有格而無情」，所謂格是指一種高格響調，用王國維的說法，就是一種如「王無功稱薛收賦『韻趣高奇，詞意晦遠，嵯峨蕭瑟，眞不可言』」的氣象[105]，這種氣象略似我們所體認的清空之境，也大概是蔡嵩雲所說的「境界」之意。後來像繆鉞、葉嘉瑩等家推衍王國維境界說，認爲白石以江西詩入詞，過於用精思以求避平俗而爲清空，情不黏滯，境求高遠，「亦未免有生硬處」[106]；此蓋「有格無情」之謂也。劉熙載《藝概》嘗評江西詩曰：「宋西江名家學杜，幾於瘦勁通神，然於水深林茂之氣象則遠矣。」[107]繆鉞以爲姜詞亦有類似情況[108]。然則，宋詩主理，清勁簡遠，容易給人寡情乏韻之感，而詞以詩法爲之，唯求清空，卻難免瘦硬，乃至情思淡薄，蘊涵的感發力量不夠深濃，此亦尙清空者所不可不注意者也。

---

103 見夏承燾校注、蔡嵩雲箋釋《詞源注‧樂府指迷箋釋》（臺北：木鐸出版社，1982），頁49。
104 此據葉嘉瑩之界說，見葉著〈對「境界」一辭之義界之探討〉，《王國維及其文學批評》（香港：中華書局，1980），頁212-226。
105 見《人間詞話》，《詞話叢編》，頁4246。
106 見繆鉞〈論姜夔詞〉，《靈谿詞說》，頁454。
107 見〈詩概〉，《藝概》（臺北：廣文書局，1980），卷二，頁11。
108 同注106，頁458-459。

夏承燾對張炎清空說頗多批評，曾為文指出它的三大缺點：一、張炎對清空的要求，只是屬辭疏快、融化典故等，離不了文字形式；二、「清空」一辭不能概括姜詞的整體風格特色；三、清空之說，易為空洞無實的作品所借口，改「婉約」而倡「清空」，又拉遠了「豪放」、「婉約」兩派的距離，「因為蘇、辛豪放派諸作家，還作了許多近乎婉約的作品，若拿清空這標準來要求他們，就更格格不入了」[109]。這些看法，甚有影響，像郭紹虞等家便多加採用[110]，不過，此說頗有可商處，須加辨正。夏承燾不滿張炎的詞學主張，有其歷史背景，本來在早期受意識型態左右的學術環境裡，婉約派詞或詞論（尤其是南宋典雅派）普遍都被打入形式主義的框框，備受批判，自然很難要求他們對清空說產生的歷史條件及其美學意義，有深入而同情的了解。白石詞在南宋典雅派中確實以有清空之筆調名家，且影響甚大；張炎瓣香白石，為匡時救弊，主清空而美白石，當然與其個人偏好有關，也是論詞策略上之需要，他所界定的清空就是指一種清淡古雅、空靈疏快的詞筆，根本並未以之統括白石詞風，要了解張炎對姜詞整體風格的看法，必須就《詞源》評白石的所有資料歸納整理以求得。夏承燾的指責，毫無意義。至於第三點似是而非之見的問題癥結是：不明「清空」的意旨，混淆了其與「豪放」、「婉約」的層次。「清空」的筆勢可於「豪放」之作見之，亦可出自「婉約」詞體，此所以張炎既崇白石又愛東坡也。另一點更要指出的是，典雅含蓄是張炎論詞的基本主張，他最反對的是鄙

---

[109] 見〈讀張炎詞源〉，《月輪山詞論集》（北京：中華書局，1979），頁134-140。另參夏承燾〈詞源注‧前言〉，《詞源注》，頁6；〈論姜白石的詞風〉，《姜白石詞編年箋校》（臺北：中華書局，1967），頁8-9。

[110] 詳郭紹虞、王文生編，《中國歷代文論選》（上海古籍出版社，1982），第二冊，頁472；楊麗珠〈清初浙派詞論研究〉，《國立臺灣師範大學國文研究所集刊》第28號，頁1145。

俗的纏令之作和叫囂的豪氣之詞；謂其改婉約而倡清空，毫無
道理。最近幾年，大陸學者普遍修正了對南宋典雅派詞及詞論
的偏頗的看法，有關清空的討論也頗能撇開意識型態的困擾，
不過，大體而言，他們對清空之本體的認識，雖不致有太大的
偏失，卻又再無更多更新的看法，為省篇幅，略而不論[111]。

(二) 清空說的方法論──由夏承燾談起

> 清空與質實相對而言，張炎舉出姜夔、吳文英兩家詞作
> 具體對比。大抵張炎所謂清空的詞是要能攝取事物的神
> 理而遺其外貌；質實的詞是寫得典雅奧博，但過於膠著
> 於所寫的對象，顯得板滯。（夏承燾《詞源注》）[112]

　　如何有清空之筆？夏承燾對張炎清空說的整體理論略有微
辭，他的指責，雖嫌皮相，不甚愜人意，但他這裡解釋清空
之筆勢，卻頗中肯綮。將清空、質實作對比，釋為兩種文筆的
優劣勢態，是符合《詞源》本意的。張炎謂詠物要做到「所詠
瞭然在目，且不留滯於物」為佳，夏氏所謂取神遺貌正是最佳
注腳。繆鉞嘗評白石詠物詞，「非從實際上寫其形態，乃從空
靈中攝其神理，換言之，白石詞中所寫之梅與蓮，非常人所見
之梅與蓮，乃白石於梅與蓮之中攝取其特性，而又以自己的個
性融透於其中，謂其寫梅與蓮可，謂其借梅與蓮以寫自己之襟

---

111 請參劉慶雲〈詞話中的幾個審美範疇述評〉，《湘潭大學學報》1985年第1期，頁
124-129、136；鄧喬彬〈論姜夔詞的清空〉，載華東師範大學中文系編《詞學論
稿》（上海：華東師範大學出版社，1986），頁223-241；陳曉芬〈張炎清空說的
美學意義〉，《古代文學理論研究》第13輯（上海古籍出版社，1988），頁210-
219；邱世友〈張炎論詞的清空〉，《文學評論》1990年第1期，頁157-158；吳調
公〈說清空〉，載佚名編《詩文鑑賞方法二十講》（臺北：木鐸出版社，1987），
頁122-128。

112 同注103，頁16。

懷亦無不可，故意境深遠，不同於泛泛寫物之什。[113]」這裡雖未明言此即清空之境，但已把取神遺貌的特質描寫得甚深細透徹，而且進一步的提出了融情入景、物我兩忘的詠物要旨。所謂遺貌取神，又不限於詠物而已，如寫情而不膩於情，做到「情景交鍊，得言外意」（《詞源‧離情》），也能使詞臻清空妙境。

葉嘉瑩承夏、繆二先生之說，論析姜詞之所以有「清」之特質的緣故，圍繞著創作技巧層面提出三點意見，頗值得參考。葉先生以為：第一、就寫作方式言，姜夔詠物詞中的物，往往只是其一己觀念中某些時空交錯之情事中的一些提醒和點染的媒介，故寫物而不沾滯於物；第二、就選用字面言，姜詞字字騷雅，故能清而無鄙俗之氣；第三、就句法章法言，姜夔往往不做平直之敘述，而常在寫物與言情之際為跳宕之承接，所以予人一種迥出流俗的清勁之感；總之，這些特質之形成，蓋出於精思之安排[114]。又鄧喬彬說，姜夔的清空是「以相避的筆法，以用虛求情景相間，在欲擒故縱，宕開復回之中，有疾有徐，潔而不膩，顯得官止神行，虛靈無滓」[115]。這些看法，連同由宋迄清諸家所論的如活用虛字、用典自然及行虛使氣等主張，頗能把握填詞入清空之境的重要法門。不過，這些方面只著重創作技巧的學習功夫問題，猶不足以言清空，因為詞能清空，還須靠情思才氣的融化妙悟之功。繆鉞也曾注意及此，他以為白石於花中所以最愛其品最清、其格最勁的梅與蓮，是因為二花能象徵其為人，由此遂得出「白石之詞格清

---

[113] 見繆鉞〈姜白石之文學批評〉，《詩詞散論》（臺北：開明書店，1977），頁98-99。

[114] 見〈論吳文英詞〉，《靈溪詞說》（上海：上海古籍出版社，1987），頁494-496。

[115] 見〈論姜夔詞的清空〉，《詞學論稿》，頁231。

勁，亦可謂即其性格之表現也」的結論[116]，這正遙契了孫麟趾「人之品格高者出筆必清」之說。由來有關清空詞風與作者性情之間的關係，只如上述諸家那樣點到即止，從未就養氣以傳神、修心以鍊筆而臻清空的創作過程作具體深入的分析，這點缺失，猶待後來詞學家補充發揮。

第五節　由張炎的質實說到常派的主實論

《詞源》所說的「質實」，是指在修辭形貌上相對於「清空」的一種詞弊，它往往是由於堆垛實字、辭句過於研鍊所致，有文氣不疏暢、片段不成文、晦澀難懂等種種弊端。張炎舉夢窗為質實之代表作家，並評其詞曰「如七寶樓臺，眩人眼目，碎拆下來，不成片段」。這段話影響甚大，亦備受爭議。由來惡夢窗者，必多加引用，而愛夢窗者，則亟力反駁，在清代更形成浙常兩派對立的局面，各有其理論依據。張炎認為夢窗疏快的詞，「集中尚有，惜不多耳」，則意謂夢窗集中多為質實之作，而質實既被張炎界定為一種詞弊，這對擁護夢窗詞的常派詞學家來說，便形成一個挑戰，他們絕不能只停留在叫囂責罵，必須在質疑張炎的說法之餘，真正發掘出夢窗詞的美感特質，建立一套周延的理論，才能破《詞源》之說，以抗衡浙派，為自己的派系穩立基礎。

晚清及其後的詞論中所賦予之「質實」的意涵往往異於張炎本意。蔣兆蘭〈替竹庵詞序〉云：「即言與律俱順矣，而氣體之間，抑尤有難者。夫清空而流為剽滑，質實而入於晦澀，又病也。[117]」此將「清空」、「質實」對舉，視為「氣體」

---

[116] 同注113。
[117] 引自劉慶雲編著《詞話十論》（長沙：岳麓書社，1990），頁197。

的兩種表現，或係針對浙常各自的弊病而發。又陳銳《裏碧齋詞話》曰：「詞貴清空，尤貴質實。」亦云「白石擬稼軒之豪快而結體於虛，夢窗變美成之面貌而鍊響於實。[118]」這裡已明顯地將「清空」、「質實」對等看待，至於「清空—質實」與「虛—實」是否等同的概念，陳銳沒有說明。趙尊嶽〈金荃玉屑〉說：「言景質實，言情清空者，初乘也。言景清空，言情質實者，中乘也。清空質實，蘊之於字裡行間，而不見諸文字者，更上乘也。并二者而超空之，言景而不嫌其實，言情不嫌其空，所語不在情景，而實含二者於一體，最上乘也。[119]」此處不惟「清空」、「質實」並重，更巧妙地將其與「空」、「實」這兩個概念劃上了等號。上引諸家皆從正面的意義說「質實」，而無論有否明說，他們所謂的「質實」其實皆可從「實」的概念來了解。論詞主實，是常派一貫的論調。常派詞學家幾乎都為夢窗詞辯護，而他們也一再使用「實」這一字眼或相關的概念論吳詞之特質，其所賦予的意義與張炎的質實說顯然不同。就夢窗詞來說，其評價之高低，正由宋代的張炎到清代的常派作了一大轉變；而否定與肯定之間，由「質實」到「實」，其間的意涵有了怎樣的變化，是我們關心的重點，這方面又必須從奠立常派基礎的周濟說起。

　　浙派主清，宗姜張，周濟承張惠言詞學，更明確地提出主實之論，倡夢窗詞，直接反擊浙派的理論依據——張炎的學說。這種以夢窗為宗的主實論，是後來常派的基本論調。周濟曰：

　　　　初學詞求空，空則靈氣往來。既成格調求實，實則精力

---

[118] 見《詞話叢編》，頁4206、4200。
[119] 見《同聲月刊》第一卷第三號，頁48-49。此段話後來也收在氏著《填詞叢話》卷一中，文字略有修改，見華東師範大學中文系編《詞學》第三輯（上海：華東師範大學出版社，1985），頁173。

彌滿。初學詞求有寄託,有寄託則表裡相宣,斐然成章。既成格調求無寄託,無寄託則指事類情,仁者見仁,知者見知。北宋詞,下者在南宋下,以其不能空,且不知寄託也;高者在南宋上,以其能實,且能無寄託也。南宋則下不犯北宋拙率之病,高不到北宋渾涵之詣。

夢窗每於空際轉身,非具大神力不能。夢窗非無生澀處,總勝空滑。況其佳者,天光雲影,搖蕩綠波,撫玩無斁,追尋已遠。君特意思甚感慨,而寄情閒散,使人不易測其中之所有。(以上《介存齋論詞雜著》)

夢窗奇思壯采,騰天潛淵,返南宋之清泚,爲北宋之穠摯。(《宋四家詞選目錄序論》)[120]

周濟的「空」、「實」之說,是配合他所主張的由南入北的學詞門徑而提出的。爲方便討論,我們首先將他所提的幾個概念排比整理如下:

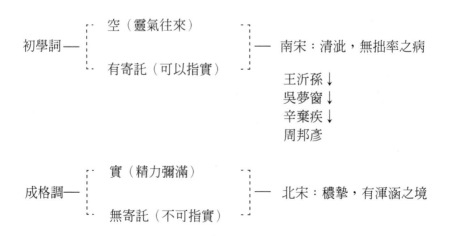

[120] 見《詞話叢編》,頁1630、1633、1643。

據上表，便會發現，周濟所謂的「實」與張炎所謂的「質實」，意義層次大不相同。我們可分三方面來說明：一、張炎的清空質實說基本上是因南宋姜吳兩家詞風而起，周濟提出空實之說則主要是以此判分南北宋詞的特質。二、張炎貴清空而斥質實，二者優劣判然，並非對等的美學術語，但「空」與「實」卻是同一層次上相對的美學概念，周濟雖以實爲高，那祇是個人品味而已。三、就實際內容言，「質實」是指文辭上膠著板滯、晦澀曖昧的一種詞筆，「實」則是「既成格調」後在言意上的一種凝重渾厚的要求，有「精力彌滿」之感；以「質實」與「實」相對來看，前者有負面意義，作詞須力求避免，而後者卻賦予了正面的意涵，是填詞者所欲追求的一種美感特質，這是張炎與周濟二家論實之說的最大分野。後來的常派詞學家就美的層面所言之「質實」，其意涵大抵與周濟所說的「實」無異，已非張炎之本意。而事實上，常派詞學中所謂的「沉鬱」、「厚」、「重」、「留」等概念，正與周濟所提出的「實」的意涵相通，這可從各家對夢窗詞一致推崇的評語中互爲呼應這一點上獲得證明。

夢窗詞地位之提昇，周濟是一大功臣。周濟大體上仍承浙派之說，以爲南宋詞之佳處在空而有寄託、在清泚，不過他更推許北宋之實而無寄託、能機摯之詞風，而在此理論架構中，如何安排原被張炎貶抑的南宋辛、吳二家而不破壞其南北宋詞的基本界域？周濟巧妙地說：「稼軒由北開南，夢窗由南追北，是詞家轉境」（《宋四家詞選目錄序論》），謂稼軒開姜張疏宕之風，夢窗傳美成密麗之法，這無疑地彰顯了兩家在南北宋「空」、「實」二種詞風之承傳關係中的樞紐地位。周濟對夢窗詞的評價甚高，歸納其意見，主要有三個重點：首先，夢窗沉摯厚實之風是矯治當時空滑之弊的良方，不能因其偶失於生

澀而一筆抹煞其優勝處;再者,夢窗詞能「返南宋之清泚,爲北宋之穠摯」,而北宋詞之絕妙處是能實且能無寄託,有渾函之詣,則夢窗詞之佳者是必有此特色,所謂「天光雲影,搖蕩綠波,撫玩無斁,追尋已遠」,所謂「意思甚感慨,而寄情閑散,使人不易測其中之所有」,夢窗詞所以耐人尋味,必須由此了解;復次,夢窗詞的運筆非如一般求疏朗暢快者之理路明晰,而是一種鬱結盤旋的表現,是「精力彌滿」、「具大神力」而能有的轉折氣勢,故別具精神又不易捉摸,此之謂「空際轉身」、「騰天潛淵」。周濟的見解,相當獨到,後來諸家有關夢窗詞的體認,大抵不出上述幾個要點。我們只要檢視幾家意見,便可了然:

> 夢窗……以綿麗爲尚,運意深遠,用筆幽邃,鍊字鍊句,迥不猶人,貌視之雕繪滿眼,而實有靈氣行乎其間。(戈載《宋七家詞選》)[121]

> 夢窗之詞麗而則,幽邃而綿密,脈絡井井,而卒焉不能得其端。(馮煦《蒿庵論詞》)[122]

> 夢窗長處,正在超逸之中見沉鬱之意。

> 夢窗精於造句,超逸處,則仙骨珊珊,洗脫凡豔;幽索處,則孤懷耿耿,別締古歡。(陳廷焯《白雨齋詞話》)[123]

> 近人學夢窗,輒從密處入手。夢窗密處,能令無數麗

---

[121] 見《宋七家詞選》(臺北:河洛圖書出版社,1978),卷四,頁38。
[122] 見《詞話叢編》,頁2594。
[123] 見屈興國校注《白雨齋詞話足本校注》(濟南,齊魯書社,1983),頁145、151。

字，一一生動飛舞，如萬花爲春，非若雕瓊蹙繡，毫無生氣也。如何能運動無數麗字？恃聰明，尤恃魄力。如何能有魄力？唯厚乃有魄力。夢窗密處易學，厚處難學。

重者，沉著之謂，在氣格，不在字句，於夢窗詞中，庶幾見之。即其芬菲鏗麗之作，中間雋句麗字，莫不有沉摯之思，灝瀚之氣，挾以流轉。令人玩索而不能盡，則其中之所以存者厚。沉著者，厚之發見於外者也。（況周頤《蕙風詞話》）[124]

以澀求夢窗，不如以留求夢窗。見爲澀者，以用事下語處求之；見爲留者，以命意運筆中得之也。

夢窗神力獨運，飛沉起伏，實處皆空。（陳洵《海綃說詞》）[125]

世人病夢窗之澀，予不謂然。蓋澀由氣滯，夢窗之氣，深入骨裡，彌滿行間，沉著而不浮，凝聚而不散，深厚而不淺薄，絕無絲毫滯相，淺嘗者或未之知耳。但必有夢窗之氣，而後可以不澀。

細讀夢窗各詞，雖不著一虛字，而潛氣內轉，蕩氣回腸，均在無虛字句中，亦絢爛，亦奧折，絕無堆垛餖飣之弊。（陳匡石《舊時月色齋詞譚》）[126]

---

[124] 見《詞話叢編》，頁4447。
[125] 見《詞話叢編》，頁4841。
[126] 引自《白雨齋詞話足本校注》頁147、148〈注〉。

晚清以來對夢窗詞之特質的基本看法是：有厚重沉著之感，而在沉厚中自有超逸之氣。夢窗詞之實之厚如何形成？他們認爲：不在字句間、用事下語處求得，而須在氣格中蘊蓄沉著渾厚的精神，命意運筆鉤勒盤鬱，表現一種「留」的意態，章法奧折綿密，字句絢爛典麗，表面雖疊用實字，卻無堆垛餖飣之病，因其行氣「深入骨裡，彌滿行間」，故「沉著而不浮，凝聚而不散，深厚而不淺薄」。這種用「潛氣內轉」之法而在詞的內裡形成了一種沉鬱的魄力，能突破文字表層的艱澀，呈現飛揚振拔的神致，能蕩氣回腸。那是一種迂迴深隱的特質，須細加品味才益覺其美，不同於清空之即然可予人神觀飛越之快感。陳洵說「夢窗神力獨運，飛沉起伏，實處皆空」，最能形容夢窗詞之結合了沉實與空靈於一體的特色。所謂「實處皆空」，正可與周濟之實而無寄託之說參看。周濟謂「實則精力彌滿」，詞之能實，是以沉摯之思爲其基礎，字句鋪排典麗有則，幽邃綿密，又須出之以灝瀚之氣，空諸所有，才能臻「卒焉不能得其端」的無寄託之境，令人玩索而不能盡；不然，過於凝重修飾，則言盡意窮，氣滯辭澀，終至不可卒讀、索然乏味，便成詞之蔽障。換言之，所謂「實」不是徒具華采、毫無生氣的，須有深厚的情思爲其內容，而「實有靈氣行乎其間」，是言辭意韻均充實渾厚的一種表現。

吳梅《詞學通論》曰：「學夢窗，要於縝密中求清空。[127]」張爾田〈再與榆生論蘇辛詞〉云：「述叔學夢窗者，其晚年詞，清空如話，中邊俱徹，是眞能從夢窗打出者。凡學夢窗而僻澀，皆能入而不能出耳。[128]」常派後期詞學所以特別強調須以清氣流貫於實體這一點，是有補弊救偏的用意

---

[127] 見《詞學通論》（臺北：商務印書館，1977），第五章，頁48。
[128] 見《詞學季刊》第二卷第三號，頁188。

在，因爲學夢窗而務爲典博、好用冷典，以致堆砌空洞之作充斥詞壇的情形，在晚清、民國初時是頗爲嚴重的。尙姜張者，如鄭文焯，則力主清空以矯之；宗五代北宋者，如王國維，則提出境界說以振詞風；而常派的繼承者或愛夢窗的詞家，必須就前二者的批評意見加以回應，遂有主張實中求清，辯稱夢窗詞絕非無意境的說法出現，他們的論見大抵延續了周濟、陳洵諸家之說而作進一步的發揮。請看以下的分析。

趙尊嶽《塡詞叢話》云：

> 長調易患質實。質實之作，雖珠玉并陳，不過如五都之肆，瑰麗錯落。故參以清空之筆、疏秀之思，方足引人窮其勝概，此則非濟以風度不可。（卷一）

> 用質實之字而不見其質實者，亦有數法：一、吾能運清空之氣於字裡行間，使不黏滯。二、風度搖曳之姿，則室滯者一一均可驅使靈活。三、筆力足以控制質實之字，使爲我活用。四、位置停勻，使不覺有重疊磊塊之弊。（卷一）

> 用字研鍊，首推夢窗。夢窗有眞情眞意，以驅策此若干研鍊之字面。又全篇氣機生動，使實字不致質滯，此大筆力也，何易語此。蓋能使流走之氣機與研鍊之字面相表裡，始足與言鍊字之法。（卷三）[129]

趙尊嶽對於如何運用實字而避免質滯所建議的若干法則，甚爲

---

[129] 見《詞學》第三輯，頁169、173；第四輯，頁75。

可取。所謂風度，趙氏解釋爲「搖曳而不失之佻蕩」，搖曳是在字面音節中求得，而爲防佻蕩，則骨幹立意須以重拙大爲依歸[130]。要於縝密中求清空，務須有眞情厚意，能運清空之氣於字裡行間，氣體與字面相表裡，才有風度搖曳之姿，方足引人入勝。近人吳庠〈覆夏瞿禪書〉云：「清氣之說，非專指清空一派，即質實一派，亦須有此清氣，方可言詞。[131]」這話最中肯綮。所謂清氣，乃指流走於文章肌理中的一種生動靈活的氣體，是文學所以交感互應的基本要素。氣不充則不足以舉其辭立其意，不清則不易暢其氣脈以抒意傳情。清氣易於清空疏秀之作流出，而質實密麗之作的表達形態雖與前者有顯隱之別，亦不能不有清氣存乎其間，因爲要能驅策研鍊之字面，使不質滯，須有此流走之氣機，才能令「無數麗字，一一生動飛舞」，表現出高遠渾涵的情志。《四庫全書總目》曰：「詞家之有文英，亦如詩家之有李商隱也。[132]」（《夢窗詞・提要》）一般多就詞華瑰麗、善於融化前人詩句等方面並看李商隱和吳文英，其實二家運筆行氣之勢亦甚爲相似。徐復觀曾爲文分析李商隱〈錦瑟〉詩指出，這首詩難懂卻有魅力，是因爲它呈現了美麗的形相，及與此形相相融合的流動而婉曼的韻律；並說：「韻律不流動便呆板；流動，在技巧上是每一句內各字的飛沉輕重的互相錯落，及上下聯的虛實字互相錯落而來。更重要的是在文字後面有一股生命力在躍動，這便牽涉到最根本的意境問題。[133]」借此論吳文英詞之特色也頗恰當。鄭騫〈成府談詞〉謂吳詞絕非無意境者，稱〈霜葉飛〉（斷煙離緒）、

---

130 見《塡詞叢話》卷一，載《詞學》第三輯，頁166。
131 見《同聲月刊》第一卷第三號。
132 見《四庫全書總目》（北京，中華書局，1987），卷一九九，〈集部・詞曲類〉，頁1819。
133 見徐復觀〈環繞李義山錦瑟詩的諸問題〉，《中國文學論集》（臺北：學生書局，1976），頁250-251。

〈八聲甘州〉（渺空煙四遠）、〈賀新郎〉（喬木生雲氣）諸作，「皆意境高絕，有崇山壁立，老樹拏雲之概」[134]。關於夢窗詞境界高低有無的問題，留待下章討論。在這裡我們要指出的是：文學中的意境務須透過清勁之氣表達出來。徐文說字句間飛沉錯落之流動之韻律的產生，乃源於生命力之躍動；而這力量，蘊於內而形諸外，是藉一股清氣流貫其間的。我們可以借趙尊嶽論夢窗鍊字之法一段加以說明。趙氏所謂真情真意，就是一種生命的力感，內發乎真厚的情志，外始有大筆力之表現，而後能有生動之氣機以與研鍊之字面相表裡，以形成鬱勃的意境。

面對詞壇空洞堆砌的弊病，浙常二派後學或主於清空中求沉厚，或主於縝密中求清空，各自參用彼此的意見，折衷其說，對詞體的基本要求也達成某些共識。主清空者，更求思致學養之穩實沉厚，那是一種探本之論，是詞意筆調不至蹈空履薄的一種保障。主寄託者，於言志修辭上講求沉摯縝密之餘，更強調清靈之氣體的重要性，那也是確保詞體不至於跼蹐幽澀而不得不提出的主張。空與實兩種筆意體態，在創作上是參錯運用的，其使用比例之大小通常便成為判分風格的依準，在前面的討論中，筆者已指出清空與質實說到後來已發展成兩種相對又相等的美學論說，風格的偏好，是個人品味的問題，不必也不好作高下之論，就以上兩種說法去其異而取其同，會發現經過思辯的激盪，大家對文學的本質已有更深刻的體認。蔣兆蘭《詞說》曰：「初學作詞……若天分高、筆姿秀，往往即得名雋之句，然須知詞以沉著渾厚為貴，非積學不能至。[135]」積學運思以臻渾成之境，是常派主實論一貫的看法，而前一節

---

[134] 見《景午叢編》（臺北：中華書局，1972），上集，頁259-260。
[135] 見《詞話叢編》，頁4630。

引諸家語，多以爲清空乃由性靈出，然則所謂清空與質實之辯，豈不成學力、才情之爭？筆者曾以劉永濟主學力性靈兼具的話——「惟有性靈而不流於纖巧，有學力而不入於質實，以學力輔性靈，以性靈運學力，天人俱至，自造神奇之境，斯爲最上，斯爲成就」——作總結，此處再引趙尊嶽《塡詞叢話》一段話相參證，便可明其共識，他說：「夢窗精整而有氣機，斯不窒滯。玉田疏蕩而有性情，故不空泛。學者取徑兩家，當先立此二戒。[136]」氣機多賴性靈，性情依學以涵養，或縝密處有清空，或清空中存質重，可見才與學俱必要，「清空」與「質實」已成對等的美學概念，無關優劣，在創作時各依所需而作錯落安排。

近年研治夢窗詞，最能抉隱發微以彰吳詞高曠之意境者，應推劉永濟、葉嘉瑩二家。劉永濟一則如上節所述的認爲清空之論是詞家不易之理，而其撰《微睇室說詞》，仿陳洵《海綃說詞》例，選七十九首夢窗詞作細密的詮釋，對夢窗「以實爲虛」之法又頗多揄揚[137]，且於評〈齊天樂〉（凌朝一片陽臺影）云：「此詞首尾皆奇幻空靈，富於想象，總因樓聳入雲，使人生凌空縹緲之幻想，筆姿極其矯健。張炎病夢窗不能清空，觀此與〈靈巖〉、〈禹陵〉等作，知張氏之說，不足盡夢窗。[138]」對夢窗能以清空之筆表高遠之境給予頗高的評價。劉永濟稱夢窗情詞「能於極綿密之中，運以極生動之氣」[139]，這與晚清諸家的看法無異。於評〈三部樂〉（江鷗初飛）云：「此詞句法蒼勁，緣於轉換句意處不用虛字領起，如『但』、『尚』、『又』等字，而直捷換寫，亦吳詞句法之

136 見《詞學》第五輯（1986），頁232。
137 詳《微睇室說詞》（上海：上海古籍出版社，1987），頁22、47、56、84詞評。
138 見《微睇室說詞》，頁33-34。
139 同上，頁58。

特色。[140]」此與《詞源》所主張的以虛字轉折者不同，正是「潛氣內轉」說的一個注腳。葉嘉瑩於和繆鉞合著《靈谿詞說》一書中撰有〈論吳文英詞〉一文，基本論點係繼承前說而推衍發揮，認為從堆垛質實之中能轉化為超渾空靈的手段和境界是吳詞的特色和佳處之所在，並從三方面分析其風格的成因：其一、吳詞的寫作方式是以物為主，表面上雖用穠麗之筆鉤勒描繪，不離所詠之物，而實有精神情感蘊涵其中，且往往能顯出一種超越飛騰的意致；其二、吳詞用字多以銳感為之，喜用代字，以美化辭藻加深意境，但如使用不恰當而且雕飾太過，則自然也不免予人晦澀之譏；其三、吳詞喜歡在句法章法之結構安排上，把景物與情事、時間與空間，濃密且層深地凝聚在一起來敘寫，這種凝厚的寫作方式，不同於姜詞的宕折的手法[141]。葉先生並說：「張炎之《詞源》是一本重視精思之功力但對於高遠深厚之意境則缺乏體會的著作。……這正是吳詞何以被張炎目為『質實』，且以之與姜詞由宕折之筆所形成的『清空』相對舉，而有揚姜抑吳之意的緣故。[142]」說張炎不能體會「高遠深厚之意境」，此意境除非是指一種有別於清空疏秀之筆所直接呈現者，否則便是誤解了張炎清空說的整體意義，因為張炎所欣賞的「不惟清空，又且騷雅」、「清空中有意趣」的作品，就是有高深意境的作品；吳詞之被目為「質實」，是指他那些因修辭太過、不免晦其本意而流於生澀的作品言。至於張炎主清空而責質實，當然有其救弊之用心在，而基於個人的品味、詩學的普遍走向，只能欣賞以古雅峭拔的筆調表超曠空靈的意境之作，卻對以含蓄深隱之手法寫沉實渾厚

---

[140] 同注137，頁72。
[141] 見繆鉞、葉嘉瑩合著《靈谿詞說》（上海：上海古籍出版社，1987），頁497-503。
[142] 同上，頁505。

之情意的詞無深刻的體會，是有其背景因素的。葉嘉瑩所云的鉤勒、凝厚的寫作方式，其實就是陳洵「以留求夢窗」、況周頤「夢窗厚處難學」之論的補充說明，這在劉永濟《微睇室說詞》裡也有頗深細的詮釋。他說：「所謂『留』者，從陳氏所論觀之，即含蓄甚深而不出一淺露之筆，故雖千言萬語而無窮盡也。然必其人之情極眞、感極深，又蓄之極久，蟠鬱於懷極厚，方能到此境地，非故作掩抑之態，但爲呑吐之聲之謂也」；亦云「此種作法，在初爲留，在後便爲鉤勒。鉤勒者，愈轉愈深，層出不窮也」；又說：「此況周頤所以有『夢窗之密處易學，夢窗之厚難學』之論也。蓋密屬於詞采，厚則有關情思也」[143]。情之厚與辭之密，就是周濟以來主實說的基本論調，而有正面意涵的「質實說」也是兼指這言意兩方面的沉厚密麗來說的，與「質實」的原意已有很大的差別。密麗的詞筆須靠修辭鍛鍊工夫，詞意之沉厚關乎性情涵養，歷來的詞論談前者較多，談後者卻少而未精。劉永濟所說的情眞感深已觸及這一點，而葉嘉瑩又不獨對吳詞作精密的分析而已，她也曾對吳文英本人的品格及其生存環境與詞風的影響關係作嘗試性的解釋，總結說：「吳文英在品格上決不是一個有堅貞之特操的完人。不過，如果從其全部詞作之內容情意來看，則其心靈之中又確乎具有一種深摯的情思和高遠的意境，而且對南宋之漸趨衰亡的國勢也有著一份沉痛的悲慨。[144]」二家對於質重渾涵的意境與詞風的形成如何關係人格性情這方面的問題，卻未有切實而又令人滿意的解答，這論題還可再作深入研究。

---

[143] 同注137，頁51-52、69。
[144] 同注141，頁484。

第六節　一些相關概念的比較分析

　　「清空」、「質實」的涵意，如何由用指文辭上兩種對立的筆調，轉變爲包舉言意、層次對等的概念，前面已有詳細的說明。詞學中有一些批評術語與「清空—質實」的關係頗密切，常爲詞學論者引以分析姜吳諸家的不同詞風，或以之與「清空」、「質實」作比附，而它們之間的意涵是否相通？如何劃分彼此的意義層次？對這些問題的探討，將有助於釐清一些混淆的看法，更彰明「清空」、「質實」之旨。因此，筆者擬針對前面略有所提而又頗爲重要的兩組美學概念，作一簡要的比較分析。

　　首先談「疏密」。請看下列兩則論評：

> 詞至白石，疏宕極矣。夢窗輩起，以密麗爭之。至夢窗而密麗又盡矣，白雲以疏宕爭之。三王之道若循環，皆圖自樹之方，非有優劣。況人之才質限於天，能疏宕者不能密麗，能密麗者不能疏宕。（張祥齡《詞論》）[145]

> 如果大致加以區分，可以看出，當時確有疏密兩派，如朱孝臧所説。所謂密，即表現爲工整、細緻，一字一句都精雕細刻，並保持全詞的平衡；所謂疏，即表現爲清空、飄逸，不在句句字字上用力，至少不使人看出是那樣用力，而著重創造整個意境。在密的一派中，是繼承吳文英的，在疏的一派中，是繼承姜夔的。（吳則虞《山中白雲詞·序言》）[146]

---

[145] 見《詞話叢編》，頁4211。
[146] 見吳則虞校輯《山中白雲詞》（北京：中華書局，1983），頁1。

以疏密分姜吳兩家所代表的風格特色，與以清空質實評判二者，似相同而實有本質上的差異。歸納上引意見，疏宕與密麗很顯然是對等的概念，乃指純粹是由字句之調度安排所形成的兩種相對的結構形態。黃永武《中國詩學‧設計篇》談論如何增大詩的密度時指出，大凡轉折多、層次多、實字多，又或運用逆折、壓縮、翻疊等手法，都能使寥寥的字句存有更豐富深厚的含意[147]。然則，若要使詩的密度鬆散，務須多用平淺的字面，句與句間有較直接流轉的連繫，詩意才能明暢表達。楊海明《唐宋詞風格論》亦以為周—姜—吳—張之間，確實存在著一種疏密的遞變關係；根據他的分析，白石詞表情達意自然眞率、章法句法飛動靈活、詞藻淡雅、善用虛字，遂形成了疏宕的神貌，而相對地，夢窗詞抒情求深曲、字句結構逼塞而意象之間常缺乏表面上的鉤連、少虛字連詞、好用麗辭代字、多奧僻之典，這些便都是造成他有穠摯綿密的語言風格之因素[148]。

　　試比較下列兩首詠梅詞，便可明姜吳詞筆疏密之別：

> 苔枝綴玉。有翠禽小小，枝上同宿。客裏相逢，籬角黃昏，無言自倚修竹。昭君不慣胡沙遠，但暗憶、江南江北。想佩環、月夜歸來，化作此花幽獨。　　猶記深宮舊事，那人正睡裏，飛近蛾綠。莫似春風，不管盈盈，早與安排金屋。還教一片隨風去，又卻怨、玉龍哀曲。等恁時、重見幽香，已入小窗橫幅。（姜夔〈疏影〉）

---

[147] 詳黃永武《中國詩學‧設計篇》（臺北：巨流圖書公司，1978），〈談詩的密度〉，頁77-108。

[148] 詳楊海明《唐宋詞風格論》（上海：上海社會科學院出版社，1986），第十五章，頁234-243。

宮粉雕痕，仙雲墮影，無人野水荒灣。古石埋香，金沙鎖骨連環。南樓不恨吹橫笛，恨曉風、千里關山。半飄零，庭院黃昏，月冷闌干。　壽陽空理愁鸞。問誰調玉髓，暗補香瘢。細雨歸鴻，孤山無限春寒。離魂難倩招清些，夢縞衣，解佩谿邊。最愁人、啼鳥清明，葉底青圓。（吳文英〈高陽臺〉）

除上文所述的幾點字句特色外，姜吳的不同處更在於使事用典的手法以及描情寫物的方式上。誠如張炎《詞源》所說的，白石此詞「用事不為事所使」，詞牌是〈疏影〉，主寫梅的「幽獨」，全詞便以人事作關合，像倚竹、昭君、金屋等典故皆無關梅事，但借人情岑寂擬寫梅之孤冷淒清卻更傳神，這種寫物而不黏滯於物的手法，使詞意宕開一層，文辭方面卻又以性質相類的事典作貫串，語法自然有序，理路明暢，全章的結構便顯得疏宕而不散漫。相對地，夢窗的〈高陽臺〉設色就比較濃麗，而且全詞主要寫落梅的各種情狀，除首尾兩個韻句外，其餘每韻句皆用落梅故實，以鉤勒之筆層層渲染，增加詞語的色澤，這種凝鍊的敘寫方式，字面妍麗而句意充足，句與句間不重表面的語法聯繫，各意象卻能收束於一點以集中表現主題，文辭的質地遂給人層深綿密之感。總之，詩詞密度的大小，乃由字質句構的精鍊與濃縮的程度來判斷的；密度小則疏，大則密，本身並無優劣高下之分。謝章鋌《賭棋山莊詞話》說：「惟疏故平，惟密故晦。[149]」文辭結構流於疏散則平滑順溜、了無餘味，太過穠密則晦澀艱深、讀且不通；這是以對等的情況來論彼此之流弊過失的。

---

[149] 見《賭棋山莊詞話》卷十一，《詞話叢編》，頁3462。

「疏」、「密」本身是對等的概念，它們與「清空」、「質實」在本質上有何不同？這可從兩方面來說：按照《詞源》的本意，清空是有疏快的效果，質實乃指過於求積密而有的一種詞弊，兩者並非有同等分量的概念，在這一關節上，便與「疏—密」有明顯的差異。縱使「質實」後來被賦予了正面的意義，與「清空」成爲相對的術語，但它們亦不能用疏密的概念涵括。已就言意兩面立論的清空質實說且不必談，若僅就以文筆勢態這層面釋清空質實的說法來作了解，所謂「清空」、「質實」固然是以疏、密的語調骨架爲其必要條件，但除了筆法的濃淡深淺這一層意義外，「清空」、「質實」還講求高遠渾厚的骨體氣格；換言之，「疏」、「密」所指涉的往往是文字句法所架構出來的一種在修辭形貌上稀疏稠密的質感，而「清空」、「質實」更要求於文辭中包含一種由內而外的氣體與精神，二者的意義層次終究不同。

　　其次論「隱秀」。傅庚生《中國文學欣賞舉隅・辭意與隱秀》云：

　　　　張玉田云：「詞要清空，不要質實。……此清空質實之說。」黃叔暘云：「白石詞極精妙，不減清眞，其高處有美成所不能及。」尹君煥云：「求詞於吾宋，前有清眞，後有夢窗，此非煥之言，四海之公言也。」似此聚訟紛紜，各非其所非，各是其所是，將何去何從耶？《文心雕龍》云：「文之英蕤，有秀有隱。隱以複意爲工，秀以卓絕爲巧。」知文詞之工，亦各有所尚耳。又云：「使醞藉者蓄隱而意愉，英銳者抱秀而心悅。」知品評之人，亦各有所欣耳。持平論之，隱之工者，含蓄而幽遠，耐人玩味，而弊在或失之奧塞；秀之工者，俊

逸而疏快，妙比天成，而弊在或失之奇突。

文學之極詣，必也其辭足以載其意，其意足以貫其辭。
嘔心以爲秀者，必取其辭能爲輔，溺思以爲隱者，必希
其意可以咎；悖此則流於汗漫迷所歸，或嫌其堆砌鄰於
晦矣。

溫飛卿〈菩薩蠻〉（牡丹花謝鶯聲歇）……王靜安〈菩薩
蠻〉（紅樓遙隔廉纖雨）……皆既孕深怨而一歸於含蓄，
乃藉庭樹燈窗以寄情思也。似此者皆文章以隱勝之例
也。……歐陽永叔〈玉樓春〉（別後不知君遠近）……王靜
安〈玉樓春〉（今年花事垂垂過）……皆清空而不質實，藉
竹葉花枝以託怨與放也。似此者文章以秀勝之例也。[150]

　　傅庚生由《詞源》的清空質實說談到隱秀之論，文中更以
「清空」釋「秀」，至於他是否也以「質實」來理解「隱」這
一概念，傅氏雖未作說明，但假如他所謂的「清空而不質實」
的「質實」是與「清空」所指涉的美學意義層次對等而不含貶
意的話，基於「隱」和「秀」乃一組相對的概念，而「秀勝」
之作即「清空」之作，則其將「質實」等同於「隱」的意義來
看待，也應無疑問。不過，問題的癥結不在於他「是不是」以
「清空─質實」釋「秀─隱」，而在「能不能」作這樣的詮
釋。傅庚生從辭意表達形態之角度討論隱秀之特色，謂隱「含
蓄而幽遠」、秀「俊逸而疏快」，大抵未違離《文心雕龍》之
本意。《文心雕龍・隱秀》云：「隱也者，文外之重旨者也；
秀也者，篇中之獨拔者也。」又宋・張戒《歲寒堂詩話》引劉

---

[150] 見《中國文學欣賞舉隅》（臺北：宏業書局，1979），頁101、102、105-106。

勰云：「情在詞外曰隱，狀溢目前曰秀。[151]」劉勰此篇之前已有〈體性〉篇談文體風格，〈章句〉、〈鍊字〉、〈麗辭〉等篇論字句修辭，而〈隱秀〉篇便不重複這兩方面的論題，劉氏說：「文之英蕤，有秀有隱」，它主要是講思想情感表達在言辭上所呈現出來的兩種明顯相對的風貌，是言意之間的問題。黃侃《文心雕龍札記》云：「言含餘意，則謂之隱；意資要言，則謂之秀。」又說：「意有所寄，言所不追，理具文中，神餘象表，則隱生焉；意有所重，明以單辭，超越常音，獨標苕穎，則秀生焉。[152]」「秀」是指以精警的語言表意傳情而形成的一種自然生動、直接可感的言辭特質，誠如〈隱秀〉的贊語所形容的「言之秀矣，萬慮一交。動心驚耳，逸響笙匏」，因為它言辭俊逸，意象鮮明，可予人美的觸動。相對地，「隱」則要求情意的表達形質上有一種「祕響傍通、伏采潛發」的深隱含蓄的特色，不作直接的鋪述，而在曲折委婉的安排中，深化了語辭的意旨，使意象有多義性的含意，可引發聯想，耐人玩味。「秀」與「隱」，簡單言之，一表現為警策，一表現為含蓄，前者重在即言即意，如在目前，後者唯求意在言外，情味雋永。在辭、意之鋪寫與安排上，大則成篇，小則片語，皆可為隱，亦可為秀；或狀物色，或附情理，皆可為秀，也可為隱。通常來說，秀的特色易於疏快的字質結構中發揮，隱則易與密緻的筆法結合。就通篇的效果言，以隱秀與清空質實作比較：質實之詞，因為它在思致言辭上有沉厚密麗的特質，詞情之表達較含蓄，故多是隱勝之作；清空則不然，它有疏暢朗快的行文特色，固然容易表現卓絕獨拔的神采，直接感人，但清空更有意致搖蕩、不易捉摸、「如野雲孤飛，去

---

151 見張戒《歲寒堂詩話》卷上，載丁福保編《續歷代詩話》（臺北：藝文印書館，1974），頁549。
152 見《文心雕龍札記》（臺北：新文豐出版公司，1979），頁208、209。

留無跡」的特性，也多是含味深雋的隱勝之作；不過，如僅就清空質實兩者作比較，確是質實多隱篇而清空易得秀作。雖然我們可簡單地作這樣的判分，但畢竟只能稱某作品是「秀而清空」或「隱而質實」，卻不能直接說清空即秀、質實即隱，因為兩組概念的涵義並不全同。誠如上文談疏密時所指出的，清空質實（以後來的詮釋意義作了解）之有峭拔、渾涵的筆勢與意態，乃就文氣意境這層面上說，這骨體氣格內含停蓄、振起之力，帶有一種精神的感興作用，所以說「讀之使人神觀飛越」（張炎語）、「令人玩索而不能盡，則其中之所以存者厚。沉著者，厚之發見於外者也」（況周頤語），這與隱秀之單純指鑄辭以達意所呈現的或精警或含蓄的修辭姿貌者是有差別的。

近人吳眉孫撰〈清空質實說〉一文，云：「談詞者，咸以白石為清空，夢窗為質實，比來重溫舊業，竊謂玉田所下界說，蓋僅指詞之氣體言」，這與本文所闡釋者無異；但他繼續說：「若談文理，又當別論」，復從另一層面為清空質實等概念再作解釋，曰：

> 質之對待字為文，非清也。質者，本質也，即詞家之命意也，惟質故實，所謂意餘於辭也。文者，文飾也，即詞家之遣辭也，惟文故空，所謂辭餘於意也。予故以為夢窗詞，正是文而空，不是質而實，白石詞正是質而實，不是文而空，不過夢窗文中有質，白石質中有文，而其傳誦之作，又皆有清氣往來，此其所以為名家也。

> 從詞言之，與使之文過於質，毋寧質過於文。

> 總之質者意也，文者辭也，辭以達意，無意必不成辭，

此楊氏質減文將安施之説也。……填詞者，先有眞意，後有好辭，庶幾成矣然尤貴能行之以清氣。無此清氣，則文不成章，而質亦不瑩，譬之碎錦，不足裁衣，甚可惜也。[153]

他一再強調清氣之不可或缺，卻從未在氣體的上論質實，然則他所謂的「氣體」或僅指清空言，不然，清空與質實也許仍是有優劣之分的。從文理上論，情形又正相反。吳氏爲「質實」賦予了正面的涵義，所謂「意餘於辭」，是爲情造文、內容充實而有的現象；相對地，「文而空」則「辭餘於意」，而從其行文的語氣看來，所謂的「空」似非好評，大概是指重文飾而情意內容有所欠缺而顯得空洞之意。如此就辭、意兩層分別論空、實，是相當特殊的解釋；因爲這樣一來，空、實所指涉的範疇便有差異，而且也變成有高下之分、不甚對稱的概念了。據吳氏的看法，白石詞可謂文質俱優，稱其作品文理質而實而氣體清空，似可爲前人所謂的「清空中有沉厚」等說法作注。至於謂夢窗詞「文而空」，如我們的理解沒錯的話，那也正好是夢窗之被斥爲有凝澀晦昧之質實之弊的原因；吳文云：「有意爲辭掩者，南宋以夢窗爲最甚」[154]，也是此意。清·潘德輿《養一齋詩話》卷三有論及「質實」者，曰：「吾學詩數十年，近始悟詩境全貴質實二字。蓋詩本是文采上事，若不以質實爲貴，則文以濟文，文勝則靡矣」，「南宋以語錄議論爲詩，故質實而多俚語；漢魏以性情時事爲詩，故質實而有餘味。分辨不精，概以質實爲病，則淺者尙詞采，高者講風神，皆詩道之外心，有識者之所笑也。[155]」這也是從文理上重

---

[153] 以上引文皆見《同聲月刊》第一卷第九號，頁82-84。
[154] 同上，頁83。
[155] 見郭紹虞編《清詩話續編》（臺北：木鐸出版社，1983），頁2044。

「質實」的論調，而其以情意內容等方面視「質實」，與吳氏的論點頗爲相似，可參看。因論隱秀，言及辭意之表達樣態，故提供此一就文質論空實的特別看法，聊供參考。吳文一開始即聲明，就文筆勢態論，清空質實確「僅指詞之氣體言」，與從文理講的「文質」、「空實」等概念不能並論；而我們從不同層面所界分的「疏密」、「隱秀」等說，又何嘗不然？

第七節　綜述前文的幾個重點

清空與質實之爭，由宋迄今，幾未曾中斷，與詞學發展的走向可謂息息相關。藉由上文的綜理分析，使我們對各種論爭意見之所以產生的原因有一概括的了解，也釐清了「清空」、「質實」之旨及其詮釋意義的演變發展。簡單複述前文的幾個重點，以爲結論：

一、「清空」的概念是在宋代好清尙妙遠的文化環境中孕育出來的，張炎在詞學上首度提出，用以矯當時因過於鍛鍊以致艱澀難懂而流於「質實」的弊端，其所界定的清空質實說是就文筆勢態言。

二、浙派起先是欲借姜張清雅詞風以振弊起衰，但其後學卻缺乏深厚的學養與情思，唯求文辭清空，流爲空疏滑易，有心於詞學者遂倡清空中有沉厚之說，也因而擴大加深了「清空」的涵義，似是融合了《詞源》「不惟清空，又且騷雅」之說，兼言意兩面，用指有高超渾脫的氣格及意境。

三、由張炎的質實說到常派的主實論，「質實」意涵的最大轉變，是由一種詞弊特質之指稱變爲可與「清空」對稱的美學概念，指在辭、意之間有典實質重之氣格、沉厚渾涵的意境

者。新的質實說，較偏重在情意內容的質上立論，此與常派主寄託的詞學理念密切相關。

四、「清空」重在性靈之契會，「質實」著重情思之涵養。清空、質實之爭，是派系之爭，也可稱之為才情、學力之爭。

五、「清空」與詩學中的「性靈」、「妙悟」說，「質實」與詞學中的「沉鬱」、「厚」、「重」、「留」等概念，各別的涵義雖不盡相同，卻可互相啓發引證。

六、「清空—質實」與「疏—密」「秀—隱」等概念意義層次有異。大體來說，清空之作易有疏秀之表現，而質實之作則較有隱密的效果。

七、總而言之，清空、質實之爭及其詮釋意義之轉變，確實關乎世運人情。無論是倡清空或主質實，發展到極端，皆有其弊，清代中晚期所以有清空中求沉厚、繽密中要清空等折衷意見的出現，正可說明：文章要藉清氣貫串以臻高境，是詞家不易之理，而沉實渾厚的思致與學養，更不可或缺；至於意態體貌是空靈是穩實，則與個人的才學、習性以及生命情調有關。這方面尤可作更精細之探討。

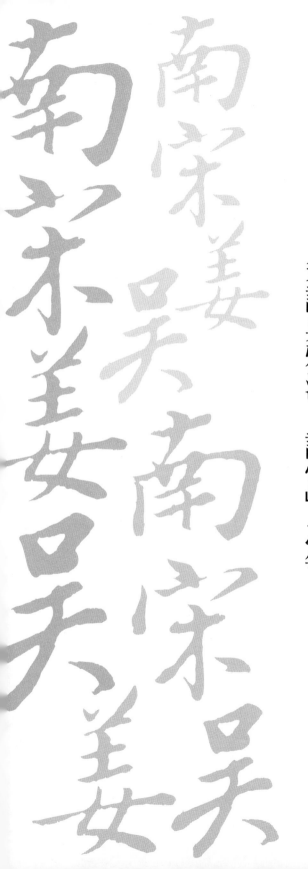

第四章

情意內容寄託說評議

——兼論典雅派「詞情」之爭

第一節　由〈暗香〉、〈疏影〉的詞論談起

　　張炎《詞源》論詞的創作法則，特別針對「詠物」、「節序」、「賦情」、「離情」四類題材，舉例說明其體要特質。這大概是當時詞人最常填寫的歌詞內容，所以才專章加以論述，指示創作要法[1]。這四類題材中，常被後人所稱道，以爲最能代表南宋典雅派詞的，則是詠物之作，論者說：

> 詞原于詩，即小小詠物，亦貴得風人比興之旨。唐、五代、北宋人詞，不甚詠物，南渡諸公有之，皆有寄託。白石〈石湖詠梅〉，暗指南北議和事。及碧山、草窗、玉潛、仁近諸遺民，《樂府補遺》（按：「遺」當作「題」）中龍涎香、白蓮、蓴、蟹、蟬諸詠，皆寓其家國無窮之感，非區區賦物而已。知乎此，則〈齊天樂・詠蟬〉、〈摸魚兒・詠蓴〉，皆不可續貂。即間有詠物，未有無所寄託而可成名作者。（蔣敦復《芬陀利室詞話》卷三）[2]

> 詠物詞盛於南宋，尤盛於宋末元初。……當時宋朝已無復興之望，不像南渡之初，還有半壁江山，所以這兩個時期詞風不同，前者氣壯後者神傷，從詠物詞亦可看出。（鄭騫〈詞曲概說示例〉）[3]

> 南宋詞家詠物之作最多，亦最工。美成詠柳、邦卿詠燕，已極精工。夢窗此類之作，亦多而佳。此外，如王聖與、周密、張炎皆有詠物佳作。其時有詞社組織，社中類以詠物爲題，如〈南浦〉之詠春水、〈齊天樂〉之

---

[1]　見《詞話叢編》，頁264。
[2]　見《詞話叢編》，頁3675。
[3]　見鄭騫《景午叢編》（臺北：中華書局，1972），上集，頁82。

詠蟬……，王、周、張集中皆有，即是社題。此等詞，
詞家多以寄託身世之感，或以抒羈旅離別之情，大抵不
出比興之義，其描繪物態，以不粘不脫爲妙。

南宋詞人極喜作詠物詞，大都託物言情之筆，情在言
外。後來王沂孫尤稱能手。至其所託之情，不出作者所
遇之世與其個人遭際之事，交相組織，古人所謂身世之
感也。（劉永濟《微睇室說詞》）[4]

　　諸家對典雅派詠物詞的技法、託意及此體興盛的原因，都
有簡括的詮述。當然，雅麗細緻的筆法、多身世盛衰之感，原
是南宋典雅派詞的共同特色，不限於詠物一體。如王昶〈姚莖
汀詞雅序〉云：「然風雅正變，王者之跡，作者多名卿大夫、
莊人正士，而柳永、周邦彥輩不免雜於俳優，後惟姜、張諸人
以高賢志士，放跡江湖，其旨遠，其詞文，託物比興，因時傷
事，即酒席游戲，無不有黍離周道之感，與詩異曲同工。[5]」
即指出這種文辭優雅、意涵豐富的詞風，是融貫於姜、張諸子
的各種題材的詞作中的。不過，相對於北宋及南宋初期的詞壇
而言，南宋典雅派的詠物之作既多且佳，再加上詠物一體有其
獨特的文體特質，要求筆致工巧，傳神以寄意，而姜、張諸子
極用心於此體之創作，因此透過詠物之作以掌握該派詞在文
辭、內容、意境上的風格特色，應是最適切而有效的方法[6]。

4　見劉永濟《微睇室說詞》（上海：上海古籍出版社，1987），頁85-86、頁7。
5　見王昶《春融堂集》，清嘉慶十二、十三年塾南書社刊本，卷四十一。
6　國內外專研南宋典雅派或其個別作家詠物詞的博、碩士論文便有多種，如：(1)陳
彩玲〈南宋遺民詠物詞研究〉，國立政治大學中文研究所碩士論文，1985；(2)
Lin, Shuen-fu. *'The Transformation of the Chinese Lyrical Tradition -- Chiang K'uei
& Southern Sung Tz'u Poetry'*. Princeton University Press, 1978;(3)Hou, Sharon Shih-
jiuan. *'Flower Imagery in the Poetry of Wu Wen-ying: A Case Study of the Interaction
between Empirical and Perceptual Realities'*. The University of Wisconsin-Madison
dissertation, 1980.(4)Yang,Hsien-ching. *'Aesthetic Consciousness in Sung Yung-Wu-
Tz'u'*. Princeton University dissertation, 1988.

至於批評理論方面，有關典雅派詞的評論，亦多有論及其詠物詞體者，而這些論見亦足以反映各家各派的基本詞學主張。

歷來有關典雅派詞情意內容的詮解，最基本的看法是：南宋典雅派詞大都託物言情，寄寓家國無窮之感，抒發羈旅離別之情，讀之令人神傷。用劉永濟的話說，這些詞多與作者的身世相關，富有個人和時代的色彩。不過，在這基本看法上，因諸家的詞學理念、詮釋角度與感受能力各有不同，其所體認的自有深淺之別，而彼此間亦自難免有所爭執。南宋典雅派詞的情意內容，在以寄託說為主導的解釋下，究竟展現出那幾種類型？欲更切實的了解這情況，我們不妨把焦點先集中在該派宗主姜夔的詠物之作〈暗香〉、〈疏影〉二詞的討論上，理由是：此二詞是白石的代表作，為南宋典雅派詠物詞奠立新的典範，影響深遠[7]，而歷來詞學家評兩宋詠物之作，鮮有不論及此二詞者，然則諸家的基本理念，正可由此而得到一個初步的了解。除了稱讚白石二詞體物寫情的文筆技法之評語可以不論外[8]，其他有關此二詞的意旨的詮釋，大約有下列六種說法：

一、發徽、欽二帝之幽憤：張惠言首倡此意，謂〈疏影〉「以二帝之憤發之，故有『昭君』之句」。鄭文焯廣其意謂「此蓋傷心二帝蒙塵，諸后妃相從北轅，淪落胡地，故以『昭

---

7 沈祖棻〈白石詞暗香疏影說〉云：「詠物之詞，始於《花間集》牛嶠之〈夢江南〉二闋；一詠燕，一詠鴛鴦，辭意質直，體製未純。迨蘇軾以〈水龍吟〉詠楊花，周邦彥以〈蘭陵王〉詠柳，始盡其妙。諸作雖極體物之工，然於本題以外，固別無寄託也。至白石此二詞，乃進而寄其家國之慨，託意既遠，結體尤高，後之作者遂多披其流風焉。」（《國文月刊》第59期，頁31。）另詳Lin Shuen-fu、Yang Hsien-ching等論文。

8 如張炎《詞源・雜論》云：「詞之賦梅，惟白石〈暗香〉、〈疏影〉二曲，前無古人，後無來者，自立新意，真為絕唱」（《詞話叢編》，頁266）；譚獻《譚評詞辨》謂〈暗香〉『翠尊』二句「深美有騷辨意」（臺北廣文書局1962年版《譚評詞辨・宋四家詞選》，卷二，頁7）；許昂霄《詞綜偶評》云：「宋人詠梅，例以弄玉、太真為比，不若以明妃擬之尤有情致也。……『還教一片隨波去』二句，用筆如龍」（《詞話叢編》，頁1558）。

君』託喻，發言哀斷」。劉永濟更指出詞中「昭君」二句係用徽宗〈眼兒媚〉（玉京曾憶舊繁華）詞意，使此說更信而有徵[9]。陳澧、俞陛雲、陳匪石、龍沐勛、沈祖棻等家，皆主此說[10]。惟諸家多就〈疏影〉立論，至陳廷焯始據張惠言說法更推而及於〈暗香〉一詞，其後吳梅、劉永濟等家即承其說[11]。

二、寄慨偏安，傷時感事之作：宋翔鳳《樂府餘論》云：「〈暗香〉、〈疏影〉，恨偏安也。」蔣敦復《芬陀利室詞話》云：「白石〈石湖詠梅〉，暗指南北議和事。」皆屬此類[12]。

三、為范成大（石湖）而作：亦張惠言首度提出，張氏《詞選》云：「題曰〈石湖詠梅〉，此為石湖作也。時石湖蓋有隱遯之志，故作此二詞以沮之。」按：張惠言雖云二詞皆有此意，但以〈暗香〉一闋的意旨較為明顯，所以他評首章云：「言己嘗有用世之志，今老無能，但望之石湖也。[13]」王瀣《冬飲廬讀書記》即承其說[14]。後來龍沐勛亦據此說而略加修訂，云：「我覺得〈暗香〉『言己嘗有用世之志』，這一點是

---

[9] 見張惠言《詞選》詞評，見《詞話叢編》，頁1615；鄭文焯《鄭校白石道人歌曲》；劉永濟《微睇室說詞》，頁119，《唐五代兩宋詞簡析》（臺北：龍田出版社，1982），頁73。

[10] 見陳澧《陳蘭甫手批姜詞》，引自何廣棪《宋詞賞心錄校評》（臺北：正中書局，1975），頁74；俞陛雲《唐五代兩宋詞選釋》（上海：上海古籍出版社，1985），頁404；陳匪石《宋詞舉》（臺北：正中書局，1983），頁37；龍沐勛《詞學十講》（福州：福建人民出版社，1987），頁117；沈祖棻〈白石詞暗香疏影說〉，《國文月刊》第59期，頁28-29。

[11] 見陳廷焯《白雨齋詞話》卷二，《詞話叢編》，頁3797；吳梅《詞學通論》（臺北：商務印書館，1977），頁90；劉永濟《微睇室說詞》，頁118-119，《唐五代兩宋詞簡析》，頁72-74。

[12] 見《詞話叢編》，頁2503、3675。按：沈祖棻〈白石詞暗香疏影說〉亦以為〈暗香〉一詞「乃白石生當南渡，傷國勢日衰，自身漸老，而深哀恢復之無望也」（頁28）。

[13] 見《詞話叢編》，頁1615。

[14] 見何廣棪《宋詞賞心錄校評》，頁70，引文。

對的。但『望之石湖』，卻不是為了自己的『今老無能』，而是希望范能愛惜人才，設法加以引荐。[15]」

四、為徽宗女柔福作：說見汪琬《旅譚》，云：「近人張氏惠言謂：『白石此詞為感汴梁宮人之入金者。』陳蘭甫亦以為然。鄙意以詞中語意求之，則似為偽柔福帝姬而作。按《宋史・公主傳》云：『開封尼靜善者，內人言其貌似柔福，靜善即自稱柔福。靳州兵馬鈐轄韓世清送至行在，遣內使馮益等驗視，遂封福國長公主，適永州防禦使高世榮。其後內人從顯仁太后歸，言其妄，送法寺治之。內侍李愕自北還，又言柔福在五國城，適徐還而薨。靜善遂伏誅。』宋人私家記載，……所記雖小有參差，大致要不相遠。惟《璀碎錄》獨言其非偽，韋太后惡其言虜中隱事，故急命誅之耳。意當時世俗傳聞，有此一說。白石〈疏影〉詞所云：『昭君不慣胡沙遠，……化作此花幽獨。』言其自金逃歸也。又云：『猶記深宮舊事，……早與安排金屋。』則言其封福國長公主，適高世榮也。又云：『還教一片隨波去，又卻怨玉龍哀曲。』則則言其為韋后所惡，下獄誅死也。至〈暗香〉一闋，所云『翠尊易泣，……西湖寒碧。』則就高世榮言之，於事敗之後，追憶曩歡，故有『易泣』、『無言』之語也。張叔夏謂：『〈疏影〉前段用少陵詩，後段用壽陽事，此皆用事不為事使。』夫壽陽固梅花事，若昭君則與梅無涉，而叔夏顧云然，當是白石詞意，叔夏知之，特事關戚里，不欲明言，故以此語微示其端耳。[16]」此說意甚新，特引錄全文如上。

五、與合肥別情有關：夏承燾嘗為白石整理出一段平生幽恨，撰為〈合肥詞事〉一文，以為〈暗香〉、〈疏影〉亦與此

---

[15] 見《詞學十講》，頁117。
[16] 引見《詞話叢編》，頁1623-1624，〈張惠言論詞・附錄〉。

事相關[17]；其箋校白石詞，即批駁上述諸家說法，謂於情理不合，且多無實據，因此提出這一看法：「予謂白石此詞亦與合肥別情有關：如『歎寄與路遙』、『紅萼無言耿相憶』、『早與安排金屋』等句，皆可作懷人體會。又二詞作於辛亥之冬，正其最後別合肥之年；范成大贈以小紅，似亦為慰其合肥別情。以此互參，寓意可見。惟二詞為應成大之折簡索句，不專為懷人而作，不似〈江梅引〉、〈踏莎行〉諸闋之屬辭明顯耳。[18]」

六、應命而作，即景寫情，不必專指某人某事：周濟《介存齋論詞雜著》謂二詞「寄意題外，包蘊無窮」，其《宋四家詞選》評二詞亦僅就花之盛衰立論，未牽就人事[19]。陳匪石《宋詞舉》論〈暗香〉，深以周說為然[20]。

這六種說法，若依據其關涉情事之性質，再加分類，可以約歸為三個大的類別：一、關切外在情事者，或指向特殊的歷史事況，或單純地傷時感事；二、關係個人情事者，或借物以言用世之志，或感物以興懷人之情；三、寫物寫人，若有若無，不必執著求之。前二者所探出的情事，大抵不離劉永濟所說的「其所託之情，不出作者所遇之世與個人遭際之事，交相組織」的所謂「身世之感」，其指向的情事雖有「身」、「世」之別，但兩者的詮釋策略其實甚為相似，皆以為此類作品有託情寄意可以指實，此與最後一類以為不可指實者不同。然則，由其面對作品的態度言，是可細分為「求本事」與「緣辭情」二種詮釋理念的；兩者之間，雖有差別，然其基本論點

---

17 見《姜白石詞編年箋校》附錄〈行實考・合肥詞事〉，頁273-274。
18 見《姜白石詞編年箋校》，頁49。
19 見《詞話叢編》，頁1634、1655。
20 見《宋詞舉》，頁35。

莫不是從愛賞白石詞出發，雖則彼此的論證詳略不同，說法有顯隱之分，但以其有深情遠韻存乎其間，看法卻是一致的。在牽繫本事的各種論見中，最以詞涉徽欽憤恨及有關合肥別情二說指證最力，而兩者之間後來更演變成針鋒相對的局面，相持不下；至於其他意見，不是被指為失於考證，即嫌無實據，不足與兩說抗衡[21]。夏承燾批評自張惠言以迄劉永濟主徽欽恨事一說云：「然靖康之亂距白石為此詞時已六七十年，謂專為此作，殆不可信。此猶今人詠物忽無故闌入六十年前光緒庚子八國聯軍之事，豈非可詫。若謂石湖嘗使金國，故詞涉徽欽，亦不甚切事理。[22]」劉永濟則反駁說：「至夏君謂白石不應於靖康亂後六七十年作詠物詞尚涉及之，謂我說不可信，則殊可怪。靖康之亂，二帝及諸后妃、王公被擄北去，為國家奇恥大辱，豈有愛國之士，六七十年後便可淡然忘之。且白石此詞詠梅，〈眼兒媚〉詞明有『胡沙』、『梅花』等句，何不可涉及？……又石湖把玩此詞不已，如係白石僅為懷念合肥舊眷，則無甚意義，更何得用『昭君』、『胡沙』、『深宮』等詞，豈非更可詫。至夏君提出『寄與路遙』、『紅萼無言』、『安排金屋』等句為懷人之證，亦難取信」，總之「統觀全首，張、鄭二家之論，大旨無誤」[23]。劉永濟與夏承燾之說其實都有問題。筆者是比較支持第六種說法的。原因何在？這必須先

---

21 夏承燾〈暗香·疏影箋〉批評各家說法云：「張惠言《詞選》又謂『首章言己嘗有用世之志，今老無能，但望之石湖也。』案石湖此時六十六歲，已宦成身退，白石實少於石湖二十餘歲，張說誤。蔣敦復《芬陀利室詞話》謂指南北議和事，亦嫌無徵據。汪瑔作《旅譚》，謂為徽宗女柔福帝。……其說甚新，其無可徵信，亦同前說。」（《姜白石詞編年箋校》，頁49-50。）

22 同注18。

23 見《微睇室說詞》，頁120、121。按：俞平伯亦有相同看法，云：「竊謂舊說大致不誤，惟亦不必穿鑿比附以求之。至謂作詞時離徽欽被擄已六十年，就未必有提舊話，此點卻似無甚關係；因南渡以後，依然是個殘局，而且更危險，自不妨有所感慨。……夏氏懷念舊歡之說，在本詞看來不甚明顯。」（《唐宋詞選釋》〔臺北：木鐸出版社，1982〕，頁229-230。）

對諸種情意寄託說的內容與本質有所省察，才能說得明白。

　　下文檢討情意寄託說，主要就兩個主題進行。第一、以家國之恨為主題者：沈祖棻〈白石詞暗香疏影說〉一文結論云：「自白石標示宗風，後來作者，遂推梅而及於他物。玉田、碧山，尤擅勝場。至《樂府補題》諸社作，言在耳目之內，情寄八方之表，乃為一代詞史焉。[24]」按：此蓋本蔣敦復之說。《樂府補題》既是「一代詞史」，又能具體反映宋末諸家詠物詞的特色，我們就以此書及其相關的評論文字作主要的討論對象；而夏承燾撰有〈樂府補題考〉一文[25]，抉隱發微，其說影響甚為深遠，然其方法論卻頗有問題，須加辨析說明。第二、以兒女之情為主題者：主要評論夏承燾之白石合肥詞事說，考辨其論證方法之缺失。此外，如蔡嵩雲《柯亭詞論》所云：「夢窗〈瑣窗寒〉，詠玉蘭而懷去姬」[26]，在此前後頗有些學者為吳文英詞綰合一段情事，這一說法亦有可商處，我們也一併加以處理。上述幾種論說，都有特定的指涉範圍，方便集中討論，而且這兩類也剛好分別囊括了典雅詞派前後期的重要詞家，頗有代表性，更何況其相關的詞學論評也是最富爭議性的，因此僅選擇這些詮釋文字作討論，雖不能呈現該派詞情意內容的全貌，但檢討這兩類詞情樣態的詮釋方法之得失，實可概括其餘。

　　我們針對這兩個論題所採取的研究步驟是，先對其詮釋歷史、內容作一交代，然後據事理文情以證成其說之為虛妄，最後探究情意內容寄託說形成的背景，復借相關文學理論從根本

24　見《國文月刊》第59期，頁31。

25　見夏承燾〈周草窗年譜‧附錄二〉，《唐宋詞人年譜》（上海：中華書局，1961），頁376-382。

26　見《詞話叢編》，頁4248。

上破斥其說。此外，在文章的最後，我們再用比對的方法，討論典雅派「詞情」（包括情意內容、情感本質、情境意態）的相關問題，從不同的角度以彰顯寄託說的侷限性，並由此以探出南宋典雅派詞的情意特質。

第二節　典雅派詞寄託說之省察（一）以《樂府補題》為例

　　詞多身世之感，是歷來詞論家主寄託說者對南宋典雅派詞情的最普遍的看法，其間有泛說與指實之分，結論須稍有差異，但詮釋心態其實相去不遠。近人夏承燾鉤事稽文，用力極深，其撰〈樂府補題考〉、〈合肥詞事〉，及〈吳夢窗繫年〉之論證吳詞懷人諸作多關涉去妾亡姬等條目（以上諸說雖非夏氏所創，但經過他的整理組合，諸說似更昭然而「完備」），即將典雅派詞所表達的主要情意內容限設在家國之恨、兒女之情的特定情事上，後來一些有關《樂府補題》或白石、夢窗詞的專著，不是據夏說而詳加闡釋，就是依相關論見而互為呼應，幾乎變成如山之鐵案，不容置疑的真理。但事實上，無論是材料的研判、詞章的解讀，甚至整個推理的過程、詮釋的基本假設，都是問題重重，經不起考驗的。近來已有些學者提出質疑，不過多是簡單陳述意見，少有堅實的論證；縱有言之鑿鑿的考辨長文，頗能指出前說之缺失，但最後卻又跳回寄託說的窠臼，始終未能碰觸問題的本質。詞學寄託說所以歷久不衰，有其時代的、文體的以及論者個人心理的背景，夏承燾雖指證歷歷，有別於前人的泛泛之說，但其主寄託的用心終究未脫離這一詮釋傳統，而後來者如不能就詮釋的根本問題切入，縱使文字、史實的論析更加明白有據，其能不能成為有效的詮釋仍大有疑問。下文討論《樂府補題》寄託說，首先鋪述其解

釋的歷史，以彰明其與晚近諸種說法的傳承關係，而後主要針對夏說，據事理文情，詳加論析其說之弊失；其次，論白石合肥情事說，兼評夢窗蘇杭情事說；最後，檢討情意寄託說興起的緣由及其詮釋方法上的問題。因為討論的議題頗複雜，所費篇幅亦多，故分三節來處理。這一節論《樂府補題》寄託說。

一、寄託發毀宋皇陵事一說的形成

《樂府補題》一書，宋末遺民唱和詞集，收錄王沂孫、周密、王易簡、馮應瑞、唐藝孫、呂同老、李彭老、李居仁、陳恕可、唐珏、趙汝鈉、張炎、仇遠及無名氏等十四人詞[27]，以〈天香〉、〈水龍吟〉、〈摸魚兒〉、〈齊天樂〉、〈桂枝香〉五調，分詠龍涎香、白蓮、蓴、蟬、蟹五物，共三十七首，合為一卷，前後無序跋、目錄，亦不著編者姓名。元‧陳旅《安雅堂集》有〈陳行之（恕可）墓誌銘〉，謂此書為陳氏遺著；清‧倪燦、盧文弨《補遼金元藝文誌》載「仇遠《樂府補題》一卷」，視作仇氏所輯；而夏承燾撰〈樂府補題考〉，則折衷其說，曰：「意當時吟社諸人，以陳、仇年輩為最少，

---

[27] 〈摸魚兒‧紫雲山房擬賦蓴〉第二首（過湘皋碧龍驚起）題佚名作（按：此處所用《樂府補題》，乃《彊村叢書》本，以下同）。《歷代詩餘》卷九十二以此為王易簡作。王樹榮〈樂府補題跋〉云：「作者十四人，一佚其名。《四庫提要》謂無姓名者二人，非也。宛委為陳行之別號，而宛委山房賦龍涎香，陳不與焉；紫雲為呂和甫別號，而紫雲山房賦蓴，呂不與焉；天柱為王理得別號，而天柱山房賦蟬，王不與焉；浮翠山房賦白蓮，餘閒書院賦蟬，浮翠、餘閒，卷中未見。竊謂浮翠即唐英發之瑤翠而訛。以本卷例之，宋季遺民中，如有以餘閒為別號者，則所佚姓名，不難推測而知矣。」（見《彊村叢書》本附錄）。夏承燾〈樂府補題考‧考人〉則云：「案《補題》佚名一人，王樹榮〈跋〉嘗推定為餘閒書院主人；今以季、沈二文核之（季本〈跋王修竹窆宋遺骸事後〉、沈季友〈橋李詩繫冬青引小序〉），其人殆即英孫。……惜修竹詩集已佚，無從知其有無『餘閒』之別號耳。元初月泉吟社諸人，多題隱號，如連文鳳而題羅文福，白珽而題唐楚友，且間有重複。全祖望謂『當日隱語廋詞，務畏人知，不憚繆辭重複以疑之。』餘閒之不出真名，當同此也。」（見《唐宋詞人年譜》，頁380。）按：書中所題佚名者是否即餘閒書院主人，又餘閒書院是否屬王英孫，王樹榮與夏承燾所論皆無具體證據，故此首作者名氏似仍以存疑為妥。

輯錄之責，或二人分任之，遂各據爲己編耳。[28]」此書久已失傳，清康熙間朱彝尊過錄汪森所得常熟吳抄本，攜至京師，交由蔣景祁鏤版以傳[29]。蔣景祁〈刻瑤華集述〉曰：「得《樂府補題》而輦下諸公之詞體一變，繼此復擬作「後補題」，益見洞筋擢髓之力。[30]」自此書復出，甚受浙派詞人所推崇，十數年間諸家擬《補題》而群相酬唱，遂興起一股詠物風潮，而有關此書的各種論評亦相繼產生，甚至有以此書爲創作與批評的範本，影響甚爲深遠[31]。

　　朱彝尊嘗稱「詞至南宋始極其工，至宋季而始極其變」

---

28 見〈周草窗年譜〉，《唐宋詞人年譜》，頁381-382。按：《四庫提要》卷一九九嘗疑此書乃後人從墨蹟錄出，未必當時即編次爲集。然元人著述既已明白說是陳述可所編，亦必有據。而清人著目題作仇遠輯，不知何所據。至於夏氏之解釋，則未嘗無理。

29 見朱彝尊〈樂府補題序〉，《曝書亭集》，《四部叢刊》本，卷三十六，頁4。按：朱彝尊〈蔣京少梧月詞序〉云：「比年客白下，思以茅山爲道士，著書以老；願未果，翻策紫車入京師……。吾友陳其年偕里人蔣京少訪予僧舍……。」（《曝書亭集》卷四十，頁3。）朱氏所謂「翻策紫車入京師」，是應「博學鴻詞」之徵，時在康熙十七年（1678）秋冬之際。而陳維崧亦於是年應試抵京。然則，朱彝尊、蔣景祁兩人因陳維崧之介而相識，最早應不過此年。陳氏亦曾爲《樂府補題》撰序，而其卒年乃在康熙二十一年（1682）。據此，《樂府補題》之刊刻，當在康熙十七年之後二十一年之前。

30 見蔣景祁《瑤華集》（北京：中華書局，1982），頁8。

31 舍之〈歷代詞選集敘錄‧瑤華集〉謂蔣景祁〈刻瑤華集述〉所云，「此文亦清詞重要史料。蓋其時《樂府補題》久晦而初顯，詞家摹仿有作，詠物之詞盛行。詞學風氣，遂不得不從唐五代轉向南宋晚期，於是碧山、玉田尚矣。」（《詞學》，第四輯，頁249。）嚴迪昌〈樂府補題與清初詞風〉云：「康熙前期《樂府補題》的重新問世所引起的清初詞風的嬗變以至影響著整個一代清詞的發展，就是一段相當典型的、值得細加辨析的史實。說其典型，不僅是由於《樂府補題》的復出，導致清詞詠物之風盛開，以至浙西詞派漸見陷入如謝章鋌在《賭棋山莊詞話》卷七所指出的弊端：『夫詠物宋最盛，亦南宋最工。然倘無白石高致，梅溪綺思，第取《樂府補題》而盡和之，是「方物略」耳，是「群芳譜」耳，便謂超凡入聖，雄長詞壇，其不然歟』；而且，尤爲微妙的是，以挽轉浙派餖飣頹風自居的常州詞派的主要理論觀念之一的『寄託說』，卻又是舉《樂府補題》諸作爲其論證依據並視之爲範本者。」（《詞學》，第八輯，頁41。）皆以此書爲影響清初詞風轉變的一部重要選集。嚴氏又云：「據我所見，僅康熙二十年至三十年之間，擬《補題》五詠的詞家即有近百人之夥。詞風能不爲之一變麼？」（同上，頁47。）按：《全清詞鈔‧引用書目》載徐致章等編《樂府補題後集》一部；此書未見，蓋亦擬仿《補題》之作。

（《詞綜・發凡》），意謂南宋詞講究鍛鍊，而宋末諸家詞除
了文辭仍維持姜史之典雅工麗的筆調外，更多了時世之感，深
化並拓寬了詞的情意內容。其撰〈樂府補題序〉乃云：

> 按集中作者唐玉潛氏以攢宮改殯義聲著聞；周公謹氏寓
> 居西吳，自稱弁陽老人……；仇人近氏詩載月泉吟社
> 中；張叔夏氏詞序謂鄭所南氏作；王聖與氏先叔夏卒，
> 叔夏為題集……；其餘雖無行事可考，大率皆宋末隱君
> 子也。誦其詞可以觀其志意所存，雖有山林友朋之娛，
> 而身世之感別有淒然言外者。其騷人〈橘頌〉之遺音
> 乎？[32]

朱彝尊認為這部詞集的作品意在言外，主要表達的是詞人在宋
亡後的身世之感，這是對宋季諸家詞的一種基本的認定。同
時，陳維崧為新刊《樂府補題》作〈序〉亦云：

> 嗟乎，此皆趙宋遺民作也。粵自雲迷五國，橋識啼鵑，
> 潮歇三江，營荒夾馬。壽皇大去，已無南內之笙簫；賈
> 相難歸，不見西湖之燈火。三聲石鼓，汪水雲之關塞含
> 愁；一卷金陀，王昭儀之琵琶寫怨。皋亭雨黑，旗搖犀
> 弩之城；葛嶺煙青，箭滿錦衣之巷。則有臨平故老，天
> 水王孫，無聊而別署漫郎，有謂而竟成逋客。飄零孰
> 恤？自放於酒旗歌扇之間；惆悵疇依？相逢於僧寺倡樓
> 之際。盤中燭炧，間有狂言；帳底香焦，時有讕語。援
> 微詞而通志，倚小令以成聲。此則飛卿麗句，不過開元

---

32 同注29。

宮女之閒談；至於崇祚新編，大都才老夢華之軼事也。[33]

其體認與竹垞大致相同，以爲《補題》諸作深富遺民逋客的黍離之悲、亡國之痛。宋季諸家「援微詞而通志」，後來讀者則「誦其詞可以觀其志意所存」，而朱、陳等清初詞人所以獨賞此集，揭揚其意韻，倂加仿效，更有其感同身受的悲慨在[34]。朱彝尊之於《樂府補題》，除了藝術性的喜好外，更有一種特殊的心理因素，又不可不注意。其撰〈孟彥林詞序〉云：「宋以詞名家者，浙東西爲多……。今所傳《樂府補題》大都越人製作也。[35]」這種攀附鄉黨以自高的情結，可能就是浙派後學所以視《補題》篇什爲詠物詞體創作典範的其中一個原因。但浙派大纛高舉，詠物詞風興盛，諸家所習得的卻只是字句上

---

[33] 見《陳迦陵儷體文集》，《四部叢刊》本，卷七，頁33。

[34] 嚴迪昌〈樂府補題與清初詞風〉以爲朱彝尊序文，「整個評論未出『意內言外』四字之義，純屬『虛行』之筆，既無實質性的關涉，亦毫不流露感情於筆端。『騷人橘頌之遺音』則著眼點正在詠物詞格，是略予高其位置的評論而已。我以爲，這就是朱彝尊深諳政治，深具機巧的處世特點的具體外現」；而陳維崧序文，則「南宋覆亡時故老王孫、遺民逋客的心靈震撼、情懷淒苦之狀畢見，楮墨間滲透著濃重的今昔所苦、身同感受的情愫。……顯然，陳維崧是既深味《樂府補題》的情韻底蘊，也意欲藉此寄發異代同感的情思的。他的紹介《補題》是表裡一致，有所借重——而這借重是爲一抒內心的淒苦悲慨的積鬱。儘管陳維崧也應『鴻博』之徵，也授檢討之職，然而大量文獻證實，他並沒違初衷，一種憤激情緒遠未消散……。」（《詞學》，第八輯，頁54-55。）按：嚴迪昌主要的論點是：朱、陳二人對《樂府補題》的理解，由於性向有異，其所觸動的情緒也自然有所不同。而因人因事而論其文，他對兩家顯然是有優劣高下的價值判斷的。然而，我們細讀朱、陳二序，兩家言辭或有詳略隱顯之別，但體驗其實並無太大差別。兩家既相知相識，又同爲蔣氏新刊本作序，復仿擬集中諸作，因性情襟抱有異，其所展現的風格自不盡相同，但若認爲陳維崧能體察《補題》的淒苦之情，感同身受，而朱彝尊卻似無動於衷，此說則大可商榷。楊麗珠〈清初浙派詞論研究〉第二章第三節云：「竹垞的身世流離，同於宋末詞人，爲寄寓家國之感，使其特別喜好《樂府補題》等有言外之意的詞作。所以在《樂府補題》一書出現時，他爲了補綴完足，辛勤地『搜於里嫗之筐』（按：語出陳維崧〈樂府補題序〉）。」（見《國立臺灣師範大學國文研究所集刊》，第28號，頁1098。）這說法頗合情理。明清之際的士大夫有感於時勢變易，情形一如宋季，特別能遙契當時文人之用心，藉詩文寄發異代同感的幽思，應是一普遍現象，陳氏如此，朱氏也應如此，而其他文士亦多此類作品。

[35] 見《曝書亭集》卷四十，頁4-5。

的雕琢工夫，附庸風雅，而山河之感頓失，情致意趣也蕩然不存，無復清初諸大家擬作之風範[36]，所以不但備受派外人之指責，也成為派內不得不思以改革的課題。謝章鋌《賭棋山莊詞話》便毫不留情地批判浙派末學「第取《樂府補題》而盡和之」，而無姜、史的高致與綺思，不過「是『方物略』耳！是『群芳譜』耳」，無甚價值；更對這股「習氣」深表不滿，云：「近人詞集，不曰『箏語』，即曰『琴雅』，不曰『梅邊吹笛』，即曰『月底修簫』。凌仲子謂為習氣，不信然乎？而開卷必有詠物之篇，亦必和《樂府補題》數闋，若以此示人，使知吾詞宗南宋，吾固朱、厲之嫡冢也。究之滿紙陳因，毫無意致，此尤習氣之不可解者矣。[37]」其實，浙派中有識之士也未嘗不知問題所在，在他們的詞論中亦多有以寄託說詞者，其中一些對詠物詞或《樂府補題》的看法，猶特重其寓家國無窮之感的特色，如乾嘉間王昶〈江賓谷梅鶴詞序〉云：「暨於張氏炎、王沂孫，故國遺民，哀時感事，緣情賦物，以寫閔周哀郢之思，而詞之能事畢矣。[38]」吳錫麒〈仿樂府補題唱和詞序〉云：「在昔詞人，遭逢末造，撫銅駝而泣下，驚白雁之飛來。滄海波荒，多青樹冷。殘山賸水，摹圖畫而難工；斷井頹垣，覓鈿釵而不見。溺人必笑，秋士能悲。離黍之思既深，夢

---

36 當時名家，如曹貞吉的詠物詞，寄託遙深，備受時人所推崇；宋犖《珂雪詞·詠物詞評》論其詞曰：「今讀實庵詠物十首，彷彿《樂府補題》諸作，而一種窅渺之思，瑰麗之辭，與夫沉鬱頓挫之作，直駕諸公而上之。」當時以《補題》之篇作為詠物詞的典範可以想見，而他們所重視的更在於這些詞寫物以寄意，有家國興亡之感。朱彝尊於《補題》雖別有體會，然其擬作，工雅典麗，比起陳維崧的確少了一種沉摯的氣慨。陽羨名家如徐喈鳳、曹亮武等都有擬作，也比浙西諸子如汪森、邵瓛等家的更有情韻氣魄。清初浙派諸家猶有不足之處，而後詞家又無朱彝尊等人的才情學力，只在字句上用工夫，遂流為餖飣寒乞，缺乏情味，徒具面貌罷了。譚獻《復堂詞話》批評說：「《樂府補題》別有懷抱，後來巧構形似之言，漸忘古意，竹垞、樊榭不得辭其過。浙派為人垢病，由其以姜、張為止境，而又不能如白石之澀、玉田之潤。」總之，浙詞之蔽，是其來有自的。
37 見《賭棋山莊詞話》卷七，《詞話叢編》，頁3415；《賭棋山莊詞話續編》五，《詞話叢編》，頁3569。
38 見《春融堂集》卷四十一，頁4。

梁之感斯託。[39]」重詞所寓含的寄託之意，本來就常出現在浙派重要詞學家的言論中，尤其是論評《補題》及宋末諸家詞時，有些主寄託的論見比張惠言編《詞選》正式揭示常派理論還早[40]，只是大多零散而不成體系，終於在浙派末學平庸無聊之作的充斥之下，在常派詞家不斷的交相指責聲中，逐漸為人所忽略。

浙西、陽羨詞派皆以《樂府補題》為有寓意之作，而一向主張寄託說的常州派對此書又有怎樣的評價？其論點與前者有何異同？這些都是頗值得探討的問題。我們翻閱常派三大家——張惠言、周濟、陳廷焯——的詞學論著，會發現一個奇怪的現象：在他們的著作裡，選評宋季諸家之作甚夥，但只有聊聊數家數首係《補題》一書作品，且行文間也從未有直接提及《補題》之名[41]。不過，張、周等人雖未對《補題》一書發表意見，但筆者以為他們應有參考此書，而他們對《補題》部分作品的看法應該是可涵括全書的，這也可從常派其他相關的論見得到引證。請看下列幾段詞評：

---

39 見吳錫麒著，王廣業箋、葉聯芬注：《有正味齋駢文箋注》（臺北：大新書局，1965），卷中，頁6-8。

40 張惠言〈詞選序〉作於嘉慶二年。朱彝尊、厲鶚在其前不必說。前引王昶〈江賓谷梅鶴詞序〉乃成於乾隆四十八年左右，也比張書早。其他，如李符〈江湖載酒集序〉、柯煜〈絕妙好詞序〉、丁澎〈東白堂詞選序〉等，也是浙派早期有以比興寄託言詞的序文。

41 張惠言《詞選》錄王沂孫詞四首，其中〈齊天樂·蟬〉（一襟餘恨宮魂斷）一首為《補題》詞。周濟《宋四家詞選》載《補題》之作也只有三家五首：王沂孫〈齊天樂·蟬〉二首（其一同《詞選》，其一是「綠槐千樹西窗悄」首），陳恕可〈齊天樂·蟬〉（蛻仙飛佩流空遠），唐珏〈齊天樂·蟬〉（蛻痕初染仙莖露）及〈水龍吟·白蓮〉（淡妝人更嬋娟）。按：有關《補題》篇中作家作品的看法，張惠言未加評論，周濟《介存齋論詞雜著》、《宋四家詞選》各兩則，而後來陳廷焯《白雨齋詞話》雖多了幾則，但皆未見有提及《補題》一書者。照理周濟應有參考此書，因為陳恕可、唐珏存詞全數各僅四首，而皆係《補題》篇章。三家之所以不提此書，是否因浙西詞人高舉此書太過，視為派系範本，遂引起情緒性的反彈？那就不得而知了。

碧山詠物諸篇，並有君國之憂。（張惠言《詞選》）[42]

南宋有無謂之詞以應社。……碧山〈齊天樂〉之詠蟬，玉潛〈水龍吟〉之詠白蓮，又豈非社中作乎？故知雷雨鬱蒸，是生芝菌，荊榛蔽芾，亦產蕙蘭。

玉潛非詞人也，其〈水龍吟・白蓮〉一首，中仙無以遠過，信乎忠義之士性情流露，不求工而自工。（周濟《介存齋論詞雜著》）[43]

《詞選》云：「碧山詠物諸篇，並有君國之憂。」自是確論。讀碧山詞者，不得不兼時勢言之，亦是定理。或謂不宜附會穿鑿，此特老生常談，知其一不知其二。古人詩詞有不容穿鑿者，有必須考鏡者，明眼人自能辨之，否則徒爲大言欺人，彼方自謂識超，吾則笑其未解。

碧山〈天香・龍涎香〉一闋，莊希祖云：「此詞應爲謝太后作。前半所指，多海外事。」此論正合余意。

碧山〈水龍吟〉諸篇，感慨沉至。……詠白蓮云：「太液荒寒，海山依約，斷魂何許。」又云：「三十六陂煙雨，舊凄涼、向誰堪訴。如今謾説，仙姿自潔，芳心更苦。」寫出幽貞，意者亦指清惠乎？

碧山〈齊天樂〉諸闋，哀怨無窮，都歸忠厚，是詞中最上乘。……詠蟬首章云：「短夢深宮，向人猶自訴憔悴。」言中有物，其指全太后祝髮爲尼事乎？……次章

---

[42] 見《詞話叢編》，頁1616。
[43] 見《詞話叢編》，頁1629、1636。

起句云：「一襟餘恨宮魂斷。」下云：「鏡暗妝殘，為誰嬌鬢尚如許。」合上章觀之，此當指王昭儀改裝女冠。後疊云：「銅仙鉛淚如洗，……餘音更苦，甚獨抱清商，頓成淒楚。」字字淒斷，卻渾雅不激烈。「餘音」數語，或有感於「太液芙蓉」一闋乎？（陳廷焯《白雨齋詞話》卷二）

如王碧山詠螢、詠蟬諸篇，低回深婉，託諷於有意無意之間，可謂精於比義。（陳廷焯《白雨齋詞話》，卷六）[44]

碧山、草窗、玉潛、仁近諸遺民，《樂府補題》中龍涎香、白蓮、蓴、蟹蟬諸詠，皆寓其家國無窮之感，非區區賦物而已。（蔣敦復《芬陀利室詞話》卷三）[45]

《樂府補題》別有懷抱，後來巧構形似之言，漸忘古意。（譚獻《復堂詞話》）[46]

　　假如我們推測不錯的話，常派的創始人與奠基者應該也與其後勁一樣，認為《補題》應社而作的詠物諸篇「別有懷抱」、「皆寓其家國無窮之感」的。這似乎是延續著以前家派的基本看法，但詮釋的觀點與角度顯然已有不同。常派諸子更重作品的情意內容及其藝術效果，《補題》篇什雖皆有寓意，合乎其主寄託的詞學主張，但在他們選錄論評兩宋詞作以示後學津途時，便不得不就作品而論作品，給予諸作適切的評價，因此他們在《補題》中只選評了王沂孫、唐玨的作品，是因為

---

[44] 見《詞話叢編》，頁3809、3811、3917。
[45] 見《詞話叢編》，頁3675。
[46] 見《詞話叢編》，頁4008。

這些作品正是他們標準中的詠物「好」詞，這與浙人唯《補題》是尚的心態不大相同。常派主寄託，尚碧山，是其一貫的策略。張、周諸子對碧山《補題》之作的評價，是放在碧山詠物諸篇的評價上來衡量的，而衡量的標準就在於其有無比興寄託的深意上。由張惠言到陳廷焯，對碧山詠物詞的評論，很顯然的已從「並有君國之憂」的一般性說法，走往事況指實的詮釋路向。陳廷焯的理論是相當完備的，他指出碧山詠物詞「精於比義」，讀者在解釋詞意時，可原作者的生平「兼時勢言之」。陳廷焯承莊希祖餘緒，更架構理論，為詞證史，釋王沂孫《補題》唱和諸闋，謂攸關清惠、全太后、王昭儀等人之事，可說別開生面。此後更多影射比附之說相繼產生，甚至有謂整本選集關係某一特定的歷史事件。《樂府補題》的詮釋歷史由此揭開新的一頁，各種論爭也相繼而起。

汪兆鏞〈碧山樂府書後〉云：

《樂府補題》，《四庫提要》謂皆宋遺民詞，其中聖與之詠〈龍涎香〉、〈白蓮〉、〈蓴〉、〈蟬〉諸篇，皆與唐玉潛倡和。聖與、玉潛同里，六陵埋骨，玉潛主其事。陶篁村《全浙詩話》：「玉潛之前有王英孫字才翁，必聖與昆季。」篁村謂玉潛寒士，才翁富而好禮，六陵事，非才翁慷慨揮金，里中諸惡少何能一呼眾應，成此良謀？故黃文獻以茲舉歸功於才翁。是聖與、玉潛之結詞社，淵源如此，決非貶節仕元，尤可信。善乎竹垞翁之言曰：「王聖與宋末隱君子也，其詞於身世之感，有淒然言外者，其騷人〈橘頌〉之遺音乎！」此可為定論，無惑於《四明志》之說矣。第詞集分調編錄，未臻完善，竊意如〈青房並蒂蓮〉（按：所引詞句略，下同）、〈水龍吟·牡丹〉，是南渡初追憶汴京，宜編

次於前。……至〈天香・龍涎香〉云：「孤嶠蟠煙，層濤蛻月。」是崖山之恨。〈齊天樂・蟬〉云：「甚已絕餘香，尚遺枯蛻。」是冬青之悲。……循此微恉，重加排比，較有條理。[47]

王樹榮〈樂府補題跋〉云：

榮前讀周止庵《宋詞選》，於唐玉潛賦白蓮曰「冰魂猶在，翠輿難駐」、曰「珠房淚濕，明璫恨遠」，以為當為元僧楊璉真伽發宋陵而作。又賦蟬曰「佩玉流空，綃衣剪霧」、曰「晚妝清鏡裏，猶記嬌鬟」，疑亦指其事。今讀此卷，依類求之，此意無不可通。殆即玉潛所謂「只有春風知此意，年年杜宇哭冬青」者也（按：所引乃林景熙〈夢中作〉詩句；王氏說是唐珏詩，誤）。[48]

　　兩段文字都有提到元僧發毀宋諸攢宮事，為了方便往後的討論，我們先簡單敘述這一事件的始末。據周密《癸辛雜識》、陶宗儀《南村輟耕錄》等書[49]云：元世祖至元間[50]，西

47 見《微尚齋雜文》卷三。此處轉引自吳則虞箋注《花外集》（上海：上海古籍出版社，1988）〈附錄二・序跋〉頁141-142所載汪文。
48 見《彊村叢書》本《樂府補題》附錄。
49 詳周密〈楊髠發陵〉，《癸辛雜識・續集上》，臺灣商務印書館景印文淵閣《四庫全書》本，頁39；〈楊髠發陵〉，《別集上》，頁48-50；〈徽宗梓宮〉，《後集》，頁3。陶宗儀《南村輟耕錄》（臺北：木鐸出版社，1982），卷四，〈發宋陵寢〉，頁43-49。萬斯同《南宋六陵遺事》（臺北：廣文書局，1968），頁73-74。此外，如《元史・世祖本紀》、程敏政《宋遺民錄》（臺北：廣文書局，1968）、萬斯同《宋季忠義錄》（《四明叢書》本）等書，有關發毀諸事之記載，皆可參考。
50 發毀諸攢宮年代，自來說法不一，其中以周密所主元世祖至正二十二年乙酉（1285）一說，及羅有開、陶宗儀所主至正十五年戊寅（1278）一說，最為後人所採信。夏承燾〈樂府補題考〉以後說作戊寅年為確實（見《唐宋詞人譜》，頁380-381）；而閻簡弼〈南宋六陵遺事正名暨諸攢宮發毀年代攷〉卻以為周說未必不可信，宜以兩說並存（見《燕京學報》第30期，1946年6月，頁40-50）。

僧楊璉眞伽總管江南浮屠，曾盜發宋帝后會稽諸攢宮[51]，至斷殘支體，攫珠襦玉柙，焚其骴，棄骨於草莽之間。據云當時理宗之屍，啓棺如生，或謂含珠有夜明者，發墓者遂倒懸其屍樹間，瀝取水銀，如此三日夜，竟失其首。唐珏時年三十餘，聞之痛憤，遂與友人林景熙等邀集里中少年，收諸帝后遺骸，瘞諸蘭亭山上，並移植宋常朝殿多青樹以爲識，遇寒食則秘祭之。林景熙〈夢中作十首〉（今存四）、〈冬青花〉及唐珏〈冬青樹行〉等詩，即爲此而作。由是玉潛義風震動吳越，謝翱感其事爲作〈冬青樹引〉，語甚淒切，讀者傷之云云[52]。前引汪兆鏞文，其主要論點有二：一是王沂孫既與義士唐珏爲友，而其詞又充滿君國之思，則絕不會如《延祐四明志》所說的「至元中爲慶元路學正」，做出「貶節仕元」之事；一是碧山詞之編次，可依其關涉情事之時序先後重加排比。就第一點來說，汪氏的推理是相當有問題的。碧山和玉潛的關係及其詞中所表達的情思，與其有否出爲學正似無必然關係，像《補題》唱和諸友中，仇遠入元爲溧陽教授，這又當作何解釋？按《四明志》乃碧山同時人袁桷所撰，當不致誣妄。《元史‧選舉志》明載各路設教授、學正等員之職[53]，而宋遺民出爲山

---

[51] 歷來多稱「南宋六陵」，然據閻簡弼所考，「六」之數有未確而「陵」之詞亦弗允。按：當日西僧所發毀者，似不只六處，「要之，眾說不一，眞僞莫辨，以姑不確言其數爲宜，而混稱之以『諸』」；又據舊籍所載，南宋諸陵自昭慈而下多稱曰「攢宮」，所以「名以『攢宮』，實函深諦，蓋冀光復中原歸葬伊洛，此實權攢，非所甘心。若竟曰陵，是無復中原之念矣！……名不正則言不順，稽史撫事，宜以『攢宮』爲名」（見〈南宋六陵遺事正名暨諸攢宮發毀年代攷〉，頁27-40）。

[52] 有關賦冬青及瘞骨等事之詩文，詳載黃兆顯《樂府補題研究及箋注》（香港：學文出版社，1975），卷三，頁103-121。

[53] 見《元史》（臺北：鼎文書局，1980），〈志〉第參十一，〈選舉一〉，頁2032-2035。按：汪氏〈碧山樂府書後〉在上引文字之前有云：「按《元史‧百官志》：『各行省設儒學提舉司，每司提舉一員，副提舉一員，吏目一人，司吏一人。』屬官無學正之名。《宋史‧職官志》有『提舉事司，掌一路學正』。慶元路本明州，以集中〈四明別友〉、〈歸故山〉等詞揆之，殆王聖與南宋末掌慶元路學正，宋亡歸隱。」據《元史‧選舉志》所載，則汪氏的推論便顯然有誤。

長、學正者大有人在，誠如戴表元〈送屠存博之婺州教序〉一文所說的，當時儒生實有「不可以仕而不可以不仕」的難處，以及「不仕而爲民，則其身將不免於累」的困境[54]，因此，鑒於這種情況，後人對這些在元朝仕爲學官的人，仍多以遺民視之，更何況山長學正乃師儒之職，與廁立僞朝爲命官者終究不同。碧山曾爲學正之事，學者論之已詳，此處不必再加深究[55]。我們最要關心的，是與《樂府補題》之詮釋有關的問題。汪氏對碧山詞的看法，大抵是這樣的：碧山詞多身世之感，有言外之意，而且有些詞是可據以指實其所指涉的情事的；這基本看法，無甚新奇之處，浙派、常派以來詞家便多如此評論碧山。不過，值得注意的是，汪氏因《樂府補題》而論及唐珏「六陵埋骨」之事，但有兩點要特別留意：一是汪氏並未指稱《補題》是專爲發陵事而作，他只指出與碧山唱和的玉潛曾參與埋骨之事而已；一是碧山《補題》諸作中〈齊天樂・蟬〉詠冬青之悲，是明顯與盜陵事相關者，而〈龍涎香〉一首則是崖山之恨，顯見碧山諸詠因時因事而發，不限於某一特定事況。眞正以西僧盜發宋諸攢宮事說及《補題》全篇的，始於王樹榮。王氏稱其說法乃啓發自周濟，是很有問題的。據筆者所考，周濟評唐珏詞就只有上引兩則，而王氏所引者，不知出自何處。周濟謂玉潛〈水龍吟・白蓮〉一首「信乎忠義之士，

---

[54] 見《剡源戴先生文集》，《四部叢刊》本，卷十三，頁1。

[55] 王沂孫出爲學正之說，經學者論證，多以爲不可置疑。請參(一)吳則虞〈詞人王沂孫事蹟考略〉，華東師範大學中文系編《詞學研究論文集》（上海：上海古籍出版社，1982），頁442-449；吳則虞箋注《花外集・附錄一》，頁130-131。(二)常國武〈王沂孫出仕及生卒年歲問題的探索〉，《文學遺產增刊》第十一輯（1962年10月），頁159-165。(三)葉嘉瑩〈碧山詞析論〉，《迦陵論詞叢稿》（臺北：明文書局，1987），頁217-220。(四)葉嘉瑩〈論詠物詞之發展及王沂孫之詠物詞〉，《靈谿詞說》（上海：上海古籍出版社，1987），頁559-561。按：黃賢俊曾撰〈王碧山四考〉，載《詞學》第六輯（1988年7月），頁77-103，中有「未仕元考」（頁81-88），非議上述諸家之見，然其亦未能爲碧山未仕元一事提出具體確切而又足夠的證據，終難推翻前說。

性情流露，不求工而自工」，甚稱賞其發於天性、自然眞摯的特色，似乎沒作進一步的聯想。換言之，周濟只是論人論詞而已，未正式談到盜陵與埋骨事。後人不加細察，即採信王氏之說，不獨謂周濟是以唐詞爲楊髡發陵事而作，更進而指稱周濟以此事釋〈白蓮〉、〈蟬〉諸詠[56]，愈扯愈遠，有違周濟的本意，這一點必須澄清。總括以上所述，汪兆鏞與王樹榮有關《補題》詞的論見，大抵皆延續寄託說的詮釋策略，基本觀念沒有不同，只是在本事的論證上有朝向多種事況與集中單一事件的解釋之分而已，其後諸家有關《補題》的論爭，主要都環繞著這本事的指向問題上。

二、對夏承燾等說法的檢討

夏承燾承王樹榮之說，特著〈樂府補題考〉一文，疏證辨析，發微抉隱，認爲《補題》全篇確爲西僧楊璉眞伽盜發宋皇陵而作。其「考事」云：

> 厲鶚〈論詞絕句〉曰：「頭白遺民涕不禁，《補題》風物在山陰，殘蟬身世香蓴興，一片冬青冢畔心。」注云：「《樂府補題》一卷，唐義士玉潛與焉。」以冬青故事說《補題》，發自厲氏此詩，但猶僅指唐氏一人。歸安王樹榮跋《補題》，……此始及《補題》全編。今案《補題》所賦凡五：曰龍涎香、曰白蓮、曰蟬、曰蓴、曰蟹。依周（濟）、王之說而詳推之，大抵龍涎香、蓴、蟹以指宋帝，蟬與白蓮則託喻后妃。故賦龍涎香屢曰「驪宮」、「驚蟄」（按：所引詩句從略，下同）。賦蓴、

---

56 吳則虞〈天香〉箋注一云：「周止庵始以〈白蓮〉諸詠指發六陵事。」又〈齊天樂‧蟬〉箋注一云：「周濟《詞選》以爲詠蟬諸詞爲元僧楊璉眞伽發宋陵而作。」（見吳校《花外集》，頁2、50。）

賦蟹屢曰「秦宮」、「觡影」。此唐珏〈冬青行〉所謂「六合忽怪事，蛻龍挂茅宇」也。賦蟬屢用「齊姬」、「齊宮」、「故宮」、「深宮」。（齊女怨王而死，變爲蟬，王悔之，名曰齊女。）賦蓮亦屢用「霓裳」、「太液」、「環妃」、「瑤台」，其用楊妃、羅襪，寓意尤顯。此謝翱〈古釵歎〉所謂「刑徒鬼火去飄忽，息婦堆前殯齊發」也。他若「露盤」、「枯蛻」之辭，不厭稠疊。朱彝尊僅擬爲騷人〈橘頌〉之遺，猶未詳其隱旨也。周密《癸辛雜識・別集上》記楊璉眞伽發陵，以理宗含珠有夜明，倒懸其尸樹間，瀝取水銀，如此三日夜，竟失其首。此龍涎香所賦採鉛搗唾之本事也。《雜識》又記一村翁於孟后陵得一髻，髮長六尺餘，其色紺碧。……此賦蟬十詞九用鬚鬢字之本事也。（魏文帝宮人莫瓊樹制蟬鬢，縹緲如蟬翼，見《古今注》。）……又，至元二十四年丁亥，周密於山陰得王獻之保母帖，作詩賦之，有云：「卻怪玉匣書，反累昭陵土。」王易簡云：「簡編無端發汲冢，陵谷有時沉峴碑。」王沂孫題云：「陶土或若此，何爲沉玉魚。」……周、王即賦《補題》之人，山陰即發陵之地。詩意亦若隱若現，與《補題》相發；參合以觀，《補題》寓意，躍然益顯矣。觀《雜識・續集上》，記梁棟莫崟詩獄，元初文網之密可知。《補題》託物起興，而又亂以他辭者，亦猶林景熙冬青之詩，必託爲夢中之作也。……前人考六陵事者，僅稱景熙及謝翱唐珏之詩，而不及《補題》；《補題》清初方出，萬斯同全祖望諸君未嘗見耶。[57]

---

[57] 見《唐宋詞人年譜》，頁376-379。

夏氏此說一出，幾成定論，後來學者凡論《補題》一集或其中作家作品的，多深信不疑，作爲其論述《補題》的詞情及判定其價值的依據[58]。其實，夏承燾所謂寄託發陵之說，無論就外緣或內在的研究方法及材料的引用上，都顯得有所不足，疑點仍多，似非不可動搖。針對夏說，提出反對意見的亦有人在，只是在聲勢上則遠遜於其支持者，容易被人忽略。私意以爲像吳則虞箋注《花外集》及蕭鵬撰〈樂府補題寄託發疑——與夏承燾先生商榷〉一文所質疑的，未嘗無理，而尤其是蕭氏所提出的若干論點，更是切中要綮，值得參考[59]。以下先簡介兩家的說法，並作進一步的剖析，再論諸家詮釋方法的得失。

首先，在資料的解釋上，吳則虞以爲夏承燾似誤解屬鶚〈論詞絕句〉之意，其箋注碧山〈天香〉一闋解題云：「所謂『冬青冢畔心』者，言作者丁桑海之會不忘故君故國，非謂《補題》諸作盡指發六陵之一事言也。適作年在發陵之先後，

---

[58] 夏承燾〈樂府補題考‧後記〉云：「寫此文成，嘗請益於張孟劬先生爾田，先生自北平報書，謂『碧山他詞若〈慶清朝‧榴花〉亦暗寓六陵事；張皋文謂指亂世尚有人才，殊不得其解。』檢《花外集》此詞過變云：『誰在舊家殿閣，自太眞仙去，掃地春空。朱旛護取，如今應誤花工。顛倒絳英滿徑，想無車馬到山中。』末二句用韓愈〈榴花〉詩語，實與林景熙〈夢中作〉『猶憶年時寒食祭，天家一騎捧香來。』同意。又余宗琳女士告予：張炎〈紅情〉、〈綠意〉二首詠荷，有云：『料應太液，三十六宮土花碧。』『回首當年漢舞，怕飛去，漫皺留仙裙褶。』『盤心清露如鉛水，又一夜西風吹折。』亦同《補題》詠白蓮之旨。此皆予說一別證，亟附記之。」（《唐宋詞人年譜》，頁382。）按：其後專門研究、評論《樂府補題》而推衍夏說者，主要有黃兆顯《樂府補題研究及箋注》，香港：學文出版社，1975；Chang Kang-i Sun." *Symbolic and Allegorical Meanings in the Yueh-fu pu-t'i Poem Series*".' Harvard Journal of Asiatic Studies '. Vol.46, No.2, pp.353-385. 論《補題》作家作品亦以夏說爲然者，如葉嘉瑩〈碧山詞析論〉，《迦陵論詞叢稿》，頁216-217、220-236。

[59] 吳則虞有關《補題》諸詠的看法，主要見其〈花外集‧前言〉及《花外集》中碧山《補題》唱和詞之箋注（頁2、39、50）。蕭鵬撰〈樂府補題寄託發疑——與夏承燾先生商榷〉一文，刊在《文學遺產》1985年第1期，頁66-71。其後蕭氏撰〈周草窗年譜補辨〉於夏《譜》「（周密與王沂孫、李彭老……等十四人，分詠龍涎香、白蓮、蓴、蟬、蟹諸詠，編爲《樂府補題》，隱指去歲六陵被發事」後，再簡括陳述其意：見《詞學》第五輯（1986年10月），頁71-72。

而玉潛又適為植樹瘞骨之人，以此宛委盡瘁，似盡為越陵而作，以一眩全，致遠恐泥。」以偏概全，推論過當，確是夏說的毛病，吳則虞不執迷其說，勇於質疑，這種詮釋態度基本上是值得肯定的。不過，他這段話有個錯誤的地方，按夏承燾僅稱厲詩「但猶僅指唐氏一人」，並未如吳文所說的該詩已盡指發陵之事。厲鶚所體認的《補題》情意，大抵是浙派以來一般的看法，只是他特別拈出與埋骨事有關的唐珏的詩句，遂令人生出許多聯想。所謂「一片冬青冢畔心」，未必是實指其事，可以是借以喻志。換言之，厲詩未嘗不可作如下的解釋的：《補題》諸詞乃借山陰風物寓託遺民身世之感，而詞以寄意，其傷懷處，則如同冬青故事一般，皆有永誌不忘故國之心。退一步想，縱然厲鶚有以玉潛其事解其詞之意圖，但兩者之間是否有必然關係已頗有問題，更遑論將發陵之事推及全編。

　　蕭鵬撰文主要是論證夏承燾寄託發陵說之不可信，其論據如下：第一、無任何記載可坐實其說。不但參與其事者現存之詩文無片言隻字談及賦詞寄託發陵之事，同時的至交好友也不曾為文記載，亦無留下當事者相關的序跋述其原委，甚至連元明以來的雜記野史都不見載錄，則此說是十分值得懷疑的。或謂元人文網森嚴，《補題》諸家遂秘而不宣，但單單發陵之事當時便屢見傳述（如鄭元祐《遂山山樵雜錄》、羅有開〈唐義士傳〉、陶宗儀《輟耕錄》、周密《癸辛雜識》，皆有明載其事者），且無所忌諱，直錄其事，並對西僧之暴行痛加指斥，對唐、林之義舉極力褒揚；然則何以於詩文即顯豁若此，於歌詞則隱晦若彼？所謂「亂以他辭」，以免罹罪，顯然於事實不符，而有無其說便更加可疑了。第二、五詠乃賦於不同時地。那麼，既非同時同地之作，其所感觸者當然有別，而謂之同為一事而分詠似乎就不很合理。第三、周密晚年著《癸辛雜識》

續集、別集[60]，兩載楊髡發陵始末，然而他的消息來源並非如夏承燾所推測：「乃諸老居會稽，或目睹其事」，也不是得知於唐珏，而是因得當時發陵諸賊互控狀一紙而知其詳情，顯見周密對發陵事當初並不清楚，這也證明《補題》諸詠與發陵事無關，而夏承燾謂《補題》詞句有隱指倒懸理宗屍首或村翁得孟后髻諸事之意，便值得商榷。再者，《雜識》惟記宋陵使羅銑為凶徒痛箠事，不曾提及林景熙、唐珏收遺骨之義舉，這也說明：《補題》諸老當初根本不知林、唐埋骨事，以寄託發陵收骨的〈冬青行〉、〈夢中作〉諸詩比附《補題》諸詠，似欠考慮。總之，根據以上所述，《樂府補題》寄託發陵之說是不能成立的。

蕭鵬所云相當有說服力。除了他所提的那幾點外，其實縱然是夏說本身，其在解讀詩詞、推理求證上，根本就很有問題。〈樂府補題考・前言〉云：「王、唐諸子，丁桑海之會，國族淪胥之痛，為自來詞家所未有；宋人詠物之詞，至此編乃別有其深衷新義。[61]」在此前提下，他旁徵博引，一意求證其事，當然不會懷疑王樹榮說法之虛妄，就是對以上所提的各種情形也根本不曾考慮，以為能從作品的字句中找出例證，能以有關發陵諸詩相比附，便算完滿，殊不知連這些方面也都難以令人信服。我們暫且撇下其詮釋方法論的基本觀念問題不談，僅就其以詞證事、以詩比詞的實際例證來看，會發覺處處斷章取義、牽強附會，顯然是捕風捉影之談。茲舉數例言之：首先，我們要知道，任何一件文學作品原則上都是一個完整的統

---

60 據夏承燾〈周草窗年譜〉，周密於元至元十八年（1281）始為《癸辛雜識》，時年五十；《前集》成於至元二十四年（1287）；《後集》成於至元二十五年（1288）；《續集》上卷成於至元二十九年（1292）；《續集》畢於元貞二年（1296），時周密已六十歲，而《別集》之撰更在此年之後（見《唐宋詞人年譜》，頁315-370，各年所載）。
61 見《唐宋詞人年譜》，頁376。

一體，即使它的意旨隱晦，其詞情指向仍是依稀可識的，縱然它關涉某一件特殊事況，其所託寓的情懷照理也可在文句的前後脈絡中感知，斷無一二詞句指實某事而前後文卻一點蛛絲馬跡也尋不著的。換言之，我們在詮釋文學作品時，是由文句以識篇意，復由篇意以解文句，交互輝映，彼此是一體的，如果罔顧這個脈絡，挑章擇句，任加演繹，便容易歪曲文意，難免有斷章取義之譏。夏承燾最大的毛病在此。他以龍涎香、蕈、蟹爲指宋帝，謂蟬與白蓮託喻后妃，乃據詞中有與帝、妃相關的意象來推斷，如是凡言「碧龍」、「驪宮」者都涉宋帝，「霓裳」、「瑤台」者攸關后妃，完全未考慮全篇的肌理結構。試問《補題》詠物諸作，巧構形似，盡寫其物態人情，由其盛衰以興今昔之感，各篇行文脈絡大抵如此，謂中間突然插入寄託發陵之意，豈不怪哉？夏氏只擇句比附，從未見其就各題之章法詮述篇旨，這樣的論證很難折服人心。黃兆顯撰《樂府補題研究及箋注》，推衍夏氏之說，箋評諸詠，我們只要審閱其解說詞章之見，便可知道這種寄託比附之說實在牽強、不足取了。姑取其論龍涎香兩三例言之，其評曰：

（王沂孫「孤嶠蟠煙」一首）起三句，鮫人採香，汎逝五句製香，一縷三句燒香，過片從燒香著筆。荀令兩句自寫，意在言外，其撫今追昔耶！結二句言世無知己；用「惜」、「空」二字可以概見。夏承燾氏以爲賦龍涎香八首喻宋帝，特標驪宮夜採一句。全篇可從此著眼，思過半矣。

（周密「碧腦浮水」一首）起六句取涎製香，濃薰四句燒香。過片三句從燒香開出，一縷四句撫今追昔，結二

句幽抱無限。全首結構與碧山同，夏氏以爲驪宮玉唾一句亦指宋帝，則兒女之情君臣之私，可以比見。

（李彭老「擣麝成塵」一首）起六句製香，波浮二句補寫採香，清潤二句言片腦沉水非龍涎之比。下片數句言燒香，荀令四句寫今日愛香之情未減，惟已非昔矣。[62]

諸詠脈絡本自分明，若牽就夏說，反成突兀。事實上，諸家詠龍涎香，不離採香、製香、燒香幾點，鋪敘渲染，或由物而及人，結以今不如昔之嘆，其情固難確指，亦何關乎帝后？再者，或謂懼文字惹禍，故隱約其辭，此說尤不可通。夏氏所引以比附的詩文，直爲發陵事而作，全篇一氣貫串，意象清晰，其抒發的悲憤之情是如此顯明，這又作何解釋？詩文既不忌諱，爲何詞卻不直賦冬青，反而選如此偏遠的題材吟詠？或謂詩顯詞隱，關乎文體質素，但絕無理由文情詞意晦澀至此，幾乎不露痕跡，連數百年來的詞學家都懵然不知的。所謂元初文網嚴密，看來不過是查無實據下的掩飾之辭罷了。最後，我們談談意象的塑造、典故的運用與所詠之物的實際關聯性的問題。詠物詩詞的創作，設色用典，關合人情，不僅形似，更要得神，最好能掌握物的屬性，面面俱到，給人立體的感覺。《補題》諸詠，使事造象，大抵不離這創作原則。因此，我們要解釋其使用意象與典故之用心時，一定要先了解其所詠之物的屬性，因爲各意象所欲呈現的效果，各典故所欲表達的意念，是互有關聯、彼此呼應主題的。像詠龍涎香，王沂孫曰「驪宮夜採鉛水」，馮應瑞曰「驪宮夜蟄驚起」，周密曰「驪宮玉唾誰搗」，不過是據典直書。宋‧陳敬《新纂香譜‧香

---

62 見《樂府補題研究及箋注》，頁15、17、24。

品‧龍涎香》云：「葉廷珪云：『龍涎出大食國。其龍多蟠伏于洋中之大石，握而吐涎，涎浮水面，土人見林鳥翔集、眾魚游泳爭嚼之，則沒取焉。』[63]」不能因見「龍」見「涎」等意象出現，便隨意附會，謂其與倒懸理宗屍以瀝取水銀事相關。詠蟹之用「秦宮」，詠白蓮之用「玉妃」、「瑤池」，這些意象毋非是要增加其物的珍貴、高潔之感；詠物詩詞一向慣用與宮廷、神話、帝后相關的文辭語典，以襯托所詠之物的高雅、華麗的質性，所以據此而論定其必指涉發生於某帝后的眞實情事，那是相當危險的。又如賦蟬十詞九用鬖鬖字，夏氏既明知有蟬鬢之典，亦何足怪哉？綜合來說，夏承燾所拈出的句例，皆屬虛擬的設想，強加比附，實在不足以證成其說。總之，他的寄託發陵之說，旁徵博引，似是發前人所未發之見，但無論是比對相關的文獻資料，或從詞句中去體察，都得不到具體確切的證明。

　　吳、蕭二人破解夏說，但仔細看過他們的評論意見，會發現他們的詮釋心態其實與夏承燾相去也不遠，只是在以詞證事的基本策略上對於「事」的界定有些差異而已。《補題》之作有所寄託是三家的共同主張：夏承燾謂全編關涉發陵事；吳則虞以爲碧山諸作中詠龍涎香乃指崖山之事，詠白蓮「淡妝不掃蛾眉」一首「暗寓趙昺之南去」（引《學齋佔畢》之說），又「翠雲遙擁環妃」一首疑指王清惠爲女冠事，詠蟬「綠槐千樹西窗悄」一首係指發陵事[64]。蕭鵬則以爲諸家賦龍涎香是寄託崖山的覆滅，詠白蓮「作於入元後不久，……大抵以出污泥而不染的白蓮自喻，自視高潔，自守節志，不願與元人合作」，

<hr>

63　引自金啓華編《全宋詞典故考釋辭典》（長春：吉林文史出版社，1991），頁227。
64　見吳則虞箋注《花外集》，頁2、39、40、50。

詠蟬「的背景應該是元朝統治者開始大量強征南士赴召，或上北都寫《金剛經》，或出任各州學正、教授。……他們以寒蟬自喻，一方面描寫自己的悲慘境遇，一方面又自賞獨抱清高、餐風飲露的品質，暗中表達了不願與統治者合作的思想」，至於詠蓴和詠蟹「它們的背景是甚麼、寄託何在，一時還難以肯定」[65]。夏承燾曾回應吳則虞的說法，云：「《補題》第一首王沂孫〈天香〉賦龍涎香云：『一縷縈簾翠影，依稀海山雲氣。』或疑是指崖山覆亡事，非詠六陵。予案呂同老此題結云：『待寄相思，仙山路杳』，李居仁亦云：『萬里槎程』、『隱約仙舟路杳』，亦皆指崖山；《補題》諸家詠六陵，皆不限於六陵，或故意亂以他辭；其寄慨亡國，涉及崖山，尤情所應有，不能因此疑其與六陵無關。[66]」其固執己見、自圓其說之情狀暴露無遺。但無論是主發陵、主崖山覆亡、或主其他的歷史事件，這些有關《補題》詞情的看法，都如上面所指陳的，皆無法在文情事理上通得過考驗。追根究柢，由來詞學家都承襲了一個錯誤的觀念，以為詩以言志，其志關係作者周邊發生的情事，因此，詮釋詩歌務須而且必能回溯到詩人當時創作的心境與背景，本事的尋索便成了文學研究的重要項目，甚至可據此而評斷作品的價值高下，問題是文學作品不是事實陳述，它是藝術創作，它「是不是」指涉某一事件並不重要，而事實上究竟「能不能」真正還原作者的「原意」才是大問題，即使我們考察出它的寄託要旨，這些關乎身世、家國的題材就能決定作品的文學價值嗎？恐怕沒那麼簡單。就以當代學者為例，同樣認定《樂府補題》有所寄託，但對它的評價就有明顯的差異：蕭鵬以為「這部奇書，無論從它的形式來看，還是

65 見〈樂府補題寄託發疑——與夏承燾先生商榷〉，《文學遺產》1985年第1期，頁66-71。
66 見《唐宋詞人年譜》，頁382。

從它的內容來看，都不會是泛泛之作、沒有任何寄託的詠物詞」[67]；夏承燾、吳熊和編《詞學》也認為「我們可以找出很多證明《樂府補題》全書都是暗指發陵事，這部詞集的價值，便不是泛泛詠物之作了」[68]；吳則虞因論王沂孫而談到《補題》，說：「我們不同意胡適所說王沂孫的詞是『八股』，是『燈謎』，是『詞匠的笨把戲』，『沒有文學價值』；也不同意像張爾田等人的一些看法，他們認為王沂孫每一首詞都有寄託，都是忠君愛國；同時也不贊成某些人給《樂府補題》和王沂孫詞作過高的評價，說成為民族鬥爭的號角」[69]；馬群撰〈名儒草堂詩餘探索〉一文中亦曾批評《樂府補題》的詞情表現，云：「（《補題》）這些詞雖說託物寓意，和作者的身世、當時的歷史背景有一定的聯繫，但他們所透露出來的愛國情感卻是十分隱晦、狹窄和微弱的。這固然和作者的生活實踐、政治態度有關，但同時也反映了南宋詞發展中一種不良的傾向」[70]。這些優劣高低之論其實都各有背後的評量尺度，關係各家的詞學觀念、意識型態等項，問題相當複雜，這裡暫且不作處理，留代下文分析其他詮釋問題時再一併討論。

第三節　典雅派詞寄託說之省察（二）以姜、吳情事說為例

　　歷來對姜、吳詞的批評，多集中在其筆調之空實疏密的論辯上，這在我們上一章裡已有詳細的討論。對於姜、吳兩家詞情意寄託內容的看法，除了謂其寓有一般的盛衰今昔、憂國感

---

[67] 同注65，頁71。
[68] 見《詞學》（香港：宏圖出版社），第七章，頁106。
[69] 同注64，頁5。
[70] 見《文史》第十二輯（北京：中華書局，1981年9月），頁235。

時之身世之感外[71]，最引人注意的，莫過於謂二家皆有一段悠久深遠的戀情——白石之與合肥二妓，夢窗之與蘇杭姬妾，其事歷歷可陳，而與其相關的篇什亦自可觀，近來有關姜、吳詞情的論述也多牽就其說，影響既深且廣。筆者以爲此說在詮釋方法和觀念上頗有問題，須加檢討。姜、吳二家確有兒女相思之情之作，誠如上文所謂南宋典雅派詞有家國興亡之感一樣，都是不爭的事實，但要指證說他們絕大部分的作品中的「情」實有其「事」，那就值得商榷了。有關姜、吳戀情的各種看法，基本的詮釋策略大致相同，然則僅就白石合肥情事說作深入的檢討分析，辨其過失，是可概括夢窗蘇杭情事說詮釋方法上的問題的。因此，爲省篇幅，下文乃以前者爲主要討論對象，至於後者則僅簡述其說，略作評介。

一、白石合肥情事說考辨

最先提出姜夔在合肥有意中人的是陳思的〈白石道人年譜〉[72]。夏承燾在陳思的基本架構上，排比資料，考訂行實，

---

71 如宋翔鳳《樂府餘論》評白石詞云：「詞家之有姜石帚，猶詩家之有杜少陵，繼往開來，文中關鍵。其流落江湖不忘君國，皆借託比興於長短句寄之。」陳廷焯《白雨齋詞話》亦云：「南渡以後，國勢日非，白石目擊心傷，多於詞中寄慨，不獨〈暗香〉、〈疏影〉二章發二帝之幽憤，傷在位之無人也。」歷來對夢窗詞之評論，談的多是他的密麗質實之詞風，很少就其情意內容方面立說，惟近來學者研究發現夢窗詞絕非沒有意境、無所寄託的。劉永濟評說〈吳文英夢窗詞〉云：「夢窗不止善寫柔情，而且詠物、弔古之詞，亦多蒼勁之作，不可以一體概其全面也。」又云：「南宋末年詞人多懷亡國之懼，夢窗詞於此感慨最深。」（《微睇室說詞》〔上海：上海古籍出版社，1987〕，頁23、25。）葉嘉瑩撰〈論吳文英詞〉則說：「總之，吳文英在品格上決不是一個有堅貞之特操之完人。不過，如果從其全部詞作之內容情意來看，則其心靈之中又確乎具有一種深摯的情思和高遠的意境，而且對南宋之漸趨衰亡的國勢也有著一份沉痛的悲慨。」（《靈谿詞說》，頁484。）

72 茲錄陳思〈白石道人年譜〉（見金毓黻輯《遼海叢書》〔臺北：藝文印書館，1971〕，第25冊）有關合肥情事資料如下：淳熙十六年己酉（1189）秋，赴合肥。（頁25）紹熙元年庚戌（1190）客合肥，居赤闌橋之西，與范仲訥相鄰。寒食前一日，攜酒小喬宅。〈解連環〉云：「爲大喬能撥春風，小喬妙移秋箏，雁啼秋水」。二喬，即小喬宅中姊妹也。（頁26）紹熙二年辛亥（1191）正月二十四日發合肥。秋期寓合肥，與趙君猷露坐月飲。按：〈浣溪沙〉「釵燕」一闋係正月廿四發合肥惜別之作，〈長亭怨慢〉係途中相憶之作，〈點絳唇〉（金谷人歸）、〈解連

將這段隱情擴大渲染，以為此乃白石之平生幽恨，思念之情幾二十年之久。夏氏之說，見其所撰〈合肥詞事〉，載《姜白石詞編年箋校》；又見〈白石懷人詞考〉，載《唐宋詞人年譜》[73]。據夏氏所云，他是由於過去讀白石詞時，一直不解〈浣溪沙〉（著酒行行滿袂風）詞下片與序文有何關係，亦覺得〈長亭怨慢〉（漸吹盡枝頭香絮）一首似僅為敷衍序文所述的桓溫之語，近乎因文造情，似非白石作風，後來反覆細讀白石全集，乃知此兩首皆是有本事之情詞，而集中此類作品往往被人忽略或誤解，故撰文考事，以彰顯其情，這是〈合肥詞事〉一文撰作的緣起。茲歸納其主要論點，概述如下：

第一、論其時地。白石詞中記此人事地緣最明顯的，有〈鷓鴣天‧元夕有所夢〉「肥水東流無盡期，當初不合種相思」，及〈浣溪沙‧辛亥正月二十四日發合肥〉一首，知其遇合之地是淮南的合肥。其情詞明記甲子者，以孝宗淳熙十三年丙午（1186）作〈浣溪沙〉（著酒行行滿袂風）與〈一萼紅〉（古城陰）為最早，白石時約三十二三歲。白石少年行蹤，歷歷可考，惟淳熙三年丙申（1176）至十三年丙午（1186）十載中，缺略不詳，因此合肥情遇之事可能發生於此期間。白石客合肥，嘗屢屢來往，其最後之別在光宗紹熙三年辛亥

環〉二闋皆自合肥東歸惜別作也。〈送范仲訥往合肥〉：「小簾燈火屢題詩」，即謂此也。〈牛渚〉一首亦是秋作，廿八字中無限離愁。（頁29）慶元二年丙辰（1196）送范仲訥往合肥，寄語小喬宅之意中人。白石〈江梅引‧將詣淮南不得，因夢思以述志〉、〈鬲溪梅令‧自無錫歸，作此寓意〉，所夢梅所寓皆合肥小喬宅中意中人。〈送范仲訥〉云：「未老劉郎定重到，煩君說與故人知。」是時已有無錫之約，將詣淮南，先寄聲也。（頁41）慶元三年丁巳（1197）〈月下笛〉，思美人也。上年秋初，范仲訥往合肥，曾煩寄語。是年冬，留梁溪，將詣淮而不得，因夢述志，作〈江梅引〉。本年元夕，又有所夢，作〈鷓鴣天〉（肥水東流無盡期）。玩此闋「尚惹殘茸」、「再見無路」、「揚州夢覺」、「問吟袖弓腰在否」等句，一往情深，前後輝映。（頁46-47）
[73] 見〈行實考〉之七，《姜白石詞編年箋校》（臺北：中華書局，1967），頁269-282；〈姜白石繫年‧附錄〉，《唐宋詞人年譜》（上海：中華書局，1961），頁448-454。

（1191）。此後慶元三年丁巳（1197）作〈鷓鴣天・元夕有所夢〉、〈鷓鴣天・十六夜出〉猶有懷想之意；是時距其最初遇合，將近二十載，而於前事猶一往情深若此。

第二、考其人。合肥所遇，以詞語揣之，如〈踏莎行〉有「燕燕輕盈，鶯鶯嬌軟」句，〈解連環〉有「大喬」「小喬」語，知是姊妹二人。〈霓裳中序〉云「醉臥酒壚側」，〈琵琶仙〉云「有人似舊曲桃根桃葉」，似是勾闌中人。懷人各詞多涉及箏琶，如〈解連環〉云「為大喬能撥春風，小喬妙移箏」，〈江梅引〉云「寶箏空，無雁飛」，知其人妙擅音樂。又白石以〈琵琶仙〉名調，并填琵琶調〈醉吟商小品〉作懷人語，殆亦由此。

第三、論其相關之篇什。合肥巷陌多柳，故懷人詞如〈點絳唇〉（金谷人歸）、〈浣溪沙〉（釵燕籠雲晚不忺）、〈琵琶仙〉、〈醉吟商小品〉、〈長亭怨慢〉諸首，皆以柳託興。按白石曾兩次離開合肥是在梅花時節，一為初春（有「正月二十四日發合肥」之〈浣溪沙〉詞），其一疑在冬間（其年七夕尚在合肥作〈摸魚兒〉詞，冬間即載雪詣范成大於蘇州，見〈暗香〉、〈疏影〉詞序），故集中詠梅之詞亦多與此情事有關。又〈鷓鴣天〉元夕數詞，有「誰教歲歲紅蓮夜，兩處沉吟各自知」、「少年情事老來悲」之語，知此事又與燈節有關（發合肥在正月二十四日），故歲歲沉吟也。據此，在白石自定歌曲六十六首中，而有本事之情詞乃得十七八首，若兼其託興梅柳之作計之，則幾佔全部歌曲三分之一（其中年代可考者有十二首），此兩宋詞家所罕見。夏承燾認為白石此類情詞有其本事，而題序時時亂以他辭，此見其孤往之懷，有不可見諒於人而宛轉不能自已之情。而以此意重讀〈浣溪沙〉、〈長亭怨慢〉兩闋詞、序，即可領悟白石的隱旨微情。

最後，夏承燾作結論云：

予考白石懷人詞，所舉止此。總其歸趣，凡得二事：
一、五代歌詞，十九閨襜；宋人言寄託，乃多空中傳
恨之語。惟白石情詞，皆有本事；梅柳託興，在他人
為餘文，在白石為實感；南宋詠物詞中，白石以此超然
獨造，不但篇章特富而已。二、白石詞從周邦彥入而從
江西詩出，非如五代、北宋之但工蕃豔；懷人各篇，益
以真情實感，故生新刻至，愈淡愈深。張炎但贊其「清
空」，已墮邊見；今讀〈江梅引〉、〈鷓鴣天〉諸詞，
一往之情，執著如此，知張氏「野雲孤飛，去留無跡」
之喻，亦乖真賞；至王國維評為「有格而無情」，則尤
為輕詆厚誣矣。（《人間詞話》又云：「白石之詞予所
最愛者二語，曰：『淮南皓月冷千山，冥冥歸去無人
管』。」王氏既未詳其淮南本事，殆亦只賞其要眇，未
識其深至也。）

夏氏此說一出，即為近代學者所接受，甚至有以此專論白
石情詞而對其高潔的情懷、專一的表現大加讚揚的[74]。不過，
對夏說表示懷疑的意見並非沒有，只是大多略抒己見，絕少具
體詳確的辯難[75]。筆者以為夏氏此說，一如其論《樂府補題》

---

[74] 如傅試中〈周姜詞異同之研究（上）〉，《大陸雜誌》第31卷第3期，頁20；顏
天佑〈論白石詞〉，《書目季刊》第8卷第2期，頁42-43；方延豪〈探索白石詞中
的「情」〉，《藝文誌》第181期，頁65-67；黃兆顯〈姜白石的寂寞和他的合肥
情事〉，《中國古典文學論叢》（臺北：莊嚴出版社，1984），頁213-233；唐圭
璋、潘君昭〈姜白石的戀情詞〉，《唐宋詞學論集》（濟南：齊魯書社，1985），
頁181-184；胡雲翼〈姜夔‧總評〉，《宋詞選》（香港：中華書局），頁338-
339。

[75] 如僅就〈暗香〉、〈疏影〉二詞的情意內容為說的，劉永濟批評夏承燾〈合肥詞
事〉說云：「按夏君此說，蓋由〈疏影〉詞中有『昭君不慣胡沙遠』句，諸家之說
難明，故改為懷合肥所眷者。然細按此二詞，似不可作懷所眷者說。如此首『江國
正寂寂』、『路遙』、『夜雪』，後首『胡沙』、『暗憶江南江北』、『深宮舊

事」等詞,何可以之指合肥所眷勾闌中妓女。夏說殆不然也。」（見《微睇室說詞》,頁118。）俞平伯亦云:「夏氏懷念舊歡之說,在本詞（〈疏影〉）看來不甚顯明。」（見《唐宋詞選釋》〔臺北:木鐸出版社,1982〕,頁230。）總評夏說的,如包根弟〈姜白石詞研究〉云:「而其敘述兩詞（〈暗香〉、〈疏影〉）關係合肥情事,又謂『集中懷念合肥各詞,多託興梅柳』之言固然頗堪玩味,然而夏氏自己又承認白石此類情詞,於題序中時時亂以他辭。可見,懷念合肥之說於白石詞集中實無徵據,則夏氏所謂『其孤往之懷有不見諒於人而宛轉不能自已者』（夏氏〈合肥詞事〉）,亦僅屬一己推測之辭而已。」（見《人文學報》第3期〔臺北:輔仁大學出版,1973年12月〕,頁6）。最近謝桃坊撰〈姜夔事蹟考辨〉一文,對夏承燾的合肥詞事說略作修訂,認為白石的情詞不只有關合肥而且也牽涉吳興一段情事。首先,謝氏以為白石淳熙十三年作〈浣溪沙〉一詞的下半闋固有懷人之意,卻無明顯跡象可證實其必與合肥有關,因為歌妓多善琵琶,不能因此論定其必為合肥人,白石此時尚未去合肥,其所懷者應為其早年相識的某歌妓。謝氏以為白石作〈浣溪沙〉時尚未去合肥,據他考證:「白石詞標明客寓合肥時間的有兩首詞:〈浣溪沙〉詞序云『辛亥正月二十四日發合肥』,〈摸魚兒〉詞序云『辛亥秋期予寓合肥』。辛亥為南宋光宗紹熙二年（1191）。在沒有另外的可靠根據的情況下,祇能據以上兩則詞序而認為紹熙二年正月姜夔前往合肥,這年的秋天仍居該地。『發合肥』即出發前往合肥也。」據此,雖不能斷定白石此年在合肥是否有情遇之事發生,但起碼可證實夏氏所標明的在紹熙二年以前的懷合肥人詞皆不可信。不過,謝氏的理據還不是很充實,關鍵的問題就在對發字的解釋上。謝氏據《史記·荊軻傳》:「今太子遲之,請辭決矣,遂發」及岑參〈奉和杜相公發益州〉詩二例,以為兩處的「發」,皆是啟程、前往之意;但「發」字解作自某地出發、離去之例也很多,如《後漢書·范滂傳》:「滂後事釋,南歸。始發京師,汝南、南陽士大夫迎之者數千兩」、李白〈為宋中丞請都金陵表〉:「朝發白帝,暮宿江陵」、柳永〈雨霖鈴〉:「留戀處,蘭舟摧發」皆是。然則,所謂「發合肥」,應解為前往合肥抑或釋作自合肥離去,一時也難以定奪。白石詞序述其此年行跡如下:正月二十四日發合肥,晦日泛巢湖,六月復過巢湖,七夕寓合肥。謝氏據此認為「發合肥」應是由江南前往合肥,但從白石行跡來看,說他離而後返也未嘗不通。退一步想,縱使白石始寓合肥確如謝氏所說的是在紹熙二年秋天,那最多只能論證夏說所編列的情詞中這年以前的皆與合肥之事不相干,卻無法據此而完全否定、推翻夏承燾的說法。姑不論兩家對白石初寓合肥之時的看法有何歧異,皆不可否認的一點是:白石確曾居住合肥。而白石在合肥期間有否與勾闌二妓相戀?日後的懷人諸作是否多與此事相關?這才是最關緊要的問題。事實上,謝氏就姜夔何時到合肥這一點反駁陳思、夏承燾等人的說法,其出發點不在破斥合肥情遇一說的基本理念,而是想要證成其吳興詞事的新論點。其解〈浣溪沙·發合肥〉一首云:「姜夔前往合肥之時,上距其吳興情事發生整整兩年。這段時期他曾與吳興戀人有過離別,如〈琵琶仙〉與〈念奴嬌〉所述。詞中『別離滋味又今年』顯然是再次的別離,很可能就是發合肥而惜別吳興的某相好的歌妓。」用意十分顯然。整體來看,謝氏的吳興情事說,憑白石淳熙十六年所作幾首詞中提到「蜜炬來時人更好」〈浣溪沙〉）、「雙槳來時,有人似、舊時桃根桃葉」（〈琵琶仙〉）等語,即為其綰合一段戀情,證據十分薄弱,真不足信。又謝氏指出淮南在宋代的屬地遼闊,並不專指合肥一地,因此,不能遽以論定凡白石詞中提到淮南的必定是指懷合肥人;這一點本來不錯,但他卻又稱「淳熙十四年作的〈踏莎行〉,其所夢見的淮南女子,應是指其在淮南首府揚州昔日所認識的歌妓而不是『合肥人』」,非要找出一件本事不可,其附會其說的詮釋心態與夏氏等人又何異?（謝文見《詞學》第八輯〔上海:華東師範大學出版社,1990〕,頁126-138）。

之有託意，在前提及推論過程中都有漏洞和不合理處，須加辨正。為避免枝節，不作細部的分析，只擬就若干概念加以檢討。

首先，論夏氏所不解的〈浣溪沙〉、〈長亭怨慢〉二詞是否真為特定的情事而發。為了明瞭〈浣溪沙〉詞所表達的情意，茲引錄其題序及詞文如下：

> 予女須家沔之山陽，左白湖，右雲夢。春水方生，浸數千里；冬寒沙露，衰草入雲。丙午之秋，予與安甥或蕩舟採菱，或舉火置兔，或觀魚籪下，山行野吟，自適其適，憑虛悵望，因賦是闋。
> 著酒行行滿袂風。草枯霜鶻落晴空。銷魂都在夕陽中。
> 恨入四弦人欲老，夢尋千驛意難通。當時何似莫匆匆。

夏氏〈合肥詞事〉云：「序記游觀之適，而與詞語『銷魂』以下四句意不相屬，且不知詞所云『四弦』『千載』者所感何事。」〈詞箋〉云：「此客漢陽游觀之詞，而實為懷合肥人作；其人善琵琶，故有『恨入四弦』句。序與詞似不相應，低徊往復之情不欲明言也。[76]」夏氏將其所感之事限定在懷合肥人上是非常牽強的，我們幾乎在詞、序之中找不到一點互有關聯的痕跡。就詞而論詞，這是白石觸景傷情之作，所訴說的是一種因物動而興起的愁緒，至於其是否與某事相關，根本無法指實。序曰：「憑虛悵望，因賦是闋。」詞所寫的就是悵望而生的情；序言敘其地其事，詞文述其情，一實寫，一虛筆，互為呼應，各不重出，前後是一體的，並不如夏氏所說的「不相應」、「不相屬」。白石〈昔游詩・序〉云：「夔蚤歲孤貧，

---

[76] 見《姜白石詞編年箋校》，頁270、16。

奔走川陸。[77]」據白石詩詞序文及各種年譜所載，白石早年喪父，依姊山陽，去而復返，來往於江淮間，羈旅歲月甚長。諳盡別離滋味，他早期的詩歌多是懷友惜別之作[78]；登覽遊賞，興盡悲來之情亦充斥在其歌詞中。如〈一萼紅・序〉云：「著屐蒼苔細石間，野興橫生，亟命駕登定王臺。亂湘流入麓山，湘雲低昂，湘波容與，興盡悲來，醉吟成調。」詞的下片云：「南去北來何事？蕩湘雲楚水，目極傷心。朱戶黏雞，金盤簇燕，空歎時序侵尋。記曾共西樓雅集，想垂楊還嫋萬絲金。待得歸鞍到時，只怕春深。[79]」夏承燾亦解為思合肥人之作，但結合白石這時期的詩詞來看，我們只能說：感時移物換、自傷零落是其作品的基本語調。所謂「西樓雅集」，應指文人勝會，如同「西園」之宴（曹植〈公宴〉：「清夜游西園，飛蓋相追隨。」秦觀〈望海潮〉：「西園夜吟鳴笳。有華燈礙月，飛蓋妨花。」呂渭老〈滿江紅〉：「共說西園攜手處，小橋深竹連苔色。」），非指與某歌妓的特定聚會。白石這種南去北來不知所為何事的感慨，常不自覺的在文字中流露（如〈霓裳中序第一・序〉云：「予方羈旅，感此古音，不自知其辭之怨抑也。」）因為「漂零久」（〈霓裳中序第一〉），「倦遊歡意少」（〈玲瓏四犯〉），又加上「性孤癖」（明・張羽〈白石道人傳〉），所以他的歌詞常給人一種離情寂寂、清空淒冷的感覺。總之，他的作品有很濃厚的天涯情味，與其生平、個性有關。白石〈浣溪沙〉所寫的愁懷，可在這背景下來了解。秋景淒然，日又將盡，遂觸動了詞人的離情別恨。晏殊〈浣溪沙〉云：「一向年光有限身。等閒

---

[77] 見孫玄常箋注《姜白石詩集箋注》（南昌：山西人民出版社，1986），頁47。
[78] 陳思〈白石道人年譜〉云：「白石於淳熙甲午（1174）至丙午（1186）十三年間，辭家為客，北歷江淮，南遊湘浦，固歲無寧處。即自沔東來依千巖，居苕上，八易星霜，亦年年行役。惟丙辰（1196）移家杭州，嘉賓賢主，往來優遊，所以〈昔遊詩〉云：『如今得安坐，閒對妻兒說』。」（頁47）
[79] 見《姜白石詞編年箋校》，頁3-4。

離別易銷魂。酒筵歌席莫辭頻。[80]」這是詞人常有的感慨：人生短暫，歲月倏忽，而偏偏好景難留，平常的別離也容易令人神傷，故更要珍惜歡聚的片刻。白石更是以自己的經歷體驗出這種人生的無奈：用琴音抒發離恨徒然使人更加憔悴，藉夢魂暗通前事有時也無法實現；然則，與其如此，爲甚麼那時不多作逗留，如此匆匆便離去呢？但人生眞的能長相廝守、永不分離嗎？恐怕連他也毫無把握。白石作此詞是在淳熙十三年深秋，入冬即應蕭德藻之邀往湖州，此後不曾再返故地。筆者猜測，蕭氏之約可能在他游湘之時已先訂立，故匆匆返漢陽，話別親友。〈探春慢〉敍其情曰：「誰念漂零久，漫贏得幽懷難寫。故人清沔相逢，小窗閒共情話。長恨離多會少，重訪問竹西，珠淚盈把。雁磧波平，漁汀人散，老去不堪遊冶。無奈苕溪月，又照我扁舟東下。甚日歸來，梅花零亂春夜。」其「顧念依依，殆不能去」之情躍然[81]。據此，梅花之想，又何必非合肥戀人不可？白石所謂「當時何似莫匆匆」的感喟，可以是針對過去的各種別離情事而言，也未嘗不可解作一種設想之辭，乃爲不久之後的苕霅之行而發。總而言之，那是白石長久漂泊江湖對離情別意所特有的銳感與深憂，無關乎合肥情人，如果非要找出他特別懷想的對象不可，我們只能說從他的詩詞來研判，他這時候最關心的，則莫過於他的親朋故友。

白石〈長亭怨慢〉云：

> 予頗喜自製曲，初率意爲長短句，然後協以律，故前後闋多不同。桓大司馬云：「昔年種柳，依依漢南；今看搖落，悽愴江潭。樹猶如此，人何以堪。」此語予甚愛之。

---

[80] 見《珠玉詞》，《二晏詞》（臺北：世界書局，1970），頁3。
[81] 見《姜白石詞編年箋校》，頁17。

漸吹盡、枝頭香絮，是處人家，綠深門户。遠浦縈回，
暮帆零亂向何許。閱人多矣，誰得似、長亭樹。樹若有
情時，不會得青青如此。　　日暮，望高城不見，只見亂
山無數。韋郎去也，怎忘得玉環分付。第一是、早早歸
來，怕紅萼、無人為主。算空有并刀，難翦離愁千縷。[82]

夏承燾〈合肥詞事〉云：「初玩此詞與序，似僅敷衍庾信〈枯
樹賦〉語，近乎因文造情，白石不應有此；又詞用韋皋玉簫
事，序中所無，亦不知何指。」後來，他為白石縐合了一段情
事，對此詞與序有了新看法，以為「此亦合肥惜別之詞，序引
〈枯樹賦〉云云，故亂以他辭也。」[83]且不論夏氏的合肥詞事
說缺乏明證、多臆測之辭，就其對白石詞、序關係的了解而
言，亦頗有問題。大凡詞序之作，毋非是敘詞之緣起，或談本
事，或論文辭樂理，或述個人的文學觀。白石詞序雖偶有談
及詞的內容，但非篇篇如是。夏氏但見〈長亭怨慢〉「詞用
韋皋玉簫事，序中所無」，便覺茫然，非要尋出一實際情事
不可，殊亦可怪。事實上，序引桓大司馬語（按：此處所引桓大
司馬云云，乃出庾信〈枯樹賦〉，非桓溫語），而自言「此語予深愛
之」，正點出了此詞之作是有感而發，不純然是敷衍故事，因
文造情。《世說新語·言語篇》記載桓溫之事，曰：「桓公北
征，經金城，見前為琅邪時種柳皆已十圍，慨然曰：『木猶如
此，人何以堪！』攀枝折柳，泫然流淚。[84]」這種時移事轉，
因物傷懷的感歎，對長久飄泊的白石來說感觸也特別深刻，因
此，所謂「此語予深愛之」，不是單純地愛賞其文辭之美而

---

82 見《姜白石詞編年箋校》，頁36。
83 見《姜白石詞編年箋校》，頁270、36。
84 見劉義慶撰、楊勇校箋《世說新語校箋》（臺北：文光圖書有限公司，1974），頁
　90。

已，其實還有更深的一層意義在；他是因文而起情，因情而賦詞，〈長亭怨慢〉所鋪寫的就是作者由此而觸發的愁思。詞云：「閱人多矣，誰得似長亭樹。樹若有情時，不會得青青如此」，以樹的無情對比人間的種種別意，這是較「樹猶如此，人何以堪」的激憤更進一步的體悟──人間的悲哀患在有情。後片用韋皋之典，許昂霄《詞綜偶評》云：「韋皋與玉簫別，留玉指環，約七年再會。以其地在江夏，故用之。[85]」作者可能因地緣關係而用此典，但典故本身的涵意恐怕才是他考慮的主因。「韋郎去也，怎忘得玉環分付。第一是早早歸來，怕紅萼無人為主。」表面只是寫分別之際，情人的殷殷寄語，其實蘊涵的是極深的憂懼。韋皋與玉簫有七年後重見之約，後韋皋失期，未能及時回來，玉簫死之，遂終身不得相守[86]。這個典故暗喻的是，人間的誓約有時難以逆料，當初的輕別怎知會變成永訣？白石詞云：「記曾共，西樓雅集，想垂楊還嫋萬絲金。待得歸鞍到時，只怕春深」（〈一萼紅〉），「追念西湖上，小舫攜歌，晚花行樂。舊遊在否，想如今、翠凋紅落。漫寫羊裙，等新雁來時繫著。怕匆匆，不肯寄與誤後約」（〈淒涼犯〉）[87]；這種思歸不得歸、難以自主的惆悵，白石是別有體會的。由〈長亭怨慢〉這首詞看來，白石之使事用典皆與其身世相關，是有感而發的，這種感觸乃其長久以來所累積的體驗，並非必然專指某一特定對象。說他的作品是為合肥人而作，無疑限制了讀者的想像；而謂其有難言之隱，但我們細讀全詞，文理皆通，何嘗「亂以他辭」？總結以上所述，〈浣溪沙〉、〈長亭怨慢〉二詞，並不如夏氏所理解的那麼複雜；兩詞之寫懷人、敘別情，皆無法指稱其必關涉合肥事。

---

85 見《詞話叢編》，頁1558。
86 見《雲溪友議》，《說郛》本，卷中，〈玉簫化〉條。
87 同見《姜白石詞編年箋校》，頁4、41。

其次，談推理的問題。夏承燾說：「白石此類情詞有其本事，而題序時時亂以他辭，此見其孤往之懷有不見諒於人而宛轉不能自已者。[88]」按：白石於紹熙二年（1191，37歲）寫的〈浣溪沙〉，詞序明載「辛亥正月二十四日，發合肥」；慶元三年（1197，43歲）作〈鷓鴣天〉，詞句有云：「肥水東流無盡期，當初不合種相思」。夏氏謂前首：「此合肥惜別之作。白石情詞明著時地與事緣者，此首最早（此前丙午客山陽作〈浣溪沙〉，猶隱約其詞），時白石年將四十」，謂後首「白石懷人各詞，此首記時地最顯。時白石四十餘歲，距合肥初遇，已二十餘年矣」[89]。姑且先不論二詞是否真為合肥人作，就夏氏的合肥詞事說的整體詮釋理路而言，他的說法便有一點不通：白石由淳熙十三年（1186）到慶元三年整整十年間皆有懷合肥人之作，既然「其孤往之懷有不見諒於人」，照理其歌詞題序應該都一致地隱約其辭，不敢明言其事的，為何絕大部分作品皆無確切言語關涉及此而上述二詞卻能如此明白地敘寫其人地事緣？其間的分際何在？這是很不可理解的。凡不通其意的都解釋為有難言之隱故亂以他辭，這是最方便的處理辦法，但也最欠說服力。夏氏據此兩詞而推論出其遇合之地是淮南之合肥，又稱白石詞中凡提到「淮南」、「合肥」的都與此事相關；復據這些詞中有「梅」、「柳」、「箏琶」等意象之運用，而將其他作品之凡涉有相同事物者，一一網羅為合肥情詞；如此組織整理出來的這一白石詞情之說，其前提之不穩當、推理過程之牽強草率，是十分顯然的。就兩詞是否指涉同一特定對象而這對象即合肥人這一點來說，本身便充滿爭議性。〈浣溪沙〉一首所題之「發合肥」，夏承燾的解釋是由合

---

[88] 見《姜白石詞編年箋校》，頁272。
[89] 見《姜白石詞編年箋校》，頁32、69。

肥出發，此詞乃惜別合肥之作。最近學者另有主張「發」字是出發前往之意的，則其對該詞惜別對象的解釋便與前者不同（即與合肥無關）。不過，「發」字本來就有離去或前往某地二意，從白石的詞、序及其當年的行跡來判斷，二意皆可通，一時實難以裁決[90]。縱使我們採信夏氏說法，以〈浣溪沙〉詞是惜別合肥之作，但從詞作本身卻仍無法證實其必關涉某相愛已久的合肥戀人。詞曰：「釵燕籠雲晚不忺。擬將裙帶繫郎船。別離滋味又今年。楊柳夜寒猶自舞，鴛鴦風急不成眠，些兒閒事莫縈牽。」詞人擬託女子語氣以表達其依依惜別之情，是歌詞常見的手法，不見得實有其事。至於〈鷓鴣天·元夕有所夢〉一首，應是兒女相思之作，但所謂「肥水東流無盡期，當初不合種相思」云云，肥水流域也廣，很難說是特指合肥一地而言；何況白石流落江湖，肥水曾是他經行處，相當熟悉，故為文時即邃以取材，以喻其悠悠相思之情，這是一種比興手法，不能隨便「循虛以責實」。上述兩詞既不能確定其必與合肥事有關，在這前提下，則所謂合肥情事的整個說法便不能說是確切無誤的。

再者，夏氏釋詞證事時，因有先入為主的觀念，明係論據不足的，也比附其說，顯得相當粗率而牽強，實難以服人。茲舉二例言之：夏氏先認定白石有意中人在合肥，而以合肥屬淮南路，遂指稱凡詞中、題序明云淮南者即懷合肥人作，如〈踏莎行〉：「淮南皓月冷千山，冥冥歸去無人管」、〈點絳脣〉：「淮南好，甚時重到，陌上生春草」、〈杏花天影〉題曰「北望淮楚」，這是很危險的說法，因為淮南屬地遼闊——在南宋時分東西兩路，東路有九州，西路有六州，譬如白石曾

寓居的山陽即屬東路楚州，合肥則僅是西路廬州之屬縣[91]——白石詞中的「淮南」不一定專指合肥，此其一。又，夏氏因「淮南皓月冷千山」一首〈踏莎行〉有「燕燕輕盈，鶯鶯嬌軟」句，而〈解連環〉也有「大喬」、「小喬」語，推知白石所懷者是姊妹二人，遂箋〈淡黃柳〉「小橋宅」句云：「鄭文焯校：『「橋」陸本作「喬」，非是。此所謂「小橋」者，即題敘所云「赤闌橋之西」客居處也，故云「小橋宅」，若作「小喬」，則不得其解已。《絕妙好詞》亦作「橋」，可證。』按：鄭說非；〈解連環〉亦有『大喬』、『小喬』句，張本正作『橋』。《三國志・周瑜傳》，大小橋皆從『木』。……是姜詞作『橋』本不誤也。且詞云『強攜酒，小橋宅』，其非自己寓居之赤闌橋甚明。此小橋蓋謂合肥情侶也。[92]」按：夏氏引經據典謂「橋」、「喬」二字相通，主要是為證成其合肥情事說鋪路。夏氏的論證過程是這樣的：由「合肥」而聯想到「淮南」；由〈踏莎行〉詞「淮南」、「燕燕」、「鶯鶯」等意象貫串到〈解連環〉的「大喬」、「小喬」，而推知白石所懷者是姊妹二人；復由「大小喬」而證出〈淡黃柳〉一闋提到的「小橋宅」即合肥情侶居處。這是一種循環論證法，強辭奪理，其實是很不通的。鄭校本來無誤，其解「小橋宅」為白石「赤闌橋之西」客居處，於語意亦通，毫無扞格，而夏氏卻一口論定「其非自己寓居之赤闌橋甚明」，則殊嫌武斷。沈祖棻〈姜夔詞小札〉亦取夏氏看法，云：「鄭說不獨拘泥，且與上文『強攜酒』意不連貫，既客居『赤闌橋之西』矣，又何自而攜酒至橋西己宅耶，真令人『不得其解』也。[93]」從上下文來

---

91 見《宋史》（臺北：鼎文書局，1980），卷八十八，〈地理志・四〉，頁2178-2185。
92 見《姜白石詞編年箋校》，頁35-36。
93 見《宋詞賞析》（上海：上海古籍出版社，1981），頁165。

212 南宋姜吳典雅詞派相關論題之探討

看，白石此詞上片是寫「巷陌淒涼」、「柳色夾道」的景象，下片則「以紓客懷」；題敘所云種種，詞中皆有所交代，然則所謂「小橋宅」應係指序中所云「客居合肥南城赤闌橋之西」而言，何可無端扯出「小喬」一事？細讀詞的下片：「正岑寂，明朝又寒食。強攜酒，小橋宅。怕梨花落盡成秋色。燕燕飛來，問春何在，唯有池塘自碧。」作者騎馬巷道，淒然其懷，又值寒食時節，春將去也，遂攜酒返家，對花悵飲。白石此詞的下片就是寫這種由外而返、感物傷懷的情緒，詞意相當連貫，有何不可解處？只是若為論者主觀意識太強，便不容易看出事理真相，夏說之蔽即患在求事證詞之心太切，自不免陷於迷障而不自覺。試問歌妓多擅箏琶，如何能一見詞中有此意象出現即可斷言其必有指屬？梅、柳乃自然常景，作者睹物思人，不必有特定對象，而借景興情，多是偶然感發之作，謂其十數年來凡詠梅說柳之作必涉及某人某事，真不可思議，這樣的論斷不但僵化了作者的生命型態，也限制了讀者的遐思。

　　還有一點值得注意的是，合肥一地在白石的情感生命中如果真的有如此重要的地位，為何在其寓居合肥時所寫的詩詞中卻總是少了一種重逢的喜悅、一份相依相惜之情？我們試組合白石寓居合肥時所作詞篇來看，其最常提到的是該地甚淒涼寂寥：「（合肥）巷陌淒涼，與江左異，唯柳色夾道，依依可憐」（〈淡黃柳・序〉）、「合肥巷陌皆種柳，秋風夕起騷騷然。予客居闔戶，時聞馬嘶，出城四顧，則荒煙野草，不勝淒黯」（〈淒涼犯・序〉）[94]；至於人事，則僅提到於「辛亥秋期」，「寓合肥，小雨初霽，偃臥窗下，心事悠然；起與趙君猷露坐月飲」，戲吟〈摸魚兒〉一曲之事（〈摸魚兒・

---

[94] 見《姜白石詞編年箋校》，頁35、41。

序〉）[95]。此景此情，這在白石後來的詩篇中也有提及，〈送范仲訥往合肥〉云：「我家曾住赤闌橋，鄰里相過不寂寥。君若到時秋已半，西風門巷柳蕭蕭」、「小簾燈火屢題詩，回首青山失後期。未老劉郎定重到，煩君說與故人知」[96]。按：陳思《白石道人年譜》以為這是「寄與小喬宅之意中人」之作[97]，夏承燾也認為詩意有「低徊往復之情，不似尋常經行之回憶」[98]。但我們結合詩詞來看，所謂「故人」，應與「鄰里」、「趙君猷」一起作聯想較妥，大概是寓居合肥時認識的朋友，文辭中實難尋覓有男女戀情之跡。〈淒涼犯〉有寫歡愉景象，但那是舊遊情事，是用來對照今日合肥之淒黯蕭瑟的：「追念西湖上，小舫攜歌，晚花行樂。」在合肥而說追念西湖，實頗堪玩味。

　　總之，夏承燾緣詞證事，想為姜夔綰合一段悠久深遠的戀情，但經過上文的考辨分析，證明只是虛妄之談，不足採信。因此，謂白石此類借物言情之作皆有本事、實感，超然獨造於南宋詠物詞之外的說法，便不得不有所修正；而欲以此取勝張炎的清空說、反駁王國維的有格無情說，也得落空，因為彼此所談的是不同層次上的問題，根本就不相對應，更何況其說本身言不成理！

二、夢窗蘇杭情事說析論

　　如以詞中有無其事的實際情況來比較衡量，白石合肥情事說實乃無中生有，而夢窗蘇杭情事說則可謂之言過其實。夢

---

95 見《姜白石詞編年箋校》，頁40。
96 見《姜白石詩集箋注》，頁224-225。
97 見注72。
98 見〈姜白石繫年〉，《唐宋詞人年譜》，頁450。

窗情詞，深刻纏綿，確有人在，但學者據以引伸推衍，過分渲染，遂由少數作品而擴及於多數詞篇，動輒牽繫本事，實已自陷迷障。此說由陳洵發其端，夏承燾繼其緒，楊鐵夫擴而充之，劉永濟再加修訂。其演變歷程，大致如下：陳洵《海綃說詞》首先指出吳文英集中屢見思去妾之作，意識到夢窗懷人詞關涉清明時節及西園故居[99]，於評〈青玉案〉（短亭芳草）云：「此與『黃蜂頻撲秋千索』異矣，豈其人已沒乎？[100]」此正爲夏說張本。夏承燾撰〈夢窗詞繫年〉，即分爲二種情事說：謂夢窗於宋理宗淳祐四年（1244）有懷人詞四首，「以詞中用事考之，蓋新遣其妾也」，並由此而推知夢窗集中之懷人詞凡時在夏秋、地涉吳中者殆皆憶蘇州遣妾而作；此外，夏氏據〈渡江雲三犯・西湖清明〉、〈鶯啼序〉等詞研判，「夢窗似不止一妾，其另一人殆娶于杭州」，「死於別後」，故集中懷人諸作，其時春、其地杭者，則悼杭州亡妾[101]。楊鐵夫作《夢窗詞全集箋釋》，逐首考證，謂「夢窗憶姬之作，居全集四分之一」[102]；其明確數目，據楊氏〈吳夢窗事蹟攷〉稱：夢窗於淳祐三年（1243）挈姬遷杭，明年暮春姬去歸蘇州，夢窗追蹤至蘇，其重到蘇州所作十五闋詞皆有憶姬之意，而姬去三年中明顯有懷想之意的可得十二首，其年月無可稽、止有憶姬痕跡可尋者則有七十首[103]。楊氏又云：「夢窗一生豔跡：一去姬、一故妾、一楚伎（見〈鶯啼序〉中段、〈鳳棲梧・化度寺池蓮〉及〈夜遊宮〉、〈點絳脣〉）。[104]」不獨稱蘇州離去者

---

99 見《海綃詞說》之評吳文英〈風入松〉（聽風聽雨）、〈風入松〉（蘭舟高蕩）、〈點絳脣〉（時霎清明）諸詞，載《詞話叢編》，頁4845、4849、4854。
100 見《詞話叢編》，頁4858。
101 見〈吳夢窗繫年〉，《唐宋詞人年譜》，頁468-470。
102 見《夢窗詞全集箋釋》（臺北：學海出版社，1974），卷一，〈瑣窗寒・箋〉，頁3。
103 見〈吳夢窗事跡考〉，《夢窗詞全集箋釋》，頁364-367。
104 同上，頁375。

爲姬而異於前說，更無端生出一段與楚伎有關的情事。劉永濟
《微睇室說詞》釋夢窗情詞基本上是緣夏氏之說由蘇杭其地其
時作聯想的，但他卻頗不以楊氏之楚伎一說爲然[105]，而其對
姬妾之事也有自己的看法：「（吳文英）三十餘歲入蘇州倉
曹幕供職，寓居蘇州甚久。淳祐三年秋冬間，始挈在蘇所納
妾移居杭州（按遣妾似在別蘇時，未必在居杭後）。甲辰春，妾下
堂求去，君特詞集中多懷念之作。但妾緣何事求去無考（以吳
詞度之，似妾自求去，非吳棄妾）。在杭別有所戀，集中亦有詞記
其事，後人疑其有二妾，恐非」；釋〈青玉案〉（短亭芳草常亭
柳）一闋亦云：「夢窗於遣妾去後，別有所戀，未及成婚而其
人已亡。〈鶯啼序〉及此詞似均爲此人而作」[106]。經過這段
詮述過程，吳文英詞常追懷蘇州去妾、杭州亡姬之說，似成定
論，後來學者多信其說，並借此以論證夢窗詞實有深摯感人的
情思。葉嘉瑩〈論吳文英詞〉說：

> 吳氏無論寫景狀物，都經常表現出銳敏之觀察與深微之
> 感受，固已足可見其情思之深摯。而且吳文英一生在感
> 情方面蓋曾有過兩次傷心的經歷，一爲蘇州愛妾之離
> 去，一爲杭州所歡之亡歿。據夏承燾先生在〈吳夢窗繫
> 年〉及〈夢窗詞集後箋〉之考證，可知吳氏詞集中的懷
> 人之作，凡時在秋季，如七夕、中秋、悲秋詞，地點涉
> 及蘇州者，大概皆爲懷念蘇州女子所作；而凡清明、
> 傷春詞，地點涉及杭州者，則大概皆爲悼念杭州女子之

---

105 劉永濟評〈鶯啼序〉云：「陳洵說此詞專主去妾，則無以解釋『瘞玉埋香』及『怨
曲重招，斷魂在否』之語。楊鐵夫又於去妾之外，亡妓之後，曾一楚妓，愈加膠葛
矣。今定爲懷去妾與悲亡妓，似較妥當。」（《微睇室說詞》，頁58）；又評〈絳
都春〉云：「楊鐵夫以此詞『墜燕』指亡妓，似矣，而又以『客路』指楚妓，則大
誤。」（頁68）。
106 見〈吳文英夢窗詞〉，《微睇室說詞》，頁1、54。

作。從這些詞看來，如其〈六么令‧七夕〉（露蛩初響）一首所寫的「人世迴廊縹緲，誰見金釵擘。今夕何夕。杯殘月墮，但耿銀河漫天碧」，〈霜葉飛‧重九〉（斷煙離緒關心事）一首所寫的「彩扇咽寒蟬，倦夢不知蠻素」，〈夜合花‧泊劄門有感〉（柳暝河橋）一首所寫的「十年一夢淒涼。似西湖燕去，吳館巢荒」，〈鶯啼序‧春晚感懷〉（殘寒正欺病酒）一首所寫的「瘞玉埋香，幾番風雨」及「藍霞遼海沉過雁，漫相思、彈入哀箏柱。傷心千里江南，怨曲重招，斷魂在否」諸詞句中所表現的對往事舊情的追懷悼念，與經歷了生死離別的痛苦哀傷，其情意之深摯，都是極爲感人的。[107]

姑不論夢窗此類情詞深摯之程度若何，僅就各家所主的情事來說，夢窗詞懷想舊侶是確有其事，但諸家在證成其說的方法論上有瑕疵卻也是不爭的事實。此說其實一如白石合肥情事說，在引物連類的推理過程中，是有過分深求之失的。由於其牽涉詞數甚多，此處不暇細說，茲舉二三例言之。

夢窗〈絳都春〉（南樓墜燕）一首題曰「燕亡久矣，京口適見似人，悵然有感」，詞中所抒確是實感[108]。但如見「燕」字，即謂其關涉姬妾情事，則未免推論太過。夢窗〈憶舊游‧別黃澹翁〉云：「西湖斷橋路，想繫馬垂楊，依舊欹斜。葵麥迷煙處，問離巢孤燕，飛過誰家。」楊鐵夫見其地涉「西湖」，語有「孤燕」，即判此詞爲「因別澹翁而憶姬之作」，

---

[107] 見《靈谿詞說》，頁484-485。此外，如劉若愚綜述吳詞特色時亦云：「（夢窗）描寫自然景物的詞，可能包含著寓意，暗寫從前的侍妾或去世的歡場女子。」（見劉若愚著、王貴苓譯：《北宋六大詞家》〔臺北：幼獅文化事業公司，1986〕，頁194）。
[108] 同注102，卷三，頁218-219。

而夏承燾更疑是「蘇妾遣後或流落杭州爲妓耶」[109]。按：
夢窗此處所表達的是一種今昔之嘆，楊氏亦知其「孤燕」之
典係翻用劉禹錫〈烏衣巷〉「舊時王謝堂前燕，飛入尋常百
姓家」詩句，何足怪哉？至於夏氏所云，想入非非，更不可
取。又如〈唐多令〉有句云：「燕辭歸客尙淹留」，明係實
景對照，借燕之自由來去反襯一己身不由主之無奈，楊氏卻
解爲「燕指姬，客自指。姬已歸吳而己尙不能歸四明也」，
劉永濟也認爲「『燕辭』句之燕係雙關，觀下句『不縈裙
帶住』可知」[110]，這又太過膠著情事立說了。劉氏於釋夢
窗〈瑞鶴仙〉（淚荷抛碎璧）「最無聊，燕去堂空，舊幕暗塵
羅額。行客。西園有分，斷柳淒花，似曾相識。」諸句云：
「『燕』，乃吳詞常用來暗指去妾者。……『行客』，陳洵
謂『即燕，〈三姝媚〉之「孤鴻」言客，此之「燕去」亦言
客』。[111]」按：陳洵說夢窗〈齊天樂〉（煙波桃葉西陵路）一首
嘗云：「『送客』者，送妾也。柳渾侍兒名琴客，故以客稱
妾。〈新雁過妝樓〉之『宜城當時放客』，〈風入松〉之『舊
曾送客』，〈尾犯〉之『長亭曾送客』，皆此客字。『眼波回
盼』，是將去時之客。『素骨凝冰，柔蔥蘸雪』，是未去時之
客。『猶憶分瓜深意』，別後始覺不祥，極幽抑怨斷之致，豈
其人於此時已有去志乎？[112]」以客指妾，甚爲不妥。考顧況
有〈宜城放琴客歌〉，其〈序〉云：「琴客，宜城愛妾也。
宜城請老，愛妾出嫁。不禁人之欲而私耳目之娛，達者也。
況承命作歌。[113]」夢窗集中有〈法曲獻仙音・放琴客和宏庵

---

109 見《夢窗詞全集箋釋》，卷四，頁343-344；〈吳夢窗繫年〉，頁469。
110 見《夢窗詞全集箋釋》，卷四，頁342；《微睇室說詞》，頁105。
111 見《微睇室說詞》，頁36。
112 見〈海綃說詞〉，《詞話叢編》，頁4847。
113 見顧況著、趙昌平校編，《顧況詩集》（南昌：江西人民出版社，1983），頁54。

韻〉、〈婆羅門引‧郭清華席上爲放琴客而新有所盼賦以見喜〉、〈風入松‧爲友人放琴客賦〉等詞[114]，即用此典。所謂「放琴客」或「放客」，皆遣妾之意；此典有特定意涵，妾是可用「琴客」代稱，卻不能簡稱作「客」。夢窗詞中所謂「行客」、「送客」的「客」，或喻己或寫他人，都只能作一般的客字解，絕不能以客爲妾之代稱。劉永濟曾就〈齊天樂〉詞針對陳洵之解法說：「『燭暗送客』，用《史記‧淳于髡傳》：『堂上燭滅，主人留髡而送客。』夢窗以淳于髡自比，客則同游宴之友也。送客而留髡者，美人於髡情獨厚也。此或記其初遇去妾時事。陳洵說此詞，『送客』爲送去妾，非也。『眼波』二句正寫留髡之人之美。『素骨』三句，又即此人剖瓜同喫之事。……陳洵謂『分瓜』乃『別後始覺不祥』，亦設想太過。[115]」劉氏的論析相當切合詞意。由夢窗詞中之客字作聯想以比附姬妾情事，不只陳洵主此一說，楊鐵夫亦屢作此解，譬如他箋釋〈尾犯‧贈陳浪翁重客吳門〉之「長亭曾送客，爲偷賦、錦雁留別」句云：「以前日之送姬爲今日之送浪翁作襯。姬去，夢窗何嘗親送？托詞耳。[116]」此詞贈別故人，即景寫情，其所「曾送」之「客」應指「重客吳門」的陳浪翁言，怎會無端扯出「送姬」一事？楊氏後面的解釋，更是牽強之至。此說之繆，可見一斑。

　　傷春悲秋原是詩詞慣寫之情，詠花而多襯以美人形象更是詩詞常用之手法，夢窗詞亦不例外。夢窗居蘇、杭二地甚久，其詞篇多就地而言春說秋、詠物賦情，是很可理解的現象，這當中自有眞情實感的懷人之作，但若據此而認爲凡有與其相類

---

[114] 同注102，卷一，頁89；卷二，頁150；卷三，頁193。
[115] 同注106，頁103。
[116] 同注102，卷三，頁291。

之時、地、物等意象者必關涉同一情事，那就很有問題了。劉永濟《微睇室說詞》嘗修正夏承燾說法云：「吳詞凡清明寫情，皆因亡妓，夏承燾說是也。但此詞（〈鶯啼序〉）似非指亡妓，因下文『吳宮』字當係與去妾有關，此說似可修正夏說。因此，凡以一節概其全體者，不免有誤。況吳詞本不易領會者，亦讀者所當注意也。[117]」劉氏對自己所立的蘇妾亡姬之說，頗爲自覺，論證態度相當謹慎；他說：「吳氏遺事，記載頗少，凡此所論，皆從其詞語中摭拾比勘得之者，亦未敢定其必無誤也。[118]」的確，劉氏釋夢窗詞偶而也有過度詮釋的地方，譬如他說夢窗〈高陽台・落梅〉：「『離魂』二句暗用杜甫『環佩空歸月下魂』詩句，與姜夔〈疏影〉詞『想佩環月夜歸來，化作此花幽獨』同。其下『難倩招清些』，乃從落梅難返枝著想。……詞中用此事與集中〈鶯啼序〉歇拍『怨曲重招，斷魂在否』同意，皆有所指。……因梅落難返枝與與春痕難補之語，皆與其情事暗合，知此句必觸物生感而作，非上文泛用落梅故實可比，亦詠物而關合人情也。[119]」此詞切題用典，意甚明白，何必牽扯本事，強爲比附，遂反生蔽障。楊鐵夫據節序、因物情，竟爲夢窗找出將近百首情詞，但只要我們細心翻閱原作，一一比對分析，便可發現他對絕大部分作品的解釋都有問題，根本不能自圓其說。楊氏緣事求詞、藉詞證事的方法非常可議，上面已略有所陳，以下再舉一明顯例子補充說明。楊氏釋〈鶯啼序〉（橫塘棹穿豔錦）末云：「姬之來蹤去跡，〈瑣窗寒〉（紺縷堆雲）盡之；姬之流連歡事，此詞盡之；夢窗之一生恨事，又上一闋盡之（〈鶯啼序〉〔殘寒正

---

[117] 同注106，頁59。
[118] 同注106，頁64。
[119] 同注106，頁13。

欺病酒〕）。合三詞觀之，夢窗心事全見。[120]」謂夢窗〈鶯啼序〉二闋詳述其離合死生之跡，諸家看法大致相同，但說〈瑣窗寒〉「此詞更於姬之來蹤去跡詳載無遺，可作一篇琴客小傳讀」，則似是楊氏一家之說。此說之不通，只要一覽全詞便可知曉：

> 紺縷堆雲，清腮潤玉，氾人初見。蠻腥未洗，海客一懷悽惋。渺征槎，去乘閬風，占香上國幽心展。□遺芳掩色，真姿凝澹，返魂騷畹。　一盼，千金換。又笑伴鷗夷，共歸吳苑。離煙恨水，夢杳南天秋晚。比來時、瘦肌更消，冷薰沁骨悲鄉遠。最傷情，送客咸陽，佩結西風怨。

楊氏爲夢窗此詞串合一段情事，云：「此以玉蘭喻姬，故起即用紺縷、清腮等字掩映，仍恐未醒，更用氾人點睛，初見鍾情，則當時事實也」；「上國，在喻意指中國言，在正意指杭京言。考夢窗卸蘇幕後即挈姬來杭，殆所謂『占香』上國者歟」；「換頭，不急說姬去，但承返魂，挺接歇拍，既說返魂，故下片直說人」；「吳水、吳煙，是常語。曰離、曰恨、曰杳，皆姬去後語」[121]。這裡因事說詞的痕跡相當明顯。楊氏但見詞用美人意象，語涉吳地風光，句有「返魂」、「送客」之意，即強爲比附，殊不知此詞題曰「玉蘭」，使事用典，借氾人、西子以喻其幽獨之姿；鋪采設色，移情入景，極盡其孤高淒美之態；句句就花就人著筆，寫物我之情，皆不脫題面，明白順暢，從何安插憶姬之意？楊氏有先入爲主的觀

---

[120] 同注102，卷三，頁203。
[121] 同注102，卷一，頁1-3。

念，影響附會，常曲解詞意而不自知；其論〈點絳唇・越山見梅〉詞曰：「凡在紹興之作，自在姬去之後，故必帶憶姬情緒」，這一說法亦未免太過武斷了[122]。

夢窗詞究竟有無其事，那是可以據文情事理加以驗證的。上述各家說法，除了少數釋例能言之成理外，多是想像臆測之辭。因此，我們若引用其說，事前必須多花一番考證辨析的功夫，這是不可不注意的。謹慎如劉永濟猶不免有錯失，詮釋之難便可想見。

第四節　情意內容寄託說的詮釋問題

上兩節僅就若干詮釋事例作檢討，直接據內外資料就詞釋詞，指出了典雅派詞有本事之各種說法的明顯過失，但筆者以為如未能真正釐清這一詮釋策略的基本動機及其問題癥結之所在，終究是不夠徹底的。南宋典雅派詞情意寄託說產生的背景為何？此說有何特色？其根本的謬誤處何在？有本事的詞就是有價值的詞嗎？這些問題，攸關情意寄託說的本質及其內在的限制性。為免繁複，本節只擬參照近代學者的一些看法，就情意內容寄託說的詮釋問題作觀念上的梳理。

一、典雅派詞情意寄託說產生的背景

有清以來，詞壇特別流行以比興寄託之法說詞，尤其是對整個南宋典雅派詞情的看法，不是指其寓家國之恨，就是說其有身世之感，總之該派詞多是有為而作，非徒剪紅刻翠者也。

---

[122] 詞曰：「春去來時，酒攜不到千巖路。瘦還如許，晚色天寒處。無限新愁，難對風前語。行人去。暗消春素，橫笛空山暮。」（卷四，頁299。）按：楊氏釋「行人去」句為「明說姬去」，甚牽強；其解夢窗紹興諸作，亦多附會處。

這說法之所以產生並且蔚爲風氣，主要關乎文體的、詮釋者的以及時代的三方面的因素，換言之，這是內外形勢所促成，絕非偶然的現象。試略加說明如下。

　　首先，論典雅派詞的文體特色及其寓託的可能性。詞，要眇宜修，字句隨音樂節奏而有長短錯綜之變化，故長於言情，而其內容則以兒女物事爲主，自然形成一種富於女性美的纖柔細緻的特質，比詩更能表達曲折委婉的情意。詞的這種特美，既最適於表達作者心靈中一種深隱幽微的品質，同時也易於引起讀者心靈中一種深隱幽微之感發與聯想[123]。在傳統詩歌的各種題材中，詠物與豔情通常都被視作比體，可託喻深蘊的情思[124]，而詞尤以這類題材爲大宗，則文人創作此體時或多或少會延用詩的比興手法以寄託詞情，而批評者有意無意間也會從比興寄託的角度以論詞，如劉克莊〈題劉叔安感秋八詞〉謂叔安樂府：「借花卉以發騷人墨客之豪，託閨怨以寓放臣逐子之感」[125]，朱彝尊〈陳緯雲紅鹽詞序〉云「假閨房兒女子之言，通之於〈離騷〉變雅之義，此尤不得志於時者所宜寄情焉

---

[123] 詳葉嘉瑩〈從中國詞學之傳統看詞之特質〉、〈王國維對詞之特質的體認〉，《中國詞學的現代觀》（臺北：大安出版社，1988），頁5-19、21-32。

[124] 朱自清在《詩言志辨》的〈賦比興通釋〉一節中，曾論及後世的比體詩有四大類：詠史是以古比今，游仙是以仙比俗，豔情是以男女比主從，詠物則是以物比人。（臺灣開明書店1975年版，頁80-87。）這種整體連類譬喻的「比體」模式，《詩經》作品固已有之，但爲數不多，而且也不是每個類型都具體，到屈原的〈離騷〉，連類譬喻的表達方式便多起來。王逸《楚辭章句·離騷經序》云：「〈離騷〉之文，依《詩》取興，引類譬諭。故善鳥香草以配忠貞，惡禽臭物以比讒佞；靈脩美人以媲於君，宓妃佚女以譬賢臣；虬龍鸞鳳以託君子，飄風雲霓以爲小人。」（見洪興祖《楚辭補注》〔臺北：藝文印書館，1977〕，頁12。）這種以美女媲君臣、以物喻事的比興寄託的手法，在中國文學裡已形成一傳統。葉嘉瑩〈常州詞派比興寄託之說的新檢討〉一文曾就豔體、詠物與託喻的相關性問題有頗深刻的討論，可參考：見《中國古典詩歌評論集》（香港：中華書局，1977），頁193-195。

[125] 見《後村題跋》卷二，楊家駱主編《藝術叢編》第一集第二十三冊《宋人題跋》（臺灣：世界書局，1974），下冊，頁114。

耳」¹²⁶；這不獨是針對某家而言，更是對一般詞的創作或批評常用的方法與觀念。南宋典雅派詞家善長調、好詠物、詞風典雅含蓄，是詞學史上普遍的認定。長調講求設色與鋪敘，脈絡貫串，故宜於使事用典，寫物以言情。楊宿珍〈觀物思想的具現——詠物詞〉一文，對於這文體與題材間的緊密關係，以及其所營造出的寓意效果，有很精闢的論斷：

> 不論在詞藻、用典、用事方面，南宋詞人詠物之作，均有其特殊成就，然皆出之以慢詞的形式。詠物詞的特色在體物、狀物，盡力描摩物性，而慢詞尚鋪敘，恰足以曲盡其意。故慢詞的興起，給了詠物詞一片適宜生長的土地。

> 所謂詠物，不論是體物、狀物或藉物抒懷，都必須充分表達物性——物的內在、外在特質。因此，物性的對等性質運用，幾乎成了詠物詞的普遍結構，只是在慢詞的詠物諸作中，物性的對等，並非由個別的意義並立而成，卻是藉物性類似的連續性而構成。……慢詞一旦表現連續性，則易生複雜性；所以詠物詞多用慢詞，更能深刻婉轉、曲折周延地體物、狀物而寫志。……等值通性著重物性的刻劃，藉著物性的類似或對照，聯繫物體及寓意，因此造成隱喻技巧的多方使用。

> 詠物詞結構的特質又可由詞中用典的技巧中顯現。典故是詩人以現時的經驗和過去的史實作一對比，因此典故必須包含兩個基項：一為詩人當時的經驗，一為過去發

---

126 見《曝書亭集》，《四部叢刊》本，卷四十，頁1-2。

生的史實；其間的關係可能是類似，也可能是對比。詩
人直接或間接的、含蘊的或明顯的指涉過去的史實，
利用事件的類似或對比達成用典的意旨；適當的運用典
故，能造就深刻的詩歌效果，產生新的意境。[127]

這些詞體特色，配合上詞人所處的時局作考慮，則更容易使人
有託喻的聯想。誠如詹安泰〈論寄託〉所云：

> 即人事以論時事，易「犯本位」；若假物類以喻時事，
> 則非精心抉剔，不易認識，且亦可以強辯。故時忌愈多
> 者，詠物之什乃愈出。……南宋有寄託之詞，多屬描摹
> 物類，非無故也。[128]

因此，當南宋典雅派詞多出之以長調的鋪敘之筆，巧用典故，
以寫男女之哀感、花物之盛衰，這在傳統文學的詮釋領域裡，
當然會容易被認為是有深意存乎其間的。

其次，詮釋者的心態亦會影響詞意的解釋。對詞本質的體
認，攸關對詞的起源及其評價高低的認定。詞，劃入文人創
作的領域，一則代表其在創作上文字技巧、內容意境的開拓與
提昇，但另一方面在批評的層面上自然相對地有更多更高的要
求。龍沐勛〈選詞標準論〉云：

> 生當詞樂消沉數百年之後，舉凡文人才士，所寄託於文
> 字者，亦貴其能表現時代精神與作者性情、抱負，兼及

---

[127] 見劉岱主編《中國文化新論──文學篇(二)意象的流變》（臺北：聯經出版事業公
司，1989），頁383、388-392。
[128] 見湯擎民整理《詹安泰詞學論稿》（肇慶：廣東人民出版社，1984），頁124。

技術之工巧而已。吾國文人之言詩歌者，咸以風騷爲極則，所謂比興之義，不淫不亂之旨，所爭在託興之深微，所務爲修辭之醇雅。由傳統觀念以論詞，固早被士大夫目爲小道，而一旦欲上躋於風雅之列，則抉擇標準勢必從嚴，此清代言詞學者，所以先貴尊體也。[129]

所謂「先貴尊體」，可說是清代詞學的核心，無論是重修辭醇雅如浙派，或主託興深微如常派，莫不有抬高詞體的意向。這一尊體的理念，亦自貫徹於對南宋典雅派詞的體認中：

宋末詞人於社稷滄桑之故，江湖萍梗之意隱然見於言外，豈非變而復於正，與騷雅無殊者歟？（王昶〈琴畫樓詞鈔自序〉）[130]

以詞爲小技，此非深知詞者。詞至南宋，如稼軒、同甫之慷慨悲涼，碧山、玉田之微婉頓挫，皆傷時感事，上與風騷同旨，可薄爲小技乎？若徒作側豔之體，淫哇之音，則謂之小技亦宜。（沈祥龍《論詞隨筆》）[131]

如（白石）〈暗香〉乃自寫身世之感，〈疏影〉乃借抒二帝之憤，如此詠花卉，最爲上乘。此外如《樂府補題》中碧山、草窗、玉潛、仁近諸遺民詠蓴、詠白蓮之類，皆有家國無窮之慨，寓乎其中，非僅區區賦花卉而已。所謂深得風人比興之旨者，此類是也。（蔡嵩雲《樂府

---

[129] 見《詞學季刊》第一卷，第二號，頁16。
[130] 見《春融堂集》，清嘉慶十二、十三年塾南書社刊本。
[131] 見《詞話叢編》，頁4057。

指迷箋釋》）[132]

　　詮釋者以有託之心讀詞，主張詞學寄託之說，當然有推尊詞體的意向。但從以上引文更可發現一點，諸家是以宋末詞人遭「社稷滄桑之故」，其詞「皆傷時感事」、「有家國無窮之慨」，遂以之比附風騷，以爲是「深得風人比興之旨」，而加以肯定的。不過，若細心觀察，即可發現：南宋典雅派詞之所以對清代以來詞家或論者有這麼深刻的含意，這背後其實是有一重要的心理因素，那就是源於一種身遭世變的遺民心態的認同感。

　　這種身分相似、人生體驗相近的情況，在詞學上所造成的現象是：有清以來的文人在創作上自然多以南宋典雅派諸家詞爲典範，亟力模仿其詞風，而在批評的主觀意識裡亦自以爲最能貼近典雅派諸家的創作心境，知其託意之所在：

> 白石詞所以會有這麼大的影響，它的主要原因，是由於各個時期裡和他同類型的文人特別多（從宋末的張炎到清初的朱彝尊、厲鶚等等都是）；他們都依據自己的思想感情有選擇地來學習、摹仿姜詞。其次，由於姜詞在藝術技巧上，有其獨特的成就，可以爲後來者借鑑以抒寫和他同類型的思想感情。（夏承燾〈論姜白石的詞風〉）[133]

> 在晚清同、光時代的一些詞人，也曾有過一度對碧山詞不僅推賞而且模仿的風氣。……光緒庚子之亂，八國聯軍入京，朱祖謀、劉福姚皆移居於王氏之四印齋，每夕

---

[132] 見《詞源注・樂府指迷箋釋》（臺北：木鐸出版社，1982），頁72。
[133] 見《姜白石詞編年箋校》，頁3。

籌燈唱酬，借填詞以寓寫幽憂，像這種填詞的環境，與
南宋末年王沂孫、周密諸人集會填詞以寄託亡國之痛的
情境，當然也極爲相近。所以碧山詞之受到晚清的一些
詞人之推重和模仿，便不僅只是因爲受了常州派詞論之
影響而已，更有著一份與碧山的亡國之痛相近似的時代
之哀感在。（葉嘉瑩〈碧山詞析論〉）[134]

抑夢窗生丁末造，白雁南來，鼓鼙之思，禾黍之悲，一
以倚聲發之。乃鐵夫所遇，不幸與之同。當把卷旁皇之
際，雲愁海思，盪魂撼魄，誦〈高陽臺〉「幾樹殘煙，
西北高樓」之語，銅仙鉛淚，相對汍瀾，而不能已也。
（錢蕚孫〈吳夢窗詞箋釋序〉）[135]

　　此外，如放在清代整個學術環境來看，詞學家之主寄託，
不是單一的個案，清代走向歷史實證的考據學風，有很明顯的
經、史、詩文本質不分的觀念，因而將解經、證史、釋文、箋
詩、說詞等方面的方法混合爲一，因文證事之例比比皆是。更
何況有些詞論家本身就是經學家（如朱彝尊、張惠言），因此以
解經之法說詞是很平常的事。當這套詮釋系統藉派系組織強化
之後，其本身便形成一學術成規，大家便習以爲常，以爲詮釋
詩文詞，就是要論證考求作品中人物事況的眞確性，以及字句
間所隱藏的微言大義。

　　南宋典雅派詞情意內容寄託說的產生，如上所述，乃係基
於主客觀兩方面的因素所促成的——既因其文體有喻託的可能
性，復因詮釋者受當時考據學風的影響，有明顯的尊體意識以

---

134 見《迦陵論詞叢稿》（臺北：明文書局，1981），頁244-245。
135 見楊鐵夫《夢窗詞全集箋釋》，頁2-3。

及感同身受的時代悲慨在，故典雅派詞遂多被指爲深藏身世之感、君國之憂，而且往往也被認爲其所寄託之情是可據實指證的。寄託說的詮釋觀念與方法，其實有其限制，但前人用之失當，過度詮釋而不自覺，這是須加辨明的。

二、情意寄託說詮釋方法上的謬誤

　　針對文體的喻託性這一點言，我們須知道豔體或詠物的詞篇固然有喻託的可能性，但不是說所有這類作品必然都有寄託美刺之用意在。以詠物之作爲例，此體一則既要求其體狀物態，刻劃妥貼，講求字面的工麗，一則也要求其能感物言志，借物抒懷，寄寓深刻的意旨[136]。李重華《貞一齋詩說》云：「詠物詩有兩法：一是將自身放頓在裡面，一是將自身站立在旁邊。[137]」即是說詠物一體的敘寫，可以明顯是以主觀情意爲主導，而藉物體之描摹以呈現主題的一種創作方式，也可以是純粹客觀的描述，著重設色與鋪敘，講究筆法細膩。簡言之，前者入乎其內，爲「比」法，後者出乎其外，爲「賦」法[138]。當然，也有介乎二者之間的一種寫法：物態人情，若有若無，不容易界分究竟是單純的寫物或是有確切的主觀情懷。除了創作方式有走向「隱語」或「鋪陳」的基本特色外，對於詠物之作的情意內容的了解，還須顧及作者本身的創作動機、寫作環境，因爲，爲己抑或爲人而作，會影響到它的內容

---

136 張炎《詞源》卷下：「詩難於詠物，詞爲尤難。體認稍眞，則拘而不暢；模寫差遠，則晦而不明。要須收縱聯密，用事合題。」（《詞話叢編》，頁261）；彭孫遹《金粟詞話》：「詠物詞，極不易工，要須字字刻劃，字字天然，方爲上乘。即間一使事，亦必脫化無跡乃妙。」（《詞話叢編》，頁725）；沈祥龍《論詞隨筆》：「詠物之作，在借物以寓性情。凡身世之感、君國之憂，隱然蘊於其內。斯寄託遙深，非沾沾焉詠一物矣。」（《詞話叢編》，頁4058）。

137 見丁福保編《清詩話》（臺北：西南書局，1979），頁856。

138 詳楊宿珍〈觀物思想的具現——詠物詞〉，劉岱主編《中國文化新論——文學篇(二)意象的流變》，頁377-380。

是偏於喻託、社交或是重在遣翫等種種性質的。而同樣是喻託性質的作品，其表現方式可以是重在直接的感發也可以是偏於思索的安排，兩者的情味自然不同[139]。其實，不只是詠物、豔體而已，其他各種題材、類型的作品，在語意之間、內外緣因素等方面的配合情況同樣都是十分複雜的，因此，持單一的詮釋理念，凡見某家某體即作某種解釋，而無視於作家、作品本身的複雜性，那是相當危險，容易造出以偏概全的結論的。就以南宋典雅派諸家的詠物詞來說，不可否認的是其中確有哀時感事、懷人憶別之篇，但也不能忽略其中也有不少遣文弄筆、酬唱應和之作[140]，而清代以來絕大部分的詞學家由於尊體意識特高、身世之感甚深，析讀姜、吳、張、王詞時，便往往對前者求之過深，索隱以指實，對後者則又推衍過當，誤判了許多篇章的意旨，上文已有論述，此處不再贅引。

面對不同性質的作品，說詞者應秉持怎樣的詮釋態度呢？晚近有些學者提出的意見頗值得參考，例如沈祖棻〈清代詞論家的比興說〉一文即就四種情況加以論述：

第一種是作者創作時，本來沒有採用比興方法。詞中所

---

[139] 詳葉嘉瑩〈論詠物詞之發展及王沂孫之詠物詞〉，《靈谿詞說》（上海：上海古籍出版社，1987），頁529-537。

[140] 葉嘉瑩〈論詠物詞之發展及王沂孫之詠物詞〉云：「如果以宋代之詠物詞與唐代之詠物詩相比較，則自周邦彥以下，姜、史、吳諸作者，都可以說是以思索安排來寫詠物詞的作者，只不過詞之形式更為富於變化，故其物與情之關係便也較一般詠物詩更為繁複錯雜。而且因為詞之內容既一向多以寫兒女之情為主，所以周、姜詞中便也往往多寫懷人憶別之情，與詩中借物喻志的內容也有了很大的分別。」（同上，頁546）；又云：「南宋時填詞結社之活動，既已成為一時盛行之風氣，只不過當南宋還能苟安享樂之時，其詠物詞之內容，乃往往僅具有供遣翫之社交性，而缺少深摯之喻託性。這類作品自然不能完全符合中國文學傳統中重視「情志」之衡量標準。而王沂孫則曾經身歷亡國之痛，當其結社填詞之際，也別具一種悼念故國之思，這正是王沂孫之詠物詞之所以兼具社交性與喻託性之屬於詠物之作的雙重特質的緣故。」（同上，頁552）。

表現的，除了本身情景之外，別無寄託。讀者看了，也是一目了然，用不著拿這種方法去解釋。普通所謂賦體的詞，都屬於這一類。

第二種是作者創作時，本來就採用了比興方法。詞中所表現的，除了本身情景之外，別有寄託。讀者也能夠看出這種情形，所以欣賞起來，除開了解它的本身意義，還得進一步去追尋它本身以外的意義。

第三種是作者並未用比興方法創作，讀者卻還是用這種方法欣賞。

第四種是作者原是用比興方法創作，除了表面所顯示的情景外，本來還有寄託。但詞中所寄託的情事，或因文辭深婉，難以揣測，或因年代久遠，又無記錄，沒有流傳，而其賴以寄託的藝術形象，卻是極其完整的。在這種情況之下，讀者也就往往只就它本身情景，加以欣賞，不再深求；而且對它的言外之意，也覺得若有若無，可有可無。即使敏感的讀者認為它確有寓意，然而究竟無從指實。[141]

顯見作品或有寄託，或無寄託，性質不一，故在詮釋策略上，應隨機而變，不可一概而論。至於如何判定作品有無寄託，又應如何加以解說等問題，葉嘉瑩先生的意見是：

判斷一首詞中有無比興寄託之意，究竟當以什麼標準來

---

[141] 見《宋詞賞析》（上海：上海古籍出版社，1981），頁229-232。

作爲依據……。第一當就作者生平之爲人作判斷；第二當就作品敘寫之口吻及表現之精神來判斷；第三當就作品所產生之環境背景來判斷。……縱然有此三項判斷有無寄託的標準來作爲依據，讀詞者與說詞者也並不能就因此而對其詞中每句每字之託意來加以實指。……可是這一類詞又確實是合於判斷之標準的有寄託之作，因此在解說時當然也不可以將其託意完全置而不論。在這種情形下，說詞者所當取的態度，也許應該只是說明作者之身世爲人，指出其可能有託意的詞句及口吻，並說明寫作之環境背景以及其可能牽涉到的本事提供所有線索給讀者一種暗示何啓發，讓讀者自己去加以思索和體會，以儘量避免由於牽強附會的解說所引發的種種誤謬。也許這應該是說詞人所當取的一種最妥適的態度。[142]

長久以來，一般的文學解說者大多以爲文學作品分析工作的最終目的是要發掘出作品中作者的原意，這在沈祖棻所提的四種解說態度裡仍隱約可發現有此一企圖。照葉嘉瑩所云，指說作品託喻之意時，應審愼處理。但我們若要徹底釐清這一詮釋方法的迷思，必須更深一層地探究出其歧誤之根由，而相對地，我們也必須提出調適的方法，指出一條較合理的詮釋策略。我們可以由以下的問題來作思考：作品有所謂「原意」嗎？我們眞的能從作品還原「事實」嗎？作品的「意義」如何構成？怎樣才是合理而有效的詮釋？這些問題牽涉到的層面相當廣泛，最近已有學者作專題處理，我們不妨擷取他們重要的觀點，略

---

[142] 見〈常州詞派比興寄託之說的新檢討〉，《中國古典詩歌評論集》，頁176-178、182。

作分析說明。

　　首先，以劉永濟的一段話作引子：

　　　孟子有讀者「以意逆志」之說，固當，但必兼有知人論
　　世之功，方能得其心之所之。南宋詞家處於國勢阽危之
　　時，論世尚易，獨其行誼不詳，舉凡其生活習慣，學術
　　思想，不易了了，知人之事，因而困難。唯一之法，先
　　就詞言詞，然後從中尋取透露本意處推究之，必非句
　　句比附，只可於一二處得之。所謂讀書得間，所謂言外
　　之意，如此而已。否則必流爲主觀，必多附會，不可不
　　知。又按孟子論「意逆」之法，即「不以文害辭，不以
　　辭害志」兩言。……作者必先有思想感情（志）而後託
　　事義（辭）以表達之，有事義而後組織篇章字句（文）
　　以成之。作者創作時，皆由隱以至顯，因內而符外，其
　　勢順。讀者閱誦時，則從淺以至深，由末以求本，其勢
　　逆，故曰「逆志」。至「不害」之說，則所以防主觀之
　　失也。蓋「逆志」者，不可誤會，不可曲解，誤會曲解
　　者，皆由讀者主觀所致，「不害」則正確矣。雖然，作
　　者表達其「志」之方至多，有夸飾者，有微而顯者，
　　有言在此而意在彼者，有正言若反，反言若正者，其
　　「志」之若何，亦非一覽可得，是在讀者之學力深淺，
　　故有智者見智，仁者見仁之説。[143]

這段話大致涉及了「作者—作品—讀者」三者間的問題，約略
指出了傳統中國文學理論中的重要詮釋方法「知人論世」、

---

[143] 見《微睇室說詞》（上海：上海古籍出版社，1987），頁28。

「以意逆志」的相互作用，及據此闡釋作品時所應遵守的的基本法則。文中並揭示了一個頗重要的理念：作者表達其「志」之方甚多，而讀者也因學力深淺有別，因此由作品所得者便各不相同，常是仁智互見之論。沈德潛《唐詩別裁集‧凡例》云：「古人之言，包含無盡，後人讀之，隨其性情淺深高下，各有會心。[144]」文學創作乃包含一種精神的創造性的特質，而作品中的精神性自我與塵世中物質性的自我在本質上自有區分[145]。就作者這方面言，當作品寫成，其創作的意義自已完足。作品要成為美學的客體，要顯現意義，得須讀者的參與來完成。讀者依恃其個人的知識、品味在特定的時空場合中閱覽、賞評作品，與作品交流共感，本身也是一創造性的活動；因為詩的語言是多義性的，他可以依循著作品的文理將許多潛伏而不甚未明確之處，加以填補、發揮，賦予較具體的內容[146]。既然創作與閱讀都包含著活動性與創造性的因素，那麼，如何能將不同讀者的「會心」之處與某一作者的「用心」之處隨便劃上等號？

葉維廉〈與作品對話〉一文曾就作家藉作品傳意、讀者由作品釋意的整個傳釋行為的複雜性作一簡要的剖析，以為這「創作—閱讀」間傳釋活動的範圍，有五個意義層次，須加留意：第一、在文字前作者與外物接觸所感所觀而得的「心象」，本身已有選擇性，已經牽涉到一種詮釋行為；第二、在表達的過程中，作者一則要考慮語言的選擇問題，有意無意間

---

[144] 見《唐詩別裁集》（臺北：廣文書局，1970），頁5，〈凡例〉。

[145] 詳雅克‧馬利坦著，劉有元、羅選民等譯《藝術與詩中的創造性直覺》（北京：三聯書店，1991），第四章，第六節，頁116-120。

[146] 接受美學（Aesthetics of Reception）最重讀者在詮釋過程中的主導性地位。此處略參接受美學大師如堯斯（Han Robert Jauss）及依塞爾（Walfgang Iser）諸家的說法。詳H.R.堯斯、R.C.霍拉勃著，周寧、金元浦譯，《接受美學與接受理論》，瀋陽：遼寧人民出版社，1987；劉小楓編，《接受美學譯文集》，北京：三聯書店，1989；張廷琛編，《接受理論》，成都：四川文藝出版社，1989。

也要顧及讀者群的反應，因此在表達策略上自有所調適，已非「心象」的本貌；第三、文辭作品獨立的傳意潛能和讀者的接觸構成了另一種詮釋意義，因為縱使作者遣辭造句時或有一定的企圖，但作品產生後即獨立存在，可以不依賴作者而不斷地與不同時空的讀者傳達交談，而讀者釋意是要依靠其他作品的文辭意象作條件來交相感應，才能有所體會與了解的，因此我們讀的已不是一篇作品，而是無數作品的回響、穿插、融匯、變化；第四、讀者從作品所得的「心象」與前面三種意義層次可能都有差距，因為讀者接受作品時無法完全泯滅其主觀意識；第五、由於各人的才氣學習的情況不可能全同，而讀者又只能靠文辭作品揣測作者之意，故兩方面所得的「心象」絕不能全同而無誤，通常的情形是：讀者受制於自己歷史場合的觀感思構模式，遂產生「年代錯亂」的問題。據此而知，文學作品的「意義」，並非「一個封閉、圈定、可『載』、可『掘』、不變的單元，而是通過文辭這一個美學空間開放交談、參化、衍變、生長的活動」[147]。然則，所謂客觀的標準的詮釋之所以無從確立便不言而喻，而試圖藉由作品重建作者的原意也不過是不設實際的空想罷了。

　　上文所述，似乎特別強調了讀者在詮釋活動中的主導性地位，容易給人一個錯覺，以為文學的詮釋漫無標準，可隨意發揮。但事實上，詮釋活動既然是一種作者與讀者或讀者與讀者之間的交感活動，在自由的聯想之中勢必有其限制的一面，不然便無所謂「溝通」，因為獨斷的主張破壞了溝通的基本原則──尊重。過分強調作品的客觀性，以為作品的解釋如同解謎一樣，有而且只有一個答案，這種態度禁錮了文學的活潑的生

---

[147] 參見葉維廉〈與作品對話──傳釋學諸貌〉，《歷史、傳釋與美學》（臺北：東大圖書公司，1988），頁42-46。

命，固然值得批判；而任意行事，無視於作品的客觀存在，以一己之意強加於作品之中，這種濫用了自由聯想的詮釋行為，同樣不值得欣賞。葉嘉瑩〈談詩歌的欣賞與人間詞話的三種境界〉一文曾就詩歌欣賞所應抱持的態度，提供了一些頗可參考的意見：

> 創作者所致力的乃是如何將自己抽象之感覺、感情、思想，由聯想而化成為具體之意象；欣賞者所致力的乃是如何將作品中所表現的具體的意象，由聯想而化成為自己抽象之感覺、感情與思想。……這種由彼此之聯想而在作者與讀者之間構成的相互觸發，形成了一種微妙的感應，而且這種感應既不必完全相同，也不必一成不變，只要作品在讀者心中喚起了一種真切而深刻的感受，這就已經賦予這作品以生生不已的生命了，這該也就是一切藝術作品的最大意義和價值之所在。當然，我這樣說也並不是以為欣賞單只著重聯想，而便可以將作者之原意完全抹煞而不顧，我只以為一個欣賞詩歌的人，若除了明白一首詩的辭句所能說明的有限的意義之外，便不能有什麼感受和生發，那麼即使他所了解的絲毫沒有差誤，也不過只是一個刻舟求劍的愚子而已；但反之亦然，若一個欣賞詩歌的人，但憑一己之聯想，便認定作者確有如此之用心，那麼即使他所聯想的十分精微美妙，也不過只是盲人摸象的癡說而已。所以我以為對詩歌之欣賞實在當具備兩方面的條件，其一是要由客觀之理性對作品有所了解，其二是要由主觀之聯想對作品有所感受。[148]

---

[148] 見《迦陵談詞》（臺北：純文學出版社，1976），頁3-5。

這裡約略提到文本的客觀性與欣賞者的主觀性，及兩者間互相協調的問題。文學詮釋活動基本上就是一主客觀互動的過程，孟子一書所揭示「以意逆志」的詮釋方法，其本意便是如此。《孟子・萬章篇》云：「故說詩者，不以文害辭，不以辭害志。以意逆志，是為得之。如以辭而已矣，〈雲漢〉之詩曰：『周餘黎民，靡有孑遺。』信斯言也，是周無遺民也。」朱熹注：「言說詩之法，不可以一字而害一句之義，不可以一句而害設辭之志，當以己意迎取作者之志，乃可得之。若但以其辭而已，則如〈雲漢〉所言，是周之民真無遺種矣，惟以意逆之，則知作詩者之志在於憂旱，而非真無遺民也。[149]」孟子說「以意逆志」，如朱子所謂「以己意迎取作者之志」，作者的情志形之於文，讀者因文起興，以己意追索並且體悟作者的意旨，在這順逆往返的詮釋過程中，務必在「不以文害辭，不以辭害志」的條件下進行。換言之，詮釋必以文本為依據，乃不容置疑的事實。孟子所言已關涉整體與部分的互動關係，雖未確切深入到「詮釋的循環」（hermeneutical circle）的複雜性問題，但已有若干關聯[150]。詮釋的循環，是詮釋活動裡必然有的現象。文學作品的詮釋，乃由字以識句，由句以識篇，反過來看，不知篇意難以掌握句意，不懂句意則對字義的體會可能就不夠深刻，因此，需要隨時調整角度，交互引證，方可有得。至於審察字句的解釋是否有所偏失，除可將其放在篇章結構的大脈絡來加以檢視外，還須斟酌其釋意有否超出字義的引伸範圍及一般的語言結構成規；依此，文學詮釋到底還是有它的「客觀標準」的。讀者的語文感受能力有異，可有深淺不一的看法，但必須受制於文本在文辭字句上的客觀的要求，而

---

[149] 見朱熹《孟子集注》，卷九，《四書章句集注》（北京：中華書局，1989），頁306-307。
[150] 同注147，頁45。

罔顧此一尺度，斷章取義，強植今意於前人的作品之中，這些解釋雖或喧騰一時，終究是經不起考驗的。《孟子》書中還有一個概念常被後來的文學研究者引用，那就是「知人論世」之說：「以友天下之善士為未足，又尚論古之人。頌其詩，讀其書，不知其人可乎！是以論其世也，是尚友也」（〈萬章篇〉）。誦讀詩書的目的，由論世以知人，所關心的是人格精神的交感，指出一種道德修養的途徑。孟子所言雖非直接指向文本的解釋，但其說則亦未嘗不可轉化為一種對文學詮釋的客觀的限定，作為「以意逆志」過程中的參考。對於作者生平、創作理念、及其生存的文化政經環境的考察，屬於作品的外緣研究，是可提供創作發生背景的說明的。文學詮釋活動是一種互為主體的活動，讀者詮釋作品，除了認知自己的時空條件外，也須顧及作者及其作品產生的歷史性，如是，作品中的文辭意向便有一規範性的指引作用，讓讀者得以破除時代混淆的迷障，不至於因太過主觀而以今代古；再者，對作品的背景知識所知愈深透，便愈能設身處地的走進作者的情意世界，通過「境界的交融」（fushion of horizons），主客觀作辯證的融合，這在詮釋者的立場言，就是一種同情的了解[151]。因此，綜合來看，「以意逆志」與「知人論世」之法，雖不能完全涵括詮釋的各個面向，但兩者的互用，起碼揭示了一個詮釋的基本準則，就是在面對作品進行主體解悟的過程中，詮釋者隨時

---

[151] 陳寅恪〈馮友蘭中國哲學史上冊審查報告〉：「所謂真了解者，必神遊冥想，與立說之古人，處於同一境界，而對於其持論所以不得不如是之苦心孤詣，表一種之同情。」余英時在〈著書今與洗煩冤〉一文中為陳先生的詮釋理念解釋道：「通過最近詮釋學的發展，我們應該知道，陳先生真正的意思是伽德瑪所說的『境界的交融』（fusion of horizon）。陳先生所常常強調的『古典今情，合而為一』也與此有密切的關係。而所謂『合一』，又不真是變成了一個，而是『一而二，二而一』。解釋者至此境界，則既與古人為二，又與古人為一。一而二者，因為自己與古人畢竟各有其『境界』；二而一者，因為自己與古人又同在一個歷史傳統之內。此所以伽達瑪最後必強調傳統（tradition）。」（載1985年3月9日—13日〔臺北〕《中國時報・人間版》）按：上文即略參其意。

要對其主觀性有所自覺，並且須服膺某些客觀的要求，方能達到比較有效的解釋。

「以意逆志」、「知人論世」之法，誠如以上所述，兩相配合，交互運用，大抵可以規範詮釋活動。但這說法，只是就其應然的一面言，事實上，我們只要回顧中國的傳統箋釋歷史，即可發現自漢儒治經始，這兩個詮釋概念已被轉化引用，背離了原來的意旨。顏崑陽《李商隱詩箋釋方法論》一書曾對這兩個概念的歧誤現象有十分深細的分析：

> 從毛鄭的解詩，我們可以看到其中隱涵著一個重大的問題：箋釋的最高依據是一套來自儒家的觀念，其本身就已充滿了主觀性……。然而，分明是一個箋釋者主觀性的觀念架構，毛鄭卻在跳越作品語言結構之下，藉用「論世」的方法，將它客觀化爲作者的原意或作品的本義。由此，則「論世」便產生兩個作用：一是將箋釋者主觀性的觀念加以客觀化、事實化，找尋歷史經驗爲憑據，以消減他的虛擬色彩；一是使得作品的意義由創造性的虛構轉爲具體的事實，而增加客觀的眞實性。

> 中國傳統「以意逆志」實爲詩歌語言文本意義箋釋的妥當方法；但這一方法的運用，卻可能有兩種偏誤：第一種偏誤是，箋釋者以主觀之情志替代作者情志而成爲作品意義的根源或依據，完全落入自由感想，毫無限定的虛幻中，而箋釋者對詩意義也掌握了絕對的、權威的地位，將詩意義的箋釋視爲「絕對主觀」的感想。……第二種偏誤，是逾越「以意逆志」的妥當範圍，延伸它的效用而做爲證明客觀事實的一種方法。

在「知人論世」與「以意逆志」的交互運用中，往往會不自覺地逾越其妥當範圍。而毛鄭之箋釋《三百篇》，卻明是「以譜解詩」而造成「以實鑿虛」，又「以詩證譜」而造成「以虛證實」；「詩」與「譜」循環論證，以展現一個「虛構性的客觀存在」，終至虛實莫辨，而不免穿鑿附會之譏。[152]

所謂「實」者，乃指文學作品中所描述的具體形象、可指陳的內涵概念或可指涉、檢證的實在事物；而相對地，所謂「虛」者，則指那隱涵於形象語言的那可意會而不易言傳的意境。通常來說，「知人論世」之法適用於「實解」，以提供外緣知識，作為掌握字辭語意、創作情境之依據；而「以意逆志」之法則適用於「虛解」，由言內而意外，因己情以感悟作者的情意世界。當然，有些作品須費較多的實解工夫，如以史實為題材的敘事文學或明顯的比體作品；但若是面對那些以自我抒情為主體之作或無題、興體之篇什，則須於虛處著力，循意象以解釋其主觀意念，不能比附事實以立說。不過，縱然是前者，雖說其解釋過程可以援實以釋文，但文本的終極意涵又何嘗不須以意及之？因為沒有完全客觀化、物質化的作品存在，而任何作品都必有主觀的成分，那麼文學的詮釋又怎能以尋出創作所據之物事為滿足，而不關心物事中的人情、意境？情愫的激發與感通，境界的體察與開悟，都須由心的作用而起。因此，可以說在「虛—實」、「心—物」之間，文學詮釋活動始終是以虛解、以心意與文情交感為達到其終極意義為正途，而在這個層面言，物事實情的了解、字辭意象的確切涵意的掌握，乃

152 見顏崑陽《李商隱詩箋釋方法論》（臺北：學生書局，1991），第二章，頁110；第三章，頁175-176；第二章，頁118。

240 南宋姜吳典雅詞派相關論題之探討

至作者生平資料的考證，這些方面的知識雖然重要，但充其量也只能視作輔助性的工作而已，因為文學詮釋的目的主要在顯發意義，相對於文學作品表現主體情志的本質來說，詮釋活動在原則上也必須保持其主體性，然則文學的意義是不能在割離主體實感而以完全客觀知識去驗證、追求的情況下而有所得的。自毛鄭以來，一般的詩文箋釋與解說者大多混淆了此間的分際，尤有甚者，更嚴重誤用了「知人論世」之法，對作者傳記、詩文史實等資料作鉤稽考尋，毫不放鬆，而發展出一套年譜與作品、史與文相為表裡的觀念，其方法是以時代與個人的史料強植於虛擬的文學情境中，據此又逐步擴充其詮釋範圍，對許多不甚明其意旨的作品都附會史實，以為是找到了它的確解、尋出了作者的原意、重塑了有關作者的種種生平事蹟及其與歷史的實際關聯。這種「因文考史」、「由詩證譜」，又反過來「據史詮文」、「以譜解詩」的方法，殊不知已陷入「以實鑿虛」、「以虛證實」的循環論證的邏輯困境之中，而其所得者也不過是一些虛構的客觀存在的事實罷了。循環論證的結果是既不能在虛處以解悟文學，又不能往實處以證成歷史，不但違背了歷史的本質，同時也歪曲了文學的本質[153]。

我們現在再回到本文的主題來討論。詞學理論中有所謂

---

[153] 顏崑陽分辨「詩」、「史」之同異說：「『詩』與『史』有其會通處，也有其差異處。會通處在於對吾人存在經驗的詮釋與批判。因此，若說其『詩』與『史』的意義，並不指其作品中記錄著可資驗證的史事，而是指其作品中能表現詩人主觀的歷史意識。歷史意識雖以歷史的事實經驗為基礎卻並不等同於經驗事實的本身。否則，詩就是純然客觀記錄的史料，而缺乏主觀的創造。中國傳統所謂詩、史相通，只有從主體的意識上，才能獲得合理的解釋。至於其差異處，則在於『史』是『從實著筆』，故事實的記錄是必要的條件。而『詩』則『即事生情』，虛靈之『情』才是它構成意義的必要條件。『詩』與『史』既有這種『虛』、『實』的本質差異，則其會通當在主客虛實的辯證超越處，絕不可落在事實的證明上。因此，詩、譜的互證，很難避免詩歌與歷史本質上的相互混淆。以詩歌之『虛』所證得之史『實』，可能就是一個『虛構的客觀存在』；而以此『虛構的客觀存在』所解得的詩義，又如何能是箋釋者所欲證求之客觀的作者本意？其循環論證的結果，既失歷史的本質，又失詩歌的本質矣。」（同上，第二章，頁120-121。）

「仁者見仁，智者見智」（周濟語）、「作者之用心未必然，而讀者之用心何必不然」（譚獻語）之說[154]，這些觀念，我們大抵都能接受，因為它的確還給了讀者在詮釋過程中所應得的主導性地位，不必完全受作者的「用心」所困，讓讀者有更大的自由聯想空間；不過，若任由讀者主宰詮釋活動，卻又容易陷入絕對的主觀，產生種種弊端。所謂「讀者之用心何必不然」，很多時候便成為那些持情意寄託說、喜以詞篇附會作家生平者的遁辭，如夏承燾為楊鐵夫序云：

> 或者以為夢窗無題詠物之什不盡為故姬作，疑鐵夫不無好奇。予以為古今注義山〈錦瑟〉詩者不一，而究以悼亡之解為近正。況夢窗之放琴客實有其事，鐵夫之箋又皆持之有故乎！前人論詞有云：「作者未必然，讀者何必不然。」此雖妙諦，固不煩舉為鐵夫解嘲矣。[155]

夏承燾為姜白石詞、吳夢窗詞繫年，考《樂府補題》之本事，所犯的正是太過相信能重塑作者的「原意」，以為考據之法即能證出真理，「以詞證史」，復「以史釋詞」，遂深陷循環論證的矛盾困境而不自知，這不也是濫用了讀者的自由所致嗎？

上兩節已就詞據史，駁斥其說的明顯過失，這裡則更從學理上指出情意寄託說考實索隱之態度的虛妄。謝章鋌曾批評那些附會影響之說云：「雖作者未必無此意，而作者亦未必定有此意。可神會而不可言傳。斷章取義，則是刻舟求劍，則大非矣。[156]」這段話雖嫌簡略，但已接觸到兩個重要的觀念：一

---

[154] 見《復堂詞話・復堂詞錄序》，《詞話叢編》，頁3987。
[155] 見夏承燾〈吳夢窗詞箋釋序〉，載楊鐵夫《夢窗詞全集箋釋》，頁1。
[156] 見《賭棋山莊詞話・續編一》，《詞話叢編》，頁3486。

是我們無法證實己意即作者之意，一是我們解釋時絕不能「斷章取義」，循虛責實；這對「何必不然」的讀者而言，多少已就其詮釋領域設下若干規範。詞，一如各種文學，自有作者的心志情意托付於文辭之間，這是不爭的事實。筆者以上所述並無推翻詞可有寄託之意，只是反對字比句附妄加指實的解說態度而已。南宋典雅派諸家適逢亂局，自多身世盛衰之感，我們當然可透過「知人論世」的方法，探析其事，以推測其詞是否與之相關涉而喻有託意。知其情事之所由起，以作爲解讀文本、加深對詞情之體認則可，若妄加指實並以之爲文學詮釋之旨趣者則大非。至於讀者若依此一聯想而對作者的作品作細部的推尋，必謂其詞字字有隱衷，語語有微辭，則亦未免強作解事矣！劉永濟說夢窗〈燭影搖紅〉（碧澹山姿）、〈探芳訊〉（爲春瘦）二詞云：

> 陳洵從「楚夢」等句看，將此詞通首說成夢窗抒寫忠愛之情。楊鐵夫則以爲憶姬而作。二說之差距如此大。今細讀之，皆雨中感懷之言。所感何事，作者既未明言，詞中亦未特別透露，頗難指實。大概人情多感，或身事，或世事，往往不分，讀者何可泥說。此詞題曰「元夕雨」，元夕，佳節也，應及時行樂，而雨則妨人行樂，此當是生感之由，亦即作詞之故也。

> 凡閨情之作，或有本事，或係泛寫，或乃作者託之以抒一己之情，有時不易指實。即夢窗此作，用意何在，亦費尋討。陳洵說此詞：「本是傷離，卻說『爲春』。」蓋傷春即由傷離引起。……天下惟有眞性情人方解傷春與傷別。夢窗多情，亦杜牧一流人物。[157]

---

[157] 見《微睇室說詞》，頁52、頁94。按：傷春傷別之說，乃本李商隱〈杜司勳〉：「刻意傷春復傷別，人間惟有杜司勳。」杜司勳，指杜牧。

這兩段文字皆緣文意以釋詞情，不強為解說，這種謹慎的詮釋態度，是值得肯定的。若依上述的比較正確的詮釋方法以解讀典雅派諸家詞，掌握各家詞的主題意識，從而體認其所表現的情態與情感質素，自不會滿足於空泛的套用「家國之感」、「身世之悲」等概念，亦可避免誤入「緣詞證事、以求確解」的歧途。提到「詞情」，這剛好觸及到某些主情意寄託說者的問題癥結之所在，下文再就這一論題略作疏釋。

第五節　有關典雅派「詞情」的論爭

　　本節是要論析歷來對南宋典雅派詞情的兩種主要看法，比較各家詮釋方法之得失，為了集中論點，大抵仍以各家對典雅派詠物詞的評見作主要討論的依據。這裡所使用的「詞情」一辭，包括了情意內容和情感本質等方面。這是相對於作品的修辭形式、文字結構這層面而言的，其所指涉的範圍即包含作品所表達的意旨及其呈現的意境；之所以含糊其辭，將二者籠統地歸為「詞情」一類，而不加以明確的界分，是因為這正突顯了詞學論爭的癥結，尤其在南宋典雅派詞的優劣評判上。論「情」之深淺有無——或因人而說文之好壞，或由文而定人之高低——向來是中國文學批評史上常見的議題，但此中的問題相當複雜，牽涉文學裡「作者—作品—讀者」三者間的關係：作品中的抒情自我是否即作者本人？文學作品的「意義」如何構成？怎樣才是有效的詮釋？歷來有關南宋典雅派「詞情」的論爭，問題的癥結即在於本是不同層次上的對話，詞學家多未能自覺，各「是其所非而非其所是」（莊子〈齊物論〉），變成意氣之爭。諸家所見若此，更遑論其對上述問題能有深刻的體察，提出令人滿意的解答了。事實上，要理清這些詮釋方法上的問題並不容易，須花很大的篇幅才能將道理說清楚。本節的

主旨不在建立理論體系，而是想藉這一極富爭辯性的論題，經過比較分析，再加深我們對典雅派詞情意內容寄託說的認識，更希望能由此而得悉南宋典雅派詞的情感本質的大致輪廓。我們在上一節已對文學詮釋的基本要義有所詮述，此處便打算在這一基礎上加以引用發揮。

為方便導入正題，我們得要回顧第一節裡討論白石〈暗香〉、〈疏影〉二詞的情形。有關這二詞的作意，多認為是抒憂感憤之作，關係個人的時世與生平，而對這詞事的論證一般來說主要是有泛說與指實兩種看法，但愈到後來，經過諸家的考辨論證，「繪聲繪影」，幾乎都認為二詞是有本事之作。我們在這裡不妨更深一層的追問：由張惠言、鄭文焯，以迄夏承燾、劉永濟諸家所以論定其作意，指證歷歷，有何特殊的背景？我們試圖去異求同，會發現諸家緣事以證情，最終目的是要指出白石詞是深富愛國之情或兒女之情的。這當然是清中葉以降詞學寄託說一貫主張下的產物。筆者在上一節裡已對情意內容寄託說所以產生的一般性的情況稍作評介，但我們若循著白石二詞的解釋歷史來看，有些個案，如夏承燾之花大氣力作考證文章，其實是有他特別的用意的。索隱指實派的這一系列的論點之所以提出、之所以逐漸深化其問題意識，還有一個特殊的原因，不容忽視：除了接受本身系統內的不同聲音的挑戰而強化其個別的主張外（如夏承燾與劉永濟之爭，說見前），同時亦受一股外在的批評力量之影響而不得不有所回應。這一相對的勢力，對白石二詞有怎樣的評價？其對白石詞情又有怎樣的體認？我們試從夏承燾的一段文字著手分析。

夏承燾〈合肥詞事〉於論證白石二詞關涉合肥別情後作結論云：「前讀兩詞，每恨其無確說，今偶以推排白石行年得之，聊發其疑如此。前人評兩詞者，劉體仁《七頌堂詞繹》以

為『費解』，王國維《人間詞話》謂『無一語道著』，皆由未詳此合肥本事也。[158]」這裡便很明白地道出其破斥舊說，為求確解，以成一家之言的意圖。誠如前文所說，姑不論夏氏論證的結果如何，其緣事以證情的本質與張惠言以來求本事的各種說法實無大差異。我們現在要探討的是與此相對的另一個系統的詮釋策略；它與張惠言甚且周濟所代表的詮釋系統最大的分歧點，是對白石二詞持不欣賞的立場。請看劉體仁、王國維的原文，及李慈銘的評語：

> 詠物至詞，更難於詩。即「昭君不慣胡沙遠，但暗憶江南江北」，亦費解。（劉體仁《七頌堂詞繹》）[159]

> 詠物之詞，自以東坡〈水龍吟〉為最工，邦卿〈雙雙燕〉次之。白石〈暗香〉、〈疏影〉格調雖高，然無一語道著。（王國維《人間詞話》）[160]

> 白石以詞名當世，律呂甚諧，不失分寸，而語意疏拙。其盛傳者〈暗香〉、〈疏影〉二詞，讀之似幽咽可聽，而情味索然，又多率句，予嘗謂可與張玉田〈春水〉詞並置不論。（李慈銘《越縵堂日記》）[161]

他們從文字用典到內容意境，對白石二詞皆有非議。劉體仁蓋指斥白石此詞用典不甚妥切，因為「昭君」之事似與梅無關，這兩句實難索解。王國維所謂的「無一語道著」，是可結合他

---

[158] 見《姜白石詞編年箋校》附錄〈行實考・合肥詞事〉，頁273-274。
[159] 見《詞話叢編》，頁621。
[160] 見《詞話叢編》，頁4248。
[161] 引自《宋詞賞心錄校評》（臺北：正中書局，1975），頁68。

對白石的整體評價來作了解的。《人間詞話》評白石詞，最主要的論點是：白石格調高，「惜不於意境上用力，故覺無言外之味，絃外之響」；其寫景之作，「雖格韻高絕，然如霧裡看花，終隔一層」；總之，是「有格而無情」[162]。其所謂「終隔一層」，就是上文「無一語道著」之意，此與劉氏所說的「費解」略有不同，因為他不是單純指使事用典之貼切與否或字面之難懂易懂上言；在王國維看來，白石的寫景詠物之作美則美矣，但似乎不能物我融合，展現出一種真精神來，予人直接真實的感覺。周濟嘗謂白石「情淺」，卻仍欣賞〈暗香〉、〈疏影〉[163]，而王國維則不但不滿此二作，且更指稱白石作品的特質是「有格無情」。這「無情」的「情」，蓋指作品意境中的一種精神特質；缺少了這種特質，作品便疏拙寡味，不能真切感人。王國維批評白石「不於意境上用力」，故其詞缺乏餘響遠韻，此乃李慈銘「情味索然」之謂也。王國維的「無情」說中所談的「情」，我們只作這簡單的介紹便可得知，他與張惠言等一系列說法所論者絕非同一層面的問題。我們將這些有關白石二詞的所有正反論見再重新加以審閱，就可了解這兩首作品的解釋歷史，其實就是一段『費解』與可解，『無情』、『淺情』說與有情而且深情說間的論爭歷史。劉體仁不解「昭君」二句，其後自張惠言始，諸家論白石二詞便多由這兩句入手，索隱求實，以證成其作意。所謂有家國之恨、兒女之情者，毋非是要證實白石之作不但有情而且是深情。劉永濟《詞論》亦嘗論白石二詞，說：「惠言所論盡之矣，靜安乃譏其無一語道著，其失與公勇（劉體仁字）同」[164]，其對王國維

---

[162] 見《詞話叢編》，頁4248-4249。

[163] 周濟《介存齋論詞雜著》云：「白石放曠，故情淺。……惟〈暗香〉、〈疏影〉二詞，寄意題外，包蘊無窮。」見《詞話叢編》，頁1634。

[164] 見《詞論》（臺北：龍田出版社，1982），頁97。

說的了解與夏承燾實無差異。夏氏合肥情事說一出，頗多學者即加探信，以作為駁斥王國維有格無情說的佐證[165]，殊不知以此「情」非彼「情」，其實是不相對應的，許多觀念還沒有弄清。

周濟的「淺情」說主要是批評白石一家詞，而王國維的「無情」說表面看來好像只針對姜夔立論，事實上其適用範圍卻可包涵整個典雅詞派；這樣的分別，是由於二人對「南宋典雅詞派」的體認本身就有差距所導致。周濟與王國維之評論典雅派詞，基本上是在他們的整體理論中透過南北宋詞的優劣比對而突顯出來的。簡單地說，兩家均認為南宋詞不如北宋詞，但在批評態度上，王國維則比周濟嚴厲得多[166]。王國維幾乎是全面否定代表南宋的典雅派詞，因此當他於批評白石寫景之作「如霧裡看花，終隔一層」後即緊接著說：「梅溪、夢窗諸家寫景之病，皆在一『隔』字」，那是毫不意外的；至於說「南宋詞雖不隔處，比之前人自有淺深厚薄之別」[167]，從詞的質感（情韻意境）上對南宋詞（尤其是典雅派諸家）加以貶抑，則更是其一貫的主張，自不足為奇。周濟在典雅派諸家中退姜、張而進吳、王，甚且推許夢窗為由南追北的重要作家，給予極高的評價，則其所使用的「淺情」之評自不會落在夢窗甚至碧山二家詞之上[168]。姑不論其相異處的細節如何，但就王國維與周濟對這「情」字的體悟而言，兩家的意見卻是可相

---

[165] 如方延豪〈探索白石詞中的情〉，《藝文誌》181期，頁65-67；黃兆顯〈姜白石的寂寞和他的合肥情事〉，《中國古典文學論叢》（臺北：莊嚴出版社，1984），頁213-233。

[166] 請詳第二章第三、四節。

[167] 見《詞話叢編》，頁4248。

[168] 周濟〈宋四家詞選目錄序論〉：「雅俗有辨，生死有辨，真偽有辨；真偽尤難辨。稼軒豪邁是真，竹山便偽；碧山恬退是真，姜張皆偽。」（《詞話叢編》，頁1645。）其對姜張的評價，由此可見。

引證的。周濟謂白石詞「看是高格響調，不耐人沉思」[169]，又比較辛姜說：「稼軒鬱勃，故情深；白石放曠，故情淺」。王國維對姜詞的批評則除以上所引者外，更以姜比蘇云：「東坡之曠在神，白石之曠在貌」[170]，其提法與周濟頗相似。用情之深淺，據上所云，是與個人的生命情調有關的。鄭騫先生曾說：「曠者，能擺脫之謂；豪者，能擔當之謂。能擺脫故能瀟灑，能擔當故能豪邁。這都是性情襟抱上的事。[171]」面對人生種種的難題，各人有不同的反應與自處之道，關係個人的生命型態。粗略地分，有知其不可為而為者，有獨善其身者，有表現積極的，也有表現消極的，或狂或狷，各取其道。在詞人當中，《人間詞話》說：「蘇辛詞中之狂，白石猶不失為狷。[172]」同屬「狂」者，在面對生命時，稼軒之豪放，表現為一種能入乎其內而真有所擔當的鬱勃之氣；東坡之曠達，則表現為一種能出乎其外而實有所擺脫的瀟灑之情；兩家所呈現的型態雖有差異，但骨子裡都有一份對生命執著的熱誠，或豪或曠，在性情襟抱上，都有著一種沉厚深廣的力感。周濟謂白石「放曠」，而王國維則進一步說白石是「曠在貌」，這不但指出了其與東坡的同異處，更可使我們了解其詞所以令人有「情淺」之感的因由。

何謂「曠在貌」？我們在討論此一問題之前，有一個基本的概念，必先有所澄清，那就是：如何從作品中確認作者的情感本質？這其實又牽涉到一個更根本的問題：作品風格就是作者人格的具體呈現嗎？在中國傳統「詩言志」、「詩緣情」以及配合著文氣論等觀念的影響下，一般的創作論與批

---

[169] 見《詞話叢編》，頁1634。
[170] 見《詞話叢編》，頁4266。
[171] 見〈漫談蘇辛異同〉，《景午叢編》（臺北：中華書局，1972），頁268。
[172] 見《詞話叢編》，頁4250。

評論，大多認為作者內心世界中所感所思的情態乃真切地表現在字裡行間，而讀者因文興感、以意逆志，則可確切地逆溯、感知其情志之實貌，所謂情真意切與否，更成為評價好壞的標準，因此遂引伸出「有情」／「無情」、「真」／「假」的論辯[173]，而且不獨有因文以證事或由事以釋文（如前三節所述）的論見產生，更發展出由文以知人或因人以論文的觀點，總之在他們賞評的過程中都有一個基本的假設：作品是作者感知世界的具體而真實的呈現，因而推衍出「風格即人格」的結論。但我們回想上一節所講的原理，便可知道若以為作品所透露的情志就是作者實際的情志，那與認為讀者能依據作品內容重塑作者的原意、隨時可找出其寫作的本事一樣都是荒謬的。作者情動而為文，讀者因文情而興感，而創作與詮釋之間都經過創造的想像的過程，充滿許多變數，此「情」與彼「情」實已無法完全相等。不過，縱使我們在學理上實已無法還原創作當時的「真正情況」，但有一點也不得不承認的是多數作品確然是寓含著作者的情意，不管甚麼題材，在其展現的體式中自有屬於作者個人主觀的色彩，構成某種獨特的質素的；然則，在這一層面上言，作品的風格自然可說是作者某種人格特質的表徵。韋勒克、華倫合著《文學論》說：「在一個主觀詩人的作品中，我們對一個人的『個性』的瞭解可以遠較我們對那些日常接觸到的人們的瞭解更為完整和周全。[174]」雖然他們是站在文學語言有意圖、有系統的性質這一點上立論，但卻也指出文學語言是可以具現作者某種「個性」的。葉嘉瑩先生說：

---

[173] 參林保淳《經世思想與文學經世》（臺北：文津出版社，1991），第四章，第二節〈「真」字的提出及其思想背景〉、第三節〈「情」與「真」〉、第五節〈性情與風格〉。

[174] 見韋勒克等著，王夢鷗、許國衡譯《文學論》（臺北：志文出版社，1976），第二章〈文學的性質〉，頁35。

「詩歌中所具含之感發意境的深淺厚薄，永遠是與詩人自己所具含之感發生命的深淺厚薄，有著密切之關係的」；「德國的一位女教授凱特・漢柏格（Kate Hamburger）在其《文學的邏輯》（The Logic of Literature）一書中，卻曾經提出一種看法，認爲一些抒情詩裡所寫的內容即使並非詩人眞實生活中的體驗，但其所表現的情感之眞實性與感情之濃度則仍是詩人眞實自我的流露。私意以爲漢柏格女士的這種看法，與我們前面所提出的中國小詞中所寫的內容，雖不必爲詩人顯意識中的『言志』之情意，但卻於無意中流露出了詩人之心靈及感情所深蘊之本質的一點，也似乎頗有暗合之處。而且由此推論則詮釋者所追尋的自然就也不應該只以作品中外表所寫的情事爲滿足，而應該更以追尋作者眞正的心靈及感情之本質，爲主要之目的了」；「美國約翰霍浦金斯大學的教授普萊特（Georges Poulet）就曾認爲批評家不僅細讀一位作家的全部著作，而且應盡量向作家認同，來體驗作家透過作品有意或無意流露出來的主體意識」[175]。這更說明了作品是作者因內而符外的一種表現。因爲作品確實寓含了作者的情感本質，能透露作者的主體意識，讀者遂能因其情意而有所的感觸，並與之作互爲主體的、辯證的融合。晚近的西方文學理論有所謂的「意識批評」（Criticism of Consciousness），基於「文學是心靈活動」的存在觀點，意識批評家著重於對潛藏在作品中的「作者的」意識型態（Patterns of Consciousness）的探索，而非作者創作時現實之我的心理分析。他們把文學當作人類經驗的謄本，認爲作品能具體呈現「作者」的意識活動，反映出其存在的感知樣態、某種生命特質，因此意識批評的目的，就在以一

---

[175] 見〈論晏幾道詞在詞史中之地位〉，《靈谿詞說》，頁188；〈要眇宜修之美與在神不在貌〉，〈興於微言與知人論世〉，《中國詞學的現代觀》（臺北：大安出版社，1988），頁78、99。

種同情了解的閱讀方式，將自己與作者處在相同的界域與經驗之中，去體認作品中具現的作者，重新呈現他的經驗[176]。這一看法，與王國維的「境界說」實有暗合之處。王國維論詞，據葉嘉瑩先生的分析，是以作品中傳達的「感發作用之本質」爲依據的；作者創作時，除了敘寫出其顯意識的情意之外，他心靈和感情的某種本質更會不自覺的流露出來，王國維的「境界說」大概是從這一基點上提出來的。他所謂的「境界」當然不是指作品所表現的作者顯意識中的主題和情意，而是指「作品本身所呈現的一種富於興發感動之作用的作品中之世界」；「就讀者而言，除去追尋其顯意識的原意外，也還更貴在能從作品所流露的作者隱意識中的某種心靈和情感的本質而得到一種感發」[177]。

　　《人間詞話》開宗明義即說：「詞以境界爲上。有境界則自成高格，自有名句。五代北宋之詞所以獨絕者在此。[178]」王國維貶抑南宋詞，主要就在於典雅派諸家之作內蘊不厚，境界不高，在情感本質上缺乏一種興發感動的力量。這是王國維對南宋詞的基本看法，至於謂姜吳諸家詞皆有隔，批評白石只有放曠之形貌而無眞精神，進而總結白石詞的整體風貌是「有格而無情」等等，這些都必須放在「境界說」的理論體系下來了解。我們再看《人間詞話》幾則對白石及其詞的評論，便更可認識在王國維品評下白石「詞情」的眞貌：「白石雖似蟬蛻塵埃，然終不免局促轅下」；「古今詞人格調之高無如白石，惜不於意境上用力」；「『紛吾既有此內美兮，又重之以修

---

176 見拉瓦爾（Sarah N. Lawall）〈意識批評家導論〉、〈意識批評家結論〉，拉瓦爾、馬樂伯（Robert R. Magliola）著、李正治譯《意識批評家》（*Critics of Conciousness*）（臺北：金楓出版有限公司，1987），頁7-46。
177 見〈文本之依據與感發之本質〉，《中國詞學的現代觀》，頁130。
178 見《詞話叢編》，頁4239。

能。』文字之事於此二者不能缺一。然詞乃抒情之作，故尤重內美，無內美而但有修能則白石耳」[179]。我們綜合王國維的看法，就可了解白石詞風所以顯得「有格而無情」，原因就在於他只求表面之修能，而不重內美、不在意境上用力。所謂「曠在貌」，就是指白石在遣辭造句上確有高雅而拔乎流俗之表現，予人曠遠之感；不過可惜的是他僅能以其「修能」在鍊句修辭方面求格調之高，「雖似蟬蛻塵埃」，但終究因爲只是外貌放曠而已，而非出自生命裡眞情實感之自然顯露，故顯得有點可望不可即，難以動人心魂，畢竟文字之高雅不同於境界之眞摯，此所以王國維雖讚賞白石有高格調，卻又同時特別指出「惜不於意境上用力」，而譏其「終不免局促轅下」之故。總之，白石能在筆端求「曠」，故詞風「有格」，又因爲其「曠」只「在貌」，而非內美充實之表現，遂顯得「無情」。劉若愚《北宋六大詞家》有一段話說：

> 就作爲一位詩人而言，姜夔較周邦彥更爲微妙與精細，他詩的世界常常是罕見的和日常生活有相當大的距離。他避開強烈的感情而以冷靜的態度觀察人生，雖然時常略帶悲哀。當他回想一段愛的往事時，沒有一點性愛的情感，連回憶的熱情也沒有，只是纏綿的對所愛過和失去了的美人的回憶；當他悲悼戰爭的摧毀時，沒有慷慨的愛國呼喊，只有壓抑的嘆息。甚至像這樣相當表露的收斂也不是他根本的格調；通常他寧願借著意象和文學典故表露一些感情或美感。[180]

---

[179] 見《詞話叢編》，頁4250、4249、4266。
[180] 見劉若愚著，王貴苓譯，《北宋六大詞家》（臺北：幼獅文化事業公司，1986），頁193。

從白石詞所展現的人格特質來看，顯然缺乏一種沉摯動人的力感。面對人生難題，白石碰觸不深即欲揮灑而去，不能以真切的生命去感受去承擔，直以筆意求取超拔，營造一個格調絕高、形象香冷的美感世界，雖有清空之致，難免質感薄弱。因此，白石那些寫男女、家國之情的作品，在整體效果上沒有營造出強烈感人的力量，正是他生命型態在情感本質上有此退縮、遠隔之傾向所致。風格乃人格的某種投影，在這層面上說白石「無情」固然語重，但相對於東坡之放曠、稼軒之鬱勃所蘊含的深情厚意，則白石也只能說是淺情了[181]。

　　在人格特質方面，王國維於評白石為狷者後云：「若夢窗、梅溪、玉田、草窗、西麓輩，面目不同，同歸於鄉愿而已。[182]」王國維對夢窗、玉田諸家可謂詬之甚至。所謂「鄉愿」，蓋指徒具表面工夫以媚世而非有真情實感者。南宋典雅派諸家中，王國維最惡夢窗、玉田，嘗曰：「夢窗砌字，玉田疊句；一雕琢，一敷衍。其病不同，而同歸於淺薄。[183]」因為太講究字句之工整妍雅而不注重內涵意境之充實與提昇，作品便多失之膚淺，這可以說是南宋典雅派詞的通病，王國維評梅溪以降詞「切近的當，氣格凡下」、「為羔雁之具」[184]，都是這個意思。白石詞雖於形貌上較諸典雅派其他詞家猶有一種超拔振起的氣格，但總體來說，「諸家寫景之病皆在一『隔』字」，皆顯得「無情」而境界不高。由來解釋「隔」與「不隔」的意見頗為紛歧，私意以為葉嘉瑩先生的說法最為妥切。葉先生說：

---

181 有關姜夔詞的情感本質，筆者嘗撰文加以論述；請參〈從流浪意識看白石詞中的情〉，《中國文學研究》第三輯（臺北：國立臺灣大學中國文學研究所，1989年5月），頁165-183。按：該文亦見本書附錄，改題為〈論白石詞中的「情」〉。
182 見《詞話叢編》，頁4250。
183 見《詞話叢編》，頁4263。
184 見《詞話叢編》，頁4263、4256。

《人間詞話》境界說之基礎原是專以「感受經驗」之特質爲主的，因此要想求得一篇作品能夠達到「有境界」的標準，就不得不具備兩個條件，其一是作者對其所寫之景物及情意須具有眞切之感受，其二是對於此種感受又須具有能予以眞切表出之能力。如果我們對於《人間詞話》這種境界說的基本理論有了認知，我們自然便會明白靜安先生所提出的「隔」與「不隔」之說，其實原來就是他在批評之實踐中，以「境界說」爲基準來欣賞衡量作品時所得的印象和結論。如果在一篇作品中，作者果然有眞切之感受，且能做眞切之表達，使讀者亦可獲致同樣眞切之感受，如此便是「不隔」。反之，如果作者根本沒有眞切之感受，或者雖有眞切之感受但不能予以眞切之表達，而只是因襲陳言或雕飾造作，使讀者不能獲致眞切之感受，如此便是「隔」。[185]

　　作品「隔」或「不隔」，與字句之表現有關，但字句能否有眞切的表現，讓讀者有眞切之感受，卻是境界有無的問題。按照王國維的看法，當然是有境界則不隔、無境界則隔，內外的表現是有關聯的。借外物之修飾與充實以補心靈之虛空與無奈，實乃人之常情。而過份講求字雕句琢的工夫，致使文章艱澀難讀，或無法予人眞切之感受者，通常是內蘊不足的一種表現。作者用情不深，樹義不厚，縱使文辭華美，但寫意造境卻多有隔，便自然缺乏一種興發感動之特質，尤其是詠物之作，多藉隸事用典就物態作鋪陳敘寫，因本身已多了一層思索和安排，實有傷眞率自然之美，自難怪在表現上難以予人興發之感動，

---

[185] 見葉嘉瑩《王國維及其文學批評》（香港：中華書局，1980），第二篇，第三章，頁251。按：或以爲「隔」與「不隔」之分，即「顯」與「隱」、「分想」與「聯想」之別，意見很不一致；葉文亦有介紹並加剖析，請詳上書，頁248-257。

此即王國維所謂的「無情」——南宋典雅派詞人及其詞之所以被斥爲「鄉愿」及「淺薄」者，其故在此。

然則，王國維的無情之說與夏承燾等人所主張的有情之論，其中「情」字的內涵，顯然並不相同。傳統寄託說所謂的「詞情」，乃指作者情意表達之內容，通常可指涉某一相關的情事，持論者所追求的往往是作者創作之原意，關心的也常常是作品外緣的歷史傳記素材；而境界說所謂的「詞情」，則指作品所呈現的某種情感本質，無關乎作品之題材內容，而是作者人格特質之投影，它特別著重作者之情意透過文字所展現的興發感動之作用，其間有強弱有無之分，得由讀者深切體會之。這是兩種截然不同的詮釋方法，葉嘉瑩先生曾比較二者說：

> 張氏說詞所依據者，大多爲文本中已有文化定位的語碼，而其詮釋之重點則在於依據一些語碼來指稱作者與作品的原意之所在。像他這種以思考尋繹來比附的說法，自然可以說是屬於一種「比」的方式。至於王氏說詞所依據者，則大多爲文本中感發之質素，而其詮釋之重點則在於申述和發揮讀者自文本中的某些質素所引生出來的感發與聯想。像他這種純以感發聯想來發揮的說法，自然可以說是一種屬於「興」的方式。[186]

由「比」的附會方式思索尋繹所得的「詞情」，與由「興」的體悟方式感發聯想所得的「詞情」，當然是兩回事：一往外求，一返內觀；一重情事之考證，一貫情意之感受；前者希望

---

186 見〈從西方文論看中國詞學〉，《中國詞學的現代觀》，頁52。

能探出作者之原意，後者則著重讀者與作品間興發感應之作用；「比」的方式因重外在資料之蒐集，並據此以與文本之情事互證，所得者往往是作品之外緣知識，其詮釋途徑可說是帶有「量化」之色彩，以所「知」（知識之知）愈多為滿足，至於「興」的方式因重內在情意之感發，並與文本之作者作辯證之融合，所得者往往是生命情調之分享與境界之充實，此一詮釋策略可說是走向「質化」之路，它的目的在為求所「知」（體悟之知）更深；總而言之，這是兩種不同的認知態度[187]。

　　經過上文的檢討分析，很明顯的可以看出，持寄託說者與持境界說者對「詞情」的理解確實有明顯的差距，也可以說彼此是站在不同層次上對話。其間的糾葛，主要是觀念混淆所致，就此我們認為有兩點須作澄清：首先，要了解的是，文學

---

[187] 我們如果再作更深一層的觀察，會發現這正反映了詮釋者不同的生命型態。我們在這裡不想把問題牽扯太遠，以免招來過度詮釋之譏，不過筆者倒想提出一個問題來思考：在中國整個傳統的文化詮釋活動中，怎麼樣的時代、怎麼樣的個人，在怎樣的政經文化氛圍，基於怎樣的心理背景，會特別容易走向以量代質、以資料代替意義的詮釋方法，亟力追求客觀的知識，考事證情，企圖掌握一種不變的定理，求取唯一而且絕對的答案？西方心理學家佛洛姆（Erich Fromm）曾將人類生存的基本型態分為兩種，即「有」的情態（to have）與「是」的型態（to be）；「『是』的情態有其先決條件，即是獨立、自由與理性的批判能力。它的基本性格特質是活潑（being active）——指的不是外在的活躍、活動、忙碌，而是內在的活動，是將人的能力做創發性的運用。……它意謂更新自己，意謂成長，……然而這些經驗中卻沒有一種是可以用語言文字充分表述的。……只能用分享經驗而溝通。在『有』的情態中，僵化的語言文字盛行；在『是』的情態中，則是活活潑潑的、不可表述的經驗在盛行（當然，在『是』的情態中，也有著活潑的和有創發性的思考）」；「『有』的情態是與『是』相反的情態，它是以執著於我們所佔有、所擁有的事物，以執著於我們的自我而尋求安全感，尋求認同。只有當我們把這種『佔有』情態做了相當程度的消減，我們的『是』的情態才得以浮現」。在求知的態度上，兩者有明顯的差異：「在知識的領域中，『有』和『是』的情態之不同可以由兩種說法表出來：『我有知識』和『我知道』。『有』知識是把可得的知識（資訊）取得並據有；『知道』則是創發性的思想過程中的一部分，是一種運作」；「『是』的情態中最適切的知識乃是『知道得更深』。而在『有』的情態中的，則是『知道得更多』。」（見佛洛姆著，孟祥森譯，《生命的展現》〔臺北：遠流出版公司，1989〕，頁106-107、51、53。）佛洛姆的說法對我們了解重「質」、重「量」的兩種詮釋態度與主其說者的生命型態之間的關係，是頗有參考作用的。

作品的價值不全然是由其題材內容所決定的，無論寫情敘事或詠物懷古，都可產生佳作也能產生劣品，真正的衡量標準是它有無深厚寬廣之情思而又能配合成熟優美的文字技巧，而達到形質兼具之效果；因此，要判斷典雅派諸家感慨時事、懷念故舊或其他題材之作品之孰優孰劣，應從這整體表現著眼，不能僅就某種題材以相高下。其次，要注意的是，感情有廣狹深淺之別，作品字面雖直接言說情事，並非一概都是深情之表現，就是說文學作品裡凡念家國、訴相思不一定就表示情意深濃，讀者應從文學的整體效果中去真切感受，才能有較好之判斷。

筆者更要提出的是，有些似同實異的論見務須細心加以辨別。我們順著典雅派詞的詮釋歷史觀察，如果以王國維作界分的中線，其之前和之後的主流意見很顯然是站在相對的立場的：常派及其繼承者對南宋典雅派情意寄託內容持普遍肯定的態度，而晚近的詞論對南宋典雅派詞情之看法，無論贊成其詞有無家國之痛、身世之感，則多認為是落葉哀蟬之聲，價值不高。我們在第二章裡，已分別討論了自胡適以來的有關典雅詞派之「體」、「派」的各種論見，也約略評析了諸家對典雅派詞情看法之同異。筆者曾指出：不管胡適、劉大杰、胡雲翼等家，或八十年代的大陸學者，所持的是批判或修正的路線，基本上都是語帶貶抑，這與王國維之對南宋詞持否定的態度在表面看來是頗為相似的，但其實兩方面對「詞情」的基本設定與評價標準都大不相同，王國維是以情感本質之厚薄真偽立說，而諸家仍多以題材內容決定作品之高下，採用意識型態決定論的批評模式，強調作品的階級性（如表達愛國思想、關心人民疾苦者即獲絕高的評價，而寫一己情思、傷春悲秋之作則往往難得好評）與透明性（語言方面，有好明白如話而惡鍛鍊雕琢

的語句的傾向），而不是就作品真正的藝術價值立論[188]。因此，姑不論最後評定的結果爲何，其對「詞情」內容的認定與常派諸家其實相去不遠，只是價值衡量的標準不同罷了。

第六節　本章的結論及未來的詮釋方向

　　詞學家所提出的所謂白石合肥情事、夢窗蘇杭情遇以及宋遺民寄託發陵等說，想在南宋典雅派詞多身世盛衰之感的前提下，掘隱發幽，用「情」「事」互證的方式，尋求本事，並藉此以確認某些詞作的價值，以推尊詞體，但我們據文本分析、借相關文史資料互證，卻明顯的發現諸說多有矛盾，實無法自圓其說。再經過文學詮釋理念方面的學理分析，我們更知道傳統比興寄託的解讀方法之所以走入歧途，主要是由於詮釋者囿於成見，未能將文學從政教理念中釋放出來，眞切地面對文學的情理意趣，遂濫用了讀者的權利，強加比附，誤以爲詮釋的終極目的是要還原作者創作之本意，殊不知其詮釋方法已深陷循環論證的困局，而其最根本的問題就出在詮釋觀念的偏失。創作與閱讀都有創造的成分，詮釋是一種互爲主體的活動，在析讀的辯證過程中自然參雜了讀者的主觀意識，而彼此的時空間隔實無法完全泯滅，要尋回所謂「作者的原意」談何容易，事實上又有何必要！總而言之，這種字比句附的詮釋方法是極不可取的。筆者願意再加說明的是：本文的撰作並非旨在全盤否定情意內容寄託說，筆者只是反對過度的詮釋，不能苟同於緣事證情、混淆作品藝術價值衡量標準的詮釋策略而已。

　　境界說指向情意本質，確然能掌握作品的生命意義之所

---

[188] 詳第二章第五節。

在，實應加以重視，而藉著對此說的比照分析，更認清了前說的理論層次、並得悉其陷入迷障的根由，不過這並不表示筆者完全贊同王國維的主張。他的說法稍嫌簡略，不夠圓融，再加上批評語氣過於猛烈，是很容易引起誤解與反彈的。王國維所謂的「情」，如上所述，乃指情感本質這方面言，但王氏只用「無情」這一判斷語便一概否定了南宋典雅派詞，卻沒有就其情感本質作明確的交代，換言之，他不曾從各家詞的主題意識及其所以形成這種特色的內外因素一一加以整理分析，便逕行對姜吳諸家作嚴屬的指責，難免給人流於意氣之感，而忽略了他的主張的重要意義。我們若要確切釐清並論定典雅派詞情的型態及得失，則須在王國維的基礎上再作更詳細的補充說明。

劉若愚《北宋六大詞家》評白石詞說：「他的很多首詞表面看起來是描寫梅花或蟋蟀，而後代批評家就解為別有寓意。不過，雖然其中或者真的暗示著政治或個人的寓意，而可疑的是，是否可以用諷喻來注釋他所有的這類的詞。似乎以象徵的眼光讀這些詞，探索字面下較深的意義，而不試圖以真實的人或事件指認詩裡的因素，要有益處多了。[189]」傳統的比興寄託說既已無法滿足我們知的需求，則如何在典雅派諸家詞之詠物、記遊、懷人、酬贈等題作裡，透過真誠的閱讀，知其人、論其世，以意逆志，深入文字的底層，就作品的內外緣、作者與讀者的情意世界作辯證的融合與解悟，便變成我們日後詮釋典雅派詞時值得注意並加努力的方向了。

---

[189] 見劉若愚《北宋六大詞家》，頁193。

第五章

南北宋之辨

——論典雅派詞所代表的時代風格及其評價

第一節 重探詞學南北宋之說的意義

中國傳統文哲學藝中有所謂的「南北派」與「南北宗」的說法，歷代詞學有關宋詞分期分體之說亦有此論，不過更多了一個「南北宋」之辨的討論話題。這幾個概念的涵意是有些不同的。我們先作簡單的界分。

況周頤《蕙風詞話》論詞分南北二派云：

> 自六朝以還，文章有南北派之分，乃至書法亦然。姑以詞論，金源之於南宋，時代正同，疆域之不同，人事為之耳，風會曶與焉，如辛幼安先在北，何嘗不可南？如吳彥高先在南，何嘗不可北？顧細審其詞，南與北確乎有辨。……南宋佳詞能渾至，金源佳詞近剛方。宋詞深緻能入骨，如清真、夢窗是；金詞清勁能樹骨，如蕭閒、遯庵是。南人得江山之秀，北人以冰霜為清。南或失之綺靡，近於雕文刻鏤之技；北或失之荒率，無解深衷大馬之譏。[1]

這主要是依據傳統北方文學尚質、南方文學尚文的觀念[2]，而將金源詞與南宋詞區別為南北兩派的，金源詞能表現出北人的清勁剛方之氣，南宋詞則有南人的深緻渾化之特質，由其於

---

[1] 見《蕙風詞話》卷三，《詞話叢編》，頁4456。
[2] 由來詩文評中，多有就南北地域之異論文風之不同者，如《隋書・文學傳序》云：「江左宮商發越，貴於清綺；河朔詞義貞剛，重乎氣質。」明・徐學謨〈二盧先生詩集序〉云：「北主迅爽，而南人誚其粗；南主婉麗，而北人則短其弱。」（《明文海》卷二六九。）清・孔尚任〈古鐵齋詩序〉云：「畫家分南北派，詩亦然之。北人詩雋而永，其失也夸；南人詩婉而風，其失也靡。」（《孔尚任詩文集》卷五。）清光緒三十一年（1905），劉師培於《國粹學報》發表〈南北學派不同論〉，由山川風土時局對學術文化的影響，暢論南北諸子學、經學、理學、文學的不同；這一專題討論的文章，可說是總其大成的著作，後來文學論者多有引用。

宋詞亦舉北宋的周邦彥爲例，可見其南北之判並不完全是以地理、政治等因素作區分，風格從同才是考慮的重點。趙文〈吳山房樂府序〉云：「近世辛幼安跌宕磊落，猶有中原豪傑之氣，而江南言詞者宗美成，中州言詞者宗元遺山，詞之優劣未暇論，而風氣之異，遂爲南北強弱之占。[3]」稼軒以北人入於南宋，詞風猶存北土氣格，更顯見其所謂「南北」，也是以南北所代表的兩種風格立論，並無嚴格的地域的意義。

詞學上另有「南北宗」一說，借禪家、畫派之宗有南北之說作比附，析出宋詞的兩種類型：

> 填詞之道，須取法南宋，然其中亦有兩派焉。一派爲白石，以清空爲主，高、史輔之，前則有夢窗、竹山、西麓、虛齋、蒲江，後則有玉田、聖與、公謹、商隱諸人，掃除野狐，獨標正諦，猶禪之南宗也。一派爲稼軒，以豪邁爲主，繼之者龍洲、放翁、後村，猶禪之北宗也。（張其錦〈梅邊吹笛譜跋〉記凌廷堪語）[4]

> 嘗以詞譬之畫，畫家以南宗勝北宗：稼軒、後村諸人，詞之北宗也；清眞、白石諸人，詞之南宗也。（厲鶚〈張今涪紅螺詞序〉）[5]

3　見《青山集》卷二，《影印文淵閣四庫全書》本，頁2-3（總第1195冊，頁13）。
4　見《清詞別集百三十四種》（臺北：鼎文書局，1976。），第七冊，頁3680-3681。
5　見《樊榭山房文集》，《四部備要》本，卷四，頁2。此外，如清吳錫麒〈董琴南楚香山館詞鈔序〉云：「詞之派有二：一則幽微要眇之音，宛轉纏綿之致，戞虛響於弦外，標雋旨於味先，姜、史其淵源也，本朝竹垞繼之，至吾杭樊樹而其道盛；一則慷慨激昂之氣，縱橫跌宕之才，抗秋風以奏懷，代古人而貢憤，蘇、辛其佳臬也，本朝迦陵振之，至吾友瘦桐而其格尊。」（《有正味齋駢體文箋注》〔臺北：大新書局，1965〕，卷中，頁22-23。）雖未標明南北二宗，但其實質意涵與前說卻是一致。

此說討論的範圍與前一說頗有差異，因爲它主要是就南宋詞本身釐析派別，並非相對於其他時地的詞風立論。暫且撇開這層面不談，僅就其所指稱的風格特質來說，其與「南北派」的意涵看來是十分接近的，但細加比較會發現彼此之間其實仍有些不同。南北派之分，簡單地說，是婉約與豪放之別，但南北宗所指向的風格型態卻不能完全以此範疇，因爲它爲比附禪宗、畫派之說自會因之而衍生出相對應的特殊意義，而有別於單純的「質—文」、「豪放—婉約」的理論層次。禪家的南頓北漸二宗[6]，各有特色，南宗直指本心，貴在能悟，北宗循序漸進，講究工夫；畫派南宗簡約，重意韻，北宗繁博，有氣勢；傳統詩文評援用禪宗畫家這兩種分派的觀念論析文體，其所謂「南宗」多指清妙自然之風，而所謂「北宗」則多指奧博沉雄之境；此所以詞學南北宗之說在以豪邁勁健爲北宗之特色時，寧強調南宗的清空蘊藉，而不像南北派之說之以工巧深緻稱南派詞風。姑不論南北宗之說是否周延，是否合理，這裡只想證明的一點是：南北宗與南北派的美學涵意到底是有些差異的[7]。

---

6 禪宗五祖弘忍有二弟子，慧能與神秀各有所傳，分別在南北揚化。《傳燈錄》卷九云：「其所得法雖一，而開導發悟，有頓漸之異，故曰南頓北漸，非禪宗本有南北之號也。」

7 吳承學〈論文學上的南北派與南北宗〉云：「文學藝術批評上的南北宗和地域上的南北分界關係不大，主要是從風格差異上去區分的。南人可屬北宗，北人不妨列入南宗。以禪喻詩，本來主觀隨意性就很大，大體言之，南宗指簡約淡遠、含蓄委婉的風格及流派；北宗則指淵綜奧博、豪放雄奇的風格與流派。文學批評上的南北宗的涵義與南北派相近，但更爲寬泛些。因爲南北宗本爲哲學概念，涵義比較複雜之故。」（《中山大學學報》1991年第4期，頁101。）本文對禪學、畫派南北宗的解釋，略參其說。（見該文，頁100-101。）至於張、屬等人所提出的詞學南北宗的界說，是否周延而合理，這問題是頗值得商討的。譬如就作者的氣稟來說，天才高通常會被視爲南宗的特色，而學力厚則是北宗的表現，所以王琦《李太白全集輯注》謂李白爲南宗、杜甫爲北宗云：「以禪悟喻，謂李太白頓而子美漸。」在這個層面論，南宋姜吳典雅派詞家講究學習鍛鍊，應爲北宗，而辛、劉之重才氣襟抱，則屬南宗；此與詞學南北宗之說的論點便有不同。

至於南北宋詞之辨，通常是就兩朝兩地風格之差異性而言，「南宋」、「北宋」分別代表兩種詞風類型，其時代範疇未必與實際政治上的分野完全符合，但這兩種詞風卻是主要由身在南、北宋朝的詞人所創造出來的，作家、作品風格的形成與時運勢態的發展始終有著密切的關係，共同建構出一個時代的風格特色，誠如趙尊嶽《填詞叢話》卷二所云：

> 昔賢謂北宋天分高，南宋學力厚者。天分高，謂能以淡語見濃情；學力厚，謂能盡見其沉摯。兩語已不免有所褒貶。迨夫風會一成，則人人咸趨此境，以蔚成一代之詞筆。實則但以作法門徑之不同，而始有南北宋界限之說，非真斷代有以限之也。[8]

詞分南北，主要是風格性分之殊，非嚴格的朝代之別，詞學南北宋的界限主要便是由此著眼。就「南北」所指涉的範疇而言，「南北派」以代表南方文學的南宋詞與代表北方文學的金源詞對稱，這與「南北宋」之以南宋與北宋並舉，彼此所界定的時代有別，則個別所指涉的風格內容照理應不會等同。至於南北宋所代表的風格為何？如何別其同異？這些都是本章所欲處理的課題。

　　詞學史上談南北派或南北宗的言論並不很多，但所謂的南北宋之說、兩宋正變之論卻是熱鬧的話題，各家各派持不同的立場，比論高下，或主北宋，或重南宋，各有所偏；或折衷其說，考究兩宋詞風之成因，衡論其得失。自明末清初以來，南北宋詞優劣之辨已變成詞學論爭的焦點。近人檢討詞學分期

8　見《詞學》第三輯（上海：華東師範大學出版社，1985），頁212。

之說，咸以爲過去的南北宋之爭，多憑一己之偏以作褒貶，主觀意識過濃，派別觀念太重，如浙派之過揚南宋，王國維又抑之太甚，所論不夠公允持平，照顧未能周全，這就難怪近來的詞學論者或文學史家多棄此說而不論，另依各種不同的標準爲宋詞再做分期分體的工作了。誠如龍沐勛〈兩宋詞風轉變論〉所批評的：「論者或主北宋，或主南宋，此皆域於門戶之見，未察風氣轉變之由，而妄爲軒輊者也。[9]」劉永濟《詞論》亦云：

> 文藝之事，言派別不如言風會。派別近私，風會則公也。言派別，則主於一二人，易生門户之爭；言風會，則國運之隆替、人才之高下、體製之因革，皆與有關焉。蓋風會之成，常因緣此三事，故其變也，亦非一二人偶爾所能爲。自來論者未能通明，故多偏主，或依時序爲分別，或以地域爲區畫，或據作家爲權衡。依時序爲分別，故有初、盛、中、晚之論；有南、北兩宋之説。以地域爲區別，故有河朔、江南之辨。據作家爲權衡，故或別其同異；或辨其正變；或溯其源流。雖評騭允當，而言靡條貫，故亦不能無所觝異。於是，兩宋正、變之辨，清空、質實之爭生焉。……若夫清真、伯可之儔，身在樂府，知音協律之事，所職宜然，故其所爲，韻律精切。白石、梅溪、夢窗、草窗諸君承其風流，彌見工麗。斯又體製因革之自然，此數君者動於不得已，非欲以此與前人競奇也。北宋士大夫製詞，樂工協律；南宋諸公，既擅詞筆，復辨宮商。風會亦異也。[10]

9　見《詞學季刊》第二卷第一號，頁1。
10　見《詞論》（臺北：龍田出版社，1982），卷上，頁49-57。

的確，以斷代持分野之論，執南北以自限，不獨評見淺狹，易起爭端，更無法透視詞體的衍變勢態，說明詞學發展的確切程序，所以就宋詞分期來說，大都認為南北宋之說顯得粗略籠統，甚不可取[11]。宋詞的分期，傳統的說法之中，除南北宋兩期說外，另有四期一說最為詞家所樂道。所謂四期之說，多仿唐詩而作「初、盛、中、晚」之分，當中有以兩宋為斷限，亦有超乎宋詞界域者，或據作家整體成就加以類別，或依不同體製分別（如分慢詞、小令二類）立說，更有易以四時之名目者，不一而足[12]。以宋詞比唐詩，未嘗不可，但為方便立說，強作

---

[11] 龍沐勛〈兩宋詞風轉變論〉云：「必執南北二期，強為畫界，或以豪放婉約，判作兩支，皆『囫圇吞棗』之談，不足與言詞學進展之程序。吾人研究詞學，不容先存門戶之見，尤不可拘於一曲以自封。」（同注9，頁23。）劉揚忠評「北宋、南宋兩期說」云：「大而觀之，北宋詞與南宋詞各有時代特徵與藝術風貌，將宋詞劃分為這麼兩大段落並無不可。問題在於這種劃分太簡單、太粗略、太籠統，不能讓人具體看清宋詞多次變態與演進的詳細過程。」見劉揚忠編著《宋詞研究之路》（天津：天津教育出版社，1989），第二章，頁23。

[12] 江順詒《詞學集成》卷一云：「尤悔庵〈詞苑叢談序〉云：『詞之系宋，猶詩系唐也。唐詩有初盛中晚，宋詞亦有之。唐之詩由六朝樂府而變，宋之詞由五代長短句而變。約而次之：小山、安陸，其詞之初乎；淮海、清真，其詞之盛乎；石帚、夢窗，似得其中；碧山、玉田，風斯晚矣。唐詩之以李、杜為宗，而宋詞蘇、陸、辛、劉，有太白之氣；秦、黃、周、柳，得少陵之體；此又畫疆而理，聯騎而馳者也。唐詩之後，香奩、浣花稍微矣，至有明而起其衰；宋詞之後，遺山、蛻巖亦僅矣，及本朝而恢其盛。天地生才，若為此對偶文字以待後人之側生挺出，角立代興，惡可存而不論哉？』又《詞繹》（指劉體仁《七頌堂詞繹》）云：『詞亦有初盛中晚，不以代也。牛嶠、和凝、張泌、歐陽炯、韓偓、鹿虔扆輩，不離唐絕句，如唐之初未脫隋調也，然皆小令耳。至宋則極盛，周、張、柳、康，蔚然大家；至姜白石、史邦卿，則如唐之中。而明初比唐晚，蓋非不欲勝前人，而中實橾枒然，取給而已，於神味處全未夢見。』詒案：此詞於詩，原可以初盛中晚論，而不可以時代後先分。如南唐二主似唐之初，秦、柳之瑣屑，周、張之纖麗，已近於晚，北宋惟李易安差強人意。至南宋白石、玉田，始稱極盛，而為詞家之正軌。以辛擬太白，以蘇擬少陵，尚屬閫統。竹山、竹屋、梅溪、夢窗、草窗，則似中唐退之、香山、昌谷、玉溪之各臻其極。晚唐之詩，未可厚非，元明之詞不足道，本朝朱、厲步武姜、張，個各有真氣，非明七子之貌襲。其能自樹一幟者，其惟飲水一編乎？尤〈序〉固非探源之論，《詞繹》所云亦未得其要領。」（《詞話叢編》，頁3227。）按：三家以唐詩之初盛中晚論詞，時代斷限各有不同。又張其錦〈梅邊吹笛譜跋〉云：「慢詞：北宋為初唐，秦、柳、蘇、黃如沈、宋，體格雖具，風骨未遒；片玉則如拾遺，駸駸有盛唐之風矣。南渡為盛唐，白石如少陵，奄有諸家；高、史則中允；東川；吳、蔣則嘉州、常侍。宋末為中唐，玉田、碧山風調有餘，渾厚不足，其錢、劉乎？草窗、西麓、商隱、友竹諸公，蓋又大歷派矣。稼軒

比附，亦不足取，近人亦多嫌其考察不夠精審而棄置不復再
用[13]。葉慶炳先生所撰《中國文學史》析宋詞爲四期，乃就宋
代的詞學環境、詞體演進以及詞家才具等因素作分期的依據，
已是新的詮釋觀點了[14]。龍沐勛在〈兩宋詞風轉變論〉一文
中，爲突破南北之爭的侷限，充分考慮到詞體的演進與風氣轉
移的關係，將宋詞釐析爲六個階段，眉目清晰，頗能掌握宋詞
風格階段性進展的脈絡[15]。同時前後一般學者亦多主六期說，

爲盛唐之太白，後村、龍洲亦在微之、樂天之間。金、元爲晚唐，山村、蛻巖可方
汪溫、李；彥高、裕之近於江東、樊川也。小令：唐如漢；五代如魏晉；北宋歐、
蘇以上爲齊、梁；周、柳以下如陳、隋；南渡如唐，雖才力有餘，而古氣無矣。」
（引自吳熊和《唐宋詞通論》〔杭州：浙江古籍出版社，1989〕，頁160。）按：
此說則分體立說。又張祥齡《詞論》云：「文章風氣，如四序遷移，莫知爲而爲，
故謂之運。左春右秋，冰蟲之見，生今反古，是冬簹夏爐，烏乎能。安序順天，愚
者一得。昌黎起八代之衰，亦運使然。南唐二主、馮延巳之屬，固是詞家宗主，然
是勾萌，枝葉未備。小山、耆卿，而春矣。清眞、白石，而夏矣。夢窗、碧山，已
秋矣。至白雲，萬寶告成，無可推徙，元故以曲繼之，此天運之終也。」（《詞話
叢編》，頁4212。）按：此以四時立論，意與初盛中晚之說可相比附。

13 以四唐之說論宋詞，論者早有不以爲然的看法，例如俞彥《爰園詞話》評曰：「唐
詩三變愈下，宋詞殊不然。歐、蘇、秦、黃，足當高、岑、王、李。南渡以後，
矯矯陡健，即不得稱中宋、晚宋也。」（《詞話叢編》，頁401。）針對宋詞四期
說，劉揚忠《宋詞研究之路》一書中有頗嚴厲的批評：「進行這類仿唐詩的四段分
期的人，其目的是要描繪出詞的興衰變化的大致輪廓，他們的某些局部比譬，也未
嘗沒有一定的道理，但從總體上看來，這些論者無視宋詞的特殊性，沒有考慮宋詞
不同於唐詩的產生發展環境、消長起伏軌跡以及獨特的藝術風貌，將唐詩的框子來
硬套宋詞，其結果不但張冠李戴，面目全非，而且還導致將宋詞自身的特點淹沒在
唐詩的光輝裡。因此，這種劃分顯然不是一種科學分期，至多是在某些場合取便說
明時打打比方而已。」（見該書，第二章，頁25。）

14 葉慶炳《中國文學史》（臺北：弘道文化事業有限公司，1978）曾將宋詞分作北宋
前後期、南宋前後期（頁314-374）。按：晚近的文學史持宋詞四期說者，不如六
期說多見。

15 龍沐勛〈兩宋詞風轉變論〉分六個段落敘述宋詞的發展：一、南唐詞風在北宋之滋
長；二、教坊新曲促進慢詞之發展；三、曲子律之解放與詞體之日尊；四、大晟府
之建立與典型詞派之構成；五、南宋國勢之衰微與豪放詞派之發展；六、文士製曲
與典雅詞派之昌盛。（見《詞學季刊》第二卷第一號，頁1-23。）後來，龍氏又撰
〈宋詞發展的幾個階段〉一文，仍將宋詞分作六期：一、宋詞的先導；二、宋初令
詞的繼續發展和慢曲長調的勃興；三、柳永、蘇軾間的矛盾和北宋詞壇的鬥爭；
四、北宋詞壇的兩個流派；五、南宋詞風的轉變和蘇辛詞派的確立；六、姜夔的
自度曲和南宋後期的詞風。（原載《新建設》1957年第8期。）段落與前說大致相
符，但評價標準卻改變了，這時更重意識型態，許多論點流於膚淺武斷，不如前作
之能客觀平正的對待各種詞風。

大體架構與龍氏說法相差無幾[16]。其中，薛礪若《宋詞通論》之分期，係依據「宋詞的自然趨變，同時大作家的影響，與時代的變轉」[17]等因素作判準的，此與上文所引劉永濟所指出的構成風會的三事——國運之隆替、人才之高下、體製之因革——所注意的層面頗相同。諸家的分期其實大同小異，但由於各人的識見深淺有別、標準不一，對每個時段每種體製的評價亦自有參差[18]。除一般的分期方法外，對於宋詞風格的流變，或以一詞風特色作依歸將宋詞分成若干流派按時敘說，如詹安泰曾將宋詞分爲九派：繼往開來的一般情況（以晏、歐爲代表）、眞率（以柳永爲代表）、疏快（以蘇軾爲代表）、婉約（以秦觀、李清照爲代表）、奇豔（以張先、賀鑄爲代表）、典麗（以周邦彥爲代表）、豪放（以辛棄疾爲代表）、騷雅（以姜夔爲代表）、麗密（以吳文英爲代表）[19]；或以詞家的

---

[16] 如鄭振鐸《插圖本中國文學史》，陸侃如、馮沅君《中國詩史》，薛礪若《宋詞通論》皆分北宋爲三期、南宋爲三期，與龍氏之北宋四期南宋兩期，微有不同；而分析各期風格特徵，諸家基本看法則大同小異。

[17] 見《宋詞通論》（臺北：開明書店，1980，七版），第三章，頁31。

[18] 可詳第二章第五節。此外，如鄭騫先生曾於其所編《詞選》（1978年臺北華岡出版有限公司版）中分宋詞爲五期，是相當特別的。鄭先生沒有交代他分期的標準所在，不過就他的編例來看，以大晏、歐陽、小晏、張、柳屬北宋前期，蘇、黃、秦、賀、周屬北宋後期，朱、陳、李、張、陸屬南宋前期，辛、劉、姜、史屬南宋中期，吳、周、王、張、蔣屬南宋後期，依時間段落、詞家先後，類分五期，每期內各種風格並存，正符合其〈例言〉所云「本書於各種風格，兼收並錄，不立宗派」、「作家次序，按時代先後排列」的宗旨，而所謂「間或以作風異同，有所改動，如晏幾道列於張先、柳永之前，劉克莊列於姜夔、史達祖之前是也」，都只是同期內稍作異動而已。

[19] 詳湯擎民整理《詹安泰詞學論稿》（廣東人民出版社，1984），第六章〈風格、流派及其承傳關係〉，頁415-451。按：清人已有以風格分派之說，如沈祥龍《論詞隨筆》云：「唐人詞，風氣初開，已分二派：太白一派，傳爲東坡諸家，以氣格勝，於詩近江西；飛卿一派，傳爲玉田諸家，以才華勝，於詩近西崑。後雖迭變，總不越此二者。」（《詞話叢編》，頁4047。）蔡宗茂〈拜石山房詞序〉云：「詞盛於宋代，自姜、張以格勝，蘇、辛以氣勝，秦、柳以情勝，而其派乃分。」（見《清詞別集百三十四種》第九冊，頁4929。）汪懋麟〈棠村詞序〉云：「予嘗論宋詞有三派：歐、晏正其始，秦、黃、周、柳、姜、史、李清照之徒備其盛，東坡、稼軒放乎其言之矣；其餘子非無單詞雙句可喜可誦，苟求其繼，難矣哉！（《清詞別集百三十四種》第一冊，頁565-566。）孫麟趾《詞逕》云：「高澹、婉約、豔麗、蒼莽，各分門戶。欲高澹學太白、白石，欲婉約學清眞、玉田，欲豔麗學飛

身分與創作態度作論斷，如胡適將宋詞分爲三種類別：歌者的詞，詩人的詞，詞匠的詞[20]；或從作品的表達方式著眼，如葉嘉瑩析宋詞爲三類、三個段落：五代宋初的歌辭之詞，蘇辛諸人的詩化之詞和周姜一派的賦化之詞[21]。這裡不擬細論上述幾種近來較有代表性的分體與分期說法的得失，筆者所以引介這些主張，毋非是想藉此闡述近代詞學研究的一個觀點：傳統詞學的南北宋之辨、正變之論，在現代學者的眼中，似乎都顯得籠統而不精細，無法滿足當今講理據、重分析的研究需求，好像已無甚研究價值了，故論者多不太重視這些說法，以爲偏頗而膚淺，不願多加申說，而雖偶有論述，亦多僅就一家一派之說加以檢討，或簡單整理前說、稍加評論而已，至於對這論題作歷史性的考索，或就其論爭的本質作深入而通盤的探究，則未見有詳盡而精闢的專文出現，更不用說繼承前說，以新觀點對南北宋詞的風格特質進行深細的比較分析了。

　　但筆者仍以爲詞學南北宋之辨這一論題還有值得細探之處，乃基於如下幾個理由：詞學有南北宋之爭，幾乎各重要流派及詞論家都有涉及，這是不爭的事實。論者將宋詞分派析體，歸納出兩期的風格特徵，較量高下，提示創作入門的指引，容或有所偏失，所論未臻完備，但這正是各家各派立場的展示，充分反映出他們的批評論與創作觀。因此，站在學術研究的立場，若要對有清以來的詞學發展狀況有更深切的了解，就這一論題切入，應該是最方便也是容易由此而探得要領的。此其一。

卿、夢窗，欲蒼莽學蘋州、花外。至於融情入景，因此起興，千變萬化，則由於神悟，非言語所能傳也。」（《詞話叢編》，頁2557。）諸家所分二派、三派或四派，各有同異，然而論分派的方法、對詞家傳承關係的了解以及對詞風衍變之跡的把握，皆不若詹氏細密周詳。

20　詳胡適〈詞選序〉，《詞選》（臺北：商物印書館，1982），頁5-11。
21　詳《中國詞學的現代觀》（臺北：大安出版社，1988），第一部分，第一節，頁5-14。

諸家崇南或偏北，基於各別的立場而互有詰難，形成所謂的南北宋之爭，我們能否因其存有門戶之見，所論籠統而偏頗，而完全否定南北之分的正面意義？就南北之辨這一論題而言，歷來的解說到底好不好是一回事，我們大可不加理會，至於值不值得談，卻是一嚴肅的學術問題，應審慎面對。我們的疑問是：詩有唐宋之分，而唐詩中亦可有初盛中晚之別，嚴寬之見似乎並不牴觸，然則宋詞可分作四期、六期，爲何不可同時接納南北宋之說？歷來詞論所以不厭其煩的較論南北宋詞的優劣得失，似乎已意味著宋詞有南北之分實乃不能不予以正視的時代風格論的問題。近期所謂的六期、三階段說與傳統的南北宋之說，就分期分體的立場言，雖有嚴寬詳略之分，但實際精神卻是彼此都可互相涵涉，相得益彰的。重探此說，有歷史性與時代性的意義，換言之，是可藉此溫故而知新的。追索其詮釋歷史，用意在探出各種主張的原貌及其承傳脈絡，眞切了解南北之爭的癥結，並在彼此各有所得的意見中，突破其意氣、偏頗的成分，去異求同，篩汰整合，庶幾可爲南北宋所代表的兩種風格類型劃出更明確的界域，而這兩種風格典型若能確立，對於從事更精闢深細的宋詞分期或分體等工作，相信會更有助益，因爲它提供了一立說的基點、分析比較的依據。由此可見，除非我們乾脆不談宋詞的分期，否則，南北宋之辨這一課題看來是無法避開不論的。此其二。

「南宋」與「北宋」代表詞的兩種對照的風格之美。南宋詞與北宋詞，不僅是時代的劃分，而且更有本質上的差異，分別代表兩種風格型態。兩者相對而依存，因此，詞論家無論是尊南宋還是卑南宋，重北宋抑或輕北宋，都會採用兩宋對比的方式來討論南宋或北宋詞的特色，並相對地作出價值高下的判斷。我們從歷來有關南北宋詞優劣論的詞評中發現，他們所謂

的「南宋詞」幾乎都以姜吳典雅派詞作代表，這似乎更可證實詞學南北宋之說中所指稱的「南宋」，乃係一種風格型態，不拘限於實際的時間意義，因為南宋尚有朱、陸、辛、劉等家，而彼等的詞風看來好像與前者不大相同。要確認這一界說完善與否，排比資料，作通盤的省察，是有必要的。本論文主要是討論與姜吳典雅詞派相關的課題，而這派詞既常被認為是「南宋」的代表，則欲要界定典雅派詞的風格特質，並給予該派詞一個公允的評價，透過詞學南北宋之辨這一論題作思辨的進路，應是最有效、最適切的方法。此其三。

本章的主旨，就是要對詞學南北宋之說作一歷史性的探索，歸納各種看法，試圖為南、北宋詞兩種風格類型作一明確的界分，並透過南北相對的觀點來凸顯典雅派詞的特色。

筆者在本論文的第二章裡，討論「南宋姜吳典雅詞派」的體派形貌之衍變勢態時，不時引述各家派對兩宋詞的看法，從中透過對比的方式，以確切掌握諸家理念中的南宋典雅派詞的形象實貌，諸家在南北之爭的立場為何，我們已有一初步的了解。依時序就各派的中心論旨來看，南北之爭的發展走勢，大致情形如下：明末清初以北宋為尚，浙派以南宋為高，常派由南入北，清末王國維則全盤否定南宋詞，這可發現由清初到清末，南宋詞（主要是以典雅派詞作為南宋風習的代稱）由被冷落到被抬高到被徹底否定，彷彿經歷了一個循環，而民國以來對於南北宋詞的看法大抵依常派或王國維之說發展，只是略有修正而已，或折衷得失、南北並重，其實仍是有軒輊之見存乎其間的。前文，是為南宋典雅派詞定位，南北之辨不是重點；本文則以南北之爭為主題，歷述各家的看法，分析其尊北或崇南的宗旨，以歸結出南宋與北宋兩種詞風類型的基本樣態。本文雖仍打算按時敘說，但為了更能突出論點，避免與第二章的

撰寫方式重複，逐特別以三個最有代表性的說法作主線，而把前後其他相關資料併入各個主題討論。依次是：先談浙派的觀點，看它如何發揚南宋詞；再說常派的論調，看南北各有特色之說如何奠立；最後以王國維的主張作核心，檢討當前各種說法的得失，重新思考南宋詞的評價問題。在這三個段落中，每一階段其實都包涵對立的意見，而前後段落之間也有著回應與挑戰的成份，彼此層遞發展，正反映了南北之爭的事實。

第二節　南北宋之爭的起點

詞學文體論之有南北宋之辨，乃始於明末清初。元人於詞的創作，延續宋季餘緒，尤有可觀，但詞論之作則未見精采，況且與宋相接，美感距離稍嫌不足，對於兩宋詞風的同異便難有深刻獨到的體認。有明一代，詞的創作成績更不甚理想，詩文的復古與戲曲、小說的盛行，佔據了文人大部分的創作時間與空間[22]，詞的寫作多是遊戲筆墨，鮮有全力以赴者，更何況當時又缺乏足夠的詞籍作參考，論詞者對兩宋詞家既少深切與全面的認識，更難以要求其對宋詞的風格流變的情況能有周密的省察了。這種情形到明末清初才逐漸有所改善，毛晉刻《宋六十名家詞》是開拓視野的起點，而詞派的形成，詞家為確立派系的詞學取向，論析前人的成果，尋源溯流，則自然加強了對詞體的辨識能力，而詞派與詞派之間，由於理念不同，時有論辯，更促進了對兩宋詞之認識的深度與廣度，於是南北宋之辨從此時起便成為詞學文體論中的一個主要課題。

---

[22] 詳鄭騫〈明詞衰落的原因〉，《大陸雜誌》第15卷第7期（1968年10月），頁211-212。

一、南北宋之辨的濫觴

　　尊北而卑南是明末清初詞壇的主要論調，不過在態度上卻有強弱之分。雲間詞派以唐五代北宋爲宗，重神韻，長於小令，極鄙棄南宋詞。宋徵璧嘗論南宋詞曰：「詞至南宋而繁，亦至南宋而敝。[23]」陳子龍則曾比較宋南渡前後詞風云：

> 自金陵二主以至靖康，代有作者。或穠纖婉麗，極哀豔之情；或流暢澹逸，窮盼倩之趣。然皆境由情生，辭隨意啓，天機偶發，元音自成，繁促之中尚存高渾，斯爲最盛也。南渡以還，此聲遂渺。寄慨者亢率而近於傖武，諧俗者鄙淺而入於優伶。以視周、李諸君，即有彼都人士之嘆。[24]

南宋「繁而敝」，主要就是它失去了北宋天然高渾的意趣。這一界線，劃下了南北對立的基點。

　　清初毗陵諸子也是以北宋爲尙，對於南不如北的基本看法也與雲間無異，不過，其對南宋詞的認識卻比雲間深刻得多，對南宋詞的態度也較爲和緩。王士禎《花草蒙拾》嘗評雲間詞人曰：「雲間數公論詩拘格律，崇神韻。然拘於方幅，泥於時代，不免爲識者所少。其於詞亦不欲涉南宋一筆，佳處在此，短處亦坐此。[25]」王氏以爲，雲間拘於門限，極不可取。我們在上引陳子龍的評語中，會發現其論南渡以後詞僅及「寄慨者」與「諧俗者」，似乎沒提姜張典雅派諸家，其對南宋詞的

---

[23] 見〈倡和詩餘序〉。
[24] 見〈幽蘭草詞序〉，《陳子龍文集》（上海：華東師範大學出版社，1988）之《安雅堂稿》，卷三，頁13。
[25] 見《詞話叢編》，頁685。

了解看來是十分淺狹的。毗陵諸子比雲間詞人有更寬闊的視野，在這論題上，他們最大的成績就是初步整理出姜、史諸家詞特色：

> 宋南渡後，梅溪、白石、竹屋諸子，極妍盡態，反有秦、李未到者。雖神韻天然或減，又自令人有觀止之嘆。（王士禛《花草蒙拾》）[26]

> 曠庵年來濩落不偶，亦復有香草美人之感，其所作長短調，及和漱玉詞，若有所寄託而云然者。僕覽而心善之，以爲妍雅綿麗，頗與晚唐、北宋諸家風致相似。夢窗、後村、白石以下，雕績過之，終無以尚其天然之美也。（彭孫遹〈曠庵詞序〉）[27]

> 至於南宋諸家，蔣、史、姜、吳，警邁瑰奇，窮姿構彩；而辛、劉、陳、陸諸家，乘間代禪，鯨呿鰲擲，逸懷壯氣，超乎有高望遠舉之思。（鄒祇謨〈倚聲初集序〉）[28]

> 長調惟南宋諸家才情躒躒，盡態極妍。

> 至姜、史、高、吳，而融篇鍊句琢字之法，無一不備。

> 詠物固不可不似，尤忌刻意太似。取形不如取神，用事不若用意。宋詞至白石、梅溪，始得箇中妙諦。（鄒祇謨

---

26 見《詞話叢編》，頁685。
27 見《松桂堂集》，《影印文淵閣四庫全書》本，卷三十七，頁36。
28 見鄒祇謨〈倚聲初集序〉。

《遠志齋詞衷》）[29]

以上所述，可有三點值得注意：第一，他們分析南宋詞，知有姜、吳與辛、劉二大派別，而在描述南宋詞的特色時卻多就典雅派諸家著眼，因此，他們雖未直接以姜、史諸家指稱「南宋」，但已隱約有此含意。第二，謂南宋詞之天然神韻不及晚唐、北宋之作，但也認爲南宋詞極妍盡態之特色亦有前期所不逮者，其間雖仍有高下之別、好惡之分，但在南北之辨的論題上，這無疑是一種進步，因爲他們已頗能就兩宋詞的優劣處作對等而理性的思考。第三，他們所界定的以姜、吳諸家所代表的南宋詞，主要是有極妍盡態之特色，而這種風格如何形成？他們雖然沒有明說，但據其文字脈絡可以猜想，應與諸家精於詠物、長於慢詞之創作，善於融篇鍊句等因素有關。北宋有天然神韻的自然之美，南宋有極妍盡態的人工之姿——後世有關南北宋詞風格特質的界定與申說，大抵不離這一基本要點。

　　明末清初詞人所以向北宋之天然神韻，無法欣賞或完全接受南宋詞，與當時的詞學環境有關。王士禛論詞專著名《花草蒙拾》，已約略透露此中消息。錢基博論明末創作風氣言：「永樂以後，南宋諸名家詞，皆不顯於世；盛行者爲《花間集》、《草堂詩餘》二選。楊愼、王世貞輩之小令、中調，猶有可取，長調皆失之俚。[30]」當時《花》、《草》盛行，《花間》集小令之菁華，《草堂》所收亦以短調爲優[31]，時人多取法於此二集，故短篇之作特多，欲爲長調則實難據此掌握精粹，得到創作上的啓發；更何況這種體製需要多方研鍊、具備

---

[29] 見《詞話叢編》，頁659、651、653。
[30] 見《明代文學》（臺北：商務印書館，1984），頁103。
[31] 俞彥《爰園詞話》云：「選《草堂》者，小令、中調吾無間然，長調亦微有出入。」見《詞話叢編》，頁401。

深厚的功力，方可有成，而明人塡詞，偶然揮灑，很少專攻此道，那就很難產生長篇佳構了。所寫所學如是，在詞學品味上習慣小令之風神，自然無法賞愛長調之幽深。比較兩宋詞作，北宋是以短製爲長，南渡以後則是慢詞見勝，則明代詞論有崇北黜南之傾向，實在是有其原由的。清初大體延續明末的創作態度，《花》《草》是賞，小令見優，只是因爲有更多宋詞別集重版印行，閱讀視野拓寬，便愈能對南宋詞有較多的了解，此所以有毗陵諸子之看法也。但對長調創作有更深刻的體驗，特別推尊南宋詞，則是浙派出來以後的事了。

二、浙派對「南宋」特色的界定

主雅正、宗姜張、尙南宋，是浙派詞學的中心論旨。這三大主張其實是互爲一體的。所謂雅正，乃姜派詞的特色；而姜張典雅詞風，則是南宋詞的主要風格特徵。當初朱彝尊編《詞綜》，揭示這些理念，便有很明顯的破舊立新的意圖；他所面對的是明代以來積習已久的詞弊，欲想振興詞風，必須切中要點，全力反擊。首當其衝的，就是《草堂》一集。在朱彝尊眼中，影響明清詞壇最深遠的《草堂詩餘》，是一部雜而不純、鮮收南宋篇什、更不錄姜張之作的詞籍，極不可取[32]，所提三主張便是針對此點而發的，而《詞綜》之編選，乃旨在「一洗《草堂》之陋」，使「倚聲者知所宗」[33]。受《草堂》影響的明末清初詞壇，一是以北宋爲高，而浙派詞家爲加反制，遂不得不就南北優劣之判的問題，明確表達立場，遂特別舉示詞宗

---

[32] 《詞綜·發凡》說：「古詞選本……獨《草堂詩餘》所收最下最傳，三百年來學者守爲兔園冊，無惑乎詞之不振也。」「塡詞最雅無過石帚（指姜夔），《草堂詩餘》不登其隻字，見胡浩然立春吉席之作、蜜殊詠柱之章亟收卷中，可謂無目者也。」
[33] 見汪森〈詞綜序〉，《詞綜》，《四部備要》本，頁1。

南宋的大纛，以作爲派系之標幟。

我們先看浙派的創始人朱彞尊（竹垞）如何界分南北兩宋，提出他的論詞宗旨：

世人言詞必稱北宋，然詞至南宋始極其工，至宋季而始極其變。（《詞綜‧發凡》）[34]

小令宜師北宋，慢詞宜師南宋。（〈魚計莊詞序〉）[35]

予嘗持論謂小令當法汴京以前，慢詞則取諸南渡。（〈水村琴趣序〉）[36]

竊謂南唐北宋人惟小令爲工，若慢詞至南宋而極其變。以是語人，人輒非笑，獨宜興陳其年謂爲篤論。（〈書東田詞卷後〉）[37]

詞至南宋始工，斯言出，未有不大怪者，惟實庵舍人（曹貞吉）意與予合。今就詠物諸詞觀之，心慕手追，乃在中仙、叔夏、公謹諸子，兼出入天游（詹正）、仁近（仇遠）之間。北宋自方回、美成外，慢詞有此幽細綿麗否？（〈詠物詞評〉）[38]

朱彞尊對南北宋詞的了解，其實是頗粗淺且乏創意的。詞至南宋而工，其時以慢詞見勝，這兩點看法，前人早有論述。

---

[34] 見《詞綜》，頁3。
[35] 見《曝書亭集》，《四部叢刊》本，卷四十，頁5。
[36] 同上，頁6。
[37] 同注35，卷五十三，頁8。
[38] 見屈興國、袁李來輯校《朱彞尊詞集》（杭州：浙江古籍出版社，1994），〈曝書亭詞話〉，頁426。按：此據《詞苑萃編》卷八引錄。

不過，在學詞的立場上，特別提出小令當法北宋、慢詞宜師南宋的主張，從而揭示兩宋體製各有所長這一論點，的確比前人明白得多，但對於南北宋詞風貌的整體看法，則不見得比前人高明。北宋以短篇爲長，南宋工於長調，但兩者的風格特質爲何，他沒作明確的界說。朱彝尊謂「世人言詞必稱北宋」，當時之重北宋主要就表現在令詞的創作上，他一再強調慢詞要學南宋，指出了一條創作的新路，其思以另立門派的用心已相當顯著。令詞篇幅短小，重意興之自然感發；慢詞篇幅長，講究鎔裁鍛鍊之工夫。南宋既長於慢詞的創作，則「詞至南宋而始工」，是不難理解的。但這樣區分南北，實在不夠深刻。雖然他有提到南宋慢詞的特色是「幽細綿麗」，但那不過是相對於北宋的慢詞而言，至於能否以此概括整個南宋詞風則不敢斷言。以上只是摘錄朱彝尊詞論中在字面上有明顯提到南北宋的幾則加以論述，眞的要了解其對南宋詞風格特質的看法爲何，就不能不綜覽其有關姜張諸子的評論，譬如上引〈詠物詞評〉於述及詞至南宋始工後所推舉的重要詠物詞家就包括張炎、王沂孫、周密諸人，而事實上在朱彝尊和他同時代的浙派成員的心目中，所謂「南宋」，就是姜派詞人的代稱。這是風格上的論定，似乎無關於實際政朝。與朱彝尊過從甚密的汪森所撰的〈詞綜序〉，其中有一段話最能表達這個觀點；他說：「西蜀南唐而後，作者日盛。宣和君臣轉相矜尚，曲調愈多，流派因之亦別，短長互見，言情者或失之俚，使事者或失之伉。鄱陽姜夔出，句琢字鍊，歸於醇雅，於是史達祖、高觀國羽翼之，張輯、吳文英師之於前，趙以夫、蔣捷、周密、陳允衡、王沂孫、張炎、張翥效之於後，譬之於樂舞箾至於九變，而詞之能事畢矣。[39]」歷述唐宋詞之發展，於南宋則獨標姜張一派，而

---

[39] 同注33。

姜張諸子字斟句酌，極盡「詞之能事」，這正是朱彝尊所謂「詞至南宋始工」的具體說明。南宋姜張一派工於詞，他們的理想就是要使詞「歸於醇雅」。所謂醇雅，相對於俚俗、伉直，蓋指語言文字之精巧細緻、情意內容之雅正得體；而姜派詞人所代表「南宋」的大概就是這醇雅的風調。

《詞綜・發凡》原文是說：相對於北宋而言，「詞至南宋始極其工，至宋季而始極其變」。這裡可有一個疑問，就是究竟宋季之變是否相融於南宋之工的範圍內，是一種工中求變的情況，還是彼此之間是兩個完全不相干的領域？要理清這個問題，先要了解所謂宋季極變的真正涵意。這方面，朱彝尊沒作正面的答覆，他對宋季詞的看法，只反映在對《樂府補題》的評論上：「誦其詞可以觀其志意所存，雖有山林友朋之娛，而身世之感別有淒然言外者。其騷人〈橘頌〉之遺音乎？[40]」然則，宋季之變，蓋指當時詞作在情意內容上受時代之影響而寓有更多身世淒然之感。這一點可藉後來王昶〈江賓谷梅鶴詞序〉的一段話加以引證：「至姜氏夔、周氏密諸人，始以博雅擅名，往來江湖，不為富貴所薰，是以其詞冠於南宋，非北宋所能及。暨於張氏炎、王氏沂孫，故國遺民，哀時感事，緣情賦物，以寫閔周哀郢之思，而詞之能事畢矣。[41]」王昶此說頗能闡明宋季之變的意義，而其指出南宋詞有北宋所不能及的地方在於能有博雅之氣稟，這就我們了解宋季詞風的歸屬問題時，是相當值得注意的一點。王昶所謂「姜氏夔、周氏密『諸人』」，應係舉此二人以概稱南宋中晚期姜派所有重要的詞家（包括張、王等人），非白石、草窗而已。「博雅」的周密，

---

40 見〈樂府補題序〉，《曝書亭集》，卷三十六，頁4。
41 見《春融堂集》，清嘉慶十二、十三年塾南書舍刊本，卷四十一。

亦屬《補題》作家，其詞也有遺民之哀思[42]，只是這方面的表現不如張炎、王沂孫之突出而有代表性而已，而博雅之氣稟卻是他們所共有的品質。所謂詞至宋季而變，意思是宋末諸家詞深化並拓寬了詞的情意內容，寫出了身世家國之感，緣情賦物，表達了無限之哀思，但基本上卻仍維持姜、史之工雅典麗之筆調。丁紹儀《聽秋聲館詞話》云：「宋末人詞，語馨旨遠，淺涉者每視爲留連景物而已，不知其忠憤之忱，恆寓於諧聲協律中。[43]」就是此意。因此，綜觀南宋中晚期姜、張諸家詞，工而雅應是他們的共同特色，亦是浙派理念中作爲與「北宋」相對的「南宋」的基本風貌。

　　然而，所謂工而雅，有何實際的內容，又如何能臻至此境，以上諸家似乎還未作明確的解答。誠如上文所述，朱彝尊對南宋詞的體認還不夠深刻，但其取法南宋之說確實引起許多回響，郭麐甚至認爲「詞實至南宋而始極其能，此亦不易之論也」[44]。朱彝尊旨在開風氣之先，立論不夠周詳，意多明而未融，實在難免；其在兩宋之辨的論題上，有些觀念若要明確界分清楚，亟需補強其論據。這些便成爲此說之服膺者立論時所必須面對的課題。余氏〈絕妙好詞箋序〉云：「詞至南宋而工，詞律亦至南宋而密。[45]」這爲南宋之「工」，又加了一個註腳，就是南宋詞不獨文字工巧而已，其律韻亦自細密。南宋詞工麗雅緻，這風格是如何形成的呢？朱彝尊以後，主南宋的相關詞論，多有就這論題表達意見。我們歸納這些言論，發現其所探得的緣由幾乎不出劉永濟（見上節）所提的構成風會之

---

42 高士奇〈絕妙好詞序〉評周密云：「公謹生於宋末，以博雅名東南，所作音節淒清，情寄深遠，非徒以綺麗勝者。」見厲鶚《絕妙好詞箋》（臺北：中華書局，1984），〈原序〉，頁3。
43 見《聽秋聲館詞話》卷十七，《詞話叢編》，頁2790。
44 見《靈芬館詞話》卷一，《詞話叢編》，頁1504。
45 見〈余氏原序〉，《絕妙好詞箋》，頁1。

三事的範圍。茲分別舉例說明如下：

> 唐之末造，詩人間以其餘音綺語，變爲塡詞。北宋之
> 季，演爲長調，變愈甚，遂不能復合於詩。故詞至白
> 石、碧山、玉田，與詩分茅設蕝，各極其工。（王昶〈琴畫
> 樓詞鈔自序〉）[46]

宋初柳永、張先始多爲長調，北宋季世周邦彥更精於此體，立
下許多創作佳法，足堪楷模，長調至南宋，已然獨立於詩之
外，但此體在文字樂律方面還未充分發展，換言之，尚有極大
的創作空間。長調之爲體，貴婉轉鋪敘，設色協律最講究工
夫。南宋諸家既以此體爲創作主力，而有邁越前人的成績，則
其個人或時代風格所顯現出來的自然是一種符合長調一體所要
求的雅麗精緻的特質。南宋詞之工雅，確是與詞體的發展有
關，此劉氏「體製之因革」之謂也。田同之《西圃詞說》云：
「詞始於唐，盛於宋，南北歷二百餘年，畸人代出，分路揚
鑣，各有其妙。至南宋諸名家，倍極變化。蓋文章氣運，不得
不變者，時爲之也。於是竹垞遂有詞至南宋始工之說。[47]」文
體的發展，隨時運轉移，自然有其不得不變的道理。

又，長調難工，若非專攻此道，實難有所成就，而南宋以
長調擅名，論者莫不認爲與專業詞人的大量出現有密切的關
係：

> 詩人而工詞，唐之李白特偶爲之。他如溫、韋、牛、薛
> 諸家，及宋之歐、秦、范、陸，皆詩人也，詞非不工，

---

[46] 同《春融堂集》，卷四十一。
[47] 見《詞話叢編》，頁1454。

而世終以詩人目之，則以詩掩其詞，抑或其詞未免遜於專家耳。宋固多專於詞者，至南宋而盛；白石、玉田、夢草二窗，極專家之能事矣。（李良年〈錢魚山詞序〉）[48]

唐人以詩爲樂章，而有李、溫之詞，五代及宋詞別爲一體，至南渡諸家，分刌合度，律呂精嚴，其矩矱森然秩然，一時爲之渠帥者，皆爲好古絕俗之姿，蕭遠超邁之氣，而又於他文皆不工，獨工爲此事，故其道爲大備。
（郭麐〈秋夢樓詞序〉）[49]

偶一爲之或是一心二用的寫作態度，實不如專心一致者容易創造佳績，尤其在駕馭長調一體上。斯體而有斯才，姜張諸子「極專家之能事」，詞至南宋乃有極工的表現。「人才之高下」可造成風會的轉移，劉永濟此話不差。

　　除了個人的因素外，「國運之隆替」也是會影響詞風的轉移的。鄭文焯〈瘦碧詞自敘〉云：

文小而聲哀者易於感人，不足以鳴其盛。盛世作者不過自道其男女哀樂之私。洎乎世變，乃有以忠愛怨悱託微言以喻其志者。觀於南渡君臣離合之感，多見於詞，道窮而語益工，罄欬之應亦知所徵矣。[50]

王易《詞曲史》亦云：

---

[48] 見《秋錦山房集》，清乾隆二十四年重刊本，卷十五，頁8。
[49] 見《靈芬館雜著》，《花雨樓叢鈔》本，卷二，頁22-23。
[50] 見孫克強、楊傳慶輯校《大鶴山人詞話》（天津：南開大學出版社，2009），卷三〈序跋〉，頁315。

朱彝尊〈詞綜發凡〉云：「世人言詞必稱北宋；然詞至
南宋始極其工，至宋季而始極其變。」而明宋徵璧則
曰：「詞至南宋而繁，亦至南宋而敝。」平亭二說，朱
氏爲允。北宋海宇承平，風尚泰侈，詞人技倆，大率
繪景言情；其上者亦僅抒羈旅之懷，發遲暮之感而已。
其局勢無由而大，其氣格無由而高也。至於南渡，偏安
半壁，外患頻仍，君臣苟安，湖山歌舞。降及鼎革，尚
有遺黎。銅駝遂荒，金仙不返。有心人感慨興廢，憑弔
丘墟，詞每茹悲，情多不忍。斜陽依舊，禹跡都無；關
塞莽然，長淮望斷。竹西佳處，喬木猶厭言兵；荊鄂遺
民，故壘還知恨苦。望四橋之煙草，淚眼東風；消幾度
之斜陽，枯形閱世。凡茲喪亂，自啓哀思。窮苦易工，
憂患知道。蓋〈民勞〉〈板〉〈蕩〉之餘，〈哀郢〉
〈懷沙〉之嗣。所謂極其工、極其變者，豈不信哉？至
於狀兒女之情，託風月之興，仍無以越乎北宋也。[51]

道窮而語益工，似乎是文學的定律，南宋典雅派詞人在苟安、
易代之世，醉心於字韻音色，聊以自娛，自有其無可奈何的深
悲在。兩人的解說，似偏重於情意內容方面，即詞人所抒發的
哀感憂思，這爲時勢如何左右文情作了很好的說明，頗能充實
朱彝尊所說「宋季而始極其變」的內容。王易說「凡茲喪亂，
自啓哀思。窮苦易工，憂患知道」，世局影響於文學其實包含
言意兩方面，一時難以劃分；宋季詞風轉變，意愈幽微，語便
愈工，那是不容置疑的。王易謂北宋多兒女之情，而相對地，
南宋則多身世之感。特別重視南宋詞哀時感事的特質，是常派
的主調，浙派後學面對派內之詞弊、別派之沖激，自不得不修

---

[51] 見《詞曲史》（臺北：廣文書局，1979），頁191。

正若干看法，故後期亦多以寄託言詞[52]，因此對宋季之變的情形有更深刻的體會，浙派後勁王昶如是，民國學者王易亦如是。不過，王易比較南北，以爲受時勢影響，南宋作家胸懷感受比北宋詞人深廣，故論局勢之大、氣格之高，是北不如南的。這看法似已超出浙派的南北之辨的討論範圍了。

　　浙派作南北之判，謂小令以北爲優、慢詞乃南宋所長，南宋詞較北宋爲工，風格更爲醇雅，這些論點其實多繼承前說，沒多少創見。對於「詞至南宋始工」這一論題，浙派詞人的確作了很多解說，無疑也加深了我們對南宋詞工雅之特質的認識，但在整體風格（包括文體的、時代的）的體驗上，似乎還不夠確切周詳，更何況要探析南宋的風格特色，不透過與北宋作精細的對比，是難有深刻的體會的，浙派於此，非常不足。清初王士禎等人論南北之別，以爲南宋有極妍盡態之美，卻乏北宋天然神韻之姿；這種看法，浙派諸子自不以爲然，但我們審閱浙派的詞論，卻發現好像不曾有對「天然神韻」這一點作出回應。總之，南北之爭這個課題，由浙派正式燃起，但浙派分辨南北風格特質未爲完善，這些還得留待後人作檢討並加改進了。

第三節　南北宋分體說的確立

　　有清詞壇，浙、常二派各領風騷。自朱彝尊分辨宋體，提出崇南宋的主張，從此論詞，莫不以南北宋對舉。愈激烈的言論，愈容意引起爭端。浙派唯南宋是尚，常派與之抗衡，自以貶抑南宋爲對策，更重要的是儘量發揚北宋之美，樹立新的

52　詳第二章第二、三節。

師法體系；而在這論辯的過程中，除了表達激切的反對意見，常派大家亦頗能就事理立論，爲兩宋之別劃下了比較明確的界線，對後來的討論頗有規範的作用。茲就這兩點，分別加以論述。

一、浙派宗南宋說的反響

浙派取法於南宋，自有其理論的依據，但這畢竟只是一派人的主張，雖也有響應者，而非放諸天下皆準的法則，因此，別的派系站在不同的立場自可提出不同的主張，與之較論長短；何況浙派理論本身，主觀意識過重，不夠周延，自然容易遭受抨擊；更且囿於地域之見，恒以浙人自高[53]，在清代特重鄉誼的文化環境裡，不免容易引起其他家派的強烈反彈。

浙派推尊南宋，謂南宋詞極工，能盡專家之能事，後人有頗不以爲然者，每就浙派這基本的論點予以反擊，提出嚴厲的批評。針對浙派「詞至南宋始極其工」之說，吳衡照《蓮子居詞話》即論曰：

> 「詞至南宋始極其工」，秀水創此論，爲明季人孟浪言詞者示救病刀圭，意非不足。夫北宋也，蘇之大、張之秀、柳之豔、秦之韻、周之圓融，南宋諸老何以尚茲。[54]

這裡指出朱彝尊主南宋之說，固有救時弊之用心，但其對北宋

---

53 朱彝尊〈孟彥林詞序〉云：「宋以詞名家者，浙東西爲多。」對浙人的成就，頗感自豪。事實上，南宋名家姜夔、張炎並非浙人，朱彝尊在〈魚計莊詞序〉中卻解釋說：他們雖「非浙產，然言詞者必稱焉」，將其歸屬爲代表浙人之一派，「亦取其同調焉爾矣」（見《曝書亭集》卷四十）；其爲浙詞壯大聲勢之意圖相當明顯。其後，浙派言論稱姜張諸子每每謂爲「吾鄉」、「吾杭」，則更可見浙人地域觀念之濃了。

54 見《蓮子居詞話》卷四，《詞話叢編》，頁2467-2468。

諸大家的了解似有不足；而北宋詞人高妙之處，南宋諸家未必能及，則南宋極工而佔優之說便值得商榷了。潘德輿〈養一齋詞自序〉云：「竊謂詞莫備於宋，莫高於北宋。詞尊北宋，猶詩崇盛唐，皆直接三百篇漢魏樂府者也。自竹垞以白石玉田導人，已殊中聲；迦陵師稼軒，凌厲有餘，未臻虛渾；一代作手悉數不審誰屬？[55]」一反清初竹垞諸子唯南宋是尚的主張，改稱北宋勝於南宋，這是清中葉以來最普遍的論調。潘德輿以爲「竊謂詞濫觴於唐，暢於五代，而意格之閎深曲摯，則莫盛於北宋，猶詩之有盛唐，至南宋則稍衰矣。[56]」南宋遜於北宋，主要就在意格上。南宋詞意格不高不夠深摯，與當時作家工於爲詞的創作態度有莫大的關係。詞至南宋而工，詞律亦至南宋而密，但相對地，詞情的表現在嚴格的詞法中便難以自然伸展，除非大家而天才極高，不然便往往死於法下，徒具人工修飾之美，難見自然眞切之情。文廷式〈雲起軒詞序〉云：「詞至南宋而極盛，亦至南宋而漸衰。其衰之故，可得而言也。其聲多嘽緩，其意多柔靡，其用字則風雲月露紅紫芬芳之外，如有戒律，不敢稍有出入焉，邁往之士無所用心，沿及元明而詞遂亡，亦其宜也。[57]」就是這個意思。馮煦《蒿庵論詞》云：「不知北宋大家每從空際盤旋，故無椎鑿之跡，至竹坡、無住諸君子出，漸於字句間凝鍊求工，而昔賢疏宕之致微矣！此南北宋之關鍵也。[58]」姜、張諸子詞凝鍊之工尤甚於南宋初渡諸家，則其去北宋疏宕之致就更遠了。字句凝鍊端賴人工之巧，文筆疏宕有致則常是才情自然流動的活潑表現；自然與人工，就是南北宋詞判然有別的關鍵所在。明末清初詞人長

---

55 見《養一齋詞》，清咸豐三年刊本，卷首。
56 見〈與葉生名灃書〉，《養一齋集》，清道光二十九年刊本，卷二十二，頁9-10。
57 見《清詞別集百三十四種》第十二冊，頁6449。
58 見《詞話叢編》，3591。

小令、重神韻，故以富天然意趣之北宋詞爲高，但當時作家唯才使氣，作品多流於纖仄與蕪濫[59]。朱彝尊爲振弊起衰，推尊詞體，遂改倡特別講究妍鍊之工的南宋詞，惟浙派末流競學朱（彝尊）、厲（鶚），學不足而力有不逮，故所作看來字優句雅，其實餖飣膚廓，毫無眞性情。丁紹儀《聽秋聲館詞話》曾較論南北優劣，批評浙詞說：「詞至南宋而極工，然如白石、夢窗、草窗、玉田，皆胥疏江湖，故語多婉篤，去北宋疏越之音遠矣。我朝竹垞太使嘗言：小令當法五代，故所作尙不拘一格。逮樊榭老人專以南宋爲宗，一時靡然從之，奉爲正鵠，獨吾鄉諸老不隨俗轉。[60]」浙派唯南宋是尙，不知北宋之妙，門徑淺狹，流弊亦多，常爲時人所垢病。因此，辨析南北宋之別，另立詞統，取長補短，便成爲當務之急了。

　　就南宋詞極妍盡態這一點言，即使浙派的反對者也毫無異議，問題只在於大家所設定的好壞的評價標準不大相同：或重人工之美，或以自然爲尙，各執己見，遂成紛爭。詞至南宋而極其工，浙派諸家多以爲與詞人專工此道最有關係。但楊希閔卻持不同的看法，《詞軌·總論》云：

> 長短句爲詩之餘，然則詩源而詞委也；源不遠，委何能長？溫、韋、二晏、秦、賀皆能詩，蘇、黃尤卓卓，姜、辛詩亦工；安身立命不在詞，故溢爲詞夐絕也。屯田、清眞、梅溪、夢窗、碧山、玉田諸子，藉詞蕃身，他文翰一無可見，有委無源，故繡繪字句，排比長調以自飾。夫文章本於性情，濟以學問，二者交至，下

---

[59] 葉恭綽〈全清詞鈔序〉嘗評清初詞曰：「實沿明末餘習，雖其間雜以興亡雜亂之感，情韻特深，才氣亦復橫溢，然其弊爲纖仄與蕪濫。」（見《全清詞鈔》〔北京：中華書局，1982〕，頁1。）

[60] 見《聽秋聲館詞話》卷六，《詞話叢編》，頁2649。

筆遣詞，自成天機。長篇短幅無定也，清空質實亦無定也。《史》不同《騷》，《騷》不同《莊》，《公》、《穀》不同《左》、《國》，安可印定一說乎？[61]

這完全是針對專工之說立論，以爲能詞不能詩，有委無源，終屬下品。他主張學詞不宜從南宋入手，理由是：

> 書家學眞書，必從篆隸入，乃高勝。吾謂詞家，亦當從漢魏六朝樂府入，而以溫、韋爲宗，二晏、賀、秦爲嫡裔，歐、蘇、黃則如光武崛起，別爲世廟，如此則有祖有禰，而後乃有子有孫。彼截從南宋夢窗、玉田入者，不啻生於空桑矣，故伐材近而創意淺，雕琢文句以自飾，心力瘁於詞，詞外無事在，而詞亦卒不高勝也。[62]

這指出尊學南宋之固蔽，可謂一針見血。尊學南宋，毛病就出在「心力瘁於詞，詞外無事在」。其實，相對於北宋詞，南宋之弊亦何嘗不是因爲詞家專力於一體、疏於詞外之事所造成的呢？

　　清人詞派多就學詞而論詞，分體往往旨在取法，南北宋之辨通常是在這情況下產生。浙詞不可取，則其宗南宋之說自當修正。常派主張由南入北，其對南北宋詞有何特殊的體會？更貼切一點的問：他們如何界分兩種風格類型？關於這問題，下文試歸納諸家意見，整理分析，希望能得到滿意的解答。

61　引自趙尊嶽〈詞集提要〉，《詞學季刊》第一卷第二號，頁83-84。
62　見楊希閔〈詞軌序〉。同上，頁83。

二、常派爲兩宋詞風所立下的基本分界

張惠言開常州詞派，未見其有直接介入南北宋之辨的言論，有者不過是反映在其《詞選》中南北並重的選詞態度而已。張氏〈詞選目錄序〉云：「宋之詞家號爲極盛，然張先、蘇軾、秦觀、周邦彥、辛棄疾、姜夔、王沂孫、張炎，淵淵乎文有其質焉。[63]」所舉宋詞八家，南北各半，儼然突破浙人以南宋爲宗的格局，不過這完全沒涉及兩宋風格論的問題。常派詞家中最先爲兩宋詞風劃下清晰的界線，而論說最有創意的，是周濟。先將他主要的意見鈔錄如下：

> 兩宋詞各有盛衰，北宋盛於文士，而衰於樂工；南宋盛於樂工，而衰於文士。

> 北宋有無謂之詞以應歌，南宋有無謂之詞以應社。

> 初學詞求空，空則靈氣往來。既成格調求實，實則精力彌滿。初學詞求有寄託，有寄託則表裡相宣，斐然成章。既成格調求無寄託，無寄託則指事類情，仁者見仁，智者見智。北宋詞下者在南宋下，以其不能空且不知寄託也；高者在南宋上，以其能實且無寄託也。南宋則下不犯北宋拙率之病，高不到北宋渾涵之詣。

> 北宋詞多就景敘情，故珠圓玉潤，四照玲瓏。至稼軒、白石，一變而爲即事敘景，使深者反淺，曲者反直。

---

[63] 見《詞選》，《四部備要》本，頁2。

北宋主樂章，故情景但取當前，無窮高極深之趣；南宋
則文人弄筆，彼此爭名，故變化益多，取材益富。然南
宋有門逕，有門逕故似深而轉淺；北宋無門逕，無門逕
故似易而實難。[64]

周濟能夠完全跳開浙派的格局，為常派奠立完整的理論基礎，
對兩宋詞能有通透的認識，實歸因於他的才識與學力。周濟反
浙派，主要的論點是：南宋不只姜、張一派，吳文英與王沂孫
更是名家[65]；宋詞也不只南宋一體，北宋更在南宋之上。周濟
對南北宋詞家的特色與成就皆有深刻的了解，他反浙派，卻不
完全否定南宋詞，只是他更知北宋之妙。周濟的南北宋之說有
幾點值得注意：第一、站在學詞的立場，他打破了浙派專師南
宋之說，指出一條由南返北的創作途徑，這是經過詳細比較兩
宋詞之長短得失而獲至的心得。所謂由南返北，意謂在學詞程
序上要由有門徑到無門徑、由易而難、由淺入深，周濟這一理
念在他所編的《宋四家詞選》中有更具體的陳述：「清真集大
成者也。稼軒斂雄心抗高調，變溫婉成悲涼。碧山饜心切理，
言近指遠，聲容調度，一一可循。夢窗奇思壯采，騰天潛淵，
返南宋之清泚為北宋之穠摯。……問塗碧山，歷夢窗、稼軒，
以還清真之渾化，余所望於世之為詞人者，蓋如此。[66]」舉四
家詞作為典範，其學詞門徑更顯得清晰而有法可循。在這理論
架構觀照下，南北宋顯然代表兩個風格類型，彼此之間是有優
劣高下之判的。第二、造成兩宋詞有深淺難易之別，主要就在

---

64 見《介存齋論詞雜著》，《詞話叢編》，頁1629、1630、1634；《宋四家詞選目錄
序論》，《詞話叢編》，頁1645。

65 《介存齋論詞雜著》云：「近人頗知北宋之妙，然終不免有姜張二字橫互胸中。豈
知姜張在南宋亦非巨擘乎！論詞之人，叔夏晚出，既與碧山同時，又與夢窗別派，
是以過尊白石，但主清空。」見《詞話叢編》，頁1629。

66 見《宋四家詞選目錄序論》，《詞話叢編》，頁1643。

於南宋有門徑而北宋無門徑，這可說是前面提到的自然與人工之爭的進一步的解說。周濟謂北宋詞多就景敘情，這是指一種感物吟志的自然的表現方式；而南宋即事敘景，顯然多了一種人工安排之跡。所謂有門徑、有寄託，乃南宋詞人弄筆為文而特有的現象，意謂其章法結構、文情意旨都有妥善的鋪敘與安排，工雅妍麗，表裡相宣，絕無拙率之病，但也因為講究詞法，多一分精思便少一分自然之趣，總顯得淺直而難臻渾涵之詣。北宋詞無門徑可循，似易學而實難，雖偶有粗率之作，但也易發抒真情實感，詞質精力彌滿，指事類情，能容納廣闊的想像空間，此周濟所謂能實而無寄託之表現。這是北宋與南宋之間最大的分野。第三、周濟從文士與樂工的盛衰情況來區分兩宋詞，是相當有見地的看法。作者的屬性，是文士的角色還是樂工的身分，都會使得作品的文辭語調與精神特質呈現不同的面貌；南北宋詞風格之所以不同，由這一角度切入去了解，是值得參考的途徑。劉大杰《中國文學發達史》曾引申周濟的話說：「因北宋盛於文士，故詞中有名士氣，有詩人氣，有自由浪漫的精神，有活躍的生命與性格。因南宋盛於樂工，故詞中有音律美，有字句美，有形式美，有古典主義的精神，而缺少活躍的生命與性格。[67]」這為周濟所言作了很好的解釋。第四、周濟稱「北宋有無謂之詞以應歌，南宋有無謂之詞以應社」，這是就兩宋之弊而發。應歌與應社的服務性質不同，作家為文造情，以無謂之詞應付歌筵酒席或詞社組織之要求，所作不失於佻即失於陋。北宋易犯拙率之病，南宋難臻渾涵之詣，都與這從俗、鬥巧的創作心理有關。兩說可以並看。後來各家引述周濟此說，幾乎都改從正面的意義著眼，作為解釋北宋詞風自然、南宋筆調雅正之依據，例如薛礪若《宋詞通

---

67 見劉大杰《中國文學發達史》（臺北：中華書局，1978），頁633。

論》曾分宋詞爲「應歌」與「應社」兩大主流說：「北宋詞在能得聲調之諧美，以自然入勝；南宋詞則立求體製之雅正，以技巧工麗見長。」又楊海明《張炎詞研究》亦嘗云：「北宋詞有『應歌』之說。既然『應歌』，即當力求入耳易懂，因此詞風比較明快自然，一般不求『寄託』，即有『寄託』，也非刻意求之。南宋詞則有『應社』之說。既爲『應社』，就勢必爭奇鬥巧，因此詞風比較趨於典雅雕琢，且南宋人一般喜求『寄託』，往往刻意求之而出以雕飾（此風表現在宋末尤甚）。[68]」作品的寫作性質決定了作品的風格特色，這是相當值得注意的一點。

周濟對兩宋詞風格特質的體認可謂深刻獨到。他明確界清南宋與北宋兩種風格類型的差異性，知其然而又知其所以然，言簡意賅，理論架構相當完整，甚有啓發性，以後不少有關南北宋詞風格問題的討論都有參考他的說法，影響頗爲深遠[69]。詞學南北宋之辨，由周濟開始，論者比較能從南北對舉的角度，陳述其對南宋與北宋詞風的看法，雖其間仍存優劣之見，看法亦有深淺之分，但多能照顧兩方，將南北宋的風格特色儘量剖析出來，不像先前浙派某些論述那樣的偏頗，這不能不算是一種進步，然而這種進步又不僅表現在陳述方式上能做得比較精細周到而已，更重要的是論者對宋詞的認識比前人深厚寬廣，在心態上已頗能做到客觀平正地面對問題，不至於因爲派

---

[68] 見薛礪若《宋詞通論》（臺北：開明書店，1980），第四章，頁50-51；楊海明《張炎詞研究》（濟南：齊魯書社，1989），頁140。

[69] 劉大杰《中國文學發達史》、薛礪若《宋詞通論》發揮周濟之說，正文已有引述。又如顧憲融《塡詞門徑》云：「南宋之詞有不同於北宋者，北宋人善用重筆，惟重能大，惟重能拙；南宋人善用深筆，惟深能細，惟深能密。北宋多雨雪之感，南宋多禾黍之思。北宋主樂章，故情景但取當前，無窮極高深之趣；南宋則文人弄筆，彼此爭名，鉤心鬥角，無巧不臻。然南宋有門徑，故似深而轉淺；北宋無門徑，故似易而實難也。」後半段幾乎全襲周濟說法。

別之爭，為反對浙派而走上另一種唯北是尚的偏鋒。尊北宋而又知其缺失，卑南宋而又識其佳美，兩不偏廢，各師所長，是常派詞學家最普遍的論詞態度。周濟之後，論者在南北宋之辨的課題上究竟提出了那些新的論點？以下茲舉數家較有代表性的看法加以說明。

劉熙載《詞概》云：

> 北宋詞用密亦疏，用隱亦亮，用沉亦快，用細亦闊，用精亦渾。南宋只是掉轉過來。[70]

這分辨南北宋詞筆勢意態上的差異，頗為精審。北宋詞，有一種誠如周濟所說的「精力彌滿」的特質，因此，縱然用細筆精思，也顯得疏快渾闊；而相對地，南宋文人弄筆，窮深而求巧，變化多，取材富，但作品中總覺得少了一種「珠圓玉潤，四照玲瓏」的真實飽滿的質感，能有精細隱密之表現，卻難臻高渾疏朗之境。這與周濟的詞至南宋「即事敘景，使深者反淺，曲者反直」、雅正而「高不到北宋渾涵之詣」等說法，可以互相參看。後人所謂的詞至北宋高渾而大，南宋極變而深[71]，劉熙載這段話正作了細部的說明。

論詞自具面目的謝章鋌，在其詞學專著《賭棋山莊詞話》中，比較兩宋詞風的言論甚多，或抒一己之見，或引他人之說，都見精采，值得注意的有如下幾則：

---

70 見《詞話叢編》，頁3696。
71 陳廷焯《雲韶集》卷二綜論宋詞云：「北宋詞極其高，南宋詞極其變。」（引自屈興國《白雨齋詞話足本校注》〔濟南：齊魯書社，1983〕，頁808。）張德瀛《詞徵》云：「詞至北宋堂廡乃大，至南宋而益極其變。」（《詞話叢編》，頁4078。）劉子庚《詞史》曰：「言詞者必曰詞至北宋而大，至南宋而深，固也。」（臺灣學生書局1973版，第四章，頁49。）

王述庵（昶）云：「南宋詞多黍離麥秀之悲，北宋詞多北風雨雪之感。世以塡詞爲小道者，此扣槃捫籥之說。」誠哉是言也。詞雖與詩異體，其源則一，漫無寄託，誇多鬥靡，無當也。（卷一）

北宋多工短調，南宋多工長調。北宋多工軟語，南宋多工硬語。然二者偏至，終非全才。（卷十二）

詞至南宋，奧窔盡闢，亦其氣運使然，但名貴之氣頗乏，文工而情淺，理舉而趣少。善學者於北宋導其源，南宋博其流，當兼善不當孤詣。（卷十二）

詞至南宋始極工，誠屬創見。然篤而論之，細麗密切，無如南宋。而格高韻遠，以少勝多，北宋諸君，往往高拔南宋之上。（卷十一引王時翔〈小山詩餘跋〉）[72]

第一則乃爲尊體而論，王昶之說點出了兩宋詞家之所長，所謂「黍離之悲」、「雨雪之感」，皆有內容之作，非徒文字工夫而已，這一點是爲矯當時詞弊而發。北宋多工小令，南宋尤善慢詞，前人論之已詳，謝章鋌則更進一步指出兩宋詞在語態上有明顯的軟硬之分，這是頗獨特的見解。而王時翔針對南宋詞極工之說，以爲南宋詞密麗精緻有餘，韻格卻不高遠，不如北宋「以少勝多」之爲妙，這也是相當深刻的體會。周濟曾以「情淺」一語評論姜夔[73]，並未以此論及其他詞家，謝章鋌在這裡則直接指責南宋詞缺乏名貴之氣，「文工而情淺，理舉而

---

[72] 見《詞話叢編》，頁3321、3470、3458。
[73] 見《介存齋論詞雜著》，《詞話叢編》，頁1634。

趣少」，這是十分精到的論斷，前面所說的南宋詞韻格不高、難臻渾涵之境，主要的關鍵恐怕就在於此，這是了解南宋詞的情意世界之特質的一個重要的切入點。《西圃詞話》云：「詞人之詞，假多而真少。」未必無理，因為詞人以詞為專業，應酬文字漸多，鍛鍊工夫更細，難免以文彩爭勝，掩蓋了真性情。徐興業《凝寒室詞話》批評南宋詞說：「南宋諸詞人，才大而氣密，故能獨創詞境，不剿襲前人，然以其真摯之情稍遜，味之終覺隔一層。」這比王國維《人間詞話》之以南宋詞有隔無情而全盤加以否認，在態度上自然平和得多，但南宋詞真情稍遜這一點，由謝章鋌以來，似乎已得到普遍的認定。由詞「情」之真摯與否論南北宋詞之優劣，這是一個新的觀點。

　　比謝章鋌稍晚的陳廷焯，初入浙派，後歸常派，熟悉兩派的論詞宗旨，對南北宋詞的看法及評價，前後期自有不同。不過，陳廷焯始終都主張南北宋詞不可偏廢之論，因此無論是早期之以南宋為尚，或是後期之以北宋為高，他對兩宋之優缺點其實都有所體察，有自己獨特的見解，不完全受制於前人的學說。陳氏早期以朱彝尊的家法為尊，視南宋詞為頂峰，以為南宋詞極其變，如詩中的盛唐，但他同時亦深賞北宋之高妙[74]。《詞壇叢話》云：

　　　　詞至於宋，聲色大開，八音俱備，論詞者以北宋為最。
　　　　竹垞獨推南宋，洵獨得之境，後人往往宗其說。然平心
　　　　而論，風格之高，斷推北宋。且要言不煩，以少勝多，
　　　　南宋諸家或未之聞焉。南宋非不尚風格，然不免有生硬

---

[74] 《雲韶集》卷二云：「北宋詞極其高，南宋詞極其變，兩宋作者斷以清真、白石為宗。」又云：「詞至北宋，亦云盛矣，然猶未極其變也」，「詞至南宋，正如詩至盛唐，嗚呼，至矣！」見《白雨齋詞話足本校注》，頁808。

處，且太著力，終不若北宋之自然也。北宋間有俚語，間有傖語。南宋則一歸純正，此北宋不及南宋處。

北宋詞，詩中之風也。南宋詞，詩中之雅也。不可偏廢，世人亦何必妄爲軒輊。[75]

南宋詞一歸於純雅，爲北宋所不能及，已經是最普遍的看法了。然而，能體察出南宋不如北宋的地方在務博而不知精簡、刻意求工而乏自然高遠之韻致，這雖非獨創，在浙派的詞學裡實屬難得。陳廷焯特別提出北宋的高妙，也許有其欲藉此矯治浙派末流餖飣膚廓之病的用心在。他在後期對兩宋詞風有何特別的看法？《白雨齋詞話》說：

國初多宗北宋，竹垞獨取南宋，分虎、符曾佐之，而風氣一變。然北宋、南宋，不可偏廢。南宋白石、梅溪、夢窗、碧山、玉田輩，固是高絕；北宋如東坡、少游、方回、美成諸公，亦豈易及耶？況周、秦兩家，實爲南宋導其先路，數典忘祖，其謂之何？北宋去溫、韋未遠，時見古意，至南宋則變態極焉。變態既極，則能事已畢，遂令後之爲詞者，不得不刻意求奇，以至每況愈下，蓋有由也。

《蓮子居詞話》云：「蘇之大、張之秀、柳之豔、秦之韻、周之圓融，南宋諸老，何以尚茲。」此論殊屬淺陋。北宋不讓南宋則可，而以秀豔等字尊北宋則不可。如徒曰秀豔圓融而已，則北宋豈但不及南宋，並不及金

75 見《詞話叢編》，頁3720。

元矣。……大抵北宋之詞，周、秦兩家皆極頓挫沉鬱之
妙……；子野詞於古雋中見深厚；東坡詞則超然物外，
別有天地；而江南賀老，寄興無端，變化莫測，亦豈出
諸人之下哉！此北宋之雋，南宋不能過也。

詞家好分南宋北宋，國初諸老幾至各立門戶。竊謂論詞
只宜辨別是非，南宋北宋不必分也。若以小令之風華點
染，指爲北宋，而以長調之平正迂緩、雅而不豔、豔而
不幽者，目爲南宋，匪獨重誣北宋，抑且誣南宋也。

北宋間有俚詞，南宋則多游詞，而冗詞則兩宋皆不免，
選擇不可不慎。[76]

南宋極詞之能事，刻意求奇，而每況愈下，以致盡失古意，遂
難及北宋之雋逸；這主要的看法，比前期深微，但放在整個詞
學詮釋史上來看，卻也不見得是精深獨到之論。陳廷焯論南北
宋之辨，最值得注意的是他的態度，他那欲調停南北之爭的意
圖相當明顯。陳廷焯自有一套詞學理論，其中心論旨是「溫厚
以爲體，沉鬱以爲用」（〈白雨齋詞話序〉），他以爲詞不應分
南北宋，而以辨是非爲宜，因爲在他的理念中「兩宋詞家各有
獨至處，流派雖分，本原則一」[77]，那本原所指的就是所謂的
溫厚沉鬱之境。《泰州志》說陳廷焯「探源《騷》、《雅》，
不屑屑爭南北宋界說」[78]，正是此意。話雖如此，在陳廷焯的

---

[76] 見《白雨齋詞話》卷三，《詞話叢編》，頁3825-3826；卷五，頁3890；卷八，頁
3963-3964。
[77] 見《白雨齋詞話》卷六，《詞話叢編》，頁3909。
[78] 見《泰州志‧人物流寓》卷二十八。此處引自《白雨齋詞話足本校注》，〈陳廷焯
生平史料〉，頁853。

論著中，也確實簡要地爲南北宋詞劃出了基本的界線。

　　以上論述詞學南北宋之說，比較偏重文字意格這層面，但詞乃音樂文學，有文字修辭方面的特色，也有字聲音韻方面的特色，兩相依附，因此音樂形式改變，創作手法不同，整個風格形貌也會受到影響。周濟「應歌」、「樂工」之說，只是從詞的創作性質、作者的屬性等方面立論，還未就樂製聲韻本身著眼。不過清人縱有所論，亦多簡略。王鵬運〈詞林正韻跋〉云：

> 詞爲古樂府歌謠變體，晚唐北宋間，特文人遊戲之筆，被之伶倫，實由聲而得韻。南渡後，與詩並列，詞之體始尊，詞之眞亦漸失。[79]

意謂北宋詞聲韻協合的方式是比較自由的，沒有嚴格的限制；南渡以後，講究人爲的韻律，詞便失去自然的眞趣了。又宋翔鳳《樂府餘論》云：

> 北宋所作多付箏琶，故嘽緩繁促而易流；南渡以後半歸琴笛，故滌蕩沉渺而不雜。[80]

南北宋所使用的樂器不同，音聲的要求自然有異；北宋流利，南宋沉邈，此於兩宋文筆特色（如上劉熙載所言），亦大致如是，可見聲情與文情之間的密切關係了。因此討論兩宋詞風，這些方面是不能不多加注意的。王氏與宋氏之說，簡而扼要，甚有啓迪作用，後人就詞的樂韻特色論南北宋詞，基本觀念大

---

79 見戈載《詞林正韻》（臺北：世界書局，1980），頁46。
80 見《詞話叢編》，頁2498。

體源出二說。

　　周濟以來的南北宋詞之辨，由字句、體製、筆調、意境，界分兩宋，已頗能從各個層面掌握兩宋風格的形貌，及其形成的諸多因素。至此，「南宋」與「北宋」代表兩種風格類型，已經是詞學上普遍的認定了。

第四節　反南宋與折衷南北宋的新論點

　　常派詞家對兩宋詞的基本看法是不偏廢南北，主張兩宋兼治，各取所長，但在個別詞家上，相對於浙派的宗姜、張，常派由張惠言以來，於南宋詞家即特別推舉王沂孫與吳文英，不斷發揚二家的精微與深雋，其結果是帶來了一股學王、吳詞的風潮。或瓣香碧山，或推尊夢窗，是晚清詞壇常見的現象。不過由南入北，以達高妙渾化之境，卻仍是詞家所追求的創作理想[81]。因此，謂「晚清詞家論詞多主南宋」[82]，必須在這樣的前提下來了解，才知道它真正的意義。但理想畢竟不容易實現，浙派的末學法玉田而往往不精，遂多浮滑之病，同樣的，常派後人學夢窗而不善學者，則多失於晦澀。晚清詞壇，雖有名家振起，但整體的創作不夠理想，卻是事實。面對這氣困意竭、淺薄侷促的詞弊，論者欲加改革，自然會將矛頭指向兩派所宗的張炎與吳文英等家數身上，或重提轉益多師之道，或一概排拒，甚至採取全盤否定南宋的態度。沈曾植《菌閣瑣談》說：「自道光末戈順卿輩推戴夢窗，周止庵心厭浙派，亦揚夢

---

[81] 鄭文焯〈與張爾田書〉云：「為詞實自丙戌歲始，入手即愛白石騷雅，勤學十年，乃悟清真之高妙。」見《詞話叢編》，頁4331。朱祖謀〈半塘定稿序〉稱王鵬運詞「導源碧山，復歷稼軒、夢窗，以還清真之渾化，與周止庵氏說契若鍼芥。」見王鵬運《半塘定稿》（臺北：學生書局，1972），頁2-3。

[82] 見吳宏一《常州派詞學研究》（臺北：嘉新水泥文化基金會，1970），第四章，第四節，頁118。

窗以抑玉田。近代承之，幾若夢窗爲詞家韓杜。而爲南唐、北宋學者，或又以欣厭之情，概加排斥。若以宋人之論折衷之，夢窗不得不工，或尚非雅詞勝諦乎？[83]」沈氏以爲晚清詞壇於夢窗詞或揚或抑，都失分寸，而折衷論之，夢窗詞在宋人間有其勝人之處，但也非絕妙。當時詞家面對學南宋而生的弊端，大抵也不外排斥與折衷這兩種立場。王國維最惡夢窗、玉田[84]，攻擊南宋最烈，影響也極深遠。但另一方面，質疑王國維之說者亦頗不乏人，而繼承常派採取折衷南北兩宋的立場者則更是多數。由激情到理智，在挑戰與回應之間，自會激起更深邃的思辯，由是對南北宋詞的本質自然會有更深刻的體認、更多面向的了解。以下分別就否定論與折衷論者的立場，探析他們在南北宋之辨的論題上提出了那些新的看法。

一、反南宋之說：王國維及其他學者的見解

　　王國維以境界一說論詞，提出尊北宋而卑南宋的主張，看來是新穎的見解，但其實際內容卻多有所承。王國維推尊北宋，曾引雲間諸子、周濟等人爲知音，《人間詞話刪稿》云：「詞家時代之說，盛於國初。竹垞謂詞至北宋而大，至南宋而深。後此詞人，群奉其說。然其中亦非無具眼者。周保緒曰：『南宋下不犯北宋拙率之病，高不到北宋渾涵之詣。……』潘四農（德輿）曰：『詞濫觴於唐，暢於五代，而意格之閎深曲摯，則莫盛於北宋。詞之有北宋，猶詩之有盛唐。至南宋則稍衰矣。』劉融齋曰：『北宋詞用密亦疏，……南宋只是掉轉過來。』可知此事自有公論。雖止庵詞頗淺薄，潘、劉尤甚。然

其推尊北宋，則與明季雲間諸公，同一卓識也。[85]」諸家之以北宋爲高，或以其富天然神韻，或以其有渾涵之詣，或盛讚其閎深曲摯的意格，或賞愛其疏快渾闊的筆調，這與王國維之以有境界論北宋詞，許多觀點是頗相似或可相引證的。謝章鋌謂南宋詞「文工而情淺，理舉而趣少」，這個論點，王國維沒有引述，不過《人間詞話》之貶抑南宋詞主要也是由這一「情」字出發。同樣是宗北抑南，王國維對南宋詞所持的反對態度，其實最像雲間諸子，與周濟等常派詞家那比較理性的態度有所不同。王國維似乎無視於周濟諸家所注意到的南宋詞的「佳妙處」，只吸收了大家對北宋詞的見解，強調北宋之美，全面打壓南宋詞，這方面最爲後來論者所不滿。王國維批判南宋詞，是在一相當完整的理論架構下運作的，理路清晰，這與明末清初諸子的泛泛之說，截然不同。

《人間詞話》（本文及《刪稿》）正式比較、評論南宋與北宋詞的有如下十餘則：

> 詞以境界爲最上。有境界則自成高格，自有名句。五代北宋之詞所以獨絕者在此。

> 詞忌用替代字。……夢窗以下，則用代字更多。其所以然者，非意不足，則語不妙也。蓋意足則不暇代，語妙則不必代。

> 白石寫景之作，……雖格韻高絕，然如霧裡看花，終隔一層。梅溪、夢窗諸家寫景之病，皆在一隔字。北宋風

85 見《詞話叢編》，頁4259。

流，渡江遂絕，抑真有運會存乎其間耶？

南宋詞雖不隔處，比之前人，自有淺深厚薄之別。

南宋詞人，白石有格而無情，劍南有氣而乏韻，其堪和北宋人頡頏者，唯一幼安耳。近人祖南宋而祧北宋，以南宋可學，北宋不可學也。學南宋者，不祖白石則祖夢窗，以白石、夢窗可學，幼安不可學也。……幼安之佳處，在有性情，有境界。

蘇辛，詞中之狂。白石，猶不失爲狷。若夢窗、梅溪、玉田、草窗、西麓輩，面目不同，同歸於鄉愿而已。

詩人對宇宙人生，須入乎其內，又須出乎其外。入乎其內，故能寫之；出乎其外，故能觀之。入乎其內，故有生氣；出乎其外，故有高致。美成能入而不能出，白石以降，於此二道皆未夢見。

北宋之詞有句，南宋以後便無句。如玉田、夢窗之詞，所謂「一日作百首也得」者也。

北宋詞亦不妨疏遠，若梅溪以降，正所謂切近的當、氣格凡下者也。

梅溪、夢窗、玉田、草窗、西麓諸家，詞雖不同，然同失之膚淺。雖時運使然，亦其才分有限也。

詞之最工者，實推後主、正中、永叔、少游、美成，而後此南宋諸公不與焉。

唐五代北宋之詞家，倡優也。南宋後之詞家，俗子也。二者其失相等。但詞人之詞，寧失之倡優，不失之俗子，以俗子之可厭，較倡優爲甚故也。

南宋詞人之有意境者，唯一稼軒，然亦若不欲以意境勝。白石之詞，氣體雅健耳，至於意境，則去北宋人遠甚。及夢窗、玉田出，并不求諸氣體，而唯文字之是務，於是詞之道熄矣。[86]

王國維論詞，作南北宋優劣之判，主要是以有無境界這一標準立論。北宋詞有境界，故自成高格，自有名句；南宋詞無境界，則反是，遂有「氣格凡下」、「無句」之評。這是南北宋分體的關鍵的所在。王國維謂辛棄疾詞「有性情，有境界」，是南宋詞人中唯一能與北宋詞人頡頏者，因此辛詞並不歸屬於王氏所界定並批判的「南宋」的範圍內。以境界之有無作分判的南宋詞與北宋詞，很顯然的，是一種風格從屬的類稱，而非時間斷限的標幟，這一點王國維是分得相當清楚的。他論述南宋詞體，所有論點其實都環繞著「無境界」這一中心議題發揮，彼此息息相關。然則何謂有境界，又何謂無境界呢？性情的眞切與否，是分別境界有無的一個要點。《人間詞話》云：「能寫眞景物、眞感情者，謂之有境界，否則謂之無境界。」又云：「大家之作，其言情也必沁人心脾，其寫景也必

---

86 見《人間詞話》，《詞話叢編》，頁4239、4247-4250、4253；《人間詞話刪稿》，《詞話叢編》，頁4262-4265、4276。

豁人耳目。其辭脫口而出,無矯揉妝束之態。以其所見者真,所知者深也。[87]」簡單地說,王國維所謂有境界的作品,是指能以鮮明真切的方法表達真切自然的感受,而富於興發感動之作用者。這表面看起來,好像就是明末清初諸子欣賞北宋詞的那種神韻天然的意態,是一種純任自然、空疏妙遠的表現,其實卻不盡然,因為境界說中所謂的有真切自然的表現的那種特質有更豐富的內涵。作品要有境界,首先必須要求作者本人能以真情實感面對宇宙人生,真切地介入人情物事,有所體察,有所擔當,有所解悟,而「以其所見者真,所知者深」,發而為文,自然有生氣、有高致。王國維特別重視文學的這種情意本質的真摯性,他說:「『紛吾既有此內美兮,又重之以修能。』文字之事,於此二事,不能缺一。然詞乃抒情之作,故尤重內美。無內美而但有修能,則白石耳。[88]」白石詞之被王國維評為「有格而無情」,主要就是指其僅能以其「修能」在鍊句修辭方面求格調之高,但詞的情意本質卻不夠沉厚深摯,故作品終究難臻高遠的意境(詳第四章第五節)。白石尚且如此,南宋其他詞人就更不用說了,非但無修能,而且更無內美,總括一句就是沒有境界。王國維斥責南宋諸家為「鄉愿」,蓋指其詞徒具巧飾以媚世而非有真情實感之謂也。南宋典雅派諸家詞,「不求諸氣體」,而「唯文字是務」,砌字疊句,雕琢敷衍,而深情遠韻盡失,遂難免有「膚淺」之譏,令王國維有「詞之道熄矣」之嘆了。南北宋詞在修辭形貌上有隔與不隔之分,這亦關乎境界之有無。葉嘉瑩曾解釋說:「如果在一篇作品中,作者果然有真切之感受,且能做真切之表達,使讀者亦可獲致同樣真切之感受,如此便是『不隔』。反之,

---

[87] 見《詞話叢編》,頁4240、4252。
[88] 見《人間詞話刪稿》,《詞話叢編》,頁4266。

如果作者根本沒有眞切之感受，或者雖有眞切之感受但不能予以眞切之表達，而只是因襲陳言或雕飾造作，使讀者不能獲致眞切之感受，如此便是『隔』。[89]」王國維謂北宋詞不隔，因爲北宋詞言情寫景皆予人眞切自然之感，有境界之故也；而南宋詞多有隔，乃由於南宋詞隸事用典，文掩其情，缺乏一種興發感動之特質，主要就是沒有境界的結果。《人間詞話》云：「人能於詩詞中不爲美刺投贈之篇，不使隸事之句，不用粉飾之字，則於此道已過半矣。[90]」這完全是針對南宋詞有隔之病而發的。但隔或不隔既然是境界有無的問題，則縱使不用代字、使事而不爲事所使、不過分修飾、意象能作直接而顯豁的表現，這些還是不能確保其必能達到不隔的境地的，情之眞、意之切才是重要的關鍵。

　　誠如上文所述，北宋南宋詞之分界，就在於詞有無境界、隔與不隔之別。是那些因素造成這些現象、促成文學有時代盛衰之變化？王國維亦曾有此疑問：「北宋風流，渡江遂絕，抑眞有運會存乎其間耶？」事實上，王國維自有一套獨特的文學史觀，很可以解釋宋詞之有北盛南衰的現象：

　　　蓋文體通行既久，染指遂多，自成習套，豪傑之士亦難于其中自出新意，故遁而作他體，以自解脫。一切文體所以始盛終衰者，皆由於此。

　　　詩至唐中葉以後，殆爲羔雁之具矣。故五代北宋之詩，佳者絕少，而詞則爲其極盛時代。……以其寫之於詩者，不若寫之於詞者之眞也。至南宋以後，詞亦爲羔雁

---

[89] 見《王國維及其文學批評》（香港：中華書局，1980），頁251。
[90] 見《詞話叢編》，頁4253。

之具，而詞亦替矣。此亦文學升降之一關鍵也。[91]

按照這一種「文體遞變」的理論看宋詞，早期的詞體，由民間而起，文人染指未多，詞法未立，作者因情而為文，比較能作真切自然的表現，故有境界的佳作遂多；但清真出，法度漸嚴，南宋諸家更有意為文，律精語密，鋪張揚厲的結果，便使得詞體伸展的空間受限，容易掩蓋了真性情，詞體變成了「羔雁之具」，則詞也敝，而不得不被他體所取代了。除了文體的因素外，王國維以為南宋典雅派詞家之作所以有隔而境界不高，還有一個原因是「雖時運使然，亦其才分有限也」。這樣一來，主客觀因素皆如此，「詞道之熄」便成定局了。文學體勢的發展確實有其客觀的限制性。我們審諸各種文類的發展，前期的作品固然富文體初期特有的天然之趣，後期之作亦多能在限制中顯現出屬於其時代的美感特質。這兩種型態的美，我們可以因個人的喜好而有所偏愛，但不能因偏於某方而完全抹殺另一方的成績，甚至否認其為美的一種。王國維說唐中葉以後詩及南宋以後詞為「羔雁之具」，實乃強烈、偏激的言論，最易引起爭端。

王國維以境界說論兩宋詞，他由情與文的互動關係，直探作者的意識、作品的情感本質，無疑已為南北宋詞分體論揭示了一個新的思考角度。雖然他對南宋詞的批評過於嚴苛，實有偏頗，但也不得不承認此說已邁越了前人所常注意到的技巧形式、題材內容這層面，開始接觸到人格精神、生命型態的本質

---

91 見《人間詞話》，《詞話叢編》，頁4252；《人間詞話刪稿》，《詞話叢編》，頁4256。按：這一套文體遞變觀其實前人早有發明，如顧炎武《日知錄‧詩體代降條》曰：「三百篇之不能不降而楚辭，楚辭之不能不降而漢魏，漢魏之不能不降而六朝，六朝之不能不降而唐也，勢也。……詩文之所以代變，有不得不變者。一代之文，沿襲已久，不容人人皆道此語。」較諸前人，王國維的解說更清楚，而且有理論的依據。

了。畢竟，王國維所論還不夠理想，如何袪除其意氣的成分，把握其要點，結合其他內外因素，用同情了解的方式，真切地釐析南北宋詞各自獨特的本質，是詞學南北宋之辨可走也應該走的研究路線。當我們真正掌握了南北宋詞的特質，才能看清宋詞的真相，才能為兩者定位，給予更適切的評價。

　　王國維之後，在南北宋之辨的論題上，同樣主否定南宋之說者，亦大有人在，不過他們的主要論點相同，但所持的標準卻有差異。王國維是以有無境界、隔與不隔論斷南北宋之優劣，五四以來的學者卻常就白話化、平民化的程度衡量兩宋之高低。王國維重視作品緣情的本質、興發感動的力量，而後者則多是題材內容、社會階級決定論者。五四以來的學者幾乎都依賴下列的一套文學史觀的套式衡文論藝：任何一種文學皆出於民間而衰於文士；當它已成習套，流為形式主義，便失去了創新的精神，於是另一種文學又從民間興起，最後又在文人手中僵化；如是循環下去，便構成了一部文學史。按照這套觀念來看南北宋詞，孰優孰劣是非常明瞭的。胡適曾將宋詞分作三個時期：一、歌者的詞；二、詩人的詞；三、詞匠的詞。詞家的身分不同，詞學觀念、創作手法必然有別，因此，就詞家的身分類型著眼，分體析期，是研究詞體風格相當可行的一種方法[92]。胡適的三期說，第一個時期指「蘇東坡以前，是教坊樂工與娼家妓女歌唱的詞」，特徵是多無題之作、內容簡單、有

---

[92] 以作家的身分類型分辨詞體，並非始於胡適，清初王士禛即曾以此法論宋詞；〈倚聲集序〉云：「詩餘者，古詩之苗裔也。語其正，則南唐二主為之祖，至漱玉、淮海而極盛，高、史其嗣響也；語其變，則眉山導其源，至稼軒、放翁而盡變，陳、劉其餘波也。有詩人之詞，唐、蜀、五代諸人是也；有文人之詞，晏、歐、秦、李諸君子是也；有詞人之詞，柳永、周美成、康與之屬是也；有英雄之詞，蘇、陸、辛、劉是也。至是，聲音之道乃臻極致，而詩之為工雖百變而不窮。（見《帶經堂集‧漁洋文》，清康熙間七略書堂程氏校刊本，卷三，頁11-13。）不過相較之下，胡適之說，論述程序由歌者而詩人而詞匠，則更能突顯宋詞盛衰升降之跡。

平民氣息、作者個性不顯露；第二個時期指「東坡到稼軒、後村，是詩人的詞」，特徵是作者以詩爲詞，內容變複雜了，詞人的個性也出來了；第三個時期指「白石以後，直到宋末元初，是詞匠的詞」，特徵是重音律而不重內容，側重詠物，又多用古典，「在這個時代，張叔夏以南宋功臣之後，身遭亡國之痛，還偶然有一兩首沉痛的詞（如〈高陽臺〉）。但『詞匠』的風氣已成，音律與古典壓死了天才與情感，詞的末運已不可挽救了」[93]。胡適對南宋姜派詞的這個論斷，最具代表性，影響最爲深遠。薛礪若《宋詞通論》說：

> 所以詞至南宋中期後完全變爲文人的專業了。其作家之眾，儼如雨後春筍，遠非北宋所可比擬。其文辭的內容，亦雅正精工，遠過前此作家。故朱彝尊謂：「詞至南宋始極其工，至宋季始極其變」，實在是一種很深透的觀察。但經此「窮工極變」之後，中國詞學，反而日就式微了。式微的原因，不外上述離開了民眾所能了解之範圍，離開了公共欣賞的地域，失卻了一般人詠唱的機會，以致詞的領域日狹，生機日促，漸成詩匠的典型機械之作，非復詩人抒寫心靈的歌聲了。[94]

這個解釋，更是切中要點。南宋諸家詞習於模倣、難見眞性情、缺乏民間性，這些都是此系論者最不滿於南宋詞的地方[95]。

---

[93] 詳胡適〈詞選序〉，《詞選》（臺北：商務印書館，1982。《人人文庫》本），頁1-12。
[94] 見薛礪若《宋詞通論》（臺北：開明書店，1980），頁63。
[95] 詳第二章第五節之二。

二、折衷南北宋之說：兩種風格類型的確立

　　這裡所謂的折衷論，其實包含兩個時段的批評意向：一個指的是民國以來直承常派南北兼治的論調，與胡適等人之繼王國維學說所持的反南宋立場，平行發展；一個指的是最近學者針對王國維的「偏見」而提出的修正策略。有關這兩種折衷論形成的背景及其主張，本論文的第二章第五節已有詮述。本文不依時代先後，僅就諸家有關南北宋之辨的文字，作一總結性的整理。相對於王國維一系反南宋意見的偏頗，折衷論者頗能客觀平正地立論，從各種內外緣的因素論析南北宋詞的風格特質，成績相當可觀。誠如諸家所說，風格的形成關乎風會，下文再依劉永濟之說，分別就造成一時風會有關的三大要素，將諸家的意見加以歸納分析，看其對兩宋詞在這些條件的影響下如何展現不同的風貌這一課題，作出了怎樣的結論。

　　首先，看「國運之隆盛」與兩宋詞風演變的關係：

> 詞至北宋而體製日盛，至南宋而流變益繁。北宋詞人世際清明，故雍容揄揚，詞旨和婉；南宋時逢擾攘，故語多寄託，感慨逾深。以處境不同，致粗細精渾，疏密隱顯，各有風格，斯宜分別立論，誠難強為軒輊也。（陳鐘凡《中國韻文通論》）[96]

> 言詞者必曰詞至北宋而大，至南宋而深，固也。常州派言詞則崇主北宋，以為北宋之詞與詩合，南宋之詞與詩分。北宋猶爭氣骨，南宋則專精聲律，是南宋詞雖益工，以風尚而論，則有黍離降而詩亡之歎矣，不知南宋

---

[96] 見《中國韻文通論》（臺北：河洛圖書出版社，1979），頁290-291。

詞即出於北宋，特時代之有先後耳。北宋國勢較強，政府諸公，以及在野之士，方以雍容揄揚，潤色鴻業為樂事；其上者見朝政之弊，則借詞以格君心之非；若夫先之厄於遼，後之厄於金，我能為獻納一字之爭，已可告無罪於天下，初無人作深慮之論也。南宋局守一隅，議和議戰，叫囂不已，自命愛國者，方挾君父之仇不與共戴天之說，以博輿論之歸，又知兵力之不足以勝人也，則口誅之，筆伐之，不遺餘力，雖權奸亦未如之何。文網愈嚴，則詞意愈晦，蠶室之僇，不能加諸其身，蓋解人固不易索焉，故曰北宋之詞大，南宋之詞深，時為之，亦勢為之爾。（劉子庚（毓盤）《詞史》）[97]

《文心雕龍·時序》說：「文變染乎世情，興廢繫乎時序。」文學是時代的產物，風格的形成與變遷，與時序的推移、世情的變化可謂息息相關。以此來看宋詞，南北宋的時局有異，影響及於人心自有安燥哀樂之分，發而為文，自然有不同的展現。時勢造成北宋之詞大，南宋之詞深。北宋之大，在於有氣骨，表現出一種寬舒中和的氣象；南宋之深，在於有精深的字面工夫與深摯的情意內容，時寓悽惻之意與淪落之感於聲律之中，故語多婉篤。兩宋詞體因時而變，此點前人亦多有論及，所見也大致相同。不過，前人多以一己之好惡及個別的時代感受立論，褒貶抑揚，故有南北宋之爭；而像鍾氏與劉氏則折衷其說，不輕作優劣之判。知道時代的特性及其制限，當然可加深我們對文學的認識，使我們可依此而容易作同情的了解，不至於偏頗，但文學研究是否就到此為止，不作價值的研判？這是一個值得深思的問題。

---

[97] 見《詞史》（臺北：學生書局，1973，再版），第四章，頁49-50。

其次，論人才之高下。趙尊嶽《填詞叢話》卷四云：

> 昔賢謂北宋天分高，南宋學力厚者。天分高，謂能以淡
> 語見濃情；學力厚，謂能盡見其沉摯。兩語已不免有所
> 褒貶。迨夫風會一成，則人人咸趨此境，以蔚成一代之
> 詞筆。實則但以作法門徑之不同，而始有南北宋界限之
> 說，非真斷代有以限之也。

> 學者動謂北宋不易學，學亦不易成就。按之體製，原無
> 兩宋之別。惟一則盡力於環中，一則超然於象外。詞筆
> 詞心，取徑各異耳。其曰先學南宋再進於北宋者，亦先
> 求能抒其濃摯，再使進而至於淡穆。其曰天分少不學北
> 宋，學力少不學南宋，則以天分不高，勢難通深入淺出
> 之妙；學力少則文采又不足以盡濃摯之致，使蘊於中
> 者，悉發於外。[98]

文學風尚固然受時局勢態影響，作者的才氣學習更是決定性的
因素，畢竟人才是創作活動的主體。才有高低，學有深淺，
文學的面貌往往因之而異。以天才、學力之所重辨別南北宋
體，這樣的二分法看似籠統，但卻頗能彰顯出兩宋詞風的重要
分際。由來論兩宋詞，多注意到自然與人工之別，趙氏此說則
更作底蘊的分析，由創作主體的才質氣稟著眼。詞人的創作潛
質，先天後天所佔的比例各有不同，寫作中「文」、「情」的
驅使與抒發自有多樣型態的展現。通常來說，天分高者，行文
疏朗自然，以少勝多，言簡而意賅，語淡而情濃，自有高妙之
姿；而學力厚者，用筆精妍工鍊，務為典博，文麗而情隱，語

---

[98] 見《詞學》第五輯，頁212-213。

密而質實，自有沉摯之態。詞筆詞心，取徑各異，北宋之能高而大，南宋之極工且深，確實與詞家的這兩種創作類型有關。胡適的歌者、詩人、詞匠之說，與趙氏此論，可以並看。唐五代北宋詞家，身分多是歌者詩人，填詞應歌，寫情述志，自然見優，因為天分才力皆足以勝任也；南宋多為詞匠的詞，既為匠，則必有深厚學力為根柢，不然便難以成其工緻雅博之巧。不過，胡適以詞匠稱南宋，有強烈的貶抑譏諷的意味，而趙氏的天分學力之說，則純就學理立論，雖仍「不免有所貶抑」，但客觀理性得多，以此分辨兩宋詞風，或嫌其不精詳，卻也不遠。南北宋詞有天才學力之分，後來學詞者與論詞者亦有天才學力之別[99]，其對兩宋詞之取捨褒貶，往往依其性習之趣向而定，大體言之，主天才者自愛北宋，主學問者則多以南宋為法（其中有以南宋為極則者，亦有主由南宋通北宋者），以此觀詞學南北宋之爭，亦大致不差。

最後，論「體製之因革」。文體的變化，向來都以為是循著由自然而人工的步驟發展：初期的作品富天然之美，後期的作品有工巧之姿。由明末清初諸子起，一直到近代，論者亦多以此界分南北宋詞，其中有深淺不同的體會，解說詳略不一，好惡標準有別，繞著這論題發表的意見相當多。近人在這方面有甚麼獨特的見解？請看下引資料：

> 詞尚自然固矣，但亦不可一概論。無論何種文藝，其在初期，莫不出乎自然，本無所謂法。漸進則法立，更進則法密。文學技術日進，人工遂多於自然矣。詞之進

---

[99] 徐珂《清代詞學概論》云：「王漁洋、錢葆礿一流為才人之詞；張皋文、張翰風、周止庵一派為學人之詞；惟三家（納蘭容若、蔣鹿潭、項蓮生）是詞人之詞。」（臺北廣文書局1979版，頁3。）按：朱彝尊、厲鶚一派亦可歸屬「學人」，而王國維重天才，其所作亦應歸「才人」之屬。

南宋姜吳典雅詞派相關論題之探討

展，亦不外此軌轍。唐五代小令，爲詞之初期，故《花間》、後主、正中之詞，均自然多於人工。宋初小令，如歐秦二晏之流，所作以精到勝，與唐五代稍異，蓋人工甚於自然矣。宋初慢詞，猶接近自然時代，往往有佳句而乏佳章。自屯田出而詞法立，清眞出而詞法密，詞風爲之丕變。如東坡之純任自然者，殆不多見矣。南宋以降，慢詞作法，窮極工巧。稼軒雖接武東坡，而詞之組織結構，有極精者，則非純任自然矣。梅溪、夢窗，遠紹清眞，碧山、玉田，近宗白石，詞法之密，均臻絕頂。宋詞自此，殆純乎人工矣。總之，尚自然爲初期之詞，講人工爲進步之詞，詞壇上各佔地位，學者不妨各就性之所近而習之，必是丹非素，非通論也。（蔡嵩雲《柯亭詞論》）[100]

北宋人作品，多以小令爲主；南宋人作品，多以長調爲主。小令之篇幅短小，故大多重視自然之感發；長調之篇幅既長，自不得不重視人工之安排，斯固然矣。不過，北宋之柳永雖亦多寫慢詞長調，然而卻與周邦彥以及受周詞影響的南宋諸家的慢詞長調大有不同。柳永雖然也重視鋪敘之安排，然而卻仍能不失其自然之感發，而周邦彥詞卻已經以思力之安排爲主了。所以柳永詞雖有時不免淺近俚俗之病，然而卻並無南宋諸家的隔膜晦澀之失。而南宋諸家之所以被譏爲隔膜晦澀者，則一則以其缺少直接之感發，再則以其結構之過於曲折繁複，而此二種作風，則實始於北宋後期之周邦彥。（葉嘉瑩〈論

---

[100] 見蔡嵩雲《柯亭詞論》，《詞話叢編》，頁4902。

周邦彥詞〉）[101]

文字以風會而轉移，積久必變。《花間》蕃豔，至北宋
而一變爲沖淡之致，專以第一義發爲淵穆之音。第一義
語，固人人心目所習知，然能出以厚淡淵穆之筆，則醰
然有味，固非易易。南宋又不期而別生境界。以求取勝
於前人也，則不得不屛汰此厚淡之境，漸尚密麗。太羹
玄酒，又不覺其不如玉旨金醴之耳目一新。此亦必然之
勢，有以致之。由今以言，學者當先於北宋師清眞，南
宋師白石，較有蹊徑而不失渾成。（趙尊嶽《塡詞叢話》卷
四）[102]

詞至南宋，姜、史、張、王，彌極工麗，法度既密，而
能運用不滯，是爲詞學成熟之時。五代則奇花初胎，北
宋則紅紫爛漫也。觀其時序，殆與其他文藝同一塗轍。
近人有詆南宋諸公爲辭家匠石者，可謂失言。若劉改之
詠美人指甲、詠美人足各詞，則品格極卑，眞爲詞匠。
然亦可見當時詠物之風彌盛也。詞至於成熟，能事已
盡，後來者無以復加，於是專就組織巧妙，求勝前人，
而用典雅切、遣詞細麗之作乃多。故沈伯時斤斤於用
事、用字，而詞亦衰矣。學者當會通此事之終始，求其
盛衰之故，然後知古人得失之正，勿庸妄測古人，輕肆
譏彈也。

大抵南渡以後，王、史、張、周諸公慢詞，其體勢辭句

---

101 見葉嘉瑩〈論周邦彥詞〉，《靈谿詞說》，頁311-312。
102 見趙尊嶽《塡詞叢話》，《詞學》第五輯，頁215。

316 南宋姜吳典雅詞派相關論題之探討

率如小賦，綿密工麗有餘，而高情遠致微減矣。其間惟
稼軒才情俱勝，白石格調獨高，猶存北宋風流。（劉永濟
《詞論》）[103]

蔡嵩雲分小令、長調立論，對兩體由天然趨工巧的發展情況，
剖析相當精細。他的主要論點是自然與人工各佔地位，不宜強
分軒輊。小令由唐五代發展到北宋，後期之作固然已較前期更
重人工之巧，但以此體與慢詞相比，還是更富天然之質的。用
葉嘉瑩之說，便更易理解了。小令與長調的體貌特質不同，前
者篇幅小，毋須費力打磨琢鍊，講求眞情實感的自然抒發，後
者篇幅長，照顧忌諱，更要求鋪敍安排之工夫；北宋以小令
創作爲主，南宋以慢詞創作爲長，由是天然人工乃分。從兩宋
各有所善的體製立說，在解釋上確是比較方便而又具體，但事
實上我們若要確切掌握南北宋詞的差別，最後還是要超乎體製
直接歸結到重自然與重人工這兩種基本創作精神上的。這樣就
容易理解爲甚麼同樣是寫長調，柳永、辛棄疾要歸北宋風調，
而周邦彥則屬南宋風情了；關鍵原來是由於前者雖然「也重視
鋪敍之安排，然而卻仍能不失其自然之感發，而周邦彥詞卻已
經以思力之安排爲主了」。前引馮煦《蒿庵論詞》云：「不知
北宋大家每從空際盤旋，故無椎鑿之跡。至竹坡、無住諸君子
出，漸於字句間凝鍊求工，而昔賢疏宕之致微矣，此南北之關
鍵也。」就是這個意思。北宋的自然疏宕之致，南宋的凝鍊安
排之工，那特質是存在於各種體製、各類題材的，只不過是北
宋善小令、多抒情之篇，南宋善長調、多詠物之作，故特別能
成就出各別的風格特色罷了，絕不能執一體一題而妄加論斷；
就是說北宋的長調、詠物詞，不同於南宋此體此類的作品，反

---

[103] 見劉永濟《詞論》（臺北：龍田出版社，1982），下卷，頁98、100。

過來看，南宋的小令、抒情詞，亦自異於北宋者。換言之，作為兩種詞風類型的代表，南北宋不是單純的「小令─長調」、「抒情─詠物」的分判而已，必須上昇到創作理念、精神特質這層面來理解，才算合宜。

南宋之改北宋之自然為工麗，趙尊嶽、劉永濟都認為是求勝前人的必然之勢，因此「不得不屏汰此厚淡之境，漸尚密麗」，「於是專就組織巧妙，求勝前人，而用典雅切、遣詞細麗之作乃多」。南宋這種密麗雅緻的表現，劉永濟謂其如「小賦」，真是畫龍點睛。南宋詞人多賦筆，是其有別於北宋的一個重要的寫作特色。葉嘉瑩對此有相當精采的分析。葉先生曾分唐宋詞為三類，各代表一個階段：歌辭之詞、詩化之詞與賦化之詞。她從詞的寫作特色入手，比胡適之以詞家身分類型區分詞體，似更為切當。所謂賦化的詞，是指以有心用意的思索和安排方式，鋪陳勾勒，來造成一種深隱幽微的含蘊和託喻之作。葉先生說：「如果說第一階段的歌辭之詞，是對詩學傳統中言志抒情之內容及倫理教化之觀念等意識方面得突破，那麼此第三階段的賦化之詞，則可以說主要是對於詩學傳統中表達及寫作之方式的一種突破。」這種以思力來安排勾勒的寫作方式，「其失敗者大多堆砌隔膜，而且內容空洞，自然絕非佳作。至其成功者則往往可以在思力安排之中蘊含一種深隱之情意。」[104] 南宋所以多賦化之詞，當然與詞人善長調、多詠物有關；長調講求設色鋪敘，宜於使事用典，詠物之作旨在體物言情，渲染描摹，而兩相配合，自然形成一套以精思為文的寫作方式。高友工發表了一篇文章〈小令在詩傳統中的地位〉，曾論述南宋長調的成就說：「長調在它最完美的體現時是以象

---

[104] 詳葉嘉瑩《中國詞學的現代觀》（臺北：大安出版社，1988），第一節，頁7-13；第二節，頁26-28。

徵性的語言來表現一個複雜迂迴的內在的心理狀態。這是一件幾乎不可能的事業，尤其是我們記得中國文字句法的結構是多麼簡率質樸。但是今天任何人如果讀了吳文英、王沂孫的長調，即使不能欣賞其藝術性，至少也不能不歎服他們描繪心境的工力。[105]」南宋詞之極工，於此可見。

關於南宋詞的評價問題，劉永濟以為南宋詞如小賦之作「綿密工麗有餘，而高情遠致微減矣」。趙尊嶽也說：「若但求字面之搖曳，每致真氣蔑如，兩宋之分，亦正在此。[106]」葉嘉瑩先生也不否認周邦彥一派缺乏自然感發之力，這可不可以作為評論作品價值高下的依據呢？葉先生〈碧山詞析論〉一文曾說：「衡量一首詩歌的價值，雖然要以其形式技巧之藝術表現是否完美成功為重要的條件，而另外則其所傳達的內容之感動的本質的厚薄深淺，對於一首詩歌的整體價值，當然也足以造成相當之影響。以上還是單純只就詩歌之文藝價值而言，如果我們更關心到文學的倫理價值，我們就不得不更考慮詩歌所傳達的感動之本質，對於讀者所可能造成的影響。[107]」是故，我們則不能不接受下列的評語：

> 詠物詞的觀物，逐漸趨於狹窄，那不是生命自光彩和活躍中退縮，而是顯示文明的精緻化和完美化。這種作品明確地顯示出富裕的都市生活方式，文明變得複雜而優美。詠物詞受其本身內容及其形成因素的限制，也相對的限制了它的流行與發展。在描寫委婉深情方面，它不像柳永、周邦彥之詞得普及與廣受歡迎；在抒發豪情壯

---

[105] 見《詞學》第九輯（上海：華東師範大學出版社，1992），頁20。
[106] 見《填詞叢話》卷二，《詞學》第三輯，頁178。
[107] 見《迦陵論詞叢稿》（臺北：明文書局，1981），頁241。

志方面，也不像蘇東坡、辛棄疾之詞的激發人心。縱有王沂孫等人借物詠懷，寫亡國之音，而爲清代常州派所宗；卻也因用典及文字的隱晦，不易取得一般大眾的共鳴，而流爲一派低迷哀音。這也是詠物詞不能形成大規模氣候，不久即告衰竭的主因。（楊宿珍〈觀物思想的具現──詠物詞〉）[108]

這一系統的文人詞，⋯⋯它的性質的確很特殊，是中國文學中一種全新的感受、全新的表達模式。用最簡單的話講，這是挫敗文人的自憐心境的表現。⋯⋯他們的詞的基本模式是這樣的：每到一個地方，一定回想到自己的過去，特別是過去的一段情事，沉緬於回憶之中，並以目前的流落自傷自憐。⋯⋯他們把詞的往事擴大描寫，在他們細膩的筆觸下，回憶起來的往事不論多麼哀傷，卻總是有著令人回味的美感。他們就沉緬在美的傷感之中，表面上自憐自艾，其實卻有另一種「滿足」存在於其中。⋯⋯他們爲中國的詩歌開創了一個特殊的天地、特殊的境界。這是一個細膩而美好的世界，然而，我們不能不說，這不是一個廣闊的天地。（呂正惠〈宋詞的再評價〉）[109]

　　王國維完全否定南宋詞，實嫌偏激，但說南宋詞多有隔而缺乏高情，卻是不爭的事實。南宋由自然而走入人工之途，是

---

[108] 見《中國文化新論──文學篇(二)・意象的流變》（臺北：聯經出版事業公司，1989），頁403。

[109] 見《抒情傳統與政治現實》（臺北：大安出版社，1989），頁131-132。按：呂正惠沉緬哀感之說，劉永濟論姜、吳詞也有相同的看法，詳《北宋六大詞家》（臺北：幼獅文化事業公司，1986），第五章，〈餘論〉，頁193-194。另外，有關典雅派詞人的詞情的表現，請參考本論文第四章第五節。

必然之勢，亦必然有「文工而情淺，理舉而趣少」之失，似乎是無法避免的。

近人的南北宋之說，體製因革方面，除了多環繞自然人工的論題外，還注意到南北宋聲樂環境不同、寫讀結構有所改變等現象，由此亦頗能看出兩宋詞風形成之勢的。吳熊和《唐宋詞通論》說：

> 講求四聲陰陽，始於樂工，而嚴於文士。同時，詞的音律愈趨愈細，可能還同所用的樂器有關。晚唐五代及北宋，詞樂多用弦樂器。弦索之聲，以流利爲美，平仄協調就能合樂；南宋則多用管樂器。管色之聲，以的礫爲優，只分平仄就不能與樂聲的清圓悠揚盡合。姜夔、楊纘等以簫按曲，按簫正字，自然注重論五音，辨陰陽了。

> 唐五代及北宋詞，歌唱時主要用弦樂器伴奏，主樂器是琵琶。但北宋時已常用管樂器，以觱篥和笛協曲。……南宋則以管色爲主樂器。姜夔的自度曲，大都以啞觱篥和洞簫協曲。……這也是南北宋詞樂不同之一。按簫塡詞，無論制曲和配詞都增加了難度，南宋創調不多，持律轉嚴，同詞曲樂律的變化也是有關係的。[110]

兩宋樂器不同，音聲要求有異，這看法與前引宋翔鳳《樂府餘論》所云正是一般。所謂「南渡以後半歸琴笛」，可見除了管樂器，南宋人亦常以琴曲塡詞。但無論是按琴或按簫，塡詞的

---

[110] 見《唐宋詞通論》（杭州：浙江古籍出版社，1985），第二章，頁75；第三章，頁150-151。

難度都很高[111]，講究五音陰陽，持律甚嚴。這也是南宋詞極
工的一面。

　　南宋詞之趨於典雅工麗，亦與當時的寫讀環境有關：

> 南、北兩宋詞還有一大區別，就是：北宋詞人不黯音
> 律，詞之入樂，皆由樂工，是先有調然後按調製詞，故
> 曰「填詞」；南宋有名詞人多善音律，能自製曲調，因
> 之就音律精切而言，是北不如南的。（劉永濟《詞論》）[112]

> 北宋詞多為教坊而作，傳唱期於普遍，故不免有時雅俗
> 雜陳，樂章無論矣，即清眞言情之作，亦有或失之俚
> 者。南宋之詞所以極工而盡雅，則根本為文人聊自怡悅
> 之資；其聲曲之產生，又多出於文人自度；或清貴富厚
> 之家，私蓄工妓，從事隸習。……所有歌詞，既為少數
> 人之欣賞而作，不期然而鄙俚之病，滌蕩無餘。（龍沐勛
> 〈選詞標準論〉）[113]

> 嗣時歌詞日趨於典雅，乃漸與民間流行之樂曲背道而
> 馳，駸衍為長短不葺之詩，而益相高於辭采意格，所謂
> 「詞至南宋而遂深」，實由於是。（龍沐勛《近三百年名家詞
> 選・後記》）[114]

　　詞至北宋其體始尊，至南宋其用益大。辛棄疾諸家的愛

---

[111] 《癸辛雜識》云：「余（周密）向登紫霞翁門，翁妙於琴律。時有畫魚周大夫者，
善歌，每令寫譜參訂。雖一字之誤，翁必隨證其非。」
[112] 見劉永濟《詞論》，頁7-8。
[113] 見《詞學季刊》第一卷第二號，頁18。
[114] 見《近三百年名家詞選》（上海：上海古籍出版社，1989），頁225。

國詞，把詞的思想藝術推向新的高度。因此對南宋詞的成就應有足夠的估計。但從詞調的發展上講，卻不能不看到，北宋創調多，南宋創調少；北宋詞傳唱遐邇，南宋詞則愈到後來流傳的範圍愈益狹小。詞調的發展在北宋臻於極盛之後，南宋卻出現了呆滯的現象，所增新調僅偏於詞人自度曲一隅。這是唐宋詞曲演變中的一個重要變化。……詞調的這種呆滯現象是怎麼造成的呢？其原因主要有二。一、出現了新的樂種、曲種、劇種，詞曲失去了音樂文藝的中心地位。……二、南宋詞崇高雅、嚴音律，同民間新聲斷絕聯繫，堵塞了詞調的新來源。……詞人自度曲是對南宋詞調停滯狀態的主要補償。其中姜夔的自度曲，在詞樂史上還有重要地位。……姜夔之後，作自度曲者以吳文英居多，如〈霜花腴〉、〈澡蘭香〉、〈西子妝〉、〈玉京謠〉、〈古香慢〉等。楊纘、史達祖、譚宣子、周密、張炎等詞人也有一些自度曲，爲南宋後期的詞壇作聲樂裝點。但這些自度曲，有的流行範圍頗狹，響應者不多；有的竟「斯人清唱無人和」，絕無嗣響。……而且，這些自度曲的樂律一般較嚴，不易推開，只能感嘆「曲高和寡」了。（吳熊和《唐宋詞通論》）[115]

南宋製曲悉由文人，謳歌盡付名姬，就歌詞典麗、音節閑雅言，北宋實難以相比。不過，極工而變，法密律嚴，不獨作者受限，一般讀者也難以共賞，詞體發展至此，它的生命便不容易再延續下去了。

---

[115] 見吳熊和《唐宋詞通論》，第三章，頁148-150。

第五節　結論：傳統說法仍有未盡之處

　　詞學南北宋之辨，由明末清初迄今，各重要流派家數幾乎都有論及，或偏南或重北，或折衷其說，爭端不斷，但事理是愈辯愈明的，刪除諸家的意氣部分，去異求同，則南北宋詞的美感特質便昭然顯現，其所代表的兩種風格型態便有更明確的意義了。

　　南北宋之爭，由明末清初諸子與浙派詞家點燃，各有立場。王士禛等人以北宋之神韻天然與南宋之極妍盡態對舉，爲南北宋詞畫下了基本的界線；此說雖嫌簡略，但後世的討論幾乎不離這一基點。浙派宗南宋，提出極工之說，頗能發現南宋醇雅專精的特性，但對兩宋整體風格的體驗卻非常不足，唯南宋是尙，似乎也不應忽略北宋之美。這方面唯有等常派起才得以補足。周濟確立南北宋體，貢獻尤多。他的基本立場是反浙派，但不完全否定南宋詞。周濟開示一由南入北的學詞門徑，他相當清楚南北宋詞優劣之所在及其盛衰之因由。其所謂南宋易學、北宋難學，南宋無拙率之病、北宋有渾涵之詣，以及文士樂工盛衰之論、應歌應社之說，幾乎變成後之學詞論詞者的不二法門或評論準則。這種兼容並包的態度，其實才是能發現兩宋之美的主因。其後，劉熙載、陳廷焯、謝章鋌等續有申論，所謂北宋高渾而大、以少勝多，南宋極變而深、細麗密切，已經成爲大家的共識了。謝章鋌說南宋詞「文工而情淺，理舉而趣少」，說到情、趣的問題，又牽涉到更深一層的價值問題了。王國維反南宋，就認定南宋詞多是「無情」之作。王國維的南北宋之辨，並非站在對等的立場論兩宋，所謂有境界與無境界、隔與不隔，褒貶抑揚，相當偏頗。南宋詞如果無眞情實感，不能作自然顯豁之表現，究竟原因何在？一味詆毀，

以爲不屑一論，終究不是解決問題的方法。五四學者，不但沒有正面解決問題，反而增加更多迷障；以白話化、民間性的標準裁量南北宋詞，許多地方格格不入，當然就難以服人了。晚近的折衷論者，繼承常派不偏廢南北宋的立場，從國運之隆替、人才之高下、體製之因革等內外緣的因素論析兩宋詞風形成之勢，成績相當可觀。

據上所析，南北宋詞所指的兩種不同的風格類型，主要的分野是：在寫作方式上，一重自然的感發，一重人巧的精思；前者顯出天才之高，後者端賴學力之厚；北宋詞渾涵，以少勝多，語淡而情濃，有高遠之姿，南宋詞深美，妍雅質實，文麗而情隱，有沉摯之感。若兩宋相比，北不如南之醇雅，南不及北之高渾。

姜、史、吳、王諸家共同締造南宋詞的典雅風調，所謂「綿密工麗有餘，而高情遠致微減」，頗能道出此派詞的長短優劣處。前人所論，對此派所代表的時代風格之形成的內外因素都有論述，但仍嫌不夠全面而深刻，如何結合各家的論點，再深入細密地研探姜吳典雅派詞的語言結構、題材類型、主體意識等方面，歸納出一種文體的範式，以作爲「南宋」詞風的標幟，是從事詞學時代風格論必須努力的方向。當這一時代風格特色愈明確顯現，我們便愈能掌握價值衡量的標竿，不但對典雅派詞有更充分的了解，而相對的，對「北宋」詞也自然有更深一層的體認。

第六章

總　結

本文探討歷代詞學中幾個與南宋姜吳典雅詞派十分相關的論題，可以說是對典雅派詞作了不同層面的詮釋史的整理。談南宋姜張詞人群體派形貌的歷史演變、清空說與質實說的論爭、典雅派詞情的詮釋問題以及南宋與北宋兩種風格型態的辨別，這些論題大抵都針對著「南宋」（時代，風格類型；相對於「北宋」）、「姜—吳」（兩個重鎮，兩種修辭形貌）、「典雅」（風格特質；工雅與騷雅之間）這幾個概念發揮。在敘述層次上，先界定該派詞的基本體派特色，然後緣形式上的文筆勢態，題材上的情意內容，到詞家主體意識的探索，一直歸結到其所代表的時代意義，透過各種正反意見的論述而突顯主題，如此，風格的大小範疇皆有涉及，內外兼顧，互有關聯，相信已能大致地整理出典雅詞派的基本結構與特質，以及其在詞學史上的重要評價。處理各論題，本文採取歷史性的陳述方式，對每個概念、每種主張，都作史的觀察與研探，尋源溯流，歸納分析，對於各種學說的流變或其問題癥結之所在，都有明白的交代。以下複述各章的研究心得，以為本文總結。

首先，考察「南宋姜吳典雅詞派」歷史形貌的衍變，對各家各派如何離合派系家數，確認詞派體貌，已有概括的認識。論者每依個人的喜好、派別的立場或文學思潮趨勢，分體析派，意見分歧，而爭論也多。浙派以姜、張為宗，常派以吳、王為法，或偏技術，或重內容，他們所謂的南宋典雅詞派，大抵依憑自己家派的主張建構出來；這其中包含了尋取師法對象、貫徹家派詞統、聲壯鄉親同黨等動機。其後，或承浙常二派的理路，或依王國維的學說，或受新思想的影響，各家批評標準不一，互相詰難，仔細分析，確為南宋姜吳體派賦予了更多更新的內容。所以概稱此派為「南宋姜吳典雅詞派」，那是折衷了各家說法，以為是最能呈現該派的基本體派特質的。就

派系組織言，以姜夔、史達祖、吳文英、周密、王沂孫和張炎六家為重要代表，最無疑問；次要的作家則包括《樂府補題》詞人群，以及唱和社友如高觀國、陳允平、盧祖皋等；再其次的就是那些沒有明顯的師友關係，是後人因其時代相若而風格類似等因素而將其繫屬於此派的詞家了。六大詞家中，我們又推姜、吳二人作為此派的指稱，原因是他們在詞史及詞學史上的地位與影響力，確實凌駕派中其他詞家。在師法系統方面，典雅派諸家詞源出周邦彥，已是共識，不必多論，筆者在文中卻特別提出蘇軾與此派的關係，認為白石、夢窗、玉田諸家都有明顯學東坡的地方。此派詞的風格特色，文中主張以「典雅」概稱。論者對姜張諸子詞風的體認，看法深淺不一，但雅正婉順這一點確是最無異議的。姜吳諸家所作雅詞，兼重文字音律；因此所謂「典雅」，是顧及字句與音聲的兼美來說的。而在「姜吳典雅詞派」之上，另加「南宋」之稱謂，一則交代作家生存的歷史時空，一則反映該派詞作所代表的時代意義。總合來看，「南宋姜吳典雅詞派」一名，兼顧了時代、作家、風格三方面，其意涵應該是相當周延的了。

　　其次，就姜夔、吳文英所代表的清空與質實之筆調，論述詞學史上清空與質實之爭，文中對清空質實說的起源、基本義界及其演變引伸的意涵，都作了詳盡的考述。本章的結論是：在張炎《詞源》裡，清空與質實，是兩種相對的文筆勢態，前者有高妙之姿，而後者有凝澀之弊，顯然不是對等的概念。清空之說，與宋代詩詞學有緊密的關係。南宋詞學受東坡詞風的影響，已有逐漸詩化的傾向，黃昇選詞論詞便充分落實了這種以詩為詞的主張，張炎也有所繼承。張炎論詞求工雅而主清空，與宋代詩學以技進道之法相符，其實都是宋文化美學好清尚妙遠的共同體驗。清代浙常二派，或宗白石，或法夢窗，或

好清虛之筆，或重厚實之境，各有所尚，遂有清空與質實之
爭。浙派起先是欲借姜張清雅詞風以振弊起衰，但後學沒有前
輩詞人的學力，在文辭上一味求空靈，卻多流爲滑易，論者遂
針對此弊，倡清空中有沉厚之說，因而擴大加深了原本「清
空」的涵意，不只是文筆勢態之高遠之致而已，更兼指內容意
境上的一種高渾的表現。由張炎的質實說到常派的主實論，
「質實」意涵最大的改變是，它已是可與「清空」對稱的美學
概念了。所謂質實，指在辭、意之間有典實質重之氣格、沉厚
渾涵的意境者。清空與質實之境的形成，與作者的才質氣稟有
關係，前者多賴性靈之契會，而後者要靠情思之涵養。在表現
上，清空之作較疏秀，質實之作較隱密；看來詞學中「清空—
質實」的概念，與文學理論中的「疏—密」「秀—隱」等概念
有些相似，但事實上後來的「清空」「質實」已經包涵了意境
的層面，不只是修辭形貌的特色而已，因此清空質實與疏密隱
秀等概念的意義層次是有些差別的。清空、質實之爭，發展到
清代中晚期，出現了不少主清空中求沉厚、繽密中要清空的說
法，浙常後學都頗能折衷其說，不走極端，清空質實之間，大
家似乎已達成一個共識：文章要藉清氣貫串以臻高境，是詞家
不易之理，而沉實渾厚的思致與學養，更是根本，不容偏廢。
在詞學詮釋史上，姜夔詞之清空，向來都得到很高的評價，而
「質實」意涵的轉變，最重要的意義是發現了吳文英詞的美
質，重新肯定了吳詞及其所代表的隱密質實的詞風的價值。

其次，就典雅派詞的內容，評析情意寄託說，兼論「詞
情」之爭，文中破斥了幾種詞事說的虛妄，更從學理上指出了
情意寄託說詮釋方法上的謬誤，而經過比較分析，釐清了所謂
詞情之爭原來是不同層次的對話，寄託說所指的是情意內容的
情，而王國維境界說所說的情則指情意本質言，由此對照，更

彰顯出寄託說的侷限，使我們對南宋典雅派詞的情意特質有進一步的了解。下面再逐點加以說明。夏承燾所提出的所謂白石合肥情事、夢窗蘇杭情遇以及宋遺民寄託發陵等說，擬在南宋詞人多身世盛衰之感的前提下，掘隱發幽，用「情」「事」互證的方法，尋求本事，並藉此以確認某些詞作的價值，以推尊詞體，但本章據文情事理，內外緣作通盤的考察，發現那些說法多有矛盾，十分牽強，實難以令人信服。筆者不否認姜、吳二家有兒女相思之作，夢窗確實有思妾的詞，也承認宋末詞家多家國興亡之感，但反對字比句附，捕風捉影的詮釋策略。傳統比興寄託的解讀方法之所以易生歧誤，主要關鍵就在於詮釋未能走出道德教化的理念，真誠地面對文學的情理意趣，誤以為詮釋的終極目的是要還原作者之本意，但他們那種以詞證事又以事釋詞的詮釋方法，實已深陷循環論證的困局，根本就無法自圓其說。創作與閱讀都有創造的成分，詮釋是一種互為主體的活動，在析讀的辯證過程中自然參雜了讀者的主觀意識，而彼此的時空間隔實無法完全泯滅，作者的「真正的」原意實在難以確認。筆者並無全盤否定情意內容寄託說之意，只是反對過度的詮釋，不能苟同於這種緣事證情、混淆作品藝術價值衡量標準的詮釋方法而已。關於典雅派詞情的論爭，筆者認為，王國維的無情之說與夏承燾等人所主張的有情之論，他們所說的「情」，意義不同。傳統寄託說所謂的「詞情」，乃指作者情意表達之內容，通常是可指涉某些相關的情事的，持論者所追求的往往是作者創作之原意，關心的也常常是作品外緣的歷史傳記素材；而境界說所謂的「詞情」，則指作品所呈現的某種情感本質，無關乎作品之題材內容，而是作者人格特質之投影，它特別著重作者之情意透過文字所展現的興發感動之作用，其間有強弱有無之分，得由讀者真誠體察之。不可置疑的是，諸家詞作在情意內容方面確實多有寓含身世盛衰之感，

但不能據題材或其情意的種類衡量價值之高下，不過就典雅派詞所展現的情意本質言，確實欠缺了一種自然動人的感發作用，而這實乃關乎作者的生命型態。

最後，以典雅派詞代表「南宋」詞風的觀點，探討詞學南北宋之辨，並經由這種比較，以彰顯典雅派詞的時代風格特質。據此，文中對明末清初以來各家各派的南北宋之說都作了詳實的介紹，對於他們持論的重點、他們對南北宋風格的界說、彼此之間的承傳關係以及其相爭的因由，文章都有明白交代。歸納各種論見，頗能界定「南宋」與「北宋」所代表的兩種風格型態的特質。南北宋之爭，由明末清初諸子與浙派詞家發端。王士禎等人尚北宋之天然神韻，也看出了南宋有極妍盡態之美，為南北宋詞初步畫下了「天然與人工之分」的基本界線。南宋詞極工而雅，是浙派的基本看法，他們發現了南宋有醇雅專精的特色，卻少有提及北宋之美，於宋代詞風的體驗顯然不足。周濟明確地界定南北宋體，開示由南入北的學詞門徑，最有啟發性。其所謂南宋易學、北宋難學，南宋無拙率之病、北宋有渾涵之詣，以及文士樂工盛衰之論、應歌應社之說，頗獲肯定，影響深遠。後來的陳廷焯、謝章鋌等人，莫不主張兼治南北，他們認為北宋高渾而大、以少勝多，南宋極變而深、細麗密切，見解相當精到。王國維以有境界與無境界、隔與不隔，分別南北宋，抑揚褒貶，立場鮮明。五四學者，繼承王國維反南宋的主張，卻改以作品白話化、平民化的程度定優劣。這種幾乎全面否定南宋詞的看法，是當時學界的主調，但也引起部分學者反彈，認為前說過於偏頗，應持平看待兩宋詞。晚近的折衷論者，不偏廢南北，從國運之隆替、人才之高下、體製之因革等方面論析兩宋詞，頗能掌握南北宋之分的關鍵。南北宋詞是兩種不同的風格類型，它們主要的分別是：一

重自然的感發，一重人巧的精思；北宋詞渾涵，以少勝多，語淡而情濃，有高遠之姿，南宋詞深美，妍雅質實，文麗而情隱，有沉摯之感。若兩宋相比，北不如南之醇雅，南不及北之高渾。所謂「綿密工麗有餘，而高情遠致微減」，正可概括南宋典雅派詞的長處與缺點。

　　以上所論，主要是歸納整理詞學史上環繞著南宋姜吳典雅詞派的詞學論題，對於各種詮釋意見及彼此間的爭端，本文都有所反映與分析，也適度的表達了筆者個人的見解。然而這畢竟只是理論批評的工作，不是詞派本體的分析，對於南宋姜吳典雅詞派的體派結構與特色，及其作品的藝術價值與現代意義，自然都無法容納於本論文的篇幅內作更深刻細緻的討論，而這些方面卻是十分值得詳盡探討的。本文旨在破舊說而非立新論，照顧的層面雖不夠周全，但希望其中所提出的若干論點，能為日後的相關研究提供一些思考的線索。

參考及引用書目

(一) 詞總集

吳訥編：《唐宋名賢百家詞》，天津：天津市古籍書店，1992。

毛晉輯：《宋六十名家詞》，上海：上海古籍出版社，1989。

王鵬運輯：《四印齋所刻詞》，上海：上海古籍出版社，1989。

朱祖謀校輯：《彊村叢書》，臺北：廣文書局，1970。

吳昌綬、陶湘輯：《景刊宋金元明本詞》，上海：上海古籍出版社，1989。

趙萬里校輯：《校輯宋金元人詞》，臺北：台聯國風出版社，1972。

唐圭璋編：《全宋詞》，臺北：文光出版社，1978。

上海古集出版社編刊：《詞林集珍》，上海：上海古籍出版社，1989。

陳慎初輯：《清詞別集百三十四種》，臺北：鼎文書局，1976。

黃昇編：《唐宋諸賢絕妙詞選》、《中興以來絕妙詞選》，《四部叢刊初編》本。

厲鶚、查為仁箋：《絕妙好詞箋》，上海：上海古籍出版社，1984。

佚名輯：《樂府補題》，《彊村叢書》本，臺北：廣文書局，1970。

朱彝尊編：《詞綜》，《四部備要》本。

蔣景祁編：《瑤華集》，北京：中華書局，1982。

王昶編：《明詞綜》，《四部備要》本。

王昶編：《國朝詞綜》，《四部備要》本。

張惠言編：《詞選》，《四部備要》本。

周濟編：《宋四家詞選》，臺北：廣文書局，1962。

鄺利安箋注：《宋四家詞選箋注》，臺北：中華書局，1971。

戈載輯、杜文瀾校注：《宋七家詞選》，臺北：河洛圖書出版社，
　　1978。

陳廷焯編：《詞則》，上海古籍出版社，1984。

端木埰選錄、何廣棪校評：《宋詞賞心錄校評》，臺北：正中書
　　局，1975。

唐圭璋箋注：《宋詞三百首箋注》，臺北：漢京文化事業有限公
　　司，1980。

葉恭綽編：《全清詞鈔》，北京：中華書局，1982。

胡適編：《詞選》，臺北：商務印書館，1982。

俞陛雲編：《唐五代兩宋詞選釋》，上海：上海古籍出版社，
　　1985。

龍沐勛編：《唐宋名家詞選》，臺北：開明書店，1981。

龍沐勛編：《近三百年名家詞選》，上海：上海古籍出版社，
　　1989。

胡雲翼編：《宋詞選》，香港：中華書局。

陳匪石編：《宋詞舉》，臺北：正中書局，1983。

劉永濟編：《唐五代兩宋詞簡介》，臺北：龍田出版社，1982。

鄭騫編：《詞選》，臺北：華岡出版有限公司，1978。

周汝昌、唐圭璋等撰：《唐宋詞鑑賞詞典》，上海：上海辭書出版
　　社，1988。

(二) 詞別集

龍沐勛箋：《東坡樂府箋》，臺北：華正書局，1980。

石聲淮、唐玲玲箋注：《東坡樂府編年箋注》，武昌：華中師範大學出版社，1990。

吳則虞校：《清眞集》，臺北：木鐸出版社，1982。

姜夔著、陳思考證：《白石道人歌曲》，《遼海叢書》本。

夏承燾箋校：《姜白石詞編年箋校》，臺北：中華書局，1967。

夏承燾校輯：《白石詩詞集》，臺北：華正書局，1981。

史達祖：《梅溪詞》，《四部備要》本。

雷履平、羅煥章校注：《梅溪詞》，上海：上海古籍出版社，1988。

黃少甫箋：《夢窗詞箋》，臺北：嘉新水泥公司文化基金會，1968。

楊鐵夫箋釋：《夢窗詞選箋釋》，臺北：廣文書局，1971。

楊鐵夫箋釋：《夢窗詞全集箋釋》，臺北：學海出版社，1974。

楊鐵夫箋釋、陳邦炎張奇慧校點：《吳夢窗詞箋釋》，肇慶：廣東人民出版社，1992。

周密：《草窗詞》，《叢書集成初編》本。

周密著、江昱考證：《蘋洲漁笛譜》，《四部備要》本。

王沂孫：《花外集》，《四部備要》本。

吳則虞箋注：《花外集》，上海：上海古籍出版社，1988。

張炎：《山中白雲詞》，臺北：商務印書館，1972。

張炎：《山中白雲詞》，臺北：中華書局，1982。

吳則虞校：《山中白雲詞》，北京：中華書局，1983。

潘德輿：《養一齋詞》，清咸豐三年刊本。

王鵬運：《半塘定稿》，臺北：學生書局，1972。

(三) 詞話、詞譜、詞韻

唐圭璋編：《詞話叢編》，臺北：新文豐出版公司，1988。

李復波編：《詞話叢編索引》，北京：中華書局，1991。

金啓華、張惠民等編：《唐宋詞集序跋匯編》，江蘇教育出版社，1990。

王灼：《碧雞漫志》，收在《中國文學百科全書資料彙編》，臺北：鼎文書局。

蔡楨（嵩雲）疏證：《詞源疏證》，北京：中國書店，1985。

夏承燾校注、蔡嵩雲箋釋：《詞源注・樂府指迷箋釋》，臺北：木鐸出版社，1982。

屈興國校注：《白雨齋詞話足本校注》，濟南：齊魯書社，1983。

王幼安校：《人間詞話蕙風詞話》，臺北：河洛圖書公司，1975。

滕咸惠校注：《人間詞話新注》，臺北：里仁書局，1986。

施議對譯注：《人間詞話譯注》，南寧：廣西教育出版社，1990。

佛雛校輯：《新訂人間詞話・人間詞話》，上海：華東師範大學出版社，1990。

戈載：《詞林正韻》，臺北：世界書局，1980。

龍沐勛：《唐宋詞格律》，臺北：華正書局，1979。

(四) 近代詞學論著

陳思：《白石道人年譜》，《遼海叢書》本，臺北：藝文印書館，1971。

吳梅：《詞學通論》，臺北：商務印書館，1977。

龍榆生：《詞曲概論》，上海：上海古籍出版社，1980。

龍榆生：《詞學十講》，福州：福建人民出版社，1988。

夏承燾：《唐宋詞人年譜》，上海：中華書局，1961。

夏承燾：《月輪山詞論集》，北京：中華書局，1979。

夏承燾：《唐宋詞論叢》，臺北：宏業書局，1979。

夏承燾：《唐宋詞欣賞》，臺北：文津出版社，1983。

夏承燾、吳熊和：《詞學》，香港：宏圖出版社。

唐圭璋：《宋詞四考》，南京：江蘇古籍出版社，1985。

唐圭璋：《唐宋詞論集》，濟南：齊魯書社，1985。

唐圭璋：《詞學論叢》，上海：上海古籍出版社，1986。

王易：《詞曲史》，臺北：廣文書局，1979。

胡雲翼：《中國詞史》，臺北：經氏出版社，1977。

胡雲翼：《宋詞研究》，成都：巴蜀書社，1989。

劉子庚：《詞史》，臺北：學生書局，1973。

徐珂：《清代詞學概論》，臺北：廣文書局，1979。

薛礪若：《宋詞通論》，臺北：開明書店，1980。

劉永濟：《詞論》，臺北：龍田出版社，1982。

劉永濟：《微睇室說詞》，上海古籍出版社，1987。

詹安泰：《宋詞散論》，肇慶：廣東人民出版社，1982。

湯擎民整理：《詹安泰詞學論稿》，肇慶：廣東人民出版社，
　　1984。

冒懷辛整理：《冒鶴亭詞曲論文集》，上海：上海古籍出版社，
　　1992。

饒宗頤：《詞籍考》，香港：香港大學出版社，1963。

沈祖棻：《宋詞賞析》，上海：上海古籍出版社，1981。

繆鉞、葉嘉瑩：《靈谿詞說》，上海：上海古籍出版社，1987。

繆鉞、葉嘉瑩：《詞學古今談》，臺北：萬卷樓圖書有限公司，
　　1992。

葉嘉瑩：《迦陵談詞》，臺北：純文學出版社，1976。

葉嘉瑩：《迦陵論詞叢稿》，臺北：明文書局，1981。

葉嘉瑩：《中國詞學的現代觀》，臺北：大安出版社，1988。

葉嘉瑩：《唐宋詞十七講》，長沙：岳麓書社，1989。

吳世昌著、吳令華輯注、施議對校：《詞林新話》，北京：北京出版社，1991。

劉若愚著、王貴苓譯，《北宋六大詞家》，臺北：幼獅文化事業有限公司，1986。

陳邇冬：《宋詞縱談》，北京：人民出版社，1987。

金啓華編：《全宋詞典故考釋辭典》，長春：吉林文史出版社，1991。

金啓華、蕭鵬：《周密及其詞研究》，濟南：齊魯書社，1993。

鍾應梅：《榮園說詞》，香港：香港中文大學崇基學院華國學會，1968。

嚴迪昌：《清詞史》，南京：江蘇古籍出版社，1990。

賀光中：《論清詞》，載《歷代詩史長編》第23種，臺北：鼎文書局，1971。

王熙元：《歷代詞話敘錄》，臺北：中華書局，1973。

吳熊和：《唐宋詞通論》，杭州：浙江古籍出版社，1985。

黃兆顯：《樂府補題研究及箋注》，香港：學文出版社，1975。

江潤勳：《詞學評論史稿》，香港：龍門書店，1966。

吳宏一：《常州派詞學研究》，臺北：嘉新水泥公司文化基金會，1970。

陳燕：《蔣捷及其詞研究》，臺北：華正書局，1983。

梁榮基：《詞學理論綜考》，北京：北京大學出版社，1991。

楊海明：《唐宋詞風格論》，上海社會科學院出版社，1986。

楊海明：《唐宋詞史》，淮陽：江蘇古籍出版社，1987。

楊海明：《唐宋詞論稿》，杭州：浙江古籍出版社，1988。

楊海明：《張炎詞研究》，濟南：齊魯書社，1989。

施議對：《詞與音樂關係研究》，北京：中國社會科學出版社，

1985。

劉揚忠：《宋詞研究之路》，天津：天津教育出版社，1989。

黃拔荊：《詞史》，福州：福建人民出版社，1989。

劉慶雲：《詞話十論》，長沙：岳麓書社，1990。

許宗元：《中國詞史》，合肥：黃山書社，1990。

祖保泉、張曉雲：《王國維與人間詞話》，上海：上海古籍出版
　　社，1990。

蕭世杰：《唐宋詞史稿》，武昌：華中師範大學出版社，1991。

王筱芸：《碧山詞研究》，南京：南京出版社，1991。

謝桃坊：《宋詞概論》，成都：四川文藝出版社，1992。

蕭鵬：《群體的選擇——唐宋人選詞與詞選通論》，臺北：文津出
　　版社，1992。

王兆鵬：《宋南渡詞人群體研究》，臺北：文津出版社，1992。

何志韶編：《人間詞話研究彙編》，臺北：巨浪出版社，1975。

姚柯夫編：《人間詞話及評論匯編》，北京：書目文獻出版社
　　1983。

龔兆吉輯：《歷代詞論新編》，北京：北京師範大學出版社，
　　1984。

王水照、保刈佳昭編選：《日本學者中國詞學論文集》，上海：上
　　海古籍出版社，1991。

詞學編輯委員會編輯：《詞學》第一輯，上海：華東師範大學出版
　　社，1981。

詞學編輯委員會編輯：《詞學》第二輯，上海：華東師範大學出版
　　社，1983。

詞學編輯委員會編輯：《詞學》第三輯，上海：華東師範大學出版
　　社，1985。

詞學編輯委員會編輯：《詞學》第四輯，上海：華東師範大學出版
　　社，1986。

詞學編輯委員會編輯：《詞學》第五輯，上海：華東師範大學出版社，1986。

詞學編輯委員會編輯：《詞學》第六輯，上海：華東師範大學出版社，1989。

詞學編輯委員會編輯：《詞學》第七輯，上海：華東師範大學出版社，1989。

詞學編輯委員會編輯：《詞學》第八輯，上海：華東師範大學出版社，1990。

詞學編輯委員會編輯：《詞學》第九輯，上海：華東師範大學出版社，1992。

詞學編輯委員會編輯：《詞學》第十輯，上海：華東師範大學出版社，1992。

華東師範大學中文系中國古典文學研究室編：《詞學研究論文集》，上海：上海古籍出版社，1982。

華東師範大學中文系中國古典文學研究室編：《詞學論稿》，上海：華東師範大學出版社，1986。

Lin, Shuen-fu. *The Transformation of the Chinese Lyrical Tradition-Chiang K'uei and Southern Sung Tz'u Poetry*, Princeton : Princeton University Press, 1978.

Fong, Grace S. *Wu Wenying and the Art of Southern Song Ci Poetry*, Princeton: Princeton University Press, 1987.

(五) 史書及史學論著

脫脫等撰：《宋史》，臺北：鼎文書局，1980。

宋濂等撰：《元史》，臺北：鼎文書局，1980。

陸心源輯撰：《宋史翼》，北京：中華書局，1991。

萬斯同：《南宋六陵遺事》，臺北：廣文書局，1968。

萬斯同：《宋季忠義錄》，《四明叢書》本。

程敏政：《宋遺民錄》，臺北：廣文書局，1968。

方豪：《宋史》，臺北：中華文化出版事業社，1960。

劉伯驥：《宋代政教史》，臺北：中華書局，1971。

昌彼得等編：《宋人傳記資料索引》，臺北：鼎文書局，1974。

孫克寬：《元代漢文化之活動》，臺北：中華書局，1968。

胡昌智：《歷史知識與社會變遷》，臺北：聯經出版事業公司，1988。

(六) 詩文集

洪興祖：《楚辭補注》，臺北：藝文印書館，1977。

朱熹：《四書章句集注》，北京：中華書局，1989。

沈德潛：《唐詩別裁集》，臺北：廣文書局，1970。

趙昌平校編：《顧況詩集》，南昌：江西人民出版社，1983。

曾棗莊、金成禮箋註：《嘉祐集箋注》，上海：上海古籍出版社，1993。

蘇軾：《蘇東坡全集》，臺北：河洛圖書出版社，1975。

黃庭堅：《豫章黃先生文集》，《四部叢刊》本。

黃庭堅：《山谷詩集注》，臺北：世界書局。

樓鑰：《攻媿集》，《四部叢刊》本。

陸游：《渭南文集》，《四部叢刊》本。

楊萬里：《誠齋集》，《四部叢刊》本。

姜夔：《白石道人詩集》，《四部叢刊》本。

孫玄常箋注、李安綱參校：《姜白石詩集箋注》，太原：山西人民出版社，1986。

劉克莊：《後村先生大全集》，《四部叢刊》本。

戴表元：《剡源戴先生文集》，《四部叢刊》本。

趙文：《青山集》，《影印文淵閣四庫全書》本。

朱晞顏：《瓢泉吟稿》，《影印文淵閣四庫全書》本。

王禮：《麟原文集》，《影印文淵閣四庫全書》本。

陳子龍：《陳子龍文集》，上海：華東師範大學出版社，1988。

陳維崧：《陳迦陵儷體文集》，《四部叢刊》本。

朱彝尊：《曝書亭集》，《四部叢刊》本。

彭孫遹：《松桂堂集》，《影印文淵閣四庫全書》本。

王士禛：《帶經堂集》，清康熙間七略書堂程氏刊本。

李良年：《秋錦山房集》，清乾隆二十四年重刊本。

厲鶚：《樊榭山房集》，《四部備要》本。

吳錫麒著、王廣業箋、葉聯芬注：《有正味齋駢文牋注》，臺北：
　　大新書局，1965。

張惠言：《茗柯文編》，上海：上海古籍出版社，1981。

王昶：《春融堂集》，清嘉慶十二、十三年塾南書舍刊本。

郭麐：《靈芬館雜著》，《花雨樓叢鈔》本。

潘德輿：《養一齋集》，清道光二十九年刊本。

謝章鋌：《賭棋山莊集》，清光緒十年弢盦刊本。

鄭文焯：《大鶴山房全書》，清光緒三十年蘇州周氏刊本。

(七) 詩文評

何文煥輯：《歷代詩話》，臺北：木鐸出版社，1982。

丁福保編：《續歷代詩話》，臺北：藝文印書館，1974。

郭紹虞、王文生編：《中國歷代文論選》，上海古籍出版社，
　　1982。

黃啓方編：《北宋文學批評資料彙編》，臺北：成文出版社，
　　1979。

張健編：《南宋文學批評資料彙編》，臺北：成文出版社，
　　1979。

曾永義編：《元代文學批評資料彙編》，臺北：成文出版社，
　　1979。

葉慶炳、吳宏一編：《清代文學批評資料彙編》，臺北：成文出版社，1979。

范文瀾：《文心雕龍註》，臺北：明倫出版社，1971。

黃侃：《文心雕龍札記》，臺北：新文豐出版公司，1979。

胡仔：《苕溪漁隱叢話》，臺北：長安出版社，1978。

郭紹虞校釋：《滄浪詩話校釋》，臺北：河洛圖書出版社，1978。

魏慶之：《詩人玉屑》，臺北：世界書局，1975。

劉熙載：《藝概》，臺北：廣文書局，1980。

陳衍：《石遺室詩話》，臺北：商務印書館，1976。

(八) 筆記

劉義慶撰、楊勇校箋：《世說新語校箋》，臺北：文光圖書有限公司，1974。

楊家駱編：《宋人題跋》，《藝術叢編》第一集第二十二冊，臺北：世界書局，1974。

范攄：《雲溪友議》，《說郛》本。

孟元老等：《東京夢華錄（外四種）》，臺北：古亭書屋，1975。

羅大經：《鶴林玉露》，北京：中華書局，1983。

周密：《癸辛雜識》，《影印文淵閣四庫全書》本。

周密：《齊東野語》，臺北：商務印書館，1979。

陶宗儀：《南村輟耕錄》，臺北：木鐸出版社，1982。

沈曾植：《海日樓札叢》，臺北：河洛圖書出版社，1975。

(九) 書目類

陳振孫：《直齋書錄解題》，臺北：廣文書局，1968。

馬端臨：《文獻通考》，臺北：新興書局，1965。

黃虞稷：《千頃堂書目》，《適園叢書》本，載《叢書集成續編》，臺北：藝文印書館，1970。

永瑢等撰：《四庫全書總目》，北京：中華書局，1987。

丁丙：《善本書室藏書志》，臺北：廣文書局，1967。

王重民：《中國善本書提要》，臺北：明文書局，1984。

中國藝術研究院音樂研究所資料室編：《中國音樂書普志》，北京：人民音樂出版社，1984。

四川大學古籍整理研究所編：《現存宋人別集版本目錄》，成都：巴蜀書社，1989。

黃文吉編：《詞學研究書目》，臺北：文津出版社，1993。

Yves Hervouet, ed. *A Sung Bibliography*. Hong Kong: The Chinese University Press, 1978.

(十) 文學史、批評史及文學論集

鄭振鐸：《插圖本中國文學史》，臺北：漢學供應社。

徐嘉瑞：《近古文學概論》，臺北：經氏出版社，1976。

劉大杰：《中國文學發達史》，臺北：中華書局，1978。

胡雲翼：《中國文學史》，臺北：莊嚴出版社，1982。

陳鐘凡：《中國韻文通論》，臺北：河洛圖書出版社，1979。

陸侃如、馮沅君：《中國詩史》，香港：古文書局，1968。

葉慶炳：《中國文學史》，臺北：弘道文化事業有限公司，1980。

羅聯添編：《中國文學史論文選集》，臺北：學生書局，1979。

傅庚生：《中國文學欣賞舉隅》，臺北：宏業書局，1979。

錢基博：《明代文學》，臺北：商務印書館，1984。

胡適主編：《中國新文藝大系‧文學論戰一集》，臺北：大漢出版社，1977。

朱自清：《詩言志辨》，臺北：開明書店，1975。

繆鉞：《詩詞散論》，臺北：開明書店，1977。

詹鍈：《文心雕龍的風格學》，臺北：木鐸出版社，1984。

鄭騫：《景午叢編》，臺北：中華書局，1972。

徐復觀：《中國文學論集》，臺北：學生書局，1976。

徐復觀：《中國文學論集續篇》，臺北：學生書局，1984。

葉嘉瑩：《中國古典詩歌評論集》，香港：中華書局，1977。

葉嘉瑩：《王國維及其文學批評》，香港：中華書局，1980。

葉嘉瑩：《迦陵談詩二集》，臺北：東大圖書公司，1985。

高陽：《高陽說詩》，臺北：聯經出版事業公司，1985。

梁昆：《宋詩派別論》，臺北：東昇出版事業有限公司，1980。

廖蔚卿：《六朝文論》，臺北：聯經出版事業公司，1978。

許文雨編著：《文論講疏》，臺北：正中書局，1976。

黃永武：《中國詩學·設計篇》，臺北：巨流圖書公司，1978。

黃永武：《詩與美》，臺北：洪範書店，1984。

黃永武、張高評編：《宋詩論文選輯》，高雄：復文圖書出版社，
　　1988。

柯慶明：《境界的探求》，臺北：聯經出版事業公司，1979。

呂正惠：《抒情傳統與政治現實》，臺北：大安出版社，1989。

顏崑陽：《李商隱詩箋釋方法論》，臺北：學生書局，1991。

龔鵬程：《江西詩社宗派研究》，臺北：文史哲出版社，1983。

林保淳：《經世思想與文學經世》，臺北：文津出版社，1991。

莫礪鋒：《江西詩派研究》，濟南：齊魯書社，1986。

袁震宇、劉明今：《明代文學批評史》，上海：上海古籍出版社，
　　1991。

張仁福：《中國南北文化的反差——韓歐文風的文化透視》，昆
　　明：雲南教育出版社，1992。

張本楠：《王國維美學思想研究》，臺北：文津出版社，1992。

聶振斌：《王國維美學思想述評》，瀋陽：遼寧大學出版社，1986。

佛雛：《王國維詩學研究》，北京：北京大學出版社，1987。

戴麗珠：《詩與畫》，臺北：聯經出版事業公司，1978。

佚名：《詩文鑑賞方法二十講》，臺北：木鐸出版社，1987。

中國古典文學研究會主編：《文心雕龍綜論》，臺北：學生書局，
　　1988。

劉岱主編：《中國文化新論──文學篇(二)意象的流變》，臺北：
　　聯經出版事業公司，1989。

青木正兒：《青木正兒全集》，東京：春秋社，昭和58-59年
　　（1983-1984）。

Stephen Owen. *Remembrances: The Experience of the Past in Chinese
　　Literature.* Cambridge: Harvard University Press, 1986.

(十一) 文學、藝術理論書籍

韋勒克等著、王夢鷗等譯：《文學論》，臺北：志文出版社，
　　1976。

姚一葦：《藝術的奧秘》，臺北：開明書店，1978。

Graham Hough著、何欣譯：《文體與文體論》，臺北：成文出版
　　社，1979。

李澤厚：《美的歷程》，臺北：蒲公英出版社，1984。

葉維廉：《歷史、傳釋與美學》，臺北：東大圖書公司，1988。

張漢良：《比較文學理論與實踐》，臺北：東大圖書公司，
　　1986。

拉瓦爾、馬樂伯著，李正治譯：《意識批評家》，臺北：金楓出版
　　有限公司，1987。

佛洛姆著、孟祥森譯：《生命的展現》，臺北：遠流出版公司，
　　1989。

H.R.姚斯、R.C.霍拉勃著，周寧、金元浦譯：《接受美學與接受理
　　論》，瀋陽：遼寧人民出版社，1987。

劉小楓編：《接受美學譯文集》，北京：三聯書店，1989。

張廷琛編：《接受理論》，成都：四川文藝出版社，1989。

朱立元：《接受美學》，上海：上海人民出版社，1989。

張汝倫：《意義的探究——當代西方釋義學》，臺北：古風出版
　　社，1988。

伍蠡甫、胡經之編：《西方文藝理論名著選編》，北京：北京大學
　　出版社。

郭繼生：《藝術史與藝術批評》，臺北：書林出版有限公司，
　　1990。

雅克・馬利坦著、劉有元等譯：《藝術與詩中的創造性直覺》，北
　　京：三聯書店，1991。

耿庸編：《新編美學百科詞典》，福州：福建人民出版社，
　　1989。

M.H.艾布拉姆斯著、朱金鵬等譯，《歐美文學術語辭典》，北
　　京：北京大學出版社，1990。

許健編著：《琴史初編》，北京：人民音樂出版社，1987。

黃永川：《中國古代插花藝術》，臺北：國立歷史博物館，
　　1984。

Sarah N. Lawall. *Critics of Conciousness - The Existential Structures of Literature*. Cambridge: Harvard University Press, 1968.

J. Middleton Murry. *The Problem of Style*. London: Oxford University Press, 1976.

Ralph Cohen, ed. *New Directions in Literary History*. Baltimore, Maryland: The Johns Hopkins University Press, 1977.

Jane P. Tompkins, ed. *Reader-response Criticism*. Baltimore, Maryland: The Johns Hopkins University Press, 1980.

M. H. Abrams. *A Glossary of Literary Terms*. Holt, Rine-hart & Winston, 1981.

M. H. Abrams. *The Princeton Handbook of Poetic Terms*. New Jersey: Princeton University Press, 1986.

Roger Fowler, ed. *A Dictionary of Modern Critical Terms*. New York: Routledge & Kegan Paul, 1987.

(十二) 學位及期刊論文

李周龍：《山中白雲詞校訂箋注》，國立臺灣師範大學國文研究所碩士論文，1972；《國立臺灣師範大學國文研究所集刊》第17期（1973），頁731-1009。

朱靜如：《山中白雲詞箋註》，私立輔仁大學中文研究所碩士論文，1973。

顏天佑：《南宋姜吳派詞之研究》，國立政治大學中文研究所碩士論文，1974。

劉紀華：《張炎詞源箋訂》，國立政治大學中文研究所碩士論文，1970；臺北：嘉新水泥公司文化基金會，1974。

徐信義：《張炎詞源探究》，國立臺灣師範大學國文研究所碩士論文，1974；《國立臺灣師範大學國文研究所集刊》第19期（1975），頁457-548。

張月雲：《姜白石的詩與詩論》，國立臺灣大學中國文學研究所碩士論文，1978。

林玫儀：《晚清詞論研究》，國立臺灣大學中國文學研究所博士論文，1979。

馬寶蓮：《兩宋詠物詞研究》，國立臺灣師範大學國文研究所碩士論文，1983；《國立臺灣師範大學國文研究所集刊》第28期（1984），頁773-965。

楊麗珠：《清初浙派詞論研究》，國立臺灣師範大學國文研究所碩士論文，1983；《國立臺灣師範大學國文研究所集刊》第28期（1984），頁1079-1182。

陳彩玲：《南宋遺民詠物詞研究》，國立政治大學中文研究所碩士論文，1985。

劉少雄：《宋代詞選集研究》，國立臺灣大學中國文學研究所碩士論文，1986。

郭玉雯：《宋代詩話的詩法研究》，國立臺灣大學中國文學研究所博士論文，1988。

宋美瑩：《夢窗詞研究》，國立臺灣大學中國文學研究所碩士論文，1989。

Hou, Shih-jiuan. *Flower Imagery in the Poetry of Wu Wen-ying: A Case Study of the Interaction between Empirical and Perceptual Realities.* The University of Wisconsin-Madison dissertation, 1980.

Yang, Hsien-ching. *Aesthetic Consciousness in Sung Yung Wu Tz'u.* Princeton University dissertation, 1988.

* * * * *

劉師培：〈南北學派不同論〉，《國粹學報》，清光緒三十一年（1905）。

吳庠：〈覆夏瞿禪書〉，《同聲月刊》第一卷第三號。

吳眉孫：〈清空質實說〉，《同聲月刊》第一卷第九號，頁82-84。

縠永：〈王靜安先生之文學批評〉，《學衡》第64期；《大公報》（文學副刊），1928年6月11日。

閻簡弼：〈南宋六陵遺事正名暨諸攢宮發毀年代考〉，《燕京學報》，第30期，頁27-50。

龍沐勛：〈選詞標準論〉，《詞學季刊》一卷二號（1933年8月），頁1-28。

趙尊嶽：〈詞集提要〉，《詞學季刊》一卷二號，頁81-85。

龍沐勛：〈兩宋詞風轉變論〉，《詞學季刊》二卷一號（1934年

10月），頁1-23。

沈祖棻：〈白石詞暗香疏影說〉，《國文月刊》第59期（1947年9月），頁27-31。

常國武：〈王沂孫出仕及生卒年歲問題的探索〉，《文學遺產增刊》第十一輯（1962年10月），頁159-165。

鄭為：〈試論古代花鳥畫的源流及發展〉，《文物月刊》1963年第10期，頁24。

鄭騫：〈明詞衰落的原因〉，《大陸雜誌》第15卷第7期（1968年10月），頁211-212。

包根弟，〈白石詞研究〉，《人文學報》第3期（1973年12月），頁675-728。

顏天佑：〈論白石詞〉，《書目季刊》第8卷第2期（1974年9月），頁37-54。

王夢鷗：〈中國文體論之研究〉，《文學季刊》第6期（1978年2月），頁6-7。

饒宗頤：〈詞與禪悟〉，《清華學報》，新7卷1期（1979年8月），頁225-230。

方延豪：〈探索白石詞中的情〉，《藝文誌》，第181期（1980年10月），頁65-67。

施蟄存、周楞加：〈詞的派與體之爭〉，《西北大學學報》1980年第3期，頁11-14。

談文良：〈關於詞的派與體之再爭議——宋人是否以婉約豪放分詞派等三題〉，《西北大學學報》1981年第1期。

網珠：〈關於詞的派與體之分——派、體之爭管見〉，同上。

陳兼與：〈關於詞的派與體之分——與施、周二先生商榷〉，同上。

黃兆顯：〈姜白石的寂寞和他的合肥情事〉，《中國古典文學論叢》（臺北：莊嚴出版社，1984），頁213-233。

余英時：〈著書今與洗煩冤〉，《中國時報·人間版》，1985年3

月9日-13日。

劉慶雲：〈詞話中的幾個審美範疇述評〉，《湘潭大學學報》
　　1985年第1期，頁124-129、136。

蕭鵬：〈樂府補題寄託發疑──與夏承燾先生商榷〉，《文學遺
　　產》1985年第1期，頁66-71。

陳曉芬：〈張炎清空說的美學意義〉，《古代文學理論研究》第13
　　輯（上海：上海古籍出版社，1988年9月），頁210-219。

劉少雄：〈從流浪意識看白石詞中的情〉，《中國文學研究》第
　　3輯（臺北：國立臺灣大學中國文學研究所，1989），頁165-
　　183。

孫康宜：〈北美二十年來詞學研究──兼記緬因州國際詞學會
　　議〉，《中外文學》，第二十卷第五期（1991年10月），頁
　　44-59。

常國武：〈碧山、草窗、玉田三家詞異同論〉，《文學評論》
　　1991年第4期（北京：中國社會科學院文學研究所），頁44-
　　56。

吳承學：〈論文學上的南北派與南北宗〉，《中山大學學報》
　　1991年第4期。

謝思煒：〈夢窗情詞考索──兼論本事考索及情詞發展歷史〉，
　　《文學遺產》1992年第3期，頁85-93；《中國古代、近代文學
　　研究》1992年第9期，頁145-153。

Chang, Kang-i Sun. *Symbolic and Allegorical Meanings in the Yueh-
　　fu pu-t'i Poem Series*. Harvard Journal of Asiatic Studies. Vol.46,
　　No.2, (Dec. 1986), pp.353-385.

附

錄

▪南宋姜吳典雅派詞家年表

　　本年表以輯錄南宋姜吳典雅派六大詞家姜夔、史達祖、吳文英、周密、王沂孫、張炎的生平事蹟及詞學活動為主,有關六家之事蹟,文前皆註‧符號表明之,次要的家數及一般的附庸作家亦略加繫列,以符號＊標示,而為更具體了解南宋中晚期的詞學狀況,則酌加記錄當時的歷史重要事件及詞壇要事,這些不另加標記。六家生平資料,主要參考夏承燾〈姜白石繫年〉、〈吳夢窗繫年〉、〈周草窗年譜〉,黃賢俊〈史梅溪遺事考〉,吳則虞〈詞人王沂孫事蹟考略〉、〈玉田年表〉,文中所引諸家事蹟,係據以上諸文輯錄者,不另作說明,至於其餘人事,則於文末註明出處。

宋高宗紹興二十五年（1155）

　　‧姜夔生。

宋高宗紹興二十九年（1159）

　　＊韓淲生。（鄭騫《宋人生卒考示例》）

宋高宗紹興三十二年（1162）

　　‧史達祖生。

　　辛棄疾自山東南來。（諸家稼軒年譜）

宋孝宗隆興元年（1163）

　　‧姜夔侍父宦漢陽。

宋孝宗乾道四年（1168）

　　‧姜夔姊嫁漢川，父卒於漢陽任。

宋孝宗乾道五年（1169）

　　＊王炎、劉光祖中進士。（饒宗頤《詞籍考》、《全宋詞》）

宋孝宗乾道七年（1171）

　　湯衡爲《張紫微雅詞》作序。（雙照樓本《于湖先生長短句》）

　　陳應行爲《于湖先生雅詞》作序。（汲古閣本《于湖詞》）

宋孝宗淳熙元年（1174）

　　‧姜夔依姊山陽，間歸饒州。

宋孝宗淳熙三年（1176）

　　‧姜夔至日過淮陽，作〈揚州慢〉。

　　＊洪咨夔生。（《詞籍考》）

宋孝宗淳熙六年（1179）

　　＊孫惟信生。（《全宋詞》）

宋孝宗淳熙七年（1180）

　　強煥題《周美成詞》。（汲古閣本《片玉詞》）

宋孝宗淳熙八年（1181）

　　辛棄疾帶湖新居落成，始以稼軒名，自號稼軒居士。（諸家
　　稼軒年譜）

宋孝宗淳熙十一年（1184）

　　＊鄭域中進士。（《全宋詞》）

宋孝宗淳熙十三年（1186）

　　‧姜夔人日客長沙別駕之觀政堂，作〈一萼紅〉。秋，登祝
　　融峰，作〈霓裳中序第一〉。七月既望，與楊聲伯諸友，
　　大舟浮湘，作〈湘月〉。後返漢陽，寓山陽姊氏，作〈浣

溪沙〉。冬，蕭德藻約往湖州。遂發漢陽，作〈探春慢〉
別鄭次皋諸人。過武昌，值安遠樓成，作〈翠樓吟〉。蕭
夫人時已來歸。

宋孝宗淳熙十四年（1187）

・姜夔元日過金陵江上，感夢作〈踏莎行〉。二日道金陵，
作〈杏花天影〉。三月後，遊杭州，謁楊萬里。夏，依蕭
德藻居湖州，作〈惜紅衣〉。冬，過吳淞，作點絳脣。

宋孝宗淳熙十五年（1188）

・姜夔客臨安，還寓湖州。

＊ 馮取洽生。（《詞籍考》）
范開編刊《稼軒詞甲集》成。（諸家稼軒年譜）

宋孝宗淳熙十六年（1189）

・姜夔寓湖州。早春與田幾道尋梅北山沈氏園，作〈夜行
船〉。收燈夜，作〈浣溪沙〉。暮春與蕭時父載酒南郭，
作〈琵琶仙〉。秋，作〈鷓鴣天〉。

＊ 趙以夫生。（《詞籍考》）

宋光宗紹熙元年（1190）

・姜夔卜居白石洞下，永嘉潘檉字之曰白石道人。是年客合
肥，居赤闌橋之西，與范仲訥為鄰。

宋光宗紹熙二年（1191）

・姜夔正月二十四日發合肥，作〈浣溪沙〉。晦日，泛巢
湖，作平韻〈滿江紅〉。初夏，至金陵，謁楊萬里，作
〈醉吟商小品〉。六月，復過巢湖，刻平韻〈滿江紅〉於
神姥祠。七夕，在合肥，與趙君猷坐月，作〈摸魚兒〉。
寓合肥時，作〈淒涼犯〉。冬，詣范成大於蘇州，止月
餘，賞梅范村，作〈玉梅令〉。成大徵新聲，又作〈暗

香〉、〈疏影〉。除夕，自石湖歸湖州。

宋光宗紹熙三年（1192）

　　＊張鎡作〈瑞鶴仙・壬子年燈夕〉。（《全宋詞》）

　　＊馮去非生。（《全宋詞》）

宋光宗紹熙四年（1193）

　　・姜夔，春客紹興，與張鎡、葛天民同遊。秋，與黃慶長夜
　　　泛鑑湖，作〈水龍吟〉。九月，范成大卒。十二月，姜赴
　　　蘇州弔范成大，復還越。（〈石湖仙・壽石湖居士〉一詞
　　　當此一、二年間作。）歲暮留越，作〈玲瓏四犯〉。

　　＊張鎡作〈木蘭花慢・癸丑年生日〉。（《全宋詞》）

宋光宗紹熙五年（1194）

　　・姜夔春與張鎡自越之杭，觀梅於孤山之西村，作〈鶯聲繞
　　　紅樓〉。與俞灝燕遊西湖，已而灝歸吳興，獨遊孤山，作
　　　〈角招〉。

　　＊張鎡作〈木蘭花慢・甲寅三月中澣……即席作〉。（《全
　　　宋詞》）

宋寧宗慶元元年（1195）

　　・姜夔與張鑑於三月十四日同遊南昌西山玉隆宮，止宿而
　　　返。

宋寧宗慶元二年（1196）

　　・姜夔三月作〈鷓鴣天〉。秋，與張鎡會飲張達可家，作
　　　〈齊天樂〉。冬，詣無錫，道經吳松，作〈慶宮春〉。在
　　　無錫月餘，謁尤袤論詩。將詣淮不果，〈江梅引〉。爲杭
　　　州歸計，作〈鬲溪梅令〉。臘月與俞灝、葛天民同寓新安
　　　溪莊舍，作〈浣溪沙・詠臘梅〉二闋。歲不盡五日，歸舟
　　　過吳松，作〈浣溪沙〉。

宋寧宗慶元三年（1197）

·姜夔正月居杭作〈鷓鴣天〉「丁巳元日」、「正月十一日
觀燈」、「元夕不出」、「元夕有所夢」、「十六夜出」
五首。四月，上書論雅樂，進〈大樂議〉一卷、〈琴瑟考
古圖〉一卷，以時嫉其能，不獲盡所議。

宋寧宗慶元四年（1198）

＊鄭域作〈念奴嬌·戊午生日作〉。（《全宋詞》）

宋寧宗慶元五年（1199）

·姜夔上〈聖宋鐃歌鼓吹〉十二章，詔免解，與試禮部，不
第。

＊盧祖皋、魏了翁中進士。（《詞籍考》）

＊趙孟堅生。（《全宋詞》）

宋寧宗慶元六年（1200）

·姜夔寓西湖，作〈喜遷鶯·功父新第落成〉。

·吳文英生年姑定於此年。

＊盧祖皋作〈畫堂春·庚申中吳對雪〉。（《全宋詞》）

宋寧宗嘉泰元年（1201）

·秋，姜夔入越，作〈徵招〉。

＊張鎡題《梅溪詞》。（汲古閣本《梅溪詞》）

　按：據題詞得知，張鎡與史達祖蓋於是年初識，《梅溪
　　　詞》中〈蘭陵王·南湖以碧蓮見寄〉、〈醉公子·詠
　　　梅寄南湖先生〉二闋之寫作時間必在此年或以後。

宋寧宗嘉泰二年（1202）

·秋，姜夔客松江，作〈暮山溪·題錢氏溪月〉。至日，編
《歌曲》六卷成，松江錢希武刻於東巖之讀書堂。

·史達祖作〈東風第一枝·壬戌閏臘望，雨中立癸亥春，與

高賓王各賦〉。（《梅溪詞》）

* 高觀國作〈東風第一枝・壬戌春日訪梅溪，雨中同賦〉。
（《全宋詞》）

* 洪咨夔中進士。（《詞籍考》）

* 張鑑約卒於此年。（〈姜白石繫年〉）
林正大作〈風雅遺音序〉。（江標刊本《風雅遺音》）

宋寧宗嘉泰三年（1203）
・姜夔作〈漢宮春〉「次稼軒韻」、「次韻稼軒〈蓬萊閣〉」二闋。

宋寧宗嘉泰四年（1204）
・姜夔杭州舍燬。作〈洞仙歌・黃木香贈辛稼軒〉、〈永遇樂・北固樓次稼軒韻〉。

* 張鎡作〈臨江仙・余年三十二，歲在甲辰，嘗畫七圖於紙，揭之坐右，每圖橫界作十眼，歲塗其一。今已過五十有二，悵然增感，戲題此詞〉。（《全宋詞》）

宋寧宗開禧元年（1205）
・史達祖陪節使金。七月初，作北行詞之〈龍吟曲・陪節欲行留別社友〉、〈秋霽〉。閏八月中秋，作〈齊天樂・中秋宿眞定驛〉。九月，北行歸途中，作〈鷓鴣天・衛縣道中有懷其人〉、〈惜黃花・九月七日定興道中〉、〈滿江紅・九月二十一日出京懷古〉。（雷履平《梅溪詞・前言》）

* 張鎡作〈水龍吟・夜夢行修竹中……驚覺，因賦此詞。乙丑冬十二月也〉。（《全宋詞》）

宋寧宗開禧二年（1206）
・秋，姜夔至括蒼，作〈虞美人〉（闌干表立蒼龍背）詞。抵永嘉，作〈水調歌頭・富覽亭永嘉作〉詞。

- 七月，蘇旦以罪謫，史達祖始弄權。（《詞籍考》）
* 王炎作〈浪淘沙令‧開禧丙寅作〉。（《全宋詞》）
  楊萬里、劉過卒。（〈姜白石繫年〉）

宋寧宗開禧三年（1207）
- 姜夔作〈卜算子‧梅花八詠和曾三聘〉。
  九月，辛棄疾卒。（諸家稼軒年譜）
  十一月，張鎡謀殺韓侂胄。（〈吳夢窗繫年〉）
- 冬，韓侂胄被誅。史達祖送大理寺根究，被黥。（《詞籍考》）

宋寧宗嘉定元年（1208）
- 天臺謝采伯刻姜夔《續書譜》一卷，並序。
* 盧祖皋作〈沁園春‧戊辰歲壽攻媿舅〉。（《全宋詞》）
  滕仲因作〈笑笑詞序〉。（《彊村叢書》本《笑笑詞》）

宋寧宗嘉定三年（1210）
- 史達祖約在此年卒。
  按：此乃從陸侃如之說。胡適《詞選》謂梅溪死於嘉定
  十三年（1220）左右。胡雲翼《宋詞研究》則定在開禧
  三年（1207）。
  詹傅作〈笑笑詞序〉。（《彊村叢書》本《笑笑詞》）

宋寧宗嘉定四年（1211）
* 王炎作〈浪淘沙‧辛未中秋與文尉達可飲〉。（《全宋詞》）
* 盧祖皋作〈滿庭芳‧辛未歲聞表兄王和叔秘監林屋既成……因賦此以壽之，俾舟人歌以和漁唱〉。（《全宋詞》）
* 張鎡坐扇搖國本，除名象州編管卒。（《全宋詞》）

陳元龍注周邦彥《片玉集》成。（〈吳夢窗繫年〉）

劉肅作〈片玉集序〉。（《彊村叢書》本《片玉集》）

宋寧宗嘉定五年（1212）

＊王炎作〈清平樂・嘉定壬申除夜〉。（《全宋詞》）

＊柴望生。（《詞籍考》，據《秋堂集》附錄〈墓誌銘〉）

宋寧宗嘉定六年（1213）

＊王炎作〈江城子・癸酉春社〉。（《全宋詞》）

＊張輯作〈山莊勸酒・寓《湘天曉角》〉。（《全宋詞》）

宋寧宗嘉定七年（1214）

＊王炎作〈虞美人・甲戌正月望後燕來〉、〈南鄉子・甲戌正月〉、〈憶秦娥・甲戌賞春〉。（《全宋詞》）

宋寧宗嘉定九年（1216）

＊王炎作〈玉樓春・丙子十月生〉。（《全宋詞》）

宋寧宗嘉定十年（1217）

・趙以夫、吳潛、尹煥與吳文英兄翁逢龍登進士。

按：夢窗與煥交最篤，集中有酬煥詞十一闋。

宋寧宗嘉定十一年（1218）

＊王炎自序《雙溪詩餘》。於是年卒。（四印齋本《雙溪詩餘》、《詞籍考》）

宋寧宗嘉定十二年（1219）

・姜夔客揚州，初識吳潛。

宋寧宗嘉定十四年（1221）

・姜夔卒，年六十七。

宋寧宗嘉定十五年（1222）

＊劉光祖卒。（《全宋詞》）

宋寧宗嘉定十七年（1224）

  ・吳文英重游德清，作〈賀新郎・爲德清趙令賦小垂紅〉。
    作〈思佳客・閏中秋〉

  ＊韓淲卒。（《詞籍考》、《宋人生卒考示例》）

宋理宗寶慶元年（1225）

  陳起以刊《江湖集》肇禍，詔禁作詩。（〈吳夢窗繫年〉）

宋理宗寶慶二年（1226）

  ＊趙孟堅登進士。（《全宋詞》）

宋理宗寶慶三年（1227）

  ＊孫惟信作（失調名）〈四十九歲自壽〉詞。（《全宋詞》）

宋理宗紹定元年（1228）

  ＊何夢桂生。（《全宋詞》）

宋理宗紹定二年（1229）

  ＊蕭泰來登進士。（《全宋詞》）

宋理宗紹定五年（1232）

  ・五月廿一日，周密生於富春縣齋。
  ・吳文英在蘇州，爲倉臺幕僚。作〈聲聲慢・陪幕中餞孫無
    懷於郭希道池亭，閏重九前一日〉。
    劉辰翁生。（《詞籍考》）

宋理宗端平元年（1234）

  ・周密侍父離富春。

宋理宗端平二年（1235）

  ＊張輯作〈月底簫譜・寓祝英臺近〉、〈貂裘換酒・寓賀新
    郎〉。（《全宋詞》）

宋理宗端平三年（1236）

．正月，吳文英在蘇州，作〈探芳信‧丙申歲，吳燈市盛常年……〉。

＊張輯作〈淮甸春‧寓念奴嬌〉。（《全宋詞》）

＊洪咨夔卒。（《詞籍考》）

宋理宗嘉熙元年（1237）

沈義父領鄉薦。（〈吳夢窗繫年〉）

宋理宗嘉熙二年（1238）

．秋，吳文英作〈木蘭花慢〉送施樞往浙東。〈齊天樂〉「齊雲樓」一首或作於此年。

＊趙以夫拜同知樞密院事。（薛礪若《宋詞通論》）

宋理宗嘉熙三年（1239）

．正月，吳文英與吳潛履翁看梅滄浪亭，作〈金縷歌〉；潛有和章。

宋理宗嘉熙四年（1240）

．周密侍父遊閩。

宋理宗淳祐元年（1241）

．周密侍父自閩還浙。

＊利登、馮去非中進士。（《詞籍考》、《全宋詞》）

＊汪元量生。（孔凡禮〈汪元量事蹟紀年〉，附載於北京中華書局版《增訂湖山類稿》）

宋理宗淳祐二年（1242）

．春，吳文英在蘇州，作〈六醜‧壬寅歲，吳門元夕風雨〉。

秋，沈義父始識翁元龍靜翁（吳文英兄）於澤濱。（《樂府指迷》）

* 林景熙生。（《歷代人物年里通譜》）

宋理宗淳祐三年（1243）

- 春，吳文英在蘇州，作〈水龍吟・癸卯元夕〉。秋，置家
  於瓜涇蕭寺，離蘇遊杭。冬，在杭州，寫新詞獻方萬里。
  按：吳文英〈瑞鶴仙・癸卯歲壽方蕙巖寺簿〉、〈思佳
  客・癸卯除夜〉亦作於此年。
- 沈義父初識吳文英，相與論詞。（《樂府指迷》）
- * 趙以夫作〈水調歌頭・次方時父，癸卯五月四日〉。
  （《全宋詞》）
- * 孫惟信卒於杭州。（《全宋詞》）

宋理宗淳祐四年（1244）

- 吳文英在蘇州，作〈滿江紅・甲辰歲盤門外過重午〉、
  〈鳳棲梧・甲辰七夕〉、〈尾犯・甲辰中秋〉。冬，寓
  越，作〈喜遷鶯・甲辰冬至寓越，兒輩尚留瓜涇蕭寺〉。

宋理宗淳祐五年（1245）

- 吳文英在蘇州，作〈聲聲慢・壽魏方泉〉、〈永遇樂・乙
  巳中秋〉。

宋理宗淳祐六年（1246）

- 吳文英在杭州，作〈塞垣春・丙午歲旦〉、〈瑞鶴仙・丙
  午重九〉、〈西江月・丙午冬至〉、〈水調歌頭・賦魏方
  泉望湖樓〉、〈絳都春・李太博赴括蒼別駕〉。賈似道爲
  京湖制置使知江陵府。
  按：夏承燾〈吳夢窗繫年〉採劉毓崧〈夢窗詞序〉之說
  云：「似道官京湖制置使在此年，進制置大使在淳祐九年
  三月，迨十年三月，改兩淮制置大使，始去京湖。夢窗與
  之往還酬答之作：〈木蘭花慢・壽秋壑〉、〈宴清都・壽

秋壑〉、〈金琖子・過秋壑西湖小築〉、〈水龍吟・過秋
壑湖上舊居寄贈〉四闋，應是作於此數年之中。」

‧周密侍父衢州。時外舅楊伯嵒爲知州，常集諸名勝爲小蓬
萊之會。

＊柴望作〈摸魚兒・丙午歸田，嚴灘褚孺奇席上作〉。
（《全宋詞》）

宋理宗淳祐七年（1247）

‧吳文英作〈鳳池吟・慶梅津自畿漕除右司郎官〉、〈塞翁
吟・餞梅津除郎赴闕〉。

‧周密隨父離衢州，赴柯山。

＊仇遠生。（《全宋詞》、蕭鵬〈周草窗年譜補辨〉）

＊唐玨生。（〈周草窗年譜〉）

宋理宗淳祐八年（1248）

‧張炎生。

‧王沂孫生年似在此年前後。

＊柴望作〈齊天樂・戊申百五野處酹別〉。（《全宋詞》）

＊馮取洽作〈賀新郎・自壽〉。（《全宋詞》）

宋理宗淳祐九年（1249）

＊趙以夫（芝山老人）自序《虛齋樂府》。（江標刊本《虛齋
樂府》）

八月，吳潛知紹興府浙東安撫使；十二月，同知樞密院參
知政事。（〈吳夢窗繫年〉）

宋理宗淳祐十年（1250）

‧吳文英在越州，作〈絳都春・題蓬萊閣燈屏，履翁帥
越〉。

＊柴望作〈陽關三疊・庚戌送何師可之維揚〉。（《全宋
詞》）

趙聞禮《陽春白雪》約成書於此年或以後，陳振孫卒前。

（拙著《宋代詞選集研究》第二章）

宋理宗淳祐十一年（1251）

・吳文英在杭州，二月甲子，作〈鶯啼序〉書豐樂樓壁。

＊趙與峕題《白石詞》。（《彊村叢書》本《白石道人歌曲》）

宋理宗寶祐元年（1253）

＊薛夢桂登進士。（《全宋詞》）

宋理宗寶祐二年（1254）

・周密試吏部約在此年。

按：蕭鵬〈周草窗年譜補辨〉以爲似當在淳祐末、寶祐初。

＊柴望作〈摸魚兒・寶祐甲寅春賦〉。（《全宋詞》）

＊楊伯嵒卒。（《全宋詞》）

宋理宗寶祐三年（1255）

・春，周密侍父鄞江。

宋理宗寶祐四年（1256）

・周密父周晉卒於是年前後。（〈周草窗年譜補辨〉）

＊趙以夫卒。（《詞籍考》）

＊召馮去非爲宗學諭。（《全宋詞》）

＊柴望作〈念奴嬌・丙辰寄錢若洲〉。陳允平作〈木蘭花慢・丙辰壽葉制相〉。（《全宋詞》）

三月，嗣榮王與芮封太傅。四月，賈似道爲參知政事。（〈吳夢窗繫年〉）

宋理宗寶祐五年（1257）

・周密重過衢州，作〈長亭怨慢・記千竹〉。

＊柴望作〈祝英臺・丁巳晚春訪楊西村，湖上懷舊〉。

（《全宋詞》）

四月，元兵入襄陽。

宋理宗開慶元年（1259）

· 夏，吳文英在吳中，作送翁賓暘游鄂諸〈沁園春〉詞。
賈似道爲右丞相兼樞密使，進封茂國公。（《宋史·理宗紀
四》）

八月，元兵渡淮，九月渡江，陷臨江軍。

宋理宗景定元年（1260）

· 吳文英在越，客嗣榮王趙與芮邸。
按：〈吳夢窗繫年〉引劉毓崧説云：吳文英壽嗣榮王夫婦
之詞〈燭影搖紅〉、〈水龍吟〉、〈宴清都〉、〈齊天
樂〉，疑作於此年秋天。

· 吳文英疑卒於此年前後。
四月，賈似道入朝，吳潛落職。七月，賈兼太子少師。（〈吳
夢窗繫年〉）

五月，周密與趙孟堅遊湖。二人之交往，始見於此。

* 柴望作〈摸魚兒·景定庚申會使君陳碧樓〉。（《全宋
詞》）

宋理宗景定二年（1261）

· 周密爲臨安府幕僚。

* 陳允平作〈蘭陵王·辛酉代壽鏊翁丞相母夫人〉。（《全
宋詞》）

宋理宗景定四年（1263）

· 暮春，周密沿檄宜興，作〈拜星月慢〉（膩葉陰清）。督
崑陵民田，忤時宰意。會母病，即日歸養。作〈木蘭花·
西湖十景〉詞，約陳允平同賦。

按：周密與陳允平之交，始見於此。

宋理宗景定五年（1264）

· 夏，周密會楊纘諸人結吟社於西湖楊氏環碧園。作〈采綠吟〉。

按：初結吟社應在春夏間，於張樞湖山繪幅吟樓，此後活動除此地外，亦常於環碧園舉行。詳周密〈瑞鶴仙序〉。

· 周密丁母憂，約在此時。

宋度宗咸淳元年（1265）

· 秋晚，周密作遊湖〈秋霽〉詞（重到西泠）。密爲兩浙運司掾，約在此年。

《志雅堂雜鈔》紀年始此。

* 黃公紹、何夢桂中進士。（《詞籍考》）

* 趙與訔卒。（〈周草窗年譜〉）

宋度宗咸淳二年（1266）

· 冬，周密訪李彭老、萊老於餘不溪。

元兵圍襄陽。

宋度宗咸淳四年（1268）

· 秋，周密再游三匯，作〈齊天樂〉（清溪數點芙蓉雨）。

* 莫崙中進士。（〈周草窗年譜〉）

宋度宗咸淳五年（1269）

* 楊纘卒於此年之前。（〈周草窗年譜〉）

劉克莊卒，年八十三。（〈周草窗年譜〉）

宋度宗咸淳六年（1270）

· 周密在杭，交馬延鸞。

* 李萊老知嚴州。（《詞籍考》）

* 陳允平作〈漢宮春·庚午歲壽谷翁保相〉。（《全宋詞》）

宋度宗咸淳七年（1271）

　　‧夏，周密游湖州蘇灣，作〈乳燕飛〉。

　　仲冬甲子，同郡陳存敬作〈草窗韻語序〉。（〈周草窗年
　　譜〉）

宋度宗咸淳九年（1273）

　　‧冬，周密在杭，和楊无咎〈柳梢青〉梅詞四首。

　　‧張炎遇汪菊坡。

　　正月，蒙古兵陷樊城；三月，陷襄陽。（《宋史‧度宗
　　紀》）

宋度宗咸淳十年（1274）

　　‧周密爲豐儲倉檢察。冬，與王沂孫別於孤山。

　　‧周密《草窗韻語》結集。

　　按：《蘋洲漁笛譜》不載入元以後詞，或與《韻語》同時
　　結集。

　　＊蔣捷中進士。（《全宋詞》）

宋恭帝德祐元年（1275）

　　‧冬，周密游會稽，與王沂孫相會一月。

　　＊陸行直生。（陳去病〈詞旨敘〉）

　　＊陳允平官制置司參議官。（《詞籍考》）

宋端宗景炎元年（1276）

　　‧周密爲義烏令，約在此時。冬，密自剡過會稽會王沂孫。

　　正月，杭州破，恭帝奉表請降。三月，元以宋帝、太后等
　　北行。閏三月，陸秀夫等於溫州奉益王爲天下兵馬都元
　　帥。五月，益王即帝位於福州，改元景炎，是爲端宗。

　　（《宋史‧瀛國公紀》）

宋端宗景炎二年（1277）

· 周密弁陽家破，去湖寓杭。

· 王沂孫似在越。

宋端宗景炎三年（1278）

· 張炎過錢塘西湖慶樂園，賦〈高陽臺〉（古木迷鴉）詞。
四月，端宗崩，帝昺立，是爲衛王，遷厓山。（《宋史·瀛
國公紀》）
十二月，楊璉僧伽發會稽宋帝后陵。（〈周草窗年譜〉）

宋衛王祥興二年、元世祖至元十六年（1279）

· 二月，元破厓山，帝昺蹈海，宋亡。（《宋史·瀛國公
紀》）

元世祖至元十七年（1280）

· 王沂孫爲慶元路學正，蓋自此年至至元二十一年，凡五
年。
按：常國武撰〈王沂孫出仕及生卒年歲問題的探索〉認
爲：王沂孫出仕慶元路學正的應在至元二十八年；楊海明
撰〈王沂孫生卒年新考〉也認爲：碧山出仕至早在至元
二十八年或以後。待考。

元世祖至元十八年（1281）

· 周密始爲《癸辛雜識》。

元世祖至元十九年（1282）

文天祥殉國。（《元史·世祖紀》）

元世祖至元二十三年（1286）

· 三月五日，周密招王沂孫、戴表元、徐天祐、仇遠、白
珽、屠約等宴集於楊氏池堂，表元爲詩序。

按：戴表元詩序見《剡原集》卷十〈楊氏池堂宴集詩序〉。

‧王沂孫在杭，〈法曲獻仙音〉詞疑在此一、二年間作。

＊戴表元、馬廷鸞為周密《弁陽詩集》序。（〈周草窗年譜〉）

元世祖至元二十四年（1287）

‧周密得王獻之〈保母帖〉，王沂孫、鮮于樞、仇遠、白珽、鄧文原、王易簡諸人題詩。

‧周密《癸辛雜識‧前集》成。

‧王沂孫還越，周密賦〈三姝媚〉贈之。《花外集》之「蘭缸花半綻」即和密詞。

元世祖至元二十五年（1288）

‧周密《癸辛雜識‧後集》成。

‧張炎往來山陰，與王沂孫遊，賦〈湘月〉（行行且止）詞。

元世祖至元二十六年（1289）

‧周密作《志雅堂雜鈔》。

＊汪元量結詩社。（孔凡禮〈汪元量事蹟紀年〉）

按：〈紀年〉云：「元量南歸後，即有『偶攜降幟立詩壇，剪燭西窗共笑歡』之句，見於〈答林石田見訪有詩相勞〉詩中。元量〈暗香序〉有『西湖社友有千葉紅梅』云云，〈疏影序〉云『西湖社友臘紅梅，分韻得落字』。元量〈唐律寄呈父鳳山提舉〉其九有『遙憶武林社中友』之句。詩社之結、詩壇之立，當為本年事。〈暗香〉、〈疏影〉皆屬詩社中作品。」

元世祖至元二十七年（1290）

- 秋九月，張炎與沈堯道、曾子敬等北行，寫金字藏經。
  會吳菊泉、汪菊坡於燕薊。作〈臺城路・庚寅秋九月，之
  北，遇汪菊坡，一見若驚，相對如夢。回憶舊游，已十八
  年矣。因賦此詞〉。另有〈淒涼犯・北游道中寄懷〉、
  〈壺中天・夜渡古黃河，與沈堯道、曾子敬同賦〉、〈綺
  羅香〉賦紅葉，有「小字金書」語，恐亦作於此時。
  按：馮沅君撰〈南宋詞人小記二則〉之〈玉田先生年譜擬
  稿〉謂《玉田詞》卷一：〈憶舊游〉（看方壺擁翠）、
  〈聲聲慢〉（平沙催曉）、〈三姝媚〉（芙蓉城伴侶）、
  〈慶春宮〉（波蕩蘭觴）及〈國香〉（鶯柳煙堤）諸闋，
  可定爲在燕作者。
- 王沂孫疑卒於此年。
  按：關於王沂孫之卒年，〈周草窗年譜〉謂於此年前，鄭
  騫《詞選》謂於至元二十六、七年間，〈玉田年表〉謂於
  此年或前一年，〈王沂孫出仕及生卒年歲問題的探索〉則
  以爲是在至元二十八年秋冬之交。
- ＊陳恕可爲西湖書院山長。（〈周草窗年譜〉）
- ＊何夢桂作〈沁園春〉（袞衣繡裳）。（《全宋詞》）

元世祖至元二十八年（1291）

- 周密《齊東野語》成。作〈自銘〉。《武林舊事》成於此
  年前。
- 張炎自大都還杭，作〈疏影・余於辛卯歲北歸，與西湖諸
  友夜酌，因有感於舊游，寄周草窗〉。

元世祖至元二十九年（1292）

- 周密《癸辛雜識・續集》上卷成。
- 張炎在杭與沈堯道遊，作〈甘州・辛卯歲，沈堯道同余北

歸，各處杭越。踰歲，堯道來問寂寞，語笑數日，又復別
去。賦此曲，并寄趙學舟〉。

· 張炎弔碧山於玉笥山，蓋在此年以後。

元世祖至元三十年（1293）

· 二月至四月，八月至十二月，周密往來杭州諸家看書畫。

· 春，張炎與趙元父（與仁）遇於杭，作〈憶舊游·余離
群索居，與趙元父一別四載。癸巳春，於古杭見之，形容
憔悴，故態頓消。以余況味，又有甚於元父者，抑重余之
惜，因賦此詞，且寄元父，當爲余愀然而悲也〉。

元世祖至元三十一年（1294）

· 春，張炎寓羅江，與羅景良遊，作〈西子妝慢·吳夢窗自
製此曲，余喜其聲調妍雅，久欲述之而未能。甲午春，寓
羅江，與羅景良野遊江上。綠陰芳草，景況離離，因賦此
解。惜舊譜零落，不能倚聲而歌也〉。

元成宗元貞元年（1295）

· 周密《絕妙好詞》結集在此年至辛前三年間。（《宋代詞選
集研究》第三章）

· 周密自杭還雲，省墓杼山。

· 張炎《山中白雲》卷三有〈甘州·餞草窗歸雲〉一詞，當
此年作品。

元成宗元貞二年（1296）

· 周密《癸辛雜識·續集》畢於此年。

元成宗大德元年（1297）

· 張炎客寧海，與舒岳祥遊，作〈長亭怨〉。
舒岳祥作〈贈玉田序〉。（龔本《玉田詞》）
劉辰翁卒，年六十六。（《詞籍考》）

元成宗大德二年（1298）

- 周密卒，年六十七。

    按：鄭騫《詞選》定周密卒年爲元武宗至大元年
    （1308），享年七十七。

- 張炎在甬東遇吳菊泉，作〈長亭怨‧歲庚寅，會吳菊泉于
    燕薊。越八年，會於甬東。未幾別去，將復之北，遂作此
    曲〉。

    按：〈玉田先生年譜擬稿〉謂：卷一〈掃花游〉、〈臺
    城路〉、〈渡江雲〉、〈瑣窗寒〉、〈憶舊遊〉（新朋
    故友）、〈瑣窗寒〉（亂雨敲春）、〈憶舊遊〉（淡風
    暗收榆莢）、〈鳳凰臺上憶吹簫〉、〈憶舊遊‧登越州蓬
    萊閣〉、〈解連環‧拜陳西麓墓〉，卷二〈月下笛〉（孤
    游萬竹山中）、〈臺城路‧雪竇寺訪同野翁〉，卷三〈玲
    瓏四犯‧杭友促歸〉、〈聲聲慢‧別四明諸友歸杭〉，卷
    四〈甘州‧戚五雲雲山圖〉、〈聲聲慢〉（西湖五載隱吹
    簫）諸闋，皆作於山陰、姚江等地，殆亦此時所作。

元成宗大德三年（1299）

- 張炎自甬返杭，復遊閶闔。作〈春從天上來‧己亥春，
    復回西湖，飲靜傳董高士樓，作此解以寫我憂〉、〈聲聲
    慢‧己亥歲自台回杭……〉、〈探春慢‧己亥客閶闔，歲
    晚江空，暖雨奪雪，籌燈顧影，依依可憐。作此曲，寄戚
    五雲。書之，幾脫腕也〉。仇遠贈玉田詩有「太湖風月」
    云云，疑於此時。

    按：〈玉田先生年譜擬稿〉另繫〈燭影搖紅‧西浙冬春
    間……〉、〈探芳信‧西湖春感……〉、〈臺城路‧送周方
    山游吳〉三首。

元成宗大德四年（1300）

· 張炎在東吳，遇鄧牧，遊北山寺，訪日東巖。鄧牧作〈張
  叔夏詞集序〉。

元成宗大德九年（1305）

· 秋，張炎在溧陽，遇仇遠。作〈夜飛鵲·大德乙巳中
  秋……〉、〈新雁過妝樓·乙巳菊日……〉。

＊仇遠爲溧陽教授。（《全宋詞》）

元成宗大德十年（1306）

＊鄧牧卒。（〈玉田年表〉）

元武宗至大元年（1308）

· 七月，張炎與曾心傳會於竹林清話，作〈風入松〉。

元武宗至大二年（1309）

· 張炎寓江陰。作〈摸魚兒·己酉重登陸起潛皆山樓，正對
  惠山〉、〈滿江紅·己酉春日〉、〈木蘭花慢〉。

元武宗至大三年（1310）

· 張炎在宜興。春，作〈漁歌子·張志和與余同姓，而意趣
  亦不相遠。庚戌春，自陽羨牧溪放舟過畫溪，作漁歌子十
  解，述古調也〉。秋，別曾心傳，作〈風入松·久別曾心
  傳……〉。又作〈木蘭花慢〉。
  按：〈玉田先生年譜擬稿〉另繫卷四〈數花風·別義興諸
  友〉、卷五〈瑤臺聚八僊·菊日寓義興……〉、卷七〈風
  入松·王彥常游會僊亭〉諸首。

＊戴表元卒。（〈玉田年表〉）

＊林景熙卒。（《歷代人物年里通譜》）

元仁宗延祐元年（1314）

· 張炎寓吳，作〈臨江仙〉。

元仁宗延祐二年（1315）

　　·張炎至杭，來寓錢塘縣之學舍，作〈臺城路·歸杭〉。

　　（錢良祐〈詞源跋〉）

　　　按：〈玉田年表〉定張炎至杭時間爲延祐四年。

元仁宗延祐四年（1317）

　　正月，錢良祐跋張炎《詞源》。（《詞話叢編》本《詞源》）

元英宗至治元年（1321）

　　·張炎卒於此年前後，年約七十。

論白石詞中的「情」

一、諸家對白石詞情的看法

　　歷來對白石詞的評價，一致稱許，幾無異議的，是他作品中的氣格和神韻[1]。在王國維的《人間詞話》裡，固然推崇白石詞略得「韻趣高奇，詞義晦遠，嵯峨蕭瑟，眞不可言」的氣象，也直認「古今詞人格調之高無如白石」，但除此之外，他對姜夔的成就再無特別褒揚，反而評定這位南宋詞家不能與於第一流作者之列，可惜他「不於意境上用力」，更批評他寫景之作「如霧裡看花，終隔一層」，歸結一句話，就是「有格而無情」[2]。這就牽涉到白石詞情的問題了。其實，姜詞在這方面之引人非議，並不自王國維始，周濟《介存齋論詞雜著》就曾說：「稼軒鬱勃，故情深；白石放曠，故情淺。……白石詞如明七子詩，看是高格響調，不耐人細思。[3]」文學作品基本上是緣情的，它的產生，是作者情有所感，然後加上想像與思考之力，而以適切的文字表現出來，於是讀者透過作品所流露

---

* 本文原題〈從流浪意識看白石詞中的情〉，發表於《中國文學研究》第三輯（臺北：國立臺灣大學中國文學研究所，1989），頁165-183。
1 如張炎《詞源》：「詞要清空，不要質實。清空則古雅峭拔；質實則凝澀晦昧。姜白石的詞如野雲孤飛，去留無跡。」劉熙載〈詞概〉：「姜白石詞，幽韻冷香，令人挹之無盡。」陳廷焯《白雨齋詞話》：「白石詞以清虛爲體，而時有陰冷處，格調最高。……美成、白石，各有至處，不必過爲軒輊。頓挫之妙，理法之精，千古詞宗，自屬美成。而氣體之超妙，則白石獨有千古，美成亦不能至。」
2 王國維《人間詞話》評論白石詞，見唐圭璋編《詞話叢編》（臺北：新文豐出版社，1988），頁4248-4250、4253、4266。
3 見《詞話叢編》，頁1634。

的情思，乃得穿越時空，走入並且接近作者的內心世界，進而激起自己的情感思維，開拓精神的領域。因此，在精妙的寫作技巧配合下，作者的情思愈深摯，作品感人的力量愈大——這是構成好作品的重要質素。那麼，在周濟、王國維的眼中，「清峻勁折，格澹神寒」[4]的白石詞顯然缺乏沉摯動人的情思，所以就不能算是南宋巨擘了。

可是，在周濟之前或稍後的詞學家，卻持不同的看法。王昶認爲姜夔的作品，「託物比興，因時傷事，即酒席遊戲，無不有黍離周道之感」，可謂「三百篇之苗裔」[5]。宋翔鳳稱詞家之有白石，「猶詩家之有杜少陵」，說他「流落江湖，不忘君國，皆借託比興於長短句寄之」[6]。陳廷焯則強調白石處於南渡國勢日非之際，「目擊心傷，多於詞中寄慨」[7]。清代詞壇爲確立詞的正統地位，使之與詩並列，故比興寄託之說大盛，尤其喜言詞有詩騷遺風，王、宋、陳氏三人顯然是由這種角度來詮釋姜詞的。在他們的心目中，白石詞充滿黍離之悲、家國之痛；換言之，白石在詞中所抒發的主要就是一種傷時感事的愛國情懷。

近人夏承燾歸納姜詞內容，其中也包括感慨國事之作數首[8]，然而夏氏卻指出白石情懷關注的重點不在於此，而在於一段持續二十餘年的戀情，那就是有名的「合肥情事」。據夏承燾〈合肥詞事〉稱，白石詞中凡詠梅柳，寫箏琶，述燈節景物，多與懷念合肥二妓有關，按此約佔其全部詞作的四分之

---

4 見繆鉞：〈姜白石之文學批評及其作品〉，《詩詞散論》（臺北：開明書局，1977），頁98。
5 見王昶〈姚莲汀詞雅序〉，《春融堂集》，卷四十一。
6 宋翔鳳《樂府餘論》，見《詞話叢編》，頁2503。
7 陳廷焯《白雨齋詞話》，見《詞話叢編》，頁3797。
8 詳夏承燾〈論姜白石的詞風〉，《姜白石詞編年箋校》（臺北：中華書局，1967），頁2。

一[9]。姜夔這份惓惓於合肥情侶的孤往之懷，後來便成爲許多學者駁斥王國維「有格無情」說的佐證[10]。

細加考察，前述兩種情懷——愛國之情、男女之情——其立說的出發點以及詮釋態度，同樣都可商榷。中國文學固然有以比興寫寄託的傳統，但並非所有寫美人詠香草的作品立意都如此，因此在解說作品有無這種觀念時應採取謹慎的態度。通常來說，衡量判斷的標準有三項：第一、考慮作者的生平；第二、掌握作品敘寫的口吻和表現的精神；第三、瞭解作品產生的時代背景[11]。據此而言，說白石感慨今昔的〈揚州慢〉，是「惜無意恢復也」（《樂府餘論》）；稱其採擬人法，活用舊典，寫梅花高潔之形貌和神態的〈暗香〉、〈疏影〉，是「發二帝之幽憤，傷在位之無人也」（《白雨齋詞話》）；甚至謂白石酒筵席間酬贈唱和之作，「無不有黍離周道之感」（王昶語，前引）；這些說法，牽強附會，實在令人無法信服。

夏承燾雖也反對以徽、欽二帝事說〈暗香〉、〈疏影〉，但卻認爲二詞當與合肥別情有關[12]，則無形中又陷於另一種索隱式之蔽障了。不可否認，白石懷人詞確有明指合肥的，但不過〈浣溪沙〉（釵燕籠雲晚不忺）、〈鷓鴣天〉（肥水東流無盡期）兩闋而已，其他幾首提到「淮南」的，是否即合肥，不無疑問，蓋淮南屬地遼闊，未必僅指一處。而事實上，夏氏的繫年與解說，本身就有許多矛盾不通的地方。這裡不擬贅說，茲舉一例言之。夏氏云：「白石此類情詞有其本事，而

---

9 見〈行實考・合肥詞事〉，《姜白石詞編年箋校》，頁269-282。

10 如方延豪〈探索白石詞中的情〉，《藝文誌》181期，頁65-67；黃兆顯〈姜白石的寂寞和他的合肥情事〉，《中國古典文藝論叢》（臺北：莊嚴出版社，1984），頁213-233。

11 參葉嘉瑩〈常州詞派比興寄託之說的新檢討〉，《中國古典詩歌評論集》（香港：中華書局，1977），頁176。

12 見《姜白石詞編年箋校》，詞箋卷三，頁49。

題序時時亂以他辭，此見其孤往之懷有不見諒於人而宛轉不能自己者。[13]」按：白石三十七歲寫的〈浣溪沙〉，四十三歲作的〈鷓鴣天〉，兩首作品都在詞題（「辛亥正月二十四日，發合肥」）或詞句裡明白敘寫人地事緣，而遽謂之前之後或期間所作諸首「隱約其辭」，在無旁證的情形下，就未免有強作解人之嫌了。總之，在未能對白石詞及詞序所提示的資料，有通達透徹的瞭解之前，凡見詠梅說柳，便指稱與合肥情事相關，如此為姜詞整理貫串一段平生幽恨，實不免令人有捕風捉影之譏。

談到這裡，我想有些混淆的觀念務須加以澄清。首先要瞭解的是，文學作品的藝術價值並不完全決定於某種題材內容。寫情述事可以是傑作，詠物懷古也可成佳構，這端視乎它有無深厚寬廣的情思，成熟優美的文字技巧，而且兩者又能密切配合，形質兼具。然則文學之欣賞評鑑也應顧及作品的統一性、完整性。因此，要判斷白石感慨時事、懷念故舊或其他作品之孰優孰劣，應從整體表現著眼，不能僅就某種題材內容以相高下。其次要注意的是，感情有廣狹深淺之別，多情未必是深情，而文學作品裡凡說家國、述相思不一定就表示情意深濃，讀者應從文學的整體效果中去真切感受，才能正確評判。由此再仔細審查以上諸家對白石的評論，會發現：執於愛國之情與男女之情者，不過站在詞作的題材內容上立論；而說白石「情淺」和「無情」者，則著眼於創作者的人格風貌，以及作品所呈現的風格特質。這樣看來，同樣是說「情」，彼此顯然是處於不同的層次上體認，這一點必須釐清。

「文學的語言基本是緣情的，它表現的是個人內心對經驗

---

[13] 同注9，頁272。

世界的感覺、關注和欲望。[14]」古往今來，在時空縱橫間，最能觸動白石心靈的是什麼？他反覆低吟而欲表達的是怎樣一種情懷？比興寄託的說法已無法滿足現代的文學觀，夏承燾言之鑿鑿的合肥情事也有待商榷，因此本文嘗試直接面對作品，在各種表層情意中，尋繹出白石詞的主題意識；而經由這樣的探索，相信將有助於我們了解白石清空勁折的詞風背後，究竟是深情或淺情；而且，透過這一層探討，我們或可避免人云亦云的論斷，重新對白石詞有比較深入的認識。

二、白石詞的流浪意識

姜夔以其詞作表達他內心對經驗世界的所感所思，其主題意識，就是一份不管在愛情或事業都無從落實的時空之悲；這種意識，姑名之曰「流浪意識」。

綜觀白石的傳記資料[15]，我們發現：姜夔一生的羈旅歲月極長，大約自二十歲到四十三歲，漫漫二十三年間，行跡不定，來往江湖之上，看來處處為家，其實處處非家。四十三歲以後居家杭州，雖然逐漸安定，卻又考場失意，生活清苦，時常「貸於故人，或賣文以自食」（明·張羽〈白石道人傳〉）。這樣的人生經歷、客旅生涯帶給姜夔的，不是遊山玩水的悠閒心境，而是「南去北來何事」（〈一萼紅〉）的悵惘，以及「零落江南不自由」（〈憶王孫〉）的無奈。無論在白石的詩歌或詞章裡，隨處可發見他那寂寞的天涯情味、強烈的飄泊之感。這種長期的流浪生涯，不能自我作主的經驗進入敏銳的心靈後，就形成了無所依託的孤絕感、疏離感。茫茫天地，人連一己生存

---

[14] 見廖蔚卿〈論中國古典文學中的兩大主題——從〈登樓賦〉與〈蕪城賦〉探討「遠望當歸」與「登臨懷古」〉，《幼獅學誌》，第17卷，第13期，頁89。

[15] 見〈輯傳〉，《姜白石詞編年箋校》，頁15-17；〈行實考〉，《姜白石詞編年箋校》，頁224-338。

的空間都無法選擇，那麼所能掌握、憑恃的是什麼呢？而現實生活裡的困窘拮据、依人周濟，更加深了難以自主、不能穩定的感覺經驗。可是，一驛漂過一驛，流動的不僅是空間，還有逝如流水的時間。飄泊不定的生活使得姜夔感受到不能在空間裡覓得安頓的悲哀，而渴望停止流浪、亟欲歸去的心情又使他敏感地意識到時間快速的變換；於是，就在年復一年的期盼、落空裡，姜夔以他特殊的詩人氣質，深刻地體悟到人類面對時空的無奈，這樣的體悟超越了個人的羈旅情懷，轉化成人類共有的悲哀——無法掌握時空的悲哀。以下我們將以實際作品為例，更深入地探討白石詞中的流浪意識，而就其所展現的時空之悲分三個層面加以論述：

(一) 南去北來何事

第一種悲哀是來自浪跡天涯，欲止不能止，日月如梭，思歸卻難歸的無奈，是白石詞中最常見的羈旅情懷，也是姜夔時空之悲的基型。〈霓裳中序第一〉云：

> 亭皋正望極。亂落江蓮歸未得。多病卻無氣力。況紈扇漸疏，羅衣初索。流光過隙。歎杏梁、雙燕如客。人何在，一簾淡月，彷彿照顏色。　幽寂。亂蛩吟壁。動庾信、情愁似織。沉思年少浪跡。笛裡關山，柳下坊陌。墜紅無信息。漫暗水、涓涓溜碧。漂零久，而今何意，醉臥酒壚側。[16]

詞一開始便展現出廣闊的空間，由江岸望向江水。「望極」二字使我們隨著詞人的極目望遠，而浮現了寥闊無際的水

---

[16] 本文所引白石詞，係據夏承燾《姜白石詞編年箋校》。

面。茫茫江水別無一物，只有凋零枯落的蓮花；這屬於季節性的自然變化，既提醒了時間的流逝，也提醒了未歸的惆悵。「況紈扇漸疏」四句即從此「亂落江蓮歸未得」的惆悵來，寫時序之侵尋，且以「歎杏梁、雙燕如客」暗喻不得歸之愁：雙燕如客卻也能按時南歸，怎能不令歸期未卜的遊子感嘆呢？下面三句由雙燕寫到懷人，但不獨燕已歸去，人也不在，則舊時月色徒然加深時移事轉的無奈、旅人孤獨寂寞之淒涼況味罷了。上片因景生情，下片則寫經由回憶對比出如今的孤寂，由第三句「動庾信、清愁似織」牽引而出。「笛裡關山，柳下坊陌」是對年少浪跡的回顧。笛曲有〈關山月〉，這裡借為雙關用法：一方面指笛聲，一方面寫流浪的空間——綿延不斷的重山象徵綿延不絕的旅途。「柳下坊陌」則是流浪歲月裡短暫的歇身處，絕非特指一個地方，而是泛指雖欲留戀，然終須離去的歡樂地。年少浪跡在回顧中留下的印象竟是走不完的關山、留不住的歡樂！詞人面對時光流逝的無奈，至此又加上了無法把握空間的悲哀，頓生強烈的孤絕與疏離感——「墜紅無信息。漫暗水、涓涓溜碧」。昔日深宮女子猶可託御溝流水傳送紅葉心事，而今日流浪的詞人卻再也無法與過去的人事互通信息。詞中的「紅」葉與「碧」水，烘托出淒美的意象。紅葉落盡也是枉然，涓涓流水除了流走歲月，還能如何？結語三句，正是詞人無可奈何的深悲——雖然意識到漂零已久，但又不能停止，而酒卻是唯一的慰藉。

相似的離愁亦見於〈玲瓏四犯〉一詞：

疊鼓夜寒，垂燈春淺，勿勿時事如許。倦游歡意少，俛仰悲今古。江淹又吟恨賦，記當時、送君南浦。萬里乾坤，百年身世，唯有此情苦。　揚州柳垂官路，有輕盈

換馬，端正窺戶。酒醒明月下，夢逐潮聲去。文章信美
知何用，漫贏得、天涯羈旅。教說與，春來要、尋花伴
侶。

詞題為「越中歲暮，聞簫鼓感懷。」詞正自時序說起：一年將
盡，詞人在夜寒中猶聞淒清的簫鼓聲，離愁最濃。他一方面慨
嘆時光匆匆，一方面卻由己身「倦游歡意少」的經驗中，感悟
到古往今來，人們在宇宙時空裡，最悲苦之情，莫過於離情。
而這種感悟，無疑增加了詞人的孤獨寂寞。下片起首敘揚州情
事，顯然是作者一段美好的記憶。然而，在明月下酒醒過來，
只發覺這個美夢已伴隨著潮水一道逝去。「明月」象徵美好，
「潮聲」暗喻韶光；作者在這聲色淒清的氣氛裡，更比照出
個人生命的殘缺與孤絕。「文章信美知何用，漫贏得、天涯
羈旅」，便是詞人沉痛的心聲。「教說與，春來要、尋花伴
侶。」可見他內心多麼渴望，能挽住一個溫暖美麗的季節，並
將腳步停留在一位知心人的身畔；換言之，他渴望留住時空，
不願在歲月的流逝中，一岸行過一岸。這樣的決絕語，也見於
另一首客中送客的詞〈水龍吟〉。詞云：「把酒臨風，不思歸
去，有如此水。」他盼望歸去的情景是：「畫闌桂子，留香小
待，提攜影底」，這已經是他流浪生涯裡的「十年幽夢」了。

他如〈湘月〉的「五湖舊約，問經年底事，長負清景」、
〈清波引〉的「故人知否，抱幽恨難語。何時共漁艇，莫負
滄浪煙雨」、〈杏花天影〉的「金陵路、鶯吟燕舞。算潮水、
知人最苦。滿汀芳草不成歸，日暮。更移舟向甚處」、〈解連
環〉的「西窗夜涼雨霽，歎幽歡未足，何事輕棄。問後約、空
指薔薇。算如此溪山，甚時重至」、〈徵招〉的「水淏晚，漠
漠搖煙，奈未成歸計」……等等，所抒寫的都是這一類欲止不

能止，思歸卻難歸的無奈。甚至有名的詠物詞，如〈齊天樂〉寫蟋蟀，也有「候館迎秋，離宮弔月，別有傷心無數」之句；〈暗香〉詠梅，也說：「長記曾攜手處，千樹壓西湖寒碧。又片片、吹盡也，幾時見得」，這些詞句都透現出白石的天涯情味。

(二) 待得歸鞍到時，只怕春深

第二種悲哀是時間流轉之後，即使再回到原來的空間，卻已物是人非，無限蒼涼。在第一種悲哀裡，「望歸」是所有感情的最後指向。可是，分析〈玲瓏四犯〉的部分，我們曾經談到詞人心中的希望：在最美好的時間裡生活於最怡人的空間中，這不禁令人想到：時間本是流動不居，春天也有離去的時候，當人們走過千山萬水，終於歸來時，那最初之處是否美好如昔？對於這個問題，姜夔的答案是疑懼不安的。他的〈長亭怨慢〉吟出了這份蒼涼：

> 予頗喜自製曲，初率意為長短句，然後協以律，故前後闋多不同。桓大司馬云：「昔年種柳，依依漢南；今看搖落，悽愴江潭。樹猶如此，人何以堪。」此語予甚愛之。
>
> 漸吹盡、枝頭香絮，是處人家，綠深門戶。遠浦縈回，暮帆零亂向何許。閱人多矣，誰得似、長亭樹。樹若有情時，不會得青青如此。　日暮，望高城不見，只見亂山無數。韋郎去也，怎忘得玉環分付。第一是、早早歸來，怕紅萼、無人為主。算空有并刀，難翦離愁千縷。

夏承燾在〈合肥詞事〉一文裡說：「初玩此詞與序，似僅敷衍庾信〈枯樹賦〉語，近乎因文造情，白石不應有此；又詞

用韋皋玉簫事，序中所無，亦不知所指。[17]」後來，他倡言合肥情事係白石一生之幽愁暗恨，因此對此詞與序又有了新的看法，以為「此亦合肥惜別之詞，序引〈枯樹賦〉云云，故亂以他辭也。[18]」且不論夏氏〈合肥詞事〉之考缺乏明證，頗多臆測之辭，就其對詞、序關係的瞭解而言，恐怕仍有待商榷。大凡詞序之作無非是敘詞之緣起，或談本事，或論樂理，或略述個人的文學觀。而白石小序雖然偶有與詞的內容重覆，卻非篇篇如是。例如〈霓裳中序第一〉序文言得此詞樂經過，未嘗稍涉本詞內容；〈醉吟商小品〉序文談的是琵琶曲譜，〈暗香〉、〈疏影〉序文也不過稍敘作詞緣起；更何況還有一些作品根本無序。夏氏但見「詞用韋皋玉簫事，序中所無」，便覺茫然，非尋出一實事實情不可，殊亦可怪。事實上，序引桓大司馬語，而自言「此語予深愛之」，正是他寫作本詞的緣起，也是詞中所表達情感的指向。如同〈八歸〉序：「湘中送胡德華」，表達的是送別之情；〈石湖仙〉序：「壽石湖居士」，傳述的是賀壽之意。〈長亭怨慢〉正是「敷衍庾信〈枯樹賦〉語」，然此衍文絕非「因文造情」，而是白石本有的一份時空之悲與桓溫那一段喟嘆相遇合——「此語予深愛之」——遂激發出更深一層的沉思，也是更深一層的無奈。

　　因此，細讀本詞之前，我們要先瞭解桓溫的感嘆：「昔年種柳，依依漢南；今看搖落，悽愴江潭。樹猶如此，人何以堪。」這段文字引自庾信〈枯樹賦〉，而相關的記載見於〈世說新語・言語篇〉：

　　　　桓公北征，經金城，見前為琅邪時種柳皆已十圍，慨然

---

[17] 見〈行實考・合肥詞事〉，《姜白石詞編年箋校》，頁270。
[18] 見《姜白石詞編年箋校》，詞箋卷三，頁36。

曰：「木猶如此，人何以堪！」攀枝折柳，泫然流淚。[19]

桓溫北征之時，權勢方酣，瞻望未來，躊躇滿志，彷彿自己是擎天巨柱，可以創造、主宰自己的生命。這樣一位得意非常的人，在偶然的機會裡回到從前的住處，看到了當年手植的柳枝已長成大樹——這是年少空間的變易；而因著時序的轉換，這些長大的柳樹一片蕭索，新綠初芽都成搖落江潭的殘葉——這是歲月走過的痕跡；時移事轉，人間的權勢既無法留住時間的腳步，也不能令原來的空間保持不變。由前瞻猛進的生活裡，桓溫乍然回顧過去，沒想到見到的正是人類的悲哀——不能掌握時空的悲哀。「樹猶如此，人何以堪」！能夠紮根在一固定空間的無情草木，尚且逃不過時光的摧殘、改變，那麼無法固守一處而又有悲歡情感的人類，怎能承受得了年華歲月的折磨？〈長亭怨慢〉鋪寫的就是白石由此觸發的愁思。

　　詞自逐漸吹盡的柳絮寫起，「漸」字加強了時序轉移的意味；「是處人家，綠深門戶」，進一步寫絮盡春遠，使時光流逝的意象更明晰地表現。接著轉向人的活動：「遠浦縈回，暮帆零亂向何許。」日落之際，江上帆影參差，而每艘船上看來都負載著離愁；「向何許」三字，表達出無法安定，不知去向的無奈感嘆。由此，使人想到生長在長亭邊的柳樹。長亭是離別的傷心地，這些柳樹年復一年，看過了多少愁苦無奈的人間生離景象，樹若有情，只怕不待時間的摧殘，強烈的時空之悲就能令它再也無法青青如昔了。這是較「樹猶如此，人何以堪」的激憤，更進一步的體悟——人間的悲哀，患在有情。

　　過片回到旅人身上。一日將盡，舟行漸遠，回首望不見原

---

[19] 見楊勇《世說新語校箋》（臺北：文光圖書有限公司，1974），頁90。

來的出發點──高城，反而是無數重疊的山巒橫亙天際，陌生、綿延不斷，遮去了詞人與高城的通路；這是孤絕與疏離感的象徵──流浪者孤立於時（日暮）空（望高城不見，只見亂山無數）之中。這使他產生了更深的沉思：「韋郎去也，怎忘得玉環分付：『第一是、早早歸來，怕紅萼、無人爲主！』」表面只是寫分別之際，情人的殷殷寄語，其實蘊涵的是極深的憂懼。韋皋玉簫有七年後重見之約，後韋皋失期，未能及時回來，玉簫死之，遂終身不得相守[20]。這個典故暗喻的是，約定的時間一旦過去，原來預期的人間種種也將變換，歸來只是事事堪嗟罷了。這樣的沉思轉化成佳人的叮嚀：若不能及早歸來，只怕所有的花團錦簇（自喻）都將因失去賞花人而盡成凋零！然而，從上闋的深沉悲痛，過片的孤獨無奈，以及選擇韋皋之典，都強烈地暗示「早早歸來」的期待終必成空。「算空有并刀，難翦離愁千縷」，離愁之苦，正是輾轉時空中，不能自擇、不能回顧的悲哀。

「記曾共、西樓雅集，想垂楊、還嫋萬絲金。待得歸鞍到時，只怕春深」（〈一萼紅〉）、「追念西湖上，小舫攜歌，晚花行樂。舊游在否，想如今、翠凋紅落。漫寫羊裙，等新雁來時繫著。怕匆匆、不肯寄與，誤後約」（〈淒涼犯〉）……長久的飄泊生涯使得姜夔感受到人生不能自主的惆悵，透過這層惆悵，他進一步體悟到「望歸」背後的蒼涼──千山萬水之後，想望中的最初空間早已人事全非！而實際上，詞人早已深深地領受了這歸去後的痛苦滋味：「帶眼銷磨，爲近日愁多頓老。衛娘何在，宋玉歸來，兩地暗縈繞。搖落江楓早。嫩約無憑，幽夢又杳。但盈盈、淚灑單衣，今夕何夕恨未了」（〈秋

---

20 見《說郛》本《雲溪友議》，卷中，〈玉簫化〉條。

宵吟〉）、「凝竚。曾游處。但繫馬垂楊，認郎鸚鵡。揚州夢覺，彩雲飛過何許。多情須倩梁間燕，問吟袖、弓腰在否。怎知道、誤了人，年少自恁虛度」（〈月下笛〉）。

　　無論是第一種或第二種悲哀，它們的根源都來自羈旅生涯的現實經驗。就是說，姜夔自經驗中體悟到的是個人生存的困境，是一個陷入空間流浪的人面對時間壓力的無奈，那麼，如果人能以堅決的意志選擇且安於自己的生活形式，也就是選定了最適合的生存空間且不因外在因素而離棄的話，是否就能免於時間壓力的恐懼？流浪的詞人深思這個問題，得到的卻是更惆悵、無奈的答案。

(三) 萬古皆沉滅

　　第三種悲哀是經由對陸龜蒙（又號天隨子）、范蠡這兩位拋棄紅塵功名、選擇泛舟江湖的古人的羨慕，進而省察到人類與時空之爭的最後失敗──死亡。死亡代表了一切掙扎、努力的結束，唯一留下的是繼續行進的時間，默默存在的空間，這是人類最大的悲哀。

　　白石的〈點絳脣〉最早流露出這樣的嘆息：

丁未冬過吳松作
燕雁無心，太湖西畔隨雲去。數峰清苦，商略黃昏雨。
第四橋邊，擬共天隨住。今何許，憑闌懷古，殘柳參差
舞。

上片四句寫景，亦點明時地，而以「無心」寫北雁南來，又於太湖西畔隨雲飛去的悠閒自在；以「清苦」、「商略」寫暮色環繞、烏雲漸來、行將佈雨的群峰；隱然暗喻悠閒自在須自無

心來，若是有情，則未免苦於執著了。過片二句是對陸天隨生涯的羨慕。陸天隨即晚唐詩人陸龜蒙，自號天隨子，曾隱於松江上甫里，性高放，不交俗流，常悠然泛舟於江湖間。白石本人詩風頗似天隨子[21]，且詩中屢有提起他，如：「三生定是陸天隨，又向吳松作客歸」（〈除夜自石湖歸苕溪〉）、「沉思只羨天隨子，蓑笠寒江過一生」，（〈三高祠〉）可以看出他對陸天隨的心儀之情。可是，在這一闋詞裡頭，他卻於嚮往燕雁之無心，而生擬共天隨隱居之思的同時，轉而省覺到「今向許，憑闌懷古，殘柳參差舞」的茫然。那位優游於時空中的詩人，竟也敵不過時空。年去歲來，天地默默，人在其中出生，也在其中死去，如今第四橋仍在，而天隨子呢？原來所謂抗拒，所謂自我選擇，到頭來換取的也只是後人的憑闌懷古，而入此懷古之心者何？那是在冬風中起伏飄動的殘柳。而柳之殘，正是由於時間無情的摧折。

相似的沉痛還見於〈慶宮春〉下闋：

> 采香徑裡春寒，老子婆娑，自歌誰答。垂虹西望，飄然引去，此興平生難遏。酒醒波遠，正凝想、明璫素襪。如今安在，唯有闌干，伴人一霎。

這也是遊吳松之作，用的是西施范蠡事。采香徑本是當年吳宮繁華地，今卻一片春寒，無比寂寞；「老子婆娑」二句正反映出繁華事散的寂然。「垂虹」以下三句，寫詞人對范蠡功成身退、載西施飄然而去的心儀。范蠡助越王滅吳，扭轉了吳霸越臣的局勢，又毅然放棄復國之後的富貴，帶著西施回到自己喜愛的地方，無疑是一位絕對能掌握自己人生的歷史人物。白石

---

21 見〈齊東野語‧白石自述〉，《姜白石詞編年箋校》，附錄一，頁328。

說：「此興平生難遇」，正流露了他內心的渴望：早日結束流浪生涯，悠閒地選擇適合自己的生活。可是，更深一層的醒悟轉眼來到。酒醒之後，望著緩緩流向遠方的水波，逝者如斯，強烈的時間壓力又回到作者心中。西施、范蠡早已自空間裡消失，他們終究逃不過時間最後的安排——死亡。「唯有闌干，伴人一霎」，此話最是沉痛，引申言之：今日倚闌懷古之人，何嘗不是時空裡霎那的旅客？

　　物質的生命既然無法突破死亡的困境，那麼人類嘗試用功業、建築、典籍等等留下生命的痕跡，與時空爭奪永恆的努力是否可能成功？在著名的〈揚州慢〉一詞裡，我們看到了白石的否定：「淮左名都，竹西佳處」經過一場戰火洗禮後，早已成廢池喬木的空城。〈漢宮春〉的「秦山對樓自綠，怕越王故壘，時下樵蘇」，更以自然界永恆的時空對比出人間功業的虛無。尤有甚者，〈水調歌頭〉說：「欲訊桑田成海，人世了無知者，魚鳥兩相推。天外玉笙杳，子晉只空臺。」人世無法參透時空之秘，而仙人王子晉同樣不能長住於時空中，則唯有留下空臺默默地對著時空的變幻推移。至此，人類一切想要突破時空限制的努力都成枉然，剩下的只有「生命無常」、「人生若夢」的悲涼了。姜夔五十歲所作的〈念奴嬌·毀舍後作〉，算是他這種時空之悲中，意最悲涼的一闋詞：

　　昔游未遠，記湘皋聞瑟，澧浦捐褋。因覓孤山林處士，來踏梅根殘雪。獠女供花，傖兒行酒，臥看青門轍。一邱吾老，可憐情事空切。　曾見海作桑田，仙人雲表，笑汝真癡絕。說與依依王謝燕，應有涼風時節。越只青山，吳惟芳草，萬古皆沉滅。繞枝三匝，白頭歌盡明月。

「昔游未遠」引出以下「記湘皋聞瑟」四句，此四句正是年少浪跡，也是與友同遊的風雅情事。「獠女供花」三句則是歸老杭州的生活：貧賤、孤苦，其中又以「臥看青門轍」最是寂寞蒼涼。而前四句與後三句形成今昔之比：昔日流浪不定，今日安居一處；然流浪歲月有朋友之情，有聞瑟、盪舟、訪梅之雅事，定居生活則食宿皆粗俗，心緒更寂寞——昔日為客，每於歡樂之時，悽然生羈旅之悲；今日家居，卻無花前美酒、知心良伴——此正白石內心的矛盾。可是，更淒涼的是「一邱吾老，可憐情事空切」。縱然居家簡陋，總還是真正屬於自己的小空間，可以安心在此終老，誰知人事不可測，轉眼之間，一場火劫，竟徒然留下一些鮮明的回憶與計畫，觸痛詞人敏感的心靈。下片強作紓解語，以滄海桑田的時空大變化比照出人事變化之不足惜、不足道。然「越只青山，吳惟芳草，萬古皆沉滅」，卻寫出了人類不能拔除的深悲——時間流轉之中，只有自然界永存，而人類的活動都將化作虛無。結語兩句是澈悟後的無奈，也是白石詞主題意題的歸結點：在時間巨流裡，人是宇宙中踽踽獨行，無依無靠的流浪者。

三、白石詞的情感深度

　　綜合前面所論，我們再從白石詞的幾個意象，勾畫、整理姜夔面對時空推變的反應與感受，並檢討其情感深度。

　　〈翠樓吟〉云：「天涯情味，仗酒被清愁，花銷英氣。」這三句自傷流落不偶，借醇酒消解離愁，挾美人磨滅志氣。「酒」的意象，在白石詞中屢有出現，如：「漂零久，而今何意，醉臥酒壚側」（〈霓裳中序第一〉）、「長干白下，青樓朱閣，往往夢中槐蟻。卻不如、窪尊放滿，老夫未醉」（〈永遇樂〉）——面對無法終止的行役、人間功業的虛幻，借酒澆

愁，似乎是無可奈何的逃避方式。而尋歡作樂也罷，最怕是留下一點半點感情，一些美好的追憶。在白石詞裡，我們會發現，與美人攜手共聚，彷彿是一個不能圓的夢：「我已情多，十年幽夢，略曾如此」（〈水龍吟〉）、「搖落江楓早，嫩約無憑，幽夢又杳」（〈秋宵吟〉）。

　　白石詞絕少歡愉氣氛，在流浪生涯的孤獨歲月中，很多懷人詞都是託夢以表達幽思的，像〈踏莎行〉是「江上感夢而作」、〈江梅引〉是「將詣淮而不得，因夢思以述志」、〈鷓鴣天〉是「元夕有所夢」，而其中的夢境卻又淒清、模糊、殘缺。〈踏莎行〉擬想美人相隨，結之以「淮南皓月冷千山，冥冥歸去無人管」的淒美景象；〈江梅引〉說「見梅枝，忽相思。幾度小窗幽夢手同攜」，但「今夜夢中無覓處，漫徘徊，寒侵被，尚未知」，連夢也有時不做；縱然有所夢，〈鷓鴣天〉的「夢中未比丹青見，暗裡忽驚山鳥啼」，卻又寫出夢中的美人形貌也隨著歲月之消逝而褪色，朦朧不清。但無論是借酒或託夢，都是暫時性的，一旦夢回酒醒，又得面對悠悠寰宇，茫茫不知所歸的孤寂。

　　「酒醒明月下，夢逐潮聲去。」白石在清醒之際，檢視過去的行役，最易觸動心懷的，自然是個體生命拒抗時空所生的倦老之感，表現出人生的無奈：「倦遊歡意少，俛仰悲今古」（〈玲瓏四犯〉）、「客途今倦矣，漫贏得、一襟詩思」（〈徵招〉）；「帶眼銷磨，為近日愁多頓老」（〈秋宵吟〉）、「月落潮生，掇送劉郎老」（〈點絳脣〉）。而縱然是感到身心疲勞，年華漸衰，卻又不能停止漂泊，這才是詞人最大的悲哀。這種悲哀的造成，既有後天也有先天的因素，兩者已為因果。早失怙恃，生活窮困固然迫使白石不得不去依人周濟，到處流落。但若仔細審察，就會知道，白石的性格本來就有流浪的特

質。廖蔚卿先生在〈論中國古典文學中的兩大主題——從〈登樓賦〉與〈蕪城賦〉探討「遠望當歸」與「登臨懷古」〉一文中說：

> 在現實的生活世界中，常因事故造成個人與人、個人與社會、個人與歷史的不相諧和，使他的生存的活動受到了阻礙，因而產生於內心的孤絕和疏離感，構成了主觀意識上的空間差距，使他感到無所歸屬，於是他所追尋的生存的目的、生命的意義及價值均不能肯定，因此他不能肯定他的人生。這是人的主要困境，他感受、反省並想像他的困境，欲求突破困境，在孤立中得到歸屬，消除意識中的空間差距，泯滅疏離，而他唯一的渴求是回歸於他心靈意識中的人類社會及其所存在的空間：故鄉或故國，那是他生之所由出，那是他生活世界的空間依據，祇有那一生命的根源處所，才能成就並肯定他的人生之意義及目的……。[22]

對白石而言，故鄉渺渺，他根本不曾長久居住過一個地方，而其所繫念的故人，又在他敏感地覺察到時空不再的深沉悲哀裡，絕少有重逢的喜悅；那麼，茫茫天地中，白石可說是無處可歸的過客了。再者，這位「翰墨人品皆似晉、宋之雅士」[23]，對仕途看來並不執著熱衷，同時在時空之流中，他所感悟到的又往往是人間功業之虛妄。然則，故鄉的流失、情事的渺茫、功業的落空，白石之於人間，真可謂無所依託了。

時空之悲乃一切敏感心靈面對現實人生時，必然感受的憂

---

22 同注14，頁91。
23 同注21。

懼與無奈，而如何自處於其中，則決定於各人的性情與襟抱。古詩裡的「不如飲美酒，被服紈與素」，這種是及時行樂的逃避方法。另有兩種人，則取不同的態度：一是永不屈服的掙扎，希冀突破，知其不可而為之，這是對人生對理想懷抱著深摯情感的人的自處之道；一是感悟到生命的無常，雖不捨棄生命，卻不願又不能承擔人世的情感，唯求獨善其身，這是對人生缺乏熱烈的追求又無執著之情的人所採取的途徑。比較言之，前者積極，後者消極；前者近乎狂，後者近乎狷。在詞人當中，王國維《人間詞話》謂：「蘇辛詞中之狂，白石猶不失為狷。[24]」同樣是狂者，稼軒所流露的是一種鬱勃之氣，那是以強韌的生命力扛起無情現世之種種，絕不退縮，毫無膽怯；東坡所展現的是一種曠達之懷，那是以對人世無怨無悔的深情正視時空流變的無奈，而又藉個人的人格修養，超拔出時空的考驗，悠然於一絕對的精神境界。前者「豪」，後者「曠」，誠如鄭騫先生所言：「曠者，能擺脫之謂；豪者，能擔當之謂。能擺脫故能瀟灑，能擔當故能豪邁。這都是性情襟抱上的事。[25]」至於白石，無奈地自溺於時空之悲裡，「南去北來何事」正是他不知歸向之生命的寫照，他縱然人品氣質高於流俗，但生命裡卻因欠缺對人世執著的熱誠，遂展現不出強烈而鮮活的生命力來。回頭審視周濟、王國維的評語：

> 稼軒鬱勃，故情深；白石放曠，故情淺。（《介存齋論詞雜著》）

> 東坡之曠在神，白石之曠在貌。（《人間詞話》）

---

24 見《詞話叢編》，頁4250。
25 見鄭騫〈漫談蘇辛異同〉，《景午叢編》（臺北：中華書局，1972），上編，頁268。

白石以他狷介的人品，孤清的個性，固然創造出放曠的詞風，但與東坡比較，顯然缺乏沉摯動人的力感。東坡抱持著他的深情入乎人世，超脫而出，而白石則碰觸不深即欲揮灑而去，不以真摯熱切的生命去感受、去承擔，直以筆意求取超拔，雖有清空之致，難免質感薄弱。

劉若愚〈北宋六大詞家〉有一段評論白石詞的話說：

> 就作為一位詩人而言，姜夔較周邦彥更為微妙與精細，他詩的世界常常是罕見的和日常生活有相當大的距離。他避開強烈的感情而以冷靜的態度觀察人生，雖然時常略帶悲哀。當他回想一段愛的往事時，沒有一點性愛的情感，連回憶的熱情也沒有，只是纏綿的對於愛過和失去了的美人的回憶；當他悲悼戰爭的摧毀時，沒有慷慨的愛國呼喊，只有抑壓的嘆息。甚至像這樣相當表露的收斂也不是他根本的格調；通常他寧願借著意象和文學典故表露出一些感情或美感。[26]

白石那些寫男女、家國之情的作品，在整體效果上沒有營造出強烈感人的力量。風格乃人格的投影，在這個層面上，說白石「無情」固然語重，但相對於東坡、稼軒的深情，則白石只能說是淺情了。

明·張羽〈白石道人傳〉說：「（白石）性孤癖，嘗遇溪山清絕處，縱情深詣，人莫知其所入；或夜深星月滿垂，朗吟獨步，每寒濤朔吹凜凜迫人，夷猶自若也。[27]」或許我們可以

---

26 見劉若愚著、王貴苓譯《北宋六大詞家》（臺北：幼獅文化事業公司，1986），頁193。
27 見《姜白石詞編年箋校》，附錄一，頁322。

這麼說，白石乃一「純粹藝術家」。他以其孤高銳敏的感思、冷僻幽獨的性情、清疏妙遠的筆調，創造了一個格調高雅、形象香冷的世界，形成了一種獨特的的抒情美感。但這種美感，精巧玲瓏，有著一種朦朧而又遠隔的高致，卻缺乏直接予人生命的動感與熱度，是一種有如冰雕的淒美。文學基本上是緣情的，因此文學的評價除了衡量形式技巧的層面外，還須注意作品中所表達的情意的深度與廣度，即其開拓的境界。由此而論，白石詞雖有高格，但與蘇、辛詞之源自深情而表現為清曠豪宕之作相比，畢竟是有差別的。

重探清空筆調下的白石詞情

一、爲何重探此題？

　　歷來有關白石詞的評論，除了樂律的專題外，主要環繞著兩個主題：一是清空說，一是詞情論。仔細觀察，清空筆調之形成，情意寄託之深化，其實與「以詩爲詞」的課題有關。詞人以詩筆、詩法、詩意、詩情入詞，自然影響了詞的文辭風貌，也擴大並改變了詞的內容意境。詞之能清、有深意，關乎詩之介入，這於東坡、白石詞最能看出端倪。

　　東坡以詩爲詞，用詩的語言、詩的情意融入詞篇，強化了詞的抒情效能。這種將詞體由坊間俗樂的屬性提升到文人雅製的層次，由娛樂、歌唱的性質改爲抒情、言志的文類，由講究文辭音律的諧美到著重格調意境之高遠，乃屬詞體本質性的衍變，自然形成，勢不可當。從此，文人爲詞，雅化、詩化已然成爲創作的精神指標，價值衡量的準繩。事實上，東坡以詩爲詞的觀念不只促進了豪放詞的發展[1]，而且更深遠地影響了典雅派詞的理念[2]。當中，詞之經由詩化、雅化而形成的「清」之爲美、有寄意爲高的概念，是一重要環節。張炎《詞源》於

---

*　本文最先刊載於《彰化師大國文學誌》12期（2006年6月），頁159-191。後又收入《詞學文體與史觀新論》（臺北：里仁書局，2010），頁101-146。

[1]　詳劉少雄〈宋代詞學中蘇辛詞「豪」之論〉，《會通與適變——東坡以詩爲詞論題新詮》（臺北：里仁書局，2006），頁163-202。

[2]　詳劉少雄〈秦柳之外——東坡清雅詞境的取向〉，《會通與適變——東坡以詩爲詞論題新詮》，頁61-113。

宋末提出清空騷雅之說，以白石爲尚；如溯其源，則可明顯發現其與東坡的傳承關係。從詞體的整體表現來看，東坡與白石同是詩人爲詞，並藉詞的雅化、詩化而有清曠、清空之境[3]。可是，另一方面，歷來對東坡白石詞的風格體貌，尤其是他們的情感特質卻有不同的看法。

　　筆者曾爲文分析張炎的清空質實說，推斷東坡對白石詞的影響，並以他們同是詩人爲前提，論證清空說是由追求清遠意境的宋代詩學一脈發展而成[4]。後來諸家的相關研究，大多依循此一詮釋方向，確認了東坡與白石的傳承關係，並結合了詩學與詞學的研究方法，爲清空說找出了它的詩學淵源[5]。不過，大部分的研究（包括本人在內），旨在求同，而多未能別異。簡單地說，宋詩主理，宋詞重情，宋詩清遠，宋詞婉麗，如以詩爲詞，則在情理之間，清婉之際，是否能充分保持詞韻的特性、詞體的美感特質？還是因詩的介入，而有所扞格，形成破體的現象？其間的分際又何在？換言之，融詩入詞的優劣得失，須多方呈現，方能得到較完整的面貌。而且，僅留意以詩爲詞而臻語意清雅之境，只涉及文體筆調形諸於外的一面，至於詞的情意世界的內在部分則多未有充分照顧。須知文學作

3　見李康化〈從清曠到清空──蘇軾、姜夔詞學審美理想的歷史考察〉，《文學評論》，1997-6期，頁107-114。

4　見劉少雄《南宋姜吳典雅詞派相關詞學論題之探討》（臺北：臺大出版委員會，1995），第三章，第三節，〈清空說與宋代詩詞學的關係〉，頁120-132。

5　例如：J.Z.愛門森的專著《清空的渾厚──姜白石文藝思想縱橫》（上海：上海文藝出版社，1997），以《白石詩說》詮釋白石詞境，並以之論證清空一說，頗具說服力；韓經太〈清空詞學觀與宋人詩文化心理〉（見《詩學美論與詩詞美感》，北京：北京語言文化大學出版社，1999，頁313-325）、羅立剛〈從活法到清空〉（見《宋元之際的哲學與文學》，上海：復旦大學出版社，1999）等文，也掌握了由詩學到詞學的詮釋脈絡，頗有見地。至於對清之爲美的審美觀念乃貫通於詩與詞的看法，也普遍引起了學者的注意，譬如前引《清空的渾厚》一書即有專章討論白石詩詞「清空」、「清和」的表現；張海鷗〈蘇軾文學觀念中的清美意識〉（見《宋代文化與文學研究》，北京：中國社會科學出版社，2002，頁127-148），也留意到東坡詩文中清的語意特色。

品是一個整體，因內而符外，文辭形式和情意內容之間有著密切的關係，相互作用，不應完全斷然分開處理。

　　白石受東坡詞的影響，以詩爲詞，表現爲清空騷雅之筆調與意韻，其高格響調備受詞家所推崇，惟對其詞情卻有不同之評價。詞人的主體意識，內在情思，在追求清空之美的情形下，會形成怎樣的體貌？白石詞於此呈現了怎樣的情感特質？這是詞學文體論中值得探討的課題。自王國維《人間詞話》批評白石「有格而無情」以來，宗白石者無不爲此而提出白石有情且深情之說，最有名而影響最深遠的則莫過於夏承燾的「合肥情事說」[6]。夏氏以詞證事，以事論詞，其墮入循環論證的困局卻不自知。筆者曾爲文指陳其方法論之謬誤，也辨析其與王國維等人之說法之不對應處[7]。不過，事隔多年，學界論述白石詞仍堅守比興寄託的立場，而「合肥情事」一說更是如影隨形，眞不可思議。可見這論題仍有進一步探究之必要。這一情事的詮解實無確切的證據，我們如再糾纏在情「事」之有無的問題上，各是其所是，非其所非，實在難有共識，所謂信者恆信，不信者恆不信，如此爭論下去，也無多大意義。再者，文學詮釋畢竟不是歷史考證，事實的眞假不等同於文學評價的高低。文學乃語言文字的藝術，文學詮釋應以此爲本。文學的情感絕非外在的東西，我們不能離開文本的質感去談詞「情」。而我們更應去追問的是，白石詞爲何導引出這些詮釋面向——興寄之聯想、高格之體認、詞情之論爭、瘦硬之感？我想，它的文辭表現是一關鍵。

6　見夏承燾〈合肥詞事〉，《姜白石詞編年箋校》（臺北：中華書局，1967），頁269-282。又見〈白石懷人詞考〉，《唐宋詞人年譜》（上海：中華書局，1961），頁448-454。

7　詳《南宋姜吳典雅詞派相關詞學論題之探討》，第四章，第三節，〈典雅派詞情意內容寄託說之省察(二)〉之一「白石合肥情事說考辨」，頁209-220；第五節，〈有關典雅派詞情的論爭〉，頁256-269。

如果我們站在詞的詩化歷程的角度來看，會發現白石詞之有褒貶不一的評價，尤其是詞「情」的論題上，不是單一的現象。東坡詞也曾受到質疑。東坡以詩為詞，宋人認為東坡這類作品「多不諧音律」，「雖極天下之工，要非本色」[8]。東坡為詞，不再陷溺於男女相思怨別之情、花間綺豔要眇之態，其所抒發的情懷，擴及兄弟、夫妻、友朋，題材含括思鄉、游賞、詠物、感時、懷古，雖偶作媚詞，亦無淺陋鄙俗之語[9]；總的來看，東坡各種情詞，兼具情意理趣，別有跌宕之姿。換言之，東坡詞所抒發的情，已非狹義的男女之情。這對一向重視詞的歌樂特質而別具隱約深美之情思的本色派而言，東坡詞的情味意態，顯然有所不足，未能曲盡其妙，因此又招來「東坡辭勝乎情」[10]、「眉山公之詞短於情」、「不及於情」[11]之評。然而，愛賞東坡詞者卻不以為然，紛紛表示東坡詞情真意切或寄託遙深。或站在以詩為詞的觀點，以為東坡「長短句特緒餘耳，猶有與道德合者」、「興寄最深，有《離騷經》之遺法」[12]。將詞攀附詩騷風雅的傳統，那是南宋詞學的主調。為了弄清東坡詞情之實貌，我曾撰文追索東坡詞情的解讀歷程[13]。據研究得知，歷來對東坡詞「情」之詮解，往往集中在

---

8 語見晁補之詞評，胡仔《苕溪漁隱叢話》（臺北：長安出版社，1978），後集，卷三十三，頁253；陳師道《後山詩話》，何文煥輯：《歷代詩話》（臺北：木鐸出版社，1982），頁309。其後李清照〈詞論〉亦有類似的說法：「至晏元獻、歐陽永叔、蘇子瞻，學際天人，作為小歌詞，直如酌蠡水於大海，然皆句讀不葺之詩爾，又往往不諧音律者，何耶？」

9 詳〈秦柳之外──東坡清雅詞境的取向〉，《會通與適變──東坡以詩為詞論題新詮》，頁81-91。

10 見孫兢〈竹坡老人詞序〉，施蟄存編《詞籍序跋萃編》（北京：中國社會科學出版社，1994），頁136-137。

11 見王若虛《滹南詩話》卷二，丁福保（仲祜）編訂《續歷代詩話》（臺北：藝文印書館，1974），頁622。

12 見曾丰〈知稼翁詞集序〉，《詞籍序跋萃編》，頁195；項安世《項氏家說》，施蟄存、陳如江輯錄《宋元詞話》（上海：上海書店，1999），頁366。

13 詳劉少雄〈東坡詞情的論證與體悟〉，《會通與適變──東坡以詩為詞論題新詮》，頁115-162。

「情事」、「情志」之探討，那些比興寄託、因人論詞之說，似能強化詞的功能，但也模糊了詞的文學特性及藝術效能。該文也指出，王國維《人間詞話》以境界為說，提出東坡有情、白石無情之說，是值得注意的觀點，因為它指涉的不是情之事況，而是情之本質。考述東坡詞情之餘，不禁產生以下的疑問：東坡不諳樂律，有意避開綺豔的題材，但在其他人情物事上卻表現出深摯動人之姿，高遠超曠的意境，而相對地，同樣是詩人為詞，白石妙解音律，所為詞篇多寫情、詠物，屬本色當行，其體調理應比東坡能切合詞體，寫出動人情韻的詞篇，然而為何卻被評為「生硬」、「局促」、「淺狹」，甚至「無情」[14]？顯見詞「情」的深淺有無，重點不在合律與否，或是處理那種題材，而是在詞人的用情態度和表情手法上。

綜上所論，本文重探白石詞情，乃依文體論的觀點，作體性與體勢的分析，由清空之為美的角度分析白石詞的情感特質。這裡有些觀念須先釐清。第一，文體論中體性與體勢的關係。藝術作品是完整的統一體，外在的文辭與內在的情意融合無間。所謂「因情立體，即體成勢」[15]，文學言情述志，但必須藉文辭組織才能具現，而情思落實於文辭表現時，會依文體的性質和作用，決定其行文語態。《文心雕龍・體性》說：「夫情動而言形，理發而文見，蓋沿隱以至顯，因內而符外者也。[16]」作品的產生，因「情動」、「理發」而形諸「言」、「文」，是「沿隱至顯，因內符外」的整體，作品的情貌即能透露作者的情思；換言之，作者緣情為文，讀者透過作品所能

---

[14] 沈義父《樂府指迷》：「姜白石清勁知音，亦未免有生硬處。」周濟《介存齋論詞雜著》：「稼軒縱橫故才大，白石局促故才小。」又：「白石以詩法入詞，門徑淺狹。」王國維《人間詞話》：「南宋詞人，白石有格而無情，劍南有氣而乏韻。」

[15] 《文心雕龍・定勢》：「夫情致異區，文變殊術，莫不因情立體，即體成勢也。」見范文瀾《文心雕龍註》（臺北：明倫出版社，1971），頁529。

[16] 見《文心雕龍註》，頁505。

體會的也就是文辭中的情意。總之，所謂體勢，就是順著主觀的情志活動，與客觀的形式要求作一和諧統一的發展，使文體的情理、內容、文辭組織形成一個整體，展現出內外一致的姿態。第二，文學裡的「情」，是一整體的概念，它的內容相當豐富，包括了源於內的情感、情緒、情志、情性，體諸外的情景、情事、情理、情趣，亦包括美學意涵上的情韻、哲學意境上的情悟。我們討論前人所謂的情，須分辨其意義層次。本文分析白石清空筆調下的詞「情」，乃結合形式與情感立論，相互依存，希望能從文學的本質去體認白石情韻，感知其所創造的新的抒情美感。

二、白石詞清空幽冷的氣格

　　宋詞以清為美，是東坡「以詩為詞」的表現後明確奠立的美感取向[17]。蘇派詞家，多以清超絕俗為尚；詞評稱張孝祥、陸游詞清麗雄健處似東坡，朱敦儒詞「多塵外之想，雖雜以微塵而其清氣自不沒」[18]。黃昇編《花庵詞選》選詞論詞，最重作意，尤尚清逸超絕之境。黃昇評陳與義「詞雖不多，語意超絕，識者謂其可摩坡仙之壘也」；引姜白石評史達祖詞「奇秀清逸，有李長吉之韻」；又評劉仙倫〈霜天曉角〉「詞意高絕，幾拍謫仙之肩」[19]；他所評論的詞人或所比擬的詞家（蘇軾、李白、李賀）幾乎都是唐宋名詩人，那麼所謂「高絕」、「清逸」，無疑便是以詩筆詩意融入詞中所達到的意韻。黃昇評白石詞曰：「中興詩家名流。詞極精妙，不減清真樂府，其高處有美成所不能及。[20]」此處雖未明言，但從語氣中卻可意

17　同注2。
18　見汪莘〈方壺詩餘自序〉，《詞籍序跋萃編》，頁270。
19　見黃昇《花庵詞選》（瀋陽：遼寧教育出版社，1997），頁158、286；《中興詞話》，唐圭璋編《詞話叢編》（臺北：新文豐出版社，1988），頁216。
20　見《花庵詞選》，頁271。

會，其所謂白石之「高處」，應指詩的意境。

宋季以清為尚，且正式標舉白石詞「清」的，是張炎《詞源》：

> 詞要清空，不要質實。清空則古雅峭拔，質實則凝澀晦昧。姜白石詞如野雲孤飛，去留無跡。吳夢窗詞如七寶樓臺，眩人眼目，碎拆下來，不成片段。此清空質實之說。……白石詞如〈疏影〉、〈暗香〉、〈揚州慢〉、〈一萼紅〉、〈琵琶仙〉、〈探春〉、〈八歸〉、〈淡黃柳〉等曲，不惟清空，又且騷雅，讀之使人神觀飛越。（〈清空〉）

> 詞以意趣為主，不要蹈襲前人語意。如東坡〈中秋·水調歌〉（詞略，以下同）、〈夏夜·洞仙歌〉、王荊公〈金陵·桂枝香〉、姜白石〈暗香〉、〈疏影〉，此數詞皆清空中有意趣，無筆力者未易到。（〈意趣〉）[21]

張炎說「清空則古雅峭拔」，並以白石為清空的代表。所謂清空，簡言之，那是指於填詞時能有清勁挺異之筆力，使作品氣脈流暢，寫情而不膩於情，詠物而不滯於物，呈現一種峭拔清曠、空靈脫俗的神氣，而一切筆法技巧卻又渾化無跡。這一筆調意態，端在性靈之契會，精思入妙，別有詩之高致者[22]。

白石乃宋詩名家，而所謂清空，那是他融詩入詞所創之新

---

21 見《詞話叢編》，頁259-260。
22 詳劉少雄〈論張炎的詞學理論及其詞筆〉，《臺北師院語文集刊》，第三期，頁79-103；《南宋姜吳典雅詞派相關詞學論題之探討》，第三章，第二節，〈清空質實說的本意〉，頁112-119。

境。這說法應無異議。後人多有白石詩詞相通之論，例如謝章鋌《賭棋山莊詞話》卷十二云：「白石道人爲詞中大宗，論定久矣。讀其說詩諸則，有與長短句相通者。[23]」沈曾植《海日樓叢鈔》云：「白石老人，此派極則，詩與詞幾合同而化矣。[24]」而針對白石使事用典的手法，劉熙載《詞概》也認爲「詞中用事，貴無事障。……姜白石詞用事入妙，其要訣所在，可於其《詩說》見之。曰：僻事實用，熟事虛用，學有餘而約以用之，善用事者也。乍敘事而間以理言，得活法者也。[25]」近現代學界也多認爲白石兼工詩詞，而且著有專著《白石道人詩說》（以下簡稱《詩說》），詞亦多有序文論述塡詞心得，顯見他也兼善創作與批評，是位自覺意識甚強的作家。因此，治白石詞，應合其詩和《詩說》而論之，才能看出它眞正的造詣及獨特之處[26]。這方面的著作已多，此處不擬贅說，僅列若干重點以導引下文的討論。

　　白石作詩不多，雖非大家，自有特色。白石詩，氣格清奇，意境儁澹，韻致深美，具見他的才情與襟抱[27]。這詩風的

23　見《詞話叢編》，頁3478。
24　見《詞話叢編》，頁3613。
25　見《詞話叢編》，頁3478、、3705。
26　參夏承燾〈論姜白石的詞風〉，《姜白石詞編年箋校》，頁1-13；繆鉞〈論姜夔詞〉，繆鉞、葉嘉瑩《靈谿詞說》（上海：上海古籍出版社，1987），頁451-465；韓經太〈宋詞：意境創造的兩種範式〉，《詩學美論與詩詞意境》，頁274-276；趙曉嵐〈有與長短句相通者——《詩說》與詞論〉，《姜夔與南宋文化》（北京：學苑出版社，2001），第一章〈姜夔的文藝思想〉，頁113-119。按：J.Z.愛門森也認爲白石詩論可作詞論：「諸家詞話詩論，如劉熙載《藝概・詞概》、沈祥龍《論詞隨筆》、郭紹虞《中國文學批評史》中姜夔目、夏承燾《姜白石詞編年箋校・序》、繆鉞《詩詞散論・姜白石之文學批評及其作品》、饒宗頤〈姜白石詞管窺〉、姜尚賢《宋四大家詞研究》第四章論姜夔的文學思想主流部分中，均異口同聲說，認爲白石《詩說》，可作爲詞論讀。綜前所論，白石既以詞體爲詩體裁之同類，如此以其《詩說》說其詞，以詩論作詞論，也就自然而然了。」見《清空的渾厚——姜白石文藝思想縱橫》，頁220。
27　參繆鉞〈論姜夔詞〉，《靈谿詞說》，頁452-453。

形成，白石不諱言，那是精思後而達到的自然意境[28]。這本來就是宋詩創作的路徑。宋代詩學最大的特色是既要「語思其工」又要「意思其深」[29]，對詩歌的言意兩方面作理性的省察；換言之，既思索如何錘字鍊句，對語言進行創新的改造，當時有所謂「以俗為雅」、「以故為新」之說[30]，此外又須鍛鍊詩歌所表達的思想內涵，務使詩意邃密，能於一般的題材上翻出新意，看來平淡卻出奇，故特重作意，所謂奪胎換骨之法正與此相關[31]。作詩須積學以窮理，但詩歌高妙之處，卻非完全靠學問功夫，更須參悟有得，自然能達致[32]。而這自得之境，乃以修辭而不見工夫、鍊意而不留痕跡為高。劉熙載《詩概》云：「西江名家好處，在鍛鍊而歸於自然。[33]」這概括了江西派乃至有宋一代詩家的創作理念。宋人經過知性的反省，所致力追求的是一種由苦思而進入的渾成之境，歸本於自然。可見宋人講究詩法，最終是要以技進道，達到一種「無意於文」、「不煩繩削而自合」，如「風行水上」的自然妙境[34]。總之，講求精思，活用虛字，重意而尚韻，好奇而貴清，是宋

---

[28] 姜夔《白石道人詩說》云：「詩之不工，只是不精思耳。不思而作，雖多亦奚為？」見何文煥輯《歷代詩話》（臺北：木鐸出版社，1982），頁680。

[29] 孫何《文箴》云：「語思其工，意思其深。」

[30] 黃庭堅〈（次韻楊明叔四首）再次韻並引〉：「蓋以俗為雅，以故為新，百戰百勝，如孫吳之兵，棘端可以破鏃，如甘蠅飛衛之射，此詩人之奇也。」見劉尚榮校點《黃庭堅詩集注》（北京：中華書局，2003），卷十二，頁441。

[31] 參龔鵬程〈知性的反省——宋詩的基本風貌〉，黃永武、張高評編《宋詩論文選輯》（高雄：復文圖書出版社，1980），第一輯，頁147-149。

[32] 嚴羽《滄浪詩話》云：「夫詩有別材，非關書也；詩有別趣，非關理也。然非多讀書、多窮理，則不能極其至。所謂不涉理路、不落言筌者，上也。」見郭紹虞《滄浪詩話校釋》（臺北：河洛圖書出版社，1978），〈詩辨〉，頁23-24。

[33] 見劉熙載《藝概》（臺北：廣文書局，1980），卷二，頁11。

[34] 前二語引自黃庭堅〈大雅堂記〉、〈與王觀復書〉，《豫章黃先生文集》，《四部叢書》本，卷十七，頁23；卷十九，頁18。「風行水上」一語，出自蘇洵〈仲兄字文甫說〉，見曾棗莊、金成禮箋註《嘉祐集箋註》（上海：上海古籍出版社，1993。）卷十五，頁412-413。姜夔詩亦有「箭在的中非爾力，風行水上自成文」之語，見孫玄常箋注《姜白石詩集箋注》（太原：山西人民出版社，1986），卷下，頁128。

詩的基調。白石初入江西派，取法黃庭堅，而後脫出，自闢蹊徑[35]，遂得江西之利，運思深透，兼重學養，乃有清新瘦勁之姿；而又能在此基礎上調和了晚唐詩風，遂無江西之弊，免去枯澀生硬之病，獨得自然澹遠之境[36]。至於白石《詩說》，既從形式技巧求體面之宏大、血脈之貫穿，復就運思命意倡氣象之渾厚、韻度之飄逸，並以古雅清遠的語意為尚，力主「自然高妙」為詩之極致[37]，這一套理論無疑也左右了他的填詞態度與詞作風貌。姜詞清空峻健，分明是其詩論之實踐。白石云：「文以文而工，不以文而妙；然舍文無妙，勝處要自悟[38]。」這種由工以入妙、貴於自得的主張，正是宋詩學一貫的論調。張炎《詞源》具論填詞之法，講求精思之道：「音律所當參究，詞章先宜精思」[39]，以臻「清空則古雅峭拔」之境，並形容姜詞「如野雲孤飛，去留無跡」，此與白石的詩學理想近似。而這種清勁挺異、空靈妙遠的清空筆致，與嚴羽所謂的「羚羊挂角，無跡可求」所追求的意境亦相近[40]，皆南宋詩論

---

35 〈白石道人詩集自序〉：「三薰三沐師黃太史氏。居數年，一語嚌不敢吐。始大悟學即病，顧不若無所學之為得，雖黃詩亦優然高閣矣。」見《姜白石詩集箋注》，頁1。

36 張月雲說：「白石的詩源自江西一派，故此派那種剛健的筆法，使白石在寫情詠物之際，雖取晚唐的溫潤、密麗，仍不墮入『綺麗卑靡』的色澤與格調。……白石的詩因能兼取晚唐的溫潤，也就不流於江西一派所易有的質枯味木的寡情之病。」見張月雲《姜白石的詩與詩論》（臺北：國立臺灣大學中文研究所碩士論文，1978），第六章，頁110。

37 《白石道人詩說》云：「大凡詩，自有氣象、體面、血脈、韻度。氣象欲其渾厚，其失也俗；體面欲其宏大，其失也狂；血脈欲其貫穿，其失也露；韻度欲其飄逸，其失也輕」；「語貴含蓄」；「句意欲深、欲遠，句調欲清、欲古、欲和，是為作者」；「詩有四種高妙：一曰理高妙，二曰意高妙，三曰想高妙，四曰自然高妙。礙而實通，曰理高妙；出自意外，曰意高妙；寫出幽微，如清潭見底，曰想高妙；非奇非怪，剝落文采，知其妙而不知其所以妙，曰自然高妙」。見《歷代詩話》，下冊，頁680-682。

38 見《白石道人詩說》，《歷代詩話》，下冊，頁682。

39 見《詞話叢編》，頁265。

40 見《滄浪詩話校釋》，頁24。按：所以說「近似」、「相近」，是因為姜夔、嚴羽詩學理想之境，是言意並舉的，而張炎的清空乃就文筆勢態論，兩者並不全同。若要清楚了解張炎對詞的整個意境的看法，務須參看其對「騷雅」、「意趣」等方面的論見。

由平淡趨妙遠之傾向的共同體驗。

　　白石融詩入詞而得清空之境，這與同被張炎譽為「清空中有意趣」的東坡詞，在創作心態及手法上有何差異？兩者稍作比較，應更能彰顯白石的特色。東坡開拓以詩為詞的門徑，擴大了詞的內容，也提高了詞的意境，但東坡畢竟係以詩人之豪、清曠之調入詞，雖有清麗、韶秀之佳處，卻不得不承認是詞的變調，不若正宗派詞諧婉，他於詞的本體發展，功勞自不能與柳周諸家相比[41]。東坡是詞的名家，卻非內行；東坡詞的主要成就，是以個人高雅的品格風度，加上天資學問，為詞體賦予了新的生命，提升了詞的地位，因而也強化了文人填詞的意識，「指出向上一路」（王灼《碧雞漫志》評東坡語）。然而，就詞論詞，東坡詞的情韻確實略有不足，這就難免會有「不合律」、「不及情」、「句讀不葺之詩」的批評了[42]。我們要注意的是，東坡是從學問才情、胸襟氣勢方面開蘇辛清雄一派，他之以詩入詞，非以形式技巧為考量，亦非有意地精思獨造清新之意境，而是因情選體，以其整個詩人豁達熱情的氣質品格投入詞篇的創作，而煥發出精神來，不求高遠而自高遠。因此，他的清曠，是神貌合一的。當然，這種逸氣浩懷未必能完全合乎詞要眇之體，而其詞之所以頗乏情韻婉轉之致，那是可理解的。由此來看，東坡之以詩為詞，功在提高擴大了詞的境界與氣魄，突破詞幽約深隱的文體規範。而之後能於詞的本體發展上將詩詞結合一體而能獨創新境的，就是姜白石了。黃庭堅、陳與義、陸游諸家，也是詩人為詞，他們的詞皆有清逸之

---

[41] 參鄭騫〈柳永蘇軾與詞的發展〉，《景午叢編》（臺北：中華書局，1972），上編，頁119-127。

[42] 李清照《詞論》評東坡詞：「句讀不葺之詩爾，有往往不諧音律。」王若虛《滹南詩話》卷二：「晁無咎云：『眉山公之詞短於情，蓋不更此境耳。』陳後山曰：『宋玉不識巫山神女而能賦之，豈待更而後知？』是直以公為不及於情也。」

趣，但都不是當行本色。白石是專精樂律的作家，能自度曲，他之以詩入詞，是內行的詞體改造。回頭看黃昇的評語：「詞極精妙，不減清眞樂府，其高處有美成所不能及。」精妙是其本色，反映在文辭格律上；而所謂「高處」，則是詩化的表現，突出在意格之間。白石爲詞一如作詩，以學養思，精思入神，有意於詞體中注入詩的筆調和意境，獨出標格[43]。由於他是運用一己體認的詩法入詞，已非東坡等人以一般詩的精神和手法爲詞，其苦心孤詣所經營的意境，更爲刻摯精深。換言之，白石塡詞，是藝術美的追求，語意工深，格高調響，可謂獨樹一幟[44]。

白石如何以詩入詞？形成怎樣的格調？夏承燾、繆鉞二位先生皆有精闢的見解，請看下列引文：

我們說，白石的詩風是從江西派走向晚唐陸龜蒙的，他的詞正復相似，也是出入於江西和晚唐的，是要用江西派詩來匡救晚唐溫、韋詞體。……這些詞用健筆寫柔情，正是合江西派的黃、陳詩和溫、韋詞爲一體。沈義父作《樂府指迷》，評白石「清勁知音，亦未免有生硬

---

[43] 東坡、白石「以詩爲詞」的不同，謝桃坊也注意到，他的說法也可參考。他說：「姜夔詩論與詞作之間的某些相通之處確如謝章鋌所說，但還不能就此得出是『以詩法入詞』的結論。如果說他『以詩法入詞』，這便與蘇試等人『以詩爲詞』無區別了。蘇軾等人正是用作詩的方法作詞，致李清照有『句讀不葺之詩』的譏諷，至於白石詞則自來是被認爲本色當行的。其區別在於，姜夔不是以一般的詩法作詞，而主要是在詞裡表現濃郁而含蓄的詩意，使詞意詩化。一般而言，詞體在構思方面較爲精巧周密，思想情感的表達較爲婉曲細緻，詞意較爲顯露；詩體在構思方面較爲疏散開闊，思想情感的表達則又趨於凝重深蘊和朦朧。白石詞比起北宋詞，它是更富於詩的意味的。」見謝桃坊：《宋詞概論》（成都：四川文藝出版社，1992），頁332-333。

[44] 饒宗頤〈姜白石詞管窺〉：「白石用力精專，於樂律上又有深入的素養，能自度曲，故成就能高人一等。從此以後，宋詞風格，大約如鼎三足：一爲柳、周的側媚穠豔；一爲蘇、辛的馳騁古今；而白石卻以格高韻響，別樹一幟。」見饒宗頤《文轍》（臺北：學生書局，1991），頁641-650。

處」，以「生硬」不滿白石，就由於他以溫、韋、柳、周的尺度衡量白石，並且不瞭解白石詞與江西詩的關係。又，五代北宋人多以中晚唐詩的辭彙入詞，賀鑄所謂「筆端驅使李賀李商隱」。後來周邦彥多用六朝小賦和盛唐詩，漸有變化，但還是因多創少。只有白石用辭多是自創自鑄，如「數峰清苦，商略黃昏雨」、「冷香飛上詩句」等，意境格局和北宋詞人不同，分明也出於江西詩法。白石一方面用中晚唐詩修改江西派，另一方面又用江西詩修改晚唐北宋詞，以修辭這一端來說：他從用唐詩成語辭彙走向用宋詩的造句鑄辭，也是他的詞風特徵之一。[45]

姜白石在詞中開拓之功，即在於他能以江西派詩法運用於詞中，遂創造出一種清勁、拗折、雋澹、峭拔的境界，爲前此詞中所未有者。黃庭堅作詩，戛戛獨造，瘦勁深雋，別具風味，蘇東坡譬之於「食江瑤柱」，劉熙載謂其詩如「潦水盡而寒潭清」。但南宋人詞中尚少此種境界。……他運用黃庭堅的詩法於填詞之中，卻能獨創新境。沈義父評姜詞說：「姜白石清勁知音，亦未免有生硬處。」此語雖簡而極中肯綮。江西詩派之長在「清勁」，而其短在「生硬」。姜白石用江西詩法作詞，故長處短處亦相同。所謂「清」者，即洗盡鉛華，屏棄肥釀；所謂「勁」者，即用筆瘦折，氣格緊健。黃庭堅、陳師道之詩如此，姜白石之詞亦如此。……這些詞都是清空如話，一氣旋折，辭句雋澹，筆力遒健，細玩味之，與黃、陳詩有笙磬同音之妙。這在當時是一種

---

45 見夏承燾〈論姜白石的詞風〉，《姜白石詞編年箋校》，頁6-7。

新風格，與傳統的僅貴婉媚柔厚者有所不同。如果用傳統的標準來衡量，則確實是「亦未免有生硬處」。然而這種生硬，正是白石詞特殊造詣之所在。[46]

白石以江西詩法入詞而有「清勁」之姿，兩家的看法是一致的。繆氏對「清」、「勁」的分析相當精審，而所謂清勁，如夏氏所云「健筆寫柔情」，那是相對於情意內容方面，當指高健氣格言，是運思立意所呈現的筆調勢態。夏氏則就自鑄新辭一項，具體說明白石句法的特色。由鍊句到鍊意，由句精到格高，是江西詩法的整體。二人的論調大致能呈現白石辭句、意格的特點。不過，繆鉞另一段較論周邦彥和姜白石詞的差異，用語精準，比喻貼切，則更能突顯白石之「高處」；他說：「周詞華艷，姜詞雋澹；周詞豐腴，姜詞瘦勁；周詞如春圃繁花，姜詞如秋林疏葉。姜詞清峻勁折，格澹神寒，為周詞所無。[47]」所謂「清峻勁折，格澹神寒」，正是白石詞的獨到處。這詞格，既得江西詩法之妙，也深富個人的精神特質，不獨為周詞所無，也是兩宋詞家所僅見者。然而，二人亦注意到白石以江西詩法入詞，卻也出現如江西詩一樣的「生硬」的現象，不同於一般歌詞之有婉媚柔厚的風味；而他們認為這正是姜詞之特色所在。

這裡有些概念須稍作釐清。首先，所謂「清勁」，夏氏以「健筆」言之，繆氏解為「洗盡鉛華，屏棄肥醲；用筆瘦折，氣格緊健」，即「雋澹」、「瘦勁」之謂，這與張炎「古雅峭拔」的意旨是接近的。不過，張炎所謂「清空」，另有空靈妙

---

46 見繆鉞〈論姜夔詞〉，《靈谿詞說》，頁454-455。
47 見繆鉞〈姜白石之文學批評〉，《詩詞散論》（臺北：開明書局，1977），頁98。
  亦見繆鉞〈論姜夔詞〉，《靈谿詞說》，頁456。

遠之致，如評白石詞所云「如野雲孤飛，去留無跡」是也，這一特點則於上引二文中未有論及。而之後繆氏所謂「姜詞如秋林疏葉」、「格澹神寒」，則差可比擬「野雲孤飛」之境。白石詞予人疏澹孤寒之感，才是他真正的特色，超乎一般以江西詩為詞者所能達到的造詣。由此可知，稱白石「是要用江西派詩來匡救晚唐溫、韋詞體」或「他運用黃庭堅的詩法於填詞之中，卻能獨創新境」，這些說法都不夠確切。誠如上文所述，白石作詩，出入於江西詩派，有他獨特的體會。他的詩融合了黃庭堅江西派和陸龜蒙等晚唐詩為一體，以晚唐特有的言外之味匡濟江西生澀寡情之弊，求詩境之深、詩格之奇，特有幽微、清冷之感[48]，而其《詩說》則更以「自然高妙」為詩之極致。我們看白石詞，不正是他整個詩學創作與理論的實踐？因此，一般所謂白石以江西詩法入詞，這說法實在有欠周延。應修正為調和江西與晚唐的詩法，才符合白石填詞的實貌，如此才能理解他的詞為何有空靈妙遠、格澹神寒之氣格。當然，他的人格特質也是關鍵，這一點暫且不論。再者，我們不能完全以江西之「生硬」論白石詞的「生硬」，因為白石是以改良後的江西詩筆詩意入詞，而其詩法已矯正原來江西之生硬乏味，因此，他的詞之有高格響調，雖對習慣於傳統詞的婉媚情韻者而言仍有生硬之感，但這與江西詩的生澀瘦硬是有程度上的差異的，風味也不同，遂不能一概而論，畢竟詞與詩本自有別。我們論白石詞生硬與否，須就詞體的特性去辨明。有關這一點，下文再議。

現在回到白石以詩入詞而有清空幽冷的氣格這一論題上。自張炎《詞源》標舉「清空」、「騷雅」之說，而以白石詞為

---

48 詳張月雲《姜白石的詩與詩論》，第三章，第三節，頁34-42。

此風格體調的典範，用「野雲孤飛，去留無跡」形容白石妙遠的詞境，儼然推爲詞中極品。張炎以後，對於白石詞的評論不絕如縷，其中有褒有貶，有同有異，而一致稱許、幾無異議就是他作品中所呈現的氣格：

> 姜、張諸子，一洗華靡，獨標清綺，如瘦石孤花，清笙幽磬，入其境者疑有仙靈，聞其聲者人人自遠。（郭麐《靈芬館詞話》卷一）

> 姜白石詞幽韻冷香，令人抱之無盡，擬諸形容，在樂則琴，在花則梅也。詞家稱白石爲白石老仙，或問畢竟與何仙相似，曰：「藐姑冰雪，蓋爲近之。」（劉熙載《詞概》）

> 白石詞以清虛爲體，而時有陰冷處，格調最高。……美成、白石，各有至處，不必過爲軒輊。頓挫之妙，理法之精，千古詞宗，自屬美成。而氣體之超妙，則白石獨有千古，美成亦不能至。（陳廷焯《白雨齋詞話》卷二）

> 昭明太子稱陶淵明詩「跌宕昭彰，獨超眾類，抑揚爽朗，莫之與京。」王無功稱薛收賦「韻趣高奇，詞義晦遠，嵯峨蕭瑟，眞不可言。」詞中惜少此二種氣象，前者唯東坡，後者唯白石，略得一二耳。（王國維《人間詞話》）[49]

可以看出，在詞評家眼中，白石詞睥睨群倫、獨步千古的是他

---

[49] 見《詞話叢編》，頁1503、3694、3797-3798、4246。

那幽冷高奇的氣韻、雅健超妙的格調，而繆鉞所說的「清峻勁折，格澹神寒」，正是上述諸說的總評。詞格之高無如白石，幾已成定論。白石詞，或比之為花中的梅，格勁清冷；或譬之如樂中的琴，韻致幽遠；總給人一種空靈絕俗之感，非一般人力所及，故亦有「仙品」之喻[50]。這既是他精思力求的藝術意境，也源於他孤高沖澹的性情襟抱，體性如此，自成高格，清勁幽冷而有空靈之致。

再仔細觀察，白石詞冷香幽韻，瘦骨逸神，正反映出其詞境詞心的兩面——既有清冷之色，飛逸之神，也有黯淡之調，幽獨之情。張炎指白石詞清空，是以「古雅峭拔」之筆而達「野雲孤飛」之境，本有勁峭孤清之意。陳廷焯所謂「清虛」卻「陰冷」，王國維所謂「高奇」卻「蕭瑟」，意亦相通。我們隨意翻閱白石詞集，順手拈來，多是「清」「冷」的意象：「漸黃昏、清角吹寒，都在空城。……二十四橋仍在，波心蕩冷月無聲。」（〈揚州慢〉）「倦網都收，歸禽時度，月上汀洲冷。中流容與，畫橈不點清鏡。」（〈湘月〉）「月冷龍沙，塵清虎落。」（〈翠樓吟〉）「冷雲迷浦，倩誰喚玉妃起舞。」（〈清波引〉）他寫梅詠荷，多以「冷」「香」形容：「東風冷，香遠茜裙歸。」（〈小重山令〉）「但怪得竹外疏花，香冷入瑤席。」（〈暗香〉）「十畝梅花作雪飛，冷香下，攜手多時。」（〈鶯聲繞紅樓〉）「嫣然搖動，冷香飛上詩句。」（〈念奴嬌〉）另一方面白石筆下亦多暗沉色調：「沉思年少浪跡，笛裡關山，柳下坊陌。墜紅無信息，漫暗水涓涓溜碧。」（〈霓裳中序第一〉）「芳蓮墜粉，疏桐吹綠，庭院暗語乍歇。無端抱影銷魂處，還見篠牆螢暗，蘚階蛩切。」（〈八

---

[50] 陳廷焯《白雨齋詞話》卷八：「白石仙品也。東坡神品也，亦仙品也。」又：「東坡、白石具有天授，非人力所可到。」見《詞話叢編》，頁3961、3969。

歸〉）「古城陰，有官梅幾許，紅萼未宜簪。池面冰膠，牆腰雪老，雲意還有沉沉。」（〈一萼紅〉）諸詞皆藉幽深的景致，以寓淒然黯淡的情思。綜言之，白石詞既清冷又幽黯，以健峭的筆勢，寫低迴的意態，形成白石獨有的風神。陳廷焯於清空之外，直指白石「時有陰冷處」，見解相當深到。他提供了另一個思考角度，讓我們更清楚認識白石詞的形貌。

關於白石其人其詞，陳藏一《藏一話腴》說：「白石道人氣貌若不勝衣，而筆力足以扛百斛之鼎；……襟期灑落，如晉宋間人。意到語工，不期於高遠而自高遠。[51]」白石詞品之高，當然和他品格之高有關。此即「人之品格高者，出筆必清」[52]之謂也。而對於白石詞之有清勁之筆和幽冷的格調，請詳下列兩段藉物喻人、因人論詞的分析：

> 白石性情孤高，襟懷沖澹，故於花中最喜梅與蓮，屢見於詞，蓋二花能象徵其爲人也。……然白石所以獨借梅與蓮以發抒，而不借他花者，則以蓮出於淤泥而不染，其品最清，梅花凌冰雪而獨開，其格最勁，與自己之性情相符，而白石之詞格清勁，亦可謂即其性格之表現也。（繆鉞〈姜白石之文學批評〉）[53]

> 明代張羽作《白石道人傳》，說白石「性孤僻，嘗遇溪山清絕處，縱情深詣，人莫知其所入；或夜深星月滿垂，朗吟獨步，每寒濤朔吹凜凜迫人，夷猶自若也。」在白石胸中確有一片幽冷的天地。其詞有云：「誰念漂

---

51 見黃兆漢編著《姜白石詞詳注》（臺北：學生書局，1998），〈集評〉，頁598。
52 見孫麟趾《詞逕》，《詞話叢編》，頁2555。
53 見繆鉞《詩詞散論》，頁98-99。

零久，漫贏得幽懷難寫。」又云：「客徒今倦矣，漫贏
得一襟詩思。」復云：「文章信美知何用，漫贏得天涯
覊旅。」客子漂泊的孤寂淒清之感，像一再重複的主題
旋律貫穿於白石詞集之中。他深愛自然，屬意林泉，但
觸動其靈感而使發爲詞句者，卻多是從清靜淡遠的自然
之趣中泛起的一陣陣清愁幽恨。其作詞，必然要形成其
抒情上冷僻幽獨的格調，總有一種清冷僻遠而幽黯孤獨
的情緒滲透其間。（韓經太〈筆染滄江虹月，思穿冷岫孤雲——
白石詞美學風貌初窺〉）[54]

白石詞如梅、蓮的清雅瘦勁，而梅、蓮孤標絕俗的意韻，正
與白石「恬淡寡欲，不樂時趨」（清・嚴杰〈擬南宋姜夔
傳〉）、「體貌清瑩，望之若神仙中人」（明・張羽〈白石道
人傳〉）的高逸精神相合。而其孤僻的個性，加以漂泊生涯的
淒清，零落江湖的苦悶，注入詞篇，遂有清冷幽黯的抒情格
調，自然形成，內外一體。斯人而有斯作，我們應視白石爲純
粹的藝術家，他以高才多感的資質、冷僻幽獨的性情，精思獨
造，爲詞體創造了一個氣格清遠、韻調幽冷的世界，改變了詞
的抒情傳統。

三、白石「有格而無情」？

白石以詩人之才，融詩入詞，遂有清空之筆致，清勁幽冷
的氣格，卻時有生硬處，這是上一節所要表達的主要內容。我
們接著要問：白石以此高格響調爲詞，表現了怎樣的情思，予
人怎樣的感受？或用更文學性的說法，即詞人的主體意識、內

---

[54] 見韓經太《詩學美論與詩詞美境》（北京：北京語言文化大學出版社，1999），頁
349。

在情思，結合了清空之筆、幽冷之調，形成了怎樣的體貌，呈現了怎樣的情感特質？換言之，我們重新檢視的白石詞情，乃就文本的質感去談，兼顧內容與形式；而詞人的用情態度和表現手法，是我們關注的重點，而非個別的情事或寫作題材。

上文論清空說，僅就詞的筆勢、氣格言，事實上，張炎《詞源》心目中詞體的理想風格要兼及內容意境，才稱得上是完整。不要忽略原文於論述白石清空之意後的一段話：「白石詞如〈疏影〉、〈暗香〉、〈揚州慢〉、〈一萼紅〉、〈琵琶仙〉、〈探春〉、〈八歸〉、〈淡黃柳〉等曲，不惟清空，又且騷雅，讀之使人神觀飛越。」既言「清空」，又說「騷雅」，顯見兩者的理論層次有所不同。「騷雅」一詞，亦見於〈賦情〉一則：「簸弄風月，陶寫性情，詞婉於詩。蓋聲出鶯吭燕舌間，稍近乎情可也。若鄰乎鄭衛，與纏令何異也。如陸雪溪〈瑞鶴仙〉（詞略）、辛稼軒〈祝英臺近〉（詞略），皆景中帶情，而存騷雅。故其燕酣之樂，別離之愁，回文題葉之思，峴首西州之淚，一寓於詞。若能屏去浮豔，樂而不淫，是亦漢魏樂府之遺意。[55]」何謂騷雅？簡言之，騷雅所要求的是抒寫情懷，須有「好色而不淫，怨誹而不亂」[56]的意態，寓情於景，含蓄委婉，言近而旨遠，呈現一種高雅、溫厚的風貌。從張炎譽為騷雅的八首白石詞來看，無論是借物言情、登臨懷古，或寫傷離意緒、身世飄零之感，皆能出之以清雅之筆，屏除浮豔，哀而不傷，寄情遙深，頗得風騷溫厚之旨。如〈琵琶仙〉一詞，《詞源》另於〈離情〉一則評曰：「情至於離，則哀怨必至。苟能調感愴於融會中，斯為得矣。白石〈琵琶仙〉

---

[55] 見張炎《詞源》，《詞話叢編》，頁263-264。

[56] 《文心雕龍·辨騷》云：「國風好色而不淫，小雅怨誹而不亂。若離騷者可謂兼之。」見范文瀾《文心雕龍註》（臺北：明倫出版社，1971），卷一，頁45。

（詞略），離情當如此作，全在情景交鍊，得言外意。[57]」騷雅之境，蓋由此也。如前所云，「清空」是就文辭勢態言，而相對於此，「騷雅」所指應屬內容意境方面所呈現的某種風貌立說；而兩者內外配合，乃張炎的理想詞風——清空使文體峭拔有神，脫盡凡俗，而有自然妙趣；騷雅則從情意內容上充實此體，使之有動人之情，言外之旨，呈高雅溫厚之風，二者相輔相成，既免空疏之弊，復無質實凝重之病，張炎以「天機雲錦」形容之，亦謂此類作品「讀之使人神觀飛越」。

白石清空騷雅之作，固然「使人神觀飛越」，但是否情深而動人？具體予人誠摯的抒情效果？張炎《詞源》沒有討論這方面的問題。不過，承接著張炎的白石騷雅說，後人各有體會，引發出許多虛實不一的比興寄託之見：

白石詞登高眺遠，慨然感今悼往之趣，悠然托物寄興之思，殆與古〈西河〉、〈桂枝香〉同風致，視青樓歌、紅窗曲萬萬矣。（柴望〈涼州鼓吹自序〉）

姜、張諸人以高賢志士，放跡江湖，其旨遠，其詞文，託物比興，因時傷事，即酒席遊戲，無不有黍離周道之感，與詩異曲同其工；且清婉窈眇，言者無罪，聽者淚落，有如陸文圭所云者，爲三百篇之苗裔無可疑也。（王昶〈姚莒汀詞雅序〉）

詞家之有姜石帚，猶詩家之有杜少陵，繼往開來，文中關鍵。其流落江湖，不忘君國，皆借託比興，於長短句

寄之。如〈齊天樂〉，傷二帝北狩也。〈揚州慢〉，惜無意恢復也。〈暗香〉、〈疏影〉，恨偏安也。蓋意愈切，則辭愈微，屈宋之心，誰能見之。乃長短句中，復有白石道人也。（宋翔鳳《樂府餘論》）

詞源於詩，即小小詠物，亦貴得風人比興之旨。唐五代北宋人詞，不甚詠物，南渡諸公有之，皆有寄託。白石、石湖詠梅，暗指南北議和事。（蔣敦復《芬陀利室詞話》卷三）

南渡以後，國勢日非。白石目擊心傷，多於詞中寄慨。不獨〈暗香〉、〈疏影〉二章，發二帝之幽憤，傷在位之無人也。特感慨全在虛處，無跡可尋，人自不察耳。（陳廷焯《白雨齋詞話》卷二）[58]

清代詞壇尊體立派意識甚強，為推尊詞體的地位，使之與詩並列，因此寄託之說大盛，尤其喜言南宋詞有風人比興之旨。王昶、宋翔鳳、陳廷焯等人顯然是由這種角度來詮釋白石詞的情意世界，所以有「三百篇之苗裔」、「猶詩家之有杜少陵」一類說法。白石詞確有身世之感，傷今悼往，托物寄興，「特感慨全在虛處」，如都作實解，難免牽強附會，令人無法信服，更何況白石有一大半的作品實在難以納入「黍離周道之感」。不過，在清代主流的詞學批評世界裡，論者幾乎都認為白石詞充滿著個人與時代的悲感，興寄遙深。近代學者亦多持此論。

---

58 柴望〈涼州鼓吹自序〉，見施蟄存《詞籍序跋萃編》（北京：中國社會科學出版社，1994），頁419；王昶〈姚莔汀詞雅序〉，見《春融堂集》，卷四十一；宋翔鳳《樂府餘論》，見《詞話叢編》，頁2503；蔣敦復《芬陀利室詞話》，見《詞話叢編》，頁3675；陳廷焯《白雨齋詞話》，見《詞話叢編》，頁3797。

因此，當周濟、王國維提出「淺情」、「無情」之論（詳下文），質疑白石詞情，他們的回應態度是，更堅定比興寄託的立場，甚至進一步強化情事考實的詮釋意向，因為他們認為只要證實白石詞中確實有情——不管是時代身世的憂時感事之情或是男女之間的孤往眷戀之情——都是反駁淺情無情說的最佳證明[59]。夏承燾的「合肥情事說」，就是著名的代表。

最先提出白石於合肥有意中人的是陳思[60]，後來夏承燾撰〈合肥詞事〉、〈白石懷人詞考〉二文，乃據此而提出一套完整的情事架構，令人嘆為觀止。夏氏推斷，白石這段情緣約發生於南宋孝宗淳熙三年至十三年間（1176-1186），白石二十三至三十二歲；而據其所考，情詞明記甲子者，以淳熙十三年（1186）作〈浣溪沙〉、〈一萼紅〉為最早，此後亦嘗客居合肥，其最後之別在光宗紹熙三年（1191），此後寧宗慶元三年（1197）賦〈鷓鴣天〉詞猶有懷想之意，這時距離最初遇合將近廿載，而於前事猶一往情深若此。夏氏更考出合肥所遇似是勾闌中姊妹二人；懷人各詞多涉及箏琶，知其人妙擅音樂；合肥巷陌多柳，故懷人詞皆以柳託興；白石曾兩次離開合肥是在梅花時節，故集中詠梅詞亦多與此相關；又〈鷓鴣天〉元夕數詞，有思悲之語，知此事又與燈節有關，故歲歲沉吟也。據此，在白石自定歌曲六十六首中，有本事之情詞乃得十七八首，若兼其託興之作計之，則幾佔全部歌曲三分之一。夏氏認為白石此類情詞有其本事，而題序時時亂以他辭，此見其孤往之懷，有不可見諒於人而宛轉不能自己者。夏氏的

---

59 如方延豪〈探索姜白石詞中的情〉，《藝文誌》，181期，頁65-67；黃兆顯〈姜白石的寂寞和他的合肥情事〉，佚名編《中國古典文藝論叢》（臺北：莊嚴出版社，1984），頁213-233；唐圭璋、潘君昭〈姜白石的戀情詞〉，《唐宋詞學論集》（濟南：齊魯書社，1985），頁181-184。

60 見陳思〈白石道人年譜〉，載金毓黻輯《遼海叢書》（臺北：藝文印書館1971），第25冊。

結論是：

> 予考白石懷人詞，所舉止此。總其歸趣，凡得二事：
> 一、五代歌詞，十九閨襜；宋人言寄託，乃多空中傳
> 恨之語。惟白石情詞，皆有本事；梅柳託興，在他人
> 爲餘文，在白石爲實感。南宋詠物詞中，白石以此超然
> 獨造，不但篇章特富而已。二、白石詞從周邦彥入而從
> 江西詩出，非如五代、北宋之但工蓄豔；懷人各篇，益
> 以眞情實感，故生新刻至，愈淡愈深。張炎但贊其「清
> 空」，已墮邊見；今讀〈江梅引〉、〈鷓鴣天〉諸詞，
> 一往之情，執著如此，知張氏「野雲孤飛，去留無跡」
> 之喻，亦乖眞賞；至王國維評爲「有格而無情」，則尤
> 爲輕詆厚誣矣。[61]

夏氏此說，前提大有問題，推論亦嫌輕率，而且循虛以責實，
也有過度詮釋之嫌。本人曾就此撰〈白石合肥情事說考辨〉加
以評析[62]，提出若干疑點，此處不擬詳細複述，僅舉一二要點
如下。夏說最大的問題是主觀意識過強，可謂「大膽假設」，
卻未能「小心求證」。事實上，白石詞中只有〈浣溪沙・辛亥
正月二十四日發合肥〉、〈淡黃柳〉、〈摸魚兒〉、〈淒涼
犯〉四首於詞題和詞序中明言合肥一地，夏氏將這四詞編在光
宗紹熙二年（1191），爲白石三十七歲作品。〈浣溪沙〉一
首是惜別合肥之作[63]，但從詞作本身卻無法證實此中女子就是

---

[61] 見〈白石懷人詞考〉，《唐宋詞人年譜》，頁452。

[62] 見《南宋姜吳典雅詞派相關詞學論題之探討》，第四章，第三節，〈典雅派詞情意
內容寄託說之省察(二)〉之一，頁209-220。

[63] 詞曰：「釵燕籠雲晚不忺。擬將裙帶繫郎船。別離滋味又今年。　楊柳夜寒猶自
舞，鴛鴦風急不成眠，些兒閒事莫縈牽。」

當日的合肥情人，蓋詞人擬託女子語氣表達依依惜別之情，是歌詞中常見的手法，不見得實有其事。其餘三詞又怎樣描述合肥呢？〈淡黃柳〉序曰：「（合肥）巷陌淒涼，與江左異，唯柳色夾道，依依可憐。」〈淒涼犯〉序曰：「合肥巷陌皆種柳，秋風夕起騷騷然；予客居闔戶，時聞馬嘶，出城四顧，則荒煙野草，不勝淒黯。」至於人事，〈摸魚兒〉序中僅提到於「辛亥秋期」，「寓合肥，小雨初霽，偃臥窗下，心事悠然，起與趙君猷露坐月飲」之事。此景此情，在白石的詩篇中也有類似的描寫。〈送范仲訥往合肥三首〉其二云：「我家曾住赤闌橋，鄰里相過不寂寥。君若到時秋已半，西風門巷柳蕭蕭。」其三云：「小簾燈火屢題詩，回首青山失後期。未老劉郎定重到，煩君說與故人知。」[64]結合詩詞來看，詩中所謂「故人」，應指「鄰里」、「趙君猷」一類寓居合肥時所結交的朋友言，字句中實難尋覓男女戀情之跡。而且合肥如此荒涼，似乎與勾欄妙妓遇合的浪漫情景不甚搭調。〈淒涼犯〉下片有寫歡愉景象，那是舊遊情事，是用來對照今日合肥淒黯蕭瑟的情景的，曰：「追念西湖上，小舫攜歌，晚花行樂。舊遊在否，想如今，翠凋紅落。」要注意的是，在合肥作詞而說追念西湖舊遊，卻非思憶當地戀人，不是很奇怪嗎？又，白石在這十年間如皆有懷合肥人之作，既然「其孤往之懷有不見諒于人」，照理其歌詞題序應該都一律隱約其辭，不敢明言其事，爲何上述〈浣溪沙〉詞卻如此明白表示其與伊人依依惜別之情（依據夏氏之解釋）？凡不通其意的都解釋爲有難言之隱故亂以他辭，這是最方便又最巧妙的辯解方式，但也最欠說服力。夏氏此說尤可議者，是聯繫詞中「梅」、「柳」、「箏琶」等意象，網羅眾作，爲白石詞整理貫串一段「既長遠又深刻」的

---

[64] 見孫玄常《姜白石詩集箋注》（太原：山西人民出版社，1986），頁225。

平生幽恨。這種捕風捉影的詮釋方法，實令人難以苟同。

　　清代謝章鋌曾批評那些附會影響之說云：「雖作者未必
無此意，而作者亦未必定有此意。可神會而不可言傳。斷章
取義，則是刻舟求劍，則大非矣。[65]」文學詮釋不是沒有限制
的，作品情意在虛實之間，須謹慎處裡，不能逾分，謝章鋌此
說值得深思。文學裡有可作實解的地方，譬如作品中所描述的
具體形象、可指陳的內涵概念或可指涉檢證的事物等；但更須
從隱含於形象語言的那可意會而不易言傳的意境中的虛處去解
悟文情。作品的性質不同，其虛實的比重便有異，如面對以史
實為題材的敘事文學或明顯的比體作品，當然須花多一點實解
的功夫；但若是面對純粹的抒情文類，則須於虛處著力，循意
象以詮解其情意，不能隨意比附事實，並以此為高。夏氏的
「合肥情事說」，過於著重事實材料的考證，無疑已束縛了文
學虛解的空間，而整套的「因詞證事」又「據事說詞」的方式
更使其陷入循環論證的泥沼而不自知[66]。

---

[65] 見《賭棋山莊詞話‧續編一》，《詞話叢編》，頁3486。

[66] 《南宋姜吳典雅詞派相關詞學論題》第四章第四節之二「情意寄託說詮釋方法上的
謬誤」對此循環論證之蔽有頗詳盡的分析，請參考。文曰：「在『虛-實』、『心-
物』之間，文學詮釋活動始終是以虛解、以心意與文情交感為達到其終極意義的正
途，而在這個層面言，物事實情的了解、字辭意象的確切涵意的掌握，乃至作者生
平資料的考證，這些方面的知識雖然重要，但充其量也只能視作輔助性的工作而
已，因為文學詮釋的目的主要在顯發意義，相對於文學作品表現主體情志的本質來
說，詮釋活動在原則上也必須保持其主體性，然則文學的意義是不能在割離主體實
感而以完全客觀知識去驗證、追求的情況下而有所得的。自毛鄭以來，一般的詩文
箋釋與解說者大多混淆了此間的分際，尤有甚者，更嚴重誤用了『知人論世』之
法，對作者傳記、詩文史實等資料作鉤稽考尋，毫不放鬆，而發展出一套年譜與作
品、史與文相為表裡觀念，其方法是以時代與個人的史料強植於虛擬的文學情境
中，據此又逐步擴充其詮釋範圍，對許多不甚明其意旨的作品都附會史實，以為是
找到了它的確解、尋出了作者的原意、重塑了有關作者的種種生平事蹟及其與歷史
的實際關聯；這種『因文考史』、『由詩證譜』，又反過來『據史詮文』、『以譜
解詩』的方法，殊不知其已陷入『以實鑿虛』、『以虛證實』的循環論證的邏輯困
境之中，而其所得者也不過是一些虛構的客觀存在的事實罷了，循環論證的結果是
既不能在虛處以解悟文學，又不能往實處以證成歷史，不但違背了歷史的本質，同
時也歪曲了文學的本質。」（頁249-250。）

讀夏氏的結論，清楚可見他深不以張炎的「清空」說、王國維的「有格而無情」說為然，他顯然是以「合肥情事說」反擊張炎和王國維的說法的。他認為「白石情詞，皆有本事」，藉物託興，皆為實感，超然獨造於南宋詠物詞上；而懷人之作，則更是執著專一的真情實感，尤應讚賞。這裡牽涉到文學評價和詞情論定的問題。須知，文學作品的藝術價值，是形式與內容的整體衡量，不完全取決於題材或其他外緣因素。因此，要判斷白石感慨時事、懷念故舊或其他詠物言情之作孰優孰劣，應從整體的表現著眼，不能僅就某種題材以相高下，也不因其有無本事或本事的屬性為何而左右判斷。其次，文學可作為情感的載體，但文學裡的情畢竟不等同於現實生活的情。文學裡的情感取源於現實，但經過剪輯、模仿和再現的程序，已非現實情感的翻版；易言之，文學創作乃是將原本錯綜複雜、利害交織的情感，經由藝術構思的淬鍊，創造出更普遍而易於感知的形式，提供讀者一個足以觀看的距離，其與情感主體的關係已十分曖昧。中國抒情傳統是「感情本體」和「文字感性」交織而成的。中國人重情，如何把情感表現在某種形式之中，使情感具有本體的意義，卻不致流於氾濫無歸的傷感，是中國文學追求形式過程中一個重大的課題。換言之，我們要談文學中的情，是不能離開它的形式意義來談的。因此，說白石詞實有家國、相思之情，而無法從文學的整體效果中去感知，這只是證實了在事理層面上情事之存在與否而已，卻不能據此衡定出其在文學層面上情感之深淺有無。即是說，縱使所謂合肥情事為真，那只表示白石詞中果然有這樣的愛情題材，而且持續寫作多時，至於這些作品好不好或有沒有動人情韻，那是另一層面的問題，不能相提並論。夏氏批評張炎以清空譽白石為「已墮邊見」，並且說白石詞「一往之情，執著如此，知張氏『野雲孤飛，去留無跡』之喻，亦乖真賞」，可見他對

清空之爲義不甚了了，也分不清楚清空和詞情在理論層次上的差別。至於王國維的「有格無情」說是否「輕詆厚誣」，這要看王國維所謂的「情」是甚麼，他著眼於那方面立論。如兩者所謂的「情」，指涉範圍不同，意義便不同，那麼夏氏的批評就是不相對應，自然就不能如是斷然的指控王說不當了。

王國維之前，周濟對白石詞及其詞情也曾加以批評，兩家的說法頗相似，可以互相參看：

> 北宋詞多就景敘情，故珠圓玉潤，四照玲瓏。至稼軒、白石，一變而爲即事敘景，使深者反淺，曲者反直。……稼軒鬱勃故情深，白石放曠故情淺。稼軒縱橫故才大，白石局促故才小。惟〈暗香〉、〈疏影〉二詞，寄意題外，包蘊無窮，可與稼軒伯仲。餘俱據事直書，不過手意近辣耳。白石詞如明七子詩，看是高格響調，不耐人細思。白石以詩法入詞，門徑淺狹，如孫過庭書，但便後人模仿。（周濟《介存齋論詞雜著》）

> 白石疏放，醞釀不深。（周濟《詞辨·自序》）

> 白石脫胎稼軒，變雄健爲清剛，變馳驟爲疏宕。蓋二公皆熱中，故氣味吻合。辛寬姜窄，寬故容蔵，窄故鬥硬。（周濟《宋四家詞選目錄序論》）[67]

> 白石寫景之作，如「二十四橋仍在，波心蕩、冷月無聲」，「數峰清苦，商略黃昏雨」，「高樹晚蟬，說西

---

[67] 周濟三則，見《詞話叢編》，頁1634、1637、1644。

風消息」，雖格韻高絕，終隔一層。

古今詞人格調之高，無如白石，惜不於意境上用力，故覺無言外之味，絃外之響，終不能與於第一流之作者也。

南宋詞人，白石有格而無情，劍南有氣而乏韻。

白石雖似蟬蛻塵埃，然終不免局促轅下。

蘇、辛，詞中之狂。白石猶不失爲狷。

詩人對宇宙人生，須入乎其內，又須出乎其外。入乎其內，故能寫之。出乎其外，故能觀之。入乎其內，故有生氣。出乎其外，故有高致。美成能入不能出。白石以降，於此二事皆未夢見。（以上王國維《人間詞話》）

東坡之曠在神，白石之曠在貌。白石如王衍口不言阿堵物，而暗中爲營三窟之計，此其所以鄙也。

「紛吾既有此內美兮，又重之以修能。」文字之事，於此二者，不能缺一。然詞乃抒情之作，故尤重內美。無內美而但有修能，則白石耳。（以上王國維《人間詞話刪稿》）[68]

兩人皆能兼顧文體論的內外因素立說，由形式到情感，由人格

---

[68] 王國維數則，見《詞話叢編》，頁4248-4250、4253、4266。

到風格，諸多層面都有著墨；而對於白石詞的優劣得失，其特殊美感的情狀及成因，皆有評論。周濟對白石詞主要的看法是，白石個性局促而才小，偏偏採用以詩入詞的手法，門徑顯得淺狹，而在如此窄處用力，故有鬥硬之態，以此為詞，固有清剛疏宕的高格響調，猶不免淺直，有生硬處，不耐人細思；這與他疏放的性格有關，因為疏放，故但求清疏之高格，不能加深醞釀內在的情意，遂有「放曠故情淺」之評。王國維則進一步總結白石詞的特色為「有格而無情」，既點出其形式氣格上的優點，也指出其文學情感上的缺失，「格」與「情」並舉，如同張炎之「不惟清空，又且騷雅」，兼顧了文辭形式和情意內容兩面，彼此互有關係。王國維說：「古今詞人格調之高，無如白石」，就是所謂的「有格」；又說：「惜不於意境上用力，故覺無言外之味，絃外之響」，白石詞遂容易予人略無情韻之感，此即周濟「醞釀不深」、「不耐人細思」之意。白石之追求高格而得「無情」的文學效果，原因就在於他只求表面之修能，而不重內美、不在意境上用力。這與他的個性和為文態度有關。白石狷介，有所不為，遂能自成高格，表現為清剛雋上。然而，他面對現實人生，卻顯得無奈又無力，既不能入乎其內，有所承擔，又不能出乎其外，有所超脫；因此，表現在文學上，就不能深入內裡，體物寫情，也不能超然物外，窮神觀化，如是便失渾厚之生氣、超曠之高致。因為不能貫通內外，文學之有隔，就可想見。周濟說白石「放曠故情淺」，王國維則認為白石之曠僅表現在外貌上，不若蘇辛之曠是蘊藏在精神裡。白石在遣辭造句上確有高雅脫俗的表現，予人曠遠之感，可惜他僅能以其「修能」在鍊句修辭方面求格調之高，「雖似蟬蛻塵埃」，但終究只是外貌之放曠，而非源自生命的「內美」，真切的實感與解悟，故顯得有點幽遠，可望不可即，不易動人心魂，文辭氣調高則高矣，但情意質感則稍

嫌薄弱。總之,在王國維看來,白石能在筆端求「曠」,故詞風「有格」,又因為其「曠」只「在貌」,而非內美充實之表現,遂顯得「無情」。從白石詞所展現的人格特質來看,顯然缺乏一種沉摯動人的力感。白石那些述相思、寫家國的作品,在整體效果上沒有營造出強烈感人的力量,這與他追求清冷的藝術意境之創作態度,及其個人在情感本質上有不能熱切投入而採取退遠之傾向,有著密切的關係。文學風格反映人格特質,白石恬退,不能說其完全無情,只是他詞中冷處理的方式,自不若東坡之放曠、稼軒之鬱勃所蘊含的深情厚意。然則,與蘇辛相比,說白石淺情,亦不為過[69]。

經過以上的分析,我們應知道由王昶到夏承燾等主比興寄託說者和周濟、王國維等人所體認的詞「情」,是不大相同的。傳統主寄託說者認為白石詞多寓有盛衰今昔、憂國感時的身世之感,而他們詮釋白石詞,往往就某種特定情事作實解,並據事說詞,大加讚賞白石之真情實感。但這樣的「情」,與上一段所界定的「情」,意涵不同。寄託說者所謂的「情」,乃指作者情意表達的內容,通常是可指涉某一相關的情事的,持論者所欲探求的往往是作者創作之原意,寫作的背景,關心的也常常是作品外緣的歷史傳記素材;而周濟、王國維所謂的「情」,則指作品所呈現的某種情感本質,無關乎作品之題材內容,而是作者人格特質之投影,它特別著重作者之情意透過文字所展現的興發感動之作用,其間有強弱深淺有無之分,得由讀者深切體會之。

---

[69] 另詳《南宋姜吳典雅詞派相關詞學論題之探討》,第四章,第五節,〈有關典雅派詞情的論爭〉,頁256-269。

四、白石清冷的詞情

周濟說：「白石放曠故情淺。」王國維說：「白石有格而無情。」白石詞中的情之所以予人淺而近無的感覺，誠如上述，這源於他放曠、孤僻的個性，也是他努力追求高遠格調的結果。白石是詞中之狷，蘇辛是詞中之狂；蘇辛之性情屬陽剛，白石之性情則屬陰柔。白石於人生採取退遠疏離的態度，既無勇於介入的熱誠與擔當，又無真能擺脫的心情與襟懷，人品氣質雖高，卻乏豪邁、瀟灑之情[70]。而他又故意精細獨造一個孤高的藝術世界，以詩入詞，擺落凡俗，屏去浮豔，自創清空、瘦硬、幽冷的高格響調，美則美矣，卻總予人清冷幽獨之感。這樣的創作主體，這樣的寫作精神與方式，結構成怎樣的詞情美感，那就可想而知。

我們要分析白石詞情，先了解他的生平大略，也就是他的經驗世界，是有必要的。而嘗試貼近他的內心世界，則更能明瞭他的情感質素和他特別的用情態度。據考，姜夔約生於南宋高宗紹興二十五年（1155），出生地是饒州，九歲時隨父親宦漢陽（沔），父死，依姊而居，續留漢陽。他以漢陽為家的時間相當長，不過時常來往於湘鄂之間，有時經年都在外地，揚州、長沙、南嶽、湘水等地，皆見蹤跡。三十二歲那年冬天，他正式永離漢陽，隨蕭德藻住在湖州。而湖州一如漢陽，他雖家於此，卻非長居於此。三十三歲的春天，他遊於金陵、杭州，夏天時才回到湖州，冬天又過吳松，客臨安，一年後始歸。之後也曾客居合肥，再至金陵，復詣范成大於蘇州。只有

---

70 鄭騫〈漫談蘇辛異同〉：「曠者，能擺脫之謂；豪者，能擔當之謂。能擺脫故能瀟灑，能擔當故能豪邁。這都是性情襟抱上的事。而曠之與豪並非是絕對不同的兩種性情，他們乃是一種性情的兩面。用舊日的哲理名詞來說，都是屬於陽剛性的。」見《景午叢編》（臺北：中華書局，1972），上編，頁268。

三十八歲時居然不曾離開湖州，算是特例。但是，三十九歲的春天，他又開始了客游生涯：紹興、孤山、南昌、武康、無錫，直到四十二歲想要定居杭州爲止，竟未曾久住湖州。四十三歲起，白石安家杭州，總算與家人有了較長的團聚時日。這一段時期，他似乎頗想結束自己的浪跡歲月，甚至希望以自己的興趣、專長，參與朝廷的禮樂制度。可惜他上書論雅樂，進〈大樂議〉、〈琴瑟考古圖〉，皆不被採納，接著再上〈聖宋鐃歌鼓吹〉十二章，乃詔免解與試禮部，卻又不第。此後，家雖有遷移，但都在杭州境內，其中以居西湖的時間最長。大致說來，四十三歲以後的白石已不像年輕時代那樣頻頻離家，不過，仍有四十七歲入越、四十八歲客松江、五十二歲游浙東的行止，甚至到六十五歲的高齡還曾客揚州。寧宗嘉定十四年（1221），這位「翰墨人品皆似晉宋之雅士」（范成大語）的詞人逝於西湖家中，享年六十七，布衣終身，身後蕭條，喪葬事宜全賴朋友資助才辦成[71]。

綜上所述，我們發現：白石一生羈旅歲月極長，大約自二十歲到四十三歲，漫漫二十三年間，他的行蹤不定，來往江湖之上，看來處處是家，其實處處非家。四十三歲以後居家杭州，雖然逐漸安定，卻又考場失意，生活清苦，時常「貸於故人，或賣文以自食」（明・張羽〈白石道人傳〉）。這樣的人生經歷帶給白石的是甚麼樣的衝擊？他在詩詞中反映了部分的現實心聲：「更欲少留天不許，曉風吹艇入垂楊。」（〈京口留別張思順〉）「但得明年少行役，只裁白紵作春衫。」（〈除夜自石湖歸苕溪〉）「萬里青山無處隱，可憐投老客長安。」（〈臨安旅邸答蘇虞叟〉）「亭皋正望極，亂落江蓮歸未得，多病卻無

---

71 參夏承燾：〈姜白石繫年〉，《唐宋詞人年譜》，頁425-454。

氣力。」（〈霓裳中序第一〉）「天涯情味，仗酒祓清愁，花銷
英氣。」（〈翠樓吟〉）「滿汀芳草不成歸，日暮，更移舟向甚
處？」（〈杏花天影〉）「南去北來何事？蕩湘雲楚水，目極傷
心。」（〈一萼紅〉）「倦游歡意少，俛仰悲今古。」（〈玲瓏四
犯〉）「客途今倦矣，漫贏得一襟詩思。」（〈徵招〉）「零落
江南不自由，兩綢繆，料得吟鸞夜夜愁。」（〈憶王孫〉）原來
客遊生涯並未帶給白石遊山玩水的悠閒心境，一處行過一處的
舟車歲月換來的是「零落江南不自由」的無奈。無論詩詞，我
們隨手拈出的是他寂寞的天涯情味、強烈的漂泊之感。這種長
期在空間裡流浪，不能自我作主的經驗進入敏銳的心靈後，就
形成了無所依託的孤絕感。而現實的生活裡的困窘拮据、依人
周濟，更加深了難以自主、不能穩定的感覺經驗。可是，一驛
漂過一驛，流動的不僅是空間，還有逝如流水的時間。如是，
時空流轉，終於轉出了天涯倦客的寂寞——「誰念漂零久，漫
贏得幽懷難寫。」（〈探春慢〉）[72]

　　白石先天上有詩人敏銳善感的個性、孤高自賞的性情，後
天的生活艱困、天涯零落，更增加了他身不由己的哀嘆，孤獨
淒清之感。誠如韓經太所說：「他深愛自然，屬意林泉，但觸
動其靈感而使發為詞句者，卻多是從清靜淡遠的自然之趣中泛
起的一陣陣清愁幽恨。其作詞，必然要形成其抒情上冷僻幽獨
的格調，總有一種清冷僻遠而幽黯孤獨的情緒滲透其間。」白
石胸中確有一片幽冷的天地，他創造了詞中清奇的逸品，然而
在這高格響調中卻始終盤旋著一股苦澀的幽獨情懷，而這幽獨
情懷在簡遠清疏的字句中也總是繚繞著陰冷黯淡的色調。白石

---

[72] 白石的時空流轉之悲、天涯漂泊之感，詳劉少雄〈從流浪意識看白石詞中的情〉，
　　《中國文學研究》第三輯（臺北：國立臺灣大學中國文學研究所，1978），頁165-
　　183。

詞神清骨冷，是他的人品性格的烙印，也是他藉個人才情精思鑄造的藝術意境。

　　白石詞的幽冷，反映在情意內容上，盡是些不甚如意或疑慮不安的景象。例如：「五湖舊約，問經年底事，長付清景。」（〈湘月〉）「故人知否，抱幽恨難語。何時共漁艇，莫負滄浪煙雨。」（〈清波引〉）「西窗夜涼雨霽，歎幽歡未足，何事輕棄。問後約，空指薔薇，算如此溪山，甚時重至。」（〈解連環〉）「水漪晚，漠漠搖煙，奈未成歸計。」（〈徵招〉）「長記曾攜手處，千樹壓西湖寒碧。又片片吹盡也，幾時見得。」（〈暗香〉）所抒寫的都是這一類欲止不能止、思歸卻難歸的無奈，理想難期的哀歎。又如：「記曾共、西樓雅集，想垂楊還嫋萬絲金。待得歸鞍到時，只怕春深。」（〈一萼紅〉）「追念西湖上，小舫攜歌，晚花行樂。舊遊在否，想如今、翠凋紅落。漫寫羊裙，等新雁來時繫著。怕匆匆，不肯寄與誤後約。」（〈淒涼犯〉）這種既想又怕的心情，正是白石長久漂泊一次又一次的失意後，對未來再也無法信任的疑懼。在白石詞裡，與美人攜手共聚，已是一個不能圓的夢：「我已情多，十年幽夢，略曾如此。」（〈水龍吟〉）「搖落江楓早，嫩約無憑，幽夢又杳。」（〈秋宵吟〉）而且，白石詞幽幽淡淡，絕少出現歡愉和樂的氣氛。懷人之作，多藉夢境以表幽思，如〈踏莎行〉（燕燕輕盈）、〈江梅引〉（人間離別易多時）、〈鷓鴣天〉（肥水東流無盡期）等詞，所寫夢境淒清、模糊又殘缺。〈踏莎行〉寫夢中女子暗暗相隨，結語說：「淮南皓月冷千山，冥冥歸去無人管。」從對方落筆，寫她離魂別去，冷月千山，踽踽獨歸，令人憐惜不已，卻也無可奈何。淮南皓月，既遼闊又清冷，讓人感覺天地雖大，卻無個棲身之所，而明月彷彿有情，卻只是隔著遠遠的距離，冷冷照著千山

萬水。月下離魂，人獨景清，這可以用作白石詞境幽冷之喻。
王國維獨賞此二句，良有以也[73]。

　　沈祥龍《論詞隨筆》云：「白石詩云：『自製新詞韻最
嬌』，嬌者如出水芙蓉，亭亭可愛也。徒以嫵媚爲嬌，則其韻
近俗矣。試觀白石詞，何嘗有一語涉於嫵媚。[74]」白石詞不涉
風流，亦無嫵媚語意，他在取材、用筆上一以清爲準則，無論
設景寫情，皆能絕去俗豔，灑落風塵，開孤標獨秀之境，有如
出水芙蓉之態。白石筆下的幽情，亦自清淡，依依脈脈，用筆
雋冷，非激情壯懷之強烈動人情緒者。劉若愚《北宋六大詞
家》有一段話形容得很好：

> 就作爲一位詩人而言，姜夔較周邦彥更爲微妙與精細，
> 他詩的世界常常是罕見的和日常生活有相當大的距離。
> 他避開強烈的感情而以冷靜的態度觀察人生，雖然時常
> 略帶悲哀。當他回想一段愛的往事時，沒有一點性愛的
> 情感，連回憶的熱情也沒有，只是纏綿的對所愛過和失
> 去了的美人的回憶；當他悲悼戰爭的摧毀時，沒有慷慨
> 的愛國呼喊，只有壓抑的嘆息。甚至像這樣相當表露的
> 收斂也不是他根本的格調；通常他寧願借著意象和文學
> 典故表露一些感情或美感。[75]

白石詞中言情，明顯採取了冷處理的方式，不身陷於事況當
中，抽離於情緒之外，以相當遠的美感距離，審視情之本身，

73　《人間詞話刪稿》：「白石之詞，余所最愛者，亦僅二語，曰：『淮南皓月冷千
　　山，冥冥歸去無人管』。」
74　見《詞話叢編》，頁4056。
75　見劉若愚著、王貴苓譯《北宋六大詞家》（臺北：幼獅文化事業公司，1986），頁
　　193。

空際取神，出之以清空筆調，遂予人縹緲髣髴、似有還無之感。這樣的情詞，清峭如秋林疏葉，格澹神寒，不如春日繁花之華豔，搖曳多態，對習慣傳統婉約情詞的讀者來說，遂覺白石詞筆生硬、情思陰冷，殊不知瘦硬、幽冷正是白石情詞的絕詣。

　　白石詞筆清空，詞情自疏淡，那是一體的兩面，因為在完整的文體中情感與形式是和諧結合在一起的。所謂「有格而無情」，亦須從這一觀點看。如何以清空之筆寫物言情？試看下列諸家的看法：

> 大抵張炎所謂清空的詞是要能攝取事物的神理而遺其外貌；質實的詞是寫得典雅奧博，但過於膠著於所寫的對象，顯得板滯。（夏承燾《詞源注》）[76]

> 以相避的筆法，以用虛求情景相間，在欲擒故縱，宕開復回之中，有疾有徐，潔而不膩，顯得官止神行，虛靈無滓。（鄧喬彬〈論姜夔詞的清空〉）[77]

> 這些詞都不是從實際上描寫梅花與荷花的形態，乃是從空際中攝取其神理，並將自己的感受融合進去。換句話說，白石詞中所寫的梅與荷，並非常人所見的梅與荷，乃是白石於梅與蓮中攝取其特性，而又以自己的個性融透於其中，說他是寫梅與荷固然可以，說他是借梅與荷

---

[76] 見夏承燾校註、蔡嵩雲箋釋《詞源注・樂府指迷箋釋》（臺北：木鐸出版社，1982），頁49。
[77] 見華東師範大學中文系編《詞學論稿》（上海：華東師範大學出版社，1986），頁231。

以寫自己的襟懷亦無不可，所以意境深遠，不同於泛泛詠物之作。（繆鉞〈論姜夔詞〉）[78]

夏氏所謂取神遺貌，正可爲張炎《詞源・詠物》：「所詠瞭然在目，且不留滯於物」[79]一則作註腳。繆鉞把取神遺貌的特質描寫得更深透，而且還提出了融情入景、即物即情的要旨。所謂遺貌取神，又不限於詠物而已，如寫情而不膩於情，做到「情景交鍊，得言外意」（《詞源・離情》）[80]，也能得清空妙遠之境。葉嘉瑩論析白石詞的形式特質，歸納出三個要點：第一、就寫作方式言，白石詠物詞中的物，往往只是其一己觀念中某些時空交錯之情事中的一些提醒和點染的媒介，故寫物而不沾滯於物；第二、就選用字面言，白石詞字字騷雅，故能清而無鄙俗之氣；第三、就句法章法言，白石往往不做平直之敘述，而常在寫物與言情之際爲跳宕之承接，所以予人一種迥出流俗的清勁之感[81]。整體來看，清空之法，旨在以相避的筆法，行虛使氣，不黏滯於物事人情，而物情語態提染跌宕，輕靈有致，自難凝聚渾厚沉著之思。而且詠物入情，寫情用事，但求神理，超然物事之外，彷彿其辭，有無之間，似「無一語道著」（王國維語），頗令人費解，遂生許多爭端。而白石詞迷人之處，亦在此。

路成文〈姜夔詠物詞論〉指出白石詠物詞之新變在「詠物抒情一體化」，頗有卓識。他說：「詠物詞的這種雙層結構對作者的創作姿態提出了新的要求，作品既要對對象有所表現，否則完全脫離題面，不成其爲詠物詞；同時作者眞實意圖又在

---

[78] 見《靈谿詞說》，頁457-458。
[79] 見《詞話叢編》，頁262。
[80] 同上，頁264。
[81] 見葉嘉瑩〈論吳文英詞〉，《靈谿詞說》，頁494-496。

抒情（或寄託），因此必須從單純的詠物中跳出來，把重點放在情感的抒發上。這正是姜夔自己所提倡和努力實踐的『詠物而不滯於物』的詞學主張。[82]」可以看出，這是繼承了繆鉞、葉嘉瑩的融情入物的看法。該文值得注意的一點是，揭示了「物」「我」「情」三位一體的觀念：

> 從詠物詞的內在結構來看，「物」與「我」成爲相互交流對話的雙重主體，「情感」乃是二者交流的內容，它從屬於「我」但投射於「物」。……再看「情」的在作品中的歸屬問題。不可否認，姜夔詠物詞亦時時有「我」在，但仔細尋思，這個「我」眞的就只是作者自我？……當然可以這樣理解，但由於詞中缺少那種方向性明確的動詞，而是多用表示情態的詞，因而使這個「我」變得有些虛化（擬態化）。「情感」似乎具有了一定的獨立性（或者説「有形化」），即「情感」從屬於「物」（蘇詞），附屬於「我」（周詞），發展爲不太依傍於前二者。這樣，即使我們不完全否認「物」、「我」在詞中的「主體性」地位，也必須承認「情」在詠物中獲得了一定的「主體性」，「物」、「我」、「情」變得相對獨立而又相互交叉起來。如此一來，姜夔詠物詞的內容結構便比蘇詞、周詞更加複雜化，「物」、「我」、「情」三者構成兩組相互交叉互爲表裡的層次，從字面上看，是「我」詠「物」，但從深層次理解，則是「我」抒「情」，詠物與抒情成了一個完全同一的過程，即詠物與抒情一體化了。[83]

---

[82] 見路成文〈姜夔詠物詞論〉，《詞學》，第十五輯，頁51-52。
[83] 同上，頁50-51。按：林順夫亦有相類似看法，詳林順夫著、張宏生譯《中國抒情傳統的轉變——姜夔與南宋詞》（上海：上海古籍出版社，2005），第三章，〈對物的關注〉，頁102-139。

「物」「我」「情」在詞中互為主體，融情入物則賦物以主觀性，借物言情則予情以客觀性，如是主客互動、物情交融，再加上「我」之虛擬化，已形成藝術的整體，因此，以憑虛責實、詞史互證等方法解讀作者情事，實多謬誤，而就此類作品論情，亦難尋得興發感動的直感與快意。

白石以江西詩入詞，用精思以避平俗而為清空，情不黏滯，境求高遠，「亦未免有生硬處」。劉熙載《詩概》嘗評江西詩曰：「杜詩雄健而兼虛渾，宋西江名家學杜，幾於瘦勁通神，然於水深林茂之氣象則遠矣。[84]」繆鉞以為姜詞亦有類似情況，他說：「姜詞中缺少北宋詞人佳作中的義蘊豐融，精光四射，能興發讀者的遠想遐思而從多方面有所領悟也。[85]」然則，宋詩主理，清勁簡遠，容易給人寡情乏韻之感，而詞以詩法為之，唯求清空，卻難免瘦硬，乃至情思淡薄，蘊含的感發力量不夠深濃，此亦尚清空者所不可不注意者。

五、餘韻

鄭騫先生曾在〈詩人的寂寞〉一文裡談到讀阮籍詩的態度：

> 他的詠懷詩明說寂寞的雖不多，卻是全部八十二首都籠罩著一層極度寂寞近於苦悶的空氣。從這一點去看阮籍的詩，總比舊日一般注阮詩的人能得到比較正確深刻的觀念。阮籍作詩固然是以當時的政治社會情形為出發點，但他的詩乃是從這一點出發以後，再加上性情抱負，學問思想，鎔冶擴充而成的東西。所表現的是他個

84　見劉熙載：《藝概》（臺北：廣文書局，1980），頁11。
85　同注78，頁459。

人的人生觀與人類共同具有的苦悶感。任何詩人作詩的過程也是如此，不能總黏在一件事情上那樣簡單狹隘。一般注家，把詠懷詩幾乎每一首都牽扯到當時的政治上去，好像阮籍一生只知道魏晉之間，只認得姓曹的同姓司馬的，真成了「蝨處褌中」了。[86]

同樣的，白石詞的內容固然包含了他一生的行跡、情事：有西樓雅集，也有南浦送別；有懷古之情，也有相思之苦。然而，當它們轉化成一闋闋長調慢吟時，所傳達的卻不只是個人歡聚傷離的狹隘情感。換言之，白石詞乃是以現實生活中天涯羈旅的種種情事為出發點，而融入了個人面對生存時空的感受、反省與體悟，最後，詞中所流露的是人類共有的無奈和悲哀。

白石以清空之筆寫情，香冷高絕，亦非無沉摯搖蕩之感。只是，在白石的詩人氣質、詩人筆端下，這些深悲、無奈都被轉化成淡雅、清幽的文字和神韻，去留無跡，如同藐姑仙人；此種特殊的詞風為白石贏得「格調最高」、「格韻高絕」的稱譽，卻也是使他招來「情淺」、「無情」、「終隔一層」等微詞的主因。誠如謝章鋌《賭棋山莊詞話》卷十二所言：「白石和永，稼軒豪雅。然稼軒易見，而白石難知。[87]」白石的情正是含蓄、委婉的隱藏在精雕細琢的文字後面，等待讀者細心領會。當然，若能拋開本事詮釋的角度，純以藝術的觀點讀白石詞，那迷離的意境，清空騷雅之妙趣，其疏宕處若有神理在，亦自有絕塵拔俗之逸韻，令人神觀飛越，讀來別有一番滋味。

---

86 見《景午叢編》，頁10。
87 見《詞話叢編》，頁3470。

張炎的詞論及其詞

朱彝尊《詞綜・發凡》曰：「詞至南宋始極其工，至宋季而始極其變。[1]」詞之發展，到了南宋，由南渡諸家詞始，到辛派豪放詞、姜派典雅詞之形成而茁壯，無論是詞體的種類、詞風的變化、寫作的技巧、題材的範圍都已成極盡之勢，其間作者如林，作品紛陳，後世所作多無法出其左右。而在這一創作生命旺盛的時期，詞學理論的探討卻只初露端倪。這種現象正同於唐代詩風鼎盛，而詩論則不夠完備，可說是中國文學批評史上習見的現象。今就唐圭璋校編《詞話叢編》觀之，宋元詞話中所收詞學專著，而有完整版本流傳下來的，只有王灼《碧雞漫志》、沈義父《樂府指迷》、張炎《詞源》、陸輔之《詞旨》四書，餘者或采自筆記叢書，或錄自詩話專著所附，所載不過一鱗半爪，且內容多品藻詞人名作、記述詞壇軼事，縱有評詞論見，亦嫌簡略，不成體系[2]。至於成書於南宋

---

* 本文原題〈論張炎的詞學理論及其詞筆〉，發表於《臺北師院語文集刊》，第3期（1998年8月），頁79-103。今酌加修訂，附錄於此，為供讀者閱讀本論文第三章關於張炎清空說時參考之用。

1 見（詞綜），《四部備要》本，頁3。

2 新版唐圭璋編《詞話叢編》（臺北：新文豐出版公司，1988），收宋元詞話十三種。所收楊繪《時賢本事曲子集》、楊湜《古今詞話》、鮦陽居士《復雅歌詞》，皆趙萬里輯本，零篇碎語，多屬紀事性質。《能改齋詞話》，錄自《能改齋漫錄》；《苕溪漁隱詞話》，錄自《苕溪漁隱叢話》；《魏慶之詞話》，錄自《詩人玉屑》；《浩然齋詞話》，錄自《浩然齋雅談》。又張侃《拙軒詞話》，由其（拙軒集）錄出。《吳禮部詞話》，原附於《吳禮部詩話》。按：《魏慶之詞話》收李易安詞評，頗有簡論填詞之基本法則者，在品鑑與紀事之外，別具見解，相當難得。

初的《碧雞漫志》，它的內容則是追溯詞調、敷陳流派，間有
品評與記事，雖可從中歸納出王灼的評詞觀點，但整體來說，
此書缺乏一套明確的原理論，及由此指引導出的創作法則，顯
然不夠完整周延[3]。因此，宋代詞論中，值得留意的就只剩下
宋末元初間的《樂府指迷》、《詞源》和《詞旨》了。三書皆
以創作理論為其主體，目的在示人以填詞妙法。更可貴者，其
創作理論皆有原理論為依據，是以能自成體系，雖未必詳密，
卻不散漫，亦無矛盾。《樂府指迷》以論詞四標準為其評詞準
則[4]，《詞源》以清空騷雅說為立論基礎，而《詞旨》則可以
說是《詞源》的補篇，二者應可合而觀之。

　　宋代詞論以創作論為最詳，實與南宋詞壇風氣有關。南宋
詞壇的特色，其大者有三端：第一是注重字句之琢鍊。這一方
面是深受詩壇上江西詩派的影響，一方面也是文學體裁演變之
必然趨勢；第二是講究音律，甚至有拘牽音律而不惜犧牲原意
的現象；第三是喜結社填詞，視詞為酬應消遣的工具，此亦深
受詩社的影響[5]。前兩點可以看出南宋人對填詞技巧的講究，
既求情辭之美，復需聲律協和，於是研探其中奧妙之法者自然
應運而生。加上詞社活動，文人每多雅集，唱酬之外，亦時有
品評討論，於是斟酌字句工夫更細，辨析樂律腔韻更精，此所
以愈到後期愈見較有體系的詞學著作出現。

　　若論詞評之原創性及其對後世之影響，則《樂府指迷》遠
遜於《詞源》。《樂府指迷》立論的出發點主要是維繫詞典

---

[3]　參劉少雄〈宋元詞論要籍敘錄〉，《中國文哲研究通訊》，第二卷，第四期（1992
　　年12月），頁67-82。
[4]　《樂府指迷·論作詞之法》云：「蓋音律欲其協，不協則成長短之詩；下字欲其
　　雅，不雅則近乎纏令之體；用字不可太露，露則直突而無深長之味；發意不可太
　　高，高則狂怪而失柔婉之意。」見《詞話叢編》，頁277。
[5]　詳繆鉞〈姜白石之文學批評及其作品〉，《詩詞散論》（臺北：開明書店，
　　1977），頁99-102。

雅合律、婉約含蓄的基本特質，以清眞、夢窗爲法，論見較保守[6]。南宋典雅派詞家講究字句音聲，張炎既屬該派名家，深於詞學，所著《詞源》應是心得之論。張炎雖也主清眞，卻更推崇白石，而其所標舉的清空一說，則是詞學史上重要的理論。陸輔之《詞旨》云：「《詞源》云清空二字，亦一生受用不盡，指迷之妙，盡在是矣。[7]」清代田同之《西圃詞說》亦云：「《樂府指迷》（按：應作《詞源》[8]）云：『詞要清空，不要質實。』此八字是詞家之金科玉律。[9]」劉永濟《詞論》則說：「清空云者，詞意渾脫超妙，看似平淡，而義蘊無盡，不可指實。……其超妙、其渾脫，皆未易以知識得，尤未易以言語道，是在性靈之領會而已。嚴滄浪所謂『水中之月，鏡中之象』，是也。然則清空之論，豈非詞家不易之理乎？苟非玉田之深於詞學，孰能指出？[10]」在創作和鑑賞方面，清空的理念留給後學許多啓示和指引，成爲詞體所應追求的美的要質，塡詞家的不二法門[11]。此外，以清空之說用於實際批評者亦有之[12]；據此又加以修正、發揮者亦有之[13]；而更有甚者，

---

[6] 詳劉少雄《南宋姜吳典雅詞派相關詞學論題之探討》（臺北：國立臺灣大學出版委員會，1995），第三章，第三節，頁120-121。

[7] 見《詞話叢編》，頁303。

[8] 張炎《詞源》，元明收藏家俱未著錄，至明陳繼儒遂取《詞源》下卷，合陸行直《詞旨》爲一書，名曰《樂府指迷》。至《四庫全書》編纂時，《詞源》之完本仍未出現，而《詞源》、《詞旨》、《樂府指迷》等名稱仍相混淆。直至嘉慶十五年，秦恩復獲見元人舊鈔本，才認識《詞源》之全貌，乃知《樂府指迷》實係另一書，其作者爲沈義父（伯時）。

[9] 見《詞話叢編》，頁1456。

[10] 見劉永濟《詞論》（臺北：青田出版社，1982），卷下，頁66。

[11] 如在清初朱彝尊「家白石而戶玉田」的號召下，又經過厲鶚等人在實際創作上加以體行，「挹源清空」便成爲浙派同仁的共識。詳楊麗珠《清初浙派詞論研究》，《國立臺灣師範大學國文研究所集刊》第28號，總頁1110-1148。

[12] 如馮金伯《詞苑萃編》卷八引施愚山云：「詞貴清空，不貴質實，王丹麓詞在清空質實之間。」又引樓敬思云：「（孫松坪）詞則旁及於青兕，而變化於樂笑，其清空騷雅，駸駸乎入宋人之室矣。」

[13] 如劉熙載《詞概》云：「詞尚清空妥溜，昔人已言之矣。惟須妥溜中有奇創，清空中有沉厚，才見本領。」又云：「詞之大要，不外厚而清。厚，包諸所有。清，空諸所有也。」

如沈祥龍《論詞隨筆》，亟主「詞宜清空」之論，則幾可視作《詞源》的補充說明[14]。張炎清空說在詞學史上的重要地位可以概見。

《詞源》分兩卷：卷上論樂律，自〈五音相生〉至〈謳曲旨要〉十四則，由古樂而及今樂，縷述律呂宮調與詞之歌法諸事，並附圖例以資說明；卷下論作詞之要法，凡十五則，卷末附楊守齋〈作詞五要〉。由其內容可知，《詞源》一書之撰，主要是就詞的音律及文字這兩方面，提供填詞製曲之妙法。本文主要論述張炎的詞論，重點在文字形式與內容意境部分。另有陸輔之《詞旨》，其〈序〉云：「夫詞亦難言矣，正取近雅而又不遠俗。予從樂笑翁（張炎別號）遊，深得奧旨製度之法，因從其言，命詔暫作《詞旨》，語近而明，法簡而要，俾初學易於入室云。[15]」則《詞旨》所言皆得自張炎，宜視作其詞學理論之遺緒。是以本文論述，將以《詞源》下卷為主，而以《詞旨》為輔，總其名曰：張炎的詞論。這方面分兩部分論述，其一為探究其論詞之中心思想──清空騷雅說；其二為創作論，分析其填詞製曲之妙法。張炎既是宋末名家，在分析他的論見之餘，審視其創作實貌，也許更能幫助我們認識其詞學主張的底蘊。因此，詞論之後，再談他的詞。

一、張炎的清空騷雅說

《詞源》下卷立〈清空〉一則云：

---

[14] 沈祥龍《論詞隨筆》云：「詞宜清空，然須才華富、藻采縟，而能清空一氣者為貴。清者不染塵埃之謂，空者不著色相之謂。清則麗，空則靈，如月之曙，如氣之秋。」按：沈氏論詞，主寄託，貴騷雅，以含蓄自然為尚，是常派的主張。然其論詞章之鋪寫，如何運氣，妙用虛字，乃承《詞源》論點。而其對清空說的詮釋，文中暢談如何臻清空之境，則本張炎而有所發明，頗可參考。

[15] 見《詞話叢編》，頁301。

詞要清空，不要質實。清空則古雅峭拔，質實則凝澀晦昧。姜白石詞如野雲孤飛，去留無跡。吳夢窗詞如七寶樓臺，眩人眼目，碎拆下來，不成片段。此清空質實之說。夢窗〈聲聲慢〉云：「檀欒金碧，婀娜蓬萊，游雲不蘸芳洲」，前八字恐亦太澀。如〈唐多令〉云：「何處合成愁。離人心上秋。縱芭蕉不雨也颼颼。都道晚涼天氣好，有明月，怕登樓。前事夢中休。花空煙水流。燕辭歸客尚淹留。垂柳不縈裙帶住，謾長是，繫行舟。」此詞疏快，卻不質實。如是者集中尚有，惜不多耳。白石詞如〈疏影〉、〈暗香〉、〈揚州慢〉、〈一萼紅〉、〈琵琶仙〉、〈探春〉、〈八歸〉、〈淡黃柳〉等曲，不惟清空，又且騷雅，讀之使人神觀飛越。[16]

張炎於此段文字中，提出了「清空」、「騷雅」之說，作為詞的極致，而以姜夔詞為此最高境界的具體呈現，這就是張炎論詞的中心思想。以下先談「清空」。

清空之說實與南宋詩論有著密切的關係。南宋論詩一如北宋，仍重自然，但已有由平淡趨妙遠的傾向，姜夔、嚴羽尤然[17]。姜夔初入江西詩派，而後脫出，遂得江西之利，運思深透，兼重學養，仍有清新瘦勁之姿；卻無江西之病，免去枯澀生硬之病，獨得自然澹遠之境。因此，《白石詩說》既從形式技巧求體面的宏大、血脈之貫穿，復就運思命意倡氣象之渾厚、韻度之飄逸，並力主「自然高妙」為詩之極致[18]。這一套

---

17 詳張健《南宋文學批評資料彙編・敘論》（臺北：成文出版社，1978），頁42-45、54-58。
18 《白石道人詩說》云：「大凡詩，自有氣象、體面、血脈、韻度。氣象欲其渾厚，其失也俗；體面欲其宏大，其失也狂；血脈欲其貫穿，其失也露；韻度欲其飄逸，其失也輕。」「詩有四種高妙：一曰理高妙，二曰意高妙，三曰想高妙，四曰自然

理論無形中也左右了他的填詞態度與詞作風貌。姜詞清峻勁折，格澹神寒，分明是其詩論之實踐[19]。謝章鋌《賭棋山莊詞話》卷十二，謂讀《白石詩說》有與長短句相通者，良有以也[20]。因此，姜夔雖無詞論，卻以其詞作與《詩說》影響了張炎的詞學理論。這可以從《詞源》中對姜詞推崇備至，以之為清空代表的現象見出一二端倪。當然，更明顯的是將《詞源》中的重要理論與《白石詩說》比並齊觀，則張炎詞論之淵源呼之欲出，尤其是「清空」一說。

　　從上面的引文中，可以知道清空與質實相對，前者能使作品呈現古雅峭拔之姿，後者往往使作品凝澀晦昧。張炎亟主詞的創作最要精思，這是他個人的見解，更是時代的風尚[21]。惟鍛鍊太過，也易生弊端。張炎對吳文英詞相當肯定，《詞源·序》稱吳文英與秦、高、姜、史諸家，「格調不侔，句法挺異，俱能特立清新之意，刪削靡曼之詞，自成一家，各名於世」；〈字面〉一則亦云夢窗「善於鍊字面，多於溫庭筠、李長吉詩中來」；〈令曲〉也說「吳夢窗亦有妙處」[22]。但吳文英喜用代字，善鍊字面，有時研鍊過深，務為典博，令人莫測其旨，故當時沈義父《樂府指迷》即批評說：「夢窗深得清眞

高妙。礙而實通，曰理高妙；出自意外，曰意高妙；寫出幽微，如清潭見底，曰想高妙；非奇非怪，剝落文采，知其妙而不知其所以妙，曰自然高妙。」見何文煥輯《歷代詩話》（臺北：木鐸出版社，1982），下冊，頁680、682。又白石詩論之分析，另詳張月雲《姜白石的詩與詩論》（臺北：國立臺灣大學中文研究所碩士論文，1977），第五章。

19 詳繆鉞〈姜白石之文學批評及其作品〉，《詩詞散論》，頁96-99；夏承燾〈論姜白石的詞風〉，《姜白石詞編年箋校》（臺北：中華書局，1967），頁6-7。

20 見《詞話叢編》，頁3478-3479。

21 張炎《詞源》卷下〈製曲〉：「作詩者猶句鍛月鍊，況於詞乎？」〈雜論〉：「音律所當參究，詞章先宜精思。」《白石道人詩說》亦云：「詩之不工，只是不精思耳。不思而作，雖多亦奚為？」另詳劉少雄《南宋姜吳典雅詞派相關詞學論題之探討》，第三章，第三節，頁125-128。

22 見《詞話叢編》，頁255、259、265。

之妙，其失在用事下語太晦處，人不可曉。[23]」而張炎更指斥他的詞過於質實，以致「凝澀晦昧」，「如七寶樓臺，眩人眼目，碎拆下來，不成片段」。「七寶樓臺」之喻，是指吳詞鍛鍊堆垛，字句華麗輝煌、色彩斑斕，但意象堆積複迭，不易理解，妨礙了文氣的流動貫串[24]。由此而知，質實乃指修辭形式上的一種弊病。張炎的清空說主要是針對這種凝重質實之弊而發；所謂清空，自是指文辭技巧上所欲追求的一種特殊風貌無疑。欲求古雅，則一切隱僻怪誕、褌縛窮苦、放浪通脫之言，皆不宜入，更不得著一俗豔色彩、庸賤聲音，正是《白石詩說》忌俗、忌輕、忌狂、忌露，欲清、欲古、欲和之謂[25]。至於峭拔，是指遒練、挺拔之勢，因此最重筆力，要使氣骨不衰，句法挺異。所以「清」有清新、清勁之意，詞之峭拔乃由此出。「空」則有空靈、超俗、不滯於物的含意。又〈虛字〉一則云：「詞……若堆疊實字，讀且不通，況付之雪兒乎？合用虛字呼喚，……此等虛字，卻要用之得其所。若使盡用虛字，句語又俗，雖不質實，恐不無掩卷之誚。[26]」是知去質實猶不足以言佳，還須去俗；而清空之境實與虛字用得靈活妥貼有關，須求筆力臻至，也要恰到好處，若無痕跡。綜論之，清空者蓋指酌理修詞時，能有清勁挺異的筆力、清新淡雅的氣格、空靈超俗的造句與靈活巧妙的手法，使作品呈現古雅峭拔的神氣，而一切筆法技巧卻又脫落無跡，渾然不可覓，庶幾近乎白石所謂自然高妙之境，張炎以「野雲孤飛，去留無跡」形

---

23 見《詞話叢編》，頁278。
24 參邱世友〈張炎論詞的清空〉，《文學評論》（北京：中國社會科學出版社）1990-1期，頁157；陳曉芬〈張炎清空說的美學意義〉，《古代文學理論研究》第13輯（上海：上海古籍出版社，1988），頁214-215；耿庸編《新編美學百科詞典》（福州：福建人民出版社，1989），頁163-164，「質實」條。
25 見注18。《白石道人詩說》又云：「句意欲深、欲遠，句調欲清、欲古、欲和，是爲作者。」
26 見《詞話叢編》，頁259。

容之。

在張炎心目中，最能符合清空標準的是姜白石詞。而於白石詞中，他又特別標舉〈疏影〉、〈暗香〉、〈揚州慢〉、〈一萼紅〉、〈琵琶仙〉、〈探春〉、〈八歸〉、〈淡黃柳〉等曲，並稱曰「不惟清空，又且騷雅，讀之使人神觀飛越」。據此，則「騷雅」這一概念自與「清空」不同，應是張炎詞論要點的另一項。

《詞源》中提到「騷雅」一詞的，除了前引一則外，尚有下列兩處：

> 簸弄風月，陶寫性情，詞婉於詩。蓋聲出鶯吭燕舌間，稍近乎情可也。若鄰乎鄭衛，與纏令何異也。如陸雪溪〈瑞鶴仙〉（詞略）、辛稼軒〈祝英臺近〉（詞略），皆景中帶情，而存騷雅。故其燕酣之樂，別離之愁，回文題葉之思，峴首西州之淚，一寓於詞。若能屏去浮豔，樂而不淫，是亦漢魏樂府之遺意。（〈賦情〉）

> 美成詞只當看他渾成處，於軟媚中有氣魄，探唐詩融化如自己者，乃其所長，惜乎意趣卻不高遠。所以出奇之語，以白石騷雅句法潤色之，眞天機雲錦也。（〈雜論〉）[27]

另外，《詞旨》也有一段記述：

> 周清眞之典麗，姜白石之騷雅，史梅溪之句法，吳夢窗

---

[27] 見《詞話叢編》，頁263-264、266。

之字面，取四家之所長，去四家之所短，此翁之要訣。[28]

　　論詞主雅，原是南宋詞學的基本論調。趙萬里〈校輯宋金元人詞序〉云：「考宋人樂章，輒以雅相尚，傳世有張安國《紫微雅詞》、趙彥端《寶文雅詞》、曾慥《樂府雅詞》，《宋史・藝文志》有《書舟雅詞》，《歲時廣記》引《復雅歌詞》，此書（指《典雅詞》）以「典雅」爲名，亦足覘南渡後風尚矣。[29]」又詞學專著，如《碧雞漫志》、《樂府指迷》，莫不以雅爲尚；單篇序跋，如王炎〈雙溪詩餘自序〉、詹傅〈笑笑詞序〉、劉克莊〈跋劉瀾樂府〉，也都以雅爲評詞的標準。《詞源》中另有「雅正」、「和雅」、「淡雅」等詞。「雅正」用指古樂章、樂府、樂歌、樂曲所自出；「和雅」是對周美成詞的稱譽；「淡雅」則是讚美秦觀詞之體製[30]；皆不同「騷雅」，能與「清空」並稱，且爲白石詞之整體風貌，顯見其特殊意義。

　　何謂騷雅？從張炎譽爲騷雅的十闋詞來看：〈暗香〉、〈疏影〉皆詠梅作品，然借物抒情，別有深意，鄭文焯嘗評〈疏影〉云：「至下闋《宋書》壽陽公主故事，引申前意，寄情遙遠，所謂怨深文綺，得風人溫厚之旨已[31]」；〈揚州慢〉寫黍離之思，淒涼情意；〈一萼紅〉自序是「興盡悲來，醉吟成調」，吟的是漂泊心緒；〈琵琶仙〉、〈八歸〉是送別之詞，主寫離情；〈探春〉則是敘別情，頗多身世飄零之嘆；〈淡黃柳〉乃藉以抒寫客懷者。以上八闋，就形式技巧而言，

<hr>

[28] 見《詞話叢編》，頁301-302。

[29] 見趙萬里《校輯宋金元人詞》（臺北：臺聯國風出版社，1972），頁2。

[30] 見《詞話叢編》，頁255、267。

[31] 引自唐圭璋《宋詞三百首箋注》（臺北：漢京文化事業有限公司，1980），頁266。

俱出以清健之筆，空靈脫俗，句勢圓活而無雕琢之痕，正是前述「清空」的標準。陸雪溪〈瑞鶴仙〉、辛稼軒〈祝英臺近〉在形式技巧上固有佳處，然終未達清空要求，故《詞源》不以此稱之。不過，若就內容意趣論，則十闋同寫哀感情意（〈瑞鶴仙〉、〈祝英臺近〉皆言閨怨），意趣高雅含蓄，頗有溫厚之風，故同獲張炎「騷雅」之評。然則，所謂騷雅得從作品內容意趣求之，亦已明矣。

《文心雕龍‧辨騷》云：

> 自風雅寢聲，莫或抽緒，奇文鬱起，其離騷哉！……以為國風好色而不淫，小雅怨誹而不亂。若離騷者，可謂兼之。[32]

此乃騷體特有的意趣，亦即溫厚之風。談論騷雅，絕不可忽略這一點，此亦其不同於淡雅、和雅之處。騷雅所要求的是抒寫個人情懷內容，而此內容必須有「好色而不淫，怨誹而不亂」的意趣，必須呈現一種端莊、高雅、溫厚的風貌。從張炎譽為騷雅的十闋詞來看，無論寫閨思別恨，或借物抒情、登臨懷古，皆能屏去浮豔，寄情遙遠，頗得風人溫厚之旨。以周邦彥與姜夔作一比較，張炎謂美成詞雖然能融化唐人詩句，有渾厚和雅之風，無論遣詞造句或詞風都可當得「典麗」二字，卻由於其意趣不夠高遠，偶失「好色不淫、怨誹不亂」之溫厚，而不得居騷雅意境。張炎說：「以白石騷雅句法潤色之，真天機雲錦也。」所謂「騷雅句法」，並非單純文字上的問題，必須立意高遠，才有「天機雲錦」的騷雅之姿。《詞源》又說：

---

32 見范文瀾《文心雕龍註》（臺北：明倫出版社，1971），卷一，頁45。

「詞欲雅而正，志之所之，一爲情所役，則失其雅正之音；耆卿、伯可不必論，雖美成亦有所不免。[33]」可見周詞之所以不如姜詞，主要是在情志意趣方面。

張炎稱白石詞「不惟清空，又且騷雅」、「清空中有意趣」，與稱美成詞「渾厚和雅」，都是就詞的整體風貌來論的。所謂騷雅、意趣，是作品情意內容所呈現的一種風貌；至於清空，是指文字技巧、酌理修辭上所展現的某種美質；而兩相配合，乃張炎心目中最高境界的作品。清空使文體飛動靈活，脫盡塵腐氣味，而有自然高妙之趣，往往不見文采，而不是缺乏文采；騷雅則從內容意趣上充實此靈動之體，使之有動人之情，呈高雅溫厚之風；二者相輔相成，既免空疏之弊，復無質實凝重之病，於是才能令讀者神觀飛越，嘆爲「天機雲錦」。

二、《詞源》的創作論

《詞源》下卷〈製曲〉云：

> 作慢詞看是甚題目，先擇曲名，然後命意。命意既了，思量頭如何起，尾如何結，方始選韻，而後述曲。最是過片，不要斷了曲意，須要承上接下。如姜白石詞云：「曲曲屏山，夜涼獨自甚情緒。」於過片則云：「西窗又吹暗雨。」此則曲之意脈不斷矣。詞既成，試思前後之意不相應，或有重疊句意，又恐字面粗疏，即爲修改。改畢，淨寫一本，展之几案間，或貼之壁。少頃再觀，必有未穩處，又須修改。至來日再觀，恐又有未盡

---

33 見《詞話叢編》，頁266。

善者，如此改之又改，方成無暇之玉。倘急於脫稿，倦事修擇，豈能無病，不惟不能全美，抑且未協音聲。作詩者且猶句鍛月鍊，況於詞乎。[34]

　　此段文字可視作張炎的創作總論，敘述作詞的過程為：相題（決定題材）→擇曲→命意→安排架構（頭如何起、尾如何結、如何過片）→選韻→正式下筆填詞→修改→定稿。可以看出真的是「生平好為詞章，用功四十年」（《詞源・序》）的經驗之談，而改之又改的主張，更是用心良苦，全力以赴。至於但言「作慢詞」者，是因為慢詞篇幅大，又有上下片甚至三疊之分，其間結構脈絡的安排特別難，需要費心的地方也多，特別能褒括填詞時宜用心的一切創作活動，因此以之總言創作過程，庶幾無遺漏之虞，並非忽視令曲的製作。事實上，張炎別立〈令曲〉一則，以補慢詞創作時不足之處。他認為「詞之難於令曲，如詩之難於絕句，不過十數句，一句一字閒不得」，並提出令曲所最當留意的是末句，要有有餘不盡之意始佳，而以韋莊、溫庭筠的作品為效法準則，另外馮延巳、賀鑄、吳文英亦有可取法處[35]。

　　《詞源》下卷首列〈製曲〉，以述作詞過程，其後則有〈句法〉、〈字面〉、〈虛字〉、〈意趣〉、〈用事〉、〈詠物〉、〈節序〉、〈賦情〉、〈離情〉、〈雜論〉十項，分別論述遣辭造句、運思命意之法。可以發現缺了擇曲、選韻的探討。這兩項俱屬音律問題，張炎於〈雜論〉中附楊守齋〈作詞五要〉補充說明。五要依次序為：擇腔、擇律、填詞按

---

[34] 見《詞話叢編》，頁258。
[35] 見《詞話叢編》，頁265。

譜、隨律押韻、立新意[36]。五要中四要屬音律問題，只有立新意涉及詞的內容意趣，可以看出楊守齋重視的是音律，而非詞章，張炎卻正好相反。張炎認爲「音律所當參究，詞章先宜精思。俟語句妥溜，然後正之音譜，二者得兼，則可造極玄之域」[37]。最好的詞作固然要兼得音律、詞章之美，但二者順序宜有先後，必須先詞章、後音律，此亦白石作詞之法。姜夔〈長亭怨慢〉小序云：「予頗喜自製曲，初率意爲長短句，然後協以律。[38]」正是先精思詞章，再參究音律者。

以下按照作詞過程探討張炎的創作論。首標「相題」，敘述不同題材內容的特殊要求；次爲「命意」；三論章法結構，包括「首尾作法」、「過片作法」兩項；四談鍛鍊字句之法，即「句法」、「字面」及「虛字」運用諸項，皆審查修改最應著意者。

(一)相題——《詞源》所探討的題材內容有詠物、節序、賦情、祝壽四種。首先談「詠物」。《詞源》云：「詩難於詠物，詞爲尤難。體認稍眞，則拘而不暢，模寫差遠，則晦而不明。要須收縱聯密，用事合題，一段意思，全在結句，斯爲絕妙。」史邦卿〈東風第一枝〉詠春雪、〈綺羅香〉詠春雨、〈雙雙燕〉詠燕及姜白石〈暗香〉、〈疏影〉詠梅、〈齊天樂〉賦促織，可謂詠物詞的代表作，《詞源》評曰「皆全章精粹，所詠瞭然在目，且不留滯於物」。能收縱聯密，所以全章精粹；能用事合題、模寫不差，故所詠瞭然在目；而屬事遣辭清空一氣，無拘而不暢、晦而不明的毛病，所以不留滯於物。其次論「節序」。《詞源》云：「昔人詠節序，不惟不多，付

---

36 見《詞話叢編》，頁267-268。
37 見《詞話叢編》，頁265。
38 見夏承燾《姜白石詞編年箋校》，頁36。

之歌喉者，類是率俗，不過爲應時納祜之聲耳。」所以詠節序首要避俗，其次則求「措辭精粹，又且見時序風物之盛，人家宴樂之同」。被視作節序詞代表作的是周美成〈解語花〉賦元夕、史邦卿〈東風第一枝〉賦立春、〈黃鍾喜遷鶯〉賦元夕。其次說「賦情」。《詞源》云：「簸弄風月，陶寫性情，詞婉於詩。蓋聲出鶯吭燕舌間，稍近乎情可也。若鄰乎鄭衛，與纏令何異也。」因此，燕酣之樂、別離之愁、回文題葉之思、峴首西州之淚，一旦入詞，務必「屏去浮豔，樂而不淫」、「情景交鍊，得言外意」，於是才能有騷雅風致。出色的賦情作品除了白石詞多首外，陸雪溪〈瑞鶴仙〉、辛稼軒〈祝英臺近〉及秦少游〈八六子〉也都是不可忽略的作品。最後言「祝壽」。《詞源》云：「難莫難於壽詞，倘盡言富貴則塵俗，盡言功名則諛佞，盡言神仙則迂闊虛誕，當總此三者而爲之，無俗忌之辭，不失其壽可也。松椿龜鶴，有所不免，卻要融化字面，語意新奇。」雖是應酬的祝壽詞，張炎亦希望它能得清雅之境。總之，張炎對各體之論述，雖有欠詳密，但隻字片語，亦頗能切中要綮，提示了基本的法則[39]。

(二)命意——《詞源》云：「詞以意爲主，不要蹈襲前人語意。」意是全篇的中心思想，是詞人製作此詞所要表達的主要精神。一篇之意絕不同於一篇之題材內容，相同的題材往往因作者不同、心情不同而傳達了不同的思想、精神、情感，此思想、精神、情感總稱曰意。詞人在選好題材及可資配合的曲調之後，就要決定全篇所要呈現給讀者的是甚麼樣的意涵。張炎主張不要蹈襲前人語意，應該「特立清新之意」。而《詞旨》又加上「命意貴遠」一條，則意不獨要新、要清，還要有

---

[39] 上引資料，見《詞話叢編》，頁261-264、266。

高遠之致，能達到這個要求的詞就叫做有意趣，如東坡〈水調歌頭〉、〈洞仙歌〉、王安石〈桂枝香〉、姜白石〈暗香〉、〈疏影〉等作[40]。

(三)章法結構──有關首尾作法部分，《詞源》沒有專論的文字，只在〈令曲〉一則談到令曲之作，「末句最當留意，有有餘不盡之意始佳」，及〈詠物〉一則言詠物詞「一段意思，全在結句，斯爲絕妙」，皆未詳言具體方法。而《詞旨》說：「對句好可得，起句好難得，收拾全藉出場。」也只是原則性的論調。至於過片作法，除了〈製曲〉一則裡引姜白石〈齊天樂〉爲例，言「過片不要斷了曲意，須要承上接下」的基本原則，《詞源》就再也不曾就此詳加論述。至於《詞旨》也只言「製曲須布置停勻，過片不可斷曲意」[41]。此與首尾作法一項相同，須待後人補充。可以發現，張炎的創作論相當不完整，極重要的結構之法猶付諸闕如。

(四)鍛鍊字句之法──《詞源》云：「詞中句法，要平妥精粹。一曲之中，安能句句高妙，只要拍搭襯副得去，於好發揮筆力處，極要用工，不可輕易放過，讀之使人擊節可也。」句法以平妥精粹爲要，平妥是平易穩當，不求奇崛；精粹則要簡鍊切題，勿爲繁雜；此就全詞言。若是好發揮筆力處則又不同，務必用功深，使之成詞中警策。關於這一點，〈雜論〉中有一段詳細的說法：「詞之語句，太寬則容易，太工則苦澀。如起頭八字相對，中間八字相對，卻須用功著一字眼，如詩眼亦同。若八字既工，下句便合稍寬，庶不窒塞。約莫寬易，又著一句工緻者，便覺精粹。此詞中之關鍵也。[42]」要之，句法

---

[40] 上引資料，見《詞話叢編》，頁260、301。
[41] 上引資料，見《詞話叢編》，頁265、261、302、258、303。
[42] 上引二則，見《詞話叢編》，頁258、265。

的安排要能鬆能緊、能工能寬，才能使全篇飛動，工雅而有韻致。此可與《白石詩說》所謂「波瀾開闔，如在江湖中，一波未平，一波已作。如兵家之陣，方以爲正，又復是奇；方以爲奇，忽復是正。出入變化，不可紀極，而法度不可亂」[43]這段話參照。平妥精粹，正也；高妙警動，奇也；奇正相生，句法始妙。《詞旨》又舉「周清眞之典麗、姜白石之騷雅、史梅溪之句法、吳夢窗之字面」爲塡詞者取法，其中清眞典麗、白石騷雅乃指兩家之全體風格，包括了遣辭造句、內容意趣，而清眞可取者是典麗處，白石可取者是騷雅處，則句法亦當取兩家之長。至於史梅溪其最擅長者正是句法，塡詞者也應留心效法。談到字面，《詞源》云：「句法中有字面，蓋詞中一個生硬字用不得，須是深加鍛鍊，字字敲打得響，歌誦妥溜，方爲本色語。[44]」《詞旨》亦言「用字貴便」、「鍊字貴響」，主張詞中用字須是深加鍛鍊，使之妥溜響亮，毫不生硬。塡詞者可取賀方回，吳夢窗詞之字面爲法。至於虛字，《詞源》云：「詞與詩不同，詞之句語，有二字三字四字至六字七八字者，若堆疊實字，讀且不通，況付之雪兒乎。合用虛字呼喚。[45]」虛字是指「正」、「但」、「甚」、「還又」、「那堪」、「更能消」、「最無端」等。適當的使用虛字，一方面有助於音律之美，一方面亦可避免質實之病，但「若使盡用虛字，句語又俗，雖不質實，恐不無掩卷之誚」，所以虛字的使用亦須講究。從張炎所舉的虛字字例來看，很多是後來所謂的領字。虛字關係著一首詞的靈動性，其用爲領字，安排在曲中轉折換氣的地方，作成關紐，承上轉下，把整個作品像珠子一般的連貫起來，在前後「呼喚」、搖轉曲折之間，會達到與人們起伏

---

43 見《歷代詩話》，頁682。
44 見《詞話叢編》，頁259。
45 同上。

變化的感情相應的藝術效果。

　　據上所見，張炎的創作論仍不免粗疏，多列標準與範例，卻少詳述具體方法。這方面的不足，則有待清代詞學補充加強。不過，大體來說，張炎提出的幾項原則，言簡意賅，自有其可取之處。

三、張炎的清疏詞筆

　　清空、騷雅，是張炎的理想詞境。南宋典雅派詞家，文筆雅麗，是他們的基本特色；而詞要尚清，追求清空之境，卻是張炎明白的主張。

　　張炎「生平好為詞章，用功踰四十年」，於晚年撰《詞源》，說是「嗟古音之寥寥，慮雅詞之落落，僭述管見，類列於后，與同志者商略之」[46]，維護詞體典雅合樂的特質，確是張炎創作批評的重點，而詞筆意韻之清遠其實也是他四十多年填詞生涯中所嚮往而不斷實踐的目標。張炎詞之清之疏，向來是論者所一致公認的：

　　　　玉田張叔夏，流麗清暢，不唯高情曠度，不可褻企；而
　　　　一時聽之，亦能令人忘去窮達得喪所在。（戴表元〈送張叔
　　　　夏西遊序〉）

　　　　玉田生詞清空秀遠，絕出宋季諸名家上。（趙昱〈山中白雲
　　　　詞題〉）

　　　　玉田……清絕處，自不易到。（周濟《介存齋論詞雜著》）

46　見《詞話叢編》，頁255。

張玉田詞清遠蘊藉，悽愴纏綿，大段瓣香白石，亦未嘗不轉益多師。（劉熙載《詞概》）

玉田詞骨韻之高，所不待言，而一種蕭疏放蕩、幽深玄遠之懷，又可以占其人品。（陳亦峰〈雲韶集〉卷九）[47]

　　張炎詞篇究竟是否符合清空之標準，見仁見智。不過，初讀玉田詞，確實予人疏朗暢快之感。在構篇上，誠如鄭騫先生說：「玉田詞轉折分明，最便初學。[48]」這是玉田詞所以流暢疏宕的一個重要因素。試舉〈高陽臺〉一首略加說明。這詞開頭是「接葉巢鶯，平波捲絮，斷橋斜日歸船」，寫西湖晚春景貌，設象立意，略帶感傷。接著說「能幾番游，看花又是明年」，由春深而轉念好景之不再，悲從中來，文情直接表露一這種深沉的感喟，以蘊藉的語句托出，筆法空靈而不露圭角。上片收語是「更淒然，萬綠西泠，一抹荒煙」，換頭曰「當年燕子知何處，但苔深韋曲，草暗斜川」，從眼前景一轉即道出了山河變換的慨嘆。《詞源》說：「最是過片不要斷了曲意，須要承上接下。」（〈製曲〉）正是此意。玉田又善於造句。「星散白鷗三四點，數筆橫塘秋意。岸嘴衝波，離根受葉，野徑通村市。」（〈湘月〉）「自顧影，欲下寒塘，正沙淨草枯，水平天遠。寫不成書，只寄得相思一點。」（〈解連環〉）這些詞句，寫景詠物，語淺辭暢，頗有圓轉瀏亮之美。而像「浪挾天浮，山邀雲去，銀浦橫空碧。扣舷歌斷，海蟾飛上孤白。」（〈壺中天〉）「一夜換卻西風。晴梢漸無墜葉，撼秋聲都是梧桐。」（〈聲聲慢〉）則顯得靈秀挺拔，頗有氣象。此外，張炎

47 錄自吳則虞〈山中白雲詞參考資料輯・詞話〉，《山中白雲詞》（北京：中華書局，1983），頁162、169、186、189、190。
48 見鄭騫〈成府談詞〉，《景午叢編》（臺北：中華書局，1972），上編，頁260。

又善於運用各種靈活的句法，使文氣更生動諧美，跌宕有致：複字、類疊句，如「莫開簾，怕見飛花，怕聽啼鵑」（〈高陽臺〉）、「是幾番、柳邊行色，是幾番、同醉古園林」（〈甘州〉）、「聽雁聽風雨，更聽過、數聲柔櫓」（〈探春〉）；反詰、翻疊句，如「東風且伴薔薇住，到薔薇、春已堪憐」（〈高陽臺〉）、「待題紅葉，奈紅葉、更無題處」（〈祝英臺近〉）、「正喜雲閒雲又去，片雲未識我心閒」（〈瑤臺聚八仙〉）；散行句，如「蝴蝶飛來，不知是夢，猶疑春在鄰家」（〈春從天上來〉）、「望蓬萊、知隔幾重雲，料只隔中間，白雲一片」（〈洞仙歌〉）[49]。從修辭效果言，這些語句製造了一種反覆綿延，靈活生動而有層次的聲音效果，使詞情的表達更鮮明朗暢。

疏宕之筆，是詞境所以能清遠、清空的要素。僅由此點，便可知張炎詞論與其創作實踐間的關係。以上所舉，多是零碎詞句，若從整首作品來體會，則更可知其篤信實踐的成績。試以下列詞例略加說明：

記玉關踏雪事清游，寒氣脆貂裘。傍枯林古道，長河飲馬，此意悠悠。短夢依然江表，老淚灑西州。一字無題處，落葉都愁。　載取白雲歸去，問誰留楚佩，弄影中洲。折蘆花贈遠，零落一身秋。向尋常、野橋流水，待招來不是舊沙鷗。空懷感，有斜陽處，卻怕登樓。（〈甘州〉）

萬里飛霜，千林落木，寒豔不招春妒。楓冷吳江，獨客

---

49 以上所引玉田詞，皆據吳則虞校《山中白雲詞》本，下文亦同，茲不贅列出處。

又吟愁句。正船艤、流水孤村，似花繞、斜陽歸路。甚荒溝、一片淒涼，載情不去載愁去。　長安誰問倦旅。羞見衰顏借酒，飄零如許。謾倚新妝，不入洛陽花譜。爲迴風、起舞尊前，盡化作、斷霞千縷。記陰陰、綠遍江南，夜窗聽暗雨。（〈綺羅香〉）

白浪搖天，青陰漲地，一片野懷幽意。楊花點點是春心，替風前、萬花吹淚。遙岑寸碧。有誰識、朝來清氣。自沉吟、甚流光輕擲，繁華如此。　斜陽外。隱約孤村，隔塢閒門閉。漁舟何似莫歸來，想桃源、路通人世。危橋靜倚。千年事、都消一醉。謾依依，愁落鵑聲萬里。（〈西子妝慢〉）

三詞敘事、詠物、述懷，題材不同；或健峭，或精緻，或淡遠，風格亦有異；但其爲清氣貫注、疏宕有情致則一。玉田上乘之作，大抵如是。〈甘州〉前半憶往，後半傷今；一層推進一層，反覆跌蕩，纏綿警策，運筆間充滿疏放之氣，故流宕而不纖，深厚而不滯，是玉田詞中的佳品。〈綺羅香〉寫紅葉的特質和姿態，也揉合了身世之感，全文流麗，如「甚荒溝」二句，用事而不爲事所用，後半情景相生，今昔對照，氣脈婉轉流動如「彈丸脫手，不足喻其圓美也」（許昂霄《詞綜偶評》語）。至於〈西子妝慢〉，寫景抒情，筆意自然有韻味，格調高華清遠，仍不失玉田本色。張炎的令詞，如〈清平樂〉（采芳人杳）、〈踏莎行〉（花引春來）、〈風入松〉（松風掩畫隱深清）等，皆深婉清曠，文筆流美，也是值得誦讀的詞篇。玉田詞筆之疏，如再嚴加細分，可別作兩類：在他那些北遊大都之作中，也許心情受山川風物的影響（如前引〈甘州〉一闋），筆調顯得激切健峭，而一般抒情詠物之作，用字造句講究音響色

澤,打磨琢練,則比較清潤疏朗;前者是勁筆之疏,張炎偶有表現,後者乃清筆之疏,則是他的基本格調。張炎詞風確實常予人一種流麗之感。

張炎好為疏筆,亦非毫無弊病。像〈一翦梅〉云:「悶蕊驚寒減豔痕,蜂也消魂,蝶也消魂。醉歸無月傍黃昏,知是花村,知是前村。　留得閒枝葉半存,好似桃根,不似桃根。小樓昨夜雨聲渾,春到三分,秋到三分。」全首筆意太過顯著,疏快有餘,卻乏韻致。又如「眉梢輕把閒愁著,如今愁重眉梢弱。雙眉不畫愁消卻,不道愁痕,來傍眼邊覺。」(〈醉落魄〉)這些句子,尖巧滑易,殊無深意。又如「常疑即見桃花面,甚近來、翻笑無書。書縱遠,如何夢也都無。」(〈渡江雲〉)句意轉折推進,暢快淋漓,但細加品味則總覺浮薄了些。統觀玉田詞作,其行文運筆確甚見功力,內裡的情意卻蘊蓄不深。周濟評曰:「筆以行意也,不行須換筆;換筆不行,便須換意。玉田惟換筆不換意。[50]」這話頗中肯綮。玉田亟力用筆求取清疏,而不能隨時緣情志之興發感動以意運筆;常換筆而不換意,痕跡便多顯露,故空疏而不緊湊,滑易而不警峭,難臻空靈渾脫之境。張炎三百多首詞,有此弊病的實在不少。周濟說:「玉田,近人所最尊捧,詣力亦不後諸人,終覺積穀作米,把纜放船,無開闊手段。然其清絕處,自不易到。[51]」總之,玉田大部分詞作雖與高遠渾厚之境尚隔一層,但其筆調之清實有其絕出之處。

玉田詞既清且疏,則《詞源》所提倡的清空一說,當然是他別有會心之論,即使他本身的著作未必皆能臻於此境。張炎推舉姜夔為清空的代表,深賞其詞作之有「如野雲孤飛,去留

---

[50] 見〈宋四家詞選目錄序論〉,《詞話叢編》,頁1644。
[51] 見《介存齋論詞雜著》,《詞話叢編》,頁1635。

無跡」、「不惟清空，又且騷雅，讀之使人神觀飛越」、「清空中有意趣，無筆力者未易到」的高格，歷來詞論亦多認定玉田詞源出白石，姜張並稱乃理所當然[52]。而事實上張炎一直是以姜夔爲法，而宗姜也是宋末典雅派詞人的普遍的共識[53]。張炎詞的淵源，宗周清眞以求其雅，法姜白石以得其清，跡象十分明顯。而論兩宋詞家，詞筆之清，詞境之高之曠，自推東坡。東坡詞多被歸爲豪放派，但事實上白石玉田的所謂清空一派也受蘇東坡詞風的影響[54]。張炎在《詞源》一書裡，給予東坡詞極高的評價：

> 東坡楊花詞云：「似花還似非花，也無人惜從教墜。」
> 又云：「春色三分，二分塵土，一分流水。」……平易

---

[52] 仇遠〈玉田詞題辭〉云：「讀山中白雲詞，意度超玄，律呂協洽，不特可寫音檀口，亦可被歌管、薦清廟。方之古人，當與白石老仙相鼓吹。」已有姜、張並稱之意。朱彝尊〈黑蝶齋詩餘序〉稱「詞莫善於姜夔」，而史、吳、王、張諸家「皆具夔之一體」，其中尤以玉田詞最得白石眞傳。故朱氏〈靜惕堂詞序〉云：「數十年來，浙西填詞者，家白石而戶玉田。」宗姜、張便成爲浙派之家法。劉熙載〈詞概〉云：「張玉田詞清遠蘊藉，悽愴纏綿，大段瓣香白石，亦未嘗不轉益多師。」陳洵《海綃說詞》亦云：「白石別開家法。白石立而詞之國土蹙矣。至玉田演爲清空，奉白石爲祧廟。」無論欣賞白石清空一派與否，莫不以爲張炎詞乃源出白石。

[53] 鄧牧〈張叔夏詞集序〉稱：「美成、白石逮今膾炙人口。」南宋典雅派詞家除了直承美成典麗詞風，亦多以白石清虛騷雅的風格爲尙。如周密〈弁陽老人自序〉云：「間作長短句，或謂似陳去非、姜堯章。」張炎〈瑣窗寒〉序曰：「王碧山……琢語峭拔，有白石意度。」

[54] 歷來詞論，多論及清眞與南宋典雅派詞家的傳承關係。周濟〈宋四家詞選目錄序論〉云：「白石脫胎稼軒，變雄健爲清剛，變馳驟爲疏宕。」謂姜源出於辛，實發前人所未見者。而辛之豪放格調乃東坡發其端，則蘇之與姜是否也有關聯？陳廷焯《白雨齋詞話》卷十云：「東坡、白石尤爲矯矯。」又云：「東坡、白石俱有天授，非人力所可到。」兩處皆蘇姜並稱。鄧廷楨《雙硯齋詞話》云：「東坡以龍驥不羈之才，樹松檜特立之操，故其詞清剛雋上，囊括群英。……〈永遇樂〉之『古今如夢，何曾夢覺，但有舊歡新怨。』……〈洞仙歌〉之『試問夜如何？夜已三更，金波澹，玉繩低轉。』皆能簸之揉之，高華沉痛，遂爲石帚（按：此處所謂石帚乃指白石，其實有誤。詳夏承燾考證）導師，譬之慧能肇啓南宗，實傳黃梅衣鉢矣。」又云：「西泠詞客石帚而外，首數玉田。論者以爲堪與白石老仙相鼓吹。要其登堂拔幟，又自壁壘一新。蓋白石硬語盤空，時露鋒芒。玉田則返虛入渾，不啻嚼蕊吹香。」此更爲白石詞風溯源於東坡，而玉田既與白石相鼓吹，則其清暢筆調受東坡影響亦自無疑。

中有句法。（〈句法〉）

東坡〈中秋・水調歌〉（詞略）、〈夏夜・洞仙歌〉
（詞略）……皆清空中有意趣，無筆力者未易到。（〈意
趣〉）

詞用事最難，要體認著題，融化不澀。如東坡〈永遇
樂〉云：「燕子樓空，佳人何在，空所樓中燕。」用張
建封事，……用事不爲事所用。（〈用事〉）

東坡詞如〈水龍吟〉詠楊花、詠聞笛，又如〈過秦
樓〉、〈洞仙歌〉、〈卜算子〉等作，皆清麗舒徐，高
出人表；〈哨遍〉一曲，檃括〈歸去來辭〉，更是精
妙，周、秦諸人所不能到。（〈雜論〉）[55]

　　再就玉田詞來說，也有學習模仿東坡的痕跡。張炎有一闋
〈壺中天〉，題曰「白香巖和東坡韻賦梅」，乃東坡〈念奴
嬌・赤壁懷古〉詞的和韻之作。此外，在〈慶清朝〉、〈臺城
路〉的詞題中，皆有「太白去後，三百年無此樂」之語，典出
東坡〈百步洪詩敘〉。玉田詞融化東坡文詞語句，更隨處可
見：〈梅子黃時雨〉的「待棹擊空明，魚波千頃。」明係東坡
〈赤壁賦〉語化出；〈瑤臺聚八仙〉的「誤入羅浮身外夢，似
花又卻似非花」，下句即出自東坡〈水龍吟・次韻章質夫楊花
詞〉。又上文稱玉田以類疊、反詰、散行等語句營造疏快跌宕
的效果，這些表現其實也正是東坡之所長。東坡詞云：「莫道

狂夫不解狂，狂夫老更狂」（〈十拍子〉）、「歸去來兮，吾歸何處，萬里家在岷峨」（〈滿庭芳〉）、「誰道人生無再少，門前流水尚能西」（〈浣溪沙〉），像這些語句，隨手拈來，都可看出玉田筆調的因襲痕跡。以上所述，只是些鍊字用事等方面的表相而已，更重要的是，張炎遙契了東坡的清麗並繼承了白石的清空筆調，內化成他個人的清新流麗的風格特質，這一點只有細讀其詞方可體會得到。玉田詞有明顯學習東坡詞的痕跡，是否意味著他所揭示的清空說，除直接受白石啓發，也與東坡詞有關聯？這是一個值得細加思索的問題。

　　總上所述，張炎的詞學主張，是經過他的創作實踐所體驗出來的。《詞源》的體系相當完整，其原理論以清空、騷雅爲主，兼重文辭形式與內容意趣，有頗清晰的風格觀念。其創作論乃就原理論發展出來，雖然不夠詳備，卻是清代完整的塡詞方法論之重要源頭。

國家圖書館出版品預行編目資料

南宋姜吳典雅詞派相關論題之探討／劉少雄
著. -- 初版. -- 臺北市：五南圖書出版股份
有限公司, 2022.01
　　面；　公分.

ISBN 978-626-317-519-8（平裝）

1.CST：宋詞　2.CST：詞論　3.CST：南宋

823.852　　　　　　　　　110022387

1XLL

南宋姜吳典雅詞派相關論題之探討

作　　者 ― 劉少雄（344.9）

發 行 人 ― 楊榮川

總 經 理 ― 楊士清

總 編 輯 ― 楊秀麗

副總編輯 ― 黃文瓊

責任編輯 ― 吳雨潔

封面設計 ― 王麗娟

美術設計 ― 姚孝慈

出 版 者 ― 五南圖書出版股份有限公司

地　　址：106台北市大安區和平東路二段339號4樓

電　　話：(02)2705-5066　　傳　　真：(02)2706-6100

網　　址：https://www.wunan.com.tw

電子郵件：wunan@wunan.com.tw

劃撥帳號：01068953

戶　　名：五南圖書出版股份有限公司

法律顧問　林勝安律師事務所　林勝安律師

出版日期　2022年1月初版一刷

定　　價　新臺幣650元

經典永恆·名著常在

五十週年的獻禮 —— 經典名著文庫

五南，五十年了，半個世紀，人生旅程的一大半，走過來了。

思索著，邁向百年的未來歷程，能為知識界、文化學術界作些什麼？

在速食文化的生態下，有什麼值得讓人雋永品味的？

歷代經典·當今名著，經過時間的洗禮，千錘百鍊，流傳至今，光芒耀人；

不僅使我們能領悟前人的智慧，同時也增深加廣我們思考的深度與視野。

我們決心投入巨資，有計畫的系統梳選，成立「經典名著文庫」，

希望收入古今中外思想性的、充滿睿智與獨見的經典、名著。

這是一項理想性的、永續性的巨大出版工程。

不在意讀者的眾寡，只考慮它的學術價值，力求完整展現先哲思想的軌跡；

為知識界開啟一片智慧之窗，營造一座百花綻放的世界文明公園，

任君遨遊、取菁吸蜜、嘉惠學子！